秦岭人家

QIN LING RENJIA

巴陇锋　著

百花洲文艺出版社

BAIHUAZHOU LITERATURE AND ART PRESS

图书在版编目（CIP）数据

秦岭人家 / 巴陇锋著. -- 南昌 : 百花洲文艺出版社, 2024.4
ISBN 978-7-5500-5220-8

Ⅰ. ①秦… Ⅱ. ①巴… Ⅲ. ①长篇小说 - 中国 - 当代 Ⅳ. ①I247.5

中国国家版本馆CIP数据核字(2023)第129176号

秦岭人家

巴陇锋 著

出 版 人	陈 波
策划编辑	胡青松
责任编辑	杨 洁
书籍设计	张诗思
制 作	何 丹
出版发行	百花洲文艺出版社
社 址	南昌市红谷滩世贸路898号博能中心一期A座20楼
邮 编	330038
经 销	全国新华书店
印 刷	江西省和平印务有限公司
开 本	710 mm × 1000 mm 1/16　　　印张 23.75
版 次	2024年4月第1版
印 次	2024年4月第1次印刷
字 数	400千字
书 号	ISBN 978-7-5500-5220-8
定 价	59.80元

赣版权登字 05-2023-192

邮购联系 0791-86895108
网 址 http://www.bhzwy.com
图书若有印装错误，影响阅读，可向承印厂联系调换。

目 录

一、男儿当自强 / 001

二、没爹妈的娃 / 011

三、初三那一年 / 020

四、恩情高于天 / 031

五、发小砸场子 / 041

六、个中的猫腻 / 052

七、该选啥职位 / 063

八、孤儿当村官 / 074

九、咸鱼巧翻身 / 086

十、群众有呼声 / 096

十一、备孕与备胎 / 108

十二、打工的日子 / 121

十三、情书惹的祸 / 133

十四、上任村支书 / 145

十五、寻找老父亲 / 159

十六、孤儿遇孤儿 / 172

十七、厕所也革命 / 185

十八、伤心太平洋 / 197

十九、美女相亲记 / 211

二十、新马五日游 / 222

二十一、生活悲喜剧 / 235

二十二、夫妻冷战时 / 245

二十三、人生变奏曲 / 259

二十四、眼光放长远 / 272

二十五、为农民加油 / 282

二十六、山高人为峰 / 295

二十七、书记不姓穷 / 310

二十八、美丽的泡泡 / 325

二十九、焦虑中转圈 / 341

三十、奔跑吧GDP / 358

尾声　秦岭可煮茶 / 374

一、男儿当自强

雪落在北方原野，落在大秦岭终南山上。

晨曦中，雪花曼舞。隔着雪幕瞧去，山高川阔，汤玉河似一条青玉带，缠绕在关中大地洁白浑圆的肌肤上，田野白茫茫野晃晃，静穆中透着一派生机。一只早起觅食、无功而返的花衣裳喜鹊蹲在辋川村和塘坝村交界的石界碑上喳喳叫着，似在抗议什么，见无济于事，就扑棱一下翅膀，朝山脚下塘坝村方向奋力飞来。它的头首、翅膀和躯体，将雪幕鼓荡成一条条互相咬合的白色长龙，煞是好看，直到它"喳——"一声落脚在高杜梨树上的窝里，银龙才缓缓隐去……

喜鹊叫声，提醒房间厚窗帘四合的唐小凤夫妇天亮啦，而门首杜梨树上簌簌落下的雪声，让床上的丈夫邛军知道外面在下雪。燕山雪花大如席，高中毕业的邛军不知道李白这句诗，他此刻想到的是关中雪花大如奶。这当然是荤话，是发小边大治那狗屁吊在嘴边不上弦套的坏话，却与此时妻子的狂癫样貌分外契合。不能怪妻子，妻子是好妻子，要怪就怪自己这"龙床"位置的特殊，隔壁就是自家开的鑫隆宾馆。宾馆吃饭住宿娱乐，哪怕是钟点房也可以泡免费的秦岭地热温泉澡。那年月村镇的宾馆少，这么价廉质优的宾馆更是少之又少，开业后情侣盈门，让空气充满了甜腻。尤其是这几天因过年而分离的有情人，竞相前来双栖双宿，妻子能不受影响？妻子唐小凤还这么年轻，才二十四岁呀！这会儿更是温柔有加，不嫌害羞，还美其名曰：为丈夫即将参选村主任呐喊助威哩。

对了，今天是公元1996年3月5日，惊蛰，恰逢正月十六。

我们故事展开的坐标叫塘坝村，隶属于市郊秦岭县女娲镇。女娲镇位于秦岭北麓、汤玉河中段，地处秦岭县西南端，东临秦岭县蓝田镇，南接终南山主脊汇入中华父亲山秦岭，北与白鹿镇为邻，西和长安县接壤，总面积约八十八点七平方公里。镇政府女娲街道距离市中心钟楼四十余公里，距离秦岭县城五十二公里。全镇多民族群众杂居，塘坝村即是个自秦岭北麓山腰北出于汤峪口、绵延十几公里的少数民族聚居村。它东临汤山，西靠玉山，中间汤玉河如影随形向北流过，全村十个组五百九十四户两千三百零九口人。居于喇叭口平坦地带的一到六组是全村主体，距镇上只有两公里，而住在秦岭褶皱里的塘坝村九组、十组离镇上则十多公里远，七组、八组离镇上也有五公里路。

九组、十组坐落在一个叫鸡窝洼的平台上，是少数民族特色村寨。鸡窝洼住着清一色的少数民族老乡，目前有七百九十二人，约占全村人口的百分之三十四点三。这里，民风淳朴，日子虽然清苦，但很团结——内部团结，与外村外组关系也和谐。新中国成立初期，这里战山斗水、三十六把镢头闹出新天地的事迹很著名，是当时农村社会主义建设的一面旗帜。

但老实说，相较于近几年全国的经济形势，相比于全省全市全县的经济社会发展，甚至和本镇的辋川村、女娲村、白鹿原村等绝大多数村相比，塘坝村目前的发展不敢用"好"字概括，甚至可以说是死气沉沉，越来越被时代的车轮甩到阴沟的泥污里去了。举个例子吧，去年"普九"攻坚，小老板邝军捐款五千元，在村里摇了铃，在本镇也很震动；但若放到其他镇上、县上，举目全市、放眼全国，这样的事情真是司空见惯，不值得大惊小怪的。可放在落后的塘坝村，那就是了不得的事情，是英雄壮举。在这种情况下，我们的主人公塘坝村二组村民邝军试图登场，可以说是历史必然。然而，他的登场注定不是一帆风顺的。

在古风犹存的塘坝村，过了十五，这年就差不多算过完了，世界突然变得忙碌起来。可不，今天上午十一点，村上新年第一锣，举行村主任选举。为体现民主，实行由汉族人民和少数民族人民共同担任候选人的差额选举，邝军是两个候选人之一。当然，较之鸡窝洼那个蔫不唧唧、顺情说话舔沟子不挨骂的"沟子溜"陶拐子，他自认为是最有力的当选者。啊啊，他本无意参选，奈何曾经孤寒的他，因为娶了个好媳妇儿，如今竟成了孤勇者——全村唯一的腰缠几十万、经营着数家餐饮酒店企业、开着雪佛兰小车的大老板，群众呼声高。所以，来自九组的村主任巴根春节前年龄到站后，大家给面子，将二十七岁的他和三十七岁的原村会计陶会克并列为差额候选人，美其名曰干部年轻化。

事情真正闹腾起来，年轻的邝军心就闲不住了，一幕幕苦涩往事从眼前泛起：想起自己刚记事父亲就疯癫出走，六岁时不明不白死了母亲，十六岁时相依为命的奶奶因无钱看病而去世；想起支书邳五叔将他列为"五保户"帮扶对象，乡亲们资助他读完中学；想起老师余如兰待他如子，将女儿唐小凤嫁给自己，自己曾跪着盟誓要活出人样儿来；想起纯真端庄、出身优裕的唐小凤，费尽心思地将自己下嫁于他，无怨无悔地鼓励他创业、自强不息……用一位博导老哥水上天大夫的话说，"你老弟的经历近乎妖"。总之，想起自己的过往，他的心就似平原纵马——易放难收，决心参选到底，而且一定胜选。心态如斯，不容置疑。但另一方面，他也是放松坦然的，一切顺其自然，能正当选则一定干好，选不上也不强求，自己还这么年轻，人生路长，机会时时有。

于是乎，一睁开眼，他不是在想选举，而是在想那年他卖牛搬家。那是七年前——1989年夏，邳军高中刚毕业时的事。

不得不承认，我们的主人公邳军是上学比较一般的人。二十岁的他终于高中毕业，并且毫无悬念地落榜。当年，令邳五叔、余校长等庆幸的是：他一没犯错，二还能顺利毕业。细想，这话是有道理的，一个打生下来父母管教就缺位的熊孩子，一个在青春叛逆期时成了无根草的热血少年，一个被众人资助勉强维持着才上了高中的青年，竟能二十年不偷不抢不违法不乱纪，更没跟着出啥风头，还能保持个好身体好人缘……做到这些，其实甚为不易。至于朝前看，那自然更不用愁。健全的男人，一个没走歪路的二十岁的青年，即便考不上学、没跳出农门，但在二十世纪九十年代的中国，只要他上进，机会还是有的。当然，相较于小他两岁、考入省司法警官学校、青梅竹马的唐小凤，他是汗颜的；相较于小他三岁、考入全国重点大学西安交通大学的同班同学康静雅，他是要羞愧得钻老鼠洞的；甚至，相较于大他半岁、没考上高中但在读职中时参了军、年前刚复员回家的发小边大治，他都自惭形秽。边大治是汽车兵，起码已经手艺在身，而且他那一身军装穿起来也是杠杠的。

其实，大治一回村就来见邳军，送了他冬夏两身军装，邳军愣是没好意思穿出去。想想小时候，尤其中学那会儿，多么羡慕绿军装呀！情窦初开的女生们直言不讳要嫁兵哥哥，康静雅就是持这一观点的典型代表；高一军训，才四天她就对丁教官恋恋不舍，分别时都哭上啦。邳军把这事儿说给边大治听，以为他会吃醋，孰料，他反而一拍大腿笑了——半月后他从职中直接参了军。也正是因为康静雅这句话，边大治几年里一直给尖子生康静雅写信、寄巧克力礼盒，甚至寄化妆品、卫生巾等乱七八糟的女性用品。这是题外话。

邝军现在想的是，自己咋从狗窝般的小泥窝搬到现在杜梨树下的新家的。这确乎是他作为男儿，此生自作主张做成的第一桩大事。

高中毕业，由学生变成农民后，邝军唯一的家当是两头子母牛。俗话说，乳牛下乳牛，三年五头牛。还真是，起初只是老牛一头，四年下来，老牛下母牛一头、公牛两头，母牛又下小母牛一头，先后共大小五头牛，都是邝五叔让别人养着。这先后，相继卖出三头牛，除去寄养费用（绝大多数与役使相抵消）两百元，五叔交到他手里两千六百多元，他没好意思接，说权当自己的餐费——他断断续续在五叔家吃饭带饭大概有三年。五叔犹豫一下说你总有用钱处呀，我暂且保管着，到时候还是你用。现在，他不用等高考成绩出来，就先行处理一些事情，因为考学他是无望的。幸好考不上，要考上了那学费咋办呀？他不无庆幸地想，自己都苦笑了，笑得挤出些不淡不咸的泪来。现在，他要处理掉这剩余的两头牛，他马上出门打工，两头牛不能一直这样寄养着。这几年，关中地面普遍采用机耕，役使牛的人家已经相当少，寄主家已不愿意再养了，几次捎信带话让他们把牛拉走。

关于牛回家后的处置，五叔和他想法一样，同意卖掉。于是，俩人都加紧打听买主。他一边在辋川村砖厂打工，一边托人问人，可几天过去竟没消息，晚上见到五叔——他现在不得不寄住在五叔家厦房里，因为前几天一场大暴雨，他的小泥窝终于被洪水冲没了——五叔也没消息。他有些纳闷，这么个碎事儿五叔搞不定？又一想，自己咋这窝囊，卖牛这么碎碎个事儿，难道自己到现在还要麻烦五叔吗？当晚他梦见自己把牛卖了，惊醒来时，已到出工时间。他忙夹个黑面馒头小跑着出门去。

当天，他就贴出了小广告，留的是五叔家村部的电话，并开始在同学亲戚朋友里广为扩散。不久就有人说要买，那人声称是耕地用，两头都要。得知这个消息后，五叔抽着纸烟走过来说：夜了个我去你歇元舅舅那里专门看了哈，外驴球犍牛发变得齐整得很。

邝军除了依稀记得老母牛短短的犄角、黄黄的毛色、瘦骨嶙峋的体态、永远在温顺地嚼草、与自己很亲近之外，对它的几个儿孙一无所知，就不无惋惜地道：老黄牛，可惜咧老牛……不知能卖到啥价？就怕被人杀得吃了肉……

说话要快，快了咬舌头。五叔将半截美猴王香烟戳在装旱烟叶的黄色麦乳精铁盒子里，拿起旱烟袋，将金光锃亮的烟锅头探进半新不旧的黑烟袋，用力反复掏着，用右手拇指摸索着烟锅头用力揉压，最后抽出烟锅头来，将胭脂色玛瑙嘴噙嘴里；邛军慌忙地给他找火，一时找不到，却见他慢吞吞从上衣口袋掏出老旧的汽油打火机，用老茧锃亮的右手拇指只那么一划，火石冒出的火星就点燃了汽油棉花芯，打火机冒出半寸高黄紫色火焰，五叔老练地将烟锅儿燃着，努着嘴呷吧一下烟锅儿，悠然从口里放出一股烟；香味儿弥漫着整个厦房，他用褐色铁皮样的右手拇指反复压着烟锅里燃着的烟丝儿，这才道，你四娘给你也问了，估计能值个两千七八两头牛……现在都1989年了，物价涨得厉害，粮食牲口虽没有其他东西涨得那么快，但还在涨。

一直在四堵墙里面读书的邛军对于物价很无感，二十岁的大小伙儿，除了经管班上班费，没经手过家里一分钱。这事谁信？只有他自己。他在脑子里提醒自己，四娘是五叔老婆。四娘本是五叔的亲哥哥四叔的婆娘——这话有点绕，却有必要强调。四叔是关中闻名的刀客，手上有红色人物的血债，解放后镇压反革命，被枪决。四叔死后，已有身孕的四娘没有改嫁，而与因家贫而娶不起亲的丈夫的弟弟五叔圆了房。婚后，俩人倒也琴瑟和谐，生二女三男，即军琴、军梅、军虎、军宁、军飞，其中军琴是遗生儿，当属四叔的血脉。早些年，要得来的长辈见了五叔就呲喝：五娃子，嫂子勾蛋子，小叔子半岸子，你狗屁咋全部给占了咧！而且一占就不放咧，要一辈子下场呀！而要得来的平辈见了五叔则察言观色一番，若五叔高兴，他们便说：五哥（老五），嫂子勾蛋子，小叔子半岸子，你能不能把另外半岸子让兄弟试活一哈？我也看着老四媳妇儿标致得很！当然，若干年后，顽皮的晚辈们也不放过五叔，他们站得远远地高声叫道：五叔（五爷），嫂子勾蛋子，小叔子半岸子，你当支书哩应该大公无私！给我们传授传授恋爱经验嘛——当年如何搞到额四妈（四奶）的！

邛军亲眼见过，五叔户口本上的名字就叫邛五叔（据说小时候叫五福），他是二爷第七个孩子，也是老小，因排行第五加之当时侄子侄女众多，为了便于称呼，爷爷便将"五福"改为"五叔"。但很明显这个名字只方便了下一辈，对于其他辈分的人则须作上述不同的变化方可。正好，自己是他的儿辈，可以不用变来变去，邛军如此想着，但又紧张起来，这样直呼其名，算不算冒犯名讳？之前学文言文和历史的时候，知道古人名讳规矩森严，为尊者讳、为亲者讳、为贤者讳，可谓变态，他无疑是腹诽的。记得老师讲过几个因名讳而闹出的悲剧和笑话：《史记》五十多万字找不见一个"谈"字，就因作者司马迁的父亲叫司马谈，为此还把宦官"赵谈"硬改为"赵同"；因刘邦的老婆吕后叫作吕雉，所以当时人们不敢把野鸡称为"雉"；"诗鬼"李贺年少成名，但因父亲名为晋肃，"晋"与"进"同音同义，为避讳，他放弃进士考试，二十七岁郁郁而终；北宋名将杨六郎原名杨延朗，但宋真宗称财神赵玄朗为其祖宗，于是杨六郎改为现在大家熟悉的名字杨延昭……当然，他也听老人们教导，不能把姓付的叫老付小付，以免让人听着像是在叫父辈，而应当叫老船小船；类似的还有巴姓，别让人听着你在喊爸爸。

见邛军半天不接下语，五叔撂下个纸条，自个出门去了。邛军拿起桌上纸条，是个座机电话号码。他知道这是寄养牛的人家的联系方式，也明白五叔已默许他使用这金贵的村上电话，就迅速拨通电话，约定时间去牵牛。搔搔头犹豫一下，他又拨电话给买主，转了几次电话才说上话，约定大后天在白鹿原集市的牲口市场一手交牛一手拿钱。寄养牛的人家住辋川村，而牛平时在女娲村的深沟里养着，买主则自称白鹿原人——来来回回，邛军得安排好时间，好在这对当了十几年班长的他来说毫无难度。

第三天下午，邛军提前一小时离开砖厂。砖厂其实在辋川村与塘坝村以及女娲村交界的"三不管"地带，之前是三个村共有，十几年前被辋川村一个姓包的人买走了。邛军从砖厂直接去连畔种地的辋川，到时太阳快要落山。阴晴众壑殊，火烧云霍霍燃烧在秦岭峰巅，山脚及公路村道村落虽已全然见不到阳光，但暑气仍迟迟不肯减去余威，鸽子在潋滟的斜晖中慵懒地滑翔，一群一群的油虻子在人脸上乱扑；没有了太阳的直接照射，劳作和被酷暑逼到屋内整整一天的人们，开始悠闲地端着茶杯、扇着扇子、领着自家的细狗在房前屋后吼秦腔、打麻将、看天观云览山谝闲传；不时有骑着摩托归来的人，那是先富起来的能人的特别享受；也有穿着裙子或喇叭裤、牛仔短裤的小媳妇和大姑娘迈着八字步，低首在辋川河边走，似在思考什么，以中考高考的学生居多。画面充满诗意和神性，啊，辋川如此多娇，不愧是唐代大诗人王维退隐修道、弹琴赋诗、啸咏终日而终得"诗佛"雅号的地方；也不愧是"唐宋八大家之首""文起八代之衰"的韩愈，被贬出京时留下忧伤诗句"云横秦岭家何在？雪拥蓝关马不前"的地方。邛军虽然文化程度不高，但由于是本地人，对这里的文化还是很熟悉的。念及两位文曲星大人物，竟都曾失意落寞，这更让他这个高考落榜青年深感人生的幻灭和虚无，但也因此获得了些许安慰。想想呀，就在不远处，王维的墓碑被压在一家公司的厂房下，而他母亲的墓也因修建公路被毁损殆尽……千古风流人物尚且如此，自己何德何能，痴心妄想恁多！

这样一想，他潇洒甩一下乌黑长发，健步朝村子变压器跟前走去。他今早才知替他养牛四年的人，是四娘的弟弟，姓黄，他应该叫他舅舅。顺便说一下，四娘叫黄四娘，绝了，自然造物是讲究适配的，难怪她与五叔这般和谐！当他快走近村子中间的变压器时，大槐树下站着一位趿着拖鞋的中年男子，个子不高，蛮精干，正在边瞅着邛军边抽纸烟。邛军认出来，他就是黄歇元舅舅，甚至他的儿子女儿他都很熟哩——儿子是比他低一级的高二（3）班的体育委员黄超，他俩打篮球正好都是中锋；女儿叫黄静霞，眼睛很漂亮，像女明星，初中毕业不久就嫁给他们英语老师张文君，成为邛军师母啦。当然，对于歇元舅舅他更熟，奶奶去世过事的厨子就是他，村子别家尤其是五叔家过事，他更是掌勺的大拿。蓝田女娲二镇方圆自古出厨子，人称勺勺客，歇元舅舅则是顶流勺勺客，勺勺客中的勺勺客。邛军有些疑惑，自己中间还曾经到过这里不止一次，却压根儿不知道牛就在这么熟悉的人家里寄养。没待他叫舅舅，歇元舅舅就开腔啦：塘娃子，快进门吃饭，你舅母炒的青椒西红柿、醋熘土豆，烧的糖醋鱼，煮的那个，还有浆水鱼鱼，她手艺不比你歇元舅舅差哩。嗬，歇元舅舅家光景，那叫一个阔，是方圆几十里出了名的，听听这晚饭菜名便可知晓了。他用第三人称称呼自己，此刻反而拉近了俩人的关系。这几乎颠覆了叙事学原理。

虽然饥肠辘辘，可邛军没想着吃饭，但既然亲戚这么熟、亲上加亲，他也不便直接推辞。他笑笑，没吭气跟着舅舅走进关中四合院，就见张文君老师端着半碗炖猪蹄迎了上来，邛军羞赧道：哎呀！张老师嘛！

军军，快进来吃饭，今天爸和妈知道你来，又清白咱这层关系，加了餐。张老师一如既往热忱，头发凌乱，三年不见，他塑料白片眼镜的度数似乎更高了，对他开玩笑道，毕业啦，再不用记"英国历史（English 英语）""够淫荡（going down 往下）""哈喇子多的（husband 丈夫）"啦，哈哈……

一句话说得俩人同时纵声大笑，笑声在黄昏的辋川上空回荡，与归巢的鸟儿和出门的蝙蝠的羽翼博弈、翕动。笑过之后，邝军又有些不好意思，毕竟高考落榜不是啥光荣事儿。张老师说的这些话，都是初中时班里英语差生的怪话，其中边大治的贡献率无疑第一。邝军就随口说：老师，都是我们当时瓜的，现在后悔了，后悔咧可已经来不及啦！真是应了您当初在课堂上说的话……老实说，我五大给我提供的条件够好的啦，可我……邝军声音哽咽，七尺男儿竟泪眼婆娑，一时难以收住。

没事儿，军军兄弟，榜上无名，脚下有路嘛！张老师耸动着浓重的眉毛热情道，姐夫给你说，一个班里，尖子生要跟学习稍逊于自己的那部分同学搞好关系，因为后者将来都是自己孩子的老师或者家乡的父母官；学习稍好的要和学习一般的搞好关系，因为后者将来可能是自己单位的领导；学习一般的要和学习差的搞好关系，因为他们将来可能是自己老板；学习差的还要和尖子生搞好关系，因为他们将来可能是你孩子或二奶的导师。大班长，咱是哪类人？你怕什么？你又愁什么？

一席话又说得邝军如沐春风，心里一河的水开了。月影朦胧、暑气未消、河蛙声声，吃完饭叼着牛离开时，邝军才知张老师和黄静霞刚刚喜得贵子，并且，张老师刚拿到广西师大的研究生录取通知书。邝军内心震动，沉舟侧畔千帆过，病树前头万木春，生活剧变暗滋潜长，等你察觉时已经掉队很远很远，他额头冒出汗来，前路茫茫，心中的压力如同终南山一样压得他喘不过气来，艰难的日月，自己该何去何从啊？

第二天，邝军以为五叔会和他一起去卖牛，或者至少派一个得力人帮他做成这笔买卖。然而没有。他只是叮嘱侄子注意安全，在路上让牛吃饱后再卖，这样毛色膘情好，就能卖个好价钱。邝军就让牛一边吃草一边赶路，走完十几里路到白鹿原牲口市场时才十点多，牲口市场上的牲口已经不少，粪臭新鲜，人畜混杂，乌泱乌泱的。他找了半天，把犍牛拴在一个洋槐树枝杈处，安心等着。突然，老母牛身子有点晃，邝军没来得及细看，它就扑腾一下倒地上躺着了，根本不像平时自动卧倒的样子。他忙凑近看个究竟，只见老牛喘着粗气，左前蹄微微颤动，他猛然心惊，埋头抓住那只牛蹄子想看个究竟，却突然侧身倒地……正纳闷儿时，听到一个男腔喊：小心，大犍牛的角人受不了！

他循声望去，说话者个头矮矬，但皮肤很白，很干舒，约莫四十岁的样子。原来，自己是被犍牛抵翻的，犍牛不容人侵犯它妈妈。虽然吃了个"狗墩子"，但他隐约看到，母牛左蹄受伤、渗出血迹，于是他支吾道：老人家，我这牛怕是……他没有把"被蛇咬"说出口，因为他是卖牛的，不可以说自己拉着病牛来卖。

呀——这是给虫叮啦？矮男子惊讶道，塘坝的？姓邝？男子呷着嘴边问边盯住他看，人很精神。

是门叔吗？邝军猜到他就是买主，便问，我是邝军，卖牛的。这咋办呀？

男子没给他确切回答，却说：唉……真被虫咬了！嘴里探出东西来了。

邝军忙看向老母牛的嘴，老牛吭着鼻子歪着嘴摆着头，眼里流泪，一脸不自在。男子提醒他看大犍牛，邝军转眼看去，只见半截面目全非的蛇尸体在绵绵土地上冒着热气，认得出是蛇前半身，但头嘴已模糊。正想细看时，犍牛低头又将其吸进鼻子去了。

快！哪儿有兽医？邝军急问。

你等着，估计还有救。男子说着，扬长而去。

邝军看得惆怅，辘轳没把儿——无处下手啦，急得转磨磨。这时许多人围过来，看热闹不嫌事大，说什么的都有，说得邝军更焦急了。有个长烟袋老头道：娃，你急啥？你急没用，得要他急。邝军听得满脸疑惑，长烟袋接着说：老门，人家就是兽医，你等着！说罢，悠然地抽起大烟袋。

他忙不迭地问牛会不会死，长烟袋半噙着血红的玛瑙嘴儿道：犍牛一满没事儿，吃了蛇还长膘哩，母牛……这是牛娃护母哩么，只是出手太迟缓……

话还未说完人群就散开了，矮男子进来了，拿着粗针管在母牛肩胛骨上朝喉咙咙处猛扎去，一边吩咐：拉住犍牛，看把我挑翻了！

邝军忙逮着牛鼻钻死命拉犍牛，一会儿注射完毕，矮男人拍拍手掸去尘埃，道：兄弟，幸好是我买牛！两千五，如何？

邝军一时没了主意，不好接话。

看牛要注意，牛虽然不怕蛇，但也会有意外！男子道。

成！我同意，两千五就两千五！邝军激动道，做了平生第一次大买卖。

……

午后两点半，他回到家，五叔正等在厦房，并未过问卖牛之事，却伤情地说：军娃子，我二哥……我二嫂还有我大妈走得早，五大没照顾好你……今日分数出来，凤凤、雅雅都比你高。

五大……邛军肠内一热失声叫道，自觉羞愧难当。五叔只是父亲堂弟而已，对他并没有不可推脱的抚养义务，这一点是他非常感恩戴德的。

是这，飞飞也大了，十八了；与我和你四娘一炕滚，也不是个长法……五叔似有难言之隐。

邛军很敏感，五叔在下逐客令，就道：我马上出门，腾地方！

娃，你也该断奶了。五叔道，似乎毫无感情，二十岁了，该顶门立户啦。

邛军没有想到，五叔这么绝情。从此，就离开五叔家独自生活了。

当然，他接下来的做法堪称成熟——这是村里人和亲朋好友们的一致评价，也因此让他们高看他一眼，得到他们的鼎力支持。但毕竟是家有万事主事一人，主意是他拿的，而且没有任何人暗示，可谓慎独之至也。那就是，他用那两千五百元卖牛钱，给自己建了个小窝。地点大家一定能猜到，就是他现在的栖身地——塘坝村紧挨辋川村山脚下的那棵老杜梨树下。当然，那时候杜梨树还不能够以老相称。

选这里的原因则是：那杜梨树是他在奶奶指点下，给妈妈坟前亲手栽植的坟院树，之后奶奶也埋在了这里。当然，爷爷的坟在更早的时候，就占据了这个地方。

杂杂碎碎的往事想完了，妻子也足兴了。

二、没爹妈的娃

与赤贫孤儿邝军截然不同，唐小凤出身干部家庭，是公家人。姥爷是老革命，爷爷是社会贤达。花开两朵各表一枝，小凤的姥爷余则天是甘肃庆阳三道川人，起初跟随刘志丹闹革命，后来一直跟着曹力如干，历任警卫员、司务长、司机班班长等。最终，因曹力如新疆赴任途中在西安灞桥遭车祸死亡而受牵连，从此赋闲终南山下。用他老人家的话说，是"种豆南山下二十载"。七十年代末落实政策后，余则天任秦岭县政协主席，享受局级干部离休待遇。余则天刚被"种豆南山下"时虽为老革命，其实年龄才二十七岁不到，但由于问题一直难以查实，一般女干部女职工没胆嫁他，不得已，他就娶了个貌美如花的地主女儿邝桂花。邝桂花不仅长得标致而且知书达理，是成分害了她，但失之东隅，收之桑榆，嫁给余则天她一点不亏：丈夫曾为红色人物，哪怕现在有重大嫌疑，也足以"洗白"她。关键是，俩人还看对眼，有真爱。说起这邝桂花，也非天涯海角之人，实乃塘坝村人士，系邝军远房的姑奶奶——他高祖父堂兄的女儿，已然出了五服。则天、桂花夫妇两情相悦，育有一儿一女，日子赛过活神仙。儿子余建国、女儿余如兰，都很成器。虽然余则天是老粗，但妻子是"老细"，乃识文断字、棋琴书画无所不通的大家闺秀。在妻子教导下，一双儿女读书都刻苦，恢复高考、自己平反后，双双凭真才实学考进大学，毕业参加了工作。建国在市政府上班，如兰——唐小凤妈妈，则自甘到乡下教书。

再说小凤的爷爷，他是解放前的一位社会贤达、民主人士。认识她奶奶时对方是女师学生，俩人没有结婚他就去世了。那是解放前的事情。小凤至今不知爷爷名姓，她随爸爸，姓的是奶奶的姓，奶奶叫唐杏儿，最终中教高级退休。大家明白，小凤爸爸是遗腹子，叫唐逝水——一个文艺中透着伤感的名字。唐逝水大学刚毕业正欲一展身手时，赶上"文革"，为避风头回到县城当了中学物理教师。刚回来时与母亲同校，寡妇门前是非多，母子都深觉不便，他就调到女娲镇中学工作，遇见在女娲小学教书的余如兰。俩人一见倾心，相恋结婚，第二年（1971年）的5月30日唐小凤就出生了。

女儿富养。唐小凤命好，出生在双职工之家，家庭氛围好，生活用度宽裕，学习压力也不大。她深追祖辈遗风，不自恋、很自觉，虽未光宗耀祖，却也是非分明、诸事自立、乐善好施，为家门赢得口碑。如上所述，父亲唐逝水是个生活散漫、闲云野鹤式的男子，口不臧否人物，不苛求自己和旁人，更不苛求自己唯一的小棉袄。小凤的生活学习工作恋爱，一任自然，她自己做主，他只充当顾问角色，大事交给妻子余如兰决断。母亲余如兰事业心强，大专毕业参加工作，虽起点较高，但身段低、接地气，一路工作勤勉、团结同志，与丈夫认识时已是中心小学主任，四年后调到塘坝小学任校长。那时，小凤才三岁两个月，在红幼班。无巧不成书，正是在塘坝小学，唐小凤认识了五岁的吊鼻娃塘娃子小邛军，因为邛军妈妈当时被录用为塘坝小学炊事员。

邛军妈妈叫常方圆，高挑的个子，生得很明媚，类似于现在所说的肤白貌美大长腿。她学习也好，是女娲高小的人梢子，男生们倾慕的对象。当时学生入学年龄普遍偏大，她更是被当成扫盲对象强制入学的，高小毕业时已是十六岁的姑娘，开始发育，胸脯鼓鼓的，引得婚龄男生如公羊般骚动不已。她也对班里一个男同学有意，那人叫杨俊虎，是田楼人，个子细高细高，笑起来牙齿很白，经常对她做鬼脸。可惜，她高小读完就没再上学，据说杨俊虎还读了中学，后来就毫无消息了。常方圆毕业两年，针线茶饭早已样样精通，人也更成熟更惹人喜爱，真正到了待嫁年华。起初说媒的人踏破常家门槛，后来渐渐就门前冷落了。原来她大常石匠太贪心，仗着女儿长得好，就把她当物件卖，要的彩礼是寻常的两倍还不止。不得不说，二十世纪六十年代，那是中国的困难时期，秦岭北麓人家，由于耕地少而艰难度日，所以绝大多数人家攀不起老石匠家的女儿。

可你还别说，世上有卖就有买，塘坝村邛老二的儿子邛镂舫已经三十多了，急着娶媳妇，他一准不嫌彩礼多。当然，那也是他出得起，他家解放前是陕甘两省开过十八家银楼的大财主，解放后邛老二的父亲被镇压，银楼资产被人民政府分了浮财；但喝完茶还有个茶根子哩，谁能保证他家墙缝、拐窑高窑地窖里、大树下没藏几疙瘩金元宝？邛家财旺人不旺、几代单传，果然舍得花钱，日子还催得紧，1967年底常方圆就被娶回塘坝邛家。邛家娶媳妇非同小可，娶了人梢子、出了天价，这叫什么？用现在的话说，这叫老夫少妻，这叫老牛啃嫩草，这叫炫富，属于王炸行为。

周围人的嫉妒心就被激发了，更何况是武斗最激烈的"文革"初期，邛老二父子再一次摊上大事儿啦。父子俩以"对革命不老实""地主老财的徒子徒孙""转移和藏匿浮财"等罪名被抓着游街，要求上缴浮财……批斗最凶的是常方圆心中的白马王子杨俊虎。杨俊虎读高中时"文革"爆发，学校不上课，学生当起革命小将"红卫兵"，开始全国"大串联""闹革命""揪斗"，他风云际会成为秦岭县"红总司"小头目。当他得知这次"揭批"对象是高小时校花的老公和公公时，他"人性恶"的部分被无限放大，妒火中烧的他对邛老二父子进行无情摧残。五十五岁的邛老二投井而死，三十六岁的邛镂舫不得不改名邛勇勇，以示革命，但不久就疯了，几年后更不知去向和死活。摧折完主事男人，杨俊虎怀着不可告人的目的去见昔日同学常方圆，却远远照见其身材臃肿、似有身孕，他便适时止步，继续"闹革命"去了。

邛军出生后，常方圆与婆婆邛巴氏相依为命，都在农业社务农挣工分。当时，女人工分按男人的八成计算，邛家真正是"婆娘当家驴耕地，娃娃还小淘死气"，终于沦落到吃了上顿没下顿的地步。恰在这时，余如兰来村学当校长，那是1974年。彼时，过激武斗行为被制止，各级各类学校开始恢复正常教学秩序；作为"文革"前受过高等教育的余如兰，本就腹诽不正常的那一套，现在她正好顺势而为，大力整顿学校、紧抓课堂教学。但四百多名学生十一个教师的学校，要正常运转，急需一个炊事员，而且得一个硬扎炊事员——"臭老九"算文人，文人最是穷讲究、注重生活细节。余校长让会计兼后勤的老师去找村上协调此事。无巧不成书，这个会计就是"折戟归来"、当民办教师不满一年的杨俊虎，而村主任则是大家熟悉的、刚上任不久的邛五叔。当时，学校炊事员是肥差，一不用背日头经风霜雪雨，却可以拿到一个男人的全工分；二可以果腹终日，不用再受饥饿之苦；三要是本人财道，就可以中饱私囊、接济家用；四还可带娃，又有寒暑假星期天……因此，邛五叔大力推荐年轻的嫂子常方圆，可当时的支书有另外的考虑，推荐另一个女人。新主任自然扭不过老支书，但邛五叔知难而退的同时，踢皮球给学校，将两个女人都交到学校手里，让二选一。彼时，二十三岁的常方圆已完成产后恢复，较之少女更显妖娆，杨老师一见心旌摇荡，就挑了她。

单纯的常方圆竟并不知道如今人模狗样站在她面前的老同学杨俊虎，曾经迫害过自己的丈夫和公公，反而对他感恩戴德、必欲报答而后快。上天为证，她封存七八年的少女心、她私密蓬勃的少妇心，从那一刻起泛滥了，而且一发不可收拾。针线、茶饭、品貌，那是当年对一个女人的奢侈要求，常方圆一样不差，样样堪称优秀，做饭对年轻的她来说，就跟耍哩样的。工作熟悉后，大家对新炊事员各方面都很满意，余校长自是高兴。唐小凤四岁生日那天，舅舅余建国专程从省城赶回，送来两只大风筝——妹妹特意嘱咐的，另一只要送给小凤的亲密朋友、一个叫邝军的六岁小男孩。送风筝时，余建国和常方圆相见，俩人都大吃一惊。原来，余建国竟是常方圆的扫盲老师，正是当时读高一的他，动员已经十岁的常方圆上的学。他当时强烈的想法是：这么好的苗苗，不读书是暴殄天物。他也把这个想法明白浅显地告诉了常方圆本人及其父母，他更庆幸和骄傲自己的意见被认可和采纳，觉得自己功德无量。当然，此时尚未婚娶的余建国也打心里爱慕少妇常方圆，在学校工作一段时间的她，体态前凸后翘，肤色鲜艳健美，熟女味道毕现……殊不知，这个长期缺爱的女人是得到了男人的滋润才这么容光焕发的。余建国不住地感慨，大家也附和着说高兴话，使常方圆在学校更受欢迎了。

子以母贵，妈妈这么被学校认可，小邝军自然吃得很开。两个孩子彼此很黏，两小无猜得令人羡慕。一年后，常方圆和余校长均视对方的孩子如己出，孩子对大人也很亲，邝军叫余校长余妈妈，小凤叫常师傅常妈。天有不测风云，人有旦夕祸福，何况自欺欺人、飞蛾扑火，那更是自作孽不可活。爱欲交加的常方圆和阴鸷猛浪的杨俊虎明知彼此有家室有孩子，却出于贪欲而不断私通，甚至愚蠢得让常方圆怀了孕……纸包不住火，常方圆越来越隆起的肚子出卖了她，他俩须做决断。杨俊虎不愿意离婚，因为他妻子是县教育委员会主任的千金，他们的孩子刚两岁，他也正处于办理转正手续的关键时刻。糟糕的是，就连常方圆自己也不愿意离婚。话说回来，即便她想离，也做不到，因为丈夫邝勇勇一年前去向不明、死活不知，她不可能与空气离婚。死结，解不开的死结。死得要死人。喳[①]就，真的死人了！常方圆的聪明在于，在肚子的出卖行为尚未败露时，就自我做

———————

① 喳：西北口语常用，"这下"的意思。

了了结。家丑不可外扬，她死后，学校、邛家、常家、杨家，都把消息压得死死的。

没妈的孩子像根草。可怜六岁的小邛军依稀记得，那个夏天的清早，余妈妈把他和小凤妹妹接到老革命姥爷余爷爷城里的家里玩了，一个礼拜后，他被送回奶奶跟前。他跟奶奶闹着要去学校，奶奶胸口像受伤似的，一边抹胸口一边说隔几天。几天后学校就放暑假了，余妈妈和小凤妹妹来接他，他高兴地以为可以见到妈妈。可是，她们带他去了好多地方，直到再一次回到奶奶跟前，他都没见到妈妈。大了以后的邛军明白，那段时间奶奶和余妈妈有着相同的焦灼：如何向他交代妈妈的去向。最后，老太太选择了撒谎，说他妈妈出远门办事儿去了，并且告诉他秋季就回学校、上红幼班。他哭闹了大半天，奶奶似乎比他还伤心，因为哄他时她就哭了。奶奶哭，他就不哭了，觉得红幼班也不错，至少可以见到小凤妹妹和余妈妈。

开学前一天的晚上，余妈妈拉着小凤妹妹的手，小凤手里拿着旋转的五彩风轮、背上背着浅蓝色新书包，走到他跟前说：给，花风轮、新书包，都是你的。就这样，她们要把他接到学校去。奶奶哭得很伤心，他却忍不住咯咯咯笑。余妈妈放下小凤，把他背在背上，拉着小凤朝学校走，小凤妹妹直喊：妈妈，下雨啦快走！你头上滴大雨点。小不点顽皮，故意将妈妈脸上的汗珠儿和泪珠儿说成雨水。

大约第二年夏天，周末的一天，奶奶来学校拉着他出了校门，七扭八拐出了村，朝山脚走去。奶奶还扛着个硕大无比的镢头，镢头上挑着个歪笼，歪笼不住晃荡着……他挣开奶奶的手，蹦上地塄跳着走，发现笼里放着香纸和花馍，还有火柴。他好奇，问奶奶谁家死人了，奶奶瞅一下他，嘴唇抖了几抖，却放下镢头说：来，挖个树苗，就这棵杜梨树。

奶奶让他闪远，松一下三寸金莲上的臭裹脚，朝双手吐一口唾沫，搓一下手，就开始挖树苗了。一只花蝴蝶飞来，邛军奋力追去，追着追着就追丢了，他返回来跟奶奶要那蝴蝶。奶奶已挖好树苗，让他扛着杜梨树苗，并说：看，前面有蝴蝶，追！

邛军抬头，果然看到一只黄蝴蝶。他扛着树苗疯跑着追去，黄蝴蝶飞得不快不慢，刚够得着他追。他就追、就追，一直追到一座凸起的土堆前。他一愣，认出这是坟，因为就在爷爷坟前，而且样子长得差不多。这时，蝴蝶落在坟头的紫色苜蓿花上。他见机会来了，猛扑上去，却绊了一跤，跪在坟前，不自觉地哭喊：妈……蝴蝶生生消失，直接从坟头蒸发，他越发生气，号啕大哭：妈……妈呀！你回来，你咋不回？你去哪里啦？你为啥不管我……丢下我！你狠心呀……狠心的娘！啊……妈妈！啊哈……我不活啦……

哭声撕心裂肺、震天动地。

奶奶走上前来，木然道：喳！娃，你哭！我娃哭！我娃诀①那驴粪蛋表面光的不要脸的狗日的！我娃好好葬哝②这丧了良心的卖勾子货！

邝军就不哭了，止了眼泪瞅奶奶。奶奶站着，将烧纸、香递到他手里，她也屹蹴下，将火柴给他。他知道他得烧这纸。他之前从未烧过纸，但他会烧纸。他就开始烧纸。奶奶则嘴里念念有词：

若无渡河，若竟渡河！
坠河而死，将奈若何！

烧了纸、点了香，奶奶眼里射出仇恨和决绝，漠然道：喳！娃，狗日的不成器，羞先人哩！过河去来跌下水里淹死了，丢下我娃……

小邝军被奶奶脸上的煞气和悲悯吓住了，全然没听到她在骂什么。指桑骂槐是孤苦伶仃的奶奶的惯用手段，不失为对诸事不顺的正确排遣方式，他有时也能听出点名堂，可今天却稀里糊涂。见孙子没有大的反应，更没问什么，她就叹息一声，指拨着孙子把小杜梨树栽在爷爷老坟和妈妈新坟中间正前方四五米远的地上。回去的路上，奶奶没有主动拉他的手，是他早早自动地拉着她的衣服下摆了，如同抓住最后一根救命稻草——他隐约明白，世上只剩奶奶这一个亲人啦。

此后，邝军再也没有打听过妈妈的下落，直至现在。

这年暑假，姥姥来家里，要接他去暂住，奶奶不许；俩人说着说着就吵了起来，还很凶。奶奶将姥姥带来的麻糖、蓼花糖、六月鲜苹果、鸡蛋等好吃的，一

---

① 诀：骂的意思。

② 葬哝：骂。

股脑儿扔了出去，嘴里还骂骂咧咧说你尿泡打人臊气难闻。从此，他就和舅舅常家也断绝了关系。奶奶去世后，舅舅家又动了要接他去的念头，五叔直接捎话过去：邛家养得起娃。告诉他，娃都一墙高了，用不着常家操心。

妈妈的事情完结后，邛军就在奶奶和余妈妈的照顾下读书。如果不想妈妈，只是如果，他自己也不知道想不想妈妈；如果不被同学欺负，也是如果，因为他人高马大，在同学中鹤立鸡群，还一直是大班长，为班级建设忙得不亦乐乎；如果唐小凤不生他的气，他的小学生活总的来说是快乐的。这当然是退而求其次的说法，没妈缺爹的孩子像浮萍，小邛军就是一根无根的浮萍。他小学念得很慢，念了七年，也许他是有意在等唐小凤，1983年夏天他俩和边大治同时毕业，一起去女娲中学读书。仨人同班，班主任是小凤的爸爸唐逝水，同班的还有康静雅。康静雅是塘坝村九组的少数民族女孩，她小学在外村姥姥家读，大伙儿以前很少见她，更不要说与她玩。康静雅比唐小凤小一岁，但比她高，也似乎比她漂亮，是那种既古典又时尚还带着异域血统的美，总之边大治一见到她就迷上了。大家公认，她的美是完全盖住了唐小凤的——小凤身高不行，比她矮一头——连小凤爸爸也持这种观点。邛军是班长，对这点最清楚了，因为文体委员是小凤，可每次运动会举班牌的却非学习委员康静雅莫属。但是，在邛军职权范围内，他会毫不犹豫将妹妹唐小凤挺前头，每每这时唐老师也很高兴，自己的千金也不差。但康静雅对他就很有意见了，他俩（她家后来在五组地盘摆了个麻花摊）和边大治以及好多同学都是通校生，每天早中晚要步行着同路回家吃饭，晚上还要住家里；可她一直躲着他，避免和他打照面，边大治开玩笑说他俩肯定有猫腻。毕业前有一次回家路上，俩人单独一起，她眨着会说话的大眼睛不温不火地问：哎，大班长，你啥意思，看不起咱塘坝村的农村娃、穷女子，得是？

他只好矢口否认，夸她是班里一宝，学习好各方面都好。她嫣然一笑道：那咱就好好的。说着用漂亮的大眼睛瞟了他一下。

十七岁的邛军被十四岁女孩儿的眼睛美到了，想她的确是班里第一美，是他见过的最美。要命的是，美丽女孩儿似乎都早熟，康静雅貌似高冷、实则内心火热，这不，今天逮住机会不放，得寸进尺道：吾与凤美人孰美？初三最后一学期，这周语文正在复习古文，她正是模仿《邹忌讽齐王纳谏》课文里的句子。凤美人自然指唐小凤，而唐小凤则称康静雅为康美人，简称康美。这个称呼在班里很流行，就连班主任和代课老师也知道了。

邝军一时语塞。斜晖脉脉水悠悠，汤玉河边村头大核桃树下的康静雅，此时的确形貌昳丽、明眸皓齿，双目含情脉脉。虽然他五大三粗，被边大治那狗屁整天喊着"大家具"，但本质上是个老实娃，不会说假；可他也不可能说出"凤美人何能及君也！""君美甚，凤美人何能及君也！""凤美人不若君之美也！"这样的文言文比较句式的大实话，毕竟他与唐小凤两小无猜，班主任和余妈妈待他如亲生，小凤在班里不止一次当众宣称"嫁人当嫁邝班长"。他上初中后，余妈妈也调到女娲镇中心小学任副校长，一年后成了校长。去年奶奶去世，他面临辍学打工的唯一去向，是余妈妈竭力劝阻，专门回塘坝村一趟，找五叔将他的事情安顿妥当。那以后，是五叔和余妈妈照顾他继续上学至今。而他，则打算初中毕业就去打工挣钱，自食其力，不再麻烦任何人。

见他不说话，康静雅走近，一绺刘海遮挡住她前额和那好看的眸子以及红扑扑的面庞，眼里流光溢彩，她用手碰一下他手：嘿，说哇，你倒是说哇！

你学习全年级第三她第二，你俩都是我学习的榜样。邝军镇定一下，折一枝柳条玩弄着，很官方地说。

啵……康静雅一踮脚猛朝邝军额头飞吻一下，道，这个给你！我喜欢你，不嫌你家穷！说着朝他手里塞个东西，甩着羊角小辫儿跑向夕阳那端。

邝军只觉得天旋地转，他木木地站在村头的风里，恍惚中，山高水长、风清沙白，他心里喝了蜜一样；他同时觉得自己罪责不浅，辜负了小凤妹妹。当他沿着小学围墙路往五叔家走的时候，校园里飘出叶佳修的歌曲《踏着夕阳归去》的一个段落：

> 远远地见你在夕阳那端，打着一朵细花洋伞
>
> 晚风将你的长发飘散，半掩去酡红的脸庞
>
> 我仿佛是一叶疲惫的归帆，摇摇晃晃滑向你高张的臂弯
>
> 苍穹有急切的呼唤在回响……

走到家，邝军才发现自己手里攥着一方汗湿的皱皱的粉红纸片，忙心跳着小心展开，仔细去看，上面氤氲着娟秀的黑蓝色钢笔字——

你喜欢我也喜欢她怎么办？

……

当妻子收拾好饭菜叫吃的时候，邛军还沉浸在往事回忆中，唐小凤柔美道：快起！想啥呢？

想我是个没妈缺爹的娃。

我现在就是你妈。

你是我的女孩，邛军不禁道，你是我的凤美人。

少来！唐小凤嫣然一笑百媚生，起来，我给你放热水你洗澡。

三、初三那一年

今天礼拜二，吃完早饭，邝军开车送妻子上班。当时的私家车很少，唐小凤戏称自己是县长待遇，牙长点路，专车接送。的确，就连堂堂的女娲镇政府也没一辆小车，镇书记、镇长骑着摩托下乡、回家，其他人员绝大多数以自行车代步，绝少僭越。唐小凤却不管不顾，坐小车上班，成为镇上一道风景。

惊蛰一过地气通，雪并不厚，只有两指，人走过的地方开始消融成黄殷殷的雪窝。太阳钻出云层，阳光穿过树梢和电线杆及屋顶，散射成美丽的七彩斑斓，照得树上的雪团滴答成雪水混合物纷纷落下，也落在车玻璃上……邝军熟练打着方向盘，脑际似乎还盘旋着往事，偏头热辣辣盯一下妻子，还没来得及说话，副驾驶座上打扮入时的唐小凤娇滴滴道：老公，你说我是你的小仙女呢，小仙女呢，还是小仙女？

邝军又用似乎要吃了妻子的眼光扫一下她，琢磨字眼道：凤美人……成……老司机啦。

拜某人所赐！唐小凤左手搭在丈夫后腰，轻轻捏一下说，得了便宜还卖乖，德行！

你可一直不便宜，在我内心，你一直是贵金属、硬核软妹！邝军不知哪冒出的词儿，又问，哎，张文君老师记得吗，就是咱初中英语老师……"够淫荡（going down）""哈喇子多的（husband）"……

咋不记得！你说那时候多怪呀，你们那些个男生没好货。唐小凤一唱三叹，你就是那个够淫荡的丈夫，还有那个边大治，乃极品中的极品。

对，的确好货不多，邝军故意引而不发，就我一个，还被你收了。

咦……去你的。荞麦地里刺蓟花，别人不夸自己夸。唐小凤努一下涂了淡淡唇膏的小嘴儿，说，其实，我们女生也不是省油的灯，就拿你那最宠爱的康美来说吧，和我们一起照镜子时，吊在嘴上的话是什么……你绝对猜不着，怎么说呢？说："我咋长这么俊哩，肤白貌美漂亮腿，我他妈都想自己把自己给上了！"说着，笑得死去活来。

康美那么活泼吗，我有点不信……唐文书淡定，政府大院立等可到。已经到了街上，邛军缓缓行驶，继续道，不过，康美可不是我的宠爱，我是万千宠爱集于你一身。说哪啦，张老师现在已经是大学老师啰，他还是咱一个挂搭子姐夫哩。他有句名言你记得吗？像我这样学习差的要和尖子生唐小凤搞好关系，因为唐小凤们将来可能是我孩子或……我孩子的孩子的导师。

嘻嘻……改话了吧？唐小凤道，本姑娘再啥本事没有，记性超级好，英语老师原话是"尖子生将来可能是差生的孩子的导师或者差生二奶的导师"。

你就只记得笑点和尿点。邛军故意道，那我和你搞了半天关系，图啥哩，你又……

你都把我搞到家啦，还要干什么？唐小凤玲珑的拳头雨点似的捶着丈夫后背。

谢老婆大人不杀之恩。晚上"活春宫"，白天"全按摩"，白加黑五加二，一顿操作猛如虎，仔细一看是那女娲镇的唐小凤。

唐小凤又咯咯笑了，突然她喊道：停，老公！我和镇长打个招呼，靠右停，你先走。下午要是有事儿忙就别来接了，也不远我自己回。打电话啊，邛主任。

邛军靠停让妻子下车，很快开走了。他从后视镜看到妻子和杨俊虎镇长说着什么，杨俊虎当教师转正后不久就转行从了政，一心向上爬，辗转多个地方，现已是女娲镇镇长。邛军当然不知，他正是致母亲死亡的罪魁祸首。他开车先去镇上的那家"邛记肉夹馍"一号店老店转转，那曾是他创业最初的成功范例，是自己在妻子的帮助下淘的第一桶金。

当他行至店门口准备停车时，见店门外早扫出一大片空地；从空地看到尽头，门脸门框上崭新的春联鲜红暖心，店内吃客盈门、职员一派繁忙。他心里踏实，就想开走，可门迎已经给店长通报了他的到来。一个细高个女孩小跑着来到车侧，他就停稳车摇下玻璃。店长叫马星利，是个踏实肯干又机灵的少数民族姑娘，热情道：邛哥送嫂子上班啦？怎么没见来吃饭？

在家吃过了。昨天几点关的门？

呀！昨天我一个同学过生日在咱店，闹腾到快十二点，几人……

邝军打断店长的急切表白，道：那么晚，今天还按时开门。对你和你们店，我特别提出表扬。你忙你的，我待会儿。

没事儿，习惯了邝总！马星利舔一下舌头害羞道，那我回去了。

这姑娘是塘坝村十组山旮旯儿的，十八岁不到，去年才初中毕业，但已经能独自管理一个店了。邝军不禁将她的经历与自己对比，觉得世事多艰。

一恍惚，他不由想起自己的初三来……

展开康静雅给的纸条，上面写着十一个字，每个字都是小学一年级娃能认得的，可十七岁初三快毕业的邝军就是读不懂整个句子，闹得他当晚辗转反侧，直到三四点才勉强迷糊过去。

奇怪，自己竟和一个女孩坐在一张硕大的粉红色木床上，那女孩朝头顶举着一方粉红纸片，边挑逗他边读"你喜欢我也喜欢她怎么办"，是谁呀？康静雅还是唐小凤？都是！都不是！他似梦似醒，一股巨大的热情促使他不顾一切地一个猛扑抱住了那女孩；很快，排山倒海般，他被滔天热浪吞噬，头顶訇然中开……他以为自己被炸死了，就突然惊醒。全身汗透，两股之间的琼浆玉液潮润得他难受，又难为情……他反应过来，这是《生理卫生》课本里说的青春期男孩的遗精。

第二天，他找唐小凤汇报。如此重大的秘密，得与妹妹分享，因为她曾将自己类似的隐私告知过他。上学期见第一次面，她就红着脸叫他哥哥，说她来了初潮。他当时不知初潮为何物，她跳着脚解释半天他也不懂，她就让他翻《生理卫生》课本，找"青春期卫生"那一章"女性生理卫生"那一节去看……现在轮到他向她报告了，他脸红得如同关公，郑重其事地说自己昨晚遗精了。唐小凤脸立即红得如下蛋母鸡，趁没人看见，对着他脸颊"啵"了一下，大睁着眼盯住他道：闹了半天，叫我出来就说这呀？你有没有重点？初三冲刺，得把握住重点。

别急，还有个事儿。他说着，就把纸条给了她，问她那些字到底啥意思。

康美人写的。是给你的？唐小凤睁圆眼，用一个陈述句和一个疑问句进行"火力侦察"。她与康静雅经过初一那段时间的相克相杀、横眉冷对后，因成绩都很出众、长相都很娇艳，谁也抹杀不了谁，最终握手言好，以"美人"互称。初二第二学期以来，俩人越走越近，俨然成为好朋友啦。在那个除了书就看不到印刷体字的时代，手迹随处可见，熟人同学之间的笔迹，彼此都熟，所以她当然认得康静雅的字，于是严肃地盯住他问。

你先说啥意思？

Easy. It's very easy.唐小凤手之舞之足之蹈之，几个发卡共同管制下的头也上下忽闪着，Isn't it?

Easy. Too easy to say.But……这到底啥意思吗？这些小学一年级的字黏糊在一起，意思根本就不通嘛！他着急地扳住她双肩，瞅着她问，发现她不知什么时候开始矫正牙齿，镶金牙套撑得她嘴唇厚了一圈，贼不自然。

哈哈，猪也是这么认为的。不过猪经过昨晚与康美一场云雨，也开窍啦，英语说得贼顺溜。就凭你这头猪猪这么帅这么可耐（爱），我哪，得解释给你听。唐小凤笑颜如花，但，你能给我什么好处呀？

饭可以胡吃，话不能乱说。关于康美，你以后别在我跟前再提了！你要什么？割头我也答应你。邝军张口就来，说得风轻云淡、视死如归。

他的态度，她很满意，于是她沉静的目光放射出纯真少女特有的无比美丽的光芒，双脚原地一跳，轻松道：答应我，嫁给我！

没麻达。邝军故作大度，不禁笑道，嫁八次都成！我男的怕什么？

坏，你坏得很，好家伙，坏出水了都。要不是在校园，我咋了你！他们站在初二教室房侧靠背后的角上，一个拉煤的校工正拉着一架子车煤经过他俩；唐小凤不得不朝房背后的僻背处躲去，邝军忙跟上，唐小凤拧住他耳朵问，还拈花惹草不？

邝军疼得脑瓜子跟炸了一般，骂道：二球，你不要哥了吗？话说清楚，我沾染哪个啦？

还犟嘴，背着牛头不让脏。唐小凤继续拧着，邝军头跟割开一般，渐渐就疼木了。唐小凤说，康美对你垂涎欲滴，也很自信，以校花自居，说自己美得自己都想咋了自己。青春小鸟是洪水猛兽，疯狂呀不你说？

她说几乎就几乎呀？凤美人，我只对你好！邝军说，像极了贾宝玉对林妹妹。可惜他不是贾宝玉，他只是个穷光蛋，于是他目光黯淡下去实话实说，可，我打砖的你当官的……

我不考小中专，说好，我们一起到高中读书、考大学，我给余校长说好了，她一满同意。唐小凤一口气说完，这下我给你解释这句话的意思，听着，靠标点控制意思哩……随着唐小凤的解释，邛军知道纸条上的那句话至少有三种意思——

你喜欢，我也喜欢，她怎么办？

你喜欢，我也喜欢她，怎么办？

你喜欢我，也喜欢她，怎么办？

邛军道：呀，能者不难，原来如此！

果然疯狂。康美这么自信，认定你喜欢她。唐小凤并不担心什么，道，这，当然不是秘密。她那是司马昭之心——路人皆知也！那我问你：你喜欢我，也喜欢她，怎么办？

这时上课铃惊心响起，是张文君老师的英语课，今天教状语从句。邛军提醒唐小凤回教室，唐小凤反而一把拉住他问：你到底咋办？

我……奶奶去世前经常说我们家"比贫穷还贫穷"。奶奶现在去世了，我更不敢提了，我一穷二白，是全中国最年轻的"五保户"。你问我咋办，我问谁去……

贫穷不是社会主义，你也不会是永远的"五保户"，你应该考学跳农门！唐小凤激愤道，别跑题，我问你喜欢康美不？

小凤你咋不理解我哩？我现在是猫吃糖栗子——在嘴上挖哩，没那闲心！你知道不？

知道。你意思是说，你有闲心了，一准喜欢康美，是吗？

呀，不是。我咋会喜欢她？邛军极度忠诚地表白，跳着脚说。

明白了。上课，走！

邛军：你先走。我隔几分钟再回，免得……

什么免得，那咱就都不上这节课了。唐小凤故意说。

邛军只好与她一起跑向教室。唐小凤喊"报告"时，张老师已经开讲：关于状语从句，是中考的一个热点，我们上节课讲了时间、地点、原因、条件、目的状语从句，现在来复习，我叫几个同学，依次写出上述五类从句的一个例句。康静雅、杨峰峰、巴小妮，你三个先上来写。同学们注意看他们造得对不对。

三个同学上到讲台，拿起粉笔造句书写。张老师美髯飘飘，很有风度地背起手走下讲台，视门口如无物，踱着步子走向一组和二组的过道深处，边走边说：注意大小写。

吃了闭门羹，唐小凤忍不住又喊了一嗓子"报告"。张老师装作没听见，从教室后面的墙报下绕到三组与四组的过道，走回讲台前，他现在是近距离直对门口了。唐小凤又要冲动地喊，被邛军以目光止住了。黑板下的三个同学，康静雅离门口最近，她目光扫视到老师故意无视邛军和唐小凤的一幕，脑子一动，马上转身从课桌上拿起黑板擦，擦掉自己造的原句子，踮着脚，写了一个板书很大的新句子：

As her husband was going down ， Tang Xiaofeng talked with the class monitor behind our classroom.（丈夫下楼时，唐小凤在教室后与班长交谈。）

同学们开始喊喊喳喳议论，作惊讶态。唐小凤和邛军继续站着，看到同学们的异样反应后，突然警惕起来，就偏头使劲儿瞅黑板；奈何光线反射，黑板那端一片模糊，他们只看到"As her husband was going down"就再也看不清了。

康静雅最后一个写完，昂首阔步走下讲台。张老师已经在讲台上了，说：OK，看一下三个同学造的句子，谁来翻译一下第一个句子。

老师，我！二组七排的边大治一马当先，忽地站起高举手臂，如同擎着一面胜利的旗帜，傲娇得像骄傲的公鸡。

大家吃了一惊，一副看热闹不嫌事大的狂热模样。四组第二排的康静雅瞥一下边大治，显出一副与己无关的神态。张老师也是一愣，他没料到平时调皮捣蛋、英语一塌糊涂、两年多来未在他课堂上主动回答过问题的边大治，今天这么积极，就翘一下好看的眉头道：嗷，边大治同学今天表现很好，你来。

唐小凤和邛军似乎明白了什么，四目如炬，盯住边大治，看他狗嘴里能吞吐何物。

边大治此时已经得意忘形全然不顾了，只见他摇头又摆屁股，半天才道：我想，这个句子的意思是，恭请您们听好了，当然我翻译得不好，仅供大家参考。我的理解是：当那哈喇子多的丈夫足够淫荡时，唐小凤就会拉着大班长在房背后吃糖栗子哩。

"哗"一下，如同一阵瓢泼大雨倾盆而下，全班哄堂大笑起来。

边大治是班里当仁不让的笑星，他说的相声曾代表镇上去县城比赛，他平时也老神在在故意惹人笑；今天，在他举手时教室里就兴奋起来，等他翻译出句子开头大伙儿便哄堂大笑，人人如同爆米花炸裂般不可抑制；待到他翻译完整个句子，就连张老师也忍俊不禁。他没料到边大治如此胡诌、故意放大料哗众取宠，就严肃地走向他怒目而视，抖动着嘴唇上的美髯道：这、这……成何体统！下去，唐小凤，唉不，康静雅，你好好给边大治补补英语，你俩结成对子，你是英语课代表，能做到吗？他盯着康静雅问。

一刹那，教室里的笑声如喷泉溅落般骤歇，诡异的气氛却猛然蹿升。事情的发展也出乎康静雅意料，她没想到，自己因妒忌邝军和唐小凤而故意造的这句子，竟然引火烧身。她刚才那胜利到达彼岸的笑容凝固了，不知如何是好，犹豫着站起。还没等她表态，边大治笑嘻嘻道：老师，我一定积极主动，把英语补上去，绝不影响咱们班英语合格率，拖您后腿！

好嘛！张老师很感动，却故作俨然道，要严肃认真地补，不要嬉皮笑脸地补，还要讲求方法技巧。像你今天，就很不好！

是，老师！我可以坐下了吗？边大治喜出望外，器宇轩昂，浑身的每一个毛孔似乎都充满傲娇和张狂。

你坐下。张老师道，盯着第四组二排问，康静雅，你呢？

我是课代表，我帮助，老师！康静雅道，已经恢复平静。

你也坐下。Chief monitor，人呢？张老师朝最后一排巡视，却见邝军位子空空如也；他醒悟过来，转头看向门口，平和道，大班长，你来监督此事。

好，老师！邝军猛地立正，声震房瓦道。

他的郑重和神气，惹得同学们哗然大笑。

你坐下！不，你俩进来。书生气重的张老师道，唐小凤同学回座位坐下。

唐小凤犹豫一下，抿一下嘴唇，道：老师我错了，耽误大家宝贵时间等于谋财害命……说着忍不住哭起来。

知错就好。——我要说的是，由你来帮助邝军英语，六十几七十考高中，可没啥竞争力。张老师语重心长道，你听到没？

听到了！唐小凤、邝军双双低头，声泪俱下。

刚才说的，你、你、你、你，全班监督，我看效果。张老师用指头从四组二排指到二组七排，又指到讲台下，说，都下去坐着，继续分析这个句子。

......

　　此后直到毕业，康静雅再也没与邝军说过话。边大治积极性倒很高，整天缠着康静雅学英语。他之前变着法儿与康静雅说话套近乎，康静雅总高冷不理，而现在好了，她必须接待好他，把他教到位。到期中考试时，边大治英语已提高到四十七分——这是了不起的进步，要知道他曾是经常考个位数的人物，就连选择填空也是阴差阳错地完美错过正确选项，得分率超低。如今这表现，张老师自然免不了要由衷表扬，边大治就更加主动，而且人变得文雅，很注意形象，头发油光可鉴。因此，他的绰号也在增加，除了"够淫荡"，还增加了"补英语""讲求方法技巧""油光可鉴"。全县中考诊断会考，边大治考了五十八点五分，气得他要死要活。按惯例，在本校老师阅卷中，这个分数会无条件变为六十的，以提高单科合格率进而提高全科合格率。可阅卷的老师不干，不仅不干而且说风凉话，质疑成绩的真实性；张老师交涉，也无果，张老师亦不坚持。讲评试卷后，他叫康静雅和边大治到办公室，表扬了他们，同时提出新要求：距离中专预选考试还有不到十天的时间，距离毕业会考还有一个月，争取增加一点五分。两人都打了保票。这段自由完善时间，康静雅除了自己抓紧，也是真心帮边大治复习功课。说起来两人曲里拐弯还是亲戚哩，她是他姑奶奶的二舅子表兄的孙女。她不仅帮他英语，而且帮他语文、政治。很明显，大治智力不错，数理化都能及格，就是文科需要记背，不肯下功夫。纯真的康静雅就无私地监督他下这必须下的功夫。

　　接着，预选考试由于题难，边大治又被打回原形，只考了四十一分。但他没有气馁，抓紧最后快乐而充实的时光用心学习，最终，毕业会考边大治还是个全科合格生呢。全校师生包括校长都为之赞叹，并且惋惜，他虽然是个全科合格生，但总分偏低三百八十九分，距离全县最差的六中的录取分数线还差十几分呢。油嘴滑舌、乐天派的边大治，一下子追悔莫及，当着邝军的面哭了。——在这人生决定命运的十字路口，这些花样年华的少男少女们第一次尝到了失败的滋味儿。悲情的边大治最终没有中断学业，而是上了县职中，距离邝军、唐小凤和康静雅就读的全县最好中学女娲中学近百里路。

　　反过来说，邝军能上女娲中学，也与张老师给的政策息息相关。当然，主要是唐小凤一开始就给他制定了"总体战"思想，先从考重点高中的总分权衡，该补哪科、该增多少分、加多大劲儿，都异常明确。邛军初中底子也不差，最关键的是，他对唐小凤言听计从，执行力超强。为了给邛军补课，唐小凤牺牲巨大——放弃去省城参加五大名校单招的机会。为此她舅舅很恼火，因为她舅母就是西工大附中老师，她有内部上学名额。据她说，小凤绝对有资格有实力上她们学校。而上了西工大附中，就等于一脚迈进全国前三十名的好大学啦，考上清北也不是梦，该校每年向清华北大输送数以百计的学生。他们高中老师有一句警示本校学生的名言：不好好学，就去隔壁读大学。要知道，隔壁的西工大排全国四十名之内。其实，除了单招，五大名校还有一次录取机会，掐尖录毕业会考成绩异常拔尖的，基本上是接近满分的学生。可惜，最终毕业会考成绩，唐小凤不是特别理想，甚至被一直在她之后的康静雅给超越了。也许是她故意等他吧，就像他小学时等她一样，人们开始议论她在与邛军谈恋爱。为避风头，暑假，她随父母出了一趟国。

常言说，精神变物质，但有时候精神的富足丝毫减轻不了物质的困境，邛军就是这样。奶奶去世一年来，他吃在五叔家，住在自己家，这种寄人篱下的落魄生活，让这个自尊心很强的翩翩少年一直焦虑不宁，这种焦虑的心情在假期更甚。因此，他内心一直是摇摆的，在上学与辍学打工间剧烈摇摆。如今考上了好高中，全村人惊讶，却无人像对康静雅那样替他高兴；相反，人们更多的是担心。五叔虽然嘴上说着是好事，但内心真实想法不好说，四娘则明显脸上写满忧虑。也是，不同于初中跑通校生，每天只顺便吃两三顿饭，高中学业紧，封闭管理，又住校又上灶，得钱支应下来。五叔的小儿子邛军飞在秦镇上六中，马上高二，一年下来花了近两千元，就这，家里还转了粮。这个活生生的例子，让当事人邛五叔直接否定了邛军的高中生活。

怎么办？没办法。

毕业会考一结束，邛军就去辋川砖厂务工挣钱。每每当他一身疲惫一身脏地回家时，内心很复杂：他家地坑院里的茅屋已经破旧得不成样子，当初奶奶在还有点人气，现在没丁点生气，有的只是日渐浓重的阴气和戾气，陌生人一进到院子会发怵。之前，康静雅曾说不嫌他穷，可现在，邛军自己都嫌自己穷啦。几次在村里遇见康静雅，她更是以鄙夷目光相视，令他如毒蛇咬心般难受。当然，他的茅屋也不寂寞，偶有同学造访，一谝一晚上，平时更有大治等来他寒舍逛荡。

那天傍晚唐小凤从国外归来找他，他自嘲他的茅屋终于迎来"谈笑有鸿儒，往来无白丁"的高光时刻。唐小凤一袭短裙，热情四射，一扫他的颓丧，她似乎看出他的心思，开言道：世界发展太快，我们差得太远，说老实话，咱都没时间犹豫，顾不上忧伤。知道不，新加坡还没有咱秦岭县大，但去年GDP是二百五十四亿美元，快赶上咱们祖国北京、上海两个直辖市的生产总值的总和二百八十四亿美元啦；再看人均，人家八千九百一十四美元，上海号称"东方明珠"，才人均一千零四十六美元……

停！你这是典型的"外国的月亮比中国圆"！邝军不由冲口而出，他觉得她是显摆，自尊心很受伤。

大班长，听我说完嘛！见邝军生硬，她反而娇媚道，对女生要有礼貌和耐心。

没待邝军开腔，就听到边大治模仿改编唐小凤的声音：大班长蝈蝈，听媳妇儿我给你细细讲来嘛，对媳妇儿要好些的啦……

滚，边大治！找你媳妇儿康静雅"补英语"去！唐小凤横眉冷对撵他出屋去，又说，邝军出来聊，外面树底下凉快。

待我端详端详咱们的凤美人，再去探视康美，也为之不迟！大治继续细声细气，流里流气。

唐小凤拿起一根木棍，边大治早逃之夭夭了，邝军和唐小凤纵声大笑。笑罢，邝军说：想不到你一个出洋考察过的人，还这么暴力。

对"补英语"就得这么收拾。唐小凤拍打一下小腿上的蚊子，拍死了一只，腿也鲜血殷红，她全然不顾，蹲下身子低眉顺眼地继续说，对你，就得像孟光对梁鸿一样举案齐眉。

热血少年邝军醉了，有那么一瞬间，他有些恍惚，但强烈的悲哀淹没了他的痴心妄想。这时，唐小凤拿出湿纸巾递给他，幸好他反应快，正好拆开给她擦去腿上血污。唐小凤道：谢谢大班长，情商还是蛮高的呀！我说的意思是，咱们虽然落后贫穷，但眼界和思想不能受限。别打断我！当务之急，咱们得好好读高中考大学。

哪壶不开提哪壶。邝军一时无语，更丧气了。

钱，我有，我支持你。唐小凤紧张地说，别拒绝，别发火！这钱，是我这次出国本该花掉而节省下来的。大班长，你别怕欠我人情，我的钱将来你是要付利息的。再说啦，一个男人，一个有作为的人，一个有益于人民的青年，一生要创造多少财富呀！这点钱，又算得了什么，你说呢？

真正打动邛军的，是她这最后一句话，少年壮志不言愁，他四肢健全、头脑正常，他对自己有足够信心。

……

听到汽车喇叭声，邛军才从回忆里醒过来。他扭开马达，一脚油门开回村去。

四、恩情高于天

　　春阳施展威力，将云层打得落花流水，头顶的天空已是湛蓝一片，阳光还不罢休，继续扩大着战果，将四围的云也逼下去。自然，阳光除了战天，还斗地。树上的雪挂早没了，树身上湿漉漉的，往下流水；向阳的坡面、屋顶上的残雪变成浅黑浅黄色液体，沿着房檐流成水帘，汇入雪水交融的大地；走车行人的路上，早已泥泞一片，全然不见了雪影儿……有点晃眼，车行不稳，邛军放在二挡慢行。塘坝村和辋川村交界，通往秦岭县的班车旁，围着许多背着包包行囊的学生和送行的家长，一张张稚嫩偏执的小脸与一孔孔布满千沟万壑的老脸在进行着并不顺畅的交流……高中开学了。

　　迷茫有之，冲动有之，阵痛有之，奋斗有之……但一直逆行不止。邛军忆起自己上女娲高中的前前后后：

　　十年前那个暑气流荡的傍晚，唐小凤的热情点燃了少年邛军继续学业的希望，她那实实在在的一千零一（千里挑一）元钱也坚定了他上高中的念想。邛军甚至极端地想，哪怕只读一学期高中，那也是进过高中大门的人，拿张全县最好的高中的肄业证，也不错吧。

　　统一思想后，俩人漫步村道。秦岭岿然不动，像父亲般站立在村子南边，望之俨然，让人气定神闲；绮丽的晚霞渲染得山林树梢、村头巷尾一片梦幻，没廉耻花不知疲倦地怒放在道边；牛羊等牲畜从山沟归圈，踩踏得锃土乱冒，一时间畜臭冲天；暮鸦鸟雀归巢前，翔集在树梢、高墙、屋檐上，翻飞着、欢跳着、聒噪着，诉说着它们的喜悦；龟缩岩巢大半日的蝙蝠，急不可耐地飞出，盘旋在顶上，汹涌觅食，也散播着病毒；蝈蝈、蟋蟀等夏虫联合着池里的青蛙，开起了盛大的音乐会，夜莺也乘兴而至，客串一下……这里，曾是他和她童年的摇篮，他们有回归母体般的温暖和躁动，唐小凤神情激动，哼起台湾校园歌曲《乡间的小路》：

走在乡间的小路上

暮归的老牛是我同伴

蓝天配朵夕阳在胸膛

缤纷的云彩是晚霞的衣裳

…………

歌声引来许多村民，大家认出这美丽洋气的城市姑娘是余校长女儿，小凤也和认识的不认识的乡亲们不住打着招呼；毕竟她在这里生活了好多年，小学毕业于这里，有着故乡般的感情。同级毕业的同学纷纷而来，康静雅和边大治也忍不住加入进来，和乡亲们拉着话。夜深了，大人纷纷回家去，只剩下他们七八个刚毕业的初中生。他们畅想未来、展望远方，也倾诉苦闷和惆怅，又不知不觉回到学习方法和技巧的探讨上。边大治和几个落榜生就落寞离去，最终只有唐小凤、康静雅、邝军三人坐在场畔的碾盘上拉话，与清风对坐，和秦岭相看两不厌。暑气渐歇，繁星满天，河蛙声声，蟋蟀在树顶草间弹琴，荷花的香气顺河被风送来，几人不禁有些陶醉，康静雅吟道：荷香销晚夏，菊气入新秋。时间过得很快呀，一晃马上又开学了。

是呀是呀！唐小凤道，打着呵欠，哎呀，我坐飞机时差还没倒过来呢。

你是我们的高等公民啊。康静雅不由来了句。

咦，按下葫芦起了瓢，刚规劝好大班长，康美你就来劲儿啦，呵呵！唐小凤道，真希望自己出生在农家，那样可以轻松些。

你……这……邝军道，看不清表情，但能感受到他的情绪蛮激动，纯粹是……让人不知道说啥好！

矫情不？咱俩有时间没吵架啦，你能不能有点真情实感？康静雅急道，也不知道针对谁。

邝军却先接话：我这就是真情实感，我还直抒胸臆呢！哈哈。

切……康静雅被怼得无语。

唐小凤，你这是站着说话不腰疼！邝军说着站起，似乎要抬脚而去。

大班长，你可别走，别辜负了美人一番心意。康静雅道。

你是说你吧，唐小凤道，我不生气，像梁实秋一样。

凤美，我俩好几个月没张过口。不信你问问大班长。康静雅声明道。

为什么？唐小凤道，这算不算不正常啊？哈哈。

不为什么，要留清气在人间。康静雅道，现在有你了，好啦，我们也不妨拉拉话。

呃呃，到了女娲高中，真希望咱们还同班。唐小凤真诚地说。

我也这么想！期待邳军还给咱当班长，他办事可公道啦，也有魄力。康静雅动情道，他就是我们时代的张海迪、高加林……

邳军搔搔头制止道：呀呀呀……快，别刺激我！

康静雅意欲辩解，唐小凤抢先说：咱能不能盼邳军好点哇？你刚才说的那海迪姐姐是残疾，而高加林，那是小说中虚构的人物，《人生》小说和电影里面的……

保尔·柯察金也是小说中的人物，但他是那么鼓舞我们。康静雅说着，背诵起他那段至理名言，邳军和唐小凤也加入进来——

人最宝贵的是生命。生命每个人只有一次。人的一生应当这样度过：回首往事，他不会因为虚度年华而悔恨，也不会因为碌碌无为而羞愧；临终之际，他能够说："我的整个生命和全部精力，都献给了世界上最壮丽的事业——为解放全人类而斗争。"

三条年轻的生命，为这鼓舞人心的美丽句子陶醉着，决心高中互帮互学，认真追求人生的意义。最后，康静雅带着唐小凤回家睡了。邳军拖着一身劳累回到家，耳畔是蚊子的叫嚣，他点起艾蒿拧的干火药子驱蚊，门外又清晰地传来夜莺的歌声。眼前黑漆漆的，他辗转反侧，久久难以平静……

开车回到村口，就见人接连不断地朝旧饲养室——选举现场而去。

雪水漫道，大家换下过年新衣，背着半新不旧的棉袄棉裤。有人衣服洞口的旧棉花絮子不安分地探出头来，男人们戴着军用火车头帽子或自己做的黑布棉帽，女人们头顶包巾子；男女一律都把手筒在棉衣袖子里取暖、穿着旧雨鞋和棉窝窝，裤管被打湿了……下雪不冷消雪冷，邳军想停下车，送他们到选举现场，又怕人多拉了这个不拉那个得罪人，更怕背上拉选票、扰乱选举的罪名。正左右为难时，见一个蹚着浅黄色军用牛皮窝窝、穿一身绿色棉军装、戴着崭新棉军帽的人斜刺里朝车边绕到路边去了，他知道是边大治。边大治没有参与竞选，而是以"白人（非官方身份）"破天荒地被推举为选举委员会主任，主持选举大事。前天晚上他主动找邝军和唐小凤，说他边大治是"秉公行使权力，务必使同学、大班长、大老板和镇上领导的家属邝军同志当选"，惹得大伙儿哭笑不得。边大治退伍后，在县城做过贩电子表的生意，在女娲高中门口也开过书店和录像厅；康静雅高中毕业上大学后，他便追随她到西安城去发展。那时，邝军也在西安打工，但邝军干重活累活，边大治不这样，他主要做生意倒鸡毛；大家平时难得一见，只有过年时才都回来，在一起聊天、打牌、拜年、喝酒。邝军觉得这么多年过去，大家的情分还有，就摇下右前窗玻璃"大治大治"地喊，想载着他去老饲养室；可那家伙置若罔闻，竟然越喊越远。他就继续慢行，准备把车开回老杜梨树下搁着，而后步行前往。突然，他看到左前方一个戴绿包巾、穿黑棉袄的老女人一走三晃，他正担心时她已跌倒在泥地上。他忙踩油门开过去，下车想扶她到车上。老人六十来岁，个子不高，胖而圆，头发花白，面色如同抹了层猪油般黧黑，裤子从屁股以下全糊了泥浆，似乎湿透了，她无助地说：军军呀，"穷塘娃子"终于变好啦！老天有眼，我来给你投一票，管不得这泥猪一样了……我自己会走，不敢给你惹事儿，怕落下个拉选票的话把。

邝军认出是当年接替妈妈当小学炊事员的李琼芝阿姨，不由分说地攮她到车内，帮她坐好。他有些不明白，李阿姨是辋川村的，何以有选举资格。车开了，李阿姨的话解开了他的疑问，她说：你别以为我是外村人不能给你投票，你知道，我一直在咱塘坝小学做饭，做了二十一年，前年，我已经将户口转到咱村上，所以有投票资格咧。

邝军心里突地一沉，妈妈离世已二十一年了。李阿姨继续说：嗨，可惜你妈妈啦！那么年轻，还读过书，人样子，可惜啦，可惜啦！我都为你妈妈冤屈！狗日的……吃人不吐骨头！天杀的……老人家口里有毒，津津有味骂道。

邝军最怕提妈妈的事，心里顿时如打翻五味瓶。好在已到老饲养室大门口，前来选举的人络绎不绝，他嫌招人眼，忙停车到侧面，扶老人下车。老人干裂的手拉着邝军袖口问：你也算是我看着长大的，我就问，你读高中时给你的政策，落实了没有？余校长给你争取的每月四十块的补助。

落实了，姨。余妈妈你知道……她就是我亲妈妈。

那就好、那就好！李琼芝嘴唇抖动着喃喃道，摆一下手算是告别，蹒跚地混入人群，走进饲养室。

邝军抬腕看表，差一刻十一点钟，他顾不上杂乱的心绪，整理一下头发，也准备走入会场，进行竞选演讲。这时，村文书马煜明和会计陶会克迎面而来，马煜明道：表弟，有变，请回吧！情况有变，今天，你和陶会计就不做竞职演说了，谁怎么样，大家心里明得镜子一样，何必脱了裤子放屁——白费手续。马煜明是少数民族，比邝军大不到二十岁，俩人还有点亲戚关系。他之前当十组和九组的队长，现在是队长兼村文书，掌着公章。

话是这么说，邝军担心道，只是，表哥，就看合不合选举规定？

合！一准合！陶会克说，我跟着支书大干了十几年了，咱这次选举最规范，也是上面有要求，小凤在镇上当干部，估计政策啥你最清楚。但，计划不如变化，大治要这么弄，没办法。

你管人家大治咋弄！只要人家符合要求就成。马文书说，这个预选方案也是镇上批准的。我给小凤打传呼，支书大的传呼我今儿个在腰带上挂着哩。说着，鼓弄起传呼机来，半天不通，就说，日鬼的，小凤这号没问题吧？

邝军就用自己的BP机打到妻子办公室，通了后直接递给马煜明。马煜明接着说了几句话就挂了，对邝军说：不是小凤接的，是办公室秦主任，他说可以。你俩也听到了，是不是？

那走……回！邝军对陶会克道，又意味深长地对马煜明说，你是村上干部你把握，你说几乎就几乎。

瞧这说的！马兄还能糊弄你俩哇！就是我瞎了心昧了良心，还能过了老支书那关？

喳，走……回！陶会克附和道。

邝军就载着陶会克回家了。送陶会克到家门口，陶会克让进门喝酒，他推辞了，径直回到老杜梨树下。喜鹊将窝里的雪水捣鼓得簌簌落下，落在车玻璃上，选举似乎没那么重要，邝军躺在被窝里继续回忆往事……

那天早晨，他起得很早。一起来就担心唐小凤的早饭该在哪里吃，他早饭后就得去砖厂干活，早饭就算是告别。洗完脸安顿好，他寄人篱下的焦虑心情开始加剧，昨天小凤来家四娘和五叔是知道的，他该请小凤去五叔家吃饭——可这个家他哪有主张权呀。这么想着他就出了门，脸上火烧火燎直冒汗。却万万没料到，余妈妈和班主任唐老师正等在院门口，他们的身后是一辆崭新的自行车。显然他们已经等了有一阵子，见邝军出门，便都温和地瞅着邝军，却都没说话。太突然了，邝军有些慌乱，语无伦次道：余妈妈，唐、唐老师……

请允许我和你余老师，参观一下你的诸葛茅庐！唐逝水风趣道。

好，好，请二位老师进门！邝军更加慌乱，却不得不仓皇邀请。

三人进到院内，杂草丛生，蚂蚱、蝴蝶和其他昆虫，随着人的脚步从草间纷纷飞起，左边的杂物间长出几株自生自灭的向日葵，右前方一块蒿子梅在寂寞开无主，一条小道通向一间破屋。余妈妈边走边叮咛邝军，需注意防蛇防蚊虫，邝军连忙答应。走进小屋，光线黑暗，唐老师说：还没有拉电吧，咱们去外边谈。

余妈妈吩咐邝军搬出板凳，三人坐在一株皂荚树下，树枝上挂着绿色小刀样的皂荚。邝军又站起，问：两位老师喝水吗？我去我叔叔家提。邝军多少有点困惑他们此行的目的，想借机把唐小凤叫来，那样会好许多。

不啦，早上凉，口不渴。余妈妈说。

好。邝军忐忑不安。

坐下吧，邝军。唐逝水道，又挑眉瞅着妻子，如兰，开始吧。

邝军的心快跳出嗓子眼，他真想说他和小凤是清白的，想说昨晚他俩不在一屋，甚至都不在一个院里，小凤在康静雅新家住呢。她家在村口买地盖房，已经彻底从山里面鸡窝洼的少数民族村搬出来，并且开了家兰州牛肉拉面馆。

邝军，我和你班主任唐老师都是普通人，我们都没把你当外人。余妈妈温和道，我们希望你把高中读下去，争取考个学。

好，好！邝军不知该说什么，甚至不知道自己说话了没有。他以为自己很坚强，不料泪水早已夺眶而出，浑身也筛糠一般抖个不停。

唐逝水递给邝军一个纸巾，邝军木然接到手里，不知这是何物，更不了解唐老师为何递这东西给他。唐老师道：擦擦脸，你余妈妈还有话要说。

余如兰似笑非笑地瞅一下邝军，突然转过脸去，脸转了过去但话却传了出来，道：时间过得真快，十一年前，十一年……她终于泣不成声。

邝军听得疑窦丛生、心惊胆战，只见唐逝水又递纸巾给妻子，并朝前伸着身子一手按住她肩膀，另一只手轻轻拍着她后背，安抚着。几分钟后，余如兰恢复了正常神情，右手习惯性地捋一下额前短发，继续道：十一年前，你妈妈常老师，还是我们塘坝小学职工的时候，意外去世！作为学校领导，我……有责任，我检讨……她又泣不成声。

"轰"的一声，邛军差点晕过去。他第一次听人这么描述他妈妈，她不仅是学校职工还是老师，更有甚者，她的死亡竟然是个意外！邛军彻底蒙了，关于妈妈的迷雾如暗夜森林般在他脑子里迅速弥漫，使他脑子漆黑一片、迷糊一片，没有丁点思考力；仅有的一丝儿意识隐约传递信息给他，妈妈显然不是如奶奶所说的"渡河淹死"的。早有思想准备的唐逝水迅速站起，一手拉住妻子一手拉着学生，说：如兰，说重点，说结果。

余如兰站起，又跌坐下去，唐逝水忙单手牵她重新坐稳，问邛军：邛军，你怎么样？搀一下你余妈妈！他显然更担心邛军出状况，虽然他这么年轻健壮，但毕竟事关重大。

邛军接话如得令，忙从晕晕乎乎的状态中奋力自拔出来，站稳从背后扶着余妈妈。半天，余如兰才说：邛军，好孩子，我们是要告诉你，作为时任校长，我有责任和义务告知你：学校是有政策赔付和补偿给你的……

听了这话，邛军呆似一尊雕像，一点反应也没有。

两位老师已经把想好的办法全部告知邛军，如释重负的同时，担心地瞅着邛军。邛军不得不有所回应，道：嗷，我怎么不知？奇怪，我奶奶也没说……

听邛军这么问，余如兰和唐逝水对视一下，继续按照事先商量的办法来，余如兰说：你奶奶，她老人家是知道的，她生前没告诉你，那估计是她有她的难处……老人家一辈子含辛茹苦，你要理解。

我理解。邛军哭泣道，想起和奶奶相依为命的苦日子。

余妈妈坚定地说：理解就好。相关方面，自你高中起，每月给你资助40元生活补贴，由我这个曾经的塘坝小学校长监督到位，一定如数落实！

余妈妈……邛军从余如兰身后转至前面，似乎要下跪，却还是站着。

余如兰握住邛军的手，温情道：孩子，安心读高中！有难处告诉我，谁让我是你余妈妈呢！

你可能疑惑，为什么小学初中没有补助，唐逝水解释道，是因为你的余妈妈主动承担了，毕竟小学初中在家门口读，花费少。

"扑通"一声，终于，邝军双膝跪地，十几年来余妈妈、唐小凤和班主任唐老师的资助、照顾、教导、关爱和温情，如一股春流迅即涌遍他全身、冲向他脑际，使他彻底瘫软在地，如稀泥一摊……唐逝水想拉他起来，余如兰说：让娃歇会儿！

过会儿，邝军一下子自动站起，朝余如兰和唐逝水分别深深鞠了三躬。唐逝水道：大班长，锁门，去吃饭！

唐老师说明了想请邝五叔去街上吃水盆羊肉的意思，让邝军带他俩去家里。结果，四娘和五叔早饭已备好，而且早早让军飞把康静雅和唐小凤也叫来了。双方经过艰苦"谈判"，老师退让，决定留下来吃饭，而不是去街上。五叔看出余校长有话要说，就安排了两处吃饭的地方：五叔、唐逝水、余如兰和邝军一桌，在五叔房间，其实是村上的最高行政办事处；其余人坐一桌，在院子里大柿子树的荫凉下。五叔还特意备了酒，余如兰给唐老师使眼色，唐老师吩咐邝军将自己自行车上的包拿过来，他接过包，掏出两瓶茅台说：来，这是余校长和我的一点心意，邝支书你留着喝！

看这咋敢？五叔一见，故作惊讶状，推辞道，呀，茅台，这么好的酒，给我那是糟蹋了呀，还是给余老人家留着吧！

正是当年他的部下送他的，他身体不好不敢喝，才给我让送对向人①。唐老师解释道。

这……太贵重啦！只是……五叔眯缝着眼朝余校长看着，我无功不敢受禄呀。

唐老师看妻子。余校长装作没看到，她是聪明女人，这个场合宁愿丈夫出头露面。唐老师才又说：我学生——你侄子邝军，娃相当不错，学习好身体好品德好，我一直让娃当班长，娃组织能力很强……他边说边端详五叔的反应。

余校长也注意地看着五叔，邝军毕竟年轻，被老师表扬得满头冒汗，窘迫地看着唐老师，直搓手。五叔则面带微笑，只是笑容有点僵硬，没接下语。唐老师继续道：娃很好，前途很好，考上了全县最好的高中女娲中学，咱女娲镇六个平行班近三百毕业生，今年能上女娲中学的才三十六人。就这同一个校园，要从这

---

① 对向人：关系好的人。

个教室考到那个教室，就都这么难；所以说……

五叔突然插话：自己人，边吃边说，捉筷子！说着首先夹起西红柿炒蛋自个吃起来。

唐老师不得不停止说话，余校长也夹菜吃起来，唐老师就夹了半截豆角边吃边继续说：现在呀，娃要上高中，您是支书又是娃本家叔父，还要继续支持呢，以前支持得这么好。

邛军！余校长和邛五叔几乎同时吩咐邛军道，五叔见撞话，笑一下道，你先说，余校长。

邛军，给咱倒酒。余如兰开腔道，矜持地笑着。

哎呀，咱俩一直能想到一起！五叔嘿嘿笑着道，吩咐人拿来半瓶西凤酒，接着说，前多年，你在咱塘坝当校长六七年，咱配合得多好啊！今天，正好唐老师也来了，来，咱喝一杯！

邛军将倒满酒的酒杯一一递上，他没好意思端酒杯，只是看着他们三人举起杯。东道主邛五叔先举杯开言：余校长、唐老师，两位老师把我军军教育得这么好，我邛五叔作为本家主事人，表示最大感谢，我先干为敬！说着，"刺溜"一声喝了，并举杯倒悬，以示喝尽。

余校长、唐老师连说应该的，余校长笑着说：我和唐老师平时不能喝酒，但今天得喝。俩人强撑着，双双一饮而尽。

邛五叔道：惭愧的是，本来毕业前我就想和二位贵人沟通，可村上这烂勾子事多的，没顾上……

四座寂然。五叔继续道：一个事情，军军这驴球的，为啥当时没考中专？中专毕业就逮住工作了，我看现在乡上还有你们学校的这些个干部、领导，中专毕业者还居多，也有优势。

这是个尴尬的问题，很尖锐，明眼人不会问，因为答案一猜便知。像邛军这样的孤儿考中专无疑是第一选择，既然没考，那必定就是学习实力还差好大一截呢。可既然五叔当着面问了，唐老师就不得不正面回答，他清一下嗓子道：邛军，你给你叔说一下，为啥没选中专？

邛军羞愧到极点，恨不能钻老鼠洞，他咬一下筷子，含泪道：五叔，是我不争气，考不上，预选上咧正式没考上。中专是尖子里挑尖子哩。

邛军回答完这个尴尬的问题后，两位老师担心地瞅着五叔，五叔很快道：哦，那我就明白了。我就说，如果能上中专，那就给咱老邛家长脸啦。

邛军忙去续酒，以掩饰窘境，竟将酒倒得溢满流出白瓷酒杯来。唐逝水微笑着接话道：邛支书，娃现在就剩下上高中考大学一条路了，其实现在也有一些尖子生主动放弃考中专，专意考大学哩。

唐老师，还有另一条路，还可以参军。军队也是个大学校，也出人才呢。五叔说，参军这事，全村我说了算。

来，敬邛支书！余校长站起举杯道。

五叔举杯相迎，与余如兰、唐逝水分别碰杯道：再次感谢二位先生！说着一饮而尽，搁杯道，倒酒，军娃子，你也喝杯，敬你二位恩师，毕业啦，要谢师哩么。

邛军激动地给三位长辈添酒，又给自己倒满，杯子较大，唐老师已经喝得上了脸，余校长再次说明丈夫平时滴酒不沾。五叔笑一下说：平时不喝，这杯谢师酒得喝。咱今早这就是谢师宴。

唐老师连说自己喝，余校长道：喝不成我替你喝。

唐老师道：我喝，不过喝这杯之前，让我把话说完。

你说。五叔道，都再来夹菜、吃馍，空心里喝酒受不了。

邛军同学上高中，学费和花销我和余老师解决，剩下的，拜托五叔老哥，照顾点娃！唐逝水几乎是字斟句酌道，说得汗珠沁出额头。

饭桌上出现了片刻寂静，邛五叔几乎不相信自己的耳朵，天下哪有这等好事儿？但精通人情世故的他还是没有让场面冷下来，赶紧说：那要掏光你哩，这可不少花钱呢。我正供济一个高中生——也是你俩教过的，一年花两千多，整天跟我要钱。你说，我一个农民，剁手指头、卖锅耳子都来不及呀……军飞，你躲哪里啦，来给你两位老师敬酒！

脸上脖子里长满青春痘的军飞应声而至，红着脸给唐逝水和余如兰敬酒，五叔道：看亮些，你俩抿一下就成。军飞你出去陪你同学吃好，尤其让凤凤和雅雅吃饱，她俩驴球的想上午跟着军军到砖厂里拉砖去哩！

众人一听，都是一惊。

五叔站起，让邛军郑重下跪，叫两位老师为余妈和唐大。

……

五、发小砸场子

邛军想着想着，进入了梦乡。恍惚中，他似乎梦着了什么，又似乎没梦到什么，是选举的事吗？好像不是，关于竞选村主任，梦里似乎一点信息也没有。就这样几个小时过去，直到听见开门声。他被惊醒，睁开惺忪睡眼朝玄关望去，见妻子闪身入门，在换鞋脱羽绒衣，他惊道：呀……不会吧，这么快就下班啦？我睡了这么久的，已经晚上了吗？

妻子没作声，甚至没朝卧室瞧，就默默走到客厅去了，估计在沙发上休息呢。邛军抬腕看表，才不到下午三点，忙一骨碌坐起，好奇妻子一反常态地沉默、早回，又想打听选举的事，却说：凤美人，外边滑得很吧，雪消完了吗？

嗯。唐小凤用沉闷模糊的喉间音敷衍着丈夫。

好着吧，老婆？咋回来这么早？邛军关心道，披衣趿鞋出到客厅。妻子正斜靠在沙发上，瞅着窗台上的红掌发瓷，他伸手摸一下她额头说，不发烧啊，困了你就休息下。你共产主义接班人，应该好好上班，这么早回家干啥？说着就坐在沙发上，从背后轻搂着妻子。

唐小凤回转娇小的身子，面对丈夫两眼闪烁道：我回来祝你邛主任当选呀！还能干啥，你说？

真的？真的是我吗！邛军激动地抓住妻子双臂，叫道，这……这就当上啦，真可以为大伙儿治穷致富做点事儿啦？

嗯嗯哼……唐小凤继续含糊道，眼里涌出两行清凌凌的泪水。

邛军热烈地拥住妻子，嘴里不住嗫嚅：凤美，我的凤美，你是我的福星，我的运气都是你带来的。

唐小凤将邛军抱得更紧啦。须臾，她猛地推开丈夫，好看的嘴角挤出一丝嘲讽凄苦的笑容，道：可惜，我的泪不是幸福激动的泪，而是心酸愤怒的泪。

咋，啥意思？邛军按住妻子肩头，盯住她因愤懑而更加妩媚的脸，惊疑地问。

咱运气没恁好，我们的运作也没恁好！唐小凤失神道，有人记住咱们啦，中山狼！

谁背叛咱啦？那就是鸡窝洼的陶会克选上啦！邛军反应极快，充满人生况味儿，这没啥，没啥！陶会计比我年龄大，咱们高中挣命考大学那会儿，人家就跟着五叔在村上干啦，应当是人家。我同意他当主任。

呃呃，唐小凤抽出身子在客厅转了一圈，站定身子对丈夫道：你真的这么想？

真的！老实说，没选上就没选上，这和我身上之前发生的那许多苦难坎坷相比，简直不值一提。

这我咋能不知？唐小凤说，似乎轻松了许多，弯腰去开高低柜玻璃门里面的录音机。很快，林依轮《爱情鸟》那轻松调侃的都市风流淌在室内——

      ……

      我爱的人已经飞走了

      爱我的人她还没有来到

      这只爱情鸟已经飞走了

      我的爱情鸟她还没来到

      我爱的人已经飞走了

      ……

依着旋律，年轻的夫妻跃跃欲试，似乎要摆肢扭腰宣泄一下，邛军踩着鼓点，大大咧咧朝妻子做鬼脸，伸手道：来，带我呀！把你上学时、把你们镇机关的舞林功夫，全都拿出来！

唐小凤绫上丈夫的手，却道：算了，躺着听会儿吧！我给你说，陶会计也没选上，主任的职位还在那儿悬着哩。

空悬着呢？谁也没选上？邛军吃惊到极点，不明白咋回事儿。

唐小凤换了《我想去桂林》的磁带，俩人边听歌边聊天。犹豫再三，唐小凤终于还是讲出了自己了解到的今天的选举情况。

原来，邛军这次村主任竞选，竟被"砸了场子"。让人大跌眼镜的是，与他过不去的，竟是他的同学、发小边大治。这家伙脑子进了水，在选举马上开始的紧要关头，竟公然宣称邛军进过局子。嗬，现场当下炸了锅，村民惊讶的程度不亚于得知邛军买了小车，这情景，他咋能选上呢？如此，当不当村官似乎已不那么重要了，现在，作为妻子的唐小凤关注点已彻底改变，她在乎的是"进过局子"这四字。自从中午十二点得知情况后，她在心里反复对自己说：良人者，所仰望而终身也，今若此，为之奈何？

明白所以后，邛军起身，朝远离妻子的地方挪了挪，道：我知道了，不光是白眼狼咬我，而且，老婆你也怀疑我。

我没啥！我追的你，如今都用旧了，我还能咋？唐小凤很直白，又毫无表情地说，只是"补英语"这次说的这事儿，大家都第一次听，你不觉得冤得慌吗？他这是喇叭底下放屁——造影响哩，给你！

是呀，我要找这狗屁算账！不能让他满嘴跑火车，这么糟践我，让他把咱俩在脚底下随便踩踏！

先别急，我觉得。唐小凤倒淡定下来，咱先分析一下，我回来的意思就是咱琢磨一下这事的根子茎子，别当傻愣。我问你，大治，他也想干这个主任？

不是，你知道，他就纯粹不愿在村里待么，人家想进城。邛军觉得妻子说得对，渐渐冷静下来，道，那晚上打牌，他给大家说，过完十六，他十七就走呀。

那快，别让他捣完乱，拍屁股一走了事。

别急，做了亏心事，料他娃不敢不给我解释清楚就走掉，除非他不回塘坝村，除非他不再在这世上为人。邛军冷冷道，齿间生风。

唐小凤感觉到了丈夫的铮铮铁骨，正是这男子气概才让他从小学一直当班长到高中毕业，大家都服他；她更对他服服帖帖，使尽手段好不容易才将他弄到手。想到这里，她不禁暗自笑了笑。邛军问她笑什么，她岔开话题说：你知道他为啥不留村里吗？

这你能不清楚吗？邛军嘲讽地说，不就是要追肤白貌美漂亮腿的康美吗？

他倒是永远的爱，算得个好男人了，哈哈。唐小凤一唱三叹。

是吧？邛军不置可否，你们女人是不是就喜欢被男人稀罕的感觉呀？

好家伙，我有吗？我全是整了些个稀罕你的事体。

呵呵，是吧！邛军及时转换频道，给你说，其实不当村官也好，正好我好好打理咱的饭馆酒店，做好生意。哎呀呀，咋说呢，我还是觉得自己害着个穷病啊。之前，穷怕啦……记得高三毕业时，我垫付了几个同学的照相费，当时有几天只吃一顿饭……邛军说得动了情，大男人眼里冒出泪花来。

啊——难怪你没考上……唐小凤一下子扑到丈夫跟前，伸出纤臂将他抱住，其实，我当时有感觉到你缺钱，我还问你了呢，你记得吗？

咋不记得！

你咋这么傻呢？高考呢，你饿肚子哩！这世界，哪里就差你塘娃子一口食……你听听，咱俩都姓唐（塘），本是一家子嘛……唐小凤哭泣着、絮叨着，仰面寻找着丈夫的嘴唇，像初吻般热烈地拥吻着。

激情稍歇后，两人又计议起家里的事来。和邛军一样，唐小凤是高中就入党、党龄七年的党员，由于人好和家庭的影响，在单位发展很有优势，已经作为第三梯队去省委党校培训过了，正在等待提干机会；她才二十四岁，没打算要孩子；无官一身轻，俩人觉得邛军应该将五家连锁肉夹馍店和一家酒店的生意做好，同时最好能寻找机会，扩大规模和经营品类，最好去西安发展。唐小凤说：镇上其实缺一家像样的饭店，每次招待上面的客人，领导都头疼，去县上有时时间来不及，但镇上做的味道拿不出手。其实咱在镇上开一家酒店，既吃饭又住宿的酒店，最好带上温泉，那就把钱赚了。

你说的事情，我早考虑过了。唯一的不好是，镇上没钱，挂账打白条，日子一长欠款太多，到时候要账得罪人，你在里面工作，弄不好还影响了你。邛军说。

这的确是个问题，再想想吧。唐小凤打着哈欠说，你再睡呀不？

再睡我就成无业游民、二流子不务正业了，邛军解嘲道，我得去巡店，把生意上心些。你休息会儿吧！

呀，你还没吃饭吧？我给你做。想吃啥？唐小凤站起来，睡意全无。

算了，我咬点零食，晚上午饭晚饭一起吃，在外面，庆祝一下"无官一身轻"，我叫几个人喝一杯吧。

低调低调！唐小凤似乎又有些伤情，说，这事儿让人想起来就心里堵，咱先淡定，南山崩于前而色不改，邛军你懂吗？

成。那我出去吹风一下。邛军穿好衣服，拿起一袋饼干边吃边走出去，铁页门"吱"一声关紧了。唐小凤回卧室休息。

邛军站着吃完饼干，一阵风吹来，他不禁打了个寒战，拉紧乌黑闪光的羊皮夹克拉锁，摆一下头，顺手从右侧大斜口袋摸出一支小熊猫烟叼嘴上，用气体打火机点燃，猛抽一口，这才放眼四望。太阳紧压在玉山山腰，快要躲到山后去，昏黄的阳光没有多少温热，也不耀眼；但阳光的功效体现在已经消去的积雪上，此时树上、房子上、村道上已经没有了雪的影子，道路的中间部分呈黄褐色，两旁还残留着细小的水流痕迹，沟渠和汤玉河里，春水涨潮，扑面而来的水汽让人浑身的每个毛孔都舒坦。啊，春天来啦！抬首望去，南边远处的秦岭如戴着白帽子的壮小伙儿，左侧的汤山、右侧的玉山似它的儿子偎依在它臂弯里，山脚下的山桃雪里带粉，与山顶的残雪遥相呼应。他一边抽烟一边沿汤玉河朝山底走，发现人们似乎都躲着他，他自然知道他们是怕他因为败选而难为情，其实他已经不以为意了。突然他听到一个男腔：邛总散步呢呀！

抬头，已走到省总工会的职工疗养院门口，是门房的老胡打招呼呢，他就哈哈笑着道：呀，在家里窝一天啦，出来转下。

哈哈，集体的事情，你放淡些，当村主任能干啥？老胡眼皮浮肿，很世故地劝他，满不说村上的事，就我这疗养院，听名声起是省上的单位，但工资发不全，常年还钻到这山里，你说无聊呀不，有啥办法？

邛军朝老胡看去，中等身材、五十左右，人很精明。他是塘坝村九组人，因小舅子是疗养院院长而临时被叫来领一份工资；但熟人都知道，他并不满意这清闲活，时时有像邛军一样创业的冲动。他身后的一树玉兰花芬芳艳丽，开得早的花朵已经缤纷着落下花瓣来，整个树冠却更加繁花似锦。这是秦岭山里的珍品，因地热而早熟的奇树，仅此就足见这是宝地了。难怪早在唐初，当地群众就挖塘修泉进行沐浴，名曰"玉女疗养胜地——汤玉温泉"；唐玄宗时朝廷大兴土木，在此建成玉女、融雪、漱玉、濯缨等池，并赐名"大兴汤院"。以后历代都有修缮，解放后才建设了这陕西省著名的温泉疗养院，供机关单位干部职工休息、疗养和治病。邛军很理解老胡的心情，但还是安慰说：国家单位养人哩，毕竟大多数人喜欢安逸嘛！不出门就挣一份工资，还管吃管住，劳保也少不了你的，也不错了！

老胡一时无语，神情颓然。邛军岔开话题，他愿意将自己的心事讲给这位老江湖听，就问：你知道我今天的选举为啥黄了？当然，不是说我有多上心村主任的头衔，但毕竟咱是今天的候选人，被当猴一样耍了一回，总不能当瓷尿，得探讨一下原因吧。

哈哈，你同学边大治那小子其实和我关系还不错，但这家伙这次可憎得很，他丢我们退伍军人的人呢。但你要知道，他是受人指使的，是让人当枪使了。事情的奇怪之处就在这里。老胡底气十足，口齿清楚地分析道，又惋惜地说，本来嘛，还指望你当上这个主任，咱们公私合营，弄个啥事呢……这下也别想啦！

不当那个主任，咱更方便不是？

哈哈，那咋能一样呢？老胡道，世事怪得很，不当主任，你要去求人；当了主任，人得跑来求你。

那你为啥不当？邛军道，递上一支小熊猫，自个儿嘴上叼一根，打着打火机先给老胡点上，接着说，这不，还是国家单位的钱更有吸引力。

老胡忘了吸烟，露出很苦涩的表情，讳莫如深地说：嗨，咱年轻时，人家说需要年长的；等到咱年长时，人家又要年轻化。唉，在咱塘坝村，我是名副其实的背运人，没有政治生命，你是邛家人，有些事情你也有耳风。

邛军点点头，他知道老胡胡德刚与五叔曾是发小，胡德刚当年参军，五叔留在队里干，慢慢当记工员、副队长、队长、大队文书、会计，直至进入村队班子，终于熬到老村主任退休。恰在那时，当兵五年的胡德刚退伍，四处活动，想当主任，这就与邛五叔直接杠上了。结果不用讲，老胡败北，只当了个民兵队长，还是副的，一直被五叔压到现在。想到这里，邛军感慨道：人哪，就是个命。

可不，别把命运当本事。老胡连连称是，右手食指和中指间的烟已经熄火，又极其苦恼地说，但，人家为啥就命那么好呢，咱命为啥就这么背呢？

邛军正要给他再点上纸烟时，BP机来了短信，是个传呼发的座机号。他就告别老胡，老胡还嚷着要看他大哥大的稀罕，他说以后再说。他预感到是康静雅新买了传呼机，打过去，果然是她在嘻嘻着说话：大班长，三天不见，十分想念。哎呀，该改口咧，喊你邛主任，祝贺祝贺！

邛军仿佛又看到她高挑妖娆的身影在公共电话亭里接电话，感受到她随时溢出的对他的热情，就说：呀，我有啥好祝贺的？该祝贺你买了新传呼，还有，你今年研究生毕业最低都能当个大学老师，和咱们张老师一个级别啦。

嗯，正愁呢，你说我该干啥，从政，还是教书做研究？康静雅柔着声音，推心置腹道。其实过年时，他们就讨论过这个事情，当时唐小凤也在场，为避免尴尬，康静雅没讲出今天要说的话，从政的话，国家部委最低省委省政府，都能进；教书的话，西北大、陕师大都要，还给安家费、科研启动费，解决家属工作——可惜我没男朋友，哈哈哈……

邛军心下一惊，没想到老同学康美身价这么高，张老师研究生毕业，可没听说解决家属黄静霞的工作，可见名校研究生含金量就是不一样，于是开心地说：哈哈，一提男朋友，看把你高兴的。祝贺祝贺！我这下要仰着头，像仰望咱巍巍南山一样崇拜你咧。

哈哈，咱俩，到底谁崇拜谁呀？康静雅在电话里开心地说。

肯定是我崇拜康美你呀，谁能解决别人工作，我们就崇拜谁。邛军心悦诚服道，我为你骄傲呀！老同学！

羞煞我也，我就是个书生，百无一用是书生。康静雅真诚道，我还佩服你呢！其实，你真的有组织能力，以前是我们班长、万元户企业家，现在既是几十万元户企业家，又是咱村上二把手。好好干，看好你哟！

邛军听得心里很不是滋味儿，就实话实说：康美，我……我又要让你失望了……连个烂屎主任都没选上。

什么？不能够的！康静雅在电话里惊叫道，邛叔他不得有一个你这样的得力助手吗？咱村上工作得跟上呀！

但事实就这样——没选上。邛军说，听说两个候选人黄了一双。

那是咋回事儿？康静雅比邛军还急。

具体情况我还不知道。邛军实话实说。

康静雅急得催道：那你赶紧问问啥情况呀！

已经不重要啦，我独善其身，继续弄好我的饭馆和酒店，自己好好发展就是了。

不，我好奇。算我好奇好吗？邛军！拜托啦，劳驾你去问问清楚，随后给我个电话，我们再商量，OK!

邛军只得答应下来，快步往回走，走到妈妈坟院，他看到一棵二尺高的山桃树开出一串儿白花，就厌恶地快步上前，将其连根拔掉、扔远。人说坟前不栽椿树槐树桃树，他尤其厌恶轻薄下贱的山桃，似乎自己就要遭受女人祸害一样。等到他扔完山桃伸直腰时，鑫隆酒店副经理田军号上前打招呼：邛总，村上那伙子在咱酒店喝酒哩，让你过去呢。你看……

谁叫我过去？邛军一听是村干部，气不打一处来，睁圆牛眼气狠狠道，除了那些干部，得是还有那没廉耻的边大治呢？我不相信我五大这时候不到五点就坐在上杠子上咧。

陶会计让叫你过去，说支书马上到，说这是支书的意思。对，赞厕边大治也在。田军号说，这狗尿是不是想着主任哩？今日砸了咱的场子，还想让咱免单，哪有这么便宜的事。

想得美！你知道为啥我俩都没选上不？邛军忍不住问。

听说统计结果，总选票竟然多于投票人数，所以选举结果作废。田军号说，忍不住骂道，我都想把这伙子狗尿轰出酒店去。

是这，我今天还没巡店哩，再说，我得去镇上一趟，做个市场调研。邛军说着掏出车钥匙，上车去，拉开车门勾头吩咐道，该咋弄你知道不？

知道。正月里压岁钱都还在身上，肯定不能让他们赊账。田军号说，见邛军开车走远，器宇轩昂地抬脚迈进酒店。

邛军直接去女娲中学西侧的二号店，想偶遇一下镇上会计刘炜，打听个情况。果然在隔壁的好利来门市部里，见到刘炜正在老婆的店里站柜台，十三岁的儿子刘凯在柜台里面写作业，老婆在里面做晚饭，热气香气白烟一样弥散着。周围人来人往，比赶集的上午还热闹，十里八乡各种身份的人，都被和气活道的刘会计和老婆笼络来，有事儿没事儿歇歇脚喝口水聊会儿天，顺便买点小东西。这样，也直接带动了邛记肉夹馍二号店的生意。所以，邛军让店长平时注意处理好与刘炜一家人的关系，有事儿没事儿给送点吃的。刘会计一家人眼观八方耳听六路，见邛军下车，仨人齐打招呼——刘凯喊叔叔好，刘炜老婆喊邛总检查工作来啦，刘炜则将平日的"兄弟来了"换成"邛主任来了"。

邛军搔搔头，难为情道：刘镇长说笑啦!

刘炜道：嗨，馍不吃在笼子里——迟早都是你的呀。你就像上午十点多的太阳，正处于越来越好的时期。

借老哥吉言。邛军掏出小熊猫给大家一一散烟。

眼看着不够散，刘炜忙吩咐儿子拿来两包小熊猫，笑道：哈哈，我这烟是给邛主任专供的，镇书记都抽不起这烟。

旁边的人，都去围观邛军的小车，不知谁说了句：县太爷才坐小车呢。

邛军笑笑，拆了一包散完烟，付了钱，就将刘会计拉到自己车内说话，把所剩的一包半烟塞到他口袋里，说：拜托老兄，说个事儿。

说事儿归说事儿，烟你拿着，你付过钱的。刘会计掏出烟还给邛军。

你先搁着，你不是说这烟是专供我的吗，我用的时候顺手一拿。邛军笑着说。

这厮，老板当得越来越精了。刘炜打着哈哈，将烟在两只手里反复倒换着，一会儿就"换"入口袋去了，满脸堆笑说，想问啥，你尽管说，咱这关系，隔墙皮开店做生意哩，是利益共同体。

镇上一年接待费大概能有多少钱？邛军不想迂回曲折，大不了不开那店，于是直截了当说，我是想开家店，当然不是肉夹馍店，是大饭店，撑得起咱女娲镇的门面，让你们机关单位再也不愁招待领导的地方。

这么多。刘炜伸出食指说，不是一万。我还给你个安心话，政府虽然平时挂账，但每到元旦前都会结清，不会赖你们民营老板的钱。得是小唐给你说的，镇上馆子的饭没有入流的呀？

我做餐饮的，肯定了解些情况。对了，我请你吃饭吧？邛军说。

不啦，你看门市上人山马气的，你嫂子忙了一天怯得不上阵，还靠我换班哩。刘炜说着下车，老弟，照我看，开饭馆，关键要请好大厨，要给大厨把待遇弄好，让人家有心劲扛起炒勺好好做菜。

呀，说到了点子上，我看你都能开大饭店啦。

哈哈，我管着镇上食堂呢，有心得体会。刘炜道，再说了咱们和蓝田一步临近的，自古以来，是出勺勺客的地方呀。

俩人说笑着告别，邛军驱车回家吃饭。唐小凤弄了四菜一汤，又拿出酒问要不要喝一杯，邛军说都成，唐小凤就放下了。俩人默默吃饭，吃到中杆腰，有传呼来了，邝军让妻子回过去。康静雅说：凤美，你们搞清楚没，大班长到底啥原因没选上？

啥原因，原因就是咱把人没为好①。唐小凤激愤道，有人捣鬼，总选票溢出了。

两个人叹息一番，康静雅鼓动说要找捣鬼者算账，又说自己想加入组织，应该入党还是加入民主党派，或直接做无党派。唐小凤有从政经验，立即兴奋道：康美，这你得听姐的，你是"无知少女"呀，自然直接当无党派人士最好，这样升得快点。

邝军和康静雅齐声问什么是"无知少女"。唐小凤说：你俩能不能别这么同声同调，搞得我凤美缺乏安全感。哈哈，言归正传，"无知少女"就是无党派人士、知识分子、少数民族、女性干部的简称，你瞧瞧，你是样样不落，你大有前途呀，康美。

几人说笑一番，康静雅说她本来想加入九三学社，正好她导师是九三学社的，现在不用考虑恁多了，自然而然，保持本心本色。唐小凤问：你那四十岁没结婚的男导，再追你了吗？

康静雅说追了，但她自有分寸。邝军听得诧异，却不敢插嘴。一会儿，大家又谴责起今天的狗血选举来。不料敲门声响，陶会计来找，唐小凤便挂了电话。陶会克站在门外不进门，说：邝总，支书叫你呢，但我知道你不会去。你放心，账我会结的。今天的事，咱俩都被人装了，当然你是主要受害者，我只是陪客，但也很没面子。撂下这些话，他就转身走了。

窗外，月影朦胧，夜莺唱着小夜曲。妻子洗碗，邝军窝在沙发上看电视，唐小凤大声说：咱又不是无知少女，建议呀，你把党费按时交上，积极参加组织生活，也对得起入党的那份荣光。

啊啊……我这会儿脑子乱着呢，不过，你这个提议，我照办。

还有，咱不能今天白吃亏。唐小凤已经洗完，擦干手出到客厅，你打算怎么处置那个烂人边大治呢？

谁喊我呢？突然听到边大治在门外喊叫，还"嗵嗵嗵"敲着门。

---

① 把人没为好：没处理好人际关系。

两人都是一愣，互相看一下，却都没作声，也没动作。

边大治继续敲着门，能闻到酒味儿，声音也透着醉意：开门老同学……咭，这么早就办事儿了吗？

唐小凤走到门内要开门，被邛军抢了先，邛军一把拉开门，冷冷地盯住穿着旧军大衣、喷着酒气、瘦而虚高的边大治，三个彼此如此熟悉、生命如此缠绕的人，都一时无语。还是边大治借着酒胆嘻哈着开腔：呃呃，不让进门吗？

我以为你这辈子不见我了呢！邛军凛然道。

哪能？边大治拉一下大衣领子，掩饰着心虚，硬着舌头说。

既然还想见，就把舌头捋直后，再和我说话。邛军说着关上了门，将边大治关在门外。两个人回屋，又拉灭大厅的灯，进到卧室去了，都气得要死，从小对哥儿们掏心掏肺，没承想关键时刻哥儿们却给你一刀。二十几年的铁哥们，就这样闹翻了。

睡觉前，好不容易气消了点，唐小凤问丈夫：你打算咋处置他？

邛军平静地说：让他从公安局开出证明我无辜的红章证明信，并把证明信贴在额颅上游村，让每个村民在证明信上签"知晓，邛军是清白的"。

六、个中的猫腻

村官可以不当，清白不能没有。

妻子起床做早饭时，邛军没有像往常一样睡回笼觉，而是起来到门外特意转了一圈。本想着没廉耻的边大治会"邛门立霜"、负荆请罪，可是院子周围、酒店前后一个人影儿也没，只有被饭馆骨头喂熟的野狗老黄，摇着尾巴仰头翻嘴朝他轻哼着，表示亲昵恭顺。连条狗都不如，邛军自言自语道，对卖友求荣的边大治发出轻蔑的嘲讽。他沿着潮湿的路面绕院落、酒店、坟院一圈，又回到院门前。太阳已冒花，酒店师傅开门与他打招呼，两人没说几句，送菜的来了，师傅忙着清点食材，邛军回家洗漱。

吃饭时，听到门前扫帚扫地的声响，邛军拿着馒头边吃边出去看个究竟，原来是师傅在扫地，他忙说：任师，回来吃饭。任师推辞，他就说：你一个大厨，别干这些外围的事情，练好手艺，精心做菜是正事。说着递上一支烟。师傅接了烟，拿打火机给邛军点烟，却发现老板并没吃烟，而是在吃馍，就嘿嘿讪笑着。邛军嘱咐一声：刚才我说的，你记着啊，给田总也这么说哈。师傅点头扛着掠篱扫帚回去了。

唐小凤已经在里面催了，问今天送不送她，他忙答应说送，专意起这早就为了送你上班。俩人利索地吃完、收拾完，就出门了。坐到车上，夫妻俩又都朝四下张望了一下，双双心照不宣。唐小凤说：你还指望那厮货负荆请罪呀，他有没有意识到自己犯错，都还两说哩。

我是看路况哩，村上这路烂杆①得很，得为唐镇长当好司机开好车呀。邛军启动汽车，熟练地打着方向盘，朝偏离平时路线的那条远路而去，我今天偏不经过

---

① 烂杆：糟糕。

他家，别让他感觉咱求着他娃要个说法。

这就对了，要让他真正幡然悔悟。俩人说着，汽车已驶到村口写着"只生一个好"标语的照壁旁，突然，从照壁左侧闪出一个人影，俩人一看，不是别人，正是边大治。他刚洗过脸，额前刘海和耳朵两侧的长发还都带着蜡色香皂水儿，从胡乱披着的旧军大衣的右胳膊上扬起长袖子，边挥边喊：哎——停一下。边喊边朝道路中间挪占。

邛军不得不停车，摇下车窗玻璃，却找不到要说的话。唐小凤开言：边大治，你酒醒了吗？

边大治嘿嘿笑着点点头。唐小凤就让他上车，她也换到后排，对丈夫说：你专心开车，我和他说。

邛军就一心开车。唐小凤不咸不淡地说：大治，从小学到初中到进入社会这么多年，你和邛军和我，还有咱康美人儿，咱们几个是啥关系，你清楚吗？

清楚，这咱能不清楚？边大治说，咱们是过命的交情，要是在战争年代，是宁可牺牲自己，也要让对方活下来的关系、情分。

邛军将头往回摆了一下，无奈地摇摇头，唐小凤似乎看到丈夫嘲讽的表情，就又叮咛道：大班长，你当好司机，给咱负责开好车。大治，你说得比唱得好听，头脑冷屎得清，但是，做事并不漂亮，伤人无深浅。按照你昨天的说法，我一个大学生国家干部，费心巴结，到头来是嫁了个进过局子的犯人农民。得是滴呀？

不不不不……边大治连连否认，"神气筒子"的本性发作，狡辩道，进局子不一定是坐监，要是进去上个厕所又出来，那……

这我将来提拔、任用、调动，甚至评职称，都会受到影响。唐小凤说着哭起来，悲情道，邛军若有犯罪记录，他本人肯定这辈子完了，而且对我父母和我以后的发展也会产生致命影响。更重要的，这以后我娃参加公务员考试、征兵，考银行、国企、事业单位、军校和警校等的政审，都通不过，更别说提干咧，这就等于纯粹把娃一棍子打死啦……

"咯吱"一声，车子制动，歪停在道路侧边的石榴树下。邛军解开安全带，大吼一声：边大治，你个狗日的！我昨日与你无仇、今日和你没恨，你为啥跟我过不去，这么糟践我，欺负人不看日子！

啊啊啊，大班长！你消消气！昨天是我错了，我今天不是专意认错来了吗？边大治一连声地讨饶，你要是恨得很，你气不过，喳，你狠狠地打我几下子。他说着起身将头伸到前座上。

可是邛军已经暴怒着奔出车外了。唐小凤忙下车裁断，邛军是听妻子话的人，就站在车外等妻子处置。唐小凤让边大治下车，说：边大治，今天，不是说咱三个老同学在这里要神气哩，不是谁把谁制服就能完事儿。咱，还是要解决问题哩，是吧？

是是是！边大治鸡啄米般点着头，不住嘿嘿有声地讪笑着，眼珠疾速轮转，察看着局势发展。

那我提一个方案，你看成呀不？唐小凤说，我还急着上班呢，乡镇事业局今天来镇上检查呢。

你说，你说！不敢影响你检查工作。边大治说。

是这，邛军，你今天给大治当半天司机。唐小凤说，偏头盯着丈夫。

边大治听得讶异非常，邛军更是丈二和尚摸不着头脑。唐小凤却坚持着说：听见了吗？

嗯。邛军只得吭声。

你俩去公安局派出所，开个邛军政历清白、无犯罪记录的证明。唐小凤说着停下来，左右看着两个大男人，直到他们分别点头，才继续说，这不过分吧，边大治？污人清白，这是十恶不赦，你知道吗？

不过分，我知道，不过分！我这就陪着咱大班长邛军，把颠倒的事情颠回来，去开你要的证明。边大治一副知错就改的模样，眼睛眨巴着讨好唐小凤，又显露出一丝玩世不恭。

邛军歪着头，犹自灰心丧气。唐小凤道：邛军，你俩握个手——握手言和，咱们还是小时候那会儿的关系，好不好？

邛军沉默片刻，转回身子，突然笑道：嗨，大治，你这屄哈哈哈……整天做醋哩！

两个男人送唐小凤一直送到大门敞开的镇大院里唐小凤办公室门口，而后绕回头直奔女娲镇派出所。

清者自清，不消半小时，邛军政历清白、无犯罪记录的证明开好了。派出所舒所长还笑着问：得是弟妹提干呀？要变真正的唐镇长了吧！

没影儿的事儿，回头一起坐啊。邝军说着，与边大治离开。到二号店巡店，他问边大治吃早饭没，边大治说：赶早给你赔礼道歉，哪敢吃早哇！

我请你。想吃咱邝记肉夹馍三秦套餐，还是别的？

就你这，我的最爱。我给你说，我没少给你贡献营业额的。边大治神情渐渐自如，夸功道。

今天不用你贡献。邝军说完，看着边大治吃完。

离开前，边大治硬要付钱，邝军硬不让付，道：男子汉说话算话。是这，证明开好了，但负面影响还没消除，对不对？

对，主要是昨天全村的选民。边大治低着头说，一副犯错儿的神态。

远比这大。邝军道，镇上都摇了铃咧。你让凤美以后咋干工作？

边大治眨巴着薄眼皮，努努薄嘴唇，吸一下鼻孔，极有见识地说：原件有红章，先留着，后面有用。先在镇门口的布告栏贴个复印件，呀，估计镇上没法复印，原先我们连队就有复印机。

你想办法。我一个最远只去过三十公里外的西安的人，不懂这些事。你起码当兵在陇西，去过兰州军区所在地兰州，做生意进货也去过南方，也算走州过县走南闯北了，肯定有见识。邝军面无表情，将球踢给对方。

是这，还有个办法，我去找凤美人。

镇上没法复印，我知道。邝军友情提示道。

你甭管。边大治伸手要去原件。

邝军开车送他到镇门口，停车等着他。半小时后，边大治得意地将一个带章的黑白证明贴在了花花绿绿的镇布告栏里，立即有群众拥上去围读。边大治的得意顿时变成难为情，悻悻地走向邝军，站在车侧说：还有个传真件，贴在咱村口照壁上。给，原件你拿上。你忙你的，我自个走回去。

不，原件你也拿上。让全村每个人在上面写上"知晓，邝军清白"六个字，并签上他们自己的名字。邝军冷冷地说，盯住边大治。

边大治蒙了，狡辩道：这……咭，有的人不会写字。

你自己想办法，签完后交给我。邝军说着，发动了马达，汽车发出类似马啸般的嘶鸣。

包括康美人吗？边大治绝望地问。

当然。影响已经传到她耳朵里啦。邝军开车绝尘而去。

望着汽车的烟尘和街上三五成群的行人，边大治一时陷入无助。有心抵赖，想起邝军阴沉的眼神，想起唐小凤说的影响子女后代的话，又想起同学间、发小间二十几年的感情，觉得于心不忍，最后，他想到可以借着签名机会见康静雅，就又脸笑成了花，果决地走进镇政府去找唐小凤第一个签名。

唐小凤刚陪着检查组开完会，检查组组长正和主要领导闭门开会，她就在办公室等着，一会儿还要下几家单位走访。这时，见边大治又来了，手里拿着红章证明信，她知道他的来意，就说：我不用签，我户口在镇街道办，不在塘坝村。

但你身份特殊，你是塘坝村农民邝军的妻子呀，你又是镇上干部，带头作用得发挥。边大治认真道。

唐小凤怕耽误工夫，领导办公室门一开工作组就得出发，她大笔一挥写下"知晓，邝军清白"，并签了名。收好笔，出门张望一下，见工作组没有行动的迹象，她就说：回村上你让签字时，注意一下方式方法，每个人情况不同，别让大家以为我和邝军又作恶哩，行不行？

正说时，刘炜拿着个报销单找来，说是要补签字。唐小凤签完后，刘炜盯着边大治手里的证明信，又瞅了瞅他说：大治呀，这都是多么机灵的兄弟呀，又参军入过伍，当初你们几个要得那么好，这……咋想起，做出昨天的事情呢？

正补救呢，刘会计，嘿嘿。边大治说着低下头，就想溜走。

刘炜道：别急兄弟！道歉补救，你要拿出一百分的诚恳态度。我告你，用双面胶，将证明信贴到鼻梁上，去找该签字的每一个人。

边大治胡乱答应一下，走了。走到大街上，盘算街上做生意的就有七八个塘坝人，他得在街上转一圈，让这些人先签；假若碰见今天来街上办事儿的，也顺手一签。走进邮电所，他直接找到灶房门口，马雪琴是他一个堂嫂，正在厨房忙张着准备午饭，他说明来意，让签了字。另外几人，钉鞋张、缝纫铺的牛氏、中学门口门市部的小伟，这四个人与他关系好于邝军唐小凤，他就直接让签字；反之，另外俩人，就必须讲究了——他先将证明信按在额头，然后郑重其事地说明情况，再请人家签字签名。签完街上的，他买了个双面胶，匆匆回村，虽然觉得不美气、刷价，但更多地在想：早点弄完早点进城去找康美人。

到了村头照壁前，有几个人在阳面晒暖暖，他打个招呼，神情已十分正常。他先用双面胶将剩余的那个传真件证明信贴在照壁的广告部位，然后抑扬顿挫地大声说：乡党们，昨天搞误差啦！错误是可以避免的，误差却不可以绝对避免，但是，我们要尽量减少不必要的误差。昨天选举，关于村主任候选人邛军邛总，我们的信息出现了那么一点点误差，我作为那场选举的主持者，现特在此更正并补过。大家都被他略带调侃的话吸引过来，他接着给原件信贴上双面胶，道，小宁，来，给哥贴在额颅上，来，我给大家解释详细——嗨哟哇，容我给你说分明……

就这样，怀着几分歉意和十足的对于思慕美人的迫切向往，边大治加班加点两天多，受了无数白眼和戏弄，遭到邛五叔严厉批评，邛五叔骂他是软骨头。终于，赶到1996年3月8日妇女节这一天，他急慌慌进城去找暗恋对象康静雅。

出发前，他来给邛军夫妇表功，并想打听康静雅的详细地址和最新联系方式。邛军看着密密麻麻铅笔钢笔红笔字迹互相叠加的签名，大为诧异，内心一热，背过脸去。唐小凤抢过话头说：哈喇子流滴，要不要大班长送你一起去，正好他最近去西安有个事儿。

边大治竭力拒绝：不啦！不是啥光荣事儿，我捅的烂子我收拾。

那是这，凤美你联系一下，给他俩约个地方。邛军将BP机递给妻子，朝妻子使个眼色。

唐小凤出到门外，一会儿进门说：约好了，下午三点半兴庆公园南门外，康美说你知道，那正好是人家交大的北门正对面。

呀，那时间紧张啦，我得赶紧收拾走。边大治失惊道，撒腿就跑，边跑边说，今天三八节，得准备鲜花礼物啥的……

你这说话咋不看眼色。邛军吼道，转脸嘿嘿着对妻子说，凤美嘿嘿，多谢你单位发的男子护肤品，让我这妇男也过上了三八节。

臭美的你，你得给我送花。我不能活得比康美差太多，刚打电话，康美今早已经收到她导师的鲜花了，她今天至少有俩人送花，这我不羡慕，我只求一人心。

没嘛达！我们终南山旮旯里的人，自有我们的浪漫，走！我给你摘山桃花、玉兰花、迎春花、野豆角花去……啊啊，开个玩笑，您午饭前办公桌上定当有九十九朵玫瑰。

快，收拾出门，今天只上上午半天，可别迟到了，受领导白眼。唐小凤催促着出门，又叮咛道，瓜尿，今儿花贵得很，九朵，九朵就成，有个意思就成嘛；或者，下午下班再说也成。说着唱起邰正宵的《九百九十九朵玫瑰》：

往事如风 痴心只是难懂
借酒相送 送不走身影蒙蒙
烛光投影 映不出你颜容
仍只见你独自照片中
……
我早已为你种下
九百九十九朵玫瑰
……

听着这代入感极强的歌唱，邝军开着车，一时有点走神，他有点不相信坐在副驾上的人是自己的妻子；觉得这样一个美丽、贤惠、全面、有前途的女干部，咋会是自己老婆呢！麻绳从细处断，他曾一无所有、少吃缺穿、饥肠辘辘、家破人亡……几乎人世间的所有困顿都曾死死缠绕着他，缠得他生死疲劳、喘不过气来，他怎么会是人家干部独女的丈夫呢？他没有送过人家一朵花、一杯饮料、一片巧克力，很少送人家礼物，如今，他九朵玫瑰就可以换来她九百九十九朵玫瑰的快乐。一爱天下无难事，他们结婚时的彩礼，都是唐小凤用自己工资对付的，还不让告诉别人……想到这里，邝军双泪长流。他尽量掩饰着，幸好妻子正在歌唱的兴头上，并没有注意到丈夫的情绪。到了镇政府门口，她便下车快活地上班去了。

这边，边大治换了新风衣，围着红围巾，脚踩黑皮鞋，武装一新，唱着《我想去桂林》《爱江山更爱美人》上路了。可以说，在所有需要签名的人里，只有康静雅这一个似乎已经不算是塘坝村人的人（她户口已经在上大学时"农转非"，迁到西安市咸宁路），是他边大治强烈想见的。他为此心跳加快，嘴角泛起笑，想起了贺敬之《回延安》的诗句来：心口呀莫要这么厉害地跳。他先去镇上坐班车到长安县，再从长安县坐公交车。一路上，脑海里像放电影一样回忆着他们的过往。

　　自打上初中，边大治就单恋起了这个以前在外村读小学的本村少数民族小姑娘康静雅，而且是矢志不渝，打算终其一生痴心不改。起初，他觉得不可能，因为少数民族姑娘一般首先考虑嫁给本民族的人，但抬眼观察后发现，邝军奶奶巴氏就是少数民族，而马煜明的老婆是汉族——边大治的侄女。如此这般，他觉得时代发展到今天，似乎民族融合的趋势加快了，不同民族间通婚司空见惯。喳，他就有了信心，认为自家条件比康家好，成算还是不小的。而平时对别人高傲的康静雅待边大治反而很温柔，她觉得天生自带幽默感的边大治像《曲苑杂坛》《洛桑学艺》里的演员洛桑。经过毕业前"补英语"的甜蜜时光，到边大治初三毕业考高中落榜后，读职中的他第一次尝到了爱情的忧伤，因为俩人不同校，很少见到康静雅。当他得知她喜欢兵哥哥后，便毅然决然地去参军，十五岁的康静雅面对突然去外地参军的边大治，不觉生出依恋，和大家一样流下了纯真的泪水。在部队的两年，俩人作为同学鸿雁往来，开始了朦胧的"恋情"；但明白事理后，康静雅多少有点后悔自己感情的过头，当然时至今日她仍很珍视他们纯真无价的友谊。康静雅高三的那年春节，边大治复员回家，人是大变样，干净、洋气、喉音重，兵哥哥的样子着实令十八岁的康静雅几晚几晚地失眠。而边大治更是为美人坯子初露峥嵘的康美而痴狂，他很快制订了雄心勃勃的发财梦想，想弯道超车，企图等着康静雅高考落榜后给他当老板娘。——他在中学门口开过录像厅、舞厅、书报亭，都是新鲜时尚、有文化含量的事，令康静雅刮目相看。可令他失望的是，康静雅不但没落榜，反而轰动性地考入了中国五十二所工科重点大学中排名仅次于清华的西安交通大学；而他，也像打不死的吴清华，不但没受到打击，反而更加兴奋，立志要活出人样来，迎娶天之骄子康美。其实，说老实话，母胎单身的康静雅专心学习、很高冷，虽然追求她的人不少，但真正交往的也就边大治一个。尽管如此，人们还是觉得俩人不可能，别人每每笑边大治是堂吉诃德、阿Q。边大治问康静雅他们说的是啥意思，康静雅就买来《堂吉诃德》《阿Q正传》送他。久而久之他竟然爱上了文学，并以文艺青年自居，变本加厉地效仿书中人物，疯癫地向康静雅求婚。康静雅读大学、读研快七年的时间里，他曾求婚七次，她每次都不温不火，但态度明确：大治，咱俩没戏。去年国庆期间，洛桑车祸而死，康静雅异常悲伤，专门将边大治叫到身边待了一下午，让他愈加信心满满。这次，在征求签名前，边大治想先向她进行第八次求婚，马上毕业上班了，是个重要关头。他觉得自己这次成功的概率还是蛮大的，同学里，百分之九十都已结婚，百分之五十有了娃娃，他俩作为大龄青年，无疑都有结婚的压力和需求。

边大治倒了两次公交车，终于到达兴庆公园南门。下车，富丽堂皇的兴庆宫南门及其春节灯展的造型——一只机灵乖巧的巨型老鼠吸引了他。看完老鼠和公园南门，回头一照，西交大北门的恢廓画面再次震撼了他，只见在两边黑褐色的浮雕支撑下，上面是一爿乳白色的弧形瓷片，左右分别呈现出毛体"交通大学"和JIAOTONG UNIVERSITY等字样。他虽不识英文，但能拼出"交通"拼音，进而猜到UNIVERSITY的意思，他为此而自鸣得意。抬腕看表，已快三点，他忙问一个中年男人哪里有卖花的，那人直摇头。旁边有个卖气球的妇女问他买不买气球，他说不买，妇女说：你看，交大北门口就有卖花的，不过今天老贵了。他忙道谢一声，站着等绿灯，走过去买。刚才一路上，他看到许多女孩手捧鲜花，笑得比鲜花还美，可她们没一个能比得上康静雅的，连唐小凤都比不上哩。何况，康美是马上毕业的名校研究生，这年头大专生都不得了，研究生多金贵呀。那么，要是康静雅手捧自己送的鲜花，那该多美呀！尽管他从初中到如今，送过她无数明信片、笔记本、钢笔、糖果、鲜花，甚至元胡止痛片、卫生巾和衣服，但亲手献花，是第一次。所以，他要买一束最大最美的花，献给他的女神。他就大声问卖花的妇女花咋卖，卖花的说金色玫瑰三毛，红玫瑰两毛。边大治想，还不贵，就挑了最大最漂亮的一束，说：我要这束金玫瑰。

这束金玫瑰四十九朵，寓意一年四季两情相悦、事事长久。免包装费的，共十四块七毛钱。妇女说。

什么玩意儿？边大治暴脾气上来了，但他抑制着没有发作，康美马上出门呢，于是他笑着说，不是说三毛钱吗，大姐？

是三毛，一支三毛，先生。妇女强忍着不齿道，兄弟，您打扮这么绅士，不会买不起送女友的花吧！

哈哈哈！听到"绅士""女友"字眼，边大治心花怒放，道，大姐，便宜点吧，这都下午了，节快过完了。

不能够，单位学校下午才放假，春宵一刻值千金，情侣们晚上才过节呢。妇女极有经验地说。正说时，来了几对学生模样的情侣，他们一手交钱一手拿花，喁喁私语着走远去。妇女抛给他一个憎恶的眼神，问：十四元要不要？

十三块五。边大治说。他刚付完钱拿过花，穿着黑红格子棉裙、白色绒裤、白胶鞋的康静雅就迈着大长腿飘然而至，裙摆像喇叭花一样悦目，她摆着右手玉指活泼道：哈喇子多的，你干啥破费？快别乱花钱，退掉吧！

边大治被逗笑，见康静雅与过年时见到的模样大不一样，娴雅大方、气质迷人，通体散发青春活力，眼里透着关切的热情，美得不可方物，他心早醉了，哪里肯将花还回去，就迈步朝红绿灯下走。康静雅没办法，便跟着他走，问他吃饭没有，他说早饭吃了午饭还没解决，不饿。康静雅硬要拉着他去皇甫村吃饭，边大治不愿浪费时间。俩人说定去兴庆宫公园玩，康静雅叹口气：要是大班长、凤美能来，该多好哇！

要是康美能接住花，该多好哪！边大治有样学样儿，模仿康静雅的声腔神态道。

哈哈……大治，你为啥这么神气呢！康静雅弯腰左笑右笑，你的绰号可多了，有"英国历史""哈喇子多的""补英语"，还有啥？

"够淫荡。"边大治不动声色道，想起你给我补英语的时候，那叫一个美，就跟昨天一样。真的好幸福，真的真的，康美！

而那过去了的，都成为深切的怀恋。普希金的诗。康静雅也感叹道，现在，现在我们都老大不小的了。

心口呀莫要这么厉害地跳。你不要夸张，是不是要向我求婚？边大治幽默道，将花递到康静雅手上，说，拿着，我去买票。

不用，我去给你买张，我有卡免费的。康静雅道，将花递给他，买票回来，将票递给边大治，说，给你！你可打住吧，咱好好当同学。否则，连见面的机会恐怕也没有了。

俩人随人流踏入兴庆宫，一园春花和翠柳吸引着游客，但俩人却有点尴尬。边大治抱着那束玫瑰花，愈发冒汗，想递给她又怕遭拒，就问她就业的情况；康静雅说大体是留校，就对面的地方。边大治忙献上花束，高兴地说：祝贺呀！全国著名大学的老师，你是我们永远的骄傲！

康静雅这次没有拒绝，她接过花，在嘴边吮了又吮，眼里喷出泪花来，说：嗯，大家都不容易。

边大治扭过头去，也眼眶湿润了，他为所爱的人由衷高兴，但他爱而不得，没有工作，长期打工，前途渺茫，这让他此刻分外伤感。康静雅看出他的窘迫，就说：大治，咱们还是好好当同学，其他的，请你别多想。当然，我能帮你的，肯定肯定帮。

你们要不要保安，你知道的，我退伍军人。边大治见风就是雨。

你……不当大老板啦？你还能开车，司机估计很赚钱……康静雅苦笑出声来，一会儿才又说，保安，看着挺无聊的。不过，这只能看机会了。

边大治没回应，更丧气了。俩人没有留恋，公园不大，一个半小时后，就又回到南门。快分别了，康静雅道：听说你这次是带了任务的……

嗯。边大治低眉顺眼拿出签写得密密麻麻的证明信，说：请你签上"知晓，邛军清白"，并写上你大名。康美，这次……我错了，真的错了！

康静雅热泪扑簌而下、含泪签字，签完抬头说：大治，凭我对你的了解，你是做不出这么荒唐绝情的事情的。今日，我不为难你，你觉得能说就说。我问你，是谁让你砸邛军场子的？

边大治没说话，兀自走出公园门去。康静雅满脸愤懑，真想将怀里的花塞进垃圾桶，她犹豫再三走出门，仰面一任泪水恣肆而下。等她冷静下来，能看清周围时，发现边大治就站在身边，他说：是邛五叔，是他弄的这事。

康静雅惊得差点将花跌落，等她再看时，已不知边大治的去向。

七、该选啥职位

因担心边大治的安全和邝军的事，刚来学校四天不到的康静雅决定再回家一趟。正好双休日来到，她便先回宿舍安顿。

一进门，姜丽丽就感叹上了：静雅呀，郧导也忒小气了吧，给你送了十一支红玫瑰。请问，他就是这么一心一意对你的吗？听说西安高新区过千元的楼王他都买了两套，整个一实力男，就这，还不算学校给他分的。但，你瞧瞧，对你这么精细，这是精细利己主义者吧？还是纯粹说，他觉得我们学生单纯好哄嘞？姜丽丽和康静雅同室，这间简陋的研究生公寓，就她俩住；她二十六岁，是河南洛阳偃师人，学机电专业，也研三，已被中国科学院录为博士生。她最近很少回宿舍，在舅母家里帮忙。她舅舅是学校保安队队长，舅母在餐厅三楼办着复印店，还兼营电话亭。今早八点一来，她就收到一束代表"爱的最高点"的十九支香槟玫瑰，幸福地给康静雅夸耀，说是中国科学院读博的师兄特意送来的。她吐槽的郧导，叫郧西建，上海人，康静雅导师，四十岁，个子搭在学生康静雅肩头上，但他是国内有名的管理学博导、教授。

康静雅将抱着的这一大束花蹲在自己书桌上，书桌立即被占去三分之一。这花，虽然不是自己真心想要的（如果是邝军送的，该多好哇），但也代表了一个女生的魅力，她此时万分高兴。她不便直接回应室友的话，就转个话题说：姜姐今天没出去转呀，公园的花全开了，有几种是咱校园里没有的。

早看腻啦，我要去北京看天安门、故宫、颐和园、北海，登八达岭，逛军博……静雅，以后来京，可别静静的呀，记得首都还有你丽丽姐哟！姜丽丽热情道，学校百年校庆，抽上我了，说是政治任务，他们没抽你吗？呀……哪个大老板给你送的这么一大束香槟玫瑰，我看看……是四十八支吧，代表挚爱。她突然发现新大陆似的扑过来。

四十九支。康静雅说，正好姐，我周末要回家一趟，你要不要再次跟我一起到蓝田人遗址，考察指导一下？

仁者爱山，智者乐水，老实说，姐是试想跟你去秦岭腹地玩，姐上次已经爱上了你家那旮旯儿。姜丽丽说，可是，我被抓去当校庆义工了呀。

我本来也被抽了，但我论文比较急，老板让我论文定稿后再考虑参加校庆活动。康静雅道，来不及了，姐，这花怎么养着可以长久点哪？

走，下楼弄些土去。姜丽丽拉她下楼，俩人从花园弄了半盆黑土，姜丽丽让她剪去花束底部的塑料包装，俩人合力将花枝全部插入土里，再轻轻洒了些水。姜丽丽说：静雅，你放心走吧，这花最少一个礼拜是不变样子的。运气好的话，还会活呢，现在是三月份，正是扦插的时节。哎，啥玫瑰，其实就是月季。对了，你得告诉我，这四十九朵月季的买单者是谁。

月季？康静雅怀疑道，又说，让您失望了，一个退伍军人，打工的。

呀呀，你放心走吧。姐要休息一下，出门时记得关上门。

哈哈，什么我放心走吧，好像我要壮烈了似的。康静雅嘻哈道，快速洗脸梳头打扮。

感觉是个情场高手，可别让那兵哥哥上了你哟！姜丽丽躺下去，舒服地闭上眼，道，身体好是好，但头脑忒简单。

哈哈，姐，你是想师兄了吧！康静雅出门前道，我就不打扰你了，你放飞心情想，嘿嘿，梦里啥都有哦。

恋爱中的女子，心灵最是相通。谢谢！关好门！姜丽丽在门内叮咛道。

太阳沉下终南山，金光闪亮的轻云压在秦岭白帽子上，乡间风光旖旎，但温度至少比城里低四五度。康静雅心情大好，轻盈地走回村子，一打听，边大治并未回村。她心惊不小，顾不上回家放书包，直接去找邝军；路上又有些忐忑，毕竟俩老同学已经结婚，自己还对邝军念念不忘，这样子，凤美会多心吧；但事情急没办法，她就疾步朝大杜梨树跟前走。远远就见阳光照射下的大门紧闭，再近点，见暗红色的铁门上金色铁将军把门。她心里一紧，抬脚迈进鑫隆酒店，门迎女孩儿也是鸡窝洼的少数民族，认识她，知道她前不久刚回西安，就有些讶异地招呼：静雅姐，你咋回来咧？

康静雅有点不好意思，支吾道：别误会，我不住店，也不吃饭。

姐，咱店早住满了。吃饭，您瞧，也得在外面排队。门迎说。

这时，田军号闻声赶出来，热情道：啊呀，康博士驾到，小店蓬荜生辉。快请，坐着喝杯茶！

今天过节，你们忙的。康静雅婉言道，田总你赶紧忙吧。

你得是找邝总？田军号问，老板今天没闪面，可能有事儿。

给夫人过节去了吧？康静雅试探着问。

不知道。田军号说，您真不进来喝口水？小刘，给康博士来罐露露，记在我名下。

康静雅连连推辞，田军号死活不让步，她就接住了，委实口干得慌，回来得急，忘记带水杯了。直到走远，她才拉开盖子，连喝几口。夜幕降临，月亮还没升起，星星在天上做着鬼脸，在秦岭山巅捉着迷藏，村子里有些黑，康静雅心里也有些黑乎乎地发急。她疾步走到村头照壁旁，希望碰见邝军或唐小凤、边大治，但是没有。几个春播化肥回来的老乡经过，热情地招呼她：呀，雅雅回来啦！你爸你妈不在家吧，你得是等他们哩？

不是，我等一下小凤姐，你见着邝军和小凤没有？康静雅问，尽量自然，还有，大治不知回来没有？

一连问了好几个人，都说不知道。她有些失望地借着来回路过的摩托、农用车灯光，去看村头小广告，除了深圳招工、农资广告和县市职中招生信息外，最醒目的是村主任选举的预告；最后，她才留心到下午见到的邝军政历清白的黑白件，她有些吃惊，心情更复杂了。也曾天真无邪，也曾两小无猜，也曾珍视"友谊天长地久"的良训，也曾敬畏崇高理想、追梦诗和远方，也曾向往甜蜜爱情，可如今……恰似一地鸡毛：自己爱的人邝军，已成为老同学的丈夫；自己不爱的跳梁小丑却狗皮膏药样地黏着她不放，而且做出"亲者痛、仇者快"的烂事儿；现在最最让她担心的是，他竟然玩失踪，让她一个女生担惊受怕。正在这时，她听到"叮叮当当"的自行车声，凭这几十年如一日"除了车铃不响，其余各处都响"的声音，她知道是村一把手邝五叔回村了，就忙往暗处躲；不想，手电亮了，支书跳下车来，问：是雅雅吗？你刚走的，咋又回来了，这么黑待这里干啥？

不干啥，干大。康静雅说，妈妈从小到大让她喊支书干大，小时候对干大很亲，渐渐长大慢慢就疏远了，近几年甚至有些抵触他，现在，更对他充满敌意。

不干啥？不干啥咱走着回村，不早咧，正好咱说两句话。邛五叔说，推着自行车朝前走，却将手电递给她，喳，你给咱照亮。

康静雅没动，邛五叔有些意外地站住脚，并没回头，问：昨晚还和你妈说起你工作的事，定了没有？干大希望你从政。

康静雅本不想透露消息，但一股敌意腾起在胸间，就说：定了，留交大教学。

啥，还能变不？邛五叔很是遗憾地问，教书一辈子，你觉得……

边大治……我今天见他了……还有，干大，邛军体体魄魄，开着小车给你打下手，你不觉得方便，脸上有光吗？再者，他还是你亲手养大的侄子哩！康静雅一针见血，像吐钉子一样一口气将胸中怨气吐出。

黑暗中看不清邛五叔的表情，但从话语判断，知道他一点都不吃惊，甚至看不出有半点意外，他平静地说：这，都是那软骨头的边大治弄的事呀！砸了村主任选举的场子，坏了村上的大事，打乱了村委会的部署安排。就这，他还不害臊，到处胡宣传，他给你说啥咧？另外，雅雅，干大还不老，才五十挂一，不愿意坐车享受、坐享其成。还有，我提醒你，不是我爱惜自己羽毛，但共产党历来讲究立党为公，塘坝村是多民族聚居的和谐家庭，不是我姓邛的家天下，不可能让姓邛的霸占所有村上主要领导职位，你身份证上就不姓邛，而姓康，还是少数民族。

康静雅被说得哑口无言，但很反感邛五叔那偏偏有理的辩词，她望着手电光，恨不得用双手捂住耳朵。几分钟过去，竟再没言语，她四下寻望，周围竟不见邛五叔。她顿感毛骨悚然，拿起放在照壁二台上的手电准备回家。这时，一股耀眼的车灯光悬空射过，似乎要将她半截身子托举着送上太空，紧接着车停下来，传来邛军惊喜的声音：康美？！

康静雅鼻子一酸，泪水涌出。这时唐小凤和边大治下车来，拉着她上车，仨人失惊地问她怎么哭啦。她说：和邛支书吵架了，怎么，你们都一起呀，就落下我一个，不叫我啊！哭得更厉害了。

唐小凤和邛军对一下眼神，随即抱住康静雅，像小时候彼此不痛快时安慰对方一样，絮絮地说：康美乖，康美最最乖，咱不哭！谁欺负你，咱饶不了他！

康静雅哭得更伤心了。边大治急得拉住她手说：康美，康美，别伤心！我也是回到街上才碰到大班长两口子的。

补英语，都怪你，你深刻检讨！给咱康美道歉，为什么不一起回来，不知道互相是个照应啊？邝军生气道，委实觉得事情蹊跷。

边大治双手搓着康静雅的手鸡啄米般回话：康美，都怪我对你不好，对咱老同学不住。你们怎么惩罚我，我都接受。康美，原谅我这一次！

唐小凤也想安慰安慰闺密，但见状陡然色变道：边大治，放开你的手！你个大小伙儿，咋随随便便拉小姑娘的手呢？

边大治蓦地一惊，这才猛然缩回手去。唐小凤讥讽道：康美，你光顾着哭了，边大治摸你，摸咱们女人的手，你都不顾了吗？

立竿见影，康静雅停止哭声，美眸怒视着边大治，边大治立即举起双手，喊：我投降！投降还不成吗？

康静雅道：边大治，你能不能别这么搞笑，好不好！

好！边大治道，我报告一下我的行踪，我去你说的皇甫村吃了一碗拉条，才坐车回来的，所以跑到你后面去了。

啊啊，你让我担心，我是女生，康静雅眼光来回盯着仨人说，你们都让我担心，你俩去哪啦？让我好找！

邝军朝唐小凤示意，唐小凤说：你是女生，的确是女生——女研究生，我中午下班放假，和邝军去县城给我买花。对了，边大治给你送什么花？

呃呃……没送！康静雅破涕为笑，让他给你们说。

嗯……啊！边大治清清嗓子，背往后靠了靠，神气地说，我给你说……

你看把我车靠塌了！邝军开玩笑道，别把人憋坏了！

为了不把你们憋坏，我不得不透露透露今天上午，不，下午恋爱的重大进展，边大治胡诌道，送给交大康老师四十九朵金色玫瑰，祝愿我们：一年四季两情相悦、事事长久。共花去本大帅十三块五毛大洋。钦此！

我去！邝军同志，你要努力！差距还是如鸿沟般巨大……唐小凤酸道。

邝军一时无语。边大治道：差距深如乳沟。

"够淫荡"，你能不能闭上你的嘴巴！康静雅气道，扑过去揪住边大治就打。

好好好，我听你的！我不听你康美的，难道还听人家凤美人的？边大治一边讨饶一边给自己加戏道，打是亲，骂是爱，不打不骂看得外！

邛军和唐小凤对着眼神儿笑，唐小凤早笑软了，笑罢，叹息道："英国历史"，你这张嘴！去西安说相声吧。

你说咋咧，我一看着边大治就想笑，一点气不起来。康静雅边说边又笑起来。

不知谁说过，只要女人笑了，一切都好办。邛军插言道。

哟，看把你经验丰富滴。唐小凤不由吃醋道。

他的经验，还不是拜你所赐。还有，人家是女孩儿，"我是女生"……边大治细声细气、拿腔拿调模仿起康静雅的声音来，"我是女生"，我不是女人。

去，我是妇女，今天给我过节哩，我还没吃饭呢。康静雅道，开车。

呀，还没吃饭。走，下馆子，邛师傅开好车。唐小凤吩咐道。

邛军说：喳，咱杀回秦岭县城去吃饭，一脚油门的事儿。

你们吃了吗？康静雅问。

你别管我们，今天给你和夫人过节呢。邛军义气道，谢谢你能回来，给了咱热闹的机会。

黑暗中，唐小凤眼珠一转，没说话。康静雅说：夫人不说话，那就是你们已经吃过了。回家吧，我妈给我做饭，再不济，正宗的兰州牛肉拉面那还是杠杠的。

唐小凤正要说话，边大治又模仿起康静雅的声音来：去，我是妇女，今天给我过节哩，我还没吃饭呢！

康静雅早笑软了，笑毕才说：边大治呀边大治，你其实不坏，脑子也灵着哩，但你前几天做的事情的确不光彩……

边大治连忙道：我请客！请康美、凤美下馆子，大班长司驾！

我同意。唐小凤说，去县城的辋川别墅，开车，同时庆祝我们亲爱的同学、我最亲爱的闺密取得我国著名大学教师席位。啊，我是由衷地高兴和自豪！

唐小凤的话，深深感染着大家，包括康静雅。邛军发动车子，康静雅忙弓起身道：邛总，邛总！你又不是没开酒店，这样吧，我的意见大家肯定都同意，咱回家，提几个菜，咱关起门来吃饭、喝酒、聊天，如何？

邛军没有理睬，他是第一次听说康静雅要留校工作，这太值得庆贺啦，于是他说：夫人说得对，说出了我和大治的心声，我也是由衷地高兴和无比自豪，康静雅是我们秦岭人的自豪，是咱村上的骄傲。我代表一百七十万年前我们的蓝田人祖宗，向你祝贺！今晚咱一醉方休。说着开车上道。

康静雅极力说服，说支书回去后肯定会给家里人说，我不回去他们肯定满世界找。邝军一听，这才放慢车速。边大治道：那就回家，在家里热闹，一样的。

几人回到邝军家，从鑫隆酒店提了菜和汤，唐小凤拿出镇上的福利年货女娲珍酿，边大治打开音响，大家开怀畅饮、神侃嗨唱，不知今夕何夕。两瓶白酒下肚，已十一点多，边大治掏出签完字的邝军证明信说：大班长、唐镇长，对不住啦！这个给二位。

气氛一下冷到冰点，只听到李丽芬《爱江山更爱美人》的清婉歌唱：

……

人生短短几个秋

不醉不罢休

东边我的美人

西边黄河流

……

康静雅赶紧救场，道：今晚这里只有老同学，只有凤美、康美、塘娃子、"够淫荡"，大家……来，干杯，祝我们友谊天长地久！

大家举杯，边大治扯着嗓门道，友谊天长地久！祝唐小凤同学、邝军同学无产阶级的纯洁友谊天长地久！祝愿康静雅同学、邝军同学一片冰心在玉壶，友谊天长地久！祝愿……

唐小凤道：喝，废什么话，全在酒里边！

喝到十二点，唐小凤倒了，邝军也不省人事，康静雅提议散场。边大治好酒、有量，却也不敢贪杯，附和道：好了，散吧！恐怕老人都等急了。

邝军只得说好，拉妻子起来送客，可是唐小凤只是舞舞手说：再见，大治送一下康美，把五叔的手电拿上……

邝军送客到门边，差点跌倒，康静雅关心地问：你行不行？

嗨嗨，男人不敢说不行，他今晚不行也得行，嗨嗨，凤美岂是吃素的！边大治嗨嗨有声，笑着说，搀着康静雅走了。

邛军摇摆着身子，含糊道：我肯定行。大治，这个烧掉，一风吹①，我们还是好哥们。说着，就用打火机将证明信点着。

午夜，证明信扑腾几秒便熄灭，四围一片漆黑。刮过一阵夜风，冷飕飕的；天边南山腰，闪烁着几颗寂寥的星们。他们的响动引出一串儿狗吠，边大治道：同意，咱俩还是好孩子、好发小。我好着呢！我送送康美。

明儿见！康静雅道，我也好着呢。边大治，你明天一早就去西安，我明天要干大事儿，担心对你不利。你想当保安的事，我回头打听一下，一有消息告诉你。你有啥门路，也找找看。

好，我听你的，你办事儿我放心。边大治干脆地说，差点说出全部真相：支书当时还蛮有信心地答应他，如果砸场子成功，他会尽力成全边大治与康静雅的婚事。需要说明的是，支书与康母关系微妙，这几乎是地球人共知的，有一种说法是，康静雅为支书与康母所生。

你咋这么赞呢！康静雅忘情地说。这时，鑫隆酒店门"哐当"打开，康静雅父母从酒店走出，接她回家去。月华美丽，黑黢黢的秦岭巍峨肃穆，边大治也唱着"山月不知心里恨，你我相见在西京"，一摇三晃地回家去了。

第二天早饭，康家吵翻了天，是三件大事碰一起了。一是母亲抱怨康静雅怼了干大，说女儿以下犯上，康静雅没吱声，可一向忍气吞声的父亲却躁了，反驳母亲，两人火气都不小；另一个，父亲不支持女儿当教书匠，可母亲不以为然，觉得虽说是教书匠，但教书匠和教书匠不一样，女儿是教著名大学里大学生的教书匠，那还是蛮不错的哩——老两口谁也说服不了谁，杠上了；第三，对于大姑娘康静雅与无业游民边大治的不清不白，一老②尿不到一个壶里的老两口意见竟破天荒地一致，都坚决反对，两人苦口婆心劝女儿不要错主意，说唾沫星淹死人哩。康静雅放下正在吃的半块糍糕，大叫：你们烦不烦，还叫人吃不吃，我又不是傻子，能叫人骗了，人家凭啥追我、给我工作，我凭啥说我干大，我有我

---

① 一风吹：意为一笔勾销。

② 一老：一直。

的原因呀！那边大治就是那么个人，我又没答应嫁给他……你们说这多，不嫌没味气？

就是与他多说一句话，咱都不。母亲说，你不嫌刷价吗？

还有，和邛军也离远些……父亲话还没落音，康静雅就扭头出门了。

到邛军家门口时，她犹自意难平。父母的话不是完全没道理，有些事情自己也时常心里矛盾，但不知怎么的，自己一与父母说话，就暴脾气发作，唉，这得改。她没有心情纠结，敲开邛军家门，小两口正在吃饭，硬拉她加餐，康静雅喝了一小碗小米稀饭，喝完说：来，看看我们大班长给凤美姐姐的鲜花，哟，九朵玫瑰——长久always！

呀呀！康美，还是你们女生好。金奶奶、银奶奶、猪奶奶，我们女人一直在一条掉价的路上，前赴后继，这是我们的宿命……唐小凤悲怆道，我整天综合治理、计划生育、三五普法、扫盲普九、抓大放小、学习汇报、抄写打印、电话传真、下乡包村……全是鸡毛蒜皮。我们女人当男人使唤，男人当超人使唤，白加黑、五加二……告诉你康美，我马上出发上班去呀。全国去年就双休了，可我们现在还在单休，就这单休，也保障不了。

康静雅听得发了呆。唐小凤用手在她面前一绕，说：你不会怀疑我人格吧，以为姐撒谎、逗你玩儿嘞？

没有没有。康静雅终于反应过来，简明道，无他，我这次回来，就是想真正搞清楚咱村主任选举的内幕。声明一哈，我们是无产阶级同学的纯洁友谊，扯不到花花草草情呀爱的哈哈。所以，我还有一事要说：我建议邛军高调竞选村支书，而非主任。这样，可以更好发挥作用，带领咱村上发展，我们山里面九组、十组鸡窝洼的村民，等着你带领呢。

邛军和唐小凤都是一愣，唐小凤说：哎哟喂！想不到康美对咱们大班长这么有信心，把他当成救星咧。

你老公优秀啊！康静雅道，邛军，你多大了？

二十七呀，你是……邛军丈二和尚摸不着头脑。

康静雅：这就对了，李世民二十七岁发动玄武门政变，杀死兄弟、逼父亲退位，自己当了皇上，成就贞观盛世伟业。咱，难度没他那么大吧？

唐小凤暗自感动，鼻嘴一努，赞许地瞅着自己的闺密康静雅，又将目光投向丈夫。邛军额头冒汗道：呀，咱普通人，不能跟帝王比。关键啊，你俩也知道，支书是我本家，曾资助抚养我读中学；咱当年没考上，已经有负于老人家了。这如果……

反正，你考虑，大丈夫不能有妇人之仁。康静雅道，我也是为咱两千多村民的命运考虑。你发展得好，村民就有机会，我和凤美也会高兴。——我们的确是有倾向性的，说是私心，也没错儿。

邛军，你组织关系啥还正常着吗？支书支书，是党支部书记，当支书必须是党员。唐小凤说，走，咱车上继续商量，今天你俩专门推进这事。的确，全国两会后，咱镇上各村支书，最近也要微调哩。康美，你对我们的心意我们没齿难忘，反正人生一世草木一秋，快得很，该做的事情，不可错过。

仨人在车上争论半天，但邛军始终觉得替代自己的五叔不妥，他想继续参选村主任，做老支书助手。唐小凤和康静雅你看看我、我看看你，却扭不过，谁让她们这么迷恋他呢，深不得，浅不得。

送完唐小凤，康静雅模仿西方选举里的"拜票"，拉着邛军专门给老支书说明他的初衷，表达他对养育之恩的感激，最终特别说明：侄子社会经验欠缺，只想给你抬轿，向五叔学习，绝没有得陇望蜀的念头。

老支书自觉有愧，想，一来这个事我不占理，二来康静雅其实是咱女儿，于是，他求仁得仁地说：举贤不避亲，谁让我军军娃这优秀的，娃高二就入了党，才二十七岁的人党龄已连皮儿八年咧。喳，叔给你教个曲儿你和雅雅去唱。既然你们想来点新鲜的，那么，你俩利用时间，再把你酒店的副职叫上——有些话自己不好说，明白不？然后，你们每家每户走动走动。南山旮旯，鸡窝洼九组、十组，估计许多人还不认识你哩；所以，你得去去，去拉拉话，让大家明了一下你的心思，也让群众感到他们是需要你的，你能给群众服务……我们共产党人没有自己的特殊利益，为人民服务是我们唯一不变的事。只要你相信老百姓，我就不信百姓瞎了眼窝咧，不相信你。我话就说到这儿，你看行呀不？

邛军感恩戴德，决定走访走访。之前自卑、这几年又忙，自己的确很少串门，尤其是山里面的少数民族乡寨，去得更少。现在正好，康静雅就是那里长大的，刚好带他认认各家门。法治意识强烈的康静雅却疑窦丛生，心提到了喉咙眼，她担心被人检举为贿选。但无论如何，他们还是亲力亲为、不漏一户不少一人地转遍了各家，了解了民情和呼声，也尽力为群众办了几件事儿。

为进一步扩大村民就业，邛军抓紧推进镇上的饭店筹备工作，并想与疗养院合作，开张更上档次的温泉酒店。

八、孤儿当村官

邛军与康静雅合体拜访乡亲们，礼拜天唐小凤又助阵，村人对年轻、长得气派、有实力又极接地气的邛军，有了更深了解，对选举他心里没有半点含糊。也是，唐家三人本来在全镇、在塘坝村就有极高威望，加上朴素的乡亲对出身低贱的邛军这次无辜被冤都愤愤不平，更何况贫困的村民盼望致富如久旱思雨；并且还有即将成为大学教师的研究生、少数民族高级知识分子康静雅加盟……所以，村民都盼着早点重新选举。到了礼拜一下午，走访告一段落，康静雅急着回校，邛军心情沉重，一是因为他亲眼看到还有那么多村民遭受着他小时所经受的贫穷困扰，二是康静雅要离村回校了。两种因素同时咬啮着他的心，让他在沉郁顿挫中腾起一股奋进崛起的豪气。他执意开车送她去学校，她说：别价，连出村也别！

邛军说：怕啥，凤美又不知。

康静雅心里一阵窃喜，却说：那也别，我走了！

看着康美优美妖娆的身影飘然远去，邛军久久没动，一阵风吹来，他的眼睛有些酸。他告诉自己，一定要好好活，活出个人样儿，不要让关注自己的人失望。

下班接妻子前，他巡店一圈，立即决定招录村民七人，六个少数民族乡党充实酒店、肉夹馍店，剩下一人做他助理，协助筹备新酒店开业。算上之前上班的乡亲，村上已有四十一人被邛军的企业录用，其中少数民族乡亲二十六人。这些因贫困苦怕了的人家，对他感念不已，恨不得给他下跪。暂时没有录用的人家，更设法亲近他，邛军只恨自己能力有限，只得先好言安抚他们，保证过不了多久，一定解决他们的急难愁盼。背负着对乡亲们的承诺，他干劲儿更足了，体会到一种被需要的满足和紧迫感，觉得活着有意义，全然忘记了选举的事。平静下来后他想，也许，为别人做实事比那虚头巴脑的名分更重要。唐小凤十分赞同丈夫的想法，说选举的事就当没有吧。

风尘仆仆回校，康静雅将书包放到宿舍，直奔康桥苑三楼的复印店。姜丽丽果然在，她盯一眼康静雅后，亲热地拉着手说：你也忒能待了，想死我！

有点事，所以才回。我给你带了清真的秦岭软香酥，你最爱吃的。康静雅说着，递上一个红黄色塑料包装的礼盒。

呀，爱死你！姜丽丽夸张道，不仅我爱吃，我舅舅舅妈也爱吃。说着，就拆开包装，拿给舅妈和康静雅，康静雅犹豫一下也接着，仨人边吃边说话。一连吃了两个，姜丽丽说，走，回宿舍，我晚上参加百年校庆排练。你也得洗个澡了吧，秦岭山下风大。

路上，姜丽丽神秘地凑着康静雅耳朵说：你是不是被那个兵那个了呀，嘻嘻！

哪会！康静雅道，脸上绽放出两酡红，心在胸膛里突突跳着，似乎随时会蹦出来，为难半天，才结巴着说，丽丽姐，能不能……给那个兵、退伍兵、办个事儿……

咋，想来我舅舅这儿当保安？姜丽丽鬼机灵，我那天就想到啦，凭他对一个女生那么好——四十九支香槟玫瑰唉——我该帮他，也好见见他这个情种。

我们仅止于纯洁的无产阶级同学友谊二字。康静雅解释道，正因此，才为难你问一下兵为舅舅。兵为是姜丽丽的舅舅陈兵为。

哎哟喂，那是俩字吗？我不为难，让我舅为难去，谁让他喜欢吃秦岭软香酥呢！姜丽丽说，我晚上就去问问，不敢保证呀，你知道，这是国家的事，不像我舅家里的事他说了一准儿能算。

好，好！拜托姐姐！康静雅说着，拿钥匙打开公寓门，姐，我去导师那儿之前，是不是洗个澡？

那肯定呀，你傻呀，有了兵哥哥，就不知道实力男的分量啦？姜丽丽随口乱诌。何况，你不是要在人家手下工作吗？

好吧好吧好吧。康静雅说，我跟姐姐学着点，你毕设都完成了，我这还麻达着呢。

跟生活学，生活会把我们变乖的。姜丽丽说，那啥，我也洗个澡。

俩人利索收拾，出门下楼左拐，向澡堂而去。

晚上，导师郧西建对康静雅论文的题目提出疑问，问主标题和副标题是什么关系。康静雅硕士毕业论文是《秦地农民企业家调查研究——兼论农民企业家的发展后劲》，去年定选题时，大家都说好。郧导更是眼前一亮，称赞选题敏锐、视角新颖，既有理论探讨价值，又有实际意义，还有前瞻性。怎么调查、奋战一年，做到二稿的时候，反而连题目都有问题了呢？康静雅直接蒙了。看着学生像无助羔羊一般迷茫、楚楚可怜，郧教授关切地握住她软绵冒汗的手，道：试着再做一稿吧，幸亏外审没抽到你！没等她反应过来，导师就风一样离开了办公室。

康静雅拿起打印的论文二稿，也快速离开这危险之地，去自修室。走到樱花西路，她才羞愧地问自己：他摸我手了吗？是为了安抚和鼓励我吗？还是……我还能毕业吗？若毕不了业，交大肯定留不住，其他地方也不要我……那我就是个残次品，没有任何使用价值。没有使用价值，何来价值……胡乱想着，康静雅突然觉得自己很困，稀里糊涂地折回公寓，躺到床上。躺下来，脑子反而更加活跃，恐惧感一阵阵袭来。无助。她真想跟邛军说说话，说说自己的困惑、自己的委屈、自己的心累；边大治也成，当然，最好是唐小凤，她现在肯定和邛军一起。她动身出门，想去康桥苑打电话，低头走到梧桐西路，就被人一把拉了过去，接着听到姜丽丽兴奋地喊：要，要！我舅要人，要你那个兵哥哥。

啊，这可太好了！康静雅叫着，一下抱住姜丽丽，直抱得她喘不过气来。

姜丽丽反抗道：别价，忒热烈了你，兵哥哥就这么对你的？

哪有？康静雅矢口否认。

事实就是，姜丽丽注意地看着她，拉过手没？

这……康静雅不知如何回答。

手都拉了，那就可以进展了呀，姜丽丽说，你们陕北民歌不是唱"拉手手、亲口口，旮旯里一搭里走走"吗？

呀……姐，你过来，我给你说。康静雅被提醒，拉着姜丽丽直奔西花园而去。灯光下，树影扶疏，花团锦簇，幽香浮动，好一个醉人的春夜。

什么事儿，忒神秘啦！姜丽丽喘息道，就这棵梨树下吧，你有什么交代？幸亏今晚负责人开会，不排练了。

我说了，你保证不给别人说啊，这个事情很严重的。

谁关心你这屁事儿？也就是我，咱俩关系好。姜丽丽道，不说拉倒。你那个兵，啥时间来？

我尽快联系他吧，让他请你吃饭。康静雅道，我说的不是他，是……

什么？呀……你还和其他人有其他进展？姜丽丽激动道，来，坐下，一树梨花压海棠，咱慢慢聊。

嗯嗯……康静雅嗫嚅道，是，是……是我导。

啊，什么？姜丽丽惊得差点掉了下巴子，呀，是他，这个斯文败类！去，败类，这个败类！啥时候的事儿？

就今晚，刚才。康静雅嘤嘤哭起来。

今晚？吃完饭咱俩分开也就一会会儿，不到一小时，他就把你那个啦？姜丽丽惊诧莫名，这也忒……

没有……没有那个！康静雅牙疼般否认道。

那你哭什么劲？你也忒矫情啦！姜丽丽厌恶地离开康静雅一尺远，问，到底咋回事儿，我们理科生，讲究准确锚定事物，别含含糊糊，急死人！

就是，他批评我的论文，说主标和副标关联性不强，我一下子蒙了，这些都是之前他夸我的地方呀，怎么一下就反过来了呢！我正发呆时，他握了握我的手……嗯嗯！

接下来呢？

接下来他就不见了。

先摸手，再摸啥没有？姜丽丽循循善诱道，将康静雅拉起来，俩人面对面几乎是脸贴着脸而立，再干啥没有，比如……呀，你懂的。

只拉了手，就完了，接着他就走了。康静雅皱眉道。

那……咱没吃亏就好。姜丽丽琢磨道，这下，论文你肯定要多下功夫，就是定稿了、答辩通过了、发表了的文章，也还有改进的地方。我毕设已交上去了，但我经常会觉得这儿那儿有点小遗憾。

我知道。我这就好好改。康静雅冷静道，就怕他到时候不给我签字。

这个，你得注意！他肯定对你有想法。呀，哪个老男人不喜欢漂亮姑娘呀，如果不喜欢，那是天理难容，社会估计都不发展了哈哈。姜丽丽道，我给你说呀，你也要应付住他，使点小手段，骗骗这个败类。

我不，我就该咋还是咋。康静雅嘴硬道，你说我咋这倒霉呢？

谁让你长得这么漂亮呢，老实说，我要是你导，我也整你！

嗯嗯啊……我不活啦！康静雅假哭道，哎呀，我得去改论文啦。

好，那我也去忙啦。姜丽丽说，又叮咛道，几个事儿，都好好对付着哈！

　　边大治礼拜六一大早，酒气尚未散尽，就出发往西安东郊赶。一路上，他都在想他和康静雅的过往。他今年二十八岁，大她四岁，小学毕业前，他见她的次数是个位数，觉得她像一只从山里边鸡窝洼飞出的小鸟儿，细看是长得很好看的人脸；但每次见到她，他都觉得她像只小鸟，有着长睫毛的大而漂亮的眼睛、棱角分明的脸型、稚气好看的嘴巴，整个给他的感觉是小鸟般的轻盈快活，让他忍不住唱《快乐的节日》歌："小鸟在前面带路，风儿吹向我们……"那时候，偶尔，他会奇怪，想她为啥不上学。但初一时他俩竟坐在了同一张桌子上，他才知她是在姥姥家那边的小学毕业的，是少数民族。和自己喜欢的"小鸟"同桌，他快乐得如同过节一般，但没啥怪想法。后来，是有男生给康静雅塞纸条、送贺卡、闪秋波时，才激发了他对她的爱慕。是呀，青春萌动的他很快就迷上了她，而此时他个头蹿高，不得不朝后排坐去，而学习好的康静雅虽然个子不低，却一直"钉"在第二排，俩人接触减少。边大治苦闷不已，机会终于在初三最后一学期来了，英语老师让康美给他补英语。那是他一生最幸福的日子，他时常回忆她的刘海刷到他脸上时那奇妙的痒痒感觉，他为此甜蜜过、忧伤过，甚至失眠梦遗过。但幸福总是短暂的，他没考上高中，只得读职中，后因她喜欢兵哥哥而毅然决然地参军。他经常疑惑，康静雅至今没男友，并且没对他横眉冷对、没和他断关系，这啥意思？昨晚，他们聊得那么嗨，喝得那么痛快，她还叮咛他回西安见，还答应帮他找工作。这些，除了她人好、重同学情谊外，难道就没丁点男女交往的因素吗？自从他开书店、她给他送文学书后，他逐渐爱上了阅读，关注恋爱书籍，在小说的恋爱情节里寻找恋爱技巧，从男女交往的文字里总结提高自己。他不是一般的打工汉，他是退伍军人，是当过老板的有文艺爱好的城市新阶层，他时常这么想自己。

　　两个多小时后，他回到自己租住的韩森寨城中村。这里比交大那片月租要便宜五块多钱，甚至比西侧的互助路也便宜两块多，但入住后，一股骚燥的动物粪尿味儿包围着小租屋——房子背靠西安动物园。但人的嗅觉很奇妙，时间长了，竟适应了与动物为伍的生活，一住六年多。现在，对东郊这片，甚至整个西安城，他都很熟悉。熟悉归熟悉，但他打工汉的日子并没有改善多少，现在，越走近鸟笼般的出租屋，他越不敢想康静雅了——困境像一面阴沉的墙，压得他喘不过气来，他觉得自己走起路来轻飘飘的。但他很快就想起康静雅，就又像打了一针强心针，他觉得自己是阿Q，那康美是吴妈吗？他立即觉得自己给康静雅带来了侮辱，他只有自强不息，才有资格与她比翼齐飞。

对呀，男儿当自强、男儿当自立，然后，才能谈别的。躺在屋内，家徒四壁、局促碍眼，粪臭味儿刺激得他头皮咯嘣，仿佛某根神经下一秒就要挣断一般，他觉得自己很垃圾。他已年近而立，之前过得恍惚、轻松甚至荒唐，错失了好多机会，现在想来痛不可当，悔之晚矣。考学、从军，农家子弟跳农门的两条道儿，他都走过，但都与成功完美错过，是自己不上进呀！目前，他能够看到的机会几乎没有，前路渺茫。别说让一个研究生、大学老师爱自己，就是平常农村女娃，了解实情后也会转身离去。所以，关键要自己争气。长远来说，一张文凭哪怕是电大函授自考的大专文凭，对他来说都很宝贵；而短期内要走出困局，需要先找工作，解决吃饭问题。想到吃饭他感到饿了，就想到了钱，除了在互助路工商银行的一千二百元存款，身上就剩二百八十七元六毛七分钱。他拿出二百六十元钱，压在褥子底下硬纸箱纸的夹层里，其余的装身上。现在，他西装革履，怀揣身份证、证件照，手提澡巾香皂内衣，准备出去吃饭洗澡找工作。

他的住处从不动烟火，虽然在部队上学了做饭，而且自觉手艺不错，但厨具他是不屑买的，君子远庖厨的古训他信守不疑。他是家中老小，自小衣来伸手饭来张口，不跟家里要钱，家里就很高兴了，要知道，农村有多少浪子败了家。挣钱买饭吃，他自觉坦然，也因此，这条街的馆子差不多吃了个遍，可有一家叫红延面馆的却没去过，去那里的人向来少，估计味道不咋的。他可怜那老板，今天打定主意要去这家，他吃饭，也让老板赚点。

红底鎏金大字的匾额，临街开着一个门和一个柜台，柜台上摆着烧烤厨具。进门去，里面横隔为两部分，桌椅倒还干净，除了他就是厨师和女老板。里面他没进去，直接站外面，侧对着吧台问有面吗？一边去看价目表，油泼面扯面一块五、三合一面一块六，明显比别家贵两毛钱，素炒辣条的价用纸条涂改了，没看清，他估计是一块四，便要了。中年高个儿女老板不礼貌地让他付一元六角，他生硬地说：吃过付可以吗？价格赶上了景点。说完坐下，他突然就不想吃了，问做了吗？没做的话，不要了。老板说做了。只得等，他看到茶壶里黄汪汪的苦荞茶，觉着口干，就去自己倒，可一碰壶壁竟是冷的。他要求来杯热水，老板看着柜台里边的各种饮料酒水说：大家来饭馆，都喝别的。他说自己喝不了冷的，老板见挨不过，就去烧水。吃完面水才烧好，老板将热水壶摆回原处，眼神空洞地望向外边。他倒了一杯，搭嘴一喝，烫，便忍着渴付过钱，出门在外边买一瓶矿泉水，边喝边朝互助路北侧的澡堂走去。

刚过完年又是礼拜六，澡堂里人很多。全是刚返城的"西漂"和家里没条件洗澡的城市新市民，热气臭气冲天，大人小孩赤裸着身子摩肩接踵。这家，他来过很多次，每次到这里，就分外怀念起军队澡堂。今天，他默不作声，尽量闭着气，想尽快洗完；可一想到康静雅，他便打算彻彻底底洗干净。先到水温不太高的大池子里泡，泡透了爬上来，自个勉强够着身子搓垢痂。呀，人是脏虫，才几天，就脏成这了。他搓得很仔细，直搓得满身通红，褪了层皮，搓完，再下水泡着。泡会儿，再上来搓。这一次更细，交裆屁股眼儿、脚丫胳肢窝，只要够得着的地方全搓到。边搓还边想着康静雅，盼望很快见到，又怕见到。搓完，就去小池子里蒸。

小池的人少，水清澈见底，冒着令人望而生畏的热气。边大治第一次来，有样学样儿，同时回忆部队洗热水澡的情景，慢慢把脚跟往水里探，一点点适应，伴着牙疼般吸气，再渐渐把整个脚放入。呀，真烫！但他清楚伤不着人，便咬紧牙慢慢放入腿，放到大腿根，感到万针扎腿，眼冒金光，耳朵嗡嗡作鸣，浑身毛孔里有小虫子在爬、在窜。他心一横、眼一闭，猛地将整个身体淹到水中，啊，喘不过气……真正的热水澡他洗过不下四十次，但忘得差不多了，现在只觉得麻酥酥的钢针在扎，心突突突跳，血像开水样窜飞，带着脏东西流出。我是谁？我在哪？我在干什么？边大治不能回答这些模糊的疑问。他头蒙蒙的，眼皮有千斤重，呀，不如睡吧？就这样，煮了四十分钟，他的意识对他说：行了，伙计，该去找工作了。他就努力协调全身，用双手把住池沿，死命爬上去。身体红得像一只煮熟的大蚯蚓，过道风吹过，飘飘欲仙；他找到木条凳，躺下。浑身似痛非痛、似麻非麻，怀疑自己废了，意识有些涣散，要睡过去；他赶紧强撑着爬起，找到花洒喷头，冲净身子，再仔细擦干。

他拿着澡篮和钥匙，准备去穿衣服。刚走到转弯处，一个人就背倒着身子砸下，他忙张开双臂迎上，可惜拖鞋和地面都太滑，身子也太滑，他终被压着斜倒下去。中年男人没事儿，他却擦破了脚踝，男人过意不去，硬拉他去药店买创可贴贴上。俩人一聊，对方是副团级的转业安置军人，年前被安排到西安旅游度假区，分管人事；因漂染厂家里的热水器出了问题，便临时重温一下新兵蛋子时的热水澡。一听边大治也当过兵，男人爽快地递上名片，说天下军人是一家。男人叫董先念，甘肃庆阳人，个子不高，将军肚更使有限的身高大打了折扣，他踮起脚尖拍着边大治肩头说：兄弟，有啥事打电话，名片上有我座机和大哥大号码。对了，你做什么工作？

首长，我暂时没地方去。边大治说着，惭愧地低下头。

有大专文凭吗？我可以让你蹲办公室，兄弟人本质不错，军营里出来的人，咱放心。正说时，他的大哥大"嘟嘟嘟"响起，他拉长天线，边接边走远。

边大治想跟上去，却看到对方正朝他挥手告别，他忙举手长劳劳，直到对方消失在漂染厂家属院的楼转角。

这次邂逅，对他的心理冲击是巨大的，他一时乱了方寸，不知该找工作还是找关系。之前羡慕同学、战友安排的工作，他们大都有关系，因关系而解决的工作有黏性，日后晋升也有保证。以前他不齿于找关系，现在想来，那是自己无门路可找。仔细想，自己昨天找康美，不也是找关系吗？他边想边穿过互助路十字路口，到达纺织学院西北角。

突然，一个三十多岁、留着黑胡楂的油腻男子凑上来，袖筒里伸出个名片，道：刻章办证，办证刻章，乡党，办毕业证不？说着，递上个劣质名片来，有需要联系乡党。

边大治眼前一闪，心几乎跳出胸膛去，问：都能办啥毕业证？

北大、交大、纺院、西工院，中专大专本科研究生的，只要世间有的证件，都能成啊。黑胡楂见有生意，按捺住激动，不慌不忙道，你办啥？听口音是秦岭蓝田匀匀客呀，咱俩是乡党，我给你优惠。你想要哪个学校，啥文凭啥专业？

大专。边大治觉得有一双天眼在看着自己，慌忙歪头四下里瞅瞅，又朝头顶的摄像头瞅瞅，他想到康静雅的专业，于是说，西工院管理专业就可以。保险不老乡？

啊呀，你放心乡党，警察和我们一起的。黑胡楂胡诌着，也朝四下打量一番，有些洋洋得意。

妈的！边大治心里痛骂，嘴上却说：就大专，西工院的。多少钱？现在交钱不？要照片吗？

不多，六块钱，一星期伙食费。六元钱，发不了家致不了富，盖不了楼房娶不了媳妇。黑胡楂道，明天下午三点，还是这里，咱一手交钱一手交货。说一下你名字，还有身份证号，两张证件照，有没有？

边大治犹豫一下，掏出簇新溢香的身份证及照片，黑胡楂凑上来，很快在一个本子上做了记录，抓过照片，说声明天见，走远去。边大治迅速去摸董先念名片，还好，东西还在。他心里更乱了，稀里糊涂回家去……

终于挨到第二天下午三点，边大治忐忑着，准时来到老地方，果然看到黑胡楂站在靠动物园的道沿，正朝他挥手呢。他扫视一下四周，见无异常，就走过去。男子拿出32开绿皮证件打开，边大治仔细看，学校、专业、照片、红章、钢印、年龄、在读时间、身份证号码……不用说，大多数是假的，但他必须努力识辨，以便一手交钱一手交货，迅速离开是非之地。正迟疑时，蓦地瞥见几个男子走上前来，他觉察到异常，也清清楚楚嗅到了危险，但来不及反应；对方一边用西安话喊声"干啥呢"，一边抓住黑胡楂和边大治不放。边大治极力反抗、挣脱、缠打，又用普通话厉声问：你们干什么的？请出示证件！

你还袭警哩。几个人叽咕着，一哄而上，将边大治面目朝地压倒在马路上。他担心被黑社会绑架，便使出浑身解数踢打，但终究寡不敌众，被推上面包车。破旧的车让他眼前一黑，真入了圈套，遇到黑社会了，脑子里一片空白。看看黑胡楂，也坐在对面，神情自若；他就质问：你不是说你们一伙儿的吗？

黑胡楂没有满足他的好奇。一个男子拿出证件晃一下说：看我们是干啥的。说着就将证件收起。

你们把我拉到哪里去？边大治问，脑子一片迷糊。

马上到。那男子说。果然，不到三分钟车子停下，他们被带到一栋三层楼的二楼，果然是派出所。不是黑社会，边大治浑身一阵放松，但猛然间增加了恐惧，自己还要追康静雅，还要找工作，这下有污点了，连累后代呀！他被带到一间办公室，俩男子审问做笔录，中年男说：身份证，现在做笔录。

做完笔录，他们让边大治盖了指印、签了字，中年男说：你考虑一下后果，有了这案底，你找工作、成家、以后发展就……

后代也会受影响吗？边大治想起唐小凤的话，急问。

你说嘞？这么大的人了你做事没分寸！中年男冷冷道，瞅一下小年轻。

还可以私了。小年轻说。

怎么私了？边大治问，又自语似的嘀咕道，派出所还可以私了？

调节在治安中也起作用。中年男道，你愿意选择前者，咱就给你留案底，关你几天。

调节，我选择调节！边大治用关中话急道，就调节！

中年男扬一下头，小年轻道：调节……私了，就好说多了，咱今天就办结，没有任何后果，不影响你安居乐业、本人和家属及子孙的发展。你看……

好好，那就私了。边大治道，心想估计会罚款，就不知是多少。

中年男扬一下头，小年轻道：你听好！调节，就是开罚单，得八百元。

啊啊……边大治心里叫苦不迭，道，我没那么多。

中年男扬一下头，小年轻道：八百，这是规定。

真没那么多！边大治边说着边在身上掏，青年男开始搜身。最终搜出二十四元。

几人愣住。

中年男扬一下头，小年轻道：这不成，你住处还有钱吗？

住处剩一两百元，交房租呀，我没工作，还得吃饭呀……边大治道，愤怒于对方的母鸡屁股掏蛋行为，决定抗一抗。

那就只能留案底，关一个礼拜了。中年男道，点燃烟，在旋转椅上转着，不住吐着烟雾，又隔着烟雾留意着边大治的神情。

边大治喉间发痒、干涩，道：能不能喝口水？

中年男扬一下头，小年轻在饮水机上兑好一杯温水，递过来。边大治咕咚儿下喝完。中年男问：抽烟吗？

边大治摇头。中年男道：好男人，还当过兵，正找对象呢……你考虑考虑，考虑清楚，钱小事大。

能不能少点？边大治问。

中年男扬一下头，小年轻道：可以，这样，你出去借点钱，凑够，凑够……五百都成嘞。

借不到，我这情况，谁借我钱，我外地的，在西安举目无亲……

房间再次静下来。中年男瞅着小年轻，小年轻低眉看着地面。边大治突然激动道：要杀要关由你们，不就是吃国库粮七天时间吗？

中年男扬一下头，小年轻道：是这，咱去你租的地方，取钱。

交钱给收费票据吗？边大治进一步将军道。

有。小年轻说着，就带边大治出门，走近楼下面包车，拉他上车。

边大治生气道：我会走路，就两站路，步行。

不，这是公务出车。小年轻坚持着，边大治就上了车。

到了出租屋，小年轻直闯进来，抓起边大治的包就翻，边大治冷眼看着。小年轻一无所获，喃喃道：其实，我和你同岁，属猴，唉，像你这，也可怜！

边大治没作声。小年轻终于停下来，边大治让他出去，他不肯，无奈，边大治就用身子挡着他，迅速揭开褥子，在硬纸片间翻钱。小年轻眼疾手快，在硬纸片间拿到一个存折，惊喜道：银行还没下班，快，取钱去！

那正是他春节前在工商银行存的五百元存单，边大治心下一沉，无声地悲戚道：奶奶的！

这个同龄人，专业快捷地协助边大治从银行取出五百元，带着他回到派出所。交钱，收好罚款单据，小年轻送边大治下楼，又护送一程，俩人无声告别。回家前，边大治将罚款单撕碎，扔进垃圾桶。

时间正是下午六点整。

这三个小时，改变了他的世界观。自此，他成了"进过局子"、心里有案底的人。他不打算联系任何熟人，却一心盯着董首长。

一礼拜后，边大治成为西安旅游度假区的一名保安，伫立在曲江池畔的度假区管理处的大门侧边。

四月末的最后一天，秦岭百花齐放，塘坝村进行第二次选举，曾经的秦岭孤儿——邛军高票当选村主任。

五一收假，邓军上任。那天，刚改完论文的康静雅亲自从省城到场祝贺。邓军讲施政方略讲了三小时，如何打历史文化牌、如何利用地热资源、如何安置富余劳力不出村子赚钱、如何吸引外资、如何创办村办企业、如何均衡发展……总之一句话，就是要让大家都富裕起来。看得出，他不光说说而已，而是感念恩情、心底无私天地宽的实战派。讲话结束，掌声持续良久。

唐小凤很高兴打小就低人一头的丈夫有了出头之日，对于闺密康静雅的出手也很感激，但夫妻俩静下来，细心的她总觉得有什么不对——丈夫和闺密怎么看都比她要高兴不止百倍！好在，想起自己与丈夫的过往，她心里是踏实、坦然的。

九、咸鱼巧翻身

这天早饭，邝军感觉到了妻子的情绪变化，打算在送她上班的路上给她明一下心思。不料，唐小凤边迅速收拾碗碟边说：邝军，邝主任，你现在要以村上事情为重，以塘坝村五百多户两千多人的发展为念，为塘坝村各族人民谋福祉。以后啊，就不要再送我上班了，我还像从前，骑自行车上班。

那哪成，老婆！邝军说，我还有咱这个家能有现在，全靠了你，有车得先紧着你用。

没事儿，有你这心就行。我也需要健身，正好骑车锻炼一下，我得塑一下形，你看人家康美，肤白貌美漂亮腿，往那儿一站，哼哼，你们男人两眼贼亮……

邝军被逗笑。唐小凤俨然道：嗯嗯，别笑！收拾完了，你把车子给我弄好，打点气，把土擦一下。

别价，老婆，我路上还有话给你说哩。

唐小凤就同意了，俩人开车上路。

邝军边开车边说：打仗除了粮草先行，还要后方安定。老婆，我的过去你很清楚，我出生不久父亲离家出走，六岁时我妈去世，人都叫我"穷塘娃"。我与你打小同校，咱妈对我很好，辅导我功课、照顾我生活、减免我学费，还让我当班长，把我当亲儿。十六岁，我奶去世，在咱妈斡旋下，初二的我才没辍学。初中三年，作为班主任和物理老师，爸也待我像亲儿子。在你费心帮助下，我初三考上咱秦岭县最好的女娲高中。当时没人供我，我也没心思读，又是你和爸妈，动员我，还说服五叔，硬供我读完高中。而我，却不争气，没考上，还影响了你的成绩……落榜后我打工，很不顺当，没有出路，迷茫得很；还是你，一直鼓励我，照顾我，对我不离不弃……最终你以天之骄子、国家干部的金贵身份，嫁给我一个落魄农民。这二十几年，是我拖累了你们，是我拉低了你的生活质量啊！直到现在，我们一路走来，也是全赖你支持帮扶啊！下一步，咱要好、要把村上的事情弄好，还得靠老婆你支持哩。他声音低沉，又有点哽咽，一提起往事，这个大老爷们就忍不住难受。

唐小凤听着听着，也带泪了。丈夫讲的，是他们共同的、相濡以沫的、和血和泪的过往，包含着她多么深刻的青春记忆、生命体验哪！虽然如此，她还是仰面摆一下头，果决地说：话说到这儿啦，我也不忌讳什么，我就担心我后方安定、支持到位咧，到时候你"家里红旗不倒，外面彩旗飘飘"哇！

我还能有什么彩旗呀，邝军叹口气说，你不就担心咱同学康静雅吗？

正是。唐小凤毫不忌讳，人家说着"我是女生"，你说，我一个已婚大妈，能斗过人家"无知少女"吗？

呀，我说凤美，你俩就差九个月呀！还有，你们不是闺密吗，你比我还了解她，你和她比我和她更亲密。她是啥人，你不清楚？

老实说，我还真不清楚哩，防盗防火防闺密，谁知道你俩背后干过什么呀！唐小凤悲悯地说，充满挫败感。

邝军听到妻子的声音，心中一怀，连道：我向你保证，我们之前没有事情，以后也不会有，我这辈子死也不会与她有任何瓜葛！

唐小凤听得有些感动，却说：你没有行动，但谁知道你心里想不想？

呀，照你这么说，我还真心里发慌咧……我心里想不想……我想啥？我咋自己也不知道哇。你、这……邝军不知道该咋说，这叫杀人诛心，但要知道，法还不诛心哩！

邝主任，你这水平现在高得很啦！

我有啥水平呢？邝军苦笑道，我还想向你讨教呢，现在我这个角色，该和五叔咋处理关系？

人家支书、长辈，永远是一把手、老大。你好好听他的，当好助手。唐小凤道，快，我下车了。

邝军一看，已到镇门口，就停稳车。唐小凤边下车边道：官大一级压死人，你可得摆正你的位置。回头我给你细说。

邝军答应一声，开车回村。一旦方针一定，他是不缺乏执行力的，他从家里拿了一盒茶叶和一盒清真秦岭软香酥，又让师傅从酒店冰箱包了个熟羊腿儿，提着三样东西就朝五叔家走去。

五叔竟不在，四娘也不知他去哪了，她扫一眼邛军的手提袋，责备道：军军，刚过年，你过年拿了恁多东西，咋现在又带东西了？

没有啥。邛军说，这羊腿是熟的，刚从冰箱拿出来的，天暖和咧，不敢放，你和我五大抓紧吃。叮咛完，他就起身要走。

四娘蹒跚着送他出门，扶着大门门槛问：啊军军，你有啥事，我回来给你五大说。

没啥。我五大有啥事，让他随时指派我。邛军说着，挥挥手走了。

刚过学校墙角，就见新招的助理杨钊迎面走来。杨钊二十一岁，是个很摩登的漂亮女孩，大专学的城市轨道交通专业，毕业后在北京地铁工作。今年过完年竟再没去，待家里也不知要干啥，他爸就找邛军让临时安排个事，至于以后咋发展以后再说。面对这年轻漂亮的大学生，邛军颇为为难，不知咋安排。唐小凤提醒他，让当个助理；邛军半开玩笑说自己不需要助理，说实话他是有些怕这看着耀眼的漂亮女娃。唐小凤说人家不就是想临时领个工资吗，你咋这么较真呢。邛军只好这么办了。

邛总，今天干啥？杨钊很大方地边走近边问，我刚刚到您家里和咱们鑫隆酒店去找，他们说你去我支书表叔家了，我就……

从她的眼里，邛军看到了自己现在对于五叔的态度——竭力巴着求着，他于是温和地说：今天咱先去巡店。每天除此之外，这段时间得盯着新饭店选址的事——咱们要在镇上开个新饭店哩；再就是，要了解接触一下，在咱们村建个咱自己的温泉疗养院。

邛总，这可真是帅呆了。杨钊像小鹿样一跳，跳到他身侧，和他并排往回走着说，你知道吗，我在北京，每天在地铁的封闭空间，上下摸人体，检查有没有违禁物品，一蹲一站好几个小时。

邛军只从英语单词里得知地铁叫subway，甚至不确定中国有没有subway，更没见过它长什么样子，因而觉得杨钊的话很神秘，想问又不好意思问。杨钊却问他：您建的温泉疗养院，和国家办在咱村里的疗养院一样吗？

差不多吧，我想比他们建得更现代一点、人性化一些。邛军边想边说。

邝总，您可真是帅呆了。杨钊一把抓住邝军的手说，邝军一愣，她就松开了，继续说，到时候咱们村就阔气咯。

所以咱们要把前期工作做扎实。邝军说，主要就这三件事儿，够咱俩忙的吧。

嗯嗯……杨钊拼命点一下头，边一蹦一跳快走几步，边唱起《摇太阳》来，我们一起来摇呀摇太阳，不要错过那好时光……

邝军惊愕不已，想：代沟太大了吧，还是我老了，才差六岁呀？

正在这时，大哥大响了，他就去接电话。

交大樱花大概是与武大樱花、清华荷花、厦大凤凰花齐名的校花了吧。每年三月中下旬到四月中旬，是西安交大樱花怒放的时间，樱花东路西路道旁，被绯红的樱花搭出了彩色的甬道。学校以花为媒，适时举办樱花节，还与全国各兄弟学校互动，吸引全国学子和西安民众及游客来校赏花，一时成为美谈。若要细说，交大的花节花会，其实时间还要再拉长：往前，元旦前，连翘和迎春花就开始争当古城第一枝，春节后，高贵的玉兰花开出天鹅翼翅般漂亮的花朵，待玉兰花落英缤纷时，迎来樱花含苞待放；朝后，当樱花将歇未歇之时，国色天香的牡丹便如约而至，而当牡丹怒放时，芍药就迫不及待绽放……一时间众芳纷纭，你方开罢我登场，这样的花事一直要延续到五月中下旬。

就是在这众芳摇落的时节，康静雅的论文三稿完工了，细算下来，花了她五十四天时间。说是三稿，其实光这稿她就仔仔细细改了三遍，其中后两稿，她是听取了高人意见而做的修改。一位是北大光华学院博二的师姐任向红，她在樱花节的最后一个礼拜回母校赏花，康静雅陪着她玩。见师妹闷闷不乐的样子，任博士问了情况，康静雅如实相告，师姐就自告奋勇为她看论文。她非常感激师姐的古道热肠，就听取她的合理意见，认认真真改了第二遍。自己觉着满意后，才忐忑地联系郏导，不想他在外地。

等待的时候，她突然想到退休老教授焦福成。他给他们上完大一的课就荣退了，但同学们对他评价很高。焦老师清癯，有仙风道骨，经常来小花园锻炼。研一的一个初春，在东花园的竹林边，她和老师再一次相逢，焦老师诧异地问：康静雅，你怎么还在，保研了？她连连点头，向老师汇报了学习生活情况，听说她家是秦岭农村的，他问她想做家教吗，她说想是想，但太远的不做。焦老师笑着问，交大一村远吗，就隔着咱们的彩虹桥。她忙答应下来，是高二英语，周内隔天上一小时，周日上午上俩小时，学生是个男孩。她如约而去，竟是焦老师的孙子，焦老师给她递来剥好的香蕉，还送她签名版的他的新著，令她大为感动。她就竭尽全力辅导，哄着这个帅气聪明的男孩学英语，开始见效快，到暑假高三学校补习时，成绩涨了三十几分。可是，等秋季她从老家来校后，男孩竟给她表白上了，她很困惑，也不想出卖他，就借故推托。焦老师不明真相，几次找她让她继续补习，她以科研压力大为由谢绝，还认真地向他讨教了好些问题，老师也悉心地给她作了指导。那段时间的学习成果，以一篇发表在核心期刊上的论文固化下来，至今论文被引用二十八次，成为她能留校的重要原因。可是，她得先顺利毕业呀！

于是，她提了两种水果，穿过彩虹桥，敲响了焦老师的家门。一年半不见，焦老师明显老了，头发全白、脸上老人斑闪烁，最令康静雅吃惊的是，谈话时他间或走神。见她手里拿着打印好的毕业论文，他眼中泄出惊喜之光，问：定稿啦？这就要毕业了？她忙说是来请教老师的，并说自己毕业后要留下来。老师异常高兴，忙换了一副黑边老花镜，开始读起来，一边拿着红蓝笔做着标注。她与老师并排坐在长沙发的茶几前，陪着他读，给他洗水果削水果，冲牛奶、做饭。到了晚上离开前，她才鼓起勇气问：老师，您孙子焦疏桐考哪啦？

甘肃的一个二本学校。焦老师道，送她走到玄关下。

对不起！她说，很颓然，那……师母呢，去外地了吗？

走了。焦老师岔着气，极其虚弱地倚着门框说，见马克思去了。

蓦地，康静雅的脑际一旋，差点晕过去，那个眼睛异常静美、手指如玉的钢琴师老人就这样谢世了！家教四个月，老太太给她留下很深印象，话少，微笑和眼神多。

没事儿，人固有一死。

嗯嗯……康静雅支吾道，猛地抱了老师一下，转身拉开门艰难地离去。她哭着回公寓，整晚郁郁寡欢。

直到下午四点，她才买了几样菜，去见老师。做完饭俩人吃罢，老师拿出标记好的论文，翻到最后一页，俩人交流了一会儿，老师说：难怪人家让你留校，论文很成熟啊，超出我的预料。老实说，我带过的博士硕士也很多了，硕士论文能有这水准者，少。

谢谢老师！请您说说需要改进的地方。康静雅诚恳道。

白璧微瑕，也还不算啥毛病。就是，你对那个重点的标本对象邛军，了解吗？焦老师歪头盯着她问。

康静雅郑重地点点头。

那我就放心啦。说明整个东西是信实的。焦老师说，争取评个优。

说到这里，康静雅心里乱了，她担心被导师卡，真想将心中的难受吐出来，但还是忍住了，赶紧告别逃出。

边大治在西安旅游度假区上班已经一个月了，今天刚好第一个月工资下来，二百九十八元五角，他很振奋。这是他俩礼拜的薪水，他清楚地记得，自己是3月18日入职的，如此换算下来，他全月工资应该是六百元左右。——这让他兴奋。入社会六年，之前从没有月入六百元过，看来，还是国家单位待遇好。一提到待遇，他的倾诉欲就来了，真想对人说说他已经在体制内混了，真想对人说说他单位的好。

自然，他最想倾诉的人还是康美。那么，他要对康静雅说什么呢？首先，要说他歪打正着进体制内的神奇经历。

那次改变他世界观的"假证罚款"事件后，他好几天惊魂未定。这事儿像梦魇一样缠绕着他，令他难以摆脱，虽然也许并没有在公安局留下案底，但那内心的案底是深深烙下了。这潜意识里的案底，击毁了他对生活的信心，他不想找工作，不想见熟人，不想和人交往，不想想未来，总之不想努力了。他自然地想到电线杆上贴的小广告，什么"真情求缘""富婆交友"，什么"清纯美艳少妇百万寻男子受孕""少女卖身救父""大学生求包养"等，平时工友间开玩笑会说：不想努力了，想去找电线杆上的少妇富婆。他起初不知道人家说什么，工友笑他做作、说假、故作纯情，他一再申明，工友就说那你就去找电线杆上的少女大学生吧，他更是一头雾水。没人的时候他便留心那些"电杆文学"，一看吓一跳，脸红心慌半天。他无比鄙夷那些少女、大学生和富婆，心想这就是社会上批评的拜金主义和享乐主义吧，我一个退伍的革命军人、一个女友是名校研究生的城市新市民、一个文艺青年，岂能受你糖衣炮弹的侵袭！还有，对于那随时随处可见的按摩店、洗脚屋、发屋里搔首弄姿的女郎，他更不屑一顾，当她们隔着玻璃对他示意的时候，他恨不得进去扇她们几记耳光。但对于那美艳少妇重金求子的广告，他却抱着不少同情，时常为她们的遭遇难过半天。

这天中午，吃过一天里的第一餐，他往回走时，突然愣在出租屋门前，在他门把手上竟别着这样劲爆的"电杆文学"。文字如下：

重金求子

本人张雨荷，南方女子，年方二十有一，大专毕业，长相清纯漂亮，性情活泼可爱，喜欢做家务，厨艺上佳，最爱烧西红柿炒蛋。丈夫曾是台湾某大富豪，婚后两月，因意外车祸伤残，不幸丧失生育能力。为继承天文数字的家业，我们夫妻协商决定，寻求一名品行端正的异地健康男，还我做真女人的梦，圆我泛滥的妈妈梦。有意请打后面的电话，通话满意后签订合同，合同签订二十四小时内，付款九十万元人民币定金，并直飞你处，商量约定见面地方和相关细节。双向奔赴、真心圆梦。待有孕后，再重金酬谢一百一十万元人民币。一共两百万人民币，与您真情相约！

独家担保：广州宏信律师事务所，已公证。咨询电话：020－×××××××

本人直通大哥大：90040××

后面七位数的大哥大号码，字体非常大，是其他字号的两倍，戳得他眼睛直晃悠，心里也直恍惚。他立即产生了买个大哥大的冲动，但随之就心灰意冷，邛军的大哥大听说花了五千多，还是便宜的。看来真得挣钱，不挣钱连发横财的机会都没有。买个寻呼机总可以吧，可先不说机子，听说光月费都五十呢！他越想越不敢想，又回到"重金求子"的事情上，心脏复又狂跳起来，但他只是掂量了掂量，便轻轻放过了。是呀，康美怎么办呢？我连康美都不想联系，能去给电线杆上的"害货"打电话？不可能，纯粹不可能。

就这样睡吃睡吃，几天时间很快过去。眼前的迷雾慢慢散去，他渐渐看清一个残酷的现实：还得上班，挣钱糊口。董首长，这个素昧平生的庆阳人一直在他脑子里转，他已经能背出他的大哥大号码。他多么想找他呀，董首长曾明确地说过要帮他，说天下军人是一家，说他本质好令人放心，这不是大好事儿吗，不是瞌睡遇上枕头了吗？那，他还犹豫什么？对了，他是抹不下脸啊，怕求人。没错儿，万事不求人几乎是所有农村里出来的人保持敏感自尊的原则。但父母也曾无数次叮嘱过：在家靠父母，出门靠朋友。朋友不就是通过各种机缘结交的吗，一生下来就认识的只有家人，董首长算有业缘关系的朋友吧。人家还没架子，你还帮救过他，给过他好感，这总可以去求求吧？嗯，至少可以碰碰运气。可是……他怕求人，怕被拒绝，如果真被拒绝，那多伤面子呀！他就这样反复煎熬着，又一天过去了。

这天一大早，心里实在慌得难受，边大治就起床，下决心给董首长打电话。洗完脸穿好衣，可临出门前，他又改了主意。呀，还是自己找吧，自己的症自己受，别想着天上掉馅饼。简单吃过早餐后，他就又投入了找工作的大军之中。他不像当年的邛军不挑活，轻重都能干，部队退伍后讨生活，他一开始就不干重体力活儿，这几年更是身体已无力气，估计想干也干不动了。坐上公交车，他直奔鸡市拐兴庆公园北门市场。

市场门口左侧，是农民工市场。一大群扛着粉墙刷子、刨子、钻子，头顶安全帽，衣服脏兮兮的农民工簇拥成一大片，很有阵势的样子。几个工头模样的人像挑大白菜一样，贼亮的眼睛不断在人群中逛摸着，偶尔用指头点着谁，被点着的欢天喜地，其余的则依旧懒洋洋地等着。再往里的布告栏旁，围了几圈人，一律昂首瞅着布告栏里的用工信息；有人手里还拿着本子和笔，抄着符合自己的招聘信息上的联系方式和面试地址。边大治也摸出一张纸和半截铅笔，艰难地钻进人群里去，看着层层叠叠被盖上去的招聘广告，他两眼一抹黑，腿发软。这些招聘的学历要求绝大多数是大专以上，只有个别是中专高中以上，几乎没有他职中肄业生的职位。他直羞得浑身冒汗站立不稳，再一次深切觉得：自己应该老老实实退回到那群农民工阵营里去。多年来，他第一次彻底对自己失望了，还不如回家种地，或者拉下脸跟着邛军干呢。但，如果那样，康美咋办呢？想起康静雅，他心里一阵钻心般难受，看来，这辈子与她无缘了。那，还有必要活下去吗？这么想着，他差点跌倒，他竭力不让自己影响其他求职者，准备退出。突然听到一个小伙儿说：这里，这里有个要初中的！他猛然一惊，看向那人，是个和他差不多大的男子。他就朝男子注视的地方细看，果然有个招安保人员的单位，叫虎兵护卫，要求是：初中及以上、退伍军人优先。他赶紧抄了地址和电话，退出去打电话。

联系好，边大治就坐车去找，半天，终于赶在十一点前来到西安南郊荒凉的曲江池畔。公司地址在寒窑南侧一座深陷于山坡地表之下的新楼内，寒窑是王宝钏坚守贫寒、苦等薛平贵十八年的地方。他不明白，一个做安保业务的公司，为啥选在大南郊三层楼的负一层办公，是节省成本还是有啥其他关节。前台一个中等个儿的姑娘打量他一眼，并没有接他的简历，而是递了张表让他填，填完就让他回去等通知。他问能不能找人事面试一下，姑娘说她就是人事，这就算初面，并叮嘱他复试时带上退伍证；他不得不礼貌告别，讪笑着离开。

走在院子里，回头看这不显眼的新楼，想这肯定是临时建筑，我再也不来这鬼地方了。出大门时，他看到威武而空空如也的玻璃保安亭，突然转身往回走去。

进到一楼，是有着几个摩登女郎的礼宾部，一个戴着礼帽的高个儿女子见他进来，问：先生好！是上二楼吗，里边请。

上到二楼，中间凌空，沿边是一圈毛玻璃围栏，朝下能看到一楼的花卉和女子，回头，是大玻璃隔出的一面很长的办公区。倚着围栏，一个男子在抽烟，另一个高个儿男子站在旁边说话；他上前的时候，高个儿进去了。他就问抽烟男子你们招人吗，男子摆一下头，让他问刚才的大个子；他赶紧追进去，问对方。俩人重又回到走廊，高个男看看他递上来的简历，笑道：我是人事主管，不错，我们有需要。俩人交流完毕，大个儿拿着简历走进去；一会儿，他出来领边大治到副总玻璃门前，示意他自个进去。

阔大的玻璃立方体里摆着暗红锃亮的阔大办公桌，副总深陷在大老板椅里看完简历，抬头看向边大治。四目相触，俩人都是一惊，接着同时叫道：是你！

副总不是别人，正是董首长董先念。俩人都很意外，边大治更是喜出望外。了解情况后，董先念说：好好干，我要让你在西安活得像个人物。你跟我来，我给老总说一下。

边大治随他来到总裁办公室，一个清瘦的秃头先生与董先念沟通一番，董先念说：小边，这是我们丑总，你跟老板认识一下。又用关陇话对丑总说：我觉得这可以，你给他个机会，让这试活一哈！

丑总见董先念极力推荐，又看不出边大治的大毛病来，就说：那你让他下午参加一下活动。

下午是关于开发区竞争力的业务培训，边大治听得半懂不懂，员工偷偷地瞅着他，露出若无其事又有些善意的神情，让他明白了刮目相看的含义。培训结束，大个儿的人事对他说：你先回去，等我们电话。边大治就有些茫然，忐忑地回家了。

正好迎来双休，他的煎熬增加，不知什么时候才能上班。直到晚上七点零三分，楼下门市部喊他，让他接电话。电话是大个儿打的，通知他被录用了！打了六七年工的边大治，终于成为体制内人，他的眼眶湿润了，这全靠董首长啊。他整理心情、下定决心，充分准备后，礼拜一就上班了。

没有问待遇，有董总在，有他那句话在，他什么也不用问。但，待遇真的好，出乎意料地好，好得改变了他的三观。他感慨地想，人啊，真的是有区别的，有时判若云泥。他时常不相信自己目前的情况是真的，但看看体检表，看看牛皮质地的工作证，再看看高雅得体戴着绶带的工服，还有一日三餐、水果牛奶下午茶，外加随时发放的月卡、服装费、生日卡、过节费、电影票、演出票，这其中每一项的数额均大于工资，有的金额甚至高达四位数……这些，都是实实在在的真金白银呀！他拿着一千七百多元的春季服装费卡去钟楼的开元商城，仅花了十几块钱，就买了不少东西。一旦确定这些的真实性后，他真想哭，真想对着世界喊：野百合也有春天。

十、群众有呼声

六一儿童节的第二天正好是周日。

九点半，女娲镇召开夏收和防洪全镇大会。参加会议的是全镇十一个村村两委的一把手——支书和主任，以及女娲镇街办主任。塘坝村按照以前的惯例，还继续带着文书马煜明做记录，进会议室时，镇上一个老干事半开玩笑道：邛支书，你咋还是三个人，咋还继续带着书记员哩？

邛五叔似乎早有准备，抬起黧黑的脸嘿嘿笑着道：李主任，看你谝的那话，不把咱们镇上重要会议的内容记录下来，不把镇上主要领导重要讲话的精神记录下来，回去我塘坝村咋开展工作呀？再说啦，带上少数民族干部马煜明参会，也是体现民族团结呀。

那倒是。但，你不是现在有新主任了吗？邛总高中毕业，听说差点考上大学，还记录不了领导讲话？李干事也是一笑，温和道，并无恶意。

李主任，看你谝的，那咋一下子能适应嘞？他第一次参加镇上大会，连山向都办不来。邛五叔道，嘿嘿，老李你今天辛苦啦。

辋川村郭宏主任也是新当选的年轻人，是比邛军高两级的高中同学，他忍不住开玩笑道：我看，我邛叔是对侄子不放心啊，哈哈！

邛五叔装作没听到，迅速走进大会议室去。李干事高声道：大家都拿好纸笔，专心听会，向塘坝村邛支书学习，做好会议记录。今天，主要领导——杨镇长有重要指示。

随着他的声音落下，四十多岁的副书记刘宏和唐小凤压着人群的队尾，走进会议室，毫不迟疑地走上主席台。台上，铺着暗绿色桌布的长桌后边，靠最中间只摆了三个座位，他俩一左一右坐在两边座位上。大家纷纷找座位落座，说着话开着玩笑，瞅着主席台和主席台上面的红底黄字横幅标语：

防汛保粮，夺夏粮丰收，开"九五"新局

李干事拿着一沓文件，转着座位发放会议资料。唐小凤咳嗽一声，故意清清嗓子，用左手食指压一下话筒开关，道：热天，大家能来参会，都很辛苦，先坐着喝口茶，酝酿一下情绪哈。领导马上到，我现在开始点名：宇村……白鹿原……辋川……蓝田……上李……

每点到一个村名，村支书就喊"到"，点到塘坝村，邛五叔答"有"。大家都笑起来，将目光聚到他身上，他正在若无其事地翻着文件，旁边的主任位置还空着。唐小凤看一眼五叔，不由脸红道：塘坝村，支书来了，主任呢，邛军呢？

这时，大高个儿邛军弯腰闯进门来：我在这儿呢！对不起，刚才进门前突然想起车门不知锁没锁，就去确认了一下。对不起，影响到大家了！说着，朝马煜明坐的后排而去。

大家都笑起来。马煜明连连朝他做着推手的动作，示意别往自己跟前走，应该坐前排；邛军没细想，还以为叫他落座呢，便继续往后走。郭宏急了，站起身朝他挥手，邛军没看到。大家都看着热闹，有人说：只知道有《兄妹开荒》《夫妻观灯》，没见过今日这夫妻开会的阵势呀！

唐小凤不得不对着话筒说：塘坝村邛军，往前排走，找你们支书，坐在他旁边。最后一个村，小峪口村……

小峪口村的张支书高声猛喊：到！我和我们王主任都来了。

邛军刚坐下，会议室突然鸦雀无声，他抬头一看，拿着《创业史》，穿着白色短袖，打着暗红色领带的镇长杨俊虎已站在门内，他用犀利目光扫视一下会场，抬脚上到主席台，说：把空调开开。

唐小凤打开空调回来，杨镇长已经端坐在中间位子上，用左手指头反复弹压着陈旧发黄的《创业史》，一边专注地瞅着下面的村干部；女秘书端着盛有枸杞红枣茶水的钢化玻璃杯子，小心翼翼放在他面前后，出去了。会场静悄悄的，只听到翻文件的声音和空调发出的嗡嗡声，没有人与杨俊虎对视，他右侧的刘宏有些木然地看着会场的某处，左侧的唐小凤勾着头看着自己的手。李干事察看一下情况，上前将话筒挪到副书记刘宏面前，敲了敲话筒，话筒发出"咚咚"的声响，他退下，坐在第一排连椅的第一个座位上。刘宏岔着声问：小凤，人都到齐了吧？唐小凤答到齐了。刘宏小声征求着杨俊虎的意见：那咱就开始吧。杨镇长说开始。

刘宏就大声地讲：同志们，咱们现在开会，秦岭县女娲镇全镇夏收和防汛工作会议，现在开始。本次会议，是在中央农村工作会议之后，在全国人大四次会议、全国政协八届四次会议之后，在陕西省、西安市、咱们秦岭县相关重要会议之后，我们学习和贯彻上述会议精神的热潮中，在深入学习和贯彻国务院《关于国民经济和社会发展"九五"计划和2010年远景目标纲要及关于〈纲要〉报告的决议》精神的基础上，咱们女娲镇召开的一次重要工作会议。大家要格外重视，聚精会神听会，听杨镇长的重要讲话，认认真真做好记录，回去反复学习，贯彻执行到防汛夏收实际工作当中。如果说，我们学习中省市县的系列会议有务虚的成分——我想至少是务实和务虚两相结合——那么，今日会议就主要是务实、推动实际工作，用咱土话说，就是咥实活、热蒸现卖，没有半点含糊的。将来，你谁个村淹死了人、把麦子长芽到地里，咱们就找谁算账，所以，要做到颗粒归仓，啊，颗粒归仓。我看大家都拿到文件了，考核的项目、评比的内容都看看，工作结束、大比武收场，咱在半年工作会议上，要总结，要奖惩。我就讲这些，总之本次会议目的是要引起大家足够的重视。下面，咱们有请咱们镇当家的杨俊虎镇长给大家做重要讲话，大家欢迎！说着将话筒移到杨俊虎跟前，又起身略微鞠躬，坐下来。

嗯——啊，咱们下面在座的，有几位新上来的主任，很年轻啊。杨俊虎开场说，但是，还没有女性干部，村组一级女干部很少，到了乡镇一级女干部就普遍了，越往上就越多，但到了最上面，省部级及其往上，又非常非常少了，是种纺锤形的分布。嗯啊，纺锤形的分布。当然，这是题外话，可能是我的性意识……性别意识比较强的缘故。

与会者对镇长的夫子自道，忍不住想笑，但都不敢笑，大家都紧绷着脸，生怕自己一不留神笑出声，会场上笼罩着一种诡异的气氛。杨俊虎接着道：我讲话历来不拿讲稿，钢铁是怎样炼成的？同志们，我从"文革"、学生时代时当副县级别的革委会副主任那会儿，就练就了。大家知道，我面前的这本《创业史》的作者是一位革命作家，也曾是一位北京的官员，但他放弃这些优厚待遇，来咱们秦岭山下当农民，为的是写书，写出了咱们关中乡村的山乡巨变。所以我把这本书作为自己的手头书，经常翻翻，找找感觉。我们是做农村实际工作的，说到底，是务农的，要把粮食产量提起来，把中国人的饭碗端牢。这是其一，是最重要的，我们农民存在的意义就在这里。第二，啊第二，眼前的夏收，要颗粒归仓，不要让一粒小麦落地里浪费掉。具体怎么做，在座的都是农业专家，专家够不着的话，至少都是老手，对不对？嗯啊，农业老手对不对？所以，你要为本村今年的夏收多谋划、多花心思，严密组织，不漏一人不漏一户，把好心给存上。嗯啊，给把好心存上。将来夏收结束，我们严格按照大家手里的考核表考核，重赏重罚，绝不手软。嗯啊，绝不手软，手软。今天啊，大家知道，书记最近去省委党校学习了，所以我讲得可能比较多。嗯啊，讲得比较多。大家要认真听，认真记，认真去执行，咱们以实际工作成效为准。

至于防汛，咱秦岭县女娲镇，年年都有汛情涝灾，已经是老生常谈咧。但是，要绝对绝对重视，年年防汛年年防，出了事失了人命那可是天大的事情，嗯啊，天大的事情。因此，我恳请各位支书、拜托各位主任，要以高度负责的态度，对待此项工作。如果出了事儿，那极大可能失事者是你的本家，所以不敢出事。嗯啊，不敢出事。

除了今天会议的两大重点之外，经济工作也要持续抓紧抓好。现在是九十年代中叶咧，经济工作GDP很重要，啊，GDP很重要，它可不是什么娘的屁。白鹿原村，你的想法就很好，要建设一个影视城，很新鲜很有创意，建议你切实推进。其他村，也要早谋划出新招，向白鹿原村看齐，一村一个点子，不是说都去建影视基地。新任命的主任都是年轻人，要多想办法多出力。嗯啊，多想办法多出力。

杨俊虎讲着话，突然貌似不经意地说：邛军邛总，你可以走了，把饭菜弄好。我说一哈啊，今天邛军唐小凤夫妻的新饭店鑫隆苑大饭店隆重开业啦，中午咱都去尝菜揭牌，去热闹一哈。

邛军起身，双手打拱一圈，对大伙儿憨厚笑笑，点一下头出去了。

由于本分、踏实、充满感恩和一心为民，邛军的村官当得顺风顺水。支书交办的事情件件有落实、事事有回应，上级的任务也完成较好；关键是，能够妥善处理群众利益和关切，群众比较满意。这段时间，是他此生最忙乱的日子，在五叔的首肯下，他带领村民拓宽、修平进九组、十组的山路，排除和敲掉落石隐患，危险的地方外加围挡；为小学修了围墙、厕所，换了新旗杆，建起新花园；

还正在翻新老饲养院子，建设新村部；联系镇卫生所来村里义诊，着手解决边大爷等的老慢病问题；对于钱选等急重症村民，则动用自己的车拉到县城或西安看病，并形成定期检查机制……村上没钱，这些事儿的推进，除了村民的义务劳动记义务工，其他涉及的钱都在他身上垫着。邝军琢磨，反正以不耽搁事情为第一考虑，以解决群众的急难愁盼为工作方向，好在，自己的企业都在蓬勃运转。

这不，鑫隆苑大饭店中午开业，多亏了助理杨钊。一开始，唐小凤去探杨镇长口风，人家明确不支持。夫妻俩没办法，最后派杨钊出马，杨俊虎竟同意了，而且协调了粮油门市二楼的理想地方。刚才，杨镇长这支持的态度也让邝军有些汗颜，毕竟，他想靠正常的商业运营，而不是官气。正因为看到杨钊的能力，所以他大胆任命她为鑫隆苑大饭店首任总经理。

至于温泉酒店，也接触了几回，初步有了眉目。选址就在国有的疗养院的附近，将来两家疗养院，一公一私，隔河相对，客人自由选择、各取所需。现在，关键是等牛院长半年后退休，他本人想参股办这私人的疗养院；但邝军与这个人谈得不是很投机，俩人理念不大对路。同时，老胡胡德刚私下里联系邝军，他也想干，他银行还有老战友的关系，能贷点钱；前提是有质押物，他想以邝军目前的公司为抵押，贷个一千万。这天文数字，吓傻了邝军夫妇，他们需要消化消化这令人惊吓的信息。当然，主要是太忙了，一时半会儿也顾不上。

才不到俩月呀，村上的变化就众口皆碑了。五保户边大爷说：娃，你小时候受过苦，知道我们苦农民的急难愁盼。邝军听了，差点流下泪来。群众多朴实呀，相比于老百姓的信任，自己出点力出点钱辛苦点委屈点又算得了什么呢，自己距离村民的期待还差得远嘞！

今天上午进行毕业答辩。还真被焦老言中，答辩委将康静雅的毕业论文当场宣布为优秀。她激动得热泪盈眶，主要是感谢导师放她一马，给她签了字，让她获得了答辩机会。而正式答辩，自己导师是要回避的，答辩委员会的五位老师，包括答辩主席在内的三位都是外校的，所以一旦进入这个环节，那就没人能妨碍她毕业了。——也许她这种担忧有些过，但这是她的真实心理。

当晚，他们方向的毕业硕士去钟楼附近的骡马市嗨了一场。去之前，大家犹豫要不要喊上两位导师，绝大多数人反对，有一个人鼓动她邀请郦导。毕竟，她是五人中唯一得优秀的，最应该感谢老师，而大家也都需要郧导的临别关照，虽然大家都被好单位抢着签走。导师在另一个组参加答辩，她就等在教室外，十二点刚过，他出来了。她说明来意，并说了唱歌的地方，郧导说：谢谢你们这些翅膀硬了的鹰隼，还记得我这个老鹰，但是，我下午要去西北大学主持研究生论文答辩。他担心康静雅不理解，又补充道，也就是，充任答辩委主席。所以，我就不凑热闹了吧，咱们随后单约。祝你昨天儿童节快乐！

谢谢老师！康静雅含糊地答了一声，打算告退。郧导又问：你们几个怎么样，有没有谁是优秀，你那论文……后面改得挺好。

我得了个优，谢谢老师。康静雅道，深深鞠躬后，转身跑远。

五个人穿着硕士服，在图书馆前新建的四大发明广场的中央雕塑前、学校南门各拍照一张，留作纪念。大家都说"再见交大"，又都说：康老师给我们看好母校，我们会随时回来看你和母校的。她就说：我有空，也会去教育部、广东省委、上海海关、兰州大学找你们的。这是其他四个同学将来的工作单位。他们说着说着就哭了，说着说着又都笑了，岁月记住了他们的青春情影，阳光感受到了他们的情怀思想。有人还要再找地方拍，其他的人嫌费钱，就借口说，还有大合影呢。他们就打问大合影的消息，原来已经洗出来了，几人去研学部，拿了大合影就去餐厅。饭后各自回公寓，约定六七点天凉点后行动。

当蝙蝠翔在头顶的时候，几个天之骄子出了上灯的学校北门，坐公交车在东大街端履门下车，再沿着马路朝南步行几百米，便来到骡马市五龙大厦九楼的歌厅。耳边是震耳的摇滚，眼前闪烁着五彩霓虹，俩男生在前台等着选卡厅，仨女生提着鼓囊囊的包去找洗手间，走到半道又说笑着回来，眼里露出神秘的光耀。一会儿六号厅腾出来，他们都说运气不错，高兴地走过去，却是006号，有人说这人真笨，非得给六前面加零，一个不成还加俩。大家都笑起来，笑毕，蓓蓓说：呃呃，那啥……男女有别哈！你俩爷儿们先留步，我们女生要用房几分钟。

分到广东的那个高个儿男生问蓓蓓：你搞什么鬼？分到海关的那个中等个男生说：蓓蓓爷今晚要春光乍泄咧！

高个儿男生就说：别呀！蓓蓓，你可别教坏我们连大姐，她可是要到教育部去任职的。

连大姐和蓓蓓一起说：咦，连大姐啥不知道？

大伙儿都笑起来。

仨女生就先进去，从里面反锁了门，嘻嘻哈哈、窸窸窣窣地换衣服。十分钟过去了，不见开门，只听见喊喊喳喳的说话声，似乎在彼此鉴赏着完善服装的效果，俩男生也不便催促。又等了几分钟，里面传来蓓蓓猛浪的笑声"姑娘们，迎客咧"，伴随着声音，门从里面被打开，仨姑娘嘻哈着羞涩地摆pose，等待两位纯爷儿们的品评。俩男生惊呆了，蓓蓓是浅绿色露胸背心装，显得胸器晃眼，妥妥一大洋马；俩爷儿们赶紧将目光移开，就看到上粉下黑、穿着夜总会连衣裙的连姐，与平时牛仔长裤长衬衫裹身的学生妹模样儿，判若两人；再看康静雅，上身纯白的黑边V领、露肚脐的T恤，下边是毛边的牛仔超短裙，整个显得合体、性感，青春四溢。

怎么样，六条大长腿，不输于这里的姑娘吧？蓓蓓问，还是免费的，哈哈。

还是高素质的，嘻嘻。连姐加了句。

还是无知少女，嘿嘿。康静雅又加了句。

这时，服务员拿来歌单和茶水单，催着让消费。大家看着点了吃的喝的，开始调试设备，播放VCD，蓓蓓拿起话筒唱：

> 你静静地离去
> 一步一步孤独的背影
> 多想伴着你
> 告诉你我心里多么地爱你
> ……

气氛一下子被带起来，蓓蓓沉吟一下，改唱为说：姐妹们、弟弟们，一首满文军的《懂你》献给我最爱……的……你们。交大七年……我爱你们！她突然拉高声音，早已泣不成声。

康静雅忙拉她下来吃点东西。这时连姐的声音传来：同学三年，承爱甚多，就此作别，献上我翻墙学的一首新歌《我的心太乱》，啊啊，我直接从中间部分开唱：

......

我的心太乱 要一些空白

你若是明白 让我暂时地离开

我的心太乱 不敢再贪更多爱

想哭的我 却怎么哭也哭不出来

......

连姐声音忽高忽低，唱得很投入，下面四人连连碰杯，已经哭得稀里哗啦。突然，外面传来敲门声，康静雅去开门，竟是郧西建站在门外，康静雅惊叫道：导！差点抱上去。

大伙儿都喊"导"，齐拥上去，高个儿男生说：郧老师，您今晚能来，是我读研三年来最大的骄傲。

蓓蓓道：导，您是怎么找来的，这……不是灵异事件吧？您掐一下我。

大家都笑了。连姐说：导……话未说出，直接哭上了。

那啥，大家继续。郧导说，我那边事情结束，刘院长安排晚宴，我推了，心想，我今晚不来，那我还算什么导师。郑重声明，我今晚是来买单的。快，别停下来，谁来，接着唱？

您来唱！五张嘴异口同声。

我……哈哈，先让为师休息适应一下下。郧导放松地坐到沙发上，说，来，我们先举个杯。

大家举着玻璃杯里满满的青岛啤酒，碰杯，一饮而尽。

康静雅起身，拿过话筒说：那导师，我来献个丑，感谢老师七年的教诲，感谢各位同门的兄弟姐妹，我永远爱你们。在此，我献上一首歌《独角戏》：

是谁导演这场戏

在这孤单角色里

对白总是自言自语

对手都是回忆

看不出什么结局

......

大家都被这深情别致的歌曲吸引，入戏很深，导师则打着口哨，迫不及待地拿起另一支话筒。中等个男生说：我建议，导师和静雅合唱一曲，大家说好不好？

四人齐喊好。

郧导则说：Sorry，我不会唱这首。祝贺静雅获得优秀。其实在座的各位爱徒，在为师的心里，你们都是最最优秀的。You are all the best.

谢谢老师！您也是我们最最优秀的老师。几个学生纷纷说。

导，您唱啥歌？我给您播放影像画面。蓓蓓说，走到点歌设备跟前察看着。

《好男人》有吗？郧导问道，张镐哲唱的。

呀，导您真是福星高照，我们刚才唱的，机子里都找不到，您点的这第一个，机子里就有。蓓蓓道，嗨，拍起手来，大家一起拍起来、嗨起来。

大家都各守地势，随着音乐打拍子，拿着摇铃有节奏地晃着。郧西建像平时上课一样走到屏幕左侧，看一下屏，让人想起他上课的模样，他却跟着伴奏头首晃动躯体扭动着，拿话筒到嘴边开唱：

心里太多苦太委屈
就痛快哭一场
说他对你好对你疼
眼神中却迷惘
......
好男人不会让心爱的女人受一点点伤
绝不会像阵风东飘西荡
在温柔里流浪
好男人不会让等待的情人心越来越慌......

这是上半年正在风行的歌，大家看着屏幕上的词，一起哼唱，康静雅早已泪涔涔的。郧导唱完，大家连呼再来一首，郧导谦虚道：唱得不好，瞎凑热闹哈。

连姐说：呀，导师，你藏得深哪！才暴露你热情似火真男人的一面。咱师徒俩来一首。

好呀！连晓莲你想唱什么？导师高兴道，《大中华》怎么样？

导，太那个啦。连晓莲道，唱《神话·情话》——《神雕侠侣》主题歌吧。

粤语吗？导师问，蓓蓓你调好音乐。

好。连晓莲拿着话筒走上去，与导师相视而笑，俩人随着伴奏舞动腰肢、互相应和着唱起来——

　　　合：爱是愉快是难过是陶醉是情绪

　　　或在日后视作传奇

　　　爱是盟约是习惯是时间是白发

　　　也叫你我乍惊乍喜

　　　完全遗忘自己

　　　竟可相许生与死

　　　来日谁来问起

　　　天高风急双双远飞

　　　……

　　　男：爱在迷迷糊糊

　　　盘古初开便开始

　　　这浪浪漫漫旧故事

　　　女：爱在朦朦胧胧

　　　前生今生和他生

　　　怕错过了也不会知

　　　……

康静雅听不懂粤语，但能感觉到俩人唱得琴瑟和谐，她竟有些嫉妒。她就不再听歌，而与另外三个同学每人碰了一杯，不觉微醺了。后面两位帅哥唱的《最浪漫的事》《挪威的森林》她都很喜欢，就在下面跟着唱，与老师和同学继续碰杯，觉得很嗨。

当蓓蓓和一个男同学正在对唱《东方之珠》时，导师突然吃惊道：同学们，我要大煞风景了，咱们得打住，立刻打住。明早九点，教育部外调连晓莲呢，大家都得参会。撤吧，单我已经买了。

大家碰了最后一杯，开始散场，多少有点意犹未尽。下楼时蓓蓓说：导，你今晚咋这么帅的，神龙见首不见尾！

为了这最后的好印象，我也是豁出去了。导师幽默道。

老师，您是怎么找到我们的？高个儿男生问。

我问三女两男，女的美男的帅，在哪个包间，人家就告诉我了呀。导师半真半假幽默道。

导师，您可真是太帅了。几个学生纷纷道。

郧西建道：同学们，在这物欲横流的时期，你们几个能够抗拒诱惑，静下心来读研，而且学有所成，这多难得呀！咱们国家目前虽然有发展，但还需要更大的进步，从去年到今年的台海危机，我们就感到了发展不足所带来的巨大压力和危机。就民生方面来讲，商品房推行以来，房价涨得太快，安得广厦千万间？估计用不了二十年，广厦一间就上千万啦……

一席话说得大家都沉默起来。几人搭两辆出租车，在夜色中驶出和平门，向东朝学校而去。

十点睡觉前，丽丽再一次催问：现在答辩完了，啥时间找你的兵哥哥呢，也好使我拉的这个闲话落局呀。啊，以后再不能管这号闲事儿啦。

康静雅忙道歉，答应尽快找边大治。

第二天配合完成连晓莲的外调，已十一点半，康静雅打算直接去找这个凭空蒸发的边大治。但她不知道人家住哪，仅仅知道在动物园西侧，就给邝军打电话问详细，他竟没接。

康静雅打电话时，邝军正在开村两委扩大会议。除了村组干部外，还请了三位村民代表，分别是老主任巴根、康静雅的母亲姬美芹和五保户边大爷。这也是邝军上任后开的第一次会，之前都是邝军找五叔当面谈，支书指派或征得支书同意后，邝军去执行。也是，之前也没个村委会办公地址，现在终于赶着在老饲养室里将朝南的一排破房子弄出三间来。邝军给每个房间钉上门牌，从左到右依次是：支书室、会议室和财务室。他还给老饲养院大门口左右挂上了一红一黑的两块牌子：中共秦岭县女娲镇塘坝村支部委员会、秦岭县女娲镇塘坝村村民委员会。但巴主任刚才说，还差一块牌子——秦岭县女娲镇塘坝村村务监督委员会。五叔吩咐邛军再弄一块钉上，并问：那监督委员会主任，谁干好？

会议就这么开始了。支书让大家在全村十八岁以上的村民里面提名，邛军正在搜肠刮肚想谁能为村民办实事时，姬美芹就用右胳膊碰一下坐在自己身旁的巴根的左胳膊说：就这，老巴最合适。马煜明立即附和：对，巴主任还有很大的余热能发挥。邛五叔道：那是这，咱正好十个人，表决一下。同意巴根同志当这个监督委员会主任的，爹起手来！

哗一下，像一片小树林，大家全都举起手来。全票通过后，邛五叔说：大家鼓掌欢迎，祝贺巴主任重新归来！少数民族和汉族要团结嘛，巴主任啊，你要多发挥余热。

大家鼓掌。

邛五叔重又安排了大家的座次，他坐中间，左边邛军右边巴根，其余依次而坐。会议进行如下内容：传达学习部署今夏夏收和防汛工作，加紧经济工作——镇上要求村村创立实体。会议涉及的每一项具体工作，邛五叔都让邛军牵头，要求他争取实现突破。支书一副信任满满、下放权力的姿态，让与会者对邛军信心大增。其实昨天镇上大会，邛军也给塘坝村老邛家长足了脸。支书说：邛军呀，今天说的工作你要重视，其中绝大多数事情，也是你当着全体村民选民作出的庄严承诺。群众有呼声，你要回答好回应好，这样我们的工作才有意义。

邛军连说：好好，我知道咧。群众主要是想挖掉穷根，过上好日子吧。我一定多了解他们心声，以群众的呼声为准，做好工作。

他本来还想说修路的事情，支书已宣布散会。

大家起身回家，邛军忙将支书室钥匙塞给五叔，又将另一把塞给陶会计，剩下的一把钥匙，他不知该给谁。正在犹豫时，邛五叔说：那把你拿着。

要不，让巴主任拿着？邛军说，或者马文书？

你就是主任，哈哈，支书开玩笑说，随后立刻收敛笑容，巴主任就不拿了，好好在家休息。说着，就骑上自行车走了。

邛军突然觉得少了人，一看，姬美芹坐在自行车捎货架上，俩人已经飞远。他就将会议室的钥匙给了马煜明一把，自己留了一把。

十一、备孕与备胎

　　人已经走完，看着凌乱的会议室，邝军想收拾，却发现没有扫帚错子，就作罢了。他多少有些失望，当村官充实是充实，太劳累了，而且，还要亏本。亏本不要紧，就担心出力不讨好啊。还有，他现在是单兵作战，村里的事，他除了能指挥动需付钱给人家的那些匠人和人工之外，别的事情小到这打扫办公室、制作标牌，大到翻新饲养室为村委会办公地，他都得亲力亲为。他目前是七家企业的老板，在企业他一言九鼎，但作为村里二把手的他，除了操心花钱出力，别的没他的份。——他并不想谋求个人的私利，但他想做个将军，偏将也成，至少自己冲锋在前的时候，后面有人紧跟着前进；他目前是孤军奋战，身后无人呀！想到这里，他想尽快回家和唐小凤商量商量，她毕竟是干行政的干部，听听她的意见，一定会想到办法。

　　锁门前他看一下手机，见康静雅发来传呼，已经是一小时前的事了。他试着朝显示的座机号码拨回去，对方说认识康静雅，但她已经走了。他才觉得自己最想倾诉的对象是康静雅，哪怕她不像妻子那么有经验，但至少也可以说出她的看法吧，而她的看法在他这儿很有参考价值。于是，他改变了想法，将手机调回铃声模式，去附近刘洋家借来扫帚错子，打扫起会议室来。他想拖延时间，等康静雅再来传呼，虽然回家也可以照常和康美接打电话，但他还是找了个理由在外面多逗留了半个钟头。收拾完，归还了清洁工具，可仍旧不见康静雅联系。他着急了，就给她的传呼机打去，他不确定能有什么效果，他的手机功能他也没有了解全，他没使用过传呼机，所以也不甚了解康静雅传呼机的功能。就这样，他快步走到车跟前，打开车，一股灼热的气流让他直后退两步，他开大四个车门，让热气走走。同时，回头去锁门，准备开车回家。猛然间，手机响起来，他迅速接起来，问：喂，是康静雅吗？

是我，大班长，没想到你可以直接给我呼叫。康静雅激动道。

是呀是呀，我也不知道。咱们以后联系起来更方便啦！邛军说，你挂了，我给你打过去，你还没毕业，电话费贵的。

没事儿，接电话也要钱呢。康静雅说，好在，苦尽甘来，下个月就有工资了。

真好！康美，真好！多好啊，康静雅。嗯嗯……邛军突然非常伤感，真好，太好啦，啊啊，我高兴得眼泪都流出来啦……你信吗，康静雅？

我信！我信，大班长！我相信你对老同学会这么好的。康静雅颤抖着声音说。

咱们老同学里面，你最棒，康静雅，你最好了，静雅！嘿嘿。邛军说。

康静雅啜泣的声音传来，她抑制了一下，用方言说：好久不见咧！

嗯嗯……但细一想，还不到一个月呢。邛军爽朗而自嘲地笑道。

是呀，但感觉时间长。康静雅说，你在家吗？

没有，刚才开了村上会议，我收拾一哈。

康静雅立即问：你干得还顺利吗？我是书生，太单纯，不知村上风气怎么样，咱村的小官场风气。

风气怎么样，这咋说呢？呀，就是让你难受，非常难受，但又说不出口……就这种感觉。邛军说，估计你不理解，下次见面给你详细说吧。

心里难受还说不出口，我咋不理解？初中到现在，你们两口子一直好，让我夹中间受气，不就是这"心里难受还说不出口"吗？前一阵子做论文，导师批我，当时我都觉得毕不了业了，不也是这感觉吗？以后这种有苦难言的事情，估计还多着呢！

呀呀，对不起！邛军说。

没事儿，具体咋回事儿？康静雅问。

就是，干活儿去有你哩，发挥作用去有你哩，花钱去也有你哩，但没人把你当回事儿，咱没地位。邛军苦笑道，你理解吗？

理解。就是咱支书让你出力花钱担责任，但你没权，他把你架空咧。是吧？我理解得对吗？

对着呢。邛军道，你最善解人意了。你说这情况，我咋办？

啥咋办？康静雅说，你当村主任为了啥？

就是把咱们村带动带动，让发展起来呀。邛军实话实说，那么多穷人，尤其是你们鸡窝洼山旮旯里的九组、十组。

没错儿，猛一想是这样的，细一想也是这个理，但实际一做工作，会觉得苦觉得累，觉得吃苦受委屈……还白花钱……

对对，康美，你最理解老同学我了。邛军激动道。

不一定，老班长。康静雅道，除了花钱，是花你的钱吗？如果村上花你的钱了，这个是不对的——我是说如果你不愿意让花你钱的话。

不，我愿意花钱。但……

但什么？康静雅问。

但如果花了钱，还没落下啥好，还让人受气、难受，邛军说，这么窝囊，人干着干着就干得没啥心劲了。

嗯嗯……我能理解点。康静雅说，你是二把手，在村上只受支书的气，是他不把你当回事儿，让你难受了是吧？

有时，这倒没什么，关键是，我担心长此以往，我恐怕要去给文书、会计、队长打下手了，那咋办？哈哈……邛军苦笑着说。

这个担心的确是个问题，你要和支书说好，别让你当大干事。康静雅说，某种程度上，这是你父子俩的私事，弄不好让别人把你们邛家笑咧。

对对。就担心落为笑柄。

在小说和电视剧中，老支书的形象好像有时是保守不着调的，但不排除现实中有好的，何况他是你五叔。

我知道，你为我好。邛军很灰心，说，估计是我太笨了，处理不好关系，毕竟他是一把手，又是我五大，还对我有养育之恩。

你和咱老同学也商量商量吧。康静雅说，你知道大治在西安的哪里住吗？

怎么，你们都是西安人呀，你不知他的住处？邛军疑惑道，咋，你找他？

是这样，我给他找了个当保安的活儿，在我们学校当保安。可是，快三个月了联系不到他。康静雅急道，你说我急不急。

呀，这还是重要事儿呢！这咋办？你们学校多好啊！邛军也急道，他突然想起康静雅曾说过，她若留校就可以解决家属工作，就心里突地一跳。

说了半天，你到底知道他的住处吗？康静雅坚持问。

去过一次，但我对西安不熟，去的时间比较早咧，记不清啦。邛军实话实说，只记得在动物园附近的一条路上，对，是背靠动物园，要穿过一条短街，才能走进去。呀，臭得很，我给你说，全是动物尿臊味儿，哈哈。

你说的这些，我也知道，关键不知道具体地址。康静雅灰心地说，这个不靠谱的货，办个好事儿，他也是没福享。

再想想办法吧，他如果联系我，我立即打你传呼。邛军保证道，心里涌起一股苦涩，你有啥事儿也要联系我啊，比如结婚。

啊，那还远得没音呢。康静雅笃定地说，那你赶紧回去吃饭，估计凤美人儿要急咧。

好……再见！邛军挂断电话，有点失神。

回家后，邛军边吃饭，边将上午开会的情况和自己这阶段心里不舒服的烦恼说给妻子听。唐小凤说：这是在预料之中的。你不了解，现在都是一把手说了算，副职和二把手，咱得忍着。但是，关于钱的事，不是说咱怕花自己钱，是因为村里的贫穷那是个无底洞，咱那点钱哪够垫啊！共同富裕、先富带动后富没错，但也不是吃富户、打平伙。亲兄弟还明算账呢，得让陶会计把账记上，哪怕到时候咱不让还账，那等于是咱们把款捐到明处了，而不是笔糊涂账。至于你沦为三把手的手下，那你得想办法，在支书不明着拆你台的情况下，你要立威呢。咱们是共产党的组织，不是乌合之众，要有组织原则呢。老公，我也很生气，今天你扫地，我希望这是最后一次。

唐镇长，你随时指点着啊！邛军对妻子佩服得五体投地。

你奖赏我什么啊？唐小凤撒娇道。

咱俩一会儿午休。邛军涎着脸说。

去……又想占本姑娘便宜。唐小凤道，人家是女生，哈哈哈……

傍晚，吃过晚饭的康静雅不得不去找边大治。交大距离动物园直线距离不到两公里，但公交车五站，步行不到四公里路。今天，火炉城市的温度名副其实，中午学校广播电台播送说最高气温三十九摄氏度，在下午四点到晚上六点半。康静雅索性将昨晚的那身衣服穿出，出北门过到兴庆宫南门，再顺着咸宁路向东走，走到金花北路左拐，再走两站路就到纺院西北角啦，对面的城中村靠北，就是动物园。外边有风，太阳慢慢西沉下去，她觉得并不热，甚至有点惬意。之前见边大治时，她一般不打扮，尽量穿厚点、长点，把自己包得紧紧的，像个肉粽子。之所以如此，是不愿意误导他、和他发展关系。今天觉得很大可能见不到他，权当晚饭后散步锻炼呢，所以才这么穿。

越走近，她越觉得此行真就是一趟散步。之前她和同学也这么遛过弯，当时还对这片比较陌生，她们边走边谈学习体会，交流思想收获，聊聊困惑烦恼甚至生理期、男朋友，展望未来去向。没承想，这么快就毕业了，不仅本科已毕业，连研究生也毕业了；不仅毕业了，而且找到了出乎自己意料的工作。自然，这是他们天之骄子、名校才俊应该有的生命轨迹，而初中同学，早已淡出她的视线，高中同学因为同乡同村的缘故，现在还交往的就仨：邝军、唐小凤、边大治。邝军虽然出身寒微但人不错，某种程度是吃软饭的，运气好，碰上个好老婆；唐小凤善良、对感情执着、仗义疏财、通情达理，也是家庭好有钱使然；边大治这个不上弦套的人呢，她其实真的可以与他断绝关系，但，他这人有那么点意思，只是这个人危险。想到这里，她有点担心边大治已经出事儿被关进去了，就打算穿到马路北边去，躲闪着行人车辆、正要迈脚时，突然看到一个胡子拉碴的男子正走向她，她暗自吃惊道：糟啦，还是穿得太暴露咧，惹上事儿咧。

乡党，办证！办证！乡党，毕业证、结婚证、离婚证、大专、本科、硕士、博士，还有中专都能办。正是上次边大治遇到的那个黑胡楂，在不断游说着她，直勾勾的眼睛还发出猥亵的光，盯着康静雅洁白的肚脐眼。

康静雅摆一下头，调整步子躲闪着，准备走开。黑胡楂跟着她走，拦着她的头儿，继续播送着广告，一面手里举着劣质名片，兴奋地打量着康静雅的美丽容貌。康静雅真想闯过去，又怕让这流氓得了逞揩了油，一时走不掉，她就冷静下来，心想谅你光天化日之下也没胆做出吓人举动，就假意道：留个名片，有需求联系你。

黑胡楂见有了台阶，也不愿失去个潜在客户，就神气十足地说：美女这边请！他阻拦着过往的车辆，引导康静雅穿马路到半道，将名片递给她，便知趣地告退了，临走还不忘叮嘱：有需求call我啊，美女！

康静雅头也不回地走远，一边心有余悸地用眼睛余光监视着身旁，看那流氓有没有跟上来。走到郊区韩森寨村口，她才长出一口气，将名片扔进垃圾桶，重新思考找边大治的事。去年洛桑去世后那次俩人见面，大治在这里叫她回他住处，她婉言谢绝；他就又把她送回皇甫村村口，看着她上到彩虹桥上，像画中美人一样消失，才怅然若失地返回。康静雅一边往里走，一边遇到出租房就上前礼貌地打听，她的这身打扮配上卓越的颜值，让她的出现惹起了争议。男人们和她说话时，都往她身上上下乱盯，一看她的气质，又满心疑惑；女人们边问答，边朝她抛去嫉恨的目光，对她的出现表示着极大不齿。没有收获，她不得不扩大范围，碰见饭馆商店也问。经过红延面馆，她掀开吊珠帘问：大姐，认识一个叫大治的人吗？边大治。女老板张开抹得跟糊了鲜血一样的嘴，冷冷地说：不认识。

走到巷子尽头，面对的是一排朝南的三层小楼，比平常三层楼要矮小得多，是住户在原来平房上随意加了两层而扩大收入，同时等拆迁时待价而沽。其实，刚才一路问过来，房子都是这样的形制。康静雅打量着这房子，想这不正背靠着动物园吗，决定重点打问，就不但报上边大治的姓名，而且描述他身样、腔口、性格；被问的人都一头雾水，觉得这个靓妹肯定脑子不好使，黑天里明目张胆地找男人，是要打野食、送货上门吗？最后，她站到一家两开间的、看起来很深的门市部门口张望，一个细高个儿年轻男子边抽烟边眯着眼瞅她，主动问：美女，找大治呀？

嗯，对！康静雅忙说，您认识大治？

认识，当然认识，以前他经常在我这儿买泡面呢，他找工作时的简历还留我座机呢。男子道。

啊啊，这可真是太好咧！康静雅高兴得几乎要蹦跳起来，急切地用西安话问，那，大哥，你知道他在哪儿呢？

他不是忙着演电影呢吗？忙着和陈佩斯、李琦、斯琴高娃搭戏呢，在中国第一部贺岁片《太后吉祥》里露了脸。你没看过吗？男子也展示了正宗的本地话，他还和咱西安的高中女娃苗圃，骑着马正演抗日电影哩，听说很快就上映咧，片子叫《白马飞飞》，咱西安电影制片厂拍的。

谢谢呀！您说的是演员王大治，我找边大治，不是同一人。康静雅失望道，我找的大治个儿高、人瘦、长脸、当过兵，为人很幽默，是个神气筒子。

对啊，我认识，我们熟悉。男子强调着，你看看，这是大治给我的话剧演出票，《人生》话剧。

康静雅一听，太离谱啦，大治哪有钱买话剧票，还送人？切，这些人尽消遣我了。于是她说：哦哦，谢谢大哥！说着，转身往出走去。

夜幕降临，蝙蝠萦绕，城中小街参差纷攘，有着别样的人间烟火：在《一无所有》《花房姑娘》的粗犷歌声里，人们摩肩接踵，理发屋门口转着彩色柱子，吆喝叫卖声和着吃食店的热气和香气交杂，吃的逛的住的满眼都是，大学生们拥吻着走过，走进脚边的安乐窝去。康静雅想，这里大学城的热闹，断断不亚于交大的皇甫村和城南大学城的八里村。她多么想在这里碰见边大治呀，就边走边巡视着乌泱泱的人脸，她想别人一定会觉得她是不正经女子。出了一身热汗，她终于到了外面灯光璀璨的马路边，不敢留恋，右拐后继续快步疾走，打算先穿到互助路，接着沿互助路到达兴庆路，再左拐到兴庆公园东边外墙，最后走回学校。走到动物园西南角，她差点和一个打着摩丝、打扮入时的高个儿男子撞到一起，但终于躲开。她惊魂未定，正想平复心情时，又听到那个可怕的声音：乡党，办证！办证！乡党，毕业证……

康静雅一惊，恐惧写在脸上，不知如何应对。

美女，咱刚见过。黑胡楂嘿嘿有声，似乎要流下涎水来道，美女，办个毕业证，大专本科……呀，像你这样的妹子吃香得很，办个大专文凭，那就把钱挣咧，一晚上估计能过万！

康静雅忽地一股怒火燃起，杏目圆睁，真想给这个罪恶的嘴巴抡去一记狠狠的耳光。忽然，好像是她心愿的直接应验，"砰"的一声钝响，一记重拳打在黑胡楂鼻脸上，他那正在胡说八道的嘴和脸很快紫一块红一块儿，变成了绽放的猪尿泡。康静雅看得痛快，也看得诧异，隐约觉得打出那一记重拳者，正是刚才擦肩而过的那位型男，就无比感激地道谢。黑胡楂吃了亏哪肯善罢甘休，他攥紧拳头上前来，咬牙切齿道：你、你……

我把你狗日的！竟是边大治的声音，只见他顺手抽出一根固定树干的木棒，猛抡起狠狠打将过去。黑胡楂见势不妙，撒着脚丫子穿过马路朝纺院那边跑去，边大治哪肯轻易放过这厮，他扛着木棒朝路中间追去。

康静雅怕车辆来回危险，也怕大治追上去遇到人家人多反而吃亏，就大喊：大治……边大治，你回来！

边大治刚才只管打昔日"仇人"，没注意这性感年轻女子，忽听到身后康静雅熟悉的喊声，也是吃惊得直愣在马路中间，忘记了躲车。"咯吱吱吱吱……"一连串儿的刹车声，才让他意识到自己的危险，他忙大喊着"对不起"，边躲避边退让回来。

咋是你！他一把搂住康静雅，你让我好找！

康静雅一下涌出泪来，嗔道：你才让人好找嘞！你咋穿得这么扎实，我都认不出你咧，你这阶段去哪啦？

你咋穿得这么扎实？边大治嘻嘻道，我都认不出你咧，你刚才去哪啦？

我去找你啦。

我也去找你啦。边大治说。

学舌！康静雅推开边大治，不好玩儿。

我说的是真的，边大治说，我刚才去你们学校找你了，直接找到你们宿舍，恰好碰见一个叫蓓蓓的，她说你们上午昨晚昨天还一起……

康静雅就信了，走近一些，问：找我干吗？

你找我干吗？我猜猜，是不是你们学校招保安？边大治问，用胀眼皮的眼睛热情地盯着康静雅的眼睛。

康静雅看到边大治面白唇红，脸颊连汗毛也没有，更别说胡子了，眉间还有丝丝缕缕敷过粉的痕迹，就急道：呀，边大治，你不会吧？你咋还化妆咧？

没有没有！这是工作打扮，我现在平时就这样，这是工服，包括这皮鞋。边大治否定道，抬起乌黑锃亮的黑皮鞋朝空中蹭了蹭，说，单位为了把我们训练成型男，带工资培训了我们半个月时间嘞。

挺好。什么单位呀？康静雅问，竟有些嫉妒。

就那样儿吧。边大治装作无所谓地说，西安旅游度假区。

边大治，"够淫荡"，嘿嘿，康静雅忍不住笑道，你就装吧你，还就那样儿吧。说说，找我什么事儿？

找你嘛，没事儿就不能找你咧？边大治用关中话说，我是给你送演出票，我们单位发的，我跟单位给咱俩争取的。

我知道，是话剧《人生》。康静雅不动声色道，大治，我给你说，你刚才要是把那人打残，你的工作就干不成了，估计还得进去；相反，你要是被那人打了，自己受症不说，还要让家里人难过。

啊，我以后把我警棍随身带上呀。那狗尿不知害了多少人咧，办假证，欺骗国家和个人，毒化社会风气，还美其名曰和警察一家子的，这不是日弄公安吗？我卸他狗尿的腿呀！我把他腿卸掉，看公安上咋说？

你认识他？康静雅道，你咋和他那么仇大？

谁和他不仇大？你不恨他？他日弄人，日弄国家，警察不管，谁管？边大治义愤填膺，我准备替天行道啊！

大治呀！你这心态，我都不放心。你每天上班回家经过这里，他每天在这里守着，你俩狭路相逢……康静雅不忍心说严重，又不得不把话说透，这估计，要血里头捞人哩。

我知道咧，我会注意的。边大治拉一把康静雅，道，走吧，我们去看话剧吧。

两人挤公交，朝省政府对面的新城广场而去。

有人说，当一代人安居乐业时，社会便发展了。不错的，1996年下半年里，我们故事里的人物们正是这样，个个以百倍精力、百倍热情、高度的责任心，投入到自己本职工作当中，带动中国农村、开发区、政府和高校，向前发展。

穷塘娃邝军当村官已然半年，他吃苦在先、不求回报、冲在一线，在夺取夏粮秋粮丰收、农村脱贫致富、兴办村镇企业、增加农民收入等方面，每样都走在全镇前列，五叔也因此被上报为全镇优秀村支书。但邝军大刀阔斧为村集体、为村民办实事的一些举措，无疑也因有违12月30日中共中央、国务院的《关于切实做好减轻农民负担工作的决定》精神，而吃了黄牌。当然，经过这段时间磨合，五叔继续支持他工作，其他村组干部也因为种种原因都开始服从他。得益于每年近两位数的中国经济增长率，得益于中国西北最大城市周边的便利，得益于国家大力提高农民收入、增加农民钱袋子的诸种利好，邝军自己的肉夹馍店、酒店、饭店也迅速发展。肉夹馍店增至八家，首次在秦岭县城开了两家店，利润增长了四成。六月初开张的鑫隆苑大饭店到国庆前就盈利了，最近杨钊已经拿到镇政府当年的接待费，这几天年关双节消费更是日进斗金。业务的增长，使得邝军的企业不断吸收村民进店务工。家门口的温泉酒店一直经营良好，九月份田军号建议他扩建面积；考虑到疗养院一时半会儿到不了位，他立即扩建鑫隆温泉酒店到原来的五倍，并在十一月试运营；现在正是冬季泡汤时节，客房经常处于满员状态，光这一项，吸纳二十九位村民就业，其中绝大多数是九组和十组的少数民族老乡。如此，鸡窝洼山旮旯儿的少数民族老乡，今年的日子软活得很，邛军心里那个甜呀，无法用言语诉说。

为民解困过程中，他真正明白了，群众选他一个民营老板干这个村主任的实际诉求。他要用自己做实验，让村民看到样子，好有样学样儿。就这，村集体这台在他看来潜力无穷的巨大机器，还没开动起来呢。邛军激动地想，要是村集体开办起来，群策群力，那要顶他十个邛军、百个邛军、万个邛军哩！一想到这里，他兴奋得就要大叫、就要欢笑，兴奋得眼泪都要流下来。这使他觉得，他参选村官的路是走对了，这进一步提升了他的境界，从而必将提升整个塘坝村的境界，甚至可为中国农村社会主义建设提供有益的借鉴。这是之前的他想也不敢想的事情，而现在他每天就在做"第一个吃螃蟹的人"。静下心来，他想，自己这一切的获得，都要感谢妻子和康美，感谢村组织。

唐小凤，这个乡镇女干部，向来旺夫。现在，因为丈夫社会地位的提高，她也更加积极努力起来。之前，她是镇文书，与她同列而更具优势的，还有镇书记的秘书；最近，书记去省委党校学习归来，已经异地提干为副县级，赴任新挂牌的秦岭开发区副主任；现在，杨俊虎成为代书记兼镇长，她自然成为党委秘书和镇文书一肩挑的角色。这，也无形中把她和她并不喜欢的杨俊虎捆到一起。但，人生有许多无奈，无奈之一是许多情况下你都无法自己选择，就像她现在。杨俊虎如果就地提拔，她绝对仕途看好；相反，她的情况就难以预料了。越接近年末，这种焦虑和低气压氛围就愈重，十二月初，副书记刘宏被任命为代镇长，明年县乡村三级换届，若不出意外，他转任镇长的可能性极大。那么，镇上就空出两个副科级职位，除退休的人大副主任外，就是副书记；别的乡镇的情况大体类似，没提拔的干部心里都在忐忑。年轻的唐小凤也不例外，她的考虑之一是，自己获升后，丈夫邛军日子也好过点，他俩就更能为群众做些实事儿了。无疑，这种可爱温情的想法，应该褒扬和鼓励。

康静雅事业的开局很好。同学们哭天扯泪离别母校和师友时，她将行李由研究生公寓搬过彩虹桥，搬到交大一村的教师过渡住房里，平时走着去院办帮忙去了。入职手续和新的一卡通一办，卡里的生活费、洗理费、降温费就充上了，七月初，六月半月的工资到账三百二十八块五。妈呀，实际就帮着排课表打印下发课表，共四天时间呀，就拿这么多钱！兴奋之余，她想：这么大国家，民生历来如此，你也别大惊小怪。暑假，经过全省高等教育教师专题培训，她工作证上的职位一栏已经显示为"助理教授"，当然她已经提前给自己每周排了四节大课，共八个学时。她下学期的重点不是给名校大学生上课，而是自己旁听学习别的老师怎么授课，以提高自己的讲课技艺。她是非师范生，之前只考了个教师资格证，实际没上过讲台。自然，她还隶属于一个研究中心，叫中国西部人力创新研究中心，依托中心，未来可做许多产学研的项目。在大海里学游泳，她全情投入，与学生交心、当他们的知心姐姐（这是她写进工作总结，在述职报告里讲出来的被领导认可并在全校推广的话），很快就适应了自己的新角色，刚刚提交的年度述职报告，她被定为"良"。这使她无比激动和自豪，也使她深深懂得，一切荣誉都来自人民和组织。如果自己是一个村妇，针线茶饭、口才再好，也只能当个人妇，在与婆婆龃龉不断的同时传宗接代而已；如果自己是唐小凤，最好莫过于在退休前当个副县级；如果自己是之前的边大治，充其量只是个"西漂"罢了。

诚然，边大治已绝非"西漂"可言。他已度过令他焦虑万分的三个月试用期，顺利转正为一名正局级别的度假村的正式员工。而且，单位已经比照副部长级别为他做职业培训、规划，上个月他的工资已经是保安队副队长的工资水平了，比康静雅十一月工资还高五块七毛钱哩。当然，他实际的福利待遇更高，但康静雅的也不低，可要真正比的话，估计还是初创期的度假村更高，从单位为他配备手机一事即可看出，管理学院仅书记和院长有这个待遇。可喜的是，他的气质和精神面貌也大为改变，这当然有单位的要求和塑造因素在里面，但主要是他心气的原因，他对自己要求很高。是呀，"我要让你在西安活得像个人物"，庆阳人董首长的话时时在他耳边响起，提醒他奋进。康静雅的存在，也让他像于连一样狂热得要"活得像个人物"。地位的提高，交友圈的扩大，让他的见识也大增，其一是：在战友和熟人里，的确有许多像邛军之前那样吃软饭的男人；本人不咋的，但妻子是大学老师、国企领导、政府公务员。之前，觉得不可能有这样的事，现在他觉得这样的事情理所当然——女人再怎么强大，要完成社会角色，就得嫁人啊，而嫁得好，有时也不容易，所以他对康静雅更有信心了。俩人在忙碌的半年里，见过十多次面，作为农村出来的他们，越来越对古城西安的角角落落熟悉了，也越来越觉得这是自己的西安、自己的城。

不用讲，前进的道路上无疑会充满荆棘。这荆棘不仅包括物质的贫穷、地理自然的不便，而且包括人心的复杂、人言的可怕、民心情势的变化等等。

就拿塘坝村的事儿来说吧，新主任带给村民改变和希望的同时，却越来越难掩他本身的尴尬，上任时许诺的许多政见难以施行——关键是得不到以老支书为首的村委会的支持。也许是观念、思维的不同，以及对新事物的接受度跟不上，也许是心里的疙瘩终究还是没有解开，总之一把手叔父关键时刻总是不点头；不点头还不明着来，总借着集体讨论环节否决他。苦恼归苦恼，邛军却不着急，甚至一点都不担心，因为他是真正的民选村官，而且他日进斗金，村两委亲戚包括支书不争气的小儿子邛军飞都得靠他找工作，他将他们安排在自己的企业挣工资。村会计陶会克尝到甜头后，甚至想辞掉村干部而全职去他企业当会计，但被他拒绝，他说将来村办企业的摊子很大，要有眼光。时间一长，陶会计、马文书等村组干部对邛军的态度大为转变，开始与老支书玩躲猫猫，阳奉阴违。邛军看到这个局面，并不高兴，心情反而更复杂了，年轻的他，喜欢阳谋，不想搞当面一套背后一套的阴谋。

邛五叔心知肚明，为此寝食不安。他还不老，距离正常国家干部的退休年龄还有七八年；何况村一级干部，似乎不受六十岁的限制，马湾村马支书六十八岁了，人家还是镇上的红人。这么一想，他便心硬起来，横下一条心，唆使人在唐小凤跟前嚼舌头，说邛军与康静雅不清不白。面对喜欢搞阴谋的老伙计，康静雅妈妈姬美芹气不过，让老伴康桩子找支书，仨人在拉面馆喝小酒并商量女儿婚事。支书一张口就道：咱娃还能闲下？老实人康桩子辨不清，对女儿一通夸。惹得邛五叔和姬美芹又好气又好笑，他俩似乎又回到了激情澎湃的年轻时代……

春节后，邛军的自办企业越来越红火。他调整了用工政策，除少数民族兄弟外，本村其他员工每天上班四小时，以扩大用工人数和范围；这样，全村每家都有在他企业务工的，大家实实在在领到了不菲的工资，又能兼顾着照料家里，何乐而不为！没过多久，人心大变，支持他工作、要求他带领大家致富的呼声越来越高。

可祸起萧墙，他与妻子唐小凤的关系却越来越糟，俩人不育的议题也被丈母娘——昔日的恩师、校长，如今的镇教委副主任余如兰惦记上了。余主任官不大但有实权，管的人很多，也是有身份的人。她不会明说，只是借着一个劲给女婿酒店推荐员工孩子的满月宴提醒女婿。邝军不是粗人，早心急如焚了，夫妻俩决定去医院。俩人体检了一次，省医院博导水主任不建议他们做试管婴儿，说俩人都才二十几，应该再努力努力。

出得医院，夫妻俩抽得半日闲去逛兴庆公园。正值春夏之交，公园花香鸟语、草木葳蕤，一对对情侣浓情依依，俩人也心情大好，胜似新婚。睹物思人，邝军想起妻子对他的恩情，也想起了另一个女孩康静雅对他的痴心。

十二、打工的日子

　　坐在兴庆公园花萼相辉楼侧的凉亭里，望着东侧高树环绕、楼台掩映、水波潋滟、小船浮动的兴庆湖，瞅着南面荷花盛开的荷塘和钓台，邝军和唐小凤对刚才医院里的事情犹自心有余悸——科学就是科学、大夫就是大夫，人家是说到点子上了。

　　其实，由于闲言碎语，夫妻俩这几个月有点矛盾，但夫妻没有隔夜仇，俩人的不愉快往往消除于当晚的夫妻生活。而且，似乎有点变态，有矛盾后俩人还更来劲儿了。自从春节期间妈妈明言想要孙子后，俩人有了要孩子的紧迫感，她二十六岁，他二十八岁，结婚已四五年，该要个娃了。唯一担心的是，俩人都很忙，事业都到了关键期，担心精力跟不上、备孕不到位。可是，在这个物竞天择的世界，在这个充满机遇和挑战的时代，任何事情的成功都要花费当事人心血的呀，哪怕是太阳出世呢——唐小凤把孩子叫作太阳。早在一年半前，夫妻俩为"保鲜"，就没再采取避孕措施啦，想着能怀就要；现在，为了这个"小太阳的出世"，俩人更千方百计抢在"危险期""排卵期"辛勤耕耘，可四五个月过去，凤美的经期还是那么稳定而准时。俩人都吃惊不小，相信科学，有病看病，他们就联系好邝军的一个熟人——水上天主任，直接去省人民医院检查。路上商定：如果确因身体原因怀不了，顺便咨询咨询试管婴儿的事儿。

　　检查结果令他们大跌眼镜，说是因夫妻性生活频繁而导致的不孕症。面对蒙圈的邝军和唐小凤，水大夫以朋友口吻笑着说：邝总还有弟妹，就是今天不上仪器，我根据你们口述和自己看见的，也会这么判断的。你看呀，你们夫妻感情这么好，又是正当年，一时承欢，那也是可以理解的。

　　俩人羞得不敢说话，水大夫道：你们还有啥要咨询吗？

　　就是，能不能、做……试管婴儿？唐小凤嗫嚅着问。

作为朋友，我建议咱先别考虑这个。水大夫举着两张诊断书说，你看呀，检查结果在这儿摆着呢，邝军没有啥炎症，弟妹没有啥堵塞和抗体。所以，先把次数降下来，瞅准机会，再出击。他边说，边做出身子前扑的姿势，加强着说服力。

门外排了好长的队，他们只好羞红着脸告辞……

此时，看着被艳阳晒得蔫了的丈夫，唐小凤去冰柜跟前买了俩冰激凌，走回来边递给邝军边问：要玉米的还是西瓜的？

玉米的。

俩人都开吃，甜爽冰凉的流体入口，减去了他们许多燥热，唐小凤逗道：你像那垂柳一样，都直不起来咧！

呀哈哈……邝军抑制着没将口中的冰激凌吐出，但手里的冰激凌由于晃动而掉了一大块儿，邝军看着掉到砖头上很快化为糖水的冰激凌，忍不住道：凤美呀，你这么骚，我们怎么减少次数呢？怎么种出个"小太阳"呢？

热，今天我不要太阳。唐小凤说，你是不是想康美了？对面能看到的那楼就是交大，要不要我给你叫过来？

那多煞风景啊。

那有啥呀，你俩经常发生故事，唐小凤故意说，再发生点也没啥。

我俩有啥故事，是事故吧。邝军也胡诌道。

咱俩是事故，你俩是故事。唐小凤说，如果我和她同时掉进这湖里，你先救谁呀？

那还用讲呀。邝军说，我是旱鸭子，肯定咱仨同归于尽咧，哈哈。

看把你高兴的，想下辈子占俩老婆啊。

这可是你说的。邝军道，你说呀，这热得精光光的，这公园有啥逛头啊？

没情趣，没思想，没意思。唐小凤说，还吃啥不，邝总？

还不饿。邝军说。

不是饿不饿的事，来公园里玩，就图个心情舒畅、自在，和自己喜欢的人流连光景、吹吹风、说说话，即便不说话，也可以静静地待一会儿，放松放松，逛吃逛吃。

老婆，你是教我享乐哩。邝军不置可否道，你觉得这里比秦岭南山好玩吗？

那古时候，皇帝为啥不在都城皇宫里待着，而是前呼后拥，到行宫去狩猎？那隋炀帝下江南为啥？

外面风景也好，尤其是咱老家，咱觉得肯定好，古代皇帝也觉得好，唐代不是建了大兴汤峪吗？唐小凤说，哎，疗养院的贷款下来了吗？

正审批呢。邛军说。

不过，老胡比那个国营退休的人强，和老胡合作，咱踏实。唐小凤道。

走一步算一步，先推进着吧。目前就是上面政策好，但下面这伙子，都不好搞，你摸不清他们的心理，不知道深浅。邛军道，老胡说，银行贷款返三个点，两千万就给他六十万，他要给银行的人。这个就是笔糊涂账啊，到底谁拿……

老公，我觉得咱考虑咱的目的，目的达到了，又是合法的，咱就干。唐小凤道，想那么多，咱又改变不了什么。

咱少拿钱了呀。最终贷出来的款是一千八百多万。邛军道。

咋……不应该是一千九百四十万元吗？唐小凤吃惊道。

还要扣除三年的利息呢。邛军说。

第三年的时候，还要还回去两千万的本金贷款。唐小凤心里边算边说，连利息再人情，得背一百多万两百万烂账。

这是小事儿，邛军忧虑地说，关键是，如果开张后经营不善，那两千二百多万就全烂进去了。给你说，这可不是肉烂锅里了，而是直接锅脱底子咧。

唐小凤一时无语，好半天才说：人都看当老板的风光，不知道他身上的压力。我觉得，咱再考虑考虑吧，馍大了蒸不熟。

邛军点头，做沉思的样子。唐小凤又说：小杨，杨钊你注意点，她和我们书记风声大得很。

我知道，你说现在女娃娃咋这么想得开，杨俊虎比她大二十六岁，人家儿子都比她大五岁呢……

家里不管，也管不住。唐小凤说，要不，把她开了算了。

我要是良心坏了，就放任她和当官的有权的这么搞，还给咱酒店带生意呢。邛军说，但是，咱良心又没坏，只能开了她。

那就这样，你也别伤人家面子，把工资给人家结清。唐小凤说，不过，鑫隆苑的生意肯定今年受影响。

不义而富且贵，于我若浮云。邛军道，充满坚定。

哟哟！我老公品德高洁，看不上那点钱咯。

不是，邛军道，小凤，你知道，我最恨黑心小老板咧。我当年出来打工，吃过这样的亏。

老公，正好，你讲给我听。唐小凤缠住邛军脖子，邛军直喊热。吻一下老婆，他徐徐讲起自己打工汉的日子来——

那年七月卖完牛，他靠那卖牛钱备了两间土木结构简易房的料，在自家坟院旁的承包地上开始打地基。起初想着除了请木匠，自己给打打下手就成，等地基打一半时，大治和五叔来干了俩小时。五叔十几年没捉过镢把了，这还了得，大伙儿就都来帮忙，两间房很快盖起，又打起围墙，装了木栅门。邛军洒泪拜别祖坟和乡亲们，跟着同村的付姓大哥，进城去西安打工。付哥在西安东郊纺织城给人种菜，已干了两三年，最近回来帮家里夏收，看看媳妇孩子。他媳妇是村里娶回来的最漂亮的女人。跟着他干的好处显而易见，不会饿死困死在西安，不失为邛军务工路上一个好的起步。

这个站着如铁塔般的二十岁落榜的大小伙，除了读中学去过镇上、到砖厂打工去过邻村外，今生走得最远的地方是上次卖牛去的白鹿原乡。心已死、意已决，热天，俩人各自随手提个轻便的包儿，里面是牙缸、牙刷、毛巾，步行来到红寨，再从红寨坐车去四十公里外的西安纺织城。虽然路程不远，可那是省城西安，世界闻名的古都呀，何况自己第一次去呢。背后是巍峨的青葱秦岭，两面是翡翠般的青山，车宛如行驶在碧绿大摇篮里。邛军泪水涟涟、浑身打着激灵，付哥了解他落榜的心境和贫苦的境况，也不说什么，任凭他释放心中块垒。

当年全国高考升学率才百分之二十三，而农村学生的升学率是个位数，真应了村里老人们的那句话：念书的千家万家，成才的一年半家。可悲情的是，与他最要好的唐小凤和康静雅却分别考入大专和重点大学，所以他就觉得难以接受，真是人的命天注定，他们之间的关系再一次远如云泥。今天，他满含伤痛和人生况味儿地去打工——这似乎是他四年前、三年前就该做的事情，他当时小，选择了幻想和逃避，现在他被延宕的打工仔命运终归续上了。云横秦岭家何在，他是逆着韩愈当年被贬出京的道路，从蓝关乘车去大长安的，虽然行进方向相反，可他的遭遇似乎比韩愈当年的更悲惨。韩愈好歹还是朝廷命官，有侍从、护卫，有官轿，有另一个地方的官职等着他去充任；而自己呢，犹如无根草，漂流着去种菜。请问，你种过菜吗，你只不过是使苦力气，辛辛苦苦每天挣六元钱；听说还得自己做饭吃，你会做饭吗？虽然俩人已经讲好，付哥做饭他洗碗，但无疑是最不敢恭维的猪汤狗食。最令人心痛的是，他的这条农村打工汉的生活道路，一眼看不到头，没有希望。最常见的是，赚点苦命钱，回家修好地方娶个农村女人，再生个孩子，后代继续重复他的生活。这，根本上是与考上学跳出农门、吃国库粮的同学不同的两条道儿，永远无交集。所以，分数出来后，他就自卑地与这些人绝缘，看着康静雅都会躲着走。至于唐小凤，那天听说她到村上来找他，他故意躲到玉山顶上去了。这次走，他更是悄没声息出门，看到他的人还以为他是去村头办事儿或散步呢。

　　大约十几分钟，汽车穿过辋川隧道，到了关中平原。邝军极目望去，平展展的绿地一直连到遥远的蓝色天际，车内空调很凉，但他知道外面是三十九摄氏度的高温，自己马上就要在这桑拿天里种菜。可转念一想，他不会长期种菜，更不会一辈子种菜，他还是有很大信心认为自己能抓住生活中某种机会的。路上车来车往，他们不都是因为抓住了某种机会才忙乎的吗？很快，他看到列车、铁轨、桥梁、隧道，绿皮火车徐徐驶过，钻入秦岭隧道，黑色货车慢慢开来，直冲向公路而过。它们看起来并不比汽车快，甚至比他骑自行车还要慢，但无疑，它们是驶向远方去的，代表现代化和工业文明。还有越来越多各式各样的电线杆，有的直入云霄，有的宛如铁塔，有的还没有他们村子里的木杆杆高；对了，还有飞机，一架接一架，很大，有簸箕那么大，像是蔚蓝天幕上的铅色花朵，身上还有点点荧光在发亮……紧接着，是一处处红白黑褐色的房子，宛如蜂箱般堆积着，连成一片，其中有凸起的立方体楼房；转眼间，楼房连成片，成为楼宇的崇山峻岭；其时车已经进入纺织城，钻进法国梧桐遮挡的绿荫中。呀，全是车，车流如蚂蚁过街，行人随着红绿灯潮水般涌过来，又涌过去，自行车海洋的潮汐似乎更猛。果然，城里的人会穿衣打扮，女人们那么干净时尚，姑娘们个个都漂亮，穿着喇叭裙像涨满风的帆荡过。他想，康静雅、唐小凤马上就要加入城里漂亮姑娘的行列啦，而且比她们更漂亮、更迷人，会成为大学校园里的校花、城市的新风景。这样想着，车猛地一停，司机已经在喊"纺织城客运站到了"。他被付哥催着，起身拎包随人流往出口走。

一下车，邛军就分不清东南西北了，机械地跟着付哥往目的地走，生怕走丢。到处是人、车、厂、路，是公交站台、垃圾桶、广告牌，是西瓜摊、凉水摊、擦（补）鞋摊、算卦摊；到处都是澡堂、照相馆、理发店、书报亭、冰柜、服装店、纺织品批发门市……姑娘们穿着短袖短裙、胸脯高高的，老大爷光着膀子、摇着蒲扇，喧嚣声耦合成密实的市声，令他更摸不清方向。有很多班车样的载人车，顶盖上撑起两根捅火棍样的黑线，搭在空中横着的电线上，电线不时"吱吱"冒着火星，车不断地走着，邛军想这就是电车吧。付哥也不知坐车，也不说话，只管朝前走，他就沉默地跟上去。他当时觉得这纺织城的路，没有一条端的，都是歪着修的、拐着弯的。不过，这"纺织城"仨字还真名不虚传哩，路牌上有新纺路、纺一路、纺二路、纺三路、纺渭路、纺正街、纺南路，有国棉三厂、国棉四厂、国棉五厂、国棉六厂、西北一印染厂，还有省纺织科研所、省纺织职工医院、纺织城工人俱乐部、纺织城小学、纺织厂第七中学、纺织城电影院、纺织城商场、纺织城饮食公司等，甚至还有历史书上看到过的半坡博物馆……他暗自吃惊，还真是到了不同寻常的世界，看来自己得打起精神。

最终，他们来到半坡遗址旁边的白鹿原（他不禁想，天下白鹿原何其多也，殊不知，白鹿原是古城长安的东南屏障，有二百六十三平方千米的面积）上，落脚在一大块有着水泥门墩和铁门的河边平地。从马路边的铁门沿沙石坡路往下走，最先来到两排与马路垂直而立的破旧的平房后面。付哥带他绕过第一排平房，朝南来到第二排平房靠近中间的一个房子。俩人搁下行李，去院子的水龙头下洗洗脸凉快一下后，开始在外边的土炉子上生火做饭。面粉付哥之前有存货，菜则是一望无际的鸡肠、豇豆、几片茄子和没有辣味儿的大泡菜辣子，尽饱着吃。付哥一边和面，一边吩咐他拿着脸盆择菜、洗菜，最终的成品是面疙瘩和水煮菜的混合流食，实在不大好吃。更受不了的是，直到十几天后他离开，一直是这稳定不变的流食。忍耐值到了极限，他也想上手做饭，改变改变，但每天跟打仗样的重体力活，不允许他们改变既有的分工，哪怕一次也不成。这，也是他早日离开白鹿原的原因之一。

吃完饭正洗碗时，付哥催促说：三点啦，洗完上班。邛军担心人家不要他，付哥朝东边的马路努一下嘴巴，说：随便马路上下来个人，只要不是杀人犯，都要，更别说你还是高中生党员呢。俩人就头顶扣上旧草帽，走向青纱帐般的鸡肠豇豆地块。

西安的八月初，是啥天气呢，不下雨时温度在二十五摄氏度至四十二摄氏度之间，而此时正是一天中最热的时候，地表温度超过了六十摄氏度。农村人干室外活儿，若非必须，一般会躲着这时段的；不知这城里的安排，为啥这么不科学。邛军虽心里嘀咕，但不敢多嘴，只是顺着近两丈高的鸡肠豇豆行，快速地跟着队伍摘一尺多长的豆角。所摘的豆角，明早三四点拉着去菜市场批发出售，每攒够一车，就用脚踏车运到房子前的水龙头下，用水浇透。

一起干活儿的以妇女居多，也有甘肃庆阳来的两个今年参加高考的小伙儿和一个小学教师，说是书生，但肤色都接近黑色人种，可见已经干活多日。大家脖子上都搭着冒热气的湿毛巾，但很快就成热毛巾和干毛巾了，毛巾的另一个作用是打蚊子，类似牛尾巴在夏天打牛虻。邛军没拿毛巾，只觉得眼睛被汗水浸湿得生痛、睁不开，他用左右胳膊换着擦汗，可是腿上、胳膊上、头脸上早被蚊子叮了许多大包。这里凶悍的蚊子有一寸长，长腿尖嘴，黑色身上还带着小白点，仿若黑情趣内衣。一个矮个儿妇人说，灞河边高柳上一窝猫头鹰热得中了暑，跌下来被人捡回家；一个牙齿被烟熏得发黄的男子说，老板娘在窗台上晒生鸡蛋，三小时晒熟，由此断定地表温度达七八十摄氏度。

到七点左右暑气渐歇时，下班了，大家回去洗脸、冲凉、做饭，饭后闲逛、外出、看电影、看美女。晚上十点多，还热得睡不着，就去房顶上睡，点上蚊香看星星，直到一两点才睡去。入睡前邛军想，这活儿是小学女生足以拿下的，一下午就三块钱，还管住、白给菜吃。这钱也太好挣了吧。

但其实不然，天下没有免费的午餐，也没有亏本做生意的老板。种菜、种菜，重头活是种，摘菜卖菜算是轻活儿。邛军看到有许多地块上的豆架、豆蔓已经被清理掉，等着种下一茬菜，而还在采摘的已处于末期。

果然，第二天六点起床做饭，七点半就出工了，去拔除、清理那些两丈高的豆角搭竿和撕扯不尽的豇豆蔓。豆蔓都是缠绕在高竹竿上的，竹竿豆蔓都得弄掉，但要分开来，竹竿收起以备后用，豆蔓则要连根拔除，堆积着摞起来。这个活儿对于邛军来说，也不带难度，难的是会弄脏衣服、划破皮肤，要对付蚊子、抵抗高温、预防中暑。很快，几个同龄人熟悉了，大家谈天、开玩笑，见路上过来个女孩，便停下来盯着看。上午来了个三十多岁的男子，是工头，大家喊他岁朝，付哥向他介绍了邝军，甘肃的老哥也介绍了庆阳的那几个新手。岁朝听说后对邝军说：共产党员下基层，好现象。又对庆阳那个姓巴的老师说：你一个兰大毕业的，来我这里受苦，为啥不去带家教，数学家教一小时十几块钱呢。巴老师忙解释说自己是自考文凭。岁朝说：即便是自考，那也厉害嘞，又有教学经验。岁朝给邝军的第一印象不错，但老人手都不待见他，邝军根据当班长的经历，天真地以为，这是"管理与被管理者的对立"。岁朝除了派活、监工、催活，还负责早晨买菜，经常骑个摩托头的拉菜板车，在他们还没起床时就出发了。

中午放工在十二点。拖着劳累的身子，还要对付着做午饭，烟熏火燎更热了。午饭后窝在燠热的平房里休息到三点，抓紧出工。如此周而复始半个月，几百亩地都被翻新，种上了新蔬菜。大家奇怪天为啥不下雨，下雨能够凉快点，邝军想下雨是不是也可以休息一下呀，但随即又想到，休息是不给工资的。这，就是所谓的打短工吧？

最惬意的是晚饭后，太阳早下山，晚霞映红半边城市，涂得城市街景橘黄透亮，宛如童话世界。凉风吹来，荡起姑娘的裙子，他们就远远地开玩笑，说这个姑娘咋样，猜测人家的身份，无聊地互相打赌人家穿内裤没。

隔几天，他们晚饭后还坐电车去逛了纺织城，去服装批发店买东西。这里的衣服无疑是西北最便宜的。见邝军不买东西，别人还借给他两元钱，他花五角钱买了一身蓝色短衣。这次出行，刷新了邝军人生的多项纪录：第一次坐电车，第一次逛大城市，第一次消费。他看到一碗炒面一块钱，花五分钱买了一杯凉开水，并且知道一根油条一毛二。突然有一天，边大治来了，他不愿意吃疙瘩汤饭，拉着邝军没吃晚饭就去纺织城逛，请邝军吃了一碗炒拉条，邝军觉得那面实在是太好吃啦，毕生难忘。边大治还买钟楼小奶糕给他，这又刷新了邝军的人生纪录。邝军给他钱他不要，邝军觉得心里沉甸甸的，暗自流下泪来，觉得还是老同学关系可靠。邝军问他在西安干啥活儿，想着他能不能给自己提供个下家，他却摆摆头，很不走心地说瞎混呗，等康静雅进城念大学毕业呗。邝军苦笑一下，当晚没睡着。

此白鹿原非彼白鹿原，原上不时有文艺活动，夜生活很丰富。那天晚上就放了露天电影，离他们很近，大家都去了，是台湾电影《妈妈再爱我一次》。邝军看着看着就哭了，在主题曲《世上只有妈妈好》的歌唱声中，逃离了人群，独自在陌生的城市转悠。不想，就转回到菜园，他借着马路上的灯光洗脸冲凉，突然，平房的门打开，一个绿裙女人走过来，身上的香水味儿刺激得他直起鸡皮疙瘩。他认出是老板娘，俩人从未说过话，似乎连照面也没打过，但女人却准确无误地用普通话喊：邛军，咋回来啦？

热的，我回来冲个凉。邛军道，因吃惊和感激人家知道他，就说，姨，你没去看电影吗？

都看三遍了，还不如看VCD哩。老板娘说，你来，姨给你说个话。说着，就把邛军朝房间引。

邛军不想去，他没打算在这里长久待，不想和这里的人太近乎。

女人看出他为难，就说：听说你也刚高考结束，我问你些问题。

邛军就跟着进去了，一进去，里面空调的凉风就让他舒坦起来，女人顺手关上门，解释说：外面热，开着空调，别让热气进来。说着，就转过身子，俯身给他冲橘子汁。在灯光的透视下，邛军看到这女人撅起的屁股真的没穿内裤，他立即跑向门口，抓住门把手去扭，奈何门被反锁着，他不知开关，一时打不开。

女人若无其事地将橘子汁放在靠近他的桌角，道：坐吧，军军！姨给你说个话。

邛军僵直着，心里清楚这女人不对劲儿，就说：我肚子疼，可能是刚才喝冷水了。

喝点热橘子汁儿，暖暖就好。女人说，热情地将大玻璃杯里黄汪汪的橘子汁递给他。

他只好接住杯子。女人拿着个软椅过来，放在他屁股底下，邛军僵持着，双手捂住下体，生怕被看到秘密。女人说：姨真有事儿要问你。

您说。邛军说，我估计是痢疾，要上厕所呢。

女人推开洗手间的门，说：去吧。不行了就得吃药，我这儿有氟哌酸。

我忍忍吧，姨。邛军道，心想自己是不是太敏感了，天热，自己晚上都一丝不挂躺屋顶，人家这不是在自己家吗，而且还穿着裙子呢呀。

姨的女儿锦霞，今年七月也刚高考完，复读第四年，文科考了四百多，没学上，年龄大啦，想找男朋友结婚。姨看你不错，想给我女儿盘占下，那天她专门来我这里，已经偷偷看过你了，一满没意见。女人说，最后一句兴奋得说成了西安话。

啊，真是谢谢姨！邛军道，端起杯子抿了一口。

见邛军态度软化，女人眼里顿时放出淫荡的光，道：多喝几口，肚子能舒服点。军军，来！坐！她上前拍一下椅子道。

谢谢姨！邛军坐下来，一连喝了几口，也真是渴了，加上第一次喝橘子汁，觉得口感也是杠杠的，他边喝边敞开心扉说，可是姨，我一无所有，不敢考虑找对象成家的事儿。

女人见邛军喝了这么多"水"，一下子放开手脚，拉住邛军的手说：咦……不结婚，不结婚不妨碍找对象呀！可以先有个女朋友，尝尝女人的味道嘛，也知道知道做男人的滋味儿嘛！嗯？宝贝儿。说着搂住邛军，嘴脸凑了过来。

女人之所以这么无耻这么胆肥，是有一整套预谋的。夜深人静、四下无人，门反锁着，孤男寡女，更致命的是，她已经往邛军的橘子水里放了迷药。果然，药力发作，邛军只觉得四肢僵硬而下体膨胀，脑子发热欲狂，腹部有一团火在燃烧、爆裂，他需要一个物什压着这火，将这火压灭。隐约中，他觉得这物什应该是一个女人，是眼前的这个女人。这时，女人鲜红的嘴唇及时凑过来，身子骑在他大腿上。这一压不要紧，让邛军大腿负重，有了明显的区别于欲望的痛感，他立即清醒过来，猛地站起，道：啊……还是肚子疼。

女人不得不也站起，不快道：多喝点，来，姨喂你！

邛军一把打掉大水杯，水杯碰在一大盆水仙花花瓶上，又掉在瓷片地板上，摔碎了。

女人一点不惊慌，道：娃，今天你答应也得答应，不答应也得答应！姨就是喜欢我娃，打你那天来，隔窗第一眼看到，我就迷上你咧！你要钱也成，我给你办个门市部，你经营着，姨在钟楼有房子呢，你住上。你若是不答应，我就喊你强奸我，让公安局抓你。

邛军暗自一惊，没想到她这么无耻，不由攥紧拳头，真想一拳砸死这老货，可是，他小腹的火又燃起来了，脑际也烧起大火来；他于是按住桌角，勉强说：姨，我不配您这样，我是个农村娃，孤儿。刚才，您知道我为啥回来吗？我看着电影里的悲情画面，想起了我的悲惨过去啊……嗯嗯……邛军哭起来。

女人一愣，她人性中最本真的母爱发挥了作用，干笑着说：呃呃……这样啊邛军……那啥，你肚子疼，快去方便一下吧。说着打开房门。

邛军冲出院子，这时，付哥等几个说笑着走下坡，巴老师喊：邛军！邛军兄弟，你回来了吗？

邛军躺在屋顶，喊：兄弟们，来屋顶。

大家冲凉洗漱完，上到屋顶。风很凉，越来越大，夏虫的音乐会正掀起一个高潮；天上不见星星，东边白鹿原上压过来一股乌云，很低很低；一道亮红的丝线撕破天幕，接着一声炸雷，很快雨星飘来，杏大的雨点砸下，瞬间屋顶湿了。大家淋一会儿雨，不得不恋恋不舍地回到烘热难熬的屋内，有谁说：岁朝的被子还在外面晒着。立即有好几个声音反对：别管！谁管谁明天给大家做饭。突然倾盆大雨覆盖了整个世界，外面什么也看不见，只听到"欻欻欻"的雨声。

付哥睡着了，邛军辗转反侧。他推醒付哥问老板娘有女儿吗？付哥摇摇头又睡过去了。邛军也随之睡去。

第二天一大早，他就离开了被暴雨冲得"千沟万壑"的菜园，离开了铁丝上挂着湿漉漉被子的那个院子。

在护城河南门段，他遇到部队掏护城河，就问招民工吗，47军的姚姓指导员看看他说：像你这样的可以，不过工资不高，一天也就九块钱，但伙食好，管住，俩人一间宾馆。邛军连说谢谢，并在心里感谢那恶心的女人。可惜的是，像一个哀婉的梦，掏古城护城河的差事国庆前就结束了，部队撤回澄城，他也去建筑工地做了焊接工。

工地叫翠微大厦。邛军第一天上班，在视线开阔的扶手架上一望，看到的是色彩丰富、歌舞不断、花不断的兴庆公园，再朝左，隔着马路的斜对面，是一所大学。几天后他才知，那就是驰名世界的交通大学，是康静雅就读的大学。一股高兴和痛苦扭结着的复杂情绪控制了他，让他当晚失眠，快天亮时感觉见到了康静雅：她抱着一本书穿过马路，突然他们互相认出对方，双双愣住……

挺神奇，第二日俩人果真碰见。那天上午，邛军脸上黑黢黢的，戴着沾满泥土的安全帽，满身脏污地去交大一村要工地上的小拉车——里面的一位老师是老板亲戚，前一天搬东西借走了拉车。要回拉车，他急匆匆拉着往出口走，就扫见彩虹桥走下一个穿迷彩服的姑娘。他便停一下好让人家过，可那姑娘也这么想，停下脚让他过，他就抬脚，不料那姑娘也抬脚。就这样，场面一度极其尴尬，尴尬得俩人终于认出对方是如此相熟的人。康静雅颤抖着问他为啥不复读，并约他几日后去兴庆公园玩。当时，他觉得俩人不可能发展，就很放松，孰料康静雅一直对他青眼相待，还想带家教挣钱供他复读，他就吓得离开了那个工地。

由于没有经验没按公司规定办理离职手续，老板就扣发了他后半个月的工资；他去找工头理论，双方吵起来，盛怒之下他抢了工头一胳膊，对方一哄而上将他放倒打成重伤。不久，他们找中间人给他支付医药费并给他介绍了个装卸工的活，就算完事儿。事后证明，装卸工的活路也是桩事先预设的骗局，得到的薪水只是起初答应的工资的一半，他事急乱求医，就去兴庆路派出所报警——这就是边大治所言的他进局子。

其间，唐小凤一直给他家里寄信，俩人有事没事儿就联系。与对康静雅一样，他自然很放松，因为在他看来，俩人绝无可能……

唐小凤听着老公的讲述，哭了一遍又一遍，最后抱住他盯着他道：狡猾，避重就轻！回家，不早咧。

十三、情书惹的祸

边大治已在单位工作一年半，但一直是他一个人支撑着一个保安安保安全部门，工作的繁忙和辛苦、责任带来的压力，可想而知。但这样的好处也显而易见，不会失业，而且有独当一面的成就感，每次遇到重大活动，需要协调安保人员时，他就会联系外边的公司，进行合作。这么说吧，他一直代表这个副省级大都市的正局级旅游度假区与外面的安保公司合作，因而许多民营老板都巴结着他，以"边总"称呼他，时常邀请他参加饭局，甚至带他去周边山庄过周末搞小腐败；当然他因为心里有康美，所以从没乱来过，但购物卡、名贵烟酒是收过的。每有饭局，他都会自觉不自觉地喊上战友、同学和这几年在社会上结交的朋友作陪，当然康静雅是最不可少的，她绝大多数时候会推辞，但也来过几次。过后不久，战友、同学和朋友们，又会反过来请他参加各种局。如此，饭局复饭局，饭局何其多，朋朋友友、团团伙伙，无穷匮也，他的交友圈立即数十倍地扩大起来。

现在，在熟人圈里，他已俨然是个人物。有人求他给孩子介绍工作，他也热心促成，竟成功了几个：把一个战友的女儿安排在开发区下属的一个酒店当经理，将一个亲戚的娃介绍到高新区一家上市公司上班，把一个老同学的儿子介绍到交大当保安——值得说明的是，这靠的还不是康美的关系，而是学校组织部副部长的人情。这让他自己都觉得自己"活得像个人物"了。真应了董首长的那句话，真应该感谢他呢！

但是在单位，他得夹着尾巴做人。

国庆前的那次星期一例会，他照例坐在大椭圆形长桌人群后面的连椅上。桌上，坐的是度假区常务副总以下部门正职以上的领导，高管坐北面南，中层坐南朝北，相互对着便于交流工作。董总目前居于高管的末席，边大治来时其实他的职位并未明确，去年春节前名片上显示的是总监，继续分管人事行政。坐在高管对面连椅上的有七八个人，有投资部、行政部、招商部的副部长，也有部门的助理；边大治也不知道自己属于什么，由于他没文凭，他的职位定位成为董总的一个难题。

开会前，大家互相寒暄交流着，多为周末出行、社会新闻、孩子教育、官场变动这些可以摆上桌面的事情；邻座的人，彼此勾头凑一起嘁嘁喳喳开个小会，多是私密话题，不能让人知道，说着说着会窃笑起来。行政部长崔晶媛开始点名，刚点完名，常务副总丑总（面试时以为他是总经理，上班后才知是常务副总，总经理由市委常委兼任）适时进门，边扫视大家边落座，然后咳嗽一声，伸长脖子说：人都到齐了吧，咱们开会！还是按照惯例，行政部先总结一下上周工作。

崔部长总结完上周工作，开始讲本周工作安排，有一项是：招聘安保人员两名。这是边大治一年前编制部门规划时给行政部提的诉求，现在这只靴子终于落地了；他不由坐直，忐忑地盯住椭圆长桌对面的各位班子成员，不但没有半点高兴，反而紧张起来，想是不是自己哪里出了问题，人家要换掉他呀！这时，他的目光和丑总交汇，丑总道：那个谁……大治，现在工作熟悉了吧？你坐前来，以后你每周也要汇报安保安全工作哩！市里上周五开了个生产安全和保卫工作会议，现在安全实行"一票否决制"，马虎不得。说着朝董总看着。

边大治站起身子，犹豫着，董总挥挥手说：还瓷着干吗？你按领导说的来嘛，先坐前面来！

前面并无多余的椅子，但中层们反应很快，纷纷抬屁股挪椅子让出空间来，边大治端着自己的椅子放到前面，坐下来，朝对面的班子成员憨憨一笑。他觉得领导们都很官方地看着他，他赶紧拿起本子做记录，同时觉得身子轻飘飘的，如同梦境一般。散会后，董总将崔晶媛和他叫到办公室，让他俩坐在大办公桌的对面，他则站在侧面俯视着他俩说：边大治，你这工作比较特殊，我们也不能唯学历论。现在，你都成副部长了，要好好工作，先把这次招聘工作做好。晶媛你抓紧发布各个职位的招聘信息，《华商报》《西安晚报》《三秦都市报》这些都市类报纸，还有智联、51job等网站都要覆盖，有必要的话，节后咱们去北京、上海等大城市进行校招，也是对咱们度假区的宣传嘛。但是，保安员的招聘工作，我觉得还是以熟人推荐为好，边大治你也可以推荐人，也可以从别处挖人。我认为，咱们的薪资待遇在国内还是很有竞争力的。这个具体工作，晶媛你筛简历初面，大治二面，合适的带来见我。好了，吃饭吧！中午吃的啥，晶媛？

崔晶媛从兜里掏出个小纸片，报道：菜是小酥肉、西红柿牛腩、炸鱿鱼、小葱拌豆腐，主食是炒拉条、牛肉拉面、米饭，蒸的炒的都有，小吃有绿豆糕、冰激凌、玉米、毛豆、水煮花生、凉皮，汤有木瓜红糖银耳粥、紫菜蛋花汤，水果有葡萄、凤梨、兰州黄河蜜。董总，不知合不合您口味儿？

呀，把那饭菜放淡些，最近脂肪又上去咧，还不如把这一千五百元发给个人，让人家到外面吃去。你看把边大治吃成啥咧，再胖就找不到媳妇儿咧，哈哈。董总说着，走出办公室。

董总，我给你报告个情况，人家大治女朋友在交大教书呢，在读博士，听说还长得美着哩。崔晶媛追着董总说。

董总一愣，回头盯着边大治惊道：真的吗？大治？哪个学院的？要是管理学院的话，给咱办个事情。

边大治大喜：呀，就是管院的，董总，你有啥事，我给咱问她。

先吃饭，下来我给你说，一个娃娃考研的事。董总说，几人走向负一层餐厅。

国庆前后是古城最美的时节。秋水长天、桂花飘香，大长安诗意繁复，边大治的心情比这醉人的秋色还好。他都没吃出今天中午饭的味道来，胡乱刨了几嘴就收拾餐具放到指定地方出来了。碰见同事，大家都热情地与他打招呼，他也与人家友好说话，知道自己升职的消息已不胫而走。看着眼前正在施工的曲江池以及四周一圈忙乱建设的工地，他没有了之前面对它们的焦躁，而是心潮逐浪高，想那将来是大唐爱情谷、那将来是秦二世博物馆、那将来是五星级酒店、那将来是大商场……这一圈将来都是风景区，要催生多少楼王，而自己，就是这一切的缔造者之一。城市新名片的建设者，他多自豪呀！他真想唱出来，唱出自己的愉快和傲娇；真想让自己变成一位诗人，像李白之前在这里一样，以自己生花妙笔记录时代变化的痕迹；真想变成画家，用自己的丹青为发展留影，哪怕是个摄影爱好者也成呀。但可惜，他只是个保安，虽然爱好文学，但还写不出能拿得出手的东西；然而，今天的他一点不自卑、一点不畏缩、一点不自暴自弃，他是被单位同事领导认可的体制内中层干部，他应该当仁不让地贡献自己的聪明才智。

正当他内心振奋地自觉感恩时，觉得自己撞上了什么，抬头忙说sorry，却招来人笑。原来，他太专注于想事情而碰在了电线杆上，他对电线杆的道歉被不远处的一个青年男子听见。他讪笑着自我解嘲：呀，没注意看。

男子道：乡党想啥国家大事呢？

没有啥，就是闲逛呢，饭后走走。边大治说着话，俩人已走近，对方个子不高，浓眉方脸，有点面熟，他就问，你是在虎兵护卫吗？

是呀，刚来。男子道，我叫王维新。

边大治。他说着伸出手去，突然吃惊道，咱俩见过！

啊……哈哈，见过，王维新献媚地笑着，是见过。

边大治见对方回忆不起来，有些失望地说：鸡市拐，兴庆公园北门。

啊，对！兴庆公园北门，鸡市拐，招聘广告。王维新道，激动得双手攥住他的手，不断摇着。

缘分哪，小王。边大治道。

缘分缘分！王维新道，您怎么称呼，我可能比你大，我不太显年龄。

你哪年的？边大治抽出被攥得发热的手。

王维新道：我六七年的。

呀，那你是老哥。边大治道。

啊，来，抽老哥一支烟！王维新从蓝色包口上衣口袋掏出一包黑兰州，用指头从烟盒底部轻轻弹出几支烟来，将烟的海绵屁股对着他道，给，抽一支。

边大治被王老哥取烟、敬烟的独特艺术给吸引了，想这人不一般，尽管他平时不抽烟，但还是接住了这根烟。见对方接住烟，王维新立即掏出气体打火机，用右手拇指一划，倏地一下，半寸高的黄蓝色火苗蹿起，像胜利的焰火嘤嘤笑着，边大治竟鬼使神差地凑着点燃了烟。俩人边抽烟边聊天，竟很投机，上班时间到时，边大治竟有点相见恨晚的感觉，俩人彼此说着"天下军人是一家"，各自高兴地回到自己公司去。

与边大治不同，这几天邛军纠结无比、左右为难。面对终南山环抱着的美丽塘坝村，面对自己牵头新建的自来水工程，面对自己主导的为偏僻户、贫困户拉电，实现电路照明户户通的政绩；面对村民的感恩戴德，他却高兴不起来，反而陷入了无比烦恼中。

他的烦恼不是因为之前为群众办的事情不到位，而是因为，没有按照当初自己向群众许诺的那样去做，没能力带动村民消除贫穷、共同富裕。目前他能做的，就是给他们通了自来水、修了路的塌陷部分，给了所有人家就业机会。在这个过程中，五叔始终不冷不热。

还有，上个月还没等邳军开口呢，鑫隆苑大饭店总经理杨钊竟来主动辞职，说是去西安发展。邳军长舒一口气，给她多开了一个月工资，双方友好地解除了雇佣关系。但立马危机就来了，酒店没个主事人，就连邳军自己也并不熟悉那里的情况，于是找个经理的事儿显得异常紧迫。正在这时，支书小儿子邳军飞闻讯从洛阳回来，他在那边的酒店干了多年，听说是个经理，支书一直想让他回来，但他嫌没有合适的岗位和机会。这下可好，邳军就让他负责鑫隆苑，并开出比杨钊工资还高的待遇，几人皆大欢喜。诚然，最高兴的是支书，他一直想让小儿子结婚，可人家老不着家，使父亲的意图难以实现。现在，邳军给了他个饭店总经理的职位，既有面子（耳朵好听、脸上有光）又有里子（实惠、工资高），还守在家门口，喳，以后找对象好办多了。从此，支书对邳军有了笑容，明确表示，疗养院若上马，村上可以土地入股。他还利用与信用社的老关系，对审批的提速起了不小作用，但他提醒邳军：娃，你是主任，不是说五叔这个支书压制你，馍大了不好熟哇！这和唐小凤的话不谋而合，他相信五叔，这次不是使绊子，是真的为他把方向哩。

所以，今早上一醒来，得知温泉疗养院的贷款申请批下来，银行和胡德刚催着让签合同放款时，他犯愁了。总觉得不踏实，仿佛身旁的南山压在自己身上一般，令他喘不过气来。这曾经是他梦寐以求的钱哪，是耗费了他整整一年时间的贷款呀，是他费心巴结、辛苦布局两年多的大项目哪！但就是这样一笔珍贵巨款、县上挂了号的重点项目，如今却成了烫手山芋。

唐小凤看到丈夫这般表情，她犹豫的心坚定下来，倾向于不背这笔贷款，但她没直接表态，而是说：老公，你今天不要送我了，别出门，就在家里好好考虑一下，咱们打电话再碰。为了这笔贷款，一家人包括她父母，已经熬得不成样子了。说句不得体的话，他俩的夫妻生活也停了有一月。——真减了次数。

邳军知道妻子怕他心里有事儿开车出问题，就答应了。妻子走后，他绕着坟院、院子和温泉酒店，转了一圈又一圈。南山上云雾缭绕，晦明变幻不已，一只雄鹰穿进雾岚去，一会儿又滑翔出来，和路过的飞机比翼齐飞。邛军看着天空出神，他真想去打上一卦，来个不费脑子的决断，可是，打卦出来的结果，还不是得他自己最终决定吗？如此想着，他一脚踩在因熟透掉下来的杜梨上，这时却听到五叔的声音：心里有事，朝杜梨出啥气哩！

叔，咋办吗？邛军扑到五叔面前，恨不得跪下去，以换来他一个明确的指示。

不要。邛五叔说，馍太大，这是一；二是条件还没成熟，你建那么大疗养院，谁来住呀，谁来消费？即便有人来，是咋来？车能开到你豪华的疗养院跟前吗？路在哪儿？

邛军想说，关于拓宽从村子到红寨的路的事情，你之前一直消极对待，但形势发展很快，半年过去，现在关中环线已经规划到红寨，马上破土动工。

就这，你不敢错主意。一口吃不成个胖子，话反回来，有牛也能吆到山里去哩。五叔说着背搭起双手，迈着八字步走了，蹀到房背后小便去了。

邛军等着他出来，想再商量商量，比如贷个一千万，或者五百万，这样是不是也成。但是，他等了二十几分钟，老人家都没出来，邛军担心他突然出啥问题，就赶紧转到房后去看。没有人，只有已经快干的小便痕迹。他就立马给唐小凤打电话，把上边的意见说出来，妻子说少贷点这个办法好，既没有让之前的工夫白费，又可以拿到所需资金，至于具体金额多少，你还是要根据规划走。唐小凤还让晚上接她时去晚点，说是县上来镇上摸底和民主测验拟提拔副科级干部，她是三个人里面的一个，回头镇上还要把情况研究上报，可能忙完就晚了。邛军心下高兴，又有点紧张，就说：那你好好表现吧，凤美，老公看好你哟！

挂了电话，他赶忙给康静雅打电话，康静雅说：大班长，贷两百万之内吧，以风险可控为妙。为了配合你未来事业的发展，我博士读的是城乡景观规划与设计专业，工作也刚刚调到旅游学院。喳，你给咱好好干，我全力关注和支持你事业发展。

谢谢，谢谢康美！真的真的很感谢……邛军一时感动，有醍醐灌顶之感，连日来的疲惫和纠结，一下子逃逸到了秦岭顶上。

见邛军不说话，康静雅道：你要经常换换思路考虑问题，我最了解你了，踏实有余，灵活欠缺，你要跳出秦岭看世界。我最近做课题，接触了一些老板和国企背景的人，他们都在找西安周边可落地的好项目。人家有钱，缺土地和相关资源，而咱守着土地和地热，差钱。如果两方面有效对接，是不是可以成事儿？

那是那是！邛军道，你啥时间回来，期待你当面给我上课。

我回去给你上课，你晚上被凤美拧耳朵、跪搓衣板咋办？

不会的！她也支持我进步嘛，而且她也忙……

你就不能抽空多走动走动，开拓一下视野，认识一些资方，笼络一些资源……多一个朋友多一条路嘛。康静雅说，你是被拴在唐小凤裤带上了吗？

好好，我一定来！邛军支吾道，突然发现五叔又转回来了，距离他只有两三米远，很注意地听着邛军讲话，还搭话道：你听听，我没日弄你吧。邛军想回他话，又接着电话，想挂了电话，可那边康静雅还正在说呢，他忙朝五叔点点头，边接电话边快步朝院门前走去。

康静雅说：正好，今晚我要见西安旅游度假区的几个人，你的施政方案里面不是提到要打造咱们的旅游度假村吗？咱是不是先来了解了解人家是咋弄的？

好，好得很！邛军机械道，我给唐小凤说声。

那你先给领导请假。我挂了啊！

邛军说声拜拜，挂了手机，发现老胡正在车旁一边抽烟一边等他。邛军捏一下钥匙，车发出悦耳锐响，邛军说：走，找个地方去说话。

看着俩人开车走远，邛五叔露出极度厌恶的神情，说：老胡，你想得美！说着，将一个旧信封隔着院墙扔进邛军家院子。

女娲镇党委政府大院里，停着两辆半新不旧的北京吉普。一辆是县上最近给各乡镇配备的，一辆是县委组织部李副部长九点来时坐的。九点半开全镇干部大会，李金贵副部长讲：同志们，今天秦岭县委组织部来女娲镇考察拟提拔干部，这不是专门针对女娲镇一家的，而是我们在大力学习党的十五大重要文件的基础上，在全县四镇十四乡二十个街道办统一进行的重要工作，旨在贯彻国家干部选拔和使用精神，体现党关心爱护激励基层干部、民族干部的优良传统，进一步营造爱岗敬业、干事创业、干好事想成事能成事的良好氛围，优化、配备和使用好干部，使党和人民的事业后继有人、蓬勃发展，为建设中国特色社会主义奠定人才基础，为把我们秦岭县建设成西安后花园而做组织保证。啊这次，给咱们女娲划了三个推荐名额，根据镇党委前期酝酿意见，各级组织充分发扬党内民主，县委最终确定唐小凤、刘炜、姬建军三位同志作为考察对象。今天上午，我们利用时间，分三个步骤进行考察工作：一是找这三位同志本人进行谈话；二是大家对这三位同志进行无记名民主测评；三是镇党委根据三位同志的德能勤绩廉，进行排名推荐。三个环节都是背靠背、互不牵涉的，不仅不与本人见面，三个环节也都是互不影响的，除了组织部门，没人知道考察的具体信息，这就保证了我们的公平性。下面请组织部干部一科魏建明科长，给大家传达一下本次考察干部的文件。

魏科长比副部长年龄大，看起来快退休了，做派已经是退休老人的样子，他慢吞吞宣读完文件后，又作了说明。然后，组织部来的女干事宣布就地进行民主测评环节，让领导和本人回避，说完就开始发测评表。组织部副部长和魏科长起身往出口走，杨俊虎犹豫一下，也跟着相送，干事喊：杨书记您留一下，填写测评表。

杨俊虎憨笑着跟部长打声招呼，从主席台坐到下面第一排。

民主测评七分钟搞完，干事收起表格，点了点，装进一个土黄色档案袋里，又将档案袋塞到自己随身带的黑皮包里去了。

杨俊虎从大会议室回来，发现小会议室门外唐小凤和刘炜正在槐树下说话，而里面正在进行最后一位谈话。杨俊虎将刘炜叫进办公室，让他关好门，小声说：要的东西弄好了吗？

好了，杨书记。刘炜说。

东西真着吗？杨俊虎眼光严厉地盯着刘炜。

这次都是我亲自从西安的烟草专卖门市进的货，书记放心。

三份都备好了吗？杨俊虎继续盯着问道。

都备好了。

咋备的？杨俊虎问，咋装的？

刘炜搔一下头顶道：书记十条，部长八条，副部长三条，都放葡萄箱里，都是目前市场上顶配的好烟。

好。杨俊虎舒了口气说，把办公室的葡萄，再给魏建明和那女干事备一箱，装上纯正的葡萄。

刘炜被逗笑，说声好，准备离开。杨俊虎又道：现金一万元，弄好给我拿来。

书记，镇上现金不够那么多，要不要……我听说解决副科，花不了那么多……刘炜嗫嚅着道。

你懂个锤子，难怪你……呀……杨俊虎说着，拉开抽屉，拿出一张推荐表往桌上一摆，说，你看看，你还没积极性，我他妈的为哪个龟孙子忙乎呢这是？

刘炜一看推荐名次自己赫然列于唐小凤、姬建军之前，高兴得嘿嘿笑着说，我盘点一下小卖部，一定凑够钱。

记得弄好票据，回头报账。杨俊虎没好气地说，谁他妈有我这样当领导的，这么好说话！

是是是，您是天下第一好领导、好老哥！刘炜点头哈腰道。

抓紧去办吧！杨俊虎道，中午陪部长吃饭，记得多喝几杯，记得提前把包间安顿好。

好！还是鑫隆苑吗？刘炜拉开门，一脚迈出门槛，扭头问。

那还有哪里？杨俊虎气道，把唐秘书叫来！

刘炜说声好，把门闭上了。杨俊虎将桌上的推荐表撕得粉碎，揉成团塞进嘴里咀嚼起来，没嚼几下，有人敲门，他说声"进"，唐小凤一身纯蓝西装走进来。杨俊虎大大咧咧将纸浆吐到纸篓，拉开抽屉拿出另一张"后备干部推荐表"，递给她，唐小凤看到，鲜红的红章表格上，自己的名字赫然居于第一，她一阵感动，忙说：感谢书记！谢谢组织栽培！

组织，组织是谁？杨俊虎低声道，闭上门，小声点。

唐小凤赶紧关紧门，站在门内，心犹自嘭嘭乱跳着。杨俊虎走上前，从背后轻搂一下她，拍拍她的屁股道：光这个，顶屁用！

唐小凤受到猥亵，无比吃惊和愤怒，本要发作，不让这个色狼蹬鼻子上脸。自从毕业分配到镇上，杨俊虎就一直对她垂涎三尺，她也一直提防着，没想到，这只老狐狸，在这儿等着她；但她被杨俊虎的话转移了注意力，她毕竟太年轻，太关注自己进步了，于是小声问：那咋办？

今天我带你去见县委金书记，你得在他那儿挂上号。当然，各个关口上的小鬼，也得稳住，也要见庙烧好香。

哦……这个事儿，我……我想放弃。唐小凤道，转身要走。

哎……唐秘书。杨俊虎一把按住门把手说，事情镇上已经安排好了，又不用你花钱，又不要你丢人，咱们正常地把人家组织部这次考察配合好就是了。

那好，我肯定正常干好自己分内之事。唐小凤镇定一会儿，用左手纤指捋捋掉下来的刘海。

杨俊虎看得心旌摇荡，颤着声道：中午，在鑫隆苑吃饭，你做好东道主，现在直接去饭店吧！

唐小凤"嗯"了一声，出去了。她径直奔向石榴盈枝的石榴树下，推动自行车朝大门走；平时都是直接骑着出门，今天来领导，推着走稳妥些。她一边走一边机械地抬头，看着左右六排立房的镇政府大院，看着出出进进的镇干部和那些快退休的老干事，她有些迷茫，自己什么时候是个头呀！突然，她看到姬建军走出小会议室，脸上笑得跟花儿一样；蓦地，唐小凤下了决心，一定要握住这个机会。她骑上自行车，飞一样出了大门，朝粮油门市楼而去。

到了饭店，她给军飞吩咐一声，让按最高标准配一桌酒席，安排到华胥包。而后，就骑着自行车回家去了——现在十点三十二，来得及换身衣服，顺便，她也想见见丈夫，当面把贷款和自己的事儿商量商量。可当她远远看到院门前没有车时，知道此行的目的只剩一样了：换衣服。

她推开门，将自行车推进院子撑好，又从里面关好门，朝卧室走。突然，她看到脚下被风卷起一个发黄的老信封，就弯腰捡起，蓦地，她的心突突乱跳起来，竟是康静雅写给邝军的信！她仰起头面朝天，闭目冷静一下，再去看，里面有好几页文字，邮戳是1989年11月21日、中国邮政西安交大代办所，发信人地址是交通大学，收信人信息是：陕西省西安市秦岭县女娲镇塘坝村二组　邝军（亲启）。唐小凤突然间为难起来，要不要换衣服？要不要参加中午的饭局？要不要看这封已经拆开的近十年前的情书？她一阵眩晕，觉得自己做不了这些决定，甚至连站稳都做不到，于是她忙打开门进到卧室，躺下来。她真想就此睡去，活着，真是太累了；真想将那封早该扔进垃圾桶的旧信，用火点燃；可是她脑际猛然间出现这样一个声音：女不强大天不容。今天、现在是什么时候？是组织考察准备提拔你的时候，你竟还躲在这旮儿里想这么不靠谱的事！难道，武则天在成大事儿的时候，会想到这么不上台面的事情吗？

于是，她满血复活般一下跳起，开始挑拣衣服，幸亏去年妇代会买了一身薄棉裙，今天天冷可以直接穿上，还有前两天刚焗油了头发。穿好衣服、化好妆，她在镜子里照照，除了脸色有点差，别的无可挑剔。她拿好包准备出门，又将那封信抓起来塞进包里。

十一点五十，镇政府大院的那两辆吉普车开到粮油门市楼前。十二点，华胥包的大圆桌上，坐满了十五人，除了组织部三人，还有镇上副科级以上八人，外加信用社、派出所、中学的负责人。十五个人里普通干部只有唐小凤一个，她坐在李金贵对面，旁边还空着个位子。李副部长两旁分别是杨俊虎和魏科长，杨俊虎抬腕看看表说：十二点，咱们准时开席，欢迎李部长一行莅临我们女娲镇参观指导工作，特别是指导我镇干部人事工作！现在，请李部长发表重要讲话！说着带头拍起手来。

大家都七零八落地鼓掌。李金贵直直身子道：杨书记太客气了！咱们今天的目的很单纯，就是考察咱们重点培养的干部。啊哈……万绿丛中一点红，我看咱们重点很突出嘛。小凤，你很优秀，我党历来重视选拔、使用年轻女干部，现在更加重视，你这次机会很宝贵。愿你在杨书记的滋润下茁壮成长，来，都站起，我们共同祝贺咱们的重点考察对象小凤同志！

大家都站起，一饮而尽。唐小凤连声说着谢谢。杨俊虎说：谢谢部长的致辞！得天下英才而提拔之，乃人生之一大乐事，部长今天辛苦啦，小凤敬部长三杯。

唐小凤正为难时，李金贵说：这句话说对了，"得天下英才"关键在"得"，看你能不能得到，千里马还需伯乐发现哩，得不到的话，千里马也难受，伯乐也没成就感。所以，小凤哪，你要多感谢你们杨书记哩！

唐小凤端起一杯酒说：部长说得很对，部长一行辛苦啦！我敬县上来的三位领导一杯。

李金贵端起酒杯说：这酒得喝，酒喝得越美提拔得越美。十五大后，年轻干部还有个大的机遇哩。

四人一起干杯。唐小凤再端一杯，道：我这只有三杯酒的量，所以这最后一杯，敬我们镇上书记、镇长和各位领导，我们一起吧！

大家一愣，对她这种"大跨桥"式敬酒不便表态，李金贵说：那哪成！杨书记对你的事情这么上心，你不能让他失望呀。

人大任主任说：小凤说的是事实，娃平时就喝得不多，最近还在备孕哩。

哦……这样子。那杨书记更应该关心和爱护咱们小凤！李金贵说。

我关心爱护不管事，要你关心爱护哩。杨俊虎说着举起杯来，来，咱们共饮此杯，算小凤给大家敬的。

大家刚喝完酒，刘炜就走进来，高声道：呀，我来迟咧，我自罚三杯。

吃完饭，李金贵一行要回县城，大家送他们到车屁股后。刘炜给司机叮咛道：三箱葡萄，上面都有领导名字哩，别搞混！

李金贵笑说：杨书记，咋回事儿，你这葡萄还有三六九等呢！

杨俊虎直着眼转圈瞅着大家，笑道：谁让你三个领导，长得各不一样呢！

大家都笑了，杨俊虎凑到李金贵耳朵上说：小凤的一点意思……她在下，你在上，你多关心爱护她。两人说着纵声大笑起来。

回办公室的路上，一个干事对唐小凤说：书记让你先休息一下，四点去他办公室见他。她点一下头，回房间休息，刚躺下，就想起那封信来，拿出来读：

> 亲爱的军：
>
> 你是多么牵动我的心哪！我为你吃不下饭、睡不好觉、上不好课，每时每刻，脑子里像放电影一样闪现着我们的过往，难忘公园那晚上，那令我魂牵梦绕……

唐小凤再也看不下去了，男人啊，真不是东西！一股强烈的报复冲动在她脑际悬荡，使她恨不得现在就过去找杨俊虎。

十四、上任村支书

四点钟，唐小凤装扮一新，很妩媚地敲响书记室的门。她迷糊地想，自己这一生只追过一个男人，也几乎没有别的男子真正追过自己，也许，被一个老男人稀罕着保护着宠着，也很好。至少，她可以顺其自然，把自己的副科级解决掉。欲穷千里目，更上一层楼，人生上一个台阶，那是很不一样的。再说啦，那么多人升得那么快，难道全是凭本事，没有一点机缘巧合和贵人提拔的成分？这么想着，她整个人就处于一种积极主动的状态。门开了，杨俊虎一身深蓝西装、红领带、黑皮鞋，手中提着一个十七寸电视屏大小、乌黑锃亮的皮包，湿漉漉的头发打着摩丝，全身散发着清醒的香皂味儿，他一边迈出门，一边目光快速从唐小凤头脸、身上扫过，说：走，时间来不及了。

唐小凤答应一声跟上，司机已经将车开过来，停下，司机下车，殷勤地走上前问：书记，除了两箱葡萄，还带啥不？

还带啥？想想，杨俊虎瞅着唐小凤，故意问，除了东西，再就是，带上咱的唐秘书。今天的事儿，没有唐秘书，办不转。说着，两人上车坐到后排。

司机钻进驾驶室，车一溜风地开出镇政府大院。他们朝西出街道，再右转朝北沿着乡道往红寨方向开，唐小凤知道要去县城了，是要找书记吧。杨俊虎望着窗外，心情很不错，不住自说自话：呀，有这么个车还真是不错，提高政府办事效率，杠杠的。不过，咱们的唐镇长，人家坐专车已经两年时间咯！

唐小凤笑笑说：杨书记说笑了，我那是迫不得已，自费坐车呀，哪像您，是国家给您配的。

呀呀呀，能不能让我也提前两年"迫不得已"哟！杨俊虎道，咱下午赶下班，去把大部长堵住，给人家送盒葡萄，别让人挡了咱的路。

好。唐小凤说，估计五点半能到？

司机说：如果不堵车，就能赶到。

最好别堵车，否则，咱就堵不住人了。杨俊虎说，来，我再联系一下书记司机小周。说着拨通手机，喂，小周吗……我你哥杨俊虎……金书记在吗……好好！……我在路上，到了再联系你……再见兄弟！

杨俊虎挂了手机，对唐小凤说：咱们去了相机行动。哎，不到十二分儿上，谁追领导呀，官前马后没好事呢。

哎呀，为了我的事儿，劳驾杨书记啦！唐小凤笑着说，抹着口红的樱桃小嘴显得很性感。

没事儿没事儿，能见上最好，人家不推辞就好。咱，这都是内部的事，自己人。杨俊虎大度地说，头靠背枕闭目养神。

唐小凤朝窗外看去，车已到达红寨，右拐沿107国道朝将军岭隧道方向行驶，她也小睡了一会儿。

到了县委，停好车，司机在车外转悠，杨俊虎对唐小凤说：小凤，盒子里不是葡萄，是高价烟。另外，给书记的，我还得放进去这一万元的硬通货。说着拿出一个鼓胀的牛皮纸信封来。

唐小凤颇为吃惊，愣怔起来。杨俊虎并不意外，故意冷漠地说：小凤呀，今天就是考验你能不能上的时候，上午考察、中午吃饭，那都是个屁，主要看你现在能不能冲得上去。今日这么好的机会，你如果都冲不出去，那我断定，你一辈子也就只是个干事了。

唐小凤一句话不说，紧张思索着，难以决断。杨俊虎继续说：干咱这号事，你就得豁出去，这里需要老江湖，不需要无知少年、纯情少女，可以说，今天就是你一个革命性变化的开始。跨不出这一步，你休言干一番事业了，一个干事，你能拿了上面的事吗？我问你，你咋干事业？快，马上下班了。

我冲……冲上去，我可以的书记。唐小凤终于喘着气说。

好，好妹子！能成大事儿。杨俊虎夸道，脸上却依旧冷冰冰的，你叫司机打开后备厢，你将写有"2"的葡萄箱提着，赶紧去三楼找大部长，直接敲他办公室的门，不要考虑别的，只管做。进门后知道咋说话吗？

我就说：部长好，我是女娲的唐小凤，是这次的考察对象，非常感谢您给的这机会，给您带点水果。

嗯。然后你随机应变，不管他怎么推辞，你都要把东西放下，大不了你硬逃出来。杨俊虎说，闹这号事，就要把脸抹得放口袋。记住，提2号箱。

唐小凤答应一声，下车去了。杨俊虎看着唐小凤提着2号"葡萄箱"步履凌乱地走向这栋象征着全县最高权力的大楼，他长出一口气，将玻璃窗开个缝儿，颓然地靠在背枕上。

十分钟后，大楼里飞奔出花儿一样绽放的唐小凤。杨俊虎看得吃了一惊，他从没见过一个女人能这么开心，比蓝天上的白云还飘逸，比盛开的花朵还艳丽，比激荡的海浪还有活力，比大秦岭还蓬勃向上……他彻底陶醉了。待到唐小凤拉开车门说话时，他才被"唤醒"，唐小凤用关中话说：咱成咧，哥！

是你成咧，妹子！杨俊虎一把将她拉到座位上，说，不，还没成，重点是将1号"葡萄箱"送出去。

对，哥！还是你有经验。唐小凤说，接下来咋弄？

咋弄，哥说了，今晚你能照着办吗？杨俊虎眼中射出淫荡的光。

唐小凤被说得脸红了，但她豁出去了，说：你说吧，妹子尽量不让你失望。

那先亲一下！杨俊虎粗暴地抓过唐小凤，唐小凤似乎早有准备，她死命将头往下低，杨俊虎没法够着她的脸，就抓住她的屁股扭了一下，唐小凤坐起，头扭向别处。杨俊虎怕事情闹崩，就说，让司机把箱子、1号箱子拿来。

唐小凤下车，她真想就此走掉，但是她这么年轻，有着强烈的事业心和上进心，而且伸手可及的机会就在眼前，弃之可惜！还有，丈夫在结婚前就与闺密打得火热，而自己却一无所知、当了傻愣，难道自己就不能让疼自己的人动动吗？于是，她立即照办，将箱子抱着送到车内，又坐到座位上，关好车门，打上玻璃。杨俊虎严肃地掏出信封里香喷喷的人民币，在唐小凤眼前一晃说：看，硬通货！小凤呀，只要你能把这个送到一号手里，我敢保证，你这辈子副县级肯定是能干到的。

哥，我按你说的办！唐小凤流泪了，啜泣着说，你不勇敢没人替你坚强，女不强大天不容。

好妹子，你一定比我强。杨俊虎拍一下唐小凤手背说，听我的，这个太贵重了，办公室里不敢送，要送到家里去。

这时，司机敲玻璃，杨俊虎将玻璃放下，司机说：999出去了。

999是一号的车，杨俊虎立即说：呀，下班时间书记坐车出去，这是有事儿呀。这咋办？

给秘书打电话问问情况。唐小凤说。

小凤，你说得对。杨俊虎说，这时候绝对不能给司机打，司机正和领导一起呢。你给打吧，打到办公室座机上问。

唐小凤接过杨俊虎手机，拨了县委办惠小林的座机，电话通了，她说：您好！惠秘书吗？……小林你好，是我呀，唐小凤……我想问下，金书记在吗？我们有急事儿要向书记当面汇报……回西安了……行，我们试着和他联系一下……谢谢呀小林！咱随后联系！她挂了电话，将手机递给杨俊虎说，老大回西安了，不知道是回家还是开会还是办事儿。

这个……不必想那么细，不管他干啥，只要人家给你机会，那怎么都能腾出一分半分钟时间和你见个面的。杨俊虎说，百十里路，也不远，咱们也进城去。咱到了，人家也到了，到时候我给小周拨电话，看人家是啥情况在哪里。

唐小凤眼珠一转，没说什么。杨俊虎说：唐秘书，你要不要给你们家邝总请示一下，晚上能请到假吗？喳，给你电话。说着将手机递上。

唐小凤没接手机，笑着说：不给说，我俩互不干涉。

两不管？杨俊虎盯住唐小凤的脸试探着问，这样最好，明白人，难得嘞。

那……杨书记，咱出发？司机按着方向盘问。

出发。杨俊虎说，给咱小凤办大事儿去。小凤，你得请成章吃夜宵。

没嘛达！唐小凤开怀道，你俩想吃啥？

到时候，你把领导伺候好就成！成师傅说。

那一定必定肯定的！唐小凤说，充满了悲壮。

哎，你还别说，咱小凤还就是……我还真没看错人。杨俊虎赞叹道，心里如风吹过鸡毛般爽快。

胆量不够大，能力再强也是小人物。唐小凤说，书记这么鼓励我，我也得学着长进呀。

到了西安，已是灯火辉煌时，汽车直接开到翠微大厦楼下不远处，一号的家就在楼上。犹豫再三，杨俊虎硬着头皮打手机给小周，唐小凤看在眼里，知道领导为了自己的确不易，她内心充满感恩。对方没接，杨俊虎脸上堆满忧虑，叹道：有求便觉人情薄，小凤小成哪，你们也看到了，求人办事儿就是这么难，别人是爷咱是孙子！

唐小凤更加羞愧，不知咋感激领导才好，杨俊虎早看出她的心理，道：我看，今晚咱们得住下来了，要准备打野战。

一句话说得唐小凤脸红得像下蛋的母鸡，羞得不敢说话，司机成章问：住哪里呢，领导？

不远处有个金皇后大酒店，不错。杨俊虎看着唐小凤说。

唐小凤惊得吐一下舌头，杨俊虎笑问：怎么啦，小凤？

这名字也是够吓人的，太贵了吧？

记住，随主要领导出差，你不要考虑花钱的事儿——主要领导花钱不受限制，不用你操心。杨俊虎说，再说了，第一次住店，得让你……你两满意呀！

您别考虑我了。司机说，我晚上找我战友去，在他那儿对付一晚上，正好我们有事儿要说一下。

那你就自便吧。杨俊虎不露声色道，我就全力保证小凤满意咯。

唐小凤听得有些陶醉，说老实话，她承认自己是个欲望强烈的人，这次破天荒一个月没夫妻生活，让她饱受折磨。再者，这个男人虽然人品差玩弄女性无数，可对她，人家真是没得说。自打五年前她二十二岁时起人家就关心爱护她，那一个眼神、一个细微的举动，都能看得出来，五年来人家对她真没少费心思。这次关键时刻，更是全力以赴亲自上阵。人生苦短，难得遇到真心疼自己并能真正帮到自己的人哪，自己得知恩图报。最关键的是，我那个狠心郎太令我失望了，他跟我闺密康静雅在1989年就有一腿，我竟然被蒙蔽这么久，真是傻透了，被人卖了还帮人数钱呢！这样想着，唐小凤头脑一阵眩晕，全身软酥酥的，她真想早点事情结束，快快休息。

色狼杨俊虎瞅着小鸟依人的唐小凤，注意到她迷离的神态，他也醉了，说：小成，那往金皇后大酒店开吧。

司机答应一声，驱动车子，突然，他踩住刹车道：领导，快看，999！

杨俊虎偏头，看到车牌尾号999的黑色桑塔纳，正缓缓停到他们前面五六米远的道沿，他惊道：金书记！他走到咱们后面了。妹子，机不可失时不再来，你这机会好得很哪，你这命好得很哪！遍地是黄金，遇到有福人，你真是吉星高照的福气之人哪！我的命如果有你这么好，我早他妈当厅长了。

说话间，桑塔纳驾驶室门打开，司机小周走出来，打开后备厢。杨俊虎激动道：快，行动！一号马上出来，小凤你赶紧把"葡萄箱"送给他！成章，快点帮着咱妹子！他说着，将一号箱塞到唐小凤手里，并在她屁股上狠狠摸了一把。

机会难得，唐小凤利索地下车，成章却没动，低声说：书记，这号事，知道的人越少越好，咱暗中支持就成。

杨俊虎没说什么，俩人眼盯前方，只见唐小凤腿脚打弯地艰难朝前移动，好像随时会倒下。这时，县委金书记走下车，和小周一起从后备厢拿东西，而唐小凤就在俩人的屁股后面晃荡，急得说不上话。俩人看得紧张到极点，成章关了车灯，关紧玻璃；杨俊虎紧闭眼睛，他断定这个没经验的小蹄子今晚肯定会把事情办砸，于是他说：倒车，咱走远些，官前马后少绕达。成章很给力地倒着车，幸亏后面什么也没有，俩人倒得已经看不清999以及那三个人了，杨俊虎才说：停下来。——呀，娃是好女娃，就是太年轻，我看还得再历练！……呃呃，其实呀，大家都是这么过来的，物竞天择，没办法呀。你这下打开灯！司机开了大灯，甚至压了压喇叭。很快，唐小凤跑了回来，像怒放的牡丹般娇艳，兴奋地喊道：哥，成咧！这次真成咧！

葡萄收下了？杨俊虎依然不敢相信，连问，怎么说的，没问你咋来的？

我就说我出差，顺便给领导送个水果。唐小凤喘着气说。

哎呀妹子！你是好妹子，成事的好妹子！杨俊虎说，恨不得上去亲她一口，无奈司机在场。恰在这时，他的手机响了，他看一下来电显示，惊道：别作声，是金书记。书记好！

手机里传出一个刚强的男声：杨俊虎，你的人跟踪我，你在哪里？

书记，我、我……杨俊虎口里如同含了一只蝎子，动弹不得。

挨球的，你别撒谎胡日鬼，得是在西安哩吗？金书记说，是在我楼下吧？

是，书记！我们几个下午来西安出差，马上就回去咧，为国家省点差旅费，下面日子不好过哪，老大。

你别给我在这儿哭穷了，你过来，我有话给你说！金书记严厉道，口气不容置疑，挂了手机。

妈呀！这咋办？杨俊虎吓得差点尿裤裆。

您先去，看他咋说，相机而动。唐小凤反而镇静了。

他刚才问你什么没有，除了你刚才说的。

他说我妈妈是个好人，他听说过我妈。唐小凤说，其他的我都紧张忘了，也没说几句，他忙着往家里搬东西呢。

那成。我去看看领导有什么吩咐，你们等着啊。他说着下车，跑步向前去。

杨俊虎过去时，金学海正在两手叉腰抽烟，像伟人的姿态，杨俊虎边靠近边故作惊讶地赞叹：金书记，啊……您这姿态，像当年的毛主席！

杨俊虎，扯什么鸡巴蛋！他吐出个缭绕的烟圈后说，带着你的人，咱们一起去参加个饭局。

啊，好好好！谢谢书记！杨俊虎喜出望外，想这又是一次绝佳的表现机会，今晚得吃好喝好伺候好领导，回到宾馆休息好。但他转念一想，领导会不会看上唐小凤了，心头就又掠过一丝不快。

那成，东大街五一饭店的回归包间，不能多带人啊，就那个唐小凤。金学海叮咛道，今晚是别人的局，咱是陪客。

明白，书记放心！杨俊虎朝金学海点头哈腰，跑回车的方向。

见杨俊虎返回，司机发动车子，朝前滑过去迎接他。杨俊虎上车道：快，去东大街的五一饭店。司机对路不熟，杨俊虎指挥着他朝前右拐，沿咸宁路经过交大、兴庆公园走到和平门，再右拐进城，到大差市左拐。他小声对唐小凤说：书记请我吃饭呢，我说喊上你，书记同意了。

唐小凤听后无比激动，满心欢喜道：谢谢杨书记！

杨俊虎又对成章说：小成，到那里后，你自己找个地方吃点，然后去金皇后大酒店登记两间房，完了将房卡和身份证送过来，我们在回归包间，或者到了你打我手机。小凤你把身份证给成章。

唐小凤把身份证掏出，杨俊虎把自己的身份证放她手里时摸着她的手，唐小凤一阵冲动，紧紧攥住杨俊虎的手，俩人都难以自持，但碍于司机，都克制着。

到了东大街351号，杨俊虎和唐小凤下车，司机放下驾驶室车玻璃，唐小凤将身份证交给司机，司机开车走了。

看着五一饭店气派的高楼和独院，望着澄碧的星空，呼吸着桂花馥郁的空气，听着贯耳的繁华市声，唐小凤心花怒放。杨俊虎一面寻找着车牌尾号999的车，一面侃侃而谈：小凤呀，你知道这五一饭店的来头吗？它是解放前1946年开业的西安老字号饭店。饭店的淮扬菜、葫芦鸡，声名远播。

书记你好博学呀，让我是满满的崇拜。唐小凤说完突然喊道，来了，金书记。

杨俊虎也发现了从西边走来的金书记，忙迎过去，唐小凤紧跟其后。金书记站住脚，摁着金丝边眼镜，偏头瞅瞅唐小凤道：We're a team .我是老大，你是老小。哈哈，俊虎可能听不懂我说啥，就让他乱猜去吧。

金书记真幽默，您说得对，我们还真是一个团队呢。唐小凤替杨俊虎翻译道。

金书记学贯中西，英语说得那叫一个溜！杨俊虎拍马屁道，咱们这个团队，书记负责把方向，小凤负责美丽，我负责喝酒，为领导保驾护航。

俊虎这句话说得水平高。我完全同意，就这么着吧。

几人说说笑笑，鱼贯而入酒店一楼。服务员热情迎上来问：哪个包间？

两位书记没吭声，唐小凤就说：回归包间。

是秦岭县金书记吗？一位挺精神的高个儿帅哥挤上前来，热情道。

金书记点点头：我是金学海，这是我的两位朋……同事。

欢迎金书记一行！我是度假区丑总助理。帅哥指引着道路，道，金书记这边请！辛苦啦，从县上赶过来的吧？

我家在西安，刚从家里过来。金学海说着，摁一下金丝边眼镜框。

走到包间门口时，门从里边被拉开，丑总走出，并不言语，而是张开双臂给金学海来了个热情的西式拥抱，俩老男人边拥抱边喃喃：好久不见，上次见面还是在北大的培训会上。

门被他俩挡得严严实实的，等他们分开时，丑总说：感谢你给咱们带来小美女！请各位就座，咱们一一介绍，互相认识一下。还有，叫人都进来！七点四十了，金书记，为了等你，我们的大美女主宾都如厕两次了哈哈。说着安排三位就座。十几人的位子上，十多人零散坐着，微笑着听丑总安排座次。金学海被安排在C位的左侧，丑总说：你坐在次席，陪好咱们的大美女！

金学海还要客气，丑总就安排杨俊虎到右侧第三个位置坐下，并开玩笑说：金书记，你今晚一点不吃亏，当然，我也吃不了亏，这位小美女，坐在我身边。

说着，拉唐小凤坐下。

唐小凤说声谢谢，坐下来，见偌大的圆桌只剩三个座位空着：主宾、右侧次席，还有席口付款的位子。她忙起身去洗手间，丑总道：包间洗手间空着。高个儿帅哥应声而起，将她引导到门侧，她红着脸进去。本来已经内急，可此刻蹲在马桶上，怎么尿都尿不出，憋了好大劲儿，才解决，忙洗把手，出门坐到位子上，盯着面前的餐具定定神。这时，听到丑总高亢的声音：金秋送爽，山河无恙，香港回归，国庆佳节，今天啊，我们利用工作之余，高朋满座小酌几杯。特别是，很荣幸邀请到咱们交大的美女老师康静雅博士……

脑子"嗡"一声，唐小凤猛抬头，看到好几双惊喜的眼睛正瞅着她，C位上的康静雅正热情地朝她摆着手，自己的丈夫邝军紧挨着她坐在次席，高而帅的他正和伪善的杨俊虎尽让着调换座位，被丑总喝退：邝总，邝主任，今天我做东，康老师是主宾，你是主宾带的客人、主宾高看一眼的人，你坐在康博士身边再合适不过，你和县委书记金书记一起拱卫着咱们大美女，我守候着咱小美女。是吧，金书记一行是个团队，他是老大，这位兄弟，你不可能和金书记平级吧，据我所知，县长也还得听书记的。对不对？

俩人被不明内情的丑总说得脸红，只得乖乖坐下。邝军将惊喜换作求饶，朝唐小凤不住瞅着，唐小凤鄙视并忽视了他。恰在这时，她的脚被谁踩了一下，她以为是杨俊虎，却见他一本正经；她转一下头，发现边大治竟坐在席口，肯定是这个不正经的胡踩她。

嘻，这……今天这局，谁组织的，这也太离谱了吧！

生活是最卓越的戏剧家。如前所述，礼拜一例会后，董总对边大治说有个学生想读研呢，那学生不是别人，正是丑总的儿子，而他儿子想读的专业正是管理学，而且非交大不考。考研下个月报名，明年元月初考试，时间紧，边大治忙从中撮合，康静雅才答应见对方。早晨，她刚敲定晚上见丑总，邝军就为贷款的事儿打电话求救，她觉得这是个很好的机会，便通知他来参加……如此这般，这一桌便坐全了。

但在丑总介绍的这一刻，背靠背的当事人彼此还是充满了尴尬、好奇和不解，乃至于妒忌、怨恨。最难受的是唐小凤，她想不通上午还和她通过话的丈夫，她以为正为贷款的事情愁得要白头的丈夫，那个被她抓住私情把柄的丈夫，那个和她一个月没进行夫妻生活的丈夫，竟然偷偷儿擦黑进城，与情人坐在了主宾位置上，欢宴饮酒哩……她彻底气晕啦！正在这时，大家喝第一杯酒，她忙说自己备孕，不能喝酒，于是邝军也名正言顺放下了酒杯。

话说回来，邝军上午将车开到村头，跟老胡讲出自己想法后，老胡坚决不干，称两千万元少一分他都不参与这个事情。他并且要求，如果邝军放弃贷这笔款，那得亲自去给县信用联社领导道歉。期望着事情能有某种转圜，最好见到联社郭主任后，能贷一百多万的款，邝军答应了老胡的这一要求，俩人来到秦岭县城。出发前，邝军曾给妻子的座机打过电话，没人接，由于从家里去县城不经过镇上，而且已经与信用社人约好午饭，时间很紧，所以他一路狂奔直接到了吃饭的馆子。郭主任是个温文尔雅的人，席间他说：对于邝先生放弃本次两千万元贷款一事，我深表遗憾！我行很少做这么大手笔的业务，能审批下来，那之中包含着大家多少努力呀！你现在说给我道歉，那县委金书记也打过招呼，你也要给他道歉去吗？我还得给他去道歉哩。你这，其实也是一种征信失信行为。至于先生提出的贷款一百二十万元，那是另一笔贷款，是另一个项目，大家得重新来过、重新考察。一般来讲，如果质押物到位、项目前景好，尤其是法人征信良好，放款没问题，我就能说了算。邝军先生，我的答复令您满意吗？

这一顿软刀子，说得邝军直感呼吸不畅，找不到词儿来应对。

吃饭结束，邝军去农行、建行又咨询了一番。前者没见到领导，后者的行长正在浇花，声称自己马上有会，改日再谈。已是下午三点五十七分，邝军又给妻子打电话，继续没人接。他就打到鑫隆苑饭店，得知中饭是在华胥包吃的，人多，妻子也参加了；他便高兴着朝西安赶去。一路上，他都在兴奋地想，如果唐小凤提了副科级，哪怕是最末位的副镇长，哪怕是便民中心主任、人大副主任，那是不是就已经超过岳母余如兰了？要知道，岳母被提为副科级的镇教委主任时已经四十岁了，而妻子才二十六岁。而一旦家中有个副科级的领导，自己脸上肯定更有光了，办事儿也更容易点了。这样想着，他觉得要和妻子通个话，贷款的事情也得给她说说，免得她挂心。他停了车，又打过去，办公室没人接，他直接打到另一个办公室，对方说去县上出差了。他就放心地等着她给他打。这时，康静雅打来电话，说她下课了，让他把车开到交大一村西门等她，俩人会合后再过去，六点半的饭局，六点三十几到差不多。

邛军起个早赶个晚，六点零七才接上康静雅。一看到穿着套裙、留着短发、高挑时尚、眼睛发亮的康静雅，邛军喉咙里直发干，似乎不会开车了。他们见面的地方，令他又想起当年打工，她见到他并要为他去做家教供他复读的事情。时间过得多快呀，人生的变化真是难以捉摸。正赶上国庆放假晚高峰，国旗满街红，康静雅兴致颇高地指挥着他往东大街开，给他车上插个小国旗，嘴里塞了块口香糖，问：尝尝香不香？

邛军像被宠坏的孩子般懒洋洋道：香，肯定香，你的啥都香！

康静雅沉默一下，这正是她想听的话，又问：有我们在兴庆公园里买的泡泡糖香吗？

邛军愣一下，不知道咋回答，却说这护城河还是我修的呢。康静雅说你是伟大的建设者，希望你把咱村建设好，让我们旮旯里的老乡过上好日子。邛军说，有你这话，我会努力的。堵车了，康静雅嘱咐他好好开车。直到停好车，出车门，邛军才说：兴庆公园里买的泡泡糖似乎更好点，虽然我那时一无所有是穷打工汉，但是，那时的时光真好，真的好好啊！

康静雅眼里流着光说：现在的康美不香了吗？

香。肯定香！邛军说，可是现在的我，等于已经死了。知道吗？从结婚那刻起，我就已经死了。

康静雅不能说什么，这时边大治迎上来：呀，二位咋这么拉垮的，还开着车呢，上面一圈领导等着呢！你看看几点了，三十九分了。

呀呀，堵车，给边总丢人咧！康静雅道。

边大治忙拉着康静雅的手，摩挲着连连否认，又道：啊呀，今天就差咱们凤美人呀，她要是来，就完美了。

老婆大人忙着接受考察，提副科呢。邛军故意轻描淡写道。

啊呀，还是小凤厉害，我给你说，当官是正途，可以实现人生抱负。边大治感慨着。

你们俩都可以，好好努力吧！邛军道，到了，是回归包间吧。

……

虽然几个同学之间心里疙里疙瘩，但由于在座的其余人皆江湖上的老手、酒场上的高手，所以整个回归包里氛围极好，高潮迭起。酒过三巡，菜过五味时，邛军借着接电话的机会走出包间，去前台结了账，往回走时，见杨俊虎正和一个女服务员头凑一起说悄悄话。女子很眼熟，他躲在墙角辨认，竟是杨钊。杨俊虎拿出房卡道：这个你拿着，十一点左右直接来。杨钊问：那你咋进？杨俊虎说我有身份证。邛军听到这里，赶紧绕远回到包间，却见唐小凤的座位也空着，他心里七上八下。康美和边大治早喝倒了，邛军想早点结束场子，就说：丑总，很高兴今天认识，以后我们塘坝村度假村的事情，还要多多请教您！

丑总豪爽道：邛总别客气，咱们干着一个事，一起弄！咱和康博士、金书记一起弄！

邛军就说：单小弟已经买过了，感谢老哥给的这次机会！遗憾的是，我这段时间喝不了。

丑总立马起身，给邛军塞了一沓钱，邛军哪肯接受。没法子，康静雅发声了：丑总，您别客气！话说我老同学，今天……借着丑总的场子，对家乡父母官表现一下，也是可以的。说着，故意挡在俩人之间，她怕丑总担心，又说，孩子的事，下面对接，我肯定比对我的事情还要尽心。这个丑总放心！是吧，金书记，很高兴认识您！邛主任买单，逻辑是通的吧？他们两口子在您手下干事儿呢！

金书记立即笑道：嗨嗨，丑总，你不听老婆的，咋还不听娃她老师的哩？

康静雅笑道：书记这句话，让我想起我们初中英语老师的名言：学习差的还要和尖子生搞好关系，因为他们将来可能是你孩子或二奶的导师！

一句话说得大家都笑了。金书记说：咱们的大美女真有意思，尽说大实话。

书记，这就是大实话，真是我们英语老师张老师说的。走进门来的唐小凤说，我做证。

好，为了我们今后搞好关系，干最后一杯！丑总说，啊啊，今后咱们要常聚常联系哈！

大家一饮而尽，互相寒暄着，安排乘车方式，开车散去。唐小凤犹豫再三，才最终下决心搀着康静雅出门，邛军拉着边大治，四人最后出饭店大门。边大治突然吼道：同学们，我们要不要唱个歌去？

（唱）雾里看花，水中望月

你能分辨这变幻莫测的世界

涛走云飞 花开花谢

你能把握这摇曳多姿的季节

……

借我 借我一双慧眼吧

让我把这纷扰

看得清清楚楚明明白白真真切切

借我 借我一双慧眼吧

……

四个人都唱起来，边唱还边夸张地做着搞怪动作，邛军打开车门，邀请大家上车。康静雅停一下，说：邛军你开好车。上了车大家才静下来。坐在副驾上的边大治说：时间是把杀猪刀，没想到，唐小凤穿开裆裤才几天，现在备孕呢！

大家被逗笑，唐小凤抢着手包捶边大治，康静雅一把抓住她说：小凤，今天我们不是故意的，你今天是重要时刻……提干哩，所以我没敢打扰。

唐小凤没作声。车在交大一村门口停下，唐小凤和邛军将不省人事的康静雅搀扶着，一直送到房间。康静雅想让唐小凤留下，抓住她手不放，唐小凤一语未发，使劲儿将手掰开，出门去了。

接下来是送边大治到韩森寨村口，俩人看着边大治摇摇晃晃的样子，很不放心。邛军偏头问老婆：现在去哪里，干什么？

金皇后大酒店，备孕。唐小凤含泪道，你是我的！这下，四十多天一次，次数合适了吧？

不消说，五一饭店的聚会以及随后的多次聚会，最大受益者是邛军夫妇。他俩与金书记越来越熟，唐小凤的事迎刃而解；而邛军，也在农行贷款一百五十万，开建了一百五十间包房的鑫隆疗养院。

三个月后，唐小凤副镇长职位公示。邛军深深懂得，在妻子和岳父岳母帮助下，他已经实现了自己的诺言，活出了人样儿。他反反复复想，曾为孤儿的我，没有理由毁掉千辛万苦得到的眼前的幸福吧？

春节期间，鑫隆苑因索要镇政府欠款，邛军飞得罪了杨俊虎。杨俊虎欲行报复，开始盘算塘坝村支书换人的事，找的理由冠冕堂皇：塘坝村整体发展滞后、一把手观念落后。1998年4月初，镇党委决定让邝军协助村委工作，增补他为塘坝村副支书，这在全镇为仅见。老支书是明智人，就满面无光地主动让贤，主持了新的支部改选，邝军毫无悬念当选新支书。

无人掣肘，邝军决定以旅游为主导，兴建终南山旅游度假村，恢复塘坝村一千多年前"大兴汤院"的胜景。村民们虽然很信任他，但穷怕了的他们对于新发展规划还是将信将疑。卸任的老支书就在暗中使劲，助长这种怀疑情绪。

像南山上缭绕的迷雾，塘坝村该何去何从呢？

十五、寻找老父亲

金皇后大酒店那晚，当夫妻俩辛勤耕耘宝宝时，听到隔壁激情回荡，唐小凤骂：猪狗不如，还当领导哩，玩小姐的狗官。

是杨钊，咱们鑫隆苑曾经的杨总。邛军道。

你咋知道？唐小凤吃惊到极点，你是不是给他安了监控，他和谁在一起干啥，你都能监控到？

差不多吧，老婆。邛军故意漫不经心道。

唐小凤吓得浑身打战，道：那……那你看到我俩干啥咧，我是他秘书呀，除了周末、他出差时间，我几乎每天都和他见面，你都看到啥啦？

暂时没有。邛军说着哈哈哈大笑起来，老婆，你怎么啦？和你开个玩笑你还当真啦？领导都这么严肃的吗？

瞎……你捉弄人你还有理啦？唐小凤用蒜头样的小拳头捶打着邛军的胸肌，疑窦未解地问，那……你怎么看到他现在是和小杨？

我结账回来，无意中看见听见啦。

原来如此。唐小凤终于放下心来，摁着老公的鼻子和嘴说，我老公做得对，今天的局虽然是那个幽默的丑总攒的，但席上光咱们县上就六位、咱们镇上就五位、咱们村上就四位还全是咱同学包括你老婆和你的那个臭情人……

停、停……邛军急道，猛摆一下头，摆脱了妻子的抚弄，急道，啥，谁是我情人？我咋就有情人啦？多难听呀这！还有，刚才看你担惊受怕的样子，是不是你被你那个渣渣上司杨俊虎欺负啦？

他敢？唐小凤义愤填膺道，他要是敢对我非礼，老娘送他到纪委喝茶，送他把牢底坐穿！

好老婆，有你这个态度，我就放心了。不过，你要时刻提防着这色狼。邛军神色缓和下来，又说，我看你今晚对人家康美冷淡的样子，估计其他人都能看出咱们之间的尴尬。

若要人不知，除非己莫为，你咋知道我说的就是她？唐小凤又动气道。

你的心思写满了脸，谁看不出。

别绕！唐小凤霸道道，你俩是不是她大一开学不久，也就是你在翠微大厦打工那段时间，干了苟且之事？

唐女士，很遗憾，让您失望了，没有的事儿。邛军冷冷道，齿间生风，你就是没事儿贱得慌！

放屁！谁贱？谁贱？你告诉我谁贱！她不顾一切地将脸贴着丈夫，你今天要是不把话说清楚，咱俩没完！说着，就哭起来，又因担心被人听到而呜咽着。

好。邛军坐起，瞪着眼，眼里似乎迸溅着钢花，我问你，我和康静雅怎么啦？你为啥污人家清白？

清白？哈哈，清白！你别把我唐小凤当瓜子，被你卖了还帮你数钱的货……我问你，这是啥？说的啥？你给我交代一下。唐小凤说着，从床头柜上拉过包来，掏出那封发黄的信，拍在邛军宽广的胸膛上。

邛军愣了一下，拿起信一看，笑道：唐小凤，你真够可以的，拿着麦秸枝儿当拐棍拄呢。康美和我同学间纯洁的友谊，你又不是不知道，我好像也没隐瞒你什么吧？上次在兴庆公园，我给你讲过这个事情的，你不会忘得这么快吧？

装，装！继续装！唐小凤盯住邛军的脸说，呀……你还挺淡定的嘛，反侦察能力这么强的，会欺负我这个对你掏心掏肺的傻子咧。

问题是……老婆，我哪里错啦，你跟我说说。邛军一副委屈的样子，我当时在西安两眼一抹黑，在工地上给自己找口饭吃，我也不清楚那工地在她学校门口啊，俩人没注意碰见了，你说四只眼睛，不可能睁眼不相认吧？

看把你冤屈滴！你就是背上牛头不认脏。唐小凤冷静地说，开始穿衣服，你既然不愿意解决问题，我也不敢和你瞎混了。我另开一间房。

停！我怀疑，是谁伪造了信的内容。邛军说，他仔细把信看了一遍，喃喃道："这没啥呀"。

还没啥呀？！唐小凤靠近来说，来，我给你有感情地朗读朗读——

亲爱的军：

你是多么牵动我的心哪！我为你吃不下饭、睡不好觉、上不好课，每时每刻，脑子里像放电影一样闪现着我们的过往。难忘公园那晚上，那令我魂牵梦绕的兴庆宫，因为你的到来，显示了于我非同一般的意义。那亭、那楼、那湖、那树、那一草一木，都因你含情依依，见证和同情着我们贫寒学子苦涩的梦。但我相信，你我绝不是被命运安排的这样子，我不会放下你不管，我的好同学，我已经付诸行动，虽然你并不同意。

这些天，我去我们学校家教中心找了三个孩子的家教，都是价格最贵的高三、高二数学物理，一小时令人吃惊地高达十一块钱。之前，班主任曾强调，知识就是金钱，书中自有黄金屋，我以为只是考学工作后的事情，可现在，读大学的第一个月，我就直接能挣大钱了，能挣大钱为你复读改变命运提供帮助。这我多高兴哪！如果我能为改变你悲惨多舛的命运而做些事情，我什么都愿意干，什么都能干好。我已经打听和咨询好，以你的高考成绩，东郊的补习学校一次性收费一百二十元，所以我只要将这三个孩子带三个礼拜，就可以把你的入校费、住宿费、资料费和当月生活费一次性交齐，你就可以高高兴兴、踏踏实实学习，考大学了。哪怕明年考个大中专，也是跳出农门啦！我对你充满信心！

可惜的是，都是我太幼稚啦。有一个可恨的大叔，他说好上四次课八小时八十八元一次结清，结果他想赖账，还骂我说：你这么爱钱，为啥不当小姐去，像你这样的，一小时挣一千挣一万都有人给。他骂了我又把钱给了我，我哭着把钱扔给他冲出了他家门……所以，耽误了你宝贵的复读时间。实在不应该，我事后也后悔了，那是我辛辛苦苦应得的钱哪！你知道，我在咱们班讲数学、物理题，那是出了名的深入浅出、明白易懂啊。我想他们内心也是认可我的讲解的，他骂我的时候，他女儿就站在旁边骂他，还踢了他一脚，说她以后不学了、不努力啦。都是我太幼稚，所以，我不得不延迟了俩礼拜才攒够咱们复读需要的钱。

几周没见你，不知你好吗？我也是忍着万分的思念和牵挂，也是想给你一个天大的惊喜才这样的。可是，当我怀着激动的心情，跑到工地上找你时，得到的是你已经离开半个月的消息。还听说你因要工资而被人家打啦！

我多焦心哪！当我跑到医院的时候，护士说你已经离开十多天了。于是我专门请假回家一趟，可是塘坝村没有你人，大家都说你没回来。我又赶回西安，四处找你，上穷碧落下黄泉，都没有你的影子……亲爱的，你在哪里？我要是能找到你，要用我的生命换，我也绝不犹豫。可是，老天怎么这么无情，把你藏到哪里去了？！

我只有写信寄到家里，你第一时间看到，请联系我，我们抓紧去复读。虽然时间可能比较紧，但是亲爱的，你要相信自己！还有我呢，我专心教你备考，哪怕我留级一年，哪怕被清退，我们一起再高三奋战一年也好哪！

亲爱的军，你在哪里！在哪里？在哪里……你的康美想念你，想念你！想念你哪想念你！

愿我们早日联系！早去复读！

你的静

于1989年11月21日凌晨四点零四分五十五秒草成

唐小凤几乎是泣不成声"读"完这文字的，她没有发现丁点苟且，只读到了那感天地泣鬼神的纯洁的爱。邛军也双泪长流，浑身筛糠，他似乎又回到那无比珍贵的青涩年华里。那年春节他无脸回家，就担起了公司值班的任务，当他第一次读这封信时，已是次年夏收时节，距离1990年高考只差二十六天时间，已经错过了高考报名和预选考试。当时，他浑身颤抖着，想要将信烧掉，但他恍惚间觉得那信就是康静雅纯洁无瑕的少女心，于是就将信装进信封锁起来。此时，唐小凤一手抓住丈夫的手，一手拿起手机拨电话：宝贝儿，这会儿还难受吗？

那还用讲！不难受这会还能醒着？还能接你电话？电波中康静雅充满醉意的声音犹自有几分清醒，老同学，只要你不要用想象代替事实，咱俩的关系就出不了丑。

好！唐小凤道，好好睡，明早姐请你吃油条，你的最爱。

那都是小姑娘时候的稀罕……现在，妹子已经老了，不喜欢吃油炸食品，容易老容易丑容易傻。康静雅道，你请了我大餐，明儿我回请你们夫妇。

说好了，不许变。唐小凤说，拉钩……

拉钩，上吊，一百年不许变。骗人就是猪八戒。康静雅道，挂了电话。

第二天是10月1日。全国开启十一小长假模式，西安城节日氛围浓烈，人潮涌动，市场和景点火爆，路上堵成小长龙。唐小凤夫妻俩起得很晚，十点半才收拾完出门。一起床就联系康静雅、边大治和杨镇长，只有杨俊虎手机通了，唐小凤说：老大，我和邝军请您去吃老孙家羊肉泡馍吧。

小凤你别客气！我有事儿先走了，你陪老公多睡会儿，咱们回单位再说。杨俊虎热情地说。

唐小凤挂了电话，俩人洗漱退房，准备离开时，在大厅茶座上看到有人朝他俩招手，并呼喊"猫宁"（morning 早上好）；竟是边大治和康静雅，邝军就回喊"狗宁"。四人大笑。康静雅笑着问：早餐吃什么？我请客！

其余三人异口同声：油条豆浆。

和我想一起啦！让我们重温初中门口的油条豆浆味儿，重回中学时代。康静雅说。

邝军感慨道：我吃的咱们学校门口的油条，还是大治给我买的。谢谢你呀，"哈喇子流滴"！

支书你别客气。边大治大度道，十多年过去了呀，时间太快咧，时间就像剃头刀可怕。

唐小凤说：赖皮边大治，你都是大城市度假区中层官员了，人来你们西安，你啥表示？

西安曲江一日游。边大治很神气地说。

邝军开心道：这个好！正好你介绍一下你们的开发模式，我学习取经，回去好好把咱们村搞好。

没嘛达。边大治说，这个详细的情况，其实建议你和丑总深入互动互动，包括咱们县上、镇上与我们度假区深入互动一下，天时地利人和加一起，看能不能成事儿。

"够淫荡"说得对。康静雅说，你进步了。邝军夫妇能用得着我俩的，我们定在所不辞。

谢谢！唐小凤说着就笑场了，呀，你对我们邝军的好，我昨晚才真正体会到，哈哈哈。

一句话说得边大治和康静雅愣住，邛军解释说：凤美读了康美当年给我写的信，就是我在翠微大厦打工那会儿。

康静雅表情坦然，边大治脸色有些不自然，道：来，给我也读读。

算了算了。唐小凤说，不过真的很感人，写得真好。

康静雅咳嗽一声，模仿边大治道：其实，建议你和丑总深入互动互动，包括咱们县上、镇上与我们度假区深入互动一下，天时地利人和加一起，看能不能成事儿。

接下来的几个月，首先是邛军拜访丑总，而后由金书记带队，杨俊虎、唐小凤和邛军等人参加的秦岭县一行人，正式到访西安旅游度假区；接着由丑总带队，董总、边大治等参加的西安旅游度假区一干人，回访和考察秦岭县女娲镇塘坝村地热资源开发前景。随后，进入具体协商对接层面，主要由邛军与度假区投发部部长郭艳辉对接。这一系列工作，一直拖到邛军上任支书的半年后，才由于一些突发的事情而戛然终止。

需要交代的另一个细节是，去年国庆节一收假，唐小凤就去找杨俊虎，执意要归还因自己而送出去的"几盒葡萄"钱，但杨书记死活不肯。说这笔账在财务那里体现出来是一笔合理开支，如果你节外生枝，事情只会成为丑闻。唐小凤让他想办法，声称每一分钱都要归公，对方跟她打太极。她觉得后悔极了，对于自己的行为深感不安。春节前后，鑫隆苑跟镇上要账时，镇上没钱，唐小凤免除镇上二点二万元餐费，最终才将双方欠账一抹两平。杨俊虎立即换了新秘书，是刚分配的一个女大学生，经常被当面批得狗血淋头。女秘书向她取经，双双有口难言，唐小凤负罪感更深重了。

考虑到鑫隆苑大饭店与书记的矛盾，又为了照顾五叔的面子，邛军将邛军飞调换到新开张的鑫隆温泉疗养院当总经理，让五叔去大饭店当总经理。五叔刚丢了支书头衔，误以为邛军这是蹬鼻子上脸欺负他呢，就问：娃，你还有啥手段，都使出来吧，唉！邛军连忙道歉，好说歹说，五叔也没原谅他。他只好自己兼任大饭店经理，直接面对杨俊虎，与他过招。

鑫隆温泉疗养院五一前建成开业，当月由于五一长假拉动，业绩表现不俗。邛军飞带领团队到西安、渭南、洛阳、兰州、郑州等开展推广活动，取得了明显效果，客房预订要等到一个礼拜后。邛军冷静下来想，还是自己胆子小了；但反过来想，目前塘坝村住户均有一人在他企业上班，自己这也是藏富于民。另外，正因为他个人风险可控的有益探索，才使得未来村集体企业的发展，既留有足够空间，又可少走弯路。邛军还鼓励手里慢慢有了积蓄的村民，自己开办民宿型温泉招待所，如果缺资金，他便主动给补上。巴根、马煜明、老胡、邛军飞、陶会克、康静雅等人家里，率先动了起来。一时间，村上创业出现百花齐放、百家争鸣态势；邛军暗自高兴，有时晚上做梦都会笑醒来。唐小凤问他为啥这么高兴，是不是康美又给你写信啦。邛军说：我梦见，就连五保户边大爷也开了一家民俗酒店。

唐小凤兴奋地说：我信，要真那样，我也会高兴得笑醒的。

邛军打电话让边大治开一家，边大治说他正准备买婚房呀，邛军疾问：康美同意啦？边大治说暂时还没有，情况比较复杂，出了点问题。

还真是，边大治的事情在起变化。

去年十月，他部门招了俩人，都是退伍军人。其中年轻点的大家知道，就是虎兵护卫的王维新，比边大治大一岁、低一头，高中肄业。他是大治挖过来的，大治把他视为哥儿们。他们三个人一间办公室，三张桌子呈品字形摆放，三部座机、三台台式电脑也呈等腰三角形安放，平时除了站玻璃岗亭、巡逻办公区内外包括负一层餐厅、路面停车场，其余时间就在办公室上电脑。安排站岗亭值班时，边大治只比他俩少一次，他开会时俩新来的依照值班表轮值。仨大男人的工作，单调而富有规律，除了老罗抽烟有点凶而外，几乎没有任何不舒服。

俩人到岗一个月后的某天早晨，九点打卡的前几分钟，员工们涌着往里走。这个楼上，目前办公人员已达两百多。按规定，早晨一过九点钟，伸缩门就要关上。迟到的人，所属单位来认领，若无特别原因，在一楼电子屏上以迟到进行通报批评。这天王维新值岗楼，边大治从负一层巡逻到大门时，听到岗亭侧边的大自鸣钟正奏音乐报时：现在时间九点整。王维新适时捏了电子钥匙，伸缩门从两边徐徐朝中间对关，马上关闭时，一个高个儿的女员工硬往里冲。边大治吃了一惊，再看时，王维新已经捏停了电子钥匙，可惜伸缩门反应没那么快，那员工进是进来了，但被门挂了一下，门缝最终有半尺宽，定格在那里。三人都是一愣，边大治走近忙问：夹着了吗？大姐，不要紧吧！

王维新也从岗亭上走下来道歉。女员工这才缓过神来，拉着哭腔道：啊哈……你们一个烂尿看大门的，也敢夹我！

没受伤吧，大姐。边大治耐着性子继续问。

还没夹着呀？女子道，好家伙，你是要把你爷爷我夹死吗？

边大治见此人不好对付，就给一边愣着的王维新说：快，把门关上，去叫一下董总。

王维新照办，关上伸缩门，跑步去二楼找董总。

高个儿女员工拎着包盯着边大治，边大治也上下盯着她，长得挺好看，可惜女人的好时光已经永远离她而去。边大治缓和一下语气，说：大姐，我不认识你是哪个单位的，但咱都是度假区的，是一家人。刚才的事情，我们有不对的地方，领导会批评我们，但是现在，咱就看看，伤到你人没有。这么平整的地方，出现伤病不应该。

我和你一个看大门的说不着，我去找领导说呀。女子轻蔑地瞪一下他，气呼呼迈着大步走进大楼去。她刚进门，王维新就跑出来了，边跑边说：董总让把人带上去。

好！你继续值班。边大治说完，就上楼去。

到董总办公室门口，还没待边大治说话，董总就军人脾气发作，拍一把桌子，猛地站起，瞪着牛眼喊：把狗日的关在外面，以旷工论处，通报整个集团！

他话还未落音，那女子就站在门侧，轻敲着玻璃门眨着眼，轻声细语道：董总，丑总在等您。

边大治毫无表情地退后一步让开门，董总愣一下，高视阔步地朝丑总办公室而去。边大治在走廊徘徊，眼盯着东侧丑总办公室的方向，等人家问话、了解情况。他想，不管咋处理，都大不了一个事实：人没伤着，按规定办事。一会儿，那女子出门来，朝他招手喊：叫你哩。

边大治来到丑总办公室，董总坐在沙发上，丑总坐在老板桌前面的转椅上，面朝着他俩笑嘻嘻瞅着，说：你俩把这事儿说一下。

边大治等女子说话，他好应对，但女子不说话，若无其事地眨着眼睛站着。董总盯着边大治问：到底关门没有？

边大治说：关了，报时钟报告九点到，门厅值班的小王就捏了钥匙，门快关上的时候，这位大姐突然闯进来。小王一见她硬闯，赶紧捏钥匙让门停下，但是机械总有个反应的过程，最终门留了半尺宽的距离，大姐进到里面了。我正好巡视经过，看得一清二楚。我们赶紧问大姐伤着了吗，她一直不说，骂我们是烂尿看大门的。

办公室里一下子静得只听到电棒的声响。女子没做任何反驳，静静地站着，丑总瞅瞅他俩，没有作声。董总继续问：到底关门没关门？

关了，按咱们规定关了。边大治说，迟到的，要登记后才……

你叫一下小王。董总说。

边大治就让老罗去岗亭值班，他带着王维新来到丑总办公室，刚走进去，丑总就说：你先出去。

边大治就尴尬退出，待在外面不远处的走廊上等待问询。一会儿，王维新出门来，边大治问：叫我没？王维新摇头。他就把王维新叫到办公室问：问你啥了？

问我关门没有。

你咋说的？边大治盯着他问。

我说没关。王维新看着他说。

边大治勃然大怒，想上去抽他一巴掌，但他忍住了，慢慢地说：你咋睁着眼睛说瞎话哩？你这么一说，咱俩话说到二路里去了。

我如果说关了，那等于是咱们故意夹了人家。王维新辩解道，你没看，那女的是有关系的。

再有关系，吃人也要煮熟了吃，不能生吃活剥。边大治说，觉得很悲哀，再说了，关没关门，那是有监控的，不能信口雌黄。

知道了，队长。王维新说，再没事儿的话，我值班去了队长。

不管做啥事儿，都不能丢咱军人的气节。边大治沉着脸说。王维新等了一会儿，见边大治再没言语，就出去了。边大治想：这小子三个月试用期还没过，就在这里胡做醋哩，趁早让他滚蛋吧。午饭前，他巡视办公区时，看董总独自在办公室看书，他就转进去，将王维新撒谎的情况说了说，并说出了自己对于王维新试用期的看法。董总放下书说：看领导咋办呀。边大治讨个没趣，悻悻地离开。

第二周例会上，他总结时稍微提了一下这事，丑总说：对于保安队夹人一事，提出批评！以后此类事情，再不能发生。边大治很愤怒，但嘴上还是不住地答应着，领导不公正的倾向性已很明显了，他只有委屈自己。看来，那女人的确来头不一般，可以颠倒黑白。他有时想，是不是自己真的不会来事儿，就找朋友说这事儿，想听听大家意见，大家都说他做的没问题，至少没大错儿。他打电话给邝军说这事，邝军说：你没错，但你能忍就忍着吧，不要因小失大。正好唐小凤也在，她也这么说。

试用期未满两月，行政部就给王维新发放了转正申请表让填。王维新填好后来找他，要用人部门签署意见。他有点吃惊，自己当时都是坚持了三个月才好不容易领到转正表，这小子真牛，就问：老罗填表没？

不知道，估计没有，行政部没通知他。王维新说，队长，麻烦您填一下，他从办公位拿来一条小熊猫烟塞给他。

边大治没要烟，签完字说：好好干。

王维新没说一个谢字，边大治感到隐隐的威胁提前到来。

这些事情，边大治没给康静雅说，怕她改变对丑总的看法，进而影响她帮丑总儿子考研。殊不知，康静雅这边遇到的困扰，不亚于他。

答应给孩子考研点拨后，隔周的一个中午，丑总约康静雅吃饭。康静雅推辞，说把人领到学校来，聊聊就成。对方很委婉，也很会说话，最终，她被约到西安饭庄，在兰陵包间见到了父子俩。小伙儿很精神，是现在人所说的典型的高富帅，他高中时就出国读书了，今年春节前才从美国回来。仨人边吃边聊，康静雅问本科什么学校，对方说了个校名，她没听过。她又问学啥专业，对方说是工商管理，她问毕业了吗，对方说：姐，哪那么容易。

康静雅说：那没法报。

丑总忙说：丑晓，你不是有一个本科文凭吗？

那是另一个专业，丑晓霸道道，老丑，你不懂，能不能不说话。你听我姐说好吧！

叫老师！虽然你俩同岁，康老师也属鼠吧？丑总说。

康静雅连忙点头。丑总说：康老师是博士，交大老师，我和你伯伯们，都很尊重，所以你要虚心点。

好，虚心点。丑晓懒洋洋道，康老师，跨专业好考吗？

不好说。你另一个专业是啥？康静雅问。

电影学。丑晓说。

那你为啥要换专业？

这不，交大没电影学呀，这不，您正好教管理学吗？丑晓说，我已经复习半个月，资料基本备齐了。说着，就掏出包里的书来。

康静雅真是有苦难言，想：边大治呀边大治，你怎么给我整这么个大爷来。她细细看过，书倒是没错，科目版本都没差池。她答应给他弄到最近十年的真题，并保证一礼拜答疑辅导他俩小时。

关于每周上课的地方，颇费了一番琢磨。有家教的种种"教训"在前面，她考虑得很缜密，经过讨价还价，决定礼拜三下午三点半到五点半在交大的自修室里进行。丑总当即掏出两千元给她，她委婉地说：还是每次上完课后给吧。

丑总问一次两百够不，康静雅还没表态。丑晓说：你当买大白菜呀！康老师这样的每次五百差不多。

康静雅说一百六吧，丑总坚持两百，她就默许了。丑晓说：康老师，我再给你加点小费。

大约辅导了三次时，开始报名。丑总打来电话，说名报不上，证件不合适，问她能不能帮忙，她回绝。最终，不知他们想的啥办法，还是报上名了；就继续复习辅导。丑晓除英语外，其他科目都不沾边，政治更是无知加极度排斥，难以接受。每次上课都很难堪，康静雅想推辞，又不知咋开口，尤其担心影响边大治的工作。

正在这时，最担心的事还是发生了，丑晓向她求爱。她婉言谢绝说自己正读博，不考虑谈恋爱。他说你骗我，你男朋友在老丑手下干活儿，康静雅不置可否，怕话说不好影响边大治。她随后约丑总见面，令人喷粪的是，丑总竟手捧鲜花和钻戒来见她，直接向她表白，说自己离婚已经快十年了，忙于事业，也没遇上合适中意的人，但是见到她后一见钟情。康静雅冷静一下说：丑总，我很敬佩您的才华和能力，也很荣幸因为大治而结识了您这样的朋友。但是，我是少数民族，农民家庭出身，父母接受不了年龄如此悬殊的女婿，您比我父母年龄还要大几岁呢。一句话浇灭了丑总的热情。她才开始说丑晓的事情，实话实说，毫无避讳。她觉得今生要对不住大治了，难过得当时就哭了。俩人喝了点东西，尴尬分手。

烂在这些烂人烂事里面没办法，但康静雅没有给邝军说这些，免得他受影响。其时，邝军正和丑总对接度假村的事情呢，西安度假区初步同意出资百分之四十九，负责项目将来的运营，双方已签了备忘录。为落实第一步，邝军正带领全村老少修双向四车道、从村子到红寨的五公里公路。康静雅很想告诉边大治，让他有个防备，哪怕是找个下家。可她不知咋开口，如果说了，边大治会不会犯傻，跟人家抹刀子？最后想想，人的命天注定，还是让他自求多福吧。

几个人在暗潮涌动下尽力推动的事情，到了这年七月，有了个结局。

六月中旬，金学海调任市里某局当党委书记，不久，塘坝村和度假区的合作戛然而止，后者选择了拥有实力景点、全省第一条高速公路、距离也更近的临潼作为合作方。邝军一下子有釜底抽薪之感，觉得内心发空，前路渺茫。

这时，压抑自己很久的老狐狸杨俊虎终于出手了。他以考察为名，带着唐小凤去深圳出差，晚上将唐小凤喊到他房间说是商量第二天的工作，却毫无顾忌地调戏她。唐小凤直接报警，杨俊虎被拘留。但关键时候，在杨俊虎的求饶下，唐小凤妇人之仁发作，做笔录时轻描淡写，杨俊虎被当场释放，没留下任何案底。回来后杨俊虎反而以感谢她手下留情为由，更加套近乎，除了不再动手动脚而外，说的话和神态语气反而更肉麻了。幼稚的唐小凤想，只要你不动老娘，语言等于吹风，我鄙视你。

吃了亏的杨俊虎岂能善罢甘休，他处处找邝军碴儿，在全镇大会上批评他好大喜功、误导领导、四处招摇撞骗、收买民心，甚至扬言要成立专案组调查起诉他。恰在这时，秦岭发生山洪，边大爷被淹死；没多久，邝军飞辞职去经营自家酒店……邝军顿感压力巨大，似乎到了山穷水尽地步。

早在三月份，董先念就从度假区调任烟草局三把手了，分管办公室工作。他见边大治被打压，问他来不来烟草局，说待遇不会差，但只能是一般的保安，也没编制。其时，丑晓决心"二战"，备考来年硕士研究生，丑总安排了一次聚会。为边大治考虑，康静雅犹豫再三，还是参加了。此后，丑总又对边大治热情起来。不想五一长假，丑晓这小子去新马泰旅游，在红灯区打架，一时回不来，遂放弃了考研的打算。丑总对边大治就又开始打压，关系白热化因为一个很特殊的事件。

六月初，某领导调研西安度假区。为迎检，丑总召开了全体中层会议，他说：领导来了，大家要鼓掌、面露微笑欢迎，不要像见了鬼一样，面露狰狞……大伙儿闻听此言，都吓得不敢说话，边大治则被逗笑，笑出声来。丑总突然觉得自己的话是冒天下之大不韪，瞅一下边大治道：咱们内部会议，大家不要传出去啊。不久，安保部门被并入行政部，边大治被降薪，行政部安排他成为固定的站岗亭值守。边大治一气之下，辞职回到村子，对外说是休年假。

一转眼三年过去，邛军不断受镇上打压，产生了去职的念头，但一想到自己半途而废的事业，又忍气吞声干着。这时，老支书不再掩饰对侄子的敌意，意欲重返村支书位子，杨俊虎也明着支持他"二进宫"。邛军看到了危险，但他还没有放弃"大兴疗养院"项目，决定依靠贷款和全体村民力量，独立兴办第一家村集体企业。邛五叔怂恿无业游民边大治，将阴风吹到了唐小凤舅舅、市发展和改革委副主任余建国的耳朵里。

余建国让边大治带着邛军来见他。他明确不支持邛军，觉得这个目标"放在当前太宏伟"，资金不允许，并暗示邛军对自己外甥女体贴些。一句话说到了边大治心窝里，他不知高低地喊余建国为舅舅，并拐弯抹角地请余建国帮忙撮合他和康静雅的婚事。余建国说，你们相互先了解着，时机成熟，我可以当证婚人。边大治高兴地唱着歌子离开，不料，却一脚踩在酒店门前的卤水桶里……

世事难畅，异常失意的邛军借酒消愁，暑假回家的康静雅听到消息后，前去劝说宽慰。不料，唐小凤也赶到酒吧，老同学三人分外尴尬。边大治在暗处看到，得意洋洋地唱起：浪里格朗……浪里格朗……浪里格浪里格……浪里格朗……

邛五叔毕竟老谋深算，他还鼓动族里老人，明确发起一场"寻找老二"的猛烈行动。老二者谁？邛军父亲也。

三十二岁的邛军羞愧难当，细算起来，这个荒唐的父亲已经失踪二三十年啦，可如今身家百万的他竟然没有下决心要找父亲！平心而论，相较于思念可怜的母亲，小时候他对父亲是有怨气的，长大后进入社会熬苦日子那些年，他偶尔会从乞丐、捡破烂的和看大门的老人身上，看见父亲的身影，但紧接着一股冷漠感便会漫过他心田。结婚那天，他实实在在想起了父亲，因为那是他这辈子第一次扬眉吐气，仪式上也需要父母出现。婚后日子慢慢好起来，他已经不恨父亲了，偶尔想起该把他老人家找回来，但他又怕妻子不喜欢家里增加人……唉，说到底，是自己不孝哇！

但他想，无论如何也要找回父亲。

十六、孤儿遇孤儿

　　杨俊虎对于邛军的打压，因为一个人的两件事而缓解。

　　一个是他把杨钊安排在镇政府上班，而杨钊对于邛军两口子的看法很好，这影响了正钟情于杨钊的老狐狸的态度。还有，杨钊在镇政府是临时工，她不满足于低收入，就在鑫隆苑不远处办了个丽晶酒店，镇政府的招待全都去了她那里。这还不够，杨钊还要求杨俊虎打招呼，让信用社、中学、派出所、教委、司法所等站所的招待，全放在她的丽晶酒店。如此，鑫隆苑来自官方的订单其实没了，距离关门已不远。邛军对此也早有准备，这几年，镇政府的招待费很难要，搞得他和书记本就紧张的关系更加剑拔弩张，他产生了将饭店承包出去的念头。这时，他想到了杨钊。说实话，对于这个曾经给过他好感、如今已堕落的女子，他并没有成见，俩人每次见面都很愉悦，彼此继续有好感。这让邛军觉得很奇妙，反之亦然，相同的感觉也存在于杨钊身上。他将意思一说，杨钊同意接盘鑫隆苑，并说：鑫隆苑是你给妹子施展身手的地方，我对它就像对我儿子一样怀着深情。

　　邛军问那丽晶酒店咋办，她说关张。俩人击掌、相视而笑，杨钊甚至还轻抱了他一下，说：邛军帅呆了。邛军有时想，幸亏杨俊虎勾引了她，否则自己可能沦陷。

　　另一件事情更出人意料。2001年五一，二十六岁的杨钊和三十二岁的邛军飞结婚了。这件事，按照世俗的观点，邛家肯定是占了大便宜，杨钊不仅年轻漂亮，还有文凭有工作，在镇政府上班，并且是个小老板。这样的女子，谁不喜欢娶？但知道内情的人，还是觉得邛家背了锅，头顶茫茫大草原而不自知。俩人无疑是两情相悦，而一旦牵涉婚姻，不要说邛军飞犯嘀咕，就是杨钊也犹豫——她毕竟年轻，有许多幻想。虽然有了谈婚论嫁念头，但两个人却都三心二意着，这让最上心的人——邛五叔坐不住了。他来求邛军说和此事，说他俩都听你的，并且说，这几年我也知道，咱们有些不愉快，但我们一个邛字分不开。难得五叔能这么掏心掏肺说话，其实这几年折腾归折腾，邛军对五叔的感情一直没变，他是个不记仇只感恩的人，尤其是上任村官后坚持的第一条原则就是：让利给民，不与民争利。他就去撮合，俩人不仅愉快答应，而且非常感谢他，杨钊俏皮地说：邛总帅呆了！这样一来也有个好处，我对你不敢妄想了。邛军笑笑，他心里何尝不这么想。人的感情是多么微妙呀。

如此一来，杨俊虎在对待塘坝村的问题上采取了维持现状的政策。由于政绩的需要，他还放任邛军大胆干，邛军旨在使群众脱贫致富的村办"大兴疗养院"项目又慢慢启动。这次，他采取的措施是发动群众的全民总体战，但具体想法一直是模糊的，他有些焦虑。

杨俊虎对于唐小凤不杀不放。唐小凤工作没一点成就感，内心很痛苦，好在再没受到骚扰。另一方面，口碑极差的杨俊虎，他自己的升迁也成了难题，升职的压力巨大。他是坐在火山顶上的人，其实很害怕，担心东窗事发，惶惶不可终日。最近杨钊因怀孕而休假，猴急不堪的杨俊虎又把眼光盯向了唐小凤。唐小凤已到了忍无可忍、无须再忍的地步，她每天看着天都觉得是乌黑的，苦恼得没辙儿，就想到了告发。开始写揭发材料时，又突然害怕了，发现自己也有行贿行为，若揭发，自己的事情就会烂包。她失望地想，自己已经是个有污点的人，于是想辞职。但一个偶然发生的必然事件，延宕了她的决心。

6月6日这天，双向四车道的塘红（塘坝村—红寨）大道正式通车。蓝天白云、秦岭叠翠、笔直黑亮的大道和洁白鲜明的标线，让人对乡村发展的信心大增。看着欢呼的人群、鲜艳的绸带、噼啪炸响的鞭炮、舞动的小学生，前来剪彩的新县委书记辛丰建开心地握住邛军的手说：后生可畏呀！邛支书，放手大干，我和杨书记都是你的坚强后盾，我等着你的大手笔，等着你的好消息。

杨俊虎不得不含混地说着邛军的好话。邛军就热情邀请辛书记参观塘坝村，并现场指导工作，辛丰建欣然答应。由于事先没这个议程，杨俊虎紧张地往邛军脸上瞅，邛军何尝不知，但为了寻找机会，他也是拼了。车直接开到村委会院子，曾经的饲养室已经用双向四车道连通到了红寨的107国道。一下车，看着鲜红的标语"双向四车道，连通大世界"，辛书记点评：以干事创业心态，主动迎接和拥抱市场，你的村委会以双向四车道连通省委省政府，连通人民大会堂、天安门和中南海，但是很惭愧，连通不到你们女娲镇和我的县委大院，我们都还不是双向四车道。

众人都愣住了，以为他要批评邛军好大喜功、搞面子工程，却听见他接着说：光凭这一点，我就可以让贤。我们要倡导能者上、庸者下的良好风尚，这样，中国的事情才能干好，人民才有盼头，各族人民的共同富裕也才不是一句空话。

话音未落，村主任马煜明带头鼓掌，整个院子里掌声雷动，欢呼声雷动，人人都夸遇到了好书记。辛书记风趣地说：我不是郝书记，不姓郝，我姓辛，也是位新来的书记，但我不会新官不理旧事。

院子里格桑花、刺玫和黄花菜花怒放，旗杆上鲜艳的国旗迎风招展，村部的各个房间和展室建成后第一次开放，尤其是村史馆和党员学习室吸引了书记的眼光。他边看边听邛军介绍，还不住地颔首称许。到了洗手间，马煜明还故意引着领导如厕参观，辛书记看出点名堂说：我暂时不需要，但我想，你这厕所不亚于县委办公楼厕所的清洁状况。邛军连说谢谢。

辛书记说：我们要逐渐改变视察先打招呼、做表面文章的不良工作习气，请问，驴粪蛋儿表面光，群众能满意吗？

杨俊虎忙说：书记说得对，我们女娲镇就是从这点找突破、开展工作的，塘坝村今天就是以自然的状态迎检的嘛！当然啦，这也是我和邛支书为人实在的本性使然。

辛书记连说我相信，我相信。

一行人随着辛书记的步伐，走出村两委院子，在村上貌似随意悠闲地乱转。看着水泥硬化的双向两车道村路，以及村路两旁的清澈流水和绿树红花，读着刷在墙上的"依美丽终南 建幸福家园""共同富裕 富裕你我"等标语，突然，辛书记说自己想小便。杨俊虎有些紧张，他清楚农村旱厕的尴尬，进去后往往臭气熏天、蛆虫爬行、苍蝇蚊子横飞，令人难以忍受，就忙朝邛军脸上瞅。邛军却一脸坦然，朗声道：书记，左边是老胡家厕所，右边是我康叔家厕所，您随便选择随便上。

你给辛书记挑个好点的，咱农村这条件实在难说得很，书记您多包涵着点。

杨俊虎讨好道。

辛书记没说什么，邛军说：保证让两位书记满意，让全国旅客满意。

原来，通自来水那年，邛军由于受老支书的限制，做不了事情，但他又不甘如此，就倡导全村来了个厕所革命。老胡首先赞同，康静雅动员家里，姬美芹也站出来支持，于是邛军花钱，在两家建起各两间的标准厕所，分男女，各设两个厕位，都用抽水马桶，并安装照明设备和洗手台。建成后，大家都来看，都想修建这样的厕所。邛军看到民心可用，便允诺每建成这样一座厕所奖励两百元人民币，钱当然由他自掏腰包。两个礼拜后，全村五百八十九座标准厕所便建成了，邛军提出十几万元，寻着给大家发钱，可没有一个人要他的钱。他和唐小凤哭了，许多群众也感动得哭了。邛军对妻子说：有这么通情达理的人民，何愁建设不好家园？唐小凤连连点头。室外标准化厕所的保养清洁很费劲，为鼓励群众巩固和保持此项好习惯，他每个月检查一次。上任支书后，为迎接外面考察和资方，他又拨专项资金翻新和提升、改造了厕所。

看着两位书记一左一右去如厕，邛军不禁回想起这么多年来与群众的日日夜夜，不觉泪涔涔的。突然，他听到辛书记的声音：啊，了不起的邛支书！你干了全国第一的事。我要让全县一百七十二个村的干部来你这儿学习参观，现场召开全县"厕所革命"大会！

蓦地，邛军悬在眼眶里的泪水，终于忍不住流下来了。辛书记大惊道：怎么，你这是啥表情，有什么伤心事儿吗？

不是，我为有辛书记这样的好领导而激动啊！邛军实话实说。

不至于，邛军，是叫邛军吗，杨俊虎？他转头朝杨书记确认。

紧着裤带出厕所的杨俊虎忙答：是是是，邛支书叫邛军，他是我们连续多年的优秀村主任、优秀村支书、优秀共产党员。

我们要继续推荐你去当全国优秀干部，给干事创业的干部群众一点希望和鼓励。辛书记深情地说，脸上神情严肃。

一行人随后看了邛军飞的温泉酒店，辛书记问：目前全村有多少这样的经营性企业？

马煜明说：酒店、饭店、疗养院共十七家，房间约三百一十一间，日均接待量最近达到峰值，四千余人次。

了不起的塘坝村啊！马上推宣塘坝村，县委成立专门小组，你和你任副组长，辛书记说，指着杨俊虎和邛军，我来牵这个头。下面人干事儿多难啊，但民心可用，民心可用哪！

杨俊虎和邛军连连点头，突然康静雅带头呼喊：欢迎辛书记！欢迎你！

邛军看着手捧鲜花的康静雅，也是一惊，康静雅微笑着说：辛书记，我是塘坝村人，现为交大旅游学院副教授、西部旅游产业创新研究中心副研究员，我叫康静雅，今天专程回来拜见您！

噢，康老师好！辛书记吃惊地上前握着康静雅的手说，秦岭是个好地方，出了你这样的人才，你可以为你们塘坝村代言嘛，咱俩一起代言如何？

记者早将俩人的握手画面拍了下来。康静雅说：当然可以，我就是为此事而来的，我给您献上这束花，请您为我村代言，为我们少数民族和汉族代言！

辛书记有些激动，他再一次感到民心可用，感到人民的伟大。他含着笑接过鲜花，激动道：大家来合个影吧，我们一起为秦岭塘坝村代言，脚踩大地，书写好我们的大秦岭故事。大家都拍起手来，纷纷围上去。

而后，辛书记问小学在哪里。杨俊虎眼前一亮，小学是刚搬进新楼的、发展处于全镇前列的好学校呀。当初，为了建这个楼，他还和余如兰吵过，说她偏心，可现在看来，这是救了他啊。一行人边走边聊，辛书记话锋正健，他问：目前三百多间规模的营业性场所，村集体占多少？

一句话问得冷了场，谁敢回答这个问题呀！村集体是零，准确地说，是负数。可如果如实回答，那接着书记就会问为什么。为什么呢？你敢如实回答吗？敢说是前几年前任支书不让干吗？敢说是近几年杨书记不让干吗？敢说西安度假区因为金书记的调离而终止了合作吗？敢说银行放款而村上不敢要吗？不敢。这时，杨俊虎抢先开口：辛书记，邛支书这边注重发展村民自有企业，主张藏富于民。

嗯嗯，藏富于民也是不错的，和社会主义的本质要求共同富裕精神符合。辛书记说道，他随后继续盯着邛军问，但是，你们村上事业、村上基础设施、学校、村委会办公场所、修路、建厕所……这些钱怎么来的？

这个……邛军不好说，犹豫着。

是我们支书邛军自掏腰包弄的。马煜明实话实说，急切地表达着。

什么？这可不是小数字呀，你说的是实际情况吗？辛书记目光犀利地瞅着马煜明。

没一点差池，辛书记。我们都跟着邳军受惠了，不能睁着眼说瞎话啊！马煜明说，特别是，我还是村上主任，是少数民族干部，汇报工作是要负责任的。

好样儿的马主任！那这几年，邳支书到底垫进去多少钱给村上啊？辛书记饶有兴致地问。

这个……陶会计，陶会克？马煜明着急地边喊边四下里找寻。

邳军说：我安排他给领导备饭去了。你给他打电话。

不用特意准备饭，辛书记说着抬腕看一下表，说，到小学如果正好碰到午饭，我添双筷子。

在场的人无不为辛书记的高风亮节所感动，辛书记却开玩笑说：不知我们的"无知少女"康教授能习惯否？

一句话说得大家又笑起来，笑着笑着又流下泪来。为备饭，村文书文明赶紧小跑着先行到学校去了。马煜明打完电话说：辛书记，邳支书上任村主任、村支书这六年来，共垫付资金三百九十八点六七二三万元人民币。他多次叮咛我们，这笔账不能告诉群众，这是村委的最高机密。可是，我今天忍不住要把这个秘密公之于众，让大家明白我们村的支书是怎样一个好人啊！说着呜咽起来。

在场的人无不动容。康静雅像个小女孩样呜呜地哭着，她不知道自己当年痴迷的高考落榜生，不动声色间为村里做了这么多，她真想上前拥抱一下他！这时，辛书记说：邳军，我辛丰建代表中共秦岭县委员会，并以我个人名义，向你致意！说着，深深三鞠躬。

不敢不敢！我邳军，打小无爹无娘是孤儿，吃百家饭长大，受贵人资助才能有今天。我所做的，相比人民对我的恩德，还差得远哩。邳军心里突然想起一件事，忙拉着书记的手说：不知李琼芝阿姨还在不在小学做饭。

邳军随心说出的话，感动着大家，杨俊虎却深深低下头去——是他害死了邳军母亲。辛书记也深为感动，吩咐县委报道组，设法将邳军的故事报道出去，必要的时候、时机成熟的时候，要写成书，写成像《创业史》一样的书，拍成电影、电视剧，供全国人民学习。最后，辛书记犹豫一下说：不瞒大家，我其实也是个孤儿。五岁时，我们家筒子塌了，我父母正好坐在下面褪玉米，不幸被压底下……他说着擦一把泪，继续道，但我比你运气好点，有一个好姑妈，是她养我至长大成人。所以，你说的"我所做的，相比人民对我的恩德，还差得远哩"，这句话我感同身受，其实它就是我的座右铭。

在场的人听得异样，邝军却因为遇到好官和好人，特别是同为孤儿的人，而深有引为同道之感。一行人说着话，朝学校方向赶，辛书记抬腕看表，说道：诸位，闲不游学。我们虽然是走访，但今天是礼拜三，是上课时间，多有惊扰。这样吧，咱们一级留一个人，连同康教授只留四个人如何？其余同志，去逛逛，吃个午饭，咱们下午三点村委会会合。

杨俊虎看一眼邝军，邝军忙给一个支委说：小舒，大家这么辛苦，你中午找个味道好点的馆子，把各位领导管带好。同志们能来我们塘坝村，那是我们塘坝村的骄傲，你们就是我们尊贵的客人，我们不能慢待客人。

大伙儿纷纷告退而去，只有县委通讯组和县广播电台的记者共三个人，扛着摄影机，却还犹豫着，辛书记见状，摆一下手说：罢了吧，你们也辛苦啦，快休息吃饭去吧。

众人散去后，四个人顿感清闲，鼓一下精神，沿林荫大道迈步走向学校大门。远远的，就见校长谭永仁率领老师和学生在门口恭候；学生手里拿着纸花、布花、塑料花和鲜花，站成喇叭口状的八字形，不断舞动着花儿。大家有些异样，杨俊虎却满面春光，大背头仰得更高了。谭校长和教师们手里拿着麦秸凉帽，急忙走上前来，谭校长脖子一伸说：欢迎辛……辛书记、杨书记和……支……支书一行来……来我校，指……指导工作！说着，就给辛书记送上一顶麦秸凉帽。其余教师也将手里的凉帽一一散给来人，让大家戴。康静雅收起遮阳伞，戴着凉帽脖子左右转着，觉得煞是好玩。一个年轻女教师拿起相机，不断变换着角度给她拍照。

突然，校门方向传来小号吹出的《欢迎进行曲》，顿时，学生们一边跳舞一边喊道：欢迎欢迎！热烈欢迎！欢迎新（辛）书记！欢迎欢迎！热烈欢迎！欢迎新（辛）书记……

谁让你们这么搞的？辛书记严肃地问。

谭校长一愣，却并不气馁，继续脖子一伸，露出被烟熏得发黄的牙齿说：是一个学生家长给我说的。您，一个县委书记能来我们学校，这……可是我们学校建校五十年来最大的光荣啊，是开天辟地第一回呀！我们教育上最大的官局长，都没有来过这里，教学楼建成后镇书记都没闪面。

谭校长并不惧怕什么，他熟悉杨俊虎，看他就在自己面前站着，但是他永远忘不了建教学楼前前后后的那许多交道、黑幕、龌龊。审批时杨俊虎和教育局局长霸着不给，等费了好大劲终于给到塘坝村时，所有的权都被杨俊虎攥在手里不放，俩人中间有许多不愉快甚至冲撞。下半年他就退休了，他不怕杨俊虎，不仅不怕，他还要告他这狗官哩。

一句话说得本来趾高气扬的杨俊虎，瞬间贼眉鼠眼起来，大热天里额头冒出冷汗来。说实话，自从二十七年前在这里教书时，因不正当关系致使自己喜欢的人常方圆惨死后，不久他就转正调离。从此，这里成为他的禁地，甚至塘坝村也是他的禁地。他在镇上当镇长、书记近十年，但很少来塘坝村，要是没记错的话，这应该是二十几年来的第一次。虽然一二十个教师的小学，已经没有认识他的人了，但关于他往事的谈论应该还在，今天可别出岔子呀。辛书记见校长对镇书记有怨气，就朝杨俊虎脸上找答案，见他满脸不自在，就说：噢，有这回事儿？杨书记，你就守着女娲这么大点地方，一个村上的教学楼落成这么大的事情，你都不来看看？

啊呀！正要给您汇报呢，没来得及说话，杨俊虎满脸堆笑地说，那天正好被金书记抓去，到西安度假区考察工作啦。

是塘坝村地热项目落地的事情吧！辛书记道，最终因什么而终止？我刚才说了，我虽然姓辛，但我这个新（辛）官还是理旧事的，尤其是咱们塘坝村，有着天时地利人和的基础。

是是。我和邝军，一定继续抓好咱们塘坝村的项目建设，继续朝着整村推进、建成知名旅游度假村的既定目标迈进。杨俊虎讨好道。

你们和西安度假区的合作，因什么而终止？辛书记坚持着问。

据我理解，是因为比较下来，我们没有临潼的地利。当然我们的人和本来也不差，天时和他们几乎不相上下，但是您知道的，临潼距离西安二十多公里，1990年就通了全省第一条高速，铁路呢，1932年就通了，人家还有兵马俑、华清池等世界著名的景区，所以……杨俊虎道，瞅着辛书记越来越严肃的脸，没敢再说下去。

这事儿下来再说。辛书记说，老师，带我们进去看看吧。

越靠近校门，孩子们的欢呼声、欢迎声就越热情，到门口时，一个穿白上衣花裙子、戴红领巾的女孩儿，边引导大伙儿往里走，边献唱：

唱支山歌给党听

我把党来比母亲

母亲只生了我的身

党的光辉照我心

……

孩子们的纯真、热情，将来人点燃了，大家不由鼓起掌来，心怀敬意地步入校园。那个年轻女教师拿起相机，迎着行人继续拍照。突然，画风骤变，整齐激越的合唱夺人耳目，就见旗杆后的舞台上上演着小合唱《我们走在大路上》：

我们走在大路上

意气风发斗志昂扬

……

歌曲正符合今天塘红公路开通的主题，邛军带头使劲儿鼓掌，掌声经久不息。掌声结束时，舞台风格又变，女生小合唱《在那遥远的小山村》：

在那遥远的小山村　小呀小山村

我那亲爱的妈妈已白发鬓鬓

过去的时光难忘怀　难忘怀

妈妈曾给我多少吻　多少吻

吻干我脸上的泪花

温暖我那幼小的心

妈妈的吻　甜蜜的吻

叫我思念到如今

......

歌声荡漾在蓝天白云间，白云笼罩着秦岭山头，一只雄鹰滑翔着冲到村子顶头，又斜一下身子回头飞向山巅。幸福的家庭都是一样的幸福，不幸的家庭却有各种各样的不幸，歌声将辛丰建和邝军带到痛苦往事回忆当中。年轻女教师拿起相机，从侧面取景拍照。有老师请辛书记上舞台，他走上去，先跟着孩子吟唱。合唱结束，他给一个没戴红领巾的小女孩戴上了红领巾；又蹲下身，让那小女孩给他戴上了鲜红的领巾。

大家鼓完掌，被请上台合影。

合影结束，杨俊虎附到谭校长耳边说：简短安排，吃饭时间咧。

谭校长点点头，伸伸脖子说：辛书记，这边请。一行人朝教学大楼而去，谭校长边走边介绍：辛书记，咱们塘坝小学是个六年制普通小学，目前有十三个教学班六百二十一名学生，教职工二十五名，含一名炊事员。除了承担本村学生上学任务之外，还部分承担邻村辋川村、女娲村甚至白鹿原村孩子的读书上学任务，所有学生都不寄宿。

辛书记仔细听着，略显思索的样子，那年轻女教师拿起相机，从背后拍着照。谭校长补充道：目前，中小学都面临缩减趋势，但咱们学校质量高，所以逆势发展，不缩反增。

说话间，已进到大楼。谭校长边引导着辛书记拾级而上，边说：三层教学楼一共装了十三个教室、三个教研室、两个会议室、一个多媒体室。楼后面能看到的是教职工宿舍、餐厅、储藏室，楼前面是花园、操场、舞台。大概就是这样子。

辛书记一边听一边看，一边直上到三楼，年轻女教师快走几步，回转身俯拍着照片。谭校长说：辛书记，正好我们的多媒体室在三楼，领大家看看。

多媒体室墨绿色厚窗帘拉得严严实实，侧灯和脚灯打出一柱柱白光，大家落座，屏幕逐渐显现出光来，变幻成字：欢迎辛书记一行莅临指导我校工作。接着放了一段六一儿童节的录像。谭校长说：停了。把灯开一下。

大灯亮了，屏幕上的画面又回到欢迎语。有教师拉开窗帘，外面阳光灿烂，里面窗明几净，早有几个教师拿来苹果、西瓜、香蕉、桃子等水果摆到四人面前，并往他们手里塞。辛书记接住一牙鲜红沙甜的西瓜，其他三人也接住，辛书记将西瓜放回盘里，其他人也放回。谭校长拿起话筒和一张纸，杨俊虎说：就不汇报了，听听辛书记的指示吧。

谭校长就把话筒交给辛书记，辛书记说：那我说几句。我们经过了几代人，终于初步实现了尊师重教、教育优先发展的宏愿，或者说部分实现了这一目标。至少，我看到在我们塘坝小学，在谭校长领导下的这所小学，是全面实现了尊师重教、教育优先发展的宏愿。学校，是我们塘坝村最拿得出手的地方，孩子们在这里健康快乐成长，茁壮成长，家长满意、社会满意。我祝贺你们，各位老师，感谢你们，你们辛苦啦！（说着鞠了一躬）

大家鼓掌。那个拿相机的女老师背过脸去抹眼泪，忘记了抓拍。

辛书记继续讲：当然，能取得这样吸引周边生源超常发展的成绩，这与村上、镇上的大力支持，是分不开的。我感谢杨书记和邝支书，希望你们一如既往地支持好咱们塘坝小学的这块工作。同时，也要悉心关心和爱护好每一位老师，关心他们的生活、工作、家庭，了解他们的急难愁盼，并妥善解决。各位老师，有什么问题，也欢迎给我反映，我这个新（辛）官还是理旧事的。好吧。就讲这些。

尽管已是一点钟，但下了楼，辛书记还是随机转了四个教师宿舍，并专门去餐厅后厨看了看。两个女教师正在帮厨，一个年长的问辛书记：领导想吃啥？

你做啥我吃啥。我一个给人添麻烦的，还敢挑食吗，哈哈。辛丰建说。

出了后厨，大家落座，餐厅一间房大，安三张大圆桌。一张桌子上排满西瓜和水果，另两张桌子上摆上了饭菜：油泼面、甜饭、凉粉、馒头和西红柿炒蛋、萝卜菜青辣子，后厨还在加急炒着。谭校长让四人坐在中间的饭桌上，他也坐下来，照相的女老师把旁边桌上的西瓜端过来，大家吃起来，纷纷夸瓜好瓜甜瓜沙。辛书记说：够吃咧，别让再炒了！让老师们都上桌，都吃吧！上了一上午课了，很辛苦。

书记您不用管，他们自便，在自己学校呢，随便。谭校长说。

辛书记立即站起来，笑着说：哈，闲不游学，我这一来，影响老师了。外面核桃树下正好很凉，咱们外来的，弄张桌子在外面吃，边吃边吹风还可以看到那片菜地。

那咋行！杨俊虎、谭校长、邝军三人齐声道。

咋不成？听我的！辛书记说着就出到大核桃树下。

大家见拗不过，立马将里面摆饭的桌子抬出来，辛书记说：快，再添张桌子，把所有老师都喊来。

杨俊虎立马就办，几分钟之内，四桌坐好，辛书记站起说：各位老师辛苦，我辛某打扰了。咱们吃饭，下午都还有工作。

老师们纷纷说：领导辛苦了！领导吃好！

康静雅先吃自己喜欢的凉粉，连道：好吃好吃！咋这好吃的？

杨俊虎端起面说：我先咥面！边说边狼吞虎咽起来。

邝军和辛书记夹着西红柿炒蛋和凉菜以及刚添加的一个烧牛盘，辛书记连连点头，若有所思的样子。谭校长说：书记，吃甜饭，这味道不错。

辛书记顺着话端起甜饭，连吃几口后，把碗放下，直接去了后厨。他刚离开，一位六十几岁的老太太，从院子菜地回来，手里提着竹篮，竹篮里放着四五根黄瓜和一些红绿的辣椒；这时，杨俊虎已经吃完一碗面，谭校长起身要去给他端面，邝军说：我中午不想吃面，杨书记你吃吧。说着将碗递给他。

杨俊虎接过碗说：那也成，我倒到我碗里。倒下后，他开始用筷子搅拌。

这时，老太太走上前，俯视着杨俊虎问：你就是女娲镇杨书记杨俊虎？

正是……你……杨俊虎惊疑道，他并不认识老妇人，不知其想干啥。

大家也很疑惑，都停止吃饭，瞅着眼前的老太太。老妇人不再言语，抓起盐盅将盐往杨俊虎碗里猛倒去，边倒边生气地骂道：天杀的……吃人不吐骨头的货！你还吃饭呢？你吃粪都没多余的！

众人大惊。杨俊虎也深感意外，和大伙儿一样，他不明白这个素昧平生的老妪为何当众羞辱他，一刹那，一贯的强势和跋扈支配了他，他抓起拳头大的醋壶猛朝老妇面门砸去。

说时迟那时快，意外和祸事几乎发生在几秒之内，大家能看到，但都来不及劝阻和制止。只听得"啊"一声惨叫，伴随着醋壶碰碎的"哐当"声，老妇人倒在桌旁地上，四肢长展，不省人事……

众人又是一愣，待欲扑上去抢救时，便听到一声悲怆的哭叫：啊……姑妈，姑妈呀！您怎么啦？竟是辛书记如丧考妣地扑到老妇人身上。

邛军这才认出老妇人是学校炊事员李琼芝阿姨。

快！打120。杨俊虎道，快打呀！谭永仁，事情发生在你们学校。

谭永仁拿起手机拨打120，拨通后，对方说二十分钟赶到。邛军心急如焚，忙背起李阿姨，跑出门去，辛书记和康静雅等几人紧追着。几人出校门，直往村部跑，半道遇到一辆小车迎面开来。他们拦住车，车拉着人朝镇卫生所开去。

杨俊虎看着远去的众人，边吃边说：我犯错了，今天我服法！随后拨打了110。

十七、厕所也革命

一刻钟后，镇派出所两位男民警骑着两辆摩托车匆匆赶到，将摩托车扭灭，撑到树荫下，下车查看。见大核桃树下有不少教师站着，饭桌旁有几滴血迹和一些大小不等的碎瓷片，桌前坐着杨俊虎、谭永仁，谭永仁在抽旱烟，杨俊虎旁若无人地夹菜吃，瞅一眼摩托车。年长的警察朝杨俊虎点头：杨书记好！这是……谁报的警？

谭校长，弄点水来，渴得慌。杨俊虎抬一下筷子说，随即把筷子拍桌上。

谭校长站起，朝刚走到餐厅门口的一个帮厨女教师摆一下头说：刘老师，麻烦你倒杯水来。

年长警察：伤人啦？被打的人去哪里啦？谁行的凶？

杨俊虎不说话，接过刘老师递上的水杯。谭校长努努下巴，示意凶手就是杨俊虎。

两个警察露出惊愕神情，对视一下。年长警察问：谭校长，咋回事儿？

谭校长走到两个警察中间，道：大约十六七分钟之前，一点二十六分左右，领导们在这里吃饭，起了冲突，杨俊虎没忍住，抓起这么大的醋壶……他说着，拿起另一只同样的白底紫花的醋壶在半空一晃，猛朝我们炊事员李琼芝大姐头上砸去，李大姐被当场击倒、昏厥，现去镇上抢救了，死活不知。当时我就在这儿坐着，还有这些老师，都在现场，我们都看得一清二楚。

年长警察喝令一声：把现场保护起来！

年轻警察闻令，用钥匙打开摩托车后备厢提出个白色小包，绕个弧线撒着白灰，将现场保护起来；又反身将包放进后备厢锁好。年长警察吩咐：拍照，取好证。

年轻警察在自己身上一摸，道：相机是你拿着？

给。年长警察道，把相机递上。

杨俊虎冷眼盯着眼前的一切，突然，他发现车钥匙插在后备厢上。说时迟那时快，他一个箭步朝前，抽出车钥匙，一脚踢翻另一辆摩托车，迈上这辆摩托车，发动车，踩着油门飞驰着绝尘而去。警察反应也很快，在他起身时就开始抓捕，但杨俊虎踢翻的摩托车，将两个警察和反应过来的人群隔挡了一下。见凶手逃跑，年长警察扶起摩托跨上，发动摩托火速追赶，年轻警察和几个有摩托的男教师，也发动摩托追出校门去……

谭永仁看着眼前这一切，不禁唱道：你看他起高楼，你看他宴宾客，你看他楼塌咧。

这边，女娲镇卫生院急诊室乱成一团。一个男大夫用听诊器在听脉搏，这时傅院长被喊来，他蹲下身子，仔细察看满脸血污、额头盔着黑渍和绵绵土的李琼芝，边掰开她眼皮翻看着，边问：脉搏、呼吸正常吗？

稍快，但正常。听脉搏的大夫收起听诊器，站起。

血压多少？傅院长问。

收缩压一百三十八，舒张压五十八。护士道。

输液，百分之二十甘露醇二百五十毫升快速静滴，持续观察。同时，快速止血。傅院长说着，盯住大夫护士。

好，我去交费。邝军道，辛书记也抢着掏腰包。

来不及了，咱没那么多规程。大夫边开处方边说，我还怕你邝支书邝总付不起费？

见大夫护士有条不紊地抢救，傅院长痛心疾首道：这咋回事，谁虐待老人啦又？他边说边把病人头脸侧放好，问，病人路上清醒过没？

路上清醒过，说话了。邝军说。

上车时血流不止，辛书记顺手在路边抓了把绵绵土敷到伤口处，他才发现没伤到太阳穴或者眼睛，稍微松了口气，忙继续呼唤：姑妈！姑妈！我是丰丰呀，你的丰娃子呀！姑妈……

李琼芝被侄子凄厉痛彻的喊叫唤醒，无力道：丰丰……丰……娃子……我不是……做梦吧……姑妈昨晚……梦……见你啦……可怜的老人说着，又昏过去。

想到这里，辛丰建急问：大夫，要不要给做吸氧支持？

不用。傅院长道。

大夫介绍道：这是我们院长，姓傅，他处理，二位放心，估计是轻微脑震荡。

你咋估计得这么好，苟建平。傅院长说，吊上针后，抓紧拍彩超，根据情况处置。说着，就要离开。

辛书记见状，眉头又舒展了点，邝军欲挽留傅院长，被辛书记拉了一下袖子，他就没开口。这时，刘宏跑进来，急问：辛书记，老人家咋样啦？不要紧吧！这天煞的烂货，咋下得去手呢，你说！

辛书记抬头迷惑地看着来人，问：您是……

啊，我是女娲镇镇长刘宏，书记。刘宏尴尬地自我介绍道。

刘镇长，立即通知派出所，控制杨俊虎，进行详细笔录。辛书记道，突然发现大夫、护士还有已经反身回来的傅院长全都愣下来了，就忙说，不好意思，请继续抓紧救治病人，一刻也不能耽搁。邝军你盯着点。刘宏你出来，我给你说。

刘宏降低声音，边朝走廊走边汇报：据派出所刚才的消息，杨俊虎已经逃跑，进了南山。

立即通知县公安局，进山抓捕，限二十四小时归案。辛书记指示道。

刘宏打通秦岭县公安局局长电话：喂，朱局长吗，县委书记给你说话。说着将手机递给辛丰建。

辛书记：朱建设，我是辛丰建。女娲镇书记杨俊虎在塘坝村小学投掷瓷器伤人面部，致使伤者昏迷不醒正在抢救，他本人却畏罪逃匿山中。命令你局立即实施抓捕，于二十四小时内使其归案。

是！朱建设在电话里大吼一声，挂断电话。

具体是什么情况？辛书记脸色严肃地问刘宏。

派出所干警到现场后，正了解情况时，杨俊虎抢到一辆警用摩托，骑上逃跑了。刘宏胆怯道。

怎么知道他是进山了？

另一辆摩托车紧追在后，还有几个群众出于义愤，也自发骑着摩托协助抓捕，全都朝山里进去了。

走，去现场吧。辛书记说。

别别！辛书记，老人家还未脱离危险……刘宏斗胆道，您先尽孝。

辛书记陷入极度矛盾中，半天才说：也……好。你指挥镇上警力、民兵和群众，在公安未到来前，积极组织抓捕工作，并继续与公安局密切沟通，为其提供好信息，想尽一切办法协助抓捕。

是！刘宏突然右手举掌与发际线平，敬礼道，我是特警出身，一定不负首长重托！

辛书记目送刘宏消失在门楼口，而后急忙转身进到急诊室，却发现急诊室空空如也。一个中年女护士从门外跟进来说：书记，老太太去拍片子了，您请跟我来。俩人刚走到二楼楼梯口，众人就将李琼芝用担架抬下来，傅院长先开口道：哈呀，辛书记受惊啦！老太太是轻度脑震荡，用药观察一两天就好，外部伤已经处理，定时换药，十多天可恢复。

辛苦院长啦！辛书记握住傅院长手说，我姑妈命苦可怜，让你费心啦！

不费心！傅院长说，这是哪位虐心的歹徒所为呀？

辛书记不知说什么，邝军道：是咱镇书记杨俊虎干的。大夫，去哪交费？

哈……算我孝敬老人吧，我替你们交。傅院长站住脚说。

辛书记从口袋掏出一沓钱交给邝军，邝军去交费了。他刚走，就见一个姑娘手捧一大篮用天冬草配的康乃馨进来，辛书记惊道：康老师！

辛书记，老人家醒过来了吗？康静雅关切地柔声问。

谢谢康老师！辛书记高兴地接过花篮说，我也想去看看。院长，现在可以进吗？

可以的，书记。建议小声点，让她安静休息吧。傅院长在前面带路，几人跟着去到病房，是一间宽敞、舒适、高端的特殊病房。辛书记小跑上前，帮医护人员将姑妈放到柔软宽大的病床上，然后无限依恋地瞅着老人饱经风霜、伤痕皱纹老人斑遍布的脸，不禁潸然泪下，喃喃道：姑妈，都是儿不孝，让您受伤害！

在场的人都难过起来，院长右手向外一拨，示意他们暂时离开，他们就一一出去了。康静雅也啜泣着，禁不住道：畜生，对老人、妇女下重手，猪狗不如！

都怪我……辛书记顺势坐到床沿，继续喃喃道，不怕二位笑话，是我做得欠缺，没有照顾好我孤苦伶仃的老姑……啊啊哈……不瞒两位，我是被我老姑抚养大的孤儿，从五岁到我十七岁上大学……是老姑哄我长大、给我讲故事、教我识字、供我上学、鼓励我努力成才……为了我，俊俏、聪明、贤惠的姑姑，一个十八岁的花季少女，放弃了找对象成家，牺牲了大好青春……啊啊嗯嗯……姑姑呀，姑妈……是我害了您呀，姑姑！……等到我高中毕业读大学，您已经成为农村老姑娘，成为人们眼中的怪女子……姑姑，是我耽搁了您，姑姑啊……我不能原谅我自己！……您后来被人撮合着，嫁给了一个疾病缠身的老石匠，不久，老石匠死了，您给他养儿子……姑姑，命苦的姑姑……我参加工作后一直在外县，想接您托老，您总是不肯，怕连累您侄儿我……姑姑，您是我的好姑姑，我的好姑妈……您已六十多，我给您钱，让您别再当学校炊事员，您答应我了。可……姑姑呀，姑姑……您还是瞒着我，在学校死命地挣钱……姑姑啊，您疾恶如仇，路见不平便奋不顾身。可是，吃亏的都是您呀……姑姑，您为啥不"他强由他强，清风拂山冈。他横任他横，明月照大江"……啊姑姑，您还不知道我调回咱们县了吧……姑姑，我今天也是想念您，才公私兼顾，去您工作二十几年的学校看看……姑姑，当我吃到那菜，尤其是吃到甜饭时，我就知道，您一定还在做饭……啊哈，姑姑，我放下碗赶紧去后厨找您，没想到，还是不见您……但，当我返回时，您竟然就在我面前，被人打倒在地……姑姑，姑妈呀……姑妈……啊啊，姑妈！您要是原谅我的不孝，您睁开眼看看我吧，姑姑……

丰丰……丰娃子……李琼芝突然睁开疲累的眼睛，缓慢道，老姑命大哩，不会就这么放过那坏小子的……他欺负死了……邛军妈妈……多作孽……当时邛军娃，就像你那么大……五岁……唉……让老姑，歇会儿……歇好……好揭发那……狗官……说着，眼皮就合上了。

几人听得愣在那儿，辛书记的吃惊尤其明显。也许之前听说过，康静雅并不吃惊，而是第一个打破沉默，担心道：院长，要不要上监护？

应该不需要。傅院长道，不过，为了让领导们放心，上个心电监护仪吧，比较直观。说着就出去了。

多么刚强的老人哪，可与朝阳群众比美。康静雅由衷道，好人一生平安，我们为她祈福。说着，双手合十祈祷着。

但愿我老姑能挺过这一关。辛丰建犹自胆战心惊，喃喃道，原来，我老姑今天是为邛军出头啊。

这时，邛军在门口招手，康静雅出去问：你听到书记说的话了吗？

嗯。邛军脸上表情木讷，说：辛书记，我有事儿要请假。

辛书记走出来问：什么事儿？

我姥姥没了，明早要下葬，不知咋回事儿，他们才刚刚通知我。邛军不无抱怨地说。康静雅明白，邛军和舅舅家其实断绝来往已经二十多年了，不过那都是大人们之间的事儿，也都是因当初邛军母亲常方圆不正常的过世引起的。

人死为大，邛军，你赶紧去尽孝吧。辛书记立即说，近期工作，"厕所革命"大会的事，塘坝村村办温泉酒店的事，咱们马上启动。今天我打算借你的村部一用，以县委名义开个新闻发布会，把这些事情都唱出去。

谢谢书记！一股热血和感动在邛军胸间如春潮涨水般涌动，他没有想到自己求爷爷告奶奶努力五六年而搞不定的事情，辛书记几小时就确定了，于是激动地说，您是我们的青天大老爷，请受小弟一拜！

辛书记似乎早有准备，一把拉住他没让他跪下去，说：邛军，不敢行大礼！这都是我这个芝麻官应该做的事情嘛。再说了，自助者天恒助之，你也是为我打开工作局面做了大量前期的铺垫哪。

谢谢书记！邛军双手抓住辛书记双手，不住揉搓着，以表达内心的激动、感激和敬意，嘴里还喃喃着，您不知道，我们干个事儿，可真是太难了。康美，康静雅是知道的，干个事真难！

是啊，辛书记！邛军经常是报国无门，虽然自己也是村主任、村支书，基层一把手，虽然国家也支持鼓励让干，但是一接触实际，往往碰得鼻青脸肿，甚至头破血流。我虽然现在在西安，但我和邛军是同学，我们认识二十几年，是好朋友，我为他的事情也揪心呢！当然，他对我的激励也很大……呃呃，有点激动，说得有点多，希望书记体谅民情。

谢谢你们！我也需要你们的大力支持，民心可用，县委不会让你们失望的！辛丰建说，我也不想让自己失望。

正说时，手机响起，几人朝走道旁走，电话那边说：辛书记，我是县公安局朱建设，我已经抵达女娲镇塘坝村小学，也已联系商洛、渭南、西安警方，请求协查嫌疑人，并向全国发出逮捕令……但是，我要向书记汇报一个最新情况，据刘宏镇长最新通报，犯罪嫌疑人杨俊虎已经连人带车坠入高崖深潭之中。就这个情况，向您请示下一步工作。

几人听得吃惊。辛书记略作思考道：尽快去现场，搞清情况，尤其是，查清对方是否伪造现场，耍金蝉脱壳把戏。

手机里传出：是！书记的指示真是拨云见日！我们马上办理！

康静雅拉着邝军走远，说：咋能这样了！你还是去奔丧吧，一定要谦恭有礼，按咱们这里的哈数办。这边，我看着老人家！你们赶紧去忙吧。

我要不要去现场？辛书记自言自语着走过来。

您肯定得去！康静雅道，事关重大，您赶紧去吧！姑妈我来看着。

好，咱们走！辛书记撒腿小跑着，拉着邝军消失在走廊尽头。

康静雅看着两位令自己服膺的男人离去，心里很踏实，她久久地凝视着窗外的南山，痴痴地想，为什么适婚人群里，我遇不到这样的良人。这时，街道上飘来一阵歌子：

六月的日头腊月的风

老祖先留下个人爱人

五月的石榴花满山山红

世上的男人就爱女人

……

长久以来，很难有人走进出类拔萃、风姿绰约的康静雅的内心，但她又时时渴望着爱情，譬如今天、现在，此时此刻，她觉得自己内心涌动着激情，多想马上拥有一位知心爱人、Mr.Right。五年来，她一直工作学习生活在西北第一楼的高校，大学里的博士、硕导、博导、领导，有的温文尔雅、孜孜以求，有的谦逊好学、风华绝代，有的崭露头角、未来可期，有的精明能干、堪为良才，更有的学冠寰宇，已成著名的专家、科学家、院士等；可从找对象的角度，她怎么就看不上眼呢？当然，小女子不敢狂妄，也许，相较于他们，她自己也没啥优势可言。她已经二十九岁快三十了，属于大龄剩女，时不时会有危机感袭来，伴随着莫名的自卑。从参加工作时的二十四岁到如今，她自己上课也给学生上课，自己学习也指导学生学习，自己出席答辩也指导学生参加答辩，读书做笔记、思考设计、写论文、发表、开会、发言、讲座、申报项目、为项目四处周旋、努力结项，评职称，参加社会活动，还去美国访学一年……这些，换来的重要成果是博士头衔、副教授职称、市政协常委身份等。平心而论，短短五年取得这样的成绩，也是很骄傲的，但也不尽然，她没有在女人最好的年华里抓住一个自己称心如意的男人，这每时每刻都成为她的心病。偶尔，她从镜子里发现自己眼角的鱼尾纹，会心惊肉跳好一阵子，不得不去涂越来越价高的护肤品，贴越来越贵的面膜，花费越来越多时间，反而越来越不自信了。望着每年八月份都会如期而至的十七八岁新生，看着他们的娇嫩面孔，她爱心泛滥的同时，自信心也会崩溃！

想起边大治，这其实是她近三十年生命中最最缠绕的人。他本来就不坏，近几年更是不错，但她越来越不把他当异性，而当朋友。很明显，这个朋友是不显示性别意义的。五年来他们都在西安，交往的次数很多，吃的饭，看的晚会、电影、演出，逛的景点、公园、街道，数不胜数。可这么说吧，她可以毫无顾忌地把自己交给他，而不担心他对自己非礼。她相信边大治自己也这么认为，没有她的许可，他绝对不敢越雷池半步。即他俩之间是缺乏激情的，是丧失了男女性别的吸引力的。爱不起来，没办法。不是因为学历问题，或者，不纯粹因学历问题，而是，因为太熟悉而没意思。这其实讲得很清楚了，有的人，再熟悉也还是激情满满，譬如邝军；有的人，第一次见面就会让你怦然心动，譬如辛丰建。

康静雅为邝军遇到辛丰建而高兴的同时，也为自己而暗自伤悲。但她还是很快从内心挣扎中解脱出来，将目光投向李琼芝阿姨，发现对方已经醒来，正慢慢说：姑娘，水……口干……

正好护士进来换药，傅院长也来查房，就给她喝了点葡萄糖，并把葡萄糖用棉签涂在她嘴唇上。护士问她小便不，她抬右臂示意不，一会儿又睡着了。傅院长不好意思地看看康静雅说：要是无聊，您可以看看书。

康静雅说声"谢谢"，从包里掏出一本书读起来。

阴云密布，压着秦岭山巅。四点下起了阵雨，不甚猛烈，但一忽儿一忽儿地像谁在天空往下泼水，直到下午快六点才完全停歇。一道彩虹镶嵌在汤山和玉山之间，好像为新建的塘红大道搭出的庆祝门拱；耳边是"哐哐哐哐"的流水声，伴随着鸟儿归巢的啁啾，汤玉河已经暴涨；黄昏的阳光耀眼无比，将树木花草染成绮丽的金绿色，一阵风吹过，树底又下起雨来；孩子们在石板道边的水泥水渠里要水，互相打水仗，另一些在玩泥炮，不断传出"砰"的泥水四溅声；不断有公务车、警车穿过村道，多数驶向村委会；大人们和游客，也如潮水般纷纷朝村部涌去。

村子布告栏周围挤满了人，新贴的逮捕令吸引着人们的眼光。人们已经知道本镇书记伤人后畏罪逃亡并坠崖，凶多吉少，但又有相互矛盾的消息传出，所以关注一下官方消息。细看之后，发现这官方告示，似乎也语焉不详，于是抓紧赶往村委会大院，听说那里有县委书记压阵的新闻发布会。

晚上七点钟，首届秦岭县"厕所革命"暨新农村发展高端研讨会新闻发布会正式开始。群众一下子炸了锅，啥叫厕所革命呀？那屙屎尿尿的地方能摆上桌面吗，那臭气熏天的地方能革命个啥名堂？这些人真不害羞吗，拿啥说事不好，拿这个说事儿？还是，新上任的县委书记今天受了刺激脑子不够用了？可，虽然这"厕所革命"把人丢了，不过，那"暨"字后面的部分，还是很靠谱的。全县的新农村发展高端研讨会新闻发布会能放在咱塘坝村召开，证明上面对咱们村的发展态势还是很认可的！证明咱们的塘红大道修到了点子上，刚一开通就好事连连，好像街道上今天的人也多了数倍，酒店饭店家家爆满。这，都是曾经的穷塘娃邝军"闹"的世事呀……群众你一言我一语，议论声像烧开的热水喧闹着。可是，好不容易到了门口，却被村上文书文明挡在了外面。挡外面就挡外面吧，挡外面今天也把世事见了。

虽然距离远，但是高音喇叭在村里的各处都能听到。现在他们听到：……小厕所，大民生。厕所虽小，却关系着万千农村百姓的文明卫生、身体健康、生活幸福。当我们在谋划着改变农村臭气熏天、蚊蝇乱飞、脚没处下地的旱厕陋习时，咱们女娲镇塘坝村已经整体告别旱厕、完成厕所革命两年零五个月了。这是怎样伟大的创举呀！多么令人振奋哪！这么多年，我工作、开会、考察、旅行，走过很多地方，我可以毫不含糊地说，咱们秦岭县塘坝村的厕所革命，是走在全县前列的，是走在全市前列的，是走在全省、全国农村前列的。因此，咱们的首届"厕所革命"暨新农村发展高端研讨会就放在咱们的民族聚居区塘坝村召开，这当之无愧，是令人信服的，也是可以经得起历史检验的，是可以起到示范推广作用的。我感谢咱们勤劳智慧的塘坝村全体人民，感谢塘坝村两委会和咱们的当家人、致富带头人邝军先生……

讲话者，正是秦岭县新上任的县委书记辛丰建。他的讲话是大会的最后一项内容，他喝一口水，继续道：另外，大家看到，我们这次高端论坛的第二项重要内容是研讨新农村发展。新农村，全名应该是"建设社会主义新农村"，这同样不是一个新概念。自二十世纪五十年代以来，建设社会主义新农村曾被广泛使用过，我相信，今后还会被使用。所以我们今天为推进当前农村建设上新台阶，暂时借用这个词儿，我觉得很恰切……

听到这儿，有男子说：这新书记，有闯劲儿，就看社会上允许呀不。

好官，我们都拥护，就看能把咱村咋改变？另一个妇女说。

日子已经变好的人，这会儿不在咱这儿，这会儿肯定忙酒店饭店生意呢。男子说。

那不一定，一个瓮声瓮气的声腔反驳道，大老板都是坐着飞机出国旅游，别人帮着给数钱呢。

老胡，就你灵醒，那你为啥没坐到里面的主席台上去？男子讥讽道，还有，你说咱们村上还需要怎么发展？

你问得好，的确问得好。胡德刚道，你既然问到了，我就不得不说一下。下一步咋发展，邛军早在五年前的春末夏初，上任村主任时就讲过，那就是，发展和壮大村集体经济，开发我们的地热资源，把我们村的旅游搞起来。你看看呀，咱村的接待能力其实很受考验，一旦开一次这样的论坛、大会，你就知道咧，光住店都没处住，难道住到咱们农民的土炕、凉床板上去？你以为还是革命战争年代呀，以住土炕为荣，体现干部群众一家亲？告诉你，不是那回事儿……

老胡喉咙正弹热时，院子里的会议内容吸引了群众，大伙让他别说了，一起听劲爆内容。果然，喇叭里传来这样的话语：大家好！我是咱们秦岭县公安局局长朱建设，受县委委托，我通报一下我县今天发生的一起违法犯罪案件。嫌疑人，杨俊虎，男，汉族，现年五十三岁，原系秦岭县女娲镇党委书记。今天十三时二十六分在塘坝村小学检查工作后，因吃饭与学校炊事员——六十七岁老太太李琼芝起了冲突。杨俊虎抓起醋壶朝李琼芝头上砸去，致使其当场倒地、昏厥，经卫生院组织全力抢救，李琼芝现初步脱离危险，正在进一步治疗留观中。嫌疑人行凶后，起初主动拨打110报了案，但待镇派出所民警执法时，他突然挟持警用摩托，畏罪逃离案发现场，潜入汤玉湖以南的秦岭山里。警察和群众在追捕中，发现其有人车意外坠崖落水嫌疑，后经专业侦查打捞，发现狡猾的嫌疑人故意将车、烟盒、手机等物品一起抛入悬崖下深潭，借此施放烟幕弹，迷惑追捕人员。目前，嫌疑人杨俊虎继续对抗抓捕、畏罪潜逃，我县公安民警正在全力实施抓捕。广大人民群众若有嫌疑人线索，请拨打电话。具体联系方式、杨俊虎的相貌特征和照片，我们将发布告示给大家。特此通报！谢谢！

半个月后，李琼芝老人康复，出院后被侄子接到县城居住。可嫌疑人杨俊虎还是没有归案，然而，他恶贯满盈，许多人都在检举他的违法犯罪行为。

一个月后，首届秦岭县"厕所革命"暨新农村发展高端研讨会在塘坝村成功举办。活动最后一天，也即2001年7月20日，三门峡警方传来消息，在一家小卖部出售方便面时，嫌疑人杨俊虎被发现并被抓捕。当日，秦岭县公安局即将其押解归案。次月，经审讯后，杨俊虎被移交相关机关，展开其他违法犯罪行为的调查。

杨俊虎被抓当晚，邛军喊来边大治、康静雅等同学朋友喝酒，但他和唐小凤不喝，所以气氛不佳，大家都坐着吃菜说话。边大治说：邛军你到底行不行，不行了我上呀？

唐小凤就捧着用蝇拍打他，康静雅说：村上的事情现在正到顺利的时间，支书带着大家好好干。需要我了，我好好做方案，我曾经为你改了专业，希望到时候能中标。

邛军连声说谢谢。康静雅又说：边大治这几年也是西安城的风云人物，的确厉害。但是关于我和你们那个丑总还有他那奇怪儿子的事情，我一直没敢说，怕影响你发展……今天我想说一下。

边大治头别向另一边，不说话。康静雅就说了丑晓和他父亲先后向她表白的事情，说完后问有没有影响到边大治。边大治一下子抱着头，不作声，半天才说：康美，我已经离开那里了。

气氛一下子沉重起来。村里另一个小伙儿说：来，喝酒，何以解忧，唯有暴富，咱先喝酒再暴富。

喝了几杯，邛军起杯，大家散去。四个老同学又回到邛军院子里，喝兰州清真八宝盖碗茶，聊天。大家你一言我一语劝说边大治想点，邛军问他愿不愿意回村发展，并说：马上组建"大兴温泉开发公司"，你可以负责安保，其实也是全村安保，咱们这以后也是个度假村。边大治不愿意，戏称随康美到城里发展。大家说会儿话，见唐小凤打呵欠，边大治就说：凤美要备孕了，康美你有没有眼色呀！说笑着，在灯光下散去。

杨俊虎被抓，唐小凤自是高兴，邝军就在睡前说出自己最重要的心事：要将父亲找回来。妻子很惊喜，骂他傻帽，说她早就想到了，因为他不定心她才没明说。邝军高兴之余多了一嘴：我怎么不定心？

俩人又吵起来。

此后，邝军私下与陶会克商量，问谁能承担找自己父亲的任务，陶会克说老支书。邝军就去找五叔，老支书欣然接受找二哥的任务。他最近对于邝军的巨大成功，内心升腾起一股莫名的恼火，想借机打击邝军夫妇。于是，他先找唐小凤商量，哪壶不开提哪壶，开言就说咱家财旺人不旺，你们又没孩子……唐小凤被说得又气又自卑，还没处诉说，只能在心里憋着。

不久，老支书故意请康静雅、边大治、唐小凤等开小会，做出一副宽厚长者的神态，表扬小凤孝顺。最后，他说他已经寻找二哥邝勇勇若干年了。他的问题是，要求邝军先给邝勇勇把房子安顿好，仿佛人就在楼下等着一样。

几天后，他急乎乎建议邝军，让尽快成立个慈善协会，声称自己要当这个协会的首任会长。总之，各种明里帮忙暗中添乱、各种不靠谱。一时间，全世界似乎都知道邝军不孝、唐小凤不贤，夫妻俩关系又不和谐了。邝军按下葫芦起了瓢，只好将此事作罢，下决心暗中寻找老父亲。

千呼万唤始出来，筹备村集体企业的事儿，终于有了新进展。贷款下来后，邝军抢占先机，在康静雅的智力支持下，他和马煜明、陶会克等村班子组建了"大兴温泉开发公司"，开始了艰难而顽强的经营。

十八、伤心太平洋

塘坝村是在天最热的暑假被炒热的。

最热闹的那几天里，日到访人数破万。这对于客房仅仅三百余间的小村落来说，留客能力其实连一千人也达不到，也就是，村子目前接待能力差九成多。再者，有的高端客人想逗留，可人家也没看上你现有酒店的档次呀；还有，目前塘坝村除了背靠秦岭终南山，山清水秀凉爽点外，没有特别的消遣娱乐亮点。而就村委会的主导作用而言，村上对于村民的创业创收没整体规划过，大家见来了这么多人，全自发行动起来，比如摆个凉粉摊，做几碗甜饭卖，将自家的鸡蛋摆门前，编几只草帽出售，把自家辣椒串成串儿兜售，等等。就这，在开头的几天，大伙儿还不好意思收游客的钱，卖得很便宜……如此小打小卖，供不应求，自己赚不了大钱不说，关键是让游客失望了。这一波下来，村上特意做了调查，游客的普遍反映是"骗人""低端""逛了个寂寞"，而村民后悔的是：没做好准备。

邛军为此很痛心。平时总嫌没客，等客来了，你接待能力又不行。这么好的机会没抓住，白白浪费了大好资源呀。不仅没起到正面作用，相反可能给村集体企业"大兴温泉开发公司"及村上的后续发展，产生不小的负面影响。痛定思痛，他真正懂得了一句话的含义：机会总为有准备的人而来。他打电话向康静雅诉苦，康静雅说：是有点可惜，不过，别着急呀！接下来"大兴温泉酒店"的事，你好好规划一下。

不是已经规划好，正在施工吗？邛军反问道。

我是说，你把工期、开业时间、组织构架和以后运营的事，好好琢磨琢磨。到时间一经上马，咱们就要刀下见菜呀。

这个，我正要向你请教呢。邛军说，我感觉千头万绪哇，我看，我还是能力不成，心中没数。

别谦虚呀！大班长，康静雅笑道，这个最好见面聊。

邝军说：我考虑一下，去之前电话联系你。

你俩最近是不是闹矛盾了呀？康静雅问。

你咋知道？

女人的第六感觉很准。康静雅说，所以我宁愿在西安吹空调，也没敢再待到家里了。

邝军心里一阵苦涩，俩人又聊了一会儿，就挂了电话。他赶紧去施工现场转转，边走边想了很多。

大兴温泉酒店的规划，邝军和村上很满意。规划是康静雅做的，免费支持村上。邝军之前与西安度假区接触过，像这样的规划若请外面公司做，光规划费就得几万。按照康静雅的这个方案，整个塘坝村未来旅游规划，由高到低、自南而北，分为南部山水林田观光区、中部泡汤水疗体验区、北部休闲购物商业区三个区块；自东而西，在汤山上布局高端山庄、酒店，在汤山和汤玉河之间落地大型露天泡汤浴池，于汤玉河两岸兴建水景和水上娱乐项目；进一步建设汤玉河和玉山之间的原有村落，将其建设为"生态宜居、功能齐全"的美丽新家园；最西边的玉山，兴建玉山森林公园兼烈士陵园。目前，包括学校、村部和所有开业的私营酒店以及村庄，都还在河西。但，"大兴温泉开发公司"却落地在河东，属于规划中的北部休闲购物商业区。也就是说，它既不属于最能体现塘坝村地热优势的泡汤水疗产业，也与未来汤山上布局的高端山庄、酒店，相差甚远。当然，它比目前最好的酒店还是要高端得多，也要大好几倍。

那，为什么这么设计呢？

康静雅用一句话概括：现在没经验、没资金、没资源，甚至也没足够海量的游客，那么，就把好地方，留给后面有经验、有资金、有资源、有足够海量的游客时，再设计开发吧。

她的话令人茅塞顿开，参会的村两委成员和群众代表纷纷鼓起掌来。

邝军很激动，这正与他的许多想法不谋而合，他为能与现已成为著名大学副教授的硕导、专家级同学的意见暗合而激动，这至少说明自己也不差吧。可当初学习时，自己咋就与康静雅差距那么大呢？这令他想起一句话：实践出真知。

自己之所以在处理现实问题时见解不比康静雅差，是因为，自己整天在自己这一亩三分地上转悠着、琢磨着、烦恼痛苦着、流血流泪着，所以才有这么点心得体会。于是他说：还是我那句话，要让利于民，让利于他人，而不是先把自己吃饱喂胖。

他的话，也迎来了掌声。他现在威信很高，最重要的是，大家都看到他公而忘私的品德。这种品德，好像是上一代、上上一代人有过，之后渐渐绝迹了，现在出现正当其时。大家相信邛军的出身，更容易做到这一点，而且可以一以贯之，除非有一天他也输掉。然而，他是村子里所有富起来的人里面最富的，而且是最年轻的，最有眼界和权力的，他咋能输呢？所以大家都同意了，信心十足地说干就干。

大兴温泉酒店外形咋看都有点像陕西历史博物馆，而体量和面积都比之小，设计客房四百多间，内含各类客房、大会议室、游泳池、歌舞厅等，按照三星级标准修建。地皮、人工都是自己的，材料要外购，匠人要外请，工程已经过半，但贷款的钱也花得所剩无几了。邛军觉得，这比自己当年高考落榜时建那两间土坯房还困难。所不同的是，现在再困难，他都心劲很大，觉得眼前有盼头；而当时，那的确是眼前一片模糊，甚至一片漆黑。所以，他又开始想办法了。

钱的问题，他去找陶会克商量，于公于私，他都相干。

陶会计为他想的办法是：在全村集资入股。邛军担心大家没那么多钱，他总觉得自己让利于民、藏富于民的政策还没大见效，村民还不是很富裕；还有，即便手里有小钱，愿不愿意拿出来，也仍然是个问题。陶会克安慰他，现在与之前不一样了，相当一部分人已经有自己的企业和经常性的可支配收入；同时，人们对村上更有信心了，更愿意跟着村上走。邛军笑着问，这也是你的心理吗？陶会克点头。他还给邛军提出了进一步的办法：以每间房为单位，让村民认购、预投资，像商品房一样预售；将来房成后，收益除了还贷和留足现金流之外，按房如数归还认购者。邛军听后拍手叫好，连说，你真是我的小诸葛呀。但他还不放心，问你是不是早想到这个了。陶会克点头说：我是给工程上付款的，肯定考虑得多。

邛军问：你想投几间房？

我呀，最多一间，对，挣死命投一间。陶会克说。见邛军有些失望，又解释道，娃毕业了，得给娃找工作呢。

噢，不是说临床医学上五年吗？邛军问，咋这就毕业了？这个专业就业咋样，打算去哪？

临床医学，就业还对着呢。陶会克说，就看西安哪个医院要人，都行嘛。不过，娃还眼高，还挑医院呢。好医院，你得找人找关系，估计还得花钱哩。

邛军一笑说：要是给娃找工作不花钱或者少花钱，你是不是就可以多投资几间咱们的酒店了？

应该是吧，哈哈。陶会克说，听你这话，你是不是医院还有熟人呢？

对，有熟人，但交情不好说。省人民医院的一个主任，以前是主任，现在不知道升了没？邛军实话实说，他对水上天的为人和能力很有信心。

那好得很，成不成咱试一下吧。陶会克一把拉住邛军的手，娃的理想医院就是咱省人民医院，他说这医院收费公道、不欺客，是咱老百姓的医院。喳，这是大事，你给咱搭个桥吧，我儿陶成肯定会记你好的。

邛军答应下来，打算近期问问水上天。

俩人就又说起寻找邛军父亲的事，陶会克当下叫来自己弟弟陶勇克。邛军和陶勇克详聊了两个多小时，商定打发他第二天出门去找。

这已经是半个月前的事了。

目前，陶勇克已出门十多天。大兴温泉酒店集资也有了进展，还算顺利，中间还有外村人和镇上的干部想投，邛军压着没开口子，肥水不流外人田哪。群众一看这架势，有钱的认购，没钱的也去借钱认购，现在已认领一百一十多间，距离预售额只差三十多间了。剩余的房，其实已经有主了，这些主人给村上打招呼后正在紧张地四处筹钱呢。可是，邛军给陶成联系工作的事儿，却一直敲不定时间，现在他打算看完工程进度和质量后，再与陶会计商量商量这事。

狼藉的工地上，搅拌机的轰鸣让邛军振奋，高耸的塔吊和越来越高的楼房主体工程，让他激动不已，这比当年看到自建房和圈起来的院落的那一刻，不知要快意多少倍呀。但他又突然想，自己之前在西安打工，不就干这个活儿吗，于是打算腾出时间，也来工地干几天。还没走近，头戴安全帽的陶会克就一瘸一拐迎上来，问：吃了吗？

邛军抬腕看表，惊道：呀，我忙忘咧，掌柜的也没喊我吃，估计正做呢！

呀呀，这都快两点了，陶会克道，快，灶上还有饭，油泼面、花卷蒸馍、黄瓜菜青辣子，谁不吃是瓜子，哈哈。

邛军也被逗笑，就去吃，康静雅父母负责做饭，饭味道还好，就是差点腥荤味儿。邛军心怀歉意，问陶会克能不能改善一下伙食，陶会克说：大家都没意见呀，给自己过光景，省出来的钱就算赚的哪！

话是这么说，但大家这般辛苦，得隔三岔五弄几个肉菜，调节调节哈。邛军叮嘱道，你自己把握就好。吃完嘴一抹道，来转一圈看看吧。感觉进度挺快，千万也要注意质量啊！把监理叫来。

监理是个和邛军年龄差不多，个头、皮肤黑白也和他差不多的年轻人，姓张，俩人已经见过好多次，比较投缘。他带着邛军和陶会克边走边看边介绍，陶会克问什么时候可以交工，他说得到十一月份了。邛军着急道：那开张得到明年了，张工，能不能在保证质量的情况下加快速度啊？张工说能，回头咱俩细聊，反正工人是你们自己人，由你说了算。邛军急道：张工，咱俩这么投缘，你直说嘛，陶总又不是外人。

张工就伸出三个指头道：三班倒，晚上也别停。

转完后，仨人商量，邛军当即决定增加劳力，实行三班倒。目前，全村外出务工的精壮劳力几乎占到一半，若能将他们召回，完全可以加快一大截进度。经商议，邛军决定，给本来义务劳动的劳力也计酬，让其用工钱买房；村上决定再拿出七十二间房的名额作为预售，让文明立即公布消息，抓紧统计能来工地的人，第一个写上邛军的名字。商量完，邛军将陶会克叫出工地，在一棵柿子树下，俩人抽着烟，继续聊天。邛军说：水主任已经升为副院长了。

啊呀，你咋认识这么高端的人？陶会克惊喜道，黝黑的皱纹里满是快活。

这说来话长。邛军道，你知道，咱高考落榜后，在西安打过三年工，三年来呀，几乎啥活儿都干过。有一年我跟着安康的小包工头干家装，干一天十块钱，基本上学会了室内装修的各种活儿，像洗手间做防水、改电通电、破墙壁加墙壁、安装空调、贴瓷片抹腻子贴墙纸等，都难不倒咱。可是，那工头人不美气，我就想着单干，自己包活儿。那天，我站在农民工市场，从早上六点半一直站到中午一点多，没有人在这里叫整套家装的人。我们几个没被人理睬的工人开始讨论起如何单干，不用讲，关键是能包到活儿。有人说现在老板都鬼得很，不会透露这方面信息的；有的说应该找信息中介，但中介收费；我说我干过土建，得到已经交付的商业楼盘门口去等。正在这时，有个人来找贴壁纸的，说是给婚房贴，要手艺高点的。工友们都不敢接，我也不想接，我是打定主意要去扫楼盘包整套房子装修的。可当看到那朴实小伙儿失望焦急的神态，我就答应了，跟着他去兴庆小区干活儿。

这小伙儿就是水院长吧？陶会克忍不住问。

是呀是呀。想起之前受的那些苦，挺有意思的。邝军深情地说，去后才知，水院长当时也是租的房子。他当时在军医大学读研，女朋友刚大学毕业进到西京医院当护士，俩人谈了好几年，最近张罗着结婚，凑合着装修个婚房——只装修卧室。其实这样只装修一间房的做法，很怪；但我当时特理解他们，不就为省钱吗，特别理解支持他。本来说好一天贴完给我十一块钱，但是我当天晚上九点多就贴完了。他俩很满意，高兴地请我吃西瓜、吃夜宵、喝啤酒。最后给我钱，我只要了六块，他们硬要给我十一元，我说你们管饭了，不但管饭还把我当朋友。水院长说我当时像个大学生，说话做事儿也大气，他女朋友还很友好地夸我帅；他们这么一说，你知道吗，我的眼泪一下子就喷出来了。我觉得咱很丢人，在陌生人面前失态，赶紧跑开了。

他肯定追上来了，你忘拿东西了吧。陶会克猜测道。

呀，还是老哥脑子好使，难怪你陶成考上了大学。邝军说，是呀，当时一旦两个人一走，就没法联系上，不像现在有手机。我在公交站台等公交，突然一眨眼看到他俩又站在我眼前，我看得奇怪，水院长却说：邝军，你能不能干整套房子的装修，就是从毛坯到拎包入住的状态？

我一下子惊喜万分，但还是装出很老练的样子说：咋不能？卖面的还怕你吃八碗？哈哈。

我们其实买了房子，但来不及装修，水院长说，小菲奶奶身体不好，我们要早点结婚。

那咱就给你装嘛，我说，我只赚一碗饭的钱，材料、灯饰、器具你自己购。

水院长让我报价，我只报了，哎呀我现在记得都很清楚，只报了九百六十二块钱，1990年在西安装修一套九十平方米房子我报的价，当时是用笔在纸上计算出来的。水院长和女朋友看后吃惊到极点，我以为算得太多，赶紧说九百元也成。他女朋友张小菲说九百九十九元，我们图个吉利。就这样，这是我包的第一个活儿。

其实呀，老陶，邙军说，知道吗，这活儿干下来我亏了。干了九天，最后一天结工钱时，扣除吃饭和工人拿的钱，给我就剩了六十六块钱。我是包工头呀，挣得还没小工多。

不对呀，支书。陶会克反驳道，我是拨算盘的，你九天时间吃饭花钱了呀。

你说得对，但你知道，1990年那时候，一天两块钱就吃饱了。邙军说，反正咱不财道。

你受惯了苦，人心善。陶会克说，关键是你一直当班干部，一直大公无私，到现在还是这样，让利于民、藏富于民、与民无争。

呀，咱没钱，但一直不爱钱，按我现在的心境，钱就是用来给村上办事的。邙军说。

得亏你遇到小凤这样的好媳妇，否则，你和家里的气都淘不下来。陶会克说。

邙军点头表示赞同，接着道：但是老陶，就是因为这点，水院长记住咱咧。他又追到公交站台，给了我一百元。我当时都收下了，把钱揣兜里啦，但突然想到，人家这么好的人这么有社会地位，能三番五次高看咱一眼，咱不能没良心吧。于是我说：这一百元你拿着吧，上天，小弟邙军祝哥哥姐姐生活幸福、家庭美满！他俩估计也没想到我这么处置，俩人那叫一个高兴呀，我觉得把他俩当时那瞬间的神态拍下来，一定能获摄影特等奖。最后我们互留了电话号码，我留的是咱村部的电话，就是我五叔家里的座机。——呀，五叔家里的座机，那是村上的办公电话呀，现在还在他箍窑里呢，这事儿咋办？

这事儿不好办呀，支书，要拆掉，那肯定得罪人。陶会克说，没有你给话，我每月的电话费还如数缴着呢。

是呀，不好办。其实我们家之前卖牛的钱，几千块，他还拿着呢。邙军说，我都开不了口。以前是没钱，现在从这次认购大兴温泉酒店房间来看，军飞手里还很宽展，他比我富，认购了三间好房。我目前欠银行三百多万元呢。

其实是全村人欠你四百多万元，摊到每个人身上，每个村民欠你一千四百多块。陶会克深有感慨地说，将来咱村办企业干起来，我也想把这笔钱还给你。只要我还当这个会计，我就会想办法让村上别欠烂账，谁的也别欠！

好，有志气，这是咱们共同的奋斗目标。两人互相握着双手，邛军的烟掉下来，早已灭掉，他说，瞧，我给忘了，我最近不敢抽烟，要孩子呢。

这也是大事儿，你也不小了。陶会克说，人来到这世上，除了为社会做些力所能及的好事儿外，还要完成社会角色，为人类的延续做贡献。

呀，你这么一说，我更紧张咧，哈哈。邛军道，还是好几年前因为这要孩子的事儿见的水院长，当时他还是主任。时间过得真快呀！

你要重视哩。陶会克说。

哟，有啦！你倒提醒了我。邛军道，我约了十多天，打了好几次电话，他说可以，但就是一直开会，没定下时间。要不要我以看病为名，咱们一起带上陶成，他不见也得见。

哎呀，好主意！陶会克跳道，忘记了自己那颠跛的伤腿，其实经你刚才那么一讲，我觉得你和水院长的交情很牢靠。你们是前多年纯真时代的纯真感情，这最难得。这几年啊，人们一切向钱看，其实反回来想，人的精神需求顶重要。

老哥，难怪你教育的娃考好大学呢，你这人很厉害呀。邛军高兴道，那我现在就打电话，娃这事真的很重要。其实，我和水院长，还算有交情，我在重大事情上，都请教过他们夫妇俩，比如和小凤的婚事，和康静雅的关系，还有我当主任那会儿我五叔一直挤对我，我都跟他们说过。我结婚那会儿咱自卑，没跟人家打招呼，事后人家责备我，还送我凉席，就是我们家客厅那个宽凉席。

成成这娃好有福呀！支书。陶会克越听越激动，不由道，你赶紧打电话吧，我想想明儿带什么礼物给人家。

这个……我也没经历过。邛军说，啥都不带吧。

陶会克为难道：那咋成？是咱娃麻烦人家呢，又不是人家自己的娃，人家凭啥给你办事？

老哥，你得这么想，他医院里不得招工作人员吗？就像咱这酒店起来，这么大的投资，那么大的摊子，不招得力人好好经营，能收回成本吗？邛军说，道理是一样的。

呀，不成，还是备着吧。陶会克说，备而不用，好于毫无准备。

那成。你琢磨琢磨，别加重人家负担。邛军道，开始拨电话。

手机没人接，他就编发短信，这时鑫隆酒店打来电话，是唐小凤喊吃饭呢。他忙道歉，说自己看工地时顺便吃的工作餐，并说：没有手机很不方便，明天去西安给你看手机去。

唐小凤高兴得连叫好好好，邛军仿佛能看到她在那边跳，就实话实说：去西安有四件大事：买手机、看大夫、给陶成找工作、向康美请教温泉酒店运营及人事构架。

听到康静雅的名字，唐小凤声音似乎有明显不快，说：回家说吧。就挂了。

邛军继续编发短信：院长兄好！我想明天带小凤去您那儿看看，同时领着我同事的娃，请您面试一下。邛军。

很快收到回复：那你们来早点。我正在开会呢。

邛军高兴得直跳，问陶会克：想到带啥没？

没有，愁死人。陶会克搔着头说，这么好的机会，我怕抓不住，就对不住你。

别那么想，邛军宽慰道，不敢把事情复杂化，别适得其反了，那更后悔。你今天休个假，专门办这个事。我先回去了，我建议就带咱们这儿的特产，这样不怪气，对方好接受。

你说得对。陶会克立即道，蓝田玉。唉，就是太便宜了，不像和田玉那么名贵，一字之差咋就差那么远呢！

就蓝田玉，你骑着摩托，不行让娃捎着你，抓紧去弄吧。邛军说完，迈开步朝家走去。一路河蛙声声，汤玉河河滩上的荷花娇艳，像放河灯般漂浮在河两侧，很热烈，很喜兴。邛军不禁想，夏天如此宜人，自己竟就没发现，真是太忙啦。

第二天，五点就起床，几人匆匆赶到省人民医院时七点半。医院里外，人山人海，一楼大厅挂号的人排成长龙。邛军赶紧排队挂号，小凤带着陶会克父子俩在水上天坐诊的五楼505房间门口排队。他挂完号上到505专家室门口时，发现队伍比一楼的还长，妻子在队尾朝他招手，他问啥情况，她说：刚才水院长到了，我把他俩带进办公室，介绍完我就出来了，方便他们说话。邛军很赞赏妻子的机灵，俩人正说话时，听到那边的女工作人员喊：邛军，邛军进来就诊。

505的门还闭着，但时间马上八点了，邛军上前轻敲一下门，听到水上天喊

"进来"的声音，他就推门走入。水上天坐在办公桌后的简易皮椅上，陶会克、陶成坐在斜对面的木凳上，见邳军进来，陶成忙起身让座。水上天道：哎呀，邳支书现在成名人啦，干得风生水起，你在终南山下一声吼，我在办公室里要打个抖。

啊哈……哪有您青云直上，祝贺您高升，预祝您步步高升。邳军不知今天哪来的这许多好词，随口就来。

你同事的孩子我了解了，我刚才已经给我们骨科主任打了电话，说我已经见过娃了，让他面试一下。水上天说，你看这样安排可以吗？

谢谢！非常感谢水哥！邳军道。

啊呀，不敢叫水哥，水上天笑着说，好像我办事儿很水似的。

仨人都咧着嘴，却不敢笑出声。水上天对陶成父子说：已经上班了，你们去见我们王主任，在307，听他安排就是了。

父子俩满脸堆笑说着感谢，退出门去。水上天让护士把唐小凤叫进来，说：哎呀，本来我中午在西安饭庄安排的饭咱们坐坐，但临时又有事儿了，抱歉呀！

唐小凤忙说客气，应该我和邳军请大哥您，我俩一直麻烦您。邳军也连忙附和，水上天说：还是先检查吧，这次多检查几项，你俩现在已经不年轻了，如果半年之内没动静，哥还真给你们操个心——得试管婴儿啦。

检查完，差几分钟就十二点下班，水院长下午不坐班，两人看着长队犯愁。这时女工作人员向他们招手，邳军忙拉着小凤手跑过去。进到505，水院长反复看着几份检查表说：没问题呀！弟弟弟妹，你俩搞什么，把哥哥考住咧！没问题。应该没问题，如果这都能看错，那我就得改行了。

唐小凤问：院长，那我们该咋办？

凉拌（办），还真是要这么干，连药也别胡吃，但不能喝酒，长期备战、长期备孕、久久为功，还要放松心情……我建议呀，你拉着邳总去游一回新马泰，换换环境，看看怎么样，唵？

看着门外抗议的群众，两人直喊好。水院长不紧不慢道：你那个同事呀，我给他选了个前景最好的骨科，他反而要去呼吸科，正好呼吸科主任是我同学，已经安排明天上班了。

哎呀，谢谢院长！邳军惊喜道，这该怎么感谢您呢！

感谢啥？医院不得招医学毕业生来工作呀，何况那陶成学校很好，是我们需要的人才。谢谢邛支书对我们医院的支持！

哥，您太客气咧！我的新项目开业后，邀请您和嫂子来住上几日。邛军说。

住几日不敢，没空。开会的话，我想可以去，给你也增加点人气嘛！

那太感谢水哥——哥哥了。夫妻俩道。

出了505，陶成正在不远处等，几人在医院门口找到陶会克，陶会克满心欢喜，拉着邛军的手激动得说不出话。唐小凤直喊饿死了，跟邛军要手机，她接过手机发现康静雅拨了三个未接来电，就拨回去问：康美，找我们家邛军干吗呀？

邛军听得直扭过头去，边朝车跟前走边对陶会克说：让娃好好工作吧。

这时，唐小凤追上来喊：康美订好了地方，等咱吃饭呢。她下午要陪我去小寨买手机。

路上，邛军又让她联系边大治，边大治在电话中叫苦：啊呀，倒霉死咧！我贩了一车西瓜，卖不完快烂了。唐小凤让他拉来，说她想吃西瓜，还说康美请他吃饭。边大治说请他吃金子他都没空。唐小凤没好气地说边总干大咧，挂了电话。

吃饭的地方叫"外婆印象"，康静雅快乐地说：邛军、唐小凤，你们初中前认得我吗？

俩人摇头，康静雅说：初中前，我在我外婆家附近小学，我是在那儿长大的。我对外婆感情很深。

唐小凤说：知道了，所以你请我们来外婆印象。

饭间，聊起村办酒店的人事安排，决定以村两委和目前村里有经营能力的人为班底，用人方面做好少数民族和汉族干部的平衡使用，又尽量吸收外部有商业运营能力的人参与管理，力争取得开门红。鉴于冬季是旅游淡季，却是泡汤旺季，大家都信心满满，康静雅还建议要特别重视团购和赠票以及优惠券的工作。商量周全后，饭也吃好了。康静雅和唐小凤抢着买单，反而被腿脚不灵便的陶会克给买了。邛军吩咐他开好发票，说这是咨询我们的高级顾问康静雅女士呢，到时候报账，不能私人买单。

下午闺密俩买手机去了。陶成明天要上班，大人操心他的住处、生活用品啥的，他却说：我已经和同学说好了，和他合租，我现在就去找他。

陶成坐公交车走后，丢下邛军和陶会克，邛军说：热的，咱去找大治吧，看看他进的西瓜咋样。

见面后才知情况很严重，损失很惨重。

边大治被困在一个叫北关的城中村的三角荒地畔，人不离车，车不离瓜，据说已经坚守十一天了。车上的西瓜大多已被晒烫，不但不新鲜而且坏掉开始淌水了。见他俩来，边大治忙跑到远处的洗手间去撒尿。邛军跟上去愤怒地问为啥不早点处理，边大治说，说好的事情变卦了。回到车边，车底下发出个怨愤的声音：本来人家有人一毛二总拉，你不同意。

邛军一惊，问谁在说话，边大治说是司机。邛军看一下车牌号是甘M开头的，问甘肃哪里的司机，你们合伙吗？边大治摇头。邛军看看老同学蓬头垢面的样子，心里很难受，递给他二十元说：去，吃个饭，找个澡堂洗个澡。这边我给你看着，回来咱再想办法。

边大治很感动，但没接钱，他喊司机一起去。司机让他带碗烩面回来，再买一板氟哌酸，说是烂西瓜吃坏肚子了。边大治才想起什么似的，撅着屁股爬上车，给邛军和陶会克挑西瓜吃，边挑边带着哭腔叹息：唉，多好的西瓜呀，我这辈子没吃过这么好的瓜，可没想到……

邛军接住他递下来的瓜，将瓜平托在左手手掌，用右手端朝下轻拍三下说：倒瓤咧，不能吃咧。说着又递给边大治。

边大治举起西瓜就朝荒地里扔去，"嘭"的一声，几人看去，西瓜破裂，瓤早变成黑水了。他一连挑了三个大西瓜，都被邛军和陶会克退回，边大治气得将其统统砸到荒地上。顿时，四周苍蝇乱飞、臭气熏天。一个戴红袖章的街道管理人员跑过来喊：快把你那脏东西掩埋掉！把你车开远。今天不走，收费按每天十五元算。

邛军担心边大治和人家吵起来，没想到他却打着拱求饶道：知道咧，我马上处理，您一会儿来检查。说着跑上去散烟，将一包烟强塞到对方手里。邛军催他去吃饭，边大治犹豫一下，低着头拉垮地走向街巷。

邛军叹息一声，抽出车底下的铁锹，铲土将荒地上的烂西瓜压掉。而后，递支烟给司机，蹲在车厢下与他聊天。

原来，一个月前，这位甘肃庆阳的司机正在宁县县城卸货，边大治找到他，问去西安拉瓜去呀不，他问具体从哪里拉瓜。边大治说：石鼓乡巴原村知道不？

关陇话是通的，司机一听就懂，就说知道，问多少钱。俩人讨价还价半天，说定拉到西安一千元运费，吃饭住店边大治管，如果货到了却一时卸不了货耽误车运营，一天再加三百五十元。到了巴原村，装车付钱走人，只用了半天时间，八千斤优质西瓜开了四百元，每斤拉的五分钱。

正说时，陶会克从对面买来个大西瓜，递给他俩吃，司机忙摆手说：不敢吃，满不说你这瓜一般化，就是巴原好西瓜，我这辈子都不吃了。

邝军问这瓜啥价，陶会克说一毛八。邝军觉得边大治的生意做得实在窝囊，就催着司机继续讲。

这从偏远山村拉出的物美价廉西瓜，本是西安东郊某军工大厂订购的，八月一日厂庆，厂里给大家发福利。据说，领导是大治朋友，互相有好处，领导的积极性也高；赶时间到货，每斤按一毛五算，给边大治付一千二。但是，这包赚不赔的生意，硬给堵死在陕西咸阳永寿县永寿梁下面的底角沟。好几百辆车堵了三天，边大治鬓角出现了白发，到西安已是八月二日凌晨了。第二天早上给厂领导打电话，被人家臭骂一顿，硬把车开到厂门口，又被保安轰走。边大治又打手机，人家说：兄弟，你误了我的事，我还没找你算账呢！你害得我以两毛的高价买了一万斤西瓜呀，让我超出了预算，挨群众骂呀！你这挨球货！

边大治顿时坐在水泥地上，半天起不来。

当时，瓜离开瓜蔓才六天时间，那几天下雨，瓜还新鲜，沙甜向卖。俩人想着还是总发，就拉着找瓜果批发市场，走遍了西安东南西北中的几乎所有大市场。人家最多给到每斤一毛二，是他们了解到的中等价位，买主都是看他外地大车拉着心里急，才故意杀价。是做决定的时候了，可人家等了二十四小时，大治没答应。第二天，持续一礼拜的四十摄氏度左右高温开始，西瓜销售利索多了，四处看到人们提着瓜走动的身影。批发价也似乎高了点，但没人敢动他们这四吨的大货。有几个人想每人进五百斤，价格给到一毛三；大治不愿意，说一千斤的话可以，让他们联合起来总拿，然后回去分。几个人一嘀咕，问一毛一总发给不，大治坚持一毛二，人家摇头，大治说一毛一分八，人家说一毛一分五……总之浪费了好多机会。直到三天前，自己吃的时候才发现，个别西瓜已经不好了，就失惊地批发零售降价处理，结果越这样越没人要……

邛军听完心疼不已，抱着头一屁股蹲在滚烫的石板地上。半天，他才给康静雅和唐小凤打电话，两个因买了手机而无比欣悦的女人，顿时哭得稀里哗啦。突然，城市喧嚣的市声里凭空传来《伤心太平洋》的一个段落：

……
一波还未平息
一波又来侵袭
茫茫人海 狂风暴雨
一波还来不及
一波早就过去
一生一世 如梦初醒
深深太平洋底 深深伤心
……

蓦地，邛军想到大治会不会想不开，于是挂断电话，跑进他刚走进的巷子里去找。俩人几乎撞个满怀，大治刚刚理完发，头脸洁净但神情沮丧，提着一份麻食匆匆往出赶。邛军问现在咋办呀，他说：结账，让人家司机走人。嘻，把他家的，我这几年在西安度假区挣的外快，花尽咧。说着咧开嘴，傻笑着，没心没肺的样子。

邛军看得万箭穿心，说这几天我陪陪你。

十九、美女相亲记

真是应了那句话，只要肯动脑，办法总比困难多。

几人将边大治的事处理周全，双休日又陪着他散心，礼拜天傍晚带他一起回村。他们到时，塘坝村大兴温泉酒店施工现场一片热火朝天，由于劳动力的几乎全额投入，在村主任和陶会计的组织下，工地已实行了六小时四班倒的工作机制。望着高高的塔吊、四面围起的脚手架、高高低低的各个施工段位，听着搅拌机、电焊枪响，感受着人们充满希望的劳动情绪……邝军觉得，这似乎比当年人民公社时期修水利还要壮观得多，不由心潮逐浪高，立即投入了劳动。唐小凤和边大治被撂在车内，唐小凤开玩笑道：边总，你去工地上试着干一下，我看你会劳动不？

老同学，你陪着我干，边大治笑道，一改半月来的颓丧，劳动最光荣啦。随即唱道——

>......
>
>小喜鹊造新房
>
>小蜜蜂采蜜糖
>
>幸福的生活从哪里来
>
>要靠劳动来创造
>
>......

唐小凤被逗笑，也故意哼着儿歌《劳动最光荣》，跟着大伙儿一起干。大伙儿见副镇长上工地，并煞有介事地干起来，都伸个懒腰看新奇，有的能开成玩笑的，还开着玩笑。边大治喊：领导出工了，大家加把劲儿！记工员，秦岭县女娲镇副镇长唐小凤同志亲自上工地参加劳动，快给邛军家里记工分。

一个高中生模样的记工员拿着本子上前来，笑着说：支书，给您说一下，你们三个从现在干的话，要到晚上十二点才能下班，这是上夜班——前半夜的一个上班时段。

没嘛达。邛军应一声，问，你是谁家娃娃，今年参加高考了吗？

我是咱四组的，杨钊的弟弟，叫杨钊士，今年刚考完高考。杨钊士口齿清晰道，考得不好，但我不想复读，能走个啥走个啥。

邛军"哦"一声，没说啥话，自己是曾经的落榜生，没资格对人家有学上的人发言。唐小凤说：我叫唐小凤，他俩名字你知道吧。

知道，你仨名字我一满知道。杨钊士道，我记人记得好，他们才叫我记工呢。其实，我还想实打实地干哩，这等于是不出村子就务工呢，我也需要锻炼身体。

大家都觉得这孩子乖巧，唐小凤说：你有没有想到要学医？咱们村上这发展势头还可以，不要说我们镇上，县上也认可咱村上工作哩。但你看，咱村上还没有卫生所，这是一大遗憾，虽说离镇上近，毕竟村上这块出现了空缺。

邛军忙道：是呀，我也经常为这块操心呢。钊士，医学你考虑一下。如果你能学医并回村工作，村上为你提供免费场所，就咱村这一亩三分地，任你挑。

真的呀？杨钊士惊喜道，我没听错吧！那我考虑下，不过医学录分不低，我估计只能读个大中专或者大专。

中专、大专都成。邛军表态道，只要你能回来，把咱们村这个事情撑起来，我们都支持。

也就是说，要么村部，要么咱正在建的这儿？杨钊士高兴地问。

对头。估计还要超出你预料，到时候，可不是光咱村这两三千号人，说不定有上万的人流……你要把眼光放远。

杨钊士连声说好，点头走了。唐小凤才发现手不知何时被磨破，疼痛难忍，边大治也划破了手背。邛军让他俩回去，俩人都不，咬着牙干。边大治说：我就不信，书上说，劳动创造人类，劳动创造世界，劳动创造未来。难道说错咧？我就不信，劳动还能死人？邛军只好任他们去了。一会儿，陶会克走来，拿出三双薄手套给他们，唐小凤和边大治戴上，稍微好了点，邛军没要手套。陶会克提来水，让他们喝口水歇会儿，几人边喝边聊天，陶会克突然说：不知这么打发水院长，可以吗？

邛军问：对了，那天你是咋打发人家的，我没好意思问。

就是咱蓝田玉。陶会克说。

影响你买两间房不？邛军有点犹豫，但还是问了。

当然影响，我现在只能买一间了。陶会克说，不过咱办的是娃的大事儿。你想想，单位好了，不仅工资待遇好，而且体面，娃好找对象，将来好发展。

那肯定。呀，那这就成了。娃今后发展，还靠人家哩。邛军说完，和大家继续干活儿。

月亮升起在南山山坳里，周围静下来，除了河蛙的夜闹和夏虫音乐会掀起的一个个高潮，就剩工地上"锵锵哐哐"的干活儿声和干活村民们的聊天声，时而传出爽朗笑声，与山间夜鸟的惊惶鸣叫应和着，构成了秦岭山村特有的小夜曲。记工员杨钊士又转回来，轻吟着：长安一片月，万户捣衣声。吟完，他又随声哼起《东方之珠》：

　　　　小河弯弯向南流

　　　　流到香江去看一看

　　　　东方之珠 我的爱人

　　　　你的风采是否浪漫依然

这首歌是邛军和唐小凤都很喜欢的，唐小凤的情绪立即被调动，不由接着唱起，她一唱，杨钊士反而停下来：

　　　　月儿弯弯的海港

　　　　夜色深深 灯火闪亮

　　　　东方之珠 整夜未眠

　　　　守着沧海桑田变幻的诺言

香港回归曾牵动数代中国人的心弦，罗大佑的歌曲深入人心，边大治很快抬起汗水满面的脸对着工地吼：合一个，有没有？说着，带头唱起，邛军和唐小凤合着唱，大家跟着唱，工地顿时成为一个巨大的音箱：

> 让海风吹拂了五千年
>
> 每一滴泪珠仿佛都说出你的尊严
>
> 让海潮伴我来保佑你
>
> 请别忘记我永远不变黄色的脸
>
> ……

一曲结束，大家的困乏减去许多，马煜明喊：干活啦，干活啦，马上换班，大家坚持一点点啊。

邛军的思绪被挑动，他不禁想：啊，多么有诗意的乡间野战图。群众发动起来，多么有力量呀！这还只是小小一村，如果全镇、全县、全市、全国人民全都发动起来，那祖国的强大就指日可待了。他突然想起十五年前（1986年）他们初中毕业那年暑假的事儿来，当时唐小凤从国外旅行回来，那个十六岁的花季少女激愤地对他说新加坡还没秦岭县大，但人家的GDP快赶上我国北京、上海俩直辖市的生产总值的总和啦；再看人均，是咱上海的将近九倍……受唐小凤影响，邛军经常关注国内外新闻，尤其关注中国发展的一些数据，他注意到1986年中国GDP占世界GDP的百分之一点九七六二，排名世界第八，而今年（2001年）的上半年，中国GDP占世界GDP的比例已经提高到百分之三点九，排名世界第六；占比在十五年里翻了一番。再想想自己，十五年前是个孤儿，寄人篱下读书，十五年后的今天，自己作为村里发展最好的一员，以支书身份带领全村奋战在致富的路上；自己当村官五年来，全村人均收入由1996年低于全镇、全县、全省平均水平的九百八十七元，增加到去年的人均两千三百九十六元，增长了二点四倍，成为高出全镇、全县、全省水平一大截的冒尖村。五年里，在老支书和流氓镇长书记的压制下，自己虽然没有得到什么称号和奖励，但他能够在夹缝中为群众办事儿，他是多么高兴和自豪哪！

杨俊虎，邛军想，我为啥叫他流氓呢，因为我在为姥姥奔丧时，大舅和姥爷亲口告诉我：你妈常方圆是被杨俊虎欺负死的。他当时听得目瞪口呆，也听得义愤填膺，真想逮住他废了他，为母报仇、替天行道。可惜，这个亡命之徒当时在逃命，现在据说已经被移交检察机关了。真希望那家伙被判死刑，还被他欺负欺压剥削的人以公正，同时维护法律尊严和社会公平正义。他正想呢，突然《难忘今宵》歌曲响起，边大治喊：想啥呢？是不是想康美了？下班啦！

邛军笑着说：谁这么浪漫啊，换班还放个《难忘今宵》。

边大治：你这村上一把手我看是甩手掌柜啊，你咋都不摸情况嘞？

说实话，我也是第一次来工地干活儿，的确不知道大伙儿这么有生气。邛军实话实说，凤美，你今天干活儿有收获吗？乖乖……说着拿起她的手看，放在自己嘴上吮着。

哎呀妈呀，你俩咋这肉麻滴！吓死亲咧！边大治一惊一乍道，是不是晚上备孕更有劲儿咧？

唐小凤追着打边大治，追到车边，绕着车转圈儿。邛军发动马达，载着几人回家。经大伙儿劝说，边大治勉强同意在工地干到收工，之后还回西安发展，并说：我得找我的康美去，她已到了成年，我爱慕之心难免。

惹得一车的人笑疯。

回家洗澡时，邛军问唐小凤：你觉得边大治和康静雅有可能吗？唐小凤骂他又想康美了，邛军无言以对，他尽量避免将妻子和比她高出一头的康静雅比较，但潜意识里往往会不自觉想到，比如现在。唐小凤却说：康美去相亲咧。

正常啊。邛军懒洋洋道。

很奇葩的。唐小凤说，你说老男人为啥都这么渣？

咋回事儿，邛军问，你也被老男人渣到了？是杨俊虎那禽兽吗？

是啊，是啊，你老婆上个班容易吗，你说？唐小凤怨愤道，我是防火防盗防闺密，还要防色狼上司。

那……他没怎么你吧？邛军担心道，盯着妻子的胴体。

怎么会，要是他如愿了，他能那么恨我吗？唐小凤说，唉，忘了一个事咧，镇上新书记刘宏为了鼓励大家，拉了个企业做赞助，组织全镇五十三名干部去旅游哩，咱要不要出个国啊？

镇上组织出国吗？

没有，镇上组织去青岛，但是我想带你去新马泰。放松放松，说不定就怀上咧。唐小凤说，反正去哪，镇上那笔到每个人头上的钱都给的。

可是……邝军刚一说话，就被妻子用嘴堵住嘴。

对老婆不许说可是！唐小凤说着拉邝军上床。

唐小凤事后还专门将脚丫子高高搭在淡黄色壁纸上，说是增大受孕概率。见邝军要睡去，她就卖着关子，徐徐讲起康静雅那堪称狗血的相亲故事——

6月6日，康静雅抱着一束鲜花搭车回家，为六十六岁的父亲祝寿。良辰美景好日子，亲朋好友聚首，那叫一个舒坦。

话落了头，大伙儿照例关心她的婚事。这个问静雅，对象找得咋样咧，那个问男友咋没回来，她被问得如坐针毡、满头香汗。门外说话声救了她，她忙逃离客厅，岁舅送来已届米寿的姥姥，祖孙相拥着到厦房。

姥姥进门按住她肩膀瞅个不停，豁豁牙窝窝嘴漏着气说：我雅雅又长高咧，我去年搭你耳朵上，今年跑你耳朵下面去咧。

姥姥，那哪是我长，是你缩咧么。她笑道，浓缩就是精华，哈哈，你这好着呢！

好着呢，好着呢，我棺材盖上丢盹哩，就剩你丢心不下。姥姥盯住她问，这几个月，女婿找到没有？

没呀，哪那么容易滴？康静雅边说边扶姥姥到床沿，给她脱掉绣花鞋，将打着污白裹腿裹脚的三寸金莲搁床边，倚她靠被子上，拿塑料扇轻轻扇风。扇一会儿，将扇子交她，就去熬茶，并拿出一条褐色包装的雪茄递上。康静雅小学在姥姥家读，姥姥对她有养育之恩，俩人很亲。近十年，姥姥有了抽烟喝茶的习惯，据她说，抽烟可以治肚子胀，一日不抽一日就肚子咯拧咯拧不舒服，喝茶能提神，一日不喝就一日没精神。

姥姥放下扇子，拿起砖头样的整条烟在眼前挑着距离照。康静雅问：我给你配的老花镜咧，咋没戴？

戴不惯我就没戴，你把女婿领回来，我戴上细细看哈。

康静雅又好气又好笑，说：呀，啥事都和对象挂上钩咧！

对。姥姥说，喳，我把你这烟吃完，你就给咱找个对象，咋相？

呜呜呜……康静雅装作小时哭泣的样儿，说，姥姥，这可老难咧，我又不能去抢男人。

你达不到，这烟你就拿着，啥时候找到女婿了啥时候我再抽。喳，我看你是摆烂，我这辈子怕是没希望咧！姥姥说着，悲戚起来。

母亲洗了几根黄瓜，用碗端来让她俩吃，姥姥不接，她就把碗接到手里。母亲说：男大当婚，女大当嫁，我就不信，找个对象嫁个人，有这难？我看全村的女子媳妇儿，没有一个长得比你好的，满不说你还博士毕业、大学教授哩，难道就没有男的喜欢你？

他喜欢我，我不稀罕他呀。康静雅顶了一嘴。

那你就找你喜欢的啊！母亲说，还等啥，还敢等？一等二等快三十咧，你把我愁死咧，我和你先人一晚上一晚上睡不着，为你这事发愁哩。我像你这么大，你都能到地里掐瓜花、摘辣椒咧。

康静雅气得头昏眼花，气不够用。这时，姥姥又加了句：我像你这么大，都六个娃咧，你大姨你二姨还有你妈，都找到下家咧。你再不嫁人，我也等不住咧啊啊……说着就哭上了。

呜呜呜……还要人活呀不。康静雅悲从中来，也哭起来。

寿星父亲来问候岳母，补了一刀：你还要我活呀不，你是缺胳膊还是少腿，还是长得不好看，还是脑子不灵，还是工作不好、社会地位不高，你咋啦不找对象？是还在等那二百五的边大治吗？你别让我老嘴实脸地丢人！

姥姥见女婿比她还恼，蹬一下右腿，瞪他一眼，母亲则毫不客气地推他出门去。康静雅悲情到极点，好心回来做寿，也曾预料被催婚，却没想到遭遇这般侮辱性极强的降维打击，她犹豫一下，提包昂头出门。父亲拿着那束花从卧室走出，气鼓鼓道：喳，这花你拿走，不嫁人以后别回我这门！

康静雅充满悲愤和鄙视，一声不吭抱着鲜花出门去，却发现县委书记和邝军等视察村上工作。她站一边看着看着就被感染了，上演了"借花献佛"的好戏。

唐小凤讲到这里，用长发撩拨着邝军耳孔问：有这回事儿吧！

对。邝军摇着头，躲着妻子的头发。

那么，那个混蛋打老人并逃逸，她也见证了。唐小凤说，那我就好奇了，她为啥不联系我，在我这里不闪面？

不知道，这你要问她。邝军道，我后来去舅舅家给姥姥点纸送终去咧，她啥时间走的，我不知道。——讲吧，你把人弄得没瞌睡咧，咋相亲的，相的谁？

一提到康美，你精神来唡。唐小凤吹吹丈夫耳朵，又续上了——

遭遇父母逼婚，康静雅当晚深夜从镇卫生院回到西安。晚上窝在学校家属院房子里，她犹自意难平。第二天，早饭胡乱对付对付，康静雅精心打扮，带着资料去了婚介所。

是一家叫花为媒的婚介所，在东门外贸大厦，装修洋气，工作人员仪容整洁。前台摆着鲜花、糖果，走廊里挂满锦旗，办公区大幅活动照热烈炫目。接待室有不少帅哥靓妹，是正在相亲的客户，也有如她一样来咨询、留资料、缴费签约的。她的到来，吸引了众人的目光，一个和她一样高挑靓丽的女孩禁不住道：哎呀，这姐姐，我是男的，肯定非她不娶；不，我是女的，我也要。

惹得全屋人笑起来。

一位二十六七岁的秀气女孩，拿着表格和资料微笑着迎上来，说她叫韩红玉。小韩给她介绍公司情况、男客户人数，展示部分男客户的资料；说公司将为每位客户提供单独见面、集体结识、野外拓展、高端Party等不同形式的交友机会，促进男女经济高效地建立恋爱关系，走进婚姻殿堂。康静雅问有没有直奔结婚去的男士，小韩说：我们这都是双向奔赴、直扑婚姻而去。莎士比亚说，一切不以结婚为目的的恋爱都是耍流氓。我们杜绝这号人，一经发现，一定检举公安机关，务必将渣男绳之以法。

一个眼镜男提醒说，还有渣女呢美女。小韩立即纠正：对对，一经发现，务必将渣渣拿下。

康静雅见公司资质、环境氛围、职员和客户素质都挺好，就将本硕博毕业证学位证、工作证、职称证、身份证，还有几个代表性的获奖证书和社会头衔的聘任书交给小韩，并掏出一寸和二寸证件照各三张供其选用。对方上学信网、人社部官网等，花半小时查完资料，赞赏道：姐姐真是才貌双全，咸宁路上的高圆圆。请问，您父母做什么，有无社保？

农民。康静雅道，有些败兴。一边将证件一一收起，一边问多少钱。

小韩说：一千元，包括全年单约二十六位男士，全年景区门票、咖啡馆饮品简餐、棋牌室瓜子甜品水果、拓展爬山交通费，免费采摘樱桃、草莓、西红柿、番茄，不对，西红柿就是番茄。还有，免费为您解答恋爱中遇到的各种问题，提高双方恋爱技巧，提升人生幸福指数，增加配对成功率……

"配对"一词让康静雅在夏日里打了个寒噤，她再次痛苦地意识到，自己已沦落到"搭配婚姻"的地步，也隐隐觉得婚介和自己渴求的两情相悦大不相同，于是说声"算了"，拎包就走。

韩红玉傻了眼，不知如何是好，眼睁睁看着康静雅离去。

突然，一个中年女人斜刺里走出，很礼貌地做着邀请手势，道：老师您好！对于您这样的优质客户，我们愿意灵活合作，您看可以吗？说着就将康静雅领到董事长室。豪华的老板椅后的墙上，裱着她荣获市劳模的醒目照片和证书，她给的方案是：二百六十元，体验一季度。康静雅欣然接受，立即签约交钱，了解了在场的几位适婚男士。可惜，只加重了她的失望，她觉得很累。老板看得皱眉，说：老师，我知道你喜欢什么样的了，你喜欢成熟稳重儒雅的。你回去，明天我约好时间，你们见面；或者我把联系方式给你，你单约。

老板将一位三十四岁的男子介绍给她。第二天，俩人约在公园内的书屋见。和她一样，对方声称是985大学教师，硕士，事业型，没谈过。康静雅看他比自己只高半寸，估计只有一米七四左右，国字脸，不胖不瘦，长得有点着急；她深感失望，打算应付一下走人，不想聊了几句竟被吸引。俩人喝完杯中物，各回各家。

几天后又见了面。晚上，男子坐石墩上，拉她坐他腿上，她竟从了。男子轻摇她身体，她柔软的屁股在他膝盖上挤压，很快湿了。男子坏笑着问：咋了。她害羞地抡他耳光，反被攥住手腕拉住手。他没有一直握她的手，片刻就放了。

第三次，他请吃锅巴饭。饭后天黑，俩人拉手来到街角公园，他抱她，她反抗。他就灰心地落在后面，一转身竟不见了；她有点意外，有点害怕，很快回家。她以为自己很生气，高傲地要pass他，但竟恋爱脑泛滥，答应他去看塔。

是郊县的铁佛塔。他开白色宝马，她笑问这就是传说中的白马王子吗，他说嗯对，我就是你的Mr.right。先去附近她熟悉的一个叫"坑里"的地方吃纸包鱼，吃鱼的过程琴瑟和谐，她小确幸得流泪。饭后去看塔，塔令人失望，污黑矮小，锁在一条破烂小街中间的寺庙里。两人下车，只瞅了一眼，便反身。

行不多久，车停在路边一块临近大沟的荒地畔，俩人坐在前排说话。

说着说着，他突然就吻了她。她蒙了。这是她的初吻，她不明白发生了什么，等口里热乎乎的东西搅得她的舌头无处安放、浑身温酥酥软塌塌时，才反抗。他停下来，坐好，一会儿，又拉她，她就坚决下车了。

站在沟畔，任顺沟而来的浩荡夏风抚弄，头发凌空飘举，裙子更凌风飘举，要撕破似的，心也似乎被撕破。不得不蹲下，哭泣，想我这三十几年的纯真，就这样交代了；想，原来我喜欢这样的男人啊，但他是和自己的偶像——"少安"式的邙军完全不一样的，和自己最近动心的、李向南式的县委书记辛丰建更无半点相似……可见，感情是多么奇怪的物什了。自己是没经历过，但曾暗恋中学同学邙军十几年，无数次被命运捉弄，现竟要破防了。这样想着，她担心那家伙甩她而去，就回到车内。

路上，他让她取出他带的安康魔芋，吩咐她拆吃，她喂他……哇，这就是恋爱吗？她这是要解决姥姥、妈妈、爸爸的难题吗？是要组建自个的家了吗？

当晚，她失眠了，身体在燃烧，逼着她去见他。

就这样一月。

现在，他们要干一件事，那就是把身体交给彼此，探寻爱的密码，进一步了解对方，完成人生大事。她是出过国留过洋的高知，觉得程序和过程应如此，双方和谐满意，再无纰漏后方可谈婚论嫁。最初商定在她家，可临行时他变了卦，嫌不浪漫。她就提议去他家，但心里空落落的——来个男版"仙人跳"咋办？幸好，他依旧觉得不浪漫。那就酒店。

为安全，她主动订房。恰逢七夕，俩人约在钟楼饭店2046房间，约定晚上六点半见面。马上两点，她赶紧去做头发，女人第一次要美丽。可交大街发艺的水平她是知道的，就去小寨"发美人"，出门给他发短信：亲爱的，我可能晚点，六点一刻到。对方秒回：好的，宝贝，我等你！

打车、下车，小跑着转弯，到那家培训机构下面的一楼，就可以做头发了。要三个多小时，得赶着点，呀，来不及了……慌乱间，她听到一个声音：小贝，乖乖去上课，回头四点半妈妈接你，OK？

声音无比熟悉，竟就是他，在转角那边的白色宝马旁，牵着个十多岁的漂亮小女孩。她一惊，犹豫要不要打招呼，却见小女孩快活乖巧地答：好的爸比！

她五雷轰顶，赶紧羞愧地朝拐角这边缩，再缩。很快，车马达响起，接着白色宝马碾过来。她疾转，下蹲，蜷伏，脑子一片漆黑。许久许久，她终不死心，鼓起勇气站起，走过转弯，走上楼。小女孩正站在楼道掏书包，她问：小朋友，你爸爸是不是把东西落车上带走啦？

没有。女孩掏出一本奥数书，朝她一晃说，找到了。

你爸爸是不是去出差啦？她又问。

你怎么知道，阿姨？女孩很吃惊。

我是你爸爸朋友，他告诉我晚上不回家了。康静雅冒险道。

是呀，爸爸说他晚上要见重要客人，让我和妈妈别打电话别打扰他们。女孩天真地说。

你几岁了，读几年级？她鼻子一酸，强打精神问。

十三岁，六年级。女孩说，我姐姐二十四岁，上班了。

那你爸爸妈妈多大？她咬牙问，心往脚底下沉。

爸爸五十一岁，妈妈四十岁，是市劳模。

不对。她反应极快，你姐都二十四岁了，妈妈咋才四十岁？

姐姐不和我一个妈妈。阿姨，对不起，我时间到了。女孩说着跑向走廊那边……

讲到这里，唐小凤说：倒立时间到，差不多了，睡觉。

邛军忙追问后来的事，唐小凤反问：还有啥后来的事呀？分了呗！睡吧，梦里啥都有。一会儿，她就呼呼大睡，邛军却失眠了。

接下来的半个月，邛军在工地上每天干六小时，其余时间处理村上和公司的事。同时，载着唐小凤，配合她办护照签证、找旅行团。暑期结束学校开学，9月6日，夫妻俩愉快地开启"新加坡+大马之旅"。

二十、新马五日游

第一天是集结宣讲、出发出关。

二十三个人以家庭为单位分组，他俩是11号家庭，高个子的中年男导游说11号家庭年轻力壮。离这天结束仅剩十多分钟时，人们激动的心情早被整整一天的等待耗尽，可仍然停留在本市咸阳国际机场跑道的新疆航空飞机上。终于，二十三点五十分飞机滑行加速起飞，冲向茫茫夜空，飞往马来西亚吉隆坡机场。

邝军第一次坐飞机，感受很新鲜，一直盯着窗外看。待飞机上到平流层稳定后，就只看到机体上红灯的微光，一切归于混沌和茫然，他就不再看了。4号家庭的熊孩子不断喊着飞机翅膀要掉啰，游客和导游很生气，空姐耐心地制止了他。夫妻俩紧握着手，头身偎依，呢喃着，唐小凤说：亲爱的，你就当你带着个小中学生私奔了，或者，带着康美去偷情……

邝军直摇头。他们已结婚八年，虽然偶尔吵嘴，但大体来说已经够好了。许多夫妻经受不住七年之痒而分手，他们却情人般要旅行。他满心欢喜，欲要反驳时，唐小凤捂住他嘴，继续道：听我说，把我当小情人、当康美，我不吃醋的！好吧，什么也看不到，不如眯会儿吧。

邝军渐渐睡去。隐约中被喊醒，说是已经到了马来西亚首都吉隆坡上空，马上落地，准备下机，办理入关手续。大伙偏头朝外俯视，碧蓝的天幕下，是朝霞涂抹的世界。橙红的光，广漠的城市和郊外，茂密的热带雨林里点缀着城市建筑的塔顶和楼体，道路车辆也渐渐清晰……扑面的新鲜新奇感袭来。

落地后，被引导着去通关，早有一个和邝军年龄差不多，而比他矮一头的皮肤黝黑的男地接上前来欢迎。他汉语流利，管新加坡叫新加波，自称华人，在西安待过几年，让大伙叫他阿容，他自己也叫自己阿容。阿容和导游拥抱后，叮嘱大家带好行李，特别是拿好护照。插播说，之前有人丢护照，害得全团耽搁行程，自己没旅游成，还多待了好几天多花了几千元。随后，大家来到一个空旷的广场边等车，有人跑去便利店买早餐、买水喝，有人张罗着洗脸刷牙。

一会儿车到了，大伙儿上车，驶离首都。中巴车很高级，车窗外是四五丈高、绿屏障似的树，车如穿行在绿墙间。须臾，眼界开阔起来，远处是大片大片的棕榈树、椰子树、菠萝树，透着朝霞的金光，偶尔是一闪而过的大榕树；阿容介绍了一种叫聚果榕的树。阿容很健谈，拿着话筒站在司机背面友情提示，要兑换马币，并说自己不是骂人，马币就是马来西亚林吉特、马来西亚钱，一百元人民币换六十元马币。大家纷纷找他换钱。换完钱，他接着讲马来西亚的历史、政治、文化，讲华人来马来西亚打工、定居、繁衍生息的故事，讲华人在新马的不同地位，讲吉隆坡的自然地理、人文风貌……讲着讲着，突然就戛然而止，让下车上厕所、吃饭，品尝饮料。

视野很开阔，绿色平坦的丘陵，塑胶小街，一排连绵的店铺，旁边停着好几辆长得一样的旅游大巴。有面包、热狗、甜品、饮料，阿容特别推荐一种叫一百的小瓶装饮料，类似于今天西安的冰峰、青岛的崂山可乐和内蒙古的大窑，味道很特别，大家都抢着买，一瓶零点四元马币。这里也可以兑换马币，还比阿容便宜点。有人嘀咕：天天都上当，当当不一样。阿容、导游与这里的人很熟，他们去一个包间吃饭，有人说他们不掏钱。

吃完再启程，阿容告诉大家，这是朝新加坡而去，今晚住新加坡。他又口若悬河地讲起来，说虽然马来西亚、新加波（坡），尤其是新加坡是海洋国家，也属于赤道国家，但和中国大陆是土地相连的，也就是说从新加坡开车直接可以开到西安的钟楼大雁塔；而且，两地日出日落时间差不多，因为经度趋于一致，都是东经一百零几点几度哈。

好像是为配合他的讲话内容，果然，窗外变得平坦，地貌与西安也大差不差，有些地方出现黄土地，植被竟也有些枯焦。阿容开始讲中国沿海广东、福建等祖先来海外马六甲打工拓荒定居的历史。

走不远，来到一座山包。车在山包上绕了很大个弯停下，阿容让大家下车品尝榴莲。他特别推荐一种叫猫山王的榴莲，他的介绍将榴莲的品种、吃法、味道说得很细腻，让人流口水。大家就怀着很大兴致，去逛去看去买着吃，卖榴莲的人就在土山包山脚。山包上有各种树，阿容说这叫三保山也叫中国山，上面埋着之前下南洋拓荒落难的中国人，并说华人占马国人口的四分之一，主要做生意，没有政治地位。卖榴莲的懂汉语，也收人民币，沟通顺畅。邝军和妻子买了两种榴莲品尝，第一种比较便宜买得少，站着吃完；又去猫山王的区域买了三块钱的，俩人坐着吃，没吃完带上车去。

阿容告诉大家刚才游的是马六甲市的一处，不是马六甲海峡，并滔滔不绝地说了一大堆。讲马六甲市是马国历史最悠久的古城，相当于中国的西安，是马六甲州首府。始建于1403年，曾是马六甲王国的都城，后被葡萄牙、荷兰、英国统治，现居人口三十多万，华裔占百分之四十。他强调，1405年明朝的郑和率船队来到了这里，带来了中国的友谊、文化和丝绸，后来明朝的汉丽宝公主也下嫁过来……他们很快下车，很快又上车，依次游了古城门、荷兰红屋坊、圣保罗教堂旧址。最后一处逛的时间比较长，下车前，阿容手指一棵大榕树说：给大家半小时，带好护照，一点二十在那里吃饭。

这里是西方殖民建筑风格，白的巨大建筑、高而尖的塔顶，绿色和大树随处可见，还有白色河流奔向远方……游人抬头，见圣保罗教堂站在马六甲河口的升旗山上俯视着他们，邝军拉着妻子的手，喝着一百，与教堂对视着拾级而上。教堂为葡萄牙人于1521年所建，前面竖有圣芳济各神父塑像；1670年荷兰人占领这里后，将其用作城堡。邝军看到外墙上仍有不少弹孔，俩人伸手摸了摸。1753年，荷兰人另建教堂，这里成为荷兰贵族墓地。教堂内有一墓穴，是1553年圣芳济各的临时墓地。顶上，惠风袭来格外惬意，夫妻俩游目骋怀，俯瞰着色彩丰富、宜居宜游的城市，不禁有些陶然。邝军狂妄地想，我何时才能把塘坝村建成这样，他把这个想法说给妻子听，唐小凤嗔道：偷情呢，说那干吗？

午饭后，目标很清晰，直奔新加坡，但目标尚在两百多公里外。低速四小时，阿容是不睡的，一直在讲。阿容说这叫敬业，要让大家不虚此行，否则你回西安后骂我，我耳朵烧咋办？他先讲新加波（坡）和马来西亚的关系，讲两国的分分合合源于国家利益，也源于华人和马来人的权争，讲新加波（坡）是个面积只有中国香港面积百分之七十、淡水都不能自给的真正的花园城市国家，是全球除中国外第二个以华人为主体的国家；华人占新加坡人口的百分之七十四点二，大多是清朝末年来自东南沿海的移民；讲新加波（坡）政治强人李光耀父子，讲新加波（坡）优越的地理位置……邝军听着听着，睡着了。

仿佛才一会儿，他被唐小凤叫醒，说是到了新山，要办出马来西亚的出关手续。一车人拿行李下车，司机开车离去，阿容说：阿容就不送大家了，祝大家新加波（坡）旅行愉快！阿容明天在这里等乡党们。

一行人走向马来西亚新山，将护照交给关卡盖章。唐小凤拿着盖有蓝色印章的护照撒娇：呀呀呀，被野男人领着快逛第三个国家啦！她的话把大家的目光全引来了，邝军一下满脸通红。这时，那边的地接已朝他们挥手，导游介绍说：这是咱们在新加坡的新导游李威龙先生。

李威龙跟大家点头自我介绍说：大家好！我是李威龙，不是李连杰，大家叫我阿威就好。我负责大家在这里半天的解说及接待游玩。请大家上车。

车开上跨海大桥。窗外海天一色，浪涛涌卷，船坞盘布，岸堤视野开阔，邝军第一次见海，觉着冲击力比电视图画上强千万倍。阿威说：阿威向大家说明，大家正在通过的并不是大桥，而是一座堤坝，叫新柔长堤，这条堤坝同时承担着从马国向新加坡输送淡水和从新加坡朝马国输送蒸馏水的任务，是一条命脉。好了，请大家下车，我们办理入关手续。

入关后上车，阿威开始介绍新加坡政治、经济、军事警察、法律人文等状况，说新加坡是世界上草地最贵的国家，地皮贵于黄金；讲新加坡鞭刑，新加坡的严刑峻法在文明国家里极为罕见，连乱扔废弃物、在公共场所吸烟、不冲公共厕所也要被重罚和起诉。邝军想既是弹丸之地，估计马上就到了，果然停车，开启了"英式风情之旅"。

下车的地方在伊丽莎白公园。这是邝军见过的最小的口袋公园，但其无疑是享誉世界的。不几步到了海边，高低起伏、左右屈曲的人行桥上，尽是世界各地的观光客。脚下是个方形的水上观景平台，左手边是金榴莲国家歌剧院，左前方是摩天轮，正前方为享誉世界的金沙娱乐城，右手边是新加坡标志——鱼尾狮像；身后有百年铁桥、高等法院、国会大厦、圣安德烈教堂……小小公园给游人提供了一个最震撼、最广阔、最美丽的世界。俩人观看、照相、吹风、深呼吸、欢呼，恍入天堂。而后，大家去了环球影城，被要求七点半集中吃饭。

吃完饭入住酒店。洗澡后唐小凤说：出去转转，老婆叫个咖喱肉骨汤，给你补补？

邝军笑道：11号家庭是俩年轻力壮的光棍，一对情人，哪来的老公老婆呀？

多没意思！

呀，看把你能的，敢跟老婆犟嘴了。唐小凤拧着邛军的耳朵，拉他上街。

第三天早饭后，人们登上新加坡的"最高峰"——花芭山。说是山，海拔仅一百一十五米，车快开到顶，下车步行二三十米即到顶峰上萌态可掬的白色小鱼尾狮处。放眼望去，蔚蓝大海上矗立着无数高耸入云的烟囱，是新加坡的炼油岛；错落有致的高楼大厦、世界贸易中心邮轮码头、新加坡集装箱码头以及圣淘沙全岛的美景，标识着这座城市世界航运、金融、贸易中心的地位。阿威在自豪地聊脚下并不高但很密实的组屋，说新加坡政府主导强制征地，控制成本，并将建成的廉价房提供给居民，实现了"居者有其屋"。

新加坡还是免税品天堂。下山后，大伙儿去参观珠宝店，时间给得很多，鼓励消费。邛军问妻子要不要换个首饰，她说小情人给你省钱钱，他就没买，被阿威一顿白眼。又拉到一个百货店，耗着，邛军思谋着买点啥做个贡献，正好唐小凤肩膀疼，就买了瓶千里追风油。

午餐后驱车出关，与阿威告别——真正的告别，再入关回到马来西亚，阿容笑容可掬地迎上来。车子驶向海边度假城市波德申，近三百公里路，除了偶尔的空处和山坳，几乎全是茂密森林和成片成片的棕榈树、椰子树、麻黄树。阿容满足人们的好奇心，介绍着各种树。到达目的地即吃晚饭，晚饭是海鲜，若要吃大龙虾，会象征性收点费，大家吃得很尽兴。唐小凤颠着小肚子，说要影响小情人今晚备孕了。带孩子的年轻妈妈羡慕道：没娃真好！说得邛军唐小凤反而难过起来。

入住的酒店异常漂亮，临海，是古典式豪华五星级楼房。屋内可以听到翻滚的海浪，看到马六甲海峡海天一色的迷人海岸线。俩人出去买好第二天用的泳衣，又跑下海滩，瞭望着全长十八公里的黄金海滩，真想让时光停滞。海边徜徉许久，才回屋歇息。

第四天早餐后，出海或自由行。唐小凤肚子疼，但她极力劝说邛军跟大伙儿出海。车拉着走回头路，在离酒店不远处停下，来到一个貌似脏乱的海滩，邛军有点失望。二十个人分为四组，大家开始脱衣穿救生衣组队，一组一组拍照、下浅水区玩。波浪不断汹涌而来，又喘息退去，海水呈黄浊颜色，让人不是特别想亲近，但探脚下去后却温酥酥、痒痒的，撩拨得你不由兴奋起来，欢叫起来，乃至疯狂起来。反复地这样玩着，不断组合着拍照，扔帽子接帽子抓拍，凌空跳抓拍，摆pose抓拍；看着别组新项目的惊险，等着下一个项目的到来。

由于速度过高，加上游客大多是旱鸭子，所以，坐疾速摩托艇和香蕉船显得比较惊险，但大家还是一一勇敢地去尝试。看着一组组的朋友玩得这么开心，邛军没有理由胆怯，也心疯地玩了一把。玩摩托艇，坐在车手屁股后要死命地抱紧他，因为他要做出一系列看来最最冒险的猛然加速、斜刺弧形转弯和疾速停回的连贯动作，若不抓牢，铁定会摔到海里。香蕉艇除了司机，游客一拨上五人，所走线路比摩托艇大一倍，惊险程度却比前者小得多，其好处是集体项目，大家嘻嘻哈哈无比开心，邛军尝到了幼儿园有妈妈时才有的快乐，不觉泪涔涔的。

经过这一系列热身，便出海啦。二十人坐上汽笛船，船开得很快，大约走出五六公里停下来，打着旋。大船周围有小船，大伙下大船，按组上到小船。小船载着大伙分散开去，大家下水游泳、嬉戏。邛军真想让小情人跟着，那样该多开心哪！他先矜持着，片刻，孩子们下海了，吓得惊叫着，但并无危险。妈妈们也下了，邛军就跟着下。他先扳着船上的铁抓手，慢慢背后，松手，就感觉身下有推力朝上推——救生衣在起作用；他就伸展四肢，朝远处晃动，并努力仰头，察看蓝天和大海，感觉自己做了一件很伟大的事情。如此反复，有时又很紧张，再挑战，再改进；终于知道这不过是在安全保护下的游戏，便失了兴趣。坐在船上看风景，静思默想，想这样的偷闲时光毕竟是极少的，就生出惆怅来。

很快返岸，上到脏乱海滩的一瞬，邛军竟很留恋，为妻子没来而遗憾。

回到酒店，唐小凤竟睡着了。他上前吻着她，问她好着没，她说好着呢。很快，外面喊上车，就退房离开酒店，去中途吃饭。

下一站，太子城广场。四周是首相办公大楼、国家清真寺、湿地广场、太子桥、太子湖等，大家照完大合影后自由游览。离了大海，天又闷热起来，大伙儿找荫凉的地方玩。突然，一个骑自行车的男子绕过，引起一片骇叫。邛军看时，只见那人身上缠着一条胳膊粗的麻黑巨蟒，唐小凤赶紧钻到丈夫怀里。所幸那人很快便消失了。俩人下到太子湖边上的街区吃冰激凌、喝饮料，瞭望着湖水出神。

半小时后集中上车，去五十公里外的云顶高原。

阿容神侃着云顶的美景、云顶的赌场、云顶的植被生态，解说一如窗外所见。一路上坡，山路崎岖但路面整洁、线道规范，连绵叠嶂，青翠满眼，云海变化莫测，景色十分宜人，时有小鹿、兔子、雉鸡出没。阿容兴之所至讲起马来西亚名人，马哈蒂尔博士、首富郭鹤年、女星杨紫琼，后两位皆华人，获官方授予的"丹斯里"勋章；据说，这是一个对数量严格限制的国家荣誉称号，堪比"护国将军"。他还讲到云顶的灵异事件、女鬼啃人头传说，还说自己在云顶有房子，曾经亲历过灵异事件，他只挑了个头，就没再说了。黄昏，车停下来，吃晚餐。

空气清新，晚霞笼罩下的山峦、雾岚绚丽无比。上车前邛军找阿容，探询灵异事件。阿容说，他儿子四岁时，一次直勾勾瞅着屋内的一个地方哭个不停，谁都哄不下来，他认为是灵异事件。邛军说，这样的事很多啊，原因谁也不知。中国西北农村有一种说法，五岁内的孩子能看到鬼呢，但只是传说，没有确证。邛军又说，他一直不信灵异事件，反正自己没经历过，所以和阿容先生交流。阿容递给邛军一支烟，邛军挥手说谢谢，备孕。阿容惊异地说，你们是夫妻呀，还以为是野鸳鸯呢！邛军说不能够，我们都是党员呢，她还是副镇长。阿容热情地和唐小凤握手，说幸会美女镇长，又说：我朋友二十几岁时，她爸后半夜病逝前，她看到个金色晕边儿的小人儿从父亲头顶升起，消失在高窗上。邛军连说"瞎说胡说"。阿容熄灭烟头放进垃圾桶，道：信不信由你！集中啦，1号家庭……2号家庭……3号家庭……上缆车去云顶游乐园！

云顶缆车长三公里多，由马来西亚第四任首相于1997年2月21日主持开业。在缆车上看云顶的山、天、树、云、人、景，别有风韵——马来西亚特有的奇花异草，各种热带植物、动物和鸟类闪现眼前；半山腰云雾缭绕，如入仙境，快到山顶时更是云里雾里，真的很"云顶"。夫妻俩极度放松，觉得此行太欣兴、太足值了，看了美景，开了眼界，锻炼了身体，增长了知识，结交了朋友……这样的旅行，以后真该多参加。几分钟后，到了缆车顶，车体到达一个正在修建的大工地上空。画风突变，高度也一下子体现出来，地面的坚硬东西令人望而生畏。车体毫不犹豫地驶向大工地另一边的云顶户外游乐园、云顶第一城户内游乐园和水上乐园以及赌场，邛军突然害怕起来，有了恐高的战栗感、眩晕感。他平视着妻子，不敢和她说自己的感受，怕传染给她，却发现她早闭了眼，面孔被一种无比恐惧的神色攫住，他忙将她搂过……好像过了几个世纪，才停下来，邛军睁眼，发现同伴们很诧异地瞅着他俩。

俩人平复心情,去逛五光十色、纸醉金迷的云顶娱乐城。在妻子的鼓动下,邛军进过两次赌场,唐小凤在外面等。邛军看着广漠的赌场大厅,神气十足的赌徒,专业机警的赌场工作者;他想得有多少钱,才能来这里赌呀!听说有的贪官经常出国豪赌,而且上瘾了,他觉得这些人就跟另一个世界的人一样虚幻,于是赶紧出来。他拉着唐小凤的手说:你不怕我染上这坏毛病啊!唐小凤笃定地摇头。

俩小时后,他们返回缆车起点,下榻在山腰酒店。

次日饭后返程,空气更加清新,景致更加宜人,雾岚缭绕中更显云顶的神秘秀丽面纱。下坡,路在绿翡翠中蜿蜒而下,越来越接近首都吉隆坡;但邛军不由再次称奇,人类创造的一个奇迹就在车后——深山更深处。正好,有人问是谁建造的这个云顶娱乐城,阿容说:阿容告诉你,也是华人,必须是华人。云顶高原的土地属于私人所有,准确点说,是云顶国际集团所有。而云顶的创始人是马来西亚华人林梧桐。他1918年生于福建,二十岁来马来,1965年在云顶兴建酒店,五十二岁那年,获首相特许在酒店开赌场,得到大的发展,现拥有云顶这样一个世界奇观。

这消息听得邛军异常振奋,唐小凤用胳膊肘动动他说:加油,你还有戏!邛军将她抱得更紧了。

阿容侃侃而谈,讲了马国的许多发展故事,讲马国汽车大王——华人陈金火,讲马国的造车史及知名汽车品牌宝腾,马国的工业化目标。讲着讲着,他突然道:马来西亚王宫到了!

车停在宫门外右侧大道旁。下车,就看到一队骑着佩有彩色笼头的黑红色马匹的卫兵,正在大道上行走,像巡查,又像只为单纯增加游人乐趣。他们个个头戴镶有金边的礼帽,上身穿红色绣着金花的衣服,下边是黑裤子白靴子,随着"嘟嘟"的马蹄声上身一颠一颠的,很神气。阿容说:"皇帝轮流做,今年到我家。"马来西亚的王位正是以"轮流坐庄"的方式进行调换的。国王由九个州的世袭苏丹轮流担任,任期五年。王宫位于中央车站以南,是小山上一座金顶白墙的建筑。起初是中国富商的住宅,1926年改建成雪兰莪州苏丹的王宫;现由担任国王的苏丹居住,其他苏丹在各自的州里都有王宫。王宫不对外开放,游客只能欣赏它的外观以及每天的卫兵换岗仪式。如果来得凑巧，可以看到新旧国王交替仪式，张灯结彩，耀目生辉，国王要走黄地毯，其他官员贵宾们则走红地毯。好了，请大家上到广场尽情参观！阿容叮咛一句，带好护照，越是最后一天越要带好护照！否则今天回不到西安了。

左侧广场用各种暖色瓷砖铺就，中间用黑褐色弧线区隔成不同部分，镶嵌上不同寓意的图案，边上植着半圈不起眼的芭蕉树；广场仰视着门楼和门内小山上的王宫，显得视野开阔、庄严肃穆而又无比秀丽。邛军看时，广场上早挤满了游客，都在观览、赞叹、拍照；宫门由一扇并不宽敞的黑铁门与两旁的小岗亭、小门洞组成，附近的人如花团锦簇。唐小凤拉着邛军走向门前，见右侧门楼内的地毯上，是一位骑在黑色大马上的岗哨，左侧门楼口则站着一位持长枪的岗哨；两位哨兵神情自然和悦，近似玩偶，鲜有威严和警惕，任凭游客们与其合影。唐小凤亲昵地与两位哨兵一一合影，又拉着邛军倚门朝里看，百米宫道的两侧和尽头，全是修剪整齐的青草鲜花和短坡矮山；正对的矮山上用不同颜色的草绣出马来文字，大约是宫殿名字吧；山坡上蹲着威严的王宫，仅见宫墙的边儿，中间白黄色辉煌优雅的圆顶主宫殿和尖尖的塔顶，异常醒目。这浓郁的阿拉伯风格建筑深深吸引着邛军，他觉得像是看天宫。

随后的重点是购物，参观的是乳胶垫商店和巧克力店。阿容适时介绍马来西亚"橡胶大王"——华人李莱生。李莱生1921年出生于马来西亚霹雳州，祖籍广东梅县，生前控制四家种植业公司，拥有八点九万公顷橡胶、油棕、可可种植园，价值达十五亿多美元。曾任马来西亚国会上议员、怡保市市长等职，1993年11月病逝。这些卓越的创业人士，都是邛军极其感兴趣的，他认为此行对自己今后做村上工作帮助很大。唐小凤脖子经常不舒服，他们花一百元买了个乳胶枕头。这枕头很奇妙，打开比最大的枕头还大些，但真空压缩包装后，仅一个小块方砖大小，而且很轻。

离开乳胶店，就逛商店。阿容向成年人推荐一种神奇的东方树木——东革阿里，唐小凤了解后，让邛军拿了一盒。阿容笑着说：你看小情人儿对你多好！

出了商店，就去Beryl's巧克力工厂游玩，逛吃逛购。对于巧克力，唐小凤最有发言权了，她觉得这里的巧克力"好看好吃还不贵"。这是个巧克力工厂，生产、展示、销售区连为一体，也可以说是座巧克力博物馆。整个参观消费过程，充满趣味和仪式感，当然也不乏满满的诱导性。他们品尝了草莓、菠萝等水果口味的，买了提拉米苏口味的和苦味的黑巧克力，唐小凤还尝了辣椒口味的巧克力，但没买，心怀歉意告别。

午饭前，去了黑风洞。鹦鹉很可爱，景区新奇归新奇，太神道了，唯物主义者很不习惯。午饭后去参观最后俩景点：独立广场、双子塔。

路过圣玛利天主教堂，阿容让下车看。前面下车的人遇见了异见分子，发生了不愉快。邝军夫妻下去得晚，没搞清啥事儿，俩人刚站稳，就见一个女人声称她是大陆某省人，开始宣讲和兜售谎言。唐小凤忍不住打断问：大姐，你既是中国人，就不应该跑到外国给咱中国抹黑啊！对方急言强辩：我不抹黑，咋活呀，我又没文化，不像你们坐着飞机满世界玩嘞！大家都苦涩地笑起来，明白了他们的勾当。

阴云压着广场前的草坪，唐小凤坐在草坪上出神地望着对面英式古典风格、金碧辉煌的苏丹阿都沙末大厦，望着广场南端世界最高的旗杆，望着喷水池、廊柱和花坛组成的休息处；宽阔的广场一边是欧式风格的草坪和荷兰式的建筑，另一边是古老的阿杜勒萨马德清真建筑风格。一切的一切，都提醒她，她在国外，在异国他乡，她突然失去了对这里的依恋。看看丈夫，他似乎比她更受打击，早归心似箭了。

双子塔在人流密集的闹市中心，他们找到一条僻静的道路停车，隔着好几个街区远远眺望。阿容说：双峰塔别称佩重纳斯大厦、国家石油大厦、国油双塔及双子塔等，是两栋位于马来西亚吉隆坡市中心的摩天大楼，为世界最高双栋大楼，是马来西亚国家信心和高度的象征；许多电影都来这里取景。阿容说着，就开始兜售小礼品，动员大家给自己和亲友捎上礼物，也给他增加点小费。邝军买了个双子塔的玩具，唐小凤买了套刀具和一个跷跷板钟表。

到了说再见的时候，大伙都有一丝倦怠、一点留恋，更有即将回家的温暖。下午四点多，在机场口告别阿容。导游点名后，出乎意料地放了手，让大家各自出关，说谁有困难再联系他，没问题就飞机上见。晚上十一点二十五分的飞机，但大家还是抓紧时间进机场、办理出关手续，进候机厅等待，似乎忘记了多看一眼吉隆坡。等坐在候机厅的时候，就都有些后悔，只能看到玻璃框中的蓝天白云和一小片绿色及楼宇。直等到天黑后很久，才登机起飞，奔向大西安。

落地西安时已天亮，入关，坐大巴到钟楼后，大伙四散而去。

夫妻俩坐上公交车，打电话给康静雅，车放在她那儿，要去开车。好半天她才接，问：你们回来了吗？我还没起，我请你们吃肉夹馍、凉皮、稀饭——三秦套餐。

唐小凤开心道：我要"熟油辣子香得很"，但姐还在公交车上，连脸都没洗。

你过来，妹子好好打扮打扮你，看你变了没有。康静雅开心地挂了电话，一骨碌爬起。

唐小凤进门时，客厅电视开着，康静雅刚刚梳完头化完妆，闺密俩边拥抱边腻歪。唐小凤：打扮这漂亮，迷惑咱们大班长呀？他依然是我不变的最爱，我是他小情人儿，同时是另一个康美。我代表你爱他啦，你自己就省心些吧！

啊呀呀！凤美你这歪理邪说呀。康静雅笑得气都喘不过来，嘻哈道，啥漂亮呀，我这起得仓促的，连澡都没洗，身上臭臭的。

是我臭到你了吧，也香到你了吧！看姐给你带了什么，祝你教师节快乐！唐小凤笑道，边说边朝被俩闺密这肉麻的拥抱和话语惊得有点木讷的邛军偏一下头。

邛军忙拿出巧克力、刀具、跷跷板钟表和双子塔玩具，展示给康静雅。康静雅看着看着启颜一笑道：谢谢！我要双子塔玩具，这个可以放在办公室，不能在家放，风水不好。同时，我也有个双子塔玩具——美国纽约的地标。我那年访学回来时买的，不敢送，凤美是个醋坛子、班长是个"气管炎"（妻管严），所以……才现在送你们，也是记得摆办公室哈！

这时，电视上的播报似乎也在说这座楼：政府机构所使用的纽约的一座标志性办公大楼，它因两座孪生巨型塔楼而著名……

康静雅激动地说：呀呀，你看看，你们多伟大，我正给你送双子塔呢，海霞姐姐和央一，就配合我工作，给你们解说上咧，哈哈！

CCTV-1播报继续：……每座楼有一百一十层，高四百一十九米，塔楼在1970年建成，是当时世界上最高的建筑物……

几人坐下来，看着美国的高楼，听央视介绍：……后来在1973年被芝加哥的西尔斯大厦超过，每天在这两座大厦里上班的有五万人……

康静雅又插播道：我同学、硕士时的室友丽丽就在那楼上上班，嘿嘿……阔不阔你说？

CCTV–1播报继续：……访客和参观者大约有八万人。目前这两座闻名世界的双子塔楼已经在当地时间11号上午的爆炸中相继倒塌……

"啊——"一声，几人都吓得呆住。但电视播报持续着，介绍了1993年和1998年关于这座大厦的恐怖袭击，几人仔细听着，海霞出镜说：……接下来我们看一看事情的最新进展情况，目前五角大楼已经部分坍塌，宾夕法尼亚州上空的一架747客机坠毁，但是这架客机坠毁是否和这次恐怖主义活动有关系，目前还不清楚。

屏幕上是高楼被飞机从中间撞断，冒着滚滚浓烟的画面，比原子弹爆炸的画面还劲爆，几人看蒙了。

CCTV–1播报继续：……国会大厦也发生了爆炸，美国国务院发生了汽车爆炸案。据五角大楼说，他们监视到了第二架可能被劫持的飞机，目前五角大楼已经有两万四千名雇员被疏散。纽约和华盛顿的通信系统已经瘫痪，电话很难打进去也很难打出来，联合国总部、美国国务院、司法部和位于华盛顿的所有联邦机构建筑，都在进行疏散。白宫附近部署了武装部队在进行守卫，美国已经下令停止美国领空所有飞行。

恐袭、楼倒冒烟的画面又被切换，海霞出镜，她说：以色列已经开始撤走在美国的所有外交官员，英国、德国、巴勒斯坦国谴责了这种恐怖主义行为，据估计，事发的时候……

画面再次整体显示两架飞机先后撞向两座双子塔的画面，播音继续：世界贸易大楼内有五万人在工作，几乎没有人逃生。

"妈啊……"康静雅哭叫着从沙发直接溜到地板上，唐小凤和邝军瓷在沙发上。画面没变，出现了沙沙声，接着海霞出镜，不时盯一下新闻稿，继续播报：目前，美国中央情报局正在对这件事情进行调查，但是它的总部办公地点已经转移了，新的地点还没有透露。据美国媒体消息，撞击世贸大楼的其中一架飞机今天早晨在彼斯堡上空被劫持……

画面恢复飞机撞击大厦的录像，有同期声出现，播报继续：美国航空公司宣布，其所属的两架飞机失踪了。其中的一架原计划从波士顿飞往洛杉矶，机上有八十一名乘客，另外一架飞机呢，原计划从杜乐塞飞往华盛顿，机上乘客有五十四人。美国联合航空公司也宣布有一架飞机失踪，这架飞机原计划从纽约飞往旧金山，现在已经确认是这架飞机在彼斯堡上空坠毁了。联合航空公司同时还担心另一架原计划从波士顿飞往洛杉矶的波音757飞机是否运行失控，目前情况还不清楚。

海霞出镜：伦敦的一家报纸说，本·拉登在三周前曾经提出警告，要对美国采取行动，但是没有人予以重视。本·拉登是沙特的福王，一直流亡在阿富汗，很多人相信，只有他有这样的经济网络进行这样的活动。好，这次新闻到这儿就结束了，感谢您的收看，再见！

邝军这时才发现康静雅倒地上，赶紧去拉她，她反而说：美国……美国……我同学……

邝军给唐小凤示意，唐小凤拍拍康静雅屁股道：发什么疯，康美，矫情！美国这是多行不义必自毙。你还记得前年母亲节那天，美国公然轰炸我国南联盟大使馆吗？我国三名记者当场牺牲……这账找谁算？

一句话问得康静雅坐了起来，唐小凤给她喝口一百说：这事儿就这样过去了，不许矫情，否则我和邝军不理你了。

康静雅嘿嘿笑着道：遵旨，凤美！去吃"三秦套餐"走，不过丽丽……

二十一、生活悲喜剧

经过这么多事情后，邛军决定将眼光放远，气定神闲地干事业。

银行的欠款，不是一时半会儿就能还上的，急也没用。大兴温泉酒店建设也不是一天两天，甚至不是一月两月就能建成的，即便它建成了，也不是三五年就能收回成本、盈利的。所以，心急也没用。人生，在某种程度上，还是拼慢功、靠实力，不在一朝一夕。这样想时，他就用心过好每一天，善待身边每个人甚至每样东西，如此物我互济，过得就很舒心。对于要孩子，他也是佛系，做好了试管婴儿的准备，只是还一时下不了最后决心。

春去秋来，大兴温泉酒店开业运营已一年。

去年11月16日正式开张，公司成立了以杨钊为副总的销售团队，聘请康静雅推荐的具有温泉从业经验的吴刚果为销售总监。吴总监招聘了拥有大客户资源的十几人的销售团队，进行包县包区的上门营销。同时，公司重视宣传广告效应，在公交车、大巴车、广播电台、报纸上投放广告。另外，村上协调西安公交集团，开通了大雁塔直达塘坝村的公交车，使得没车族也可方便舒心地来泡汤。邛军还从自己做起，带头找关系做销售，经他请来的有省人民医院、世纪金花集团、陕鼓集团、省公交集团等，都是大客户；其他村组干部、公司干部、群众，只要能拉来客户，都有提成。众人拾柴火焰高，全员销售让公司迅速起势，大家看到村办企业红红火火，心劲更大了，也更团结了。

保证酒店入住率后，为加快偿还银行贷款的进度，村内员工自愿接受低薪制；已购客房的村民，也没有全额甚至高比例地抽得提成，而是加快提留，积累偿还银行贷款金额，让"长腿子的钱"尽快减少。真是人心齐泰山移，从这些事情上，邛军真正看到群众的通情达理。自助者，人恒助之，前县委书记金书记带着他们局的人开会，一有活动就给邛军打电话要订会议室；辛书记更是想方设法给塘坝村做招商推广、宣传推销，还把县上各种活动的分会场尽量安排在塘坝村。一时间，塘坝村有口皆碑，许多小青年有事儿没事儿就来村上小住几天。

知人善任永远是做领导的第一能力。事实证明，任用杨钊是正确选择。

杨钊在营销方面做的几件事情很亮眼。她在西安的几个公司都干过，虽然待的时间短，但一旦离开，那些之前的公司都成了她的客户。她在大客户销售方面业绩第一，在大型活动策划上也卓有成效。冬季刚开业，她举办了一场"轻骑100车友会秦岭古道踏歌行暨车友联谊嘉年华"活动，当年轻骑摩托的保有量那是海量的，一下子解了公司开业后的燃眉之急，也让大伙对她任命的疑惑冰释。春季她邀请作家们来塘坝村参加"秦岭看花节采风"活动，那些作家游了吃了逛了，拿了小红包，个个诗兴大发，各色好文章发表在了报端。这一波宣传堪抵精兵十万，春天没过完，客房就被预订到夏末了。值得一提的是，这些作家中，还有边大治，他最终发了八行诗在《西安晚报》上；边大治从此被村里人称为文人。邛军静下心来想，觉得很纳闷。夏季，本来有第二届秦岭县"厕所革命"暨新农村发展高端研讨会，但杨钊仍不甘寂寞，高调策划了"首届秦岭啤酒节"，活动获得了空前成功。现在，她正在精心策划店庆一周年活动，想借此推动业务上新台阶。

杨钊也很注重细节。她专门请来两位流浪歌手，在酒店前大兴广场演唱，吸引行人驻足观览，增加酒店亮点和风情，提升酒店品次。她还买来九十九只鸽子，在广场一角设立鸽子广场，吸引游人喂鸽子、娱乐休憩。特别是有了公司这个平台后，杨钊的交友圈一下子扩大很多，她还受邀出现在由副省长带队的诸如中西部产业交流会、广交会上，为公司亮相、争彩头。邛军当时自卑地想，自己摊子小底子薄，还够不着那么高的平台，所以不打算批准她出差，但她信心满满，给他立军令状，他就允许了。还真是，杨钊每次回来，不久就有新客户到来。邛军暗自想，这个嫂子，真乃一宝也。他以为自己偏心，就问询妻子和康静雅还有老胡，他们都认可杨钊的表现。

需要说明的是，胡德刚是村办企业的后勤副总。这个大半生在塘坝村郁郁不得志的老人，上任后的表现只有一个人不满意，那就是老支书邛五叔，可见他的工作有多被认可。邛五叔是换届后的村监督委员会主任，也是大兴温泉酒店首任纪委书记。他最不满意的人自然不是老胡，而是酒店财务总监陶会克。这种不满意到了忍无可忍的地步，以至于他直接跳出来，明确要查他的账。

这事很严重。陶会克的账，不是他的个人私账，那是全村人的公账，是这个终南山下八百多户人家三千人的集体账，是邳军几家私人公司的账，更是村上这几年修路、通电、通水、建学校、建村部、修厕所、建设和经营温泉酒店、贷款所产生的总账。虽然这许多账都是邳军公而忘私地背着，可一旦有人怀疑你损公肥私，那唾沫星子淹死人，你纵有几百张口也难辩。

查账是以邳军寻找老父亲为突破口的。有人检举陶勇克这几个月出去逛荡，花了村上建温泉酒店的血汗钱。邳军知道这是冲他来的，也是一招致死、打七寸的厉害路数。静心一想，他其实对陶会克的真正为人和人品，也无十足把握。陶会计，是他上任村官时的前任会计，准确点说，他是老支书邳五叔的人，人家和五叔的关系肯定胜过所有人。如果他作为卧底，对他倒打一耙，那邳军这为人民服务的机会，怕是得立马结束。唐小凤也看到这次危机，用上述话提醒老公，夫妻俩心急如焚，干着急没办法。退一万步讲，即便之前账上没毛病，陶会克要有害人之心，那他随便一个动作，都可以放翻邳军。是呀，放倒邳军，他自己也可以上嘛。

举头三尺有神明，好在，邳军自觉对得起天地良心，没做啥亏心事儿。与陶会克共事前，他是孤儿、穷小子、学生、打工汉、小老板，俩人无过结也谈不上交情。在竞选村主任时，俩人被列为竞争对象，但是一则陶会克无意于当选，二则他也不是多么上杆子，所以当时俩人也没结啥怨仇。当主任后，邳军名义上是二把手，实际里只有干活扛大头的份儿，实质上二把手还是替支书掌财权、不露声色的陶会克。但几乎同时，邳军就将他用为自己私营公司的心腹财务官了，让他一个残疾人挣钱养家、供娃读大学，至少应该没得罪他吧。到了当支书这几年，他做事更公允更无私；另一方面，他企业壮大起来，需要陶会克当参谋的时候更多，俩人合计了许多大事，关系更加密切了。至于近一两年，俩人更是生死与共，于公于私都和衷共济。去年给陶成安排的工作，娃很称心，现已经结婚有孩子了——妻子是旅游局的公务员，岳父还是个副局级干部，陶会克因此还开始给村上办事。在村办企业里，陶会克是高管，虽非班子成员，但是实权派。如前所述，他是这个村子的管钱人，他不签字不同意，谁也别想使一分钱。这样的位置，想必他不会不满意。这样仔仔细细想一遍，夫妻俩心里稍微踏实了些。

解铃还须系铃人。为更有把握，在折腾前将事情化解于无形，夫妻俩分头行动。邛军找哥哥邛军飞，唐小凤找嫂子杨钊，分别动之以情，晓之以理，让长辈五叔别惹人见笑、耽误工夫、扰乱经营，使亲者痛，仇者快。邛军飞两口子满口答应，目前村上年轻人的心都在办企业、干事业上，不会乱七八糟，何况本是同根生，相煎何太急。还有，俩人都当过鑫隆苑大饭店老总、受过和正在受着邛军的好处，尤其是杨钊，在村办企业里干得风生水起，找到了人生实现自我价值的平台，人也稳重了许多，也更加现出浓浓的女人味儿来，成为村里的风景；所以她的心气是很高的，满口答应一定将公公这事儿按住了，甚至说：他不答应，我就离婚。

唐小凤怕闹得太过，拉着她的手说：妹子、嫂子，你不要用力过猛，好好给叔父说嘛。

杨钊被逗笑了，说：姐，我也是因为气不过嘛。

事情的进展出人意料。邛军飞跟父亲说这事，被父亲直接怼回去：你干好你的事情，把你婆娘娃娃管好，别让人说闲话。你比邛军大、条件比他好，你现在干得还不如人家，你还有啥资格来教训你老子？你老子前半辈子管村上事，后半辈子监督村上事，这有啥错儿？难道世上事情就没样子了吗，任他胡逞能？

一个邛字掰不开，都是自己人，再说，军军干得好着呢，县委书记都满眼看上、全心支持呢。邛军飞还不死心，辩解说，你就不怕惹人见笑吗？再说了，杨钊还在公司当副总呢！

管他谁支持，我拿事实说话。娃，你静心想想，几百万上千万往出花，不受监督那哪成！邛五叔说，我已经给你说咧，你管好你杨钊，别让她再生啥岔子，之前是年轻，也不归咱管，现在不一样咧。

邛军飞气得败下阵来，他没敢将实情跟杨钊说。现在，轮到杨钊出马了，她瞅准公公在办公室的空子——邛五叔上任纪委书记后上班很勤恳，朝九晚五雷打不动，这个官是发工资管事儿的，不比村民监督委员会主任只挂名——直截了当说：爸，我进咱家门后求过你啥，今天我有一句话要说哩。人一辈子，谁还没年轻过，我还想干点事哩，请求爸支持我把咱公司的事干好。如果爸你不支持，那我今天把话摆这里，那说明咱就不是一家人，我和军飞也不是一家人。话我说完咧，你掂摸着来。杨钊话刚说完，就要抬脚出门。

这个儿媳妇，自打进门来，和他统共没说过几句话，不知是敬而远之还是不屑一顾。按说他一个无权无势的老人，她犯不着敬而远之，那一定是看不起他邛五叔了，所以他一直有一种被嫌弃的感觉。——这可能是老年人普遍的心态吧。而且，这个儿媳妇，在外面名声不好。名声不好的女人一般不顾及世俗的看法，做事不按常理出牌，所以对她，他有点怵火，于是赶紧拦住，道：钊娃子，你话说完了。能不能等爸也说句话呀？

杨钊只好站住脚，侧耳倾听。邛五叔就接着说：娃呀，咱俩为啥能坐在这么新的办公室工作？为啥呀？那是因为，塘坝村全体村民投资、出钱、出力、全心全意办了这么个企业呀。为办这个温泉酒店，大家出资、出力、流汗，折合起来，花了几千万元人民币。现在，这几千万花出去咧，花到哪里了、花得咋样，没人知道详细情况，只明白个大概……上月，有人把检举信投递给我，你说我这个纪委书记该管还是不该管？说着，就拿出好几封信，摆桌上。

爸，您说的也许是事实，但人是活的。杨钊说着迈了出去，却回头又说，我只能说，你有你的千条计，我有我的老主意——我本来觉得我一个大学生嫁给军飞，配他绰绰有余，但从您刚才这口气看，我估计还配不上他。我知道咧，我也有自知之明。

邛五叔吓得胆战心惊，他的确对这个儿媳妇的胆大很忌惮，忙追出门去，却见她已经朝邛军办公室而去。邛五叔知道是邛军找的军飞两口子，但邛军今天一大早去镇上了，估计这会儿刘宏书记正找他喝茶呢——村财务的事已被他捅到镇政府了。为此他曾是那么得意，但此刻他是多么后悔呀，担心搬起石头砸自己的脚。于是他朝财务总监办公室走去，走到半截又返回办公室，拨电话给陶会克，喊他来。陶会克进办公室后，他闭上门，说：坐，喝什么？我这儿有好茶。——呀，来这儿办公，一满圈在火柴匣子里，无事难以见面啊。

是呀是呀，陶会克说，支书有啥吩咐，尽管说。他已经知道邛五叔在倒把戏，却不动声色。

邛五叔只好指指桌上的检举信，说明了事情，并说：小陶呀，你是咱村上的管家，是实践中成长起来的优秀民族干部。当年高中毕业由于腿伤的原因，制玉挣工分连个女人的工分也挣不到，我念你可怜，让你当记工员、队长、文书；后来把你当放心人，让你当大队会计……你很能干，也善于学习，你为咱村上财务工作立了大功。最近群众检举的事，咱要重视哩。这样，咱本着自查自纠的目的，咱俩内部先沟通一下。你觉得村上和咱酒店，有没有财务问题？

陶会克沉默一会儿，终于忍无可忍：呀，老人家，别和我一个拐子过不去哇！

小陶啊，我没针对……群众没有针对任何个人，咱就是为了村务公开，这是上面的精神。而今天咱俩说的事情，背靠背就咱俩知道，没第三个人知道。你现在不想说，不方便说，那你先思考一下，随后咱再聊一次，好吧！邝五叔说着，起身送客。

他刚走到门口，就见邝军回来了，看不清表情，但将陶会克喊了过去。

邝军让陶会克把门关上，说：有人把我告到镇党委了。但我自问无愧于心、无愧于民，举头三尺有神明，我上对苍天，下对苍生，南对秦岭，北对白鹿原，我都心里坦然。就是把账查一百遍，我也敢让查。但是，一则这样一来耽误工夫、扰乱经营，也会乱了人心；二则，我是法盲、财务盲……我现在就是想明一下心思：你觉得村上和咱酒店，有啥财务问题吗？

陶会克吃了一惊，他奇怪老支书和现任支书咋问了同一个问题。他俩——一个检举者、一个被检举者——应该不会探讨这个事情吧？问题他已经有明确答案，刚才不说是怕老支书见风就是雨、对公司和邝军不利；现在可以说了，也好让邝军心里有个准备，也有个应对吧。于是他说：邝总，没啥大的问题。

那就是说，还有问题，对吧？邝军急问。

是呀。之前，你从你几个公司的账户上曾累计支出四百多万，这些钱都让村上花掉了，摊到了村民身上。但是，这样的做法，不合法律规定，经不起查账。还有，吴总监报的几个条子，我也不踏实。

你意思是说，老板不能随便用自己公司的钱？邝军吃惊道。

对。之前大概有四次，我都给你说过，后面几次我没再说。陶会克说。

那一旦查出来，会对我和你还有公司，有啥影响？

违法了，肯定要处理，或者是法办，或者是罚款。

邝军惊道：这么严重！具体有什么处罚？

我也说不清楚，但就我所知，应该要缴几十万元税，或者作为备用金，责令将这些钱还回去；或者用发票，把这些钱冲掉，那就是做假账了……我说的这些不一定对，可大概就这个意思吧，我想。陶会克说。

邝军再一次觉得陶会克很专业，也很诚恳，从刚才的话里，他断定陶会克不会害他，于是他继续讨教道：咱俩商量一下，看咋应对？

应该最好别让查……陶会克为难地说，但你不让查，堵不住他们的嘴。我最怕有人造谣中伤了，晦气。我现在是当爷的人了，爱惜自己羽毛，怕人脏了我。

咱俩的理解是一致的。邝军说。

正在这时，来了电话，是妻子打来的，唐小凤说：这叫啥事情啊，我和刘书记刚犟了几句，他还是主张让查，说清者自清嘛！我说，耽误工夫呀书记，那让人把你查一下，我们都知道你没问题，你乐意被查吗？刘宏说我不讲理，你说气人不气人？

你先别生气了，老婆。邝军说，我感觉这次，查账这事儿，躲不过去了。刚才和陶总说了一下，主要是之前让村上花掉的咱自己公司那部分钱，可能过不去。

呀，那就让查吧，我举双手赞成。辛书记不是让讲好塘坝村的秦岭故事吗？这就很生动、很鲜活、很感人的呀！唐小凤兴奋地叫道，2002年的活雷锋哪！

那就这样吧，我准备一下，让人家查。邝军说。

唐小凤：还有，杨钊给我打电话了，说她要离婚。人家早跟你们那个销售总监对上眼了，说那娃把她追得她都想上吊。这可好了，五叔不仅不答应人家，还推波助澜。

咋会这样？邝军吃惊不小，对陶会克示意自便，见其出去，接着说，凤美，这个你可要给杨钊说清楚，之前她是做姑娘自由身、年龄也小，现在她已经是孩子妈、为人妻了，年龄也大了，还是村集体高管，这可不能乱来呀！

呀，该说的话，我早都说了。唐小凤说，再怎么着，我们还是姐妹关系呀，掏心窝子的话，肯定得说到。

这时，有人敲门，接着，邝军飞推门而入。邝军挂了电话，故意道：稀客呀稀客！

杨钊在吗？邝军飞问，她跟我离婚哩，你看苗苗都一岁半、在地上跑开了，你看这事！

我刚从镇上回来，事情被捅到镇上了，书记要查咱村上的账，我正准备应对呢……刚唐小凤打电话，说起你俩这事儿。邛军道，我还不知嫂子在不在公司，这咋办？

走，咱去见我爸，都是他引起的。

你先去，我带盒枸杞。邛军弯下腰，在大办公桌下拿东西。

邛军走进纪委书记办公室，见那父子俩各自抱着头，互不理睬，估计一个字没说呢。看到邛军进门，五叔说：军娃子，呀，你也知道，五叔一辈子吃了直的亏了。查账，五叔不是针对你，你干的时间短，你不知道，陶会克那财道得很哪！他表面是给你和村上数钱呢，但你保不准，他数着数着就朝他口袋里数进了。谁敢保证他一点没弄？

哎……这个……邛军不知如何应对，无声地将一红色小罐的枸杞放五叔桌上。

军飞开口：爸，杨钊要分呢，苗苗咋办呀？

邛五叔一愣，他料到会有这出，但没料到来得这么快，山羊胡须一撅说：咋，她要结就结，要离就离，她咋那么便宜呢？你想通了，同意离？

我不！军飞歪着头摆了摆，让邛军想起他小时候哭的样子，这不，跟你俩商量呢吗？

不接话不行了，邛军就说：我给唐小凤说了，让好好劝劝……

呀，家丑不可外扬，你咋让小凤知道咧？邛五叔急道。

是杨钊给小凤打电话说的，估计……邛军欲言又止。

估计啥？邛五叔父子俩齐声惊问。

呀，咱都思考一下吧，把问题考虑周全，想复杂点。邛军说，然后，再说应对办法。这样可以吗？

有啥好办法，人家一个大学生嫁给我一个高中生，本身就……军飞说着说着就没声了，好像他没气了似的，像泄了气的皮球般软在沙发角。

如果，我把这伙子告状的、吵着要查账的狗尿压住，邛五叔说，心想，那匿名举报信本身就是我作假弄的，那样的话，她是不是就可以好好过日子咧？

哎……这个……邛军犹豫着。

军飞道：那起码，起码可以不让你背过咧么。

对着哩。邛五叔道，用手蹲一下枸杞罐儿说，喳，打电话给杨钊，让她过来。

俩人将目光投向军飞，军飞拿起手机，有点口吃地说：我……可能，把她，请、请不动。

看你这木尿！邛五叔骂道，你打，没打你咋知道人不来。

军飞就硬着头皮打过去，说：钏，我在爸办公室里，你过来一下，邛军也在这里呢。

很快，听到"嘟嘟"的皮鞋声，接着杨钏出现在门框里，她倚一下门，拿手将披肩发往耳朵后一理，道：邛总！

邛军说：嫂子，今天咱说私事儿，你进来把门闭上，家丑不可外扬。

杨钏听话地进来闭上门，转身给邛军倒水，又给五叔和军飞倒水，仨人都有些意外，又极度忐忑。邛军说：你和我军飞哥过得好好的，苗苗这么乖……啊，我、我和……邛军突然有些悲伤，哽咽道，我和唐小凤想要娃，都要不上……你俩，娃长得这么乖！咋……你俩，倒还闹矛盾咧？

杨钏靠在门背上，低着头，又瞅一眼五叔说：唉，说啥哩！万般皆是命，半点不由人，我七两多的命，到不了半斤上去。

这遭事情，都因窝伙子告状的、吵着要查账的窝尿，邛五叔说，我把这伙子狗尿压住，让他们不要反弹。你俩安心上班、过日子，苗苗好好苗壮成长，这样行呀不？

那可以，杨钏立即表态，只要咱不互相挑刺，安生的日子，那是我苗苗的福嘛！说着竟哭起来，我既然能嫁给你军飞，那就是下了最大决心了嘛，不到万不得已，我也……

邛军听得心酸，忙劝道：嫂子，别说咧！我军飞哥对你的心，全塘坝村人都知道，你也清楚着哩。

嗯嗯……杨钏道，那我还忙着呢，要到洛阳出差去哩。

邛军道：军飞哥，要不，你送嫂子一起去吧，散散心。把我车开上。

啊——真的？军飞惊道，那我还能练一哈车么！

看把你高兴得……杨钏破涕为笑。

五叔和邛军也笑起来，邛军将车钥匙交给他，说：油我刚加满，你们不用加了，估计一个来回没麻达。

谢谢邛总！我喳势大得很咧！杨钊说着趴在军飞背上，俩人嘻哈着，军飞就背着老婆出去了。

但查账的事，已经不以人的意志为转移了。周五一早，镇上派的工作组就下来了，严肃的审计查账便开始了。与此同时，酒店一周年店庆也在紧锣密鼓地筹备中。在工作组下来前一天，邛军及时进行了村务公开，将上任六年半以来的村务、账务仔仔细细地向群众公布，请求群众监督，欢迎群众举报。杨钊从洛阳回来后，见竟在查账，跑到公公办公室吼道：爸，我弟杨钊士学医，毕业出来，还得靠邛军支持办药房呢，你当过支书，你不知道支书的作用吗？你还让查账？你咋说话不算话呢？

邛五叔早有预料：这遭不怪我，咱俩莫要发脸红，你可以去打听打听。

终于，在酒店一周年庆典开始前，审计工作结束。庆典上，水上天、辛丰建、刘宏、康静雅等嘉朋悉数到场，利用活动之余，刘书记专门将审计情况向辛书记做了汇报，辛书记批示了两点：一、政府要营造好经商环境；二、大力宣传好塘坝村和邛军，讲好秦岭故事，打造发展新名片。一锤定音，此事再没人提了。

庆典上有个不得不提的小插曲，之所以说不得不提，是因为它影响到邛军和妻子唐小凤的关系了。

会上，康静雅作为专家发言很成功。但她由于要带学生实习、时间紧，没来得及见唐小凤就返校了。第二天早饭后，唐小凤从别人QQ空间看到照片后很生气，她本来正为丈夫公司的庆典成功举办而高兴，夫妻俩晚上兴致高涨时她还特意拷问过他：女人花康乃馨有没有来助兴？丈夫明确否认。现在看来，他们是合着伙来骗她唐小凤的。唐小凤妒火中烧，没有控制住情绪而用手表摔碎了液晶电视屏……那手表是邛军当年辛苦打工攒钱买给唐小凤的信物，电视则是他们结婚时买的婚礼物品，当时正在播《大汉天子》电视剧。这些物品俩人都分外珍视。刚才，唐小凤也是彻底丧失理智了，所以不仅摔坏手表，而且砸破了电视。

面对妻子的撒野，自尊心极强的邛军没打算妥协，他第一次呵斥唐小凤，而且是用没有任何退让的强硬态度。如此，家庭冷战不可避免地升级，唐小凤咬着牙、一滴泪也没掉地离开家，回父母跟前去……

二十二、夫妻冷战时

女儿的回家，让唐逝水和余如兰老两口大吃一惊。

今天是礼拜天，窗外雾沌沌的，不远处的南山被浓厚的雾岚遮挡。早上天气预报说2002年的第一场雪将要降临关中地面，可校园里法国梧桐的叶子还绿着，依然倔强地护着树枝。室内，局促的单间里，窗台下放着张笨重的旧桌子，上面摆着台旧TCL王牌十七寸的彩电，俩人在看海岩的新热播剧《拿什么来拯救你，我的爱人》，都为罗晶晶的痴情和多舛命运而感慨；正对窗子的最里端的角上，支着一张双人床，床和桌子之间靠墙是一张半新不旧的三人沙发；床的右斜对面，从里朝外，依次是一块案板和一座铁框水泥锅台，锅台上的"7"字形黑铁页烟囱从门上的玻璃小窗通出。——这间陈旧的房子，是唐逝水的宿舍，也是夫妇俩周内和大多数周末生活起居的地方。今天起床，屋内温度计显示十四摄氏度，唐逝水插上电暖气，早饭后一看，温度已二十二摄氏度。两集电视剧结束时，外面飘起雪花来，俩人揭开门帘，站门口看一会儿雪，眺望雪景中的山野，而后满足地放下窗帘关好门，说话商量事情。

人无远虑，必有近忧，有三件事情令两人挂心，甚至焦虑。

唐老师五十八岁，余主任五十六岁，俩人面临退休，须考虑安排一些事情。余如兰前年在塘坝村小学建教学楼问题上与杨俊虎有矛盾，去年就卸任了镇教委主任一职，而被任命为教委调研员。这个职位在当时非常罕见，余如兰觉得有愧于组织，认为是组织给自己搞了一次特殊化。本来，文件规定男教师六十周岁女教师五十五周岁可以退休，但鉴于教师编制的紧缺，这个规定在执行层面打了折扣，无县级医院重大疾病证明者，休想在六十周岁生日前离岗。所以，要仔细算下来，余如兰还得坚守岗位三年零九个月，而爱人唐逝水则有一年半就可荣退。夫妇俩这平凡而又光荣的教师生涯，就要画上圆满句号了，细想来还真有点心潮翻滚、心情复杂。想想当年从学校毕业，多么青春蓬勃，套用古诗词的话，那叫秦岭南望气如山，可似乎是在转眼间，他们已年近花甲，到了考虑退休的年龄。

没到年龄而想退休，那得有医院证明，俩人不齿于弄虚作假，但也不能对身体大意呀。教师已成为高危职业，辋川小学的张校长就是五十三岁时脑出血突然走的，唐老师调到县一中的同事，刚退休俩月得了瘫痪，现在还卧病在床。所以，俩人最近想好好做个体检，万一身体不好，那就可以名正言顺提前退，一边养病一边打理些事情。

与退休关系最密切的是住房。俩人平时住单位分的宿舍，假期回秦岭县城的房子小住一段时间，县城的房其实空置时间挺长，乃至于连花也养不住。这样的生活质量，不能算高。随着退休时间越来越近，他们考虑在西安买一套房子，安享晚年。实地跑去看了看，西安房价每平方米已经一千多两千元了，每天都在涨，要买得趁早。买就要买一个大点的改善型住房，计算一下自己手里的钱，要买一百四十平方米以上的，就得把县城的那套旧房处理掉。旧房子一百零六点四六平方米，连装修花了十二万元，房龄已九年，幸好地段好，在高中隔壁，所以现在出手，还能卖个十七八万。那就买个一百五十平方米的三室两卫两厅的房，以后女儿女婿孙子来了，好住；这样，付完房款再装修完，手里也就剩不多的应急钱了。好在俩人月月有退休金，可以保证不错的晚年生活。经过半年多比较、定夺，今天上午这事儿就算定下来了，他们想买大雁塔附近慈恩大境的一套房子，已经看了三次。俩老人想给女婿女儿个惊喜，打算在正式签订全款购房合同后，再揭秘。房子明年七月交钥匙，想想退休后，一抬脚就能在省城大雁塔下逛的日子，俩人就激动得像小孩儿似的咯咯直笑。

三件事里最重要的，是要孙子。得好好催催这两个小冤家，结婚近十年，年轻力壮、健健康康，愣是没整出啥动静来；这在俩老人看来，那就是故意作怪，估计是玩性还未结，还想趁年轻再玩玩呗。他们最清楚不过了，女儿是那么爱女婿，这种爱现在看来，有点过了。要娃不影响夫妻恩爱呀，相反还会因为亲情而大大促进哩。这傻孩子，真是的！余如兰埋怨一声，拿起手机就打，女儿竟没接，她有些生气地等着唐小凤回给她。唐逝水说：一会儿电话回过来，你慢慢给说，别适得其反。

说轻了不理，说重了你护犊子，到时间你给说吧。余如兰没好气地躺床上，拿起一本《中国入世后你不能不知的50件事情》读起来。

唐逝水坐床边，说：别看了，中国加入世界贸易组织，对咱俩这样的退休老人的影响，不用你专门研修应对。

开卷有益嘛，翻翻也无妨。余如兰说。

唉，小凤再怎么着，总比那些没结婚的大龄女孩子好，你看她同学，那个叫康静雅的，在交大当教授呢，长得又好性格也好，至今找不到对象……

余如兰忽地坐起，似乎很紧张地道：啊呀，是呀，多好的娃，之前小凤引着经常来咱家，这现在……难道还没结婚？也三十了呀！是个少数民族我记得。

对啊。当时高考考得非常棒，是我教过的学生中相当优秀的了，博士毕业好几年了已经，还去美国访过学。

当时小凤高考不理想，都是因为迷恋邝军。余如兰道，这叫啥来着？失之东隅，收之桑榆，哈哈。

我还是觉得应该以学习为重。唐逝水坚持着自己的观点。

你别，还在用班主任的眼光看待娃，这都出于社会十年了，娃二十几就提副科了，你咋不说？

正说时，听到风雪交加的门外似乎有异响，接着唐小凤带着满身雪花和一身寒气推门进来。父母都是一愣，看时，女儿的脸也像外面的天气一样冷冰冰的，似乎还带着冰碴和泪痕。余如兰忙起身下床，唐逝水则上前拉女儿到电暖气跟前烤手，说：你咋来的，这么冷天不戴手套……邝军没开车送你呀！

别提那个渣货！唐小凤几乎是咆哮着。

父母吓一跳，却见女儿早哭开了，俩人赶紧一人拉女儿一个手，余如兰搂住女儿，将她扶到床沿。两口子对视一下，余如兰问：咋啦，宝贝儿，闹不愉快啦？

他……啊啊啊……他花心、乱搞……嗯啊啊啊……我不活咧！唐小凤不理智地哭喊着。

老两口一愣，心直往脚底沉。好一阵子，唐逝水才缓过神来，提醒女儿道：小点声小凤，星期天快中午咧，大家都陆续返校了。

老唐，给娃倒杯热水，不，把桌子底下的露露热一瓶，让娃喝得暖和下。余如兰说，脸上早乌云密布，唉唉有声，嗯，嗯……咋这倒霉呢？想当初，结婚前，邝军给我和你爸跪在你脚下的这块地上，含着泪给我们保证，说他要一辈子对你好，他要活出个人样儿来呢。现在可好，人样儿是大略活出来咧，但……她说着说着，就伤心得说不下去了。

唐小凤一愣，男儿膝下有黄金，邝军给父母下跪发誓做保证这事，她是头一次听说。再看母亲，今天这样头发梢儿对着头发梢儿、鼻息冲着鼻息地近距离接触，这是十几年来第一次；也许小时候妈妈亲吻女儿、女儿撒娇的时候俩人曾经这么亲近过，但，她上中学后的这十七八年里，母女俩就再没这么亲近过了；今天因为伤心而亲近，唐小凤突然像发现新大陆一样，第一次发现了母亲的皱纹和白发，以及她因悲伤和急于控制悲伤而极度扭曲变形的脸。蓦地，唐小凤止住了哭声，清清嗓子、调整一下情绪，尽量心平气和地说：妈，女儿的事儿，用不着您和爸操心，我会处理好的。说着，就站起身，意欲出门去。

父母忙又失惊地劝阻她，勉强将她按沙发上。一会儿，唐小凤将外衣和鞋脱掉，上到床上说：爸，妈，女儿不孝！让我安静一会儿吧。

余如兰将电热毯开关开到中档，穿上外衣窝沙发上。唐逝水看了看温度计，温度又下降到十九摄氏度，他就将电热器放在最高档。一时沉默，西北风卷起雪沫儿，击打在旗杆顶的国旗上，发出"啪啪啪"的声响。唐逝水走出屋外，将女儿的包拿回来搁沙发上，把自行车放在房前的滴水石条上，这才回来热了三瓶露露，坐在沙发的另一头等着。屋内静得只有电热器转头时发出的轻微声响，像一声声生活的叹息。热好露露，他先朝爱人递一瓶，余如兰轻轻摇一下头，示意他给女儿。是的，女儿肯定没睡着，她睡不着，她不是来睡觉的，而是来娘家求安慰的；可娘家没有凶悍强健的哥哥弟弟，也没有撒泼蛮横的姊妹，只有一对年迈力弱、书生意气的老人。于是，她经过那忍不住的一嗓子吼后，底气顿减，甚至后悔来父母这儿了。但除了这儿，她又能去哪儿呢！唐逝水拿着热露露，轻声说：小凤，喝点东西，是你最爱喝的露露。

唐小凤起身，脸上蒙着层土灰似的难看，唐逝水拉开瓶盖，端着递给她，故意像小时候哄她那样说：哟，真香！

唐小凤苦笑一下，接过饮料喝了一口，说：爸、妈，你俩也喝吧，热凉刚好，一会儿又凉了。

俩人忙各拿了一瓶拆着喝，尴尬的氛围稍稍缓和了点，余如兰就问：他打你了吗?

没。唐小凤说。

那女的是谁? 余如兰又问。

嗯……呃……唐小凤嗫嚅半天，没说出口，一会儿就大口大口地喝起露露来，喝完将瓶子投到垃圾桶，垃圾桶发出"铿哐"一声单调声响。

又是沉默，难堪的沉默。余如兰看看丈夫，给他使眼色，没好气地说：你不是班主任吗，你问问。

切，妈……都什么时候了，还开玩笑！唐小凤撒着娇，表达着不满。

余如兰没接话，唐逝水站起身说：我给你再热一瓶。

嗯，谢谢老爸！唐小凤笑道，显得没皮没脸。

谢啥，唐逝水边热着几瓶露露，边说，我看问题不大，你们都先上班，等下次碰上了，我微微提一下。邛军、大班长，据我了解，估计还不是你说的那种人。

爸！你咋还向着外人嘞？唐小凤不满道，哎，是我有问题，我出轨了？

唐逝水没作声，余如兰继续问：那、那女人是谁，你说出来咱再商量应对的办法啊！

太熟悉啦，我怕我爸又护着人家，反说我不对。

余如兰看一眼丈夫，唐逝水沉吟一下，故意道：既然你能容忍，喳，那咱先上班吧！中午吃啥，我慢慢准备。

唐小凤！唐小凤大声说，突然意识到说错了，就又更大声吼道，康静雅，是康静雅！吼完，就窝在床上啜泣起来。

沉默，令人窒息般的沉默，好像缺氧一般，几个人都觉得喉咙痒痒，却难以出声。半天，好像过了数个世纪，唐逝水才说：太过分了。

余如兰也气愤道：表面装得人模人样，内里头烂糟了，丑死咧！

人都是会变的，这俩孩子变坏了，真让我失望……唐逝水苦涩道，我真是看走眼了。

有证据吗? 余如兰问。

这……咋能有证据呢？他俩又不是傻子！唐小凤无助道，但是，整天手机联系着呢……唉，我给你说，要是当年、高三毕业那年，那会儿有手机，那他俩早都在一起了。康静雅曾经通过带家教，给邛军挣够了在西安复读一年的学费、生活费，可邛军换了工地，俩人联系不上；直到第二年收麦，马上高考时邛军才回家，看到康静雅的信，但来不及咧……嗯嗯，他俩感情深着呢！

老两口听得目瞪口呆，的确是比小说、比刚才看的电视剧还感人的纯真爱情。而且，他们都深深知道，无论才学和长相还是工作，女儿都跟人家没法比……生活啊生活，这该怎么办呢？沉默良久，余如兰说：小凤啊，我看他俩不可能……其实，该怎么说呢，邛军他总还和你是夫妻……这种事，宁可信其无，不可信其有，人和人之间总是有交往的嘛……没有证据瞎猜测，都是胡生气呢……唉，也怪这个，是谁发明的手机？

与手机有啥关系！唐逝水道，你这是技术保守主义，反智行为。——这样，他要真和康静雅有关系，那这话咱可以明说，问问情况，实一下底，看康静雅到底咋想的。如果真有那么回事儿，我想，这女娃也不会隐瞒什么，人家肯定是明人不做暗事。

唐小凤紧张地瞅着父亲，余如兰道：你爸说的对着哩，但先别急，如果明着来的话，那就覆水难收咧。我看，小凤你先把你觉得他俩有那种苗头的地方，给我和你爸说说。

夫妻俩开始造饭，唐小凤毫无头绪地想到哪儿说到哪儿，自己边说边仔细一想，很多地方都站不住脚。余如兰松一口气，让丈夫给女婿打电话，让来吃饭，唐逝水犹豫一下，拨了电话，但被压掉。一会儿，邛军将电话打回来说：爸，我正去西安呢，刚开车，我现在停下来和您说话呢。小凤猜测我和静雅，上午她情绪不好，用手表直接将电视屏砸破了，这两样东西都是我们很重要的信物……可能是我不好，我道歉……您让她冷静冷静吧！我们会计的孙子满月呢，我们去喝喜。晚上我一回去就去接小凤回家。

妻子都出走了，他还去喝喜，唐逝水听得很不高兴，问：你知道小凤在哪呢？你打电话问问她吧！说着就挂了电话。

无疑的，邛军这趟西安，又让本就麻缠的事情更复杂了。

本来他是不去的，安排的是杨钊和村主任马煜明，但马煜明与会计面和心不和，唐小凤走后不久，他闪着腰紧锁眉头地说自己肚子疼。不得已，邛军出马了。邛军本来要给妻子回电话，又担心电话上吵起来耽误时间影响心情，人家中午的满月宴在五一饭店，十二点准时开席。于是，他抓紧开车，十一点五十终于赶到，他给妻子发了短信，说：你在哪，我下午五点左右回来，接你回家。他没有道歉，他觉得自己没错，无歉可道。

喜宴一点四十结束，邛军长舒一口气。他今天滴酒未沾，司驾，而且要处理妻子回娘家的事。这是他们第一次闹大别扭，得迅速灭火，虽然他不想道歉。他又发了条消息：刚结束，四点多到吧。见没回消息，他将电话打过去，拒接，他觉得很委屈、很恼火。

一旁的杨钊见他阴沉着脸，也丧失了平时的活泼，只是很关切地观察着，乖巧地提包带路做服务。邛军虽然一句话也没跟她多说，但心里很受用，他觉得自己这种心态很不正常，内心暗骂着自己。其实，咋说呢，杨钊是村上的一个独特存在。和康静雅一样，她是村上为数不多的几个出身农家而跳出农门、上过大学的女子，尽管学校不咋好还是大专，但毕竟进过大学校门接受过高等教育；而且她是唯一留在村里工作的大学生。尽管她名声不好，但邛军对她的反感几乎没有，也许有的女人就有这种不让人讨厌的本领吧；所以，在大兴温泉班子建设中，他力排众议，吸纳她进来。目前，她是村办企业里唯一的女高管和学历最高的人。突然，邛军想到今天咋没见水院长，仔细一想，人家是院领导，不可能给一个普通员工行情。这时，杨钊软软糯糯地开口：邛总呀，干吗不开心啦？其实，你这样子闷罐子，可萌啦！

邛军没吱声，继续开车。

我有个认识的大姐，是广东一个大公司驻西北的负责人，他们公司正在寻找合适的投资项目。咱要不要见一下呀？她声腔好像唱歌，又好像撒娇，一点不把自己当外人。

在邛军的经历中，只有妻子唐小凤有时会对他这么嗲声嗲气的，但要命的是，他并不反感杨钊这样子对他，尤其是在与妻子闹别扭、烦得要死的今天。于是，他来了兴趣，犹豫着问：人可靠吗？你们熟不熟？

还算可以吧，但是我一直想拉她来咱们酒店玩，人家一直答应得好得很，但就是没来。

那……是不是不靠谱呀？邛军不自觉笑一下说。

不不不，我觉得人不错。杨钊道，老大，要不，我约一下？咱们回去也是回去，这一趟一百公里白跑了，还不如能见见一面，毕竟你是老大嘛。

那你试着问一下。邛军说，将车停在东门外老孙家泡馍店门前的道沿等着。

杨钊问完挂了电话，说：她正好有空，说很高兴见你，她说咱们在粉巷的秦楚酒馆见。

邛军说：酒馆，我今天可不喝酒呀！唐小凤今天发脾气着呢，你看我今天都没咋说话。

哟……我猜得不错。杨钊说，呀，人生苦短，你说大家为啥这较真呢！难道非得弄个劳燕分飞才好吗？

是啊是啊，谁有嫂子开通呢！邛军说，哎，我记得你小时候就很乖巧可爱，应该是咱村上第一美。

你说啥？杨钊故作吃惊问，眨巴着漂亮大眼睛，我能比康静雅好？

康静雅，你俩是不同年龄段人吧？你俩不一样，她上初中前我没印象。邛军说，他不想继续探讨这个问题，就问，粉巷咋走，要掉头吧？

嗯……杨钊道，你是不是觉得我很烂？

没有没有。邛军连道，嫂子，我可不敢这么想。我要那样认为你，咱俩今天都坐不到一个车上咧。

这时，杨钊手机响起，她接起电话说：康姐好，我们正往粉巷赶呢……什么，晚点……五六点见？……好，好，我问一下我们老大……

邛军全听到了，表态说可以。

杨钊就说：可以的康姐，那我们五点半左右到，是师师包吗……好的再见！姐你休息吧。她挂上电话，叹息道：啊呀，求人就是这么难！我估计咱回不去了晚上，你快给小凤姐请示一下吧，免得回去跪搓板。

嫂子说得对，你们女人的事情最难弄。邛军实话实说，将车停到一个临时停车位上。

呀，咱这关系乱得很！杨钊说，我结婚前跟你叫哥哩，小凤姐娶回来后，我跟她喊嫂子，我在镇上那会儿直接喊她姐，我们关系还好得很。这现在，你俩反过来，都一个劲儿地叫我嫂子嫂子，还把我叫住咧！

这就是这，没办法！邛军停下车，给唐小凤打手机，那边拒接，邛军无奈道，喳，就这。——咱现在干啥？

杨钊脸上表情很复杂，漂亮的眼珠子转了三圈，笑道：去见我弟弟吧？他找了个女朋友，听说乖得很，我还没见。你愿不愿意去见见？

邛军大喜道：好得很嘛！家有梧桐树，招得凤凰来，那是不是咱们塘坝村卫生所有希望咧？

咱俩想一块了，那咱就走。在黄雁村省人民医院屁股后。杨钊快乐道，邛总，帅呆了是！

这地方熟，邛军十多分钟就开到陕西省医专。俩人进到校园直接找到杨钊士宿舍，舍友说杨钊士去找女友了。杨钊赶紧问，女朋友在哪里住，对方说在西楼3号住；俩人将橘子拿给宿舍人吃，道过谢后，就去找。正急匆匆走时，忽然听到一声"姐"的叫喊，俩人回头，见杨钊士和一位女生站在近旁，正惊喜地瞅着他们呢。俩人看得惊喜，只见那女子不高不低、不胖不瘦、青春逼人、秀色可餐、文静通脱，杨钊早喜得上前亲热道：这就是易芳吧？你咋比姐还好看呢！

还是姐好看。女子道，你是我见过的最最好看的人。养女像姑姑，我要生个女儿，像你一样漂亮，迷死男人一大片！

说得几个人都大笑起来。杨钊士女友叫李易芳，是商洛大山里人，她喜欢猫咪，俩人下午要出去买只猫。杨钊就提议邛军给唐小凤买一只，说：女人要哄哩，邛总你太正了。

邛军笑着问李易芳：你姐说得对吗？

我姐是真女人，说得最正确了。李易芳抱着杨钊亲昵道。

他们驱车去城里买了两只小猫咪。李易芳挑了只黄猫，邛军对宠物无感，甚至还有点反感，此番也是为讨好妻子而为，就让杨钊选。杨钊挑了只黑灰黑白的小猫，说：这就是我，你把我养在你家，看到它就是我了。

她的话和说话的神态，将大家惹得哈哈大笑，李易芳说：你看我姐可爱不，我就爱我姐的性格，去伪饰、不假。姐，我老爱你了！我离不开你了！

你姐在农村，你要爱姐，赶紧毕业来咱塘坝村吧，让咱老大给你俩开个卫生所。杨钊适时动员道，会说话的眼睛扫一下邛军。

呀，我姐眼睛能放电，可美了，美爆了！李易芳说，邛总，你说嘞？

邛军不得不表态：你们的卫生所，就在我们温泉酒店的一楼，三百平，够用不？你们后年毕业，如果来村里办卫生所，我给你们启动资金。为了表示我的诚意，我先替钋士付款，送你这只猫猫。邝军说着，付了款。

谢谢邝总！杨钋士腼腆道。

谢谢你的猫！李易芳顽皮道。几人出来已经五点一刻，杨钋士带着女友和猫，提着猫粮猫砂，赶公交车去了；邝军开车载着杨钋和猫及猫粮猫砂，赶往秦楚酒馆师师包。

到时，康丹丹康总一行六位女子已在恭候。见他俩进来，康丹丹起身边握手让座，边貌似随意地风趣道：啊，我刚才告诉我们几位事业有成的姐妹，为啥我怕见咱们杨总，是因为，她长得太美太美啦，杀伤力巨大，和她一起，我就是矮矬丑，影响人食欲……咯咯咯咯！

邝总看时，一位身材高挑、妖娆、大气的三十多岁女子在说话，她的黑边镜框和罐头瓶口大的耳环不时撞击着，发出类似流水的泠泠声响。杨钋赶紧介绍：谢谢康姐高抬！这位是我们大兴温泉酒店掌门人、我们村支书、全国模范村支书，他自己也有九家个人的公司，妻子是我们镇副镇长、女强人……很高兴与六位姐姐一起，咱们开森开森，开开心心！OK！Music！她突然抬高声，擎起右臂打着响指，像酒吧气氛组的女郎般吆喝着。

几位女子连说"真优秀"，眼里放着猫样的光，但六对光又各各不同，甚至每对光中的两束也射向、意味儿各异，让邝军浑身冒汗。一位看起来像女大学生般年轻的秀丽女子，貌似严肃道：妻子就不用说了吧。女强人，强中更有强中手，我们比她还要强，我们秉承更强、更高、更快的服务宗旨。

说得包间笑爆了。康丹丹最后一个止声，收敛道：大家好，我叫康丹丹，香港农贸投发大中华区西北总负责人，这是我名片，邝总请笑纳。我哪，其实是咱正宗的陕西东府华阴人，刚才我说我不爱见咱们杨总杨钋妹妹。但是，如果杨钋带着她帅帅的老大，莅临我们香港农贸投发集团，那我，包括我们的这些个佳丽老总们，都系（是）灰（非）常灰（非）常高兴，习（十）分习（十）分欢迎的。系不系（是不是）姐妹们？

六个女人（包括康丹丹）像打了鸡血般山吼着"系（是）"。

邝军听得很不适应，但他突然满血复活，觉得酒神精神正是他今天需要的，因为你今日就是烦恼死，她唐小凤也不会理你的。于是他从C位上站起，慨然道：感谢我们美丽热情魅力四射的康总的美意！非常感谢！也感谢各位青春逼人、国色天香的姐妹们拨冗欢聚，终南山农民邛军这厢有礼啦。说着打一拱，坐下。

杨钊，把你的人管好！康丹丹俨然道，你这礼、你这终南山人的礼，到底在哪里？

邛军一愣，脸红了，紧挨他坐着的杨钊趴他耳旁道：光说不练不管用，哥，你得喝！

其他六位女子齐声道"得喝，得喝"。

康丹丹又道：就是呀，邛总，你比如说，街道上一位美女看上你了，喜欢你英武正气，那她不说出口不行动，就是半夜想死你，也是白搭呀。是不是姐妹们？

众女子齐声喊"是"。

康丹丹说：今天咱们喝的是情满珠江酒，是我们集团的招待专供，在座的都喝过，只有你邛总万红丛中一点墨没喝过。我现在喝九杯酒，我执法，我说咱今晚怎么玩咱就怎么玩。如何乡党？

邛军一下子头大了，自己还在备孕呢，这咋办；即便喝，自己那二两猫尿的量，能是这些上过大场面的女人的对手？还有，这要是喝大了，谁知道她们下一步要干什么……见邛军为难，杨钊解释道：我们老大，三十三了，还没小子，备孕呢……

一个貌似斯文、实则闷骚的烫发女子立即反驳：备孕，是现在吗？现在，现在咱正喝酒呢。我跟你谈喝酒的时候，你跟我谈备孕；我跟你谈备孕的时候，你说你不行……咯咯，你就是现在让我受孕，我也不成，我大姨妈光临咧！

大家又是一阵怪笑。

康丹丹有点疲劳地说：邛军，那我喝这司令酒不，不喝的话，咱们撤，去柳叶巷，去吃碗柳叶面，五块二毛钱我就把你邛总和我杨钊妹子打发了，你俩回去睡觉、备孕！

说得大家又一阵哄笑。杨钊说：我们没有说不喝呀，大家正在说笑嘛，推高气氛嘛，增加一下前戏不可以吗？康姐！说着她唱起电视剧《情满珠江》的歌曲《所有的往事》来——

　　　所有的往事都刻在心里

所有的真情都给了你

脚下的世界早已改变

这份爱却始终为你牵挂

……

这首歌，使场上的紧张气氛得以改变。他们每一位都熟悉这部电视剧里与他们年龄贴合的创业、恋爱故事，而那个芳华时代已经无情逝去了。对于邛军，那更是和血和泪的记忆，高考失败、打工受骗、友情爱情、失望希望……好不容易才有了今天。过去，你求着人家老板打个工，人家看都不带看你的；现在一堆老板请你喝酒，难道你都不给面子吗？难道，喝一杯酒就这么难？于是，他赶紧启颜说：哈哈，我刚才是想，康总真是海量，我佩服佩服。是这样，我先跟康总喝九杯，然后，悉听尊便。

"好——"一哇声欢呼后，这七女一男豪饮起来。菜酒下肚，大家都熟悉起来、热络起来，邛军了解到，这六个女人，各有公司、各有资产、各有资源、各有个性，活色生香、具体而微，在场面上都不矫情、不做作。他单纯地想，她们都是可靠之人，也是有痛点和隐衷的人，或大龄单身，或分居，或离异，但她们都不缺男人，用她们的话说：就缺邛军这样的真男人、大男人。在这种氛围下，邛军不久就喝断片了。

当他再次醒来时，发现自己躺在一张洁白干净的大床上，翻手拿来桌上的服务册看，知道是正丽宾馆。他觉得热、恶心，才发现除了外衣，其余衣服还裹在身上。于是他起身喝水、洗澡，穿好睡衣准备好好睡去。睡前他又去看手机，发现他酒后给妻子拨过无数电话，还发现有两条新短信，一条是康静雅的，说她有事儿联系唐小凤，才知你俩闹矛盾了，希望你们早日和好如初；另一条是杨钏的：哥，我在隔壁，也喝大了，你这会儿好点了吗？如果实在难受，就告诉我。邛军随手回：好点了，谢谢你！

一会儿，他接到座机电话，是杨钏打来的，她说：邛总，小凤姐电话打到我手机上了，哭得不成，你快过602来吧。

邛军忙挂上电话，拿起房卡，出门朝隔壁而去。他刚进门，一团软绵绵肉乎乎热辣辣的东西就紧贴在他身上——只穿三角裤、胸罩的杨钏熊抱了他。她颤抖着嘴唇说：军哥，我爱你！真的爱你！真的真的……

邛军一下子僵在门内。他并不反感这个女人，甚至还发自内心喜欢她，所以他身体立即有了生理反应，僵硬地靠在门上，一动不动。

见他迟疑，杨钊加快进攻节奏，更加死命地箍住邛军的腰，吻着他葱茏的胸毛道：你不要认为我是随便的女人，我真的爱你，爱得要死，你是这世界上我唯一爱的人……

家伙一硬心肠就软，邛军艰难地挣扎着，抱住她，喃喃道：嫂子，这……

嫂子勾蛋子，小叔子半岸子，你就要了我这个小嫂子吧！杨钊疯了一样将邛军往床前拉。

邛军没动，清醒了一下，道：嫂子，哎，不敢胡来！不敢！

你、你、你……杨钊牵动邛军的手松开，一下子坐地毯上，低首啜泣道，你瞧不起我……

没有没有没有，嫂子！邛军走远点，也坐地毯上，说，你知道，人这身皮难背得很。咱俩这种关系，不敢做害事儿，做了咱以后咋见面呀？

杨钊扬起面孔，嘲讽道：你抹不下你脸，你太爱脸咧！你瞧瞧邛五叔，啥事都干了，娶了嫂子不说，还和姬美芹乱搞，康静雅不就是他女儿吗？

唉，这个……咱们作为晚辈，别胡说。邛军道，正好，平时我还羞脸大，也是氛围到不了这步，有些话说不出口。其实我打上中学时，就发现咱旮旯里有个漂亮女孩，叫钊钊；以后偶尔见到你，发现越长越漂亮了，还学习好，最后去北京读大学了……我当时失落地想，喳，回不来咧，这么好的娃……

我高二那年过年，发现村里咋有个不认识的小伙儿，好帅，比陆毅还俊朗。我还以为是谁家来的客，一问人，人家说是本村的，叫邛军。高二到现在多少年咧？十年了。结果到我高三的时候，听说你结婚了……你知道我啥心情吗？杨钊眼里充满忧伤，骨碌一下转出泪珠来，说，我……我当时都想不参加高考了，直接去流浪……

对不起，没有我的话，你是不是能上个好学校？

不重要。杨钊抹一下眼泪说，都是命。我上班第一年春节回家，又碰到你，我就不想去北京上班了……就这样。

你来我公司上班，我见到你，真的心里怦怦直跳。我怕我犯错误！

你现在就做你想做的，大胆爱吧，不是啥错误。杨钊蒙上眼，扬起挂满泪珠的脸。

杨钊，我不敢。我给你说不敢的原因，邛军说，如果我们那样了，情况会很糟，是要死人的。我估计，也就没机会再为塘坝村服务了。

我知道了！杨钊说，不早了，明天，那个最年轻的景甜甜景总，要带几个人去咱酒店住几天，咱们九点得出发。早点睡吧！我爱你！

谢谢！邛军笨拙地站起来，你在我心里是很特殊的，你明白吗？说着，转身离去。

邛军和唐小凤的夫妻冷战一直持续了整整一月，俩人都精疲力尽。邛军陷入了彻骨的痛苦中，康静雅得知情况后，专门登门拜访唐老师，真诚地说明情况。但夫妻俩有了巨大的积怨，一时难以化解。其实，唐小凤的痛苦一点不亚于邛军，她怀疑这个怀疑那个，感情的谜团越来越大，痛苦也越来越深，最终反噬了他们的感情。何况，她的身体内发生着巨大的秘密，是喜是悲，此时难以预料。这让她更加以泪洗面，而她，又不敢这么情绪低落，怕影响身体。

深明大义的岳母余如兰最终苦口婆心说服女儿。唐小凤承认邛军这次是撒了个善意的谎，决心暂搁风波、支持邛军开发村上旅游。为了表示她支持丈夫的决心，她停薪留职辞去副镇长职务。邛军没有料到妻子这么纯粹，不敢大意，忙去与岳母商量，没想到父母也支持女儿行动。出了余家门，邛军激动得忘记开车，而将妻子架在脖子上绕村三圈，嘴里还叽咕着：我穷塘娃何德何能，娶了你这样的女子……

事后才知，唐小凤已怀孕俩月，她打算生完孩子后好好相夫教子。另一方面，辞职这事儿，在她心里其实转了好几年，她原本想为人师表当老师，不想阴差阳错从了政还提了干。现在，丈夫事业如油烹火，她千难万难只差这一念决断而已。

二十三、人生变奏曲

事有凑巧，邛军接妻子回家那天，一个大快人心的消息传遍秦岭山下的村村落落：原女娲镇书记杨俊虎因经济、行贿受贿、作风等违法犯罪问题，数罪并罚，被开除党籍和公职，判处有期徒刑十四年。

好事不出门，坏事传千里。杨俊虎恶贯满盈，从"文革"时期的学生时代就风头出尽，参加工作后，更是仗着岳父是县上领导而时时刻刻行走在道德和法律的边缘，每到一地拈花惹草、行贿拍马，损害党员干部形象；提干后，特别是当了乡镇一把手后，他作风霸道，利用职务之便大肆揽财、卖官鬻爵、欺男霸女，污化官场风气，弱化了人民群众对政府的信任。他在全县六个乡镇干过，他被抓被判的消息一出，全县无论男女老少，了解不了解他的，无不拍手称快。邛军是架着妻子在村子转悠，经过大兴广场时，碰见杨钊和大家放鞭炮才知道的，杨钊说：邛总高兴吧，再加上小凤姐回家，你是双喜临门啦！

对啊。邛军说，谢谢告知！你们别把鸽子吓跑了。

杨钊答应着，唐小凤说：我们是三喜临门，杨钊，有空来家里坐。邛军，咱们回家。

姐，姐，等等！杨钊说，康姐在我这儿放了你落她那里的两样东西，叫什么千里追风油，还有什么神奇的东方树木东革阿里。

哈哈，谢谢嫂子呀！到时间你让他捎回来就成。唐小凤说着，头向下一点，俩人就一颠一颠走远去。

有人问杨钊：你们这称呼咋这乱的？

我这叫亲上加亲，实在的亲。杨钊说。

俩人猴急地回家，猫咪灰灰一反常态，吓得跑进了床底下，邛军说：老婆，我给你买了个小猫咪！

唐小凤刚才也发现了溜走的猫，俩人猫腰去瞅，瞧不见，唐小凤说：我就是你的小猫咪！

邛军抱着妻子上床要亲热，唐小凤也很急迫，颤抖着说：老公，你要轻点，我怀孕了。

啊呀，好老婆！邛军抱住妻子，激动道，什么时间的事？

傻蛋，你和老婆分居，老婆怀了娃，你不紧张不怀疑，还高兴？唐小凤捶着丈夫脊背道。

咱俩分居多久，我都不怀疑你。邛军道，到底多久了？

我离开家的当天，例假本该早到了可没有动静，我就做试纸，是两条红线。第二天我又用其他方法检测，结果是一样的。上周，我查B超，确认了，稳了，我们的宝宝！唐小凤说着，坐了起来。

邛军抱着妻子直吻，而后下床说：老婆，你想吃啥，我给你做。

唐小凤说：你能做什么，我还不知道你能不能做饭，你赶紧回去把车开回来吧！等你回来，我就做好了。

邛军出了门，心里敞亮得跟有一面镜子在照耀。他突然想起家里还没菜，这段时间都是上灶吃餐厅，就到鑫隆酒店后厨要了些食材。师傅得知老板夫人大龄有喜，分外高兴，比自己老婆怀孕还高兴。他特意给老板带了些新鲜的蔬菜水果、富含蛋白质或钙铁的食物，还有两小袋粗粮、坚果，说可以保胎，促进胎儿生长发育。邛军千恩万谢，好像自己是员工，对方是老板似的，搞得师傅反而不好意思起来。他给妻子放下菜，唱着"所有的往事都刻在心里，所有的真情都给了你……"骑自行车去开车。

经过大兴温泉酒店，他叮咛杨钊将下周举行的"首届国际中医治未病学术研讨会"的方案，结合实际演练和参加人员，彩排一下。这是水院长介绍的一个活儿，也是公司承办的最大规模会议。还让她与康静雅联系，对接最后一版即第五版的"终南山温泉度假村方案"，元旦后要开专门论证会，方案定下来后，要抓紧提前联系专家呢。妻子的回家和怀孕，杨俊虎的判刑，让他干事创业的心气无限高涨，他似乎又想起拿破仑的那句话"我比阿尔卑斯山高"，此时的他，真的觉得自己比南山还高。

开车回家，唐小凤的四菜一汤已上桌，他把千里追风油往桌上一蹲，东革阿里往桌上一撒，说：给，完璧归赵。

这些个不能用了老公，咱们明年再战。呀，还不如给康美呢。唐小凤说，康美最近又相亲了，是大学里的学院院长。

邝军待理不理：那官儿挺大的吧？

也不大，大学里二级学院的头儿，大概是县处级吧。其实，还不能这么说，只是一种比照的说法，因为他们学校的一把手大多数是厅级。唐小凤说，好了，来，吃饭，你可以喝一杯，备孕任务完成，大功一件，祝贺一下！

好吧！好吧！邝军道，我早都破戒了，陶会计孙子满月那天中午滴酒未沾，结果晚上，为了公司业务，喝断片了。现在他们有个老板，想在咱们这里拍电影，已经住一个多月了，那个女编剧整天在村里转，有时还去山上转，还去汤玉河上游鸡窝洼的少数民族山寨了呢。

她们有没有潜规则你呀！唐小凤瞅着丈夫，含情脉脉道。

我是木头人儿呀。邝军说。

也就是说，潜过，没成功？唐小凤偏头盯住他问。

哈哈，没有的事儿。邝军矢口否认，赶紧岔开话题，你咋想起辞职了呢？

这件事儿，得给你汇报汇报。唐小凤说，我好像给你说过，哎呀，有点难开口，就是那个杨渣男当书记那会儿，当时要提拔我嘛，我被他忽悠着；他以镇上名义、拿镇上公款，去给来镇上考察的组织部干部送礼，教唆我给组织部部长送礼，又给金书记送礼，跑到了西安城。唐小凤说，结果，晚上碰见你、康美和"够淫荡"。

邝军一愣，道：这不成……犯法了吗，还当啥镇长副镇长的，这连合格公民都不是了，当那官，不寒碜得慌吗？

邝军，你可是说对了。唐小凤说着，放下筷子，拉住丈夫的手，我就是被自己寒碜得慌，所以没法干那个副镇长了，才回家了。

嗯，明白咧。邝军说，那钱得给镇上还回去，镇上的财务状况，我最清楚了，还欠着鑫隆苑七万多元呢。

当时回来，我就要还，那二百五不让还。我就一直如鲠在喉，正好到年底了，军飞催账，镇上没钱，我就兑了两万两千块钱，当时军飞应该给你说过。那年军飞追得紧，得罪了杨俊虎，五叔的支书就下课了……

是这么个交道。

哎，还是咱当时年轻，犯糊涂了。老公，你能原谅我吗？唐小凤哭道，拉着丈夫的手。

邛军喝一杯酒，道：是不是那晚要是遇不到我，你们就……

唐小凤不说话。

邛军摔了酒杯，克制着道：我不是怪罪你，我诅咒这命！我妈……当年……被……几十年过去，你又……

嗯嗯……老公，我错了老公，错了还不成嘛！唐小凤说，身子战栗着，但是他没怎么我，只是他肯定企图非常明显，但……都被我拒了。你说我还有啥心情干工作？

那一年前他都被抓了，你还为啥……刘宏人应该很正……邛军含糊说。

杨俊虎那渣渣被抓后，组织找我谈话，我老实交代，交代他怎么企图引诱我，怎么怂恿我行贿，我怎么拒绝、怎么还款的……一五一十都交代了。当时我的想法是，大不了免我职，当普通干部就完了。唐小凤说，可是，另一只靴子一直没下来。到今年三月份的时候，有消息说，那渣男说我根本没还钱，估计他把钱吞了，这是他的一贯做法……这样，我在单位的处境，又无比难堪了，我那会儿就想到了辞职。你能理解吗，老公？我是不是让你很失望？

没有，你做什么，我都不怪罪你。

你说假话，唐小凤说，只是我没做对不起你的事，所以你才这么说。

刘宏太正，他肯定看不起你。

对，所以……我回来当家庭主妇，你不会嫌弃我吧？唐小凤继续问。

哪会！你好好休息，我们好好做些事情。邛军说，目前，村里打算正式启动度假村的事，这是我六年前竞选主任成功后给大伙儿画的饼，以前以为是五叔掣肘我，我干不成；可现在，我自己当支书也已三年啊，也没弄起来。为啥，一个很重要原因，是精力不够、人手不够，还有，目前村集体还很弱小。

那就好，唐小凤端起露露说，祝贺结婚十年，咱还能继续说到一起！

祝贺我们的小太阳，冉冉升起！邛军道，冬天需要小太阳。

俩人撞杯，一饮而尽，都抹起泪来……

睡觉前，邛军接到水上天的电话，水院长召唤他明天十点来医院一趟，商量合作的事情，邛军什么也没问，就答应下来。他从水院长沉着的语气嗅出，一定有重大合作，挂了电话他与妻子猜了半天，也猜不透是什么大手笔。唐小凤说：不管是什么，水大哥是靠谱之人，不会让我们失望。再说了，人家是省级单位，咱是村级组织，怎么着都沾光。正好，我也想去省院看下娃的发育情况，也算是向水大哥报喜吧，毕竟前前后后劳驾人家好几次。

邛军连说好，打电话让杨钊将研讨会最终方案彩打三份，明早七点前送到家里来。杨钊说：呀，我刚脱了衣服，不过你放心邛总，我和军飞现在骑着摩托去县上打，就是不知道人家关门没有。

唐小凤听得不忍心——她心疼杨钊，但看到邛军坚定的眼神，忍住没说什么。

迷迷糊糊到半夜，邛军听到手机来了短信，拿起一看，凌晨三点五十，短信内容是：

> 邛总，三份彩打精装的方案，已经放到你家大门内，从门缝儿里塞进的。杨钊

一股热流传遍他全身，他再也没有睡实。有这么敬业的员工、这么一心干事儿的村民，何愁干不成事，何愁致不了富！半睡半醒到六点，夫妻起床，邛军先提回装研讨会方案的白色塑料袋，唐小凤吃了一惊道：邛支书，你得好好干，否则对不起塘坝村村民。

邛军连说"遵旨"。他给总经理马煜明发短信：早晨，请通报表扬杨钊昨晚连夜冒着严寒去外地打印材料的事迹。公告全公司。另外，盯着两个方案，抠细过细。我去西安出差了。

路上，邛军不自觉打瞌睡，为给开车的丈夫提神，唐小凤说起了康静雅的事。

上次遭遇婚介所介绍的隐婚男后，康静雅大病一场，去质问花为媒婚介。人家也表示无辜，很吃惊对方是隐婚者，说查验过证件。为证明此男无差池，老板说他们一个员工就曾与其谈过一年，还同居了呢；康静雅连说"我晕"。那姑娘不是别人，正是此刻花容失色的韩红玉，她义愤填膺，誓言举报渣男。

闹腾了几月，渣男和公司和解，小韩拿到钱。老板给康静雅补偿五百六十元，被拒。

一朝遭蛇咬，十年怕井绳，康静雅从此谢绝网恋和婚介，决定从熟人里找。恰巧，那天在院子里碰见焦福成老师。焦老须发全白，老伴儿过世多年，独居，他老人斑闪烁着问康静雅有没有孩子，几岁了，咋一直没见；她忙汗颜着说自己还没结婚。焦老问有男友吗，她羞愧地摇头，说没人要我；焦老对她的说法很生气，说你肯定没找，我就不信男人都瞎了眼。俩人聊了好久，她请老人去住处，做了丰盛午餐。吃罢，焦老激动地说：静雅啊，今天是我这几年胃口最好的一次，尝到了肉味儿，也尝到了菜味儿，老夫是有年不识肉味儿呀！

　　老师，我也胃口大开，谢谢您和我搭伙吃饭。康静雅说得凄凉起来。

　　男大当婚，女大当嫁，你得找个伴儿。没有称心如意的，差不多的也行嘛，别要求太高，人生一辈子眼光要长远，别较真。

　　她直抹泪，觉得老人说得对。人生匆匆，自己作为女人的好年华一去不返。三十岁的女人如果还没出嫁，那心里是很乱的，即便她是科技英才、政治精英、作家、艺术家，她忙碌高光后的间歇，总有挥之不去的失落和焦虑缠绕，她蓬勃的身体，总有被滋润的渴望泛滥。心思放到恋爱上后，康静雅才发现自己是个欲望强烈的女子，之前忙学业，也醉心于学业，大大遮蔽了她对异性的渴慕。不，也曾有过近乎痴狂的感情，但都给错了人。

　　俩人又说了会儿工作科研的事儿，了解到她职称评定面临困境，老人冷静地说：重点大学，历来如此，这也是提高竞争力的途径。作为个人和资源比较欠缺的年轻学者，你只有长高、不断长高，当你成为参天大树时，就没人能掩盖你的光华了。

　　康静雅发糊涂，在成为参天大树前，我不得有阳光雨露空气和土壤啊，你给我近乎窒息的空气、丁点光、干涸裸露的土坷垃，我半死不活，哪有机会苗壮哪。见她不语，老人打着呵欠说：我要回去午休了，谢谢你的饭。你现在的重点还是对象，我想拉个长嘴，主要是替你考虑。我有个博士今年四十一岁，在西电一个二级学院刚当上院长，像你一样一直奋斗事业，尚未婚娶。你若有意，这咱知根知底，我孙子焦疏桐留美硕士毕业后，就在他手下呢。

　　谢谢老师！一时间，她在乎的还是年龄，就赶紧问，身高多少？

　　还挺高的，高高大大，就是不结实，好像对运动不感兴趣。书生嘛，做研究，书生你懂吗？

好的，我考虑一下给您回电话。

俩人边说边下楼，康静雅送他到他楼梯口，临别，焦老说：想了解情况，上网、上他们官网看看，这个都是透明的。回头我让疏桐把他们的合影送你，可能会更直观点。

康静雅连说不用。回来后她就登录官网，发现领导介绍里院长陆文成1961年9月出生，照片孔武帅气，黑黑的胡楂尤其触目。她依稀记得在哪里见过这样的胡楂儿，看到其籍贯后才顿悟，那是属于鲁迅先生的胡须。没错儿，陆文成正是会稽人士，国内第一批管理工程博士，2000年博士后出站来古城，曾应邀在美国哈佛大学等国际名校访学或讲学。现任经管院院长、教授、博士生导师，还兼职交大的教授哩；在全国高校人工智能与大数据创新联盟"新商科专委会"、中国软科学研究会，担任要职。随后，康静雅在自己学校官网也找到了他简历，几千字简介，充分诠释着"年轻有为"这个词儿的内涵，让她分分钟接受了年龄。网上他博眼球的观点，也颇沉实、精进、老练，她就给焦老回短信说可以了解。

一直没收到回复。

晚上跑步回来，楼道碰见个高高帅帅的男子，她眼前一亮，微笑着让路，对方却声音洪亮地喊：康老师！

她一看，没认出，又不好在这逼仄空间端详，就问：你是……

我焦疏桐，康老师！

康静雅惊诧莫名，这才从清爽俊朗的眉宇间，辨认出了当年那个因求爱而吓跑她的懵懂少年，惊道：呀，焦疏桐哪！这都多少年啦你说……听说你成大学老师了，为啥不去社会上发展？

嗯……哈！焦疏桐笑道，我不带课也不做研究，不是误人子弟或浪得虚名的老师，不丢咱交大人的脸，嘿嘿。

不是，我没别的意思。她赶紧解释，焦疏桐其实比她只小一岁，当年调皮，考的甘肃一个大学，不算好；但康静雅并不歧视，她打开门，热情道，快请进来吧，疏桐。我是说，你的性格更适合在社会上做事儿，你知道，大学是象牙塔，有点闭塞。

却道他是来替他们陆院送照片的，据说院长已经看上她了。康静雅惊问：他又没见过我，咋会这样子说话？

姐姐，你硕士论文答辩时，人家是答辩委员，你论文里写的每个字，你台上讲的每句话，你的一举一动，人家尽收眼底。焦疏桐说，院长还说，当时是他力主，说服答辩委特别是那个老掉牙的主席，才将您弄成优的。

啊——康静雅不觉吃惊，心想难不成这家伙又像我硕士时的导师郧西建那样，专盯着女生，我是花了好几年时间，不惜转专业转学院才脱身的呀，别刚出狼窝又入虎穴。

见她犹豫，焦疏桐说：姐，别价！您是我姐呀，不好的人我能介绍给您？不能够的。咱也不小啦，我们办公室像咱这年龄的，人娃都上小学了。

成，焦疏桐！咱俩聊聊，姐需要了解他的圈子，因为像他这种踌躇满志、掌握资源的实力男，有不少女性仰慕，不可能剩下……康静雅边想边说，你说嘞？

姐说得对，这个很重要。关于他的圈子和接触的女性，因为说实话，我是院长没有任命但事实上的助理，他去哪儿我给他司驾、保障，所以，即使他去夜店、找小姐，那也得有我一份儿……焦疏桐说，姐，您别脸红，陆院真不是那样的人。不过，我之前可真遇到过这样的渣，本来，如您所言，我打算去政府部门，那领导也是我爷爷博士；可一接触，他就有这毛病，我直接给否了。因此，陆院人品，您放心！我当初其实还真有点好奇，混熟后，他告诉我他喜欢你，我当时心里一紧，没告诉他咱们这层关系。因为姐，说实话，我仍然对你贼心不死呢，嘿嘿！

就这样，康静雅见了陆文成。

第一次见，对方给足了她面子，邀她到他们院给全体教师和博士、硕士讲课。双方都很满意，很投机，他们访学美国竟有时空交错，陆院竟认识她的大学室友丽丽。他们去美国世贸大厦见丽丽的时间也非常巧合，是同一天的前后脚；提起"9·11"事件中去世的丽丽，二人伤心落泪，这使他们心灵无比契合。

俩人很快坠入爱河，不觉交往快俩月……

讲到这里，唐小凤停下，丈夫正在过东南城角的一个红绿灯，离医院不远了。邝军说：啊啊，真好！静雅这事儿我看成，这下好了，免得我一直背黑锅。马上到了，你替我检查一下那打印的材料，看有没有重页、空白页，或者粘连等明显有问题的地方。

唐小凤一路上边讲边观察丈夫神情，见他心态这般，她心里舒坦。是呀，有什么能比得上自己痴迷而又不花心的良人呢，有什么能比得上为这样一个男人生个宝宝呢！检查完材料，她对丈夫说：材料打印、装订得真漂亮，没丁点瑕疵。

邝军说：估计咱俩一见到水院长就得分头行动，你检查的时候小心点，有空的话联系一下"补英语"，看能不能约着吃个饭，聊聊。他现在处于困境，咱该关心关心他。

唐小凤开心地答应着：遵旨，邝总！我当你小秘吧！

邝军笑着说：荣幸得很！你是我这辈子最大的……不知道咋说了，最大的收获，啊啊。

俩人紧赶慢赶，提前五分钟到达水上天九楼的办公室。办公室正有三人在等，水院长一见面，上前握着手道：二位辛苦了！事情说得有点急，我们院长马上要出差，所以先见一下你。我来介绍一下，这是我们郑院长，这是我们主管基建的卢副院长，我主要是业务方面。

两位领导起身与邝军、唐小凤礼节性握手，又坐回单人沙发。水上天让邝军夫妇坐在对面的两张软椅上，工作人员递上茶水；他拉出办公桌后的大椅子坐下说：我再来介绍一下这两位客人，帅哥叫邝军，邝总有多家个人企业，同时是咱们秦岭县女娲镇塘坝村支书，也是全国优秀村支书；美女呢，是女娲镇副镇长，名字很好听，叫唐小凤，人如其名，俩人是夫妻。

大家再次互相颔首致意，邝军将活动方案递给他们，郑院长说：唐副镇长、邝支书，今天把二位请来，主要是想寻找咱们可能合作的新契机。我们有一个想法，水院长有比较成熟的考虑，我们班子成员碰过了，觉得很好。接下来，让水院长讲一下我们的想法，你俩既是一家人，又是镇上领导、村上一把手，咱们面对面聊一下、碰碰，看有没有共识。这样，好不好？郑院长将征询的目光最终盯向了唐小凤。

邝军正要说话，唐小凤说：不好意思，说明一下，我因为高龄怀孕，所以暂时没再上班。我今天进城来做个检查。与村上合作的事，让邝军跟你们谈，我们家他说了算。这样，好不好？

郑院长被逗笑，打着哈哈道：这敢情好！这敢情好！让水院长立即给你安排葛主任。

水上天喜出望外道：恭喜恭喜！郑院长可能还不知道，为了怀孕，他俩在我这儿没少跑，俩人心理负担不轻，这可好了，这可好了！说着转身抓起电话拨去，吩咐妇产科葛淑英主任接待安排唐小凤的检查，放下电话，他起身说，弟妹，你下四楼，找404葛主任，诸葛的葛。说着送到门口，叮咛走好，才回来坐好说：咱们言归正传，我代表咱们省院说话，我们院上想和贵村探讨哈，就是，能不能在咱们塘坝村落地个我们省院的分院……

邝军头顶哗一下，如灵光闪过，身体也似乎透亮起来，有一种妙不可言的惬意，他忙拿出工作笔记本记录，最终他的本子上记下来这样的话：

> 建设终南山国际康复医院——省人民医院秦岭分院
> 塘坝村划拨土地一千五百亩
> 省院出资出人，建成后负责运营
> 医院盈利后，分百分之十至百分之十八的利润给塘坝村
> 如同意，计划元月六日治未病研讨会上签意向合同

水上天谈完，郑院长就急着赶往机场，离开前他说：省医院是正厅级国家单位，你同意后，我们还得向主管的副省长汇报。咱们公对公，不吃亏，你考虑一下。真羡慕你，正是干事儿的时候。

邝军当即表示：同意。但必须说明的是，没有那么多平地，据我所知，搞基建都是因地制宜，既然能从西安看中终南山宝地，那就不是冲着平坦去的。

郑院长拍着他肩膀说：好小伙子，有眼界。你也赶紧给你们领导通气吧，咱们都有婆婆。

郑院长走后，会议就散了，水上天吩咐邝军带着唐小凤检查，说中午在粤珍轩安排了饭，吃饭时可以再议议。

邝军见到妻子时，检查已经结束。一个中年大夫问唐小凤：你们打算在这儿生吗，要是生的话，我给你建档。建上档的话，到孩子出生，大概需要十三四次产检，都得来我们这儿。你们离得远吗？

五十几公里，邝军插话道，就在这儿生，我们开车来检查，我是司机。

那孩子爸爸呢？女大夫抬头问。

唐小凤笑道：他就是我老公。老公，这是葛主任。

邛军忙与葛主任打招呼，葛主任叮嘱几句，给他们开了五盒孕康口服液，让按时吃着，并留下了手机号。夫妻俩感恩戴德地告别葛主任，去排队划价缴费取药。邛军就将院方的诉求说给妻子听，唐小凤说：啊，这绝对是天上掉下的大好事儿，塘坝村千载难逢的好机遇。但是，无利不早起，他们的目的是什么？

拿地。你看看，省院现在在西安南二环内的繁华地带，本部地盘连二百亩都没有，咋可能需要建设一个一千五百亩的分院呢，而且还在偏远的塘坝村。

嗯，对着呢，邛支书现在很厉害了。唐小凤说，你赶紧给县委书记打电话汇报，以便中午见水兄时好说话。我也打电话咨询一下康美。

几分钟后，俩人打完电话碰头。辛书记和康静雅的说法高度一致：确保推进，抢抓机遇。辛书记还问，要不要他介入，让邛军和水上天沟通；邛军就联系水院长，水院长说可以，证明你们领导同意，我把这个消息反馈给我们老大。人到用时方恨少，妻子想叫康静雅，说：她不是有个整体设计方案吗，肯定要调整；再说，这里面的关节，需要自己人把握。

邛军苦笑一下，说随你；唐小凤就叫来了刚下课的康静雅。邛军给边大治打电话，对方竟然停机了，令他不安。

中午吃完饭，这个事情的大方向就定下来了，只差副省长点头。

秦岭县立即成立了以辛丰建为组长、县长副县长镇书记和邛军为副组长的终南山国际康复医院筹建委员会，积极促进和对接此事。

回村后，邛军也成立了终南山温泉度假村筹建委员会，医院和度假村齐头并进。邛军直觉得分身乏术，日程一下子被排到三个月后了，但他暗自想：幸福是奋斗而来的，人生能有几回搏，此时不搏何时搏？

事情犬牙交错，牵一发而动全身。大约一礼拜后，水院长打来电话说省上原则同意建立分院的事情，但需要报初步的方案，所以建议研讨会延迟一周。邛军一下子头大了。本来，中医治未病研讨会在前，度假村方案的论证会在后，研讨会上如果医院的意向合同签署，那康静雅设计方案里随后就渗透进去了，直接作为研讨的内容之一。现在，这么一调整，不仅设计方案里有的内容缺乏支撑，而且，两个大型会议的时间太挤，接待日期重叠，塘坝村的接待能力再次亮起红灯。这也很有力地说明了扩大建设度假村的必要性。经反复讨论，最终邛军给水上天回复：终南山温泉度假村设计方案论证会元月九日如期进行，"首届国际中医治未病学术研讨会"元月十日至十二日举行。水上天同意，并且前一个会议，他作为专家参加。

工作倒排，日日忙碌。终于，2003年元月九日，交通大学旅游研发中心康静雅团队的开发方案被拍板，作为终南山温泉度假村未来建设的蓝图。不用讲，方案里在大兴温泉酒店屁股后有一大片框起来的地块，那是留给终南山国际康复医院的。论证会上，余建国等省市领导出席，康静雅代表省创意文化研究中心专家到会。会后，县市新闻联播都上了新闻，报纸网络也有消息，村民见领导和专家们都看好这事儿，就全心支持村办度假村发展。邛军按照"土地开发+招商+贷款+集资分红"的思路建起了"大兴汤院终南山温泉度假村"。

乐极生悲，"首届国际中医治未病学术研讨会"的最后一天，出现了无可弥补的大纰漏。

谁也没想到，边大治在城里混不住，身患结肠炎，回村已经将养半月。老支书见有机可乘，就以给他介绍对象为诱饵——这次是实实在在的，是从深圳回来的一个大龄女子——唆使边大治搞破坏。边大治以醉酒为借口，拿着硫酸溶液在会场泼洒，会场顿时大乱。老胡指挥保安人员当场抓了他，扭送派出所。

后果是严重的，"首届国际中医治未病学术研讨会"戛然而止，永远没有了第二届，而活动最后的压轴大戏——终南山国际康复医院合作意向书的签订也被无情叫停，无限期搁置。塘坝村的营商环境跳水般恶化，所有为之付出的人，都捶胸顿足、倍感苦涩。

尽管如此，经过痛苦思索，邛军夫妇还是从善如流，觉得边大治的问题，出在他发展不如意的环节上。如果他发展得好，就绝不会做出这等事情。所以，出派出所那天，邛军派妻子去接边大治。然而，边大治破罐子破摔，非但不领情，还当众用言语羞辱唐小凤，说唐小凤体型变得太夸张，难怪自己一直追不到康静雅，因为邛军大老板大支书一直与康静雅热活着。唐小凤遭受莫大委屈，哭着回到家，找丈夫算账……

邛军有口难辩。

恰在此时，村里回来一个流浪汉，经辨认竟是邛军父亲邛勇勇。邛军喜出望外，变着法儿尽孝。恰好，一个星期后，父亲生日到来，邛军决定小小庆祝一番。在唐小凤安排下，大家决定过寿时，缓和与边大治的关系，于是早早给他打了招呼。可做寿那天，边大治缺席了。——深圳的老姑娘要回去，他殷勤相送，也第一次尝到了女人的滋味儿。

边大治的事让大家很不开心。不久，康静雅提议，大家决定给边大治单独庆生；边大治推脱不开，答应下来。他想以此为由，喊自己新女友回来，可对方却让他买双飞的机票并支付误工费，合计四千多元。他没钱，就找邛军借，邛军让他说明钱的用途，他不说。邛军说为你庆生我出钱，刚好四千元。

庆生宴上，边大治喝多耍酒疯，将酒泼在邛军脸上，并骂邛军脚踩两只船。邛军盛怒之下，抓住边大治的胳膊扭去……

二十四、眼光放长远

这个春节，邛军心里悲喜交加。

大而言之，喜的是，终南山温泉度假村方案的终获通过，使得自己经过长久准备的施政计划、富民方略、初心抱负得以贯彻执行，迈出了至关重要的第一步。悲的是，这第一步就摔一大跟头，遭遇重大失败。"首届国际中医治未病学术研讨会"活动扫尾阶段出现重大事故，活动不得不戛然中止，给公司和村上带来极大负面影响，尤其是既定的活动末尾的重头戏终南山国际康复医院合作意向的签署不得不搁浅。这让上至县委书记、下到塘坝村的每一个小孩儿，都心中充满悲哀，当然最悲哀者莫过于塘坝村美好未来的缔造者邛军。

小而言之，则迎来了他人生三十几年不遇之大喜，失散近三十年的父亲终于失而复得，渴望已久的小孩儿也已孕育爱妻腹中第十一周，加上夫妻关系的复合，那是小别胜新婚；这些人生的遇合和造化的玄机，让他有眩晕般迷幻的幸福。望着虽显衰老但尚未颓丧、全然不似沦落底层者模样的花甲老父归来，看着他吃饭、起居、在村里转悠、与老人小孩儿交流，看着他做简单的锻炼、争抢着干轻体力活儿，看着他睡在为他特意准备一年多的大卧室里，打着激烈的呼噜，邛军无比舒坦。长期以来，他像一根被命运无情抛弃的上无宗亲、下无子嗣的独根草、单支苗，虽然仓皇奔命、努力奋斗、舍己为人，但生前身后的凄凉，让他时时刻刻有精神元气不足之感；现在好了，命运让他免除了"子欲孝而亲不在"的痛楚，同时奉给他可爱的小太阳，这让他享受了此生最最欢欣的时光。

然而，小而言之的痛，也是痛心疾首、无可名状的。

和读者一样，邛军不能明白自己的发小边大治，怎么变成这样一个不可读解的人物。他如今的所作所为，不仅不符合人情世故，不符合一个智力感情正常之人的基本行为，甚至不符合故事剧本的逻辑。他怎么啦？为什么会这样？成为村民公敌，亲朋好友之痛，所有人不解之谜……大家都想，一定是这娃脑子坏掉了，或者故意搞破坏。如果是后者，那活该抓，对于屡教不改、十恶不赦的惯犯，就应该施行人民民主专政。痛定思痛、痛何已哉，邝军想得更细，即便是脑子坏了，即便是对社会不满、故意破坏，那也应该兔儿不吃窝边草呀，不应跑到家里这一亩三分地上拉屎撒野、丢父母人哪。想来想去，邝军觉得，这里面有预谋。

是呀，事出反常必有妖，一定有人在利用穷困潦倒的边大治。那么，这个人是谁呢？

夫妻俩不约而同地又想到五叔，班子成员也觉得是五叔。为此，杨钊已经和公公婆婆单另过了。邝五叔自从查账后，就没脸来坐班了，工资目前还照领，大家已经在私下讨论要不要给这个负能量的纪委书记停发工资并调整之。但是，有一件事情两委会意见高度一致：将村上的固定座机从邝五叔家里挪到新村委会办公室。这是查账带来的直接后果之一，邝五叔搬起石头砸自己脚，颜面扫地，没脸来上班了。本来，为避免村集体决策层出现"邝家班"的尴尬，邝军都没有担任任何职务，但其实目前的班子成员还是出现了一家人里面有两人同时在任的"特殊化"——副总杨钊、纪委书记邝五叔。这是因为，邝五叔本来就是这届村民监委主任，是一个顺理成章的任命，如果当时另找人，反而会生事端。对于村集体企业班子的任命，村两委具有直接的权力，说到底就是一个决心，一念之间的事情。但在没彻底搞清楚事情之前，邝军不愿意动这个念，他现在比较中庸，慢慢改掉了极端和急功近利的毛病。人生路，越走你越明白，没有绝对的对与错，往往是对错参半、错对互现，彼此转化的，就看哪方面更大。如果对的方面占绝对面，就很好了，你不能苛求一个人一件事，绝对百分百地对。那是不符合事实的。

以人而论，比如康静雅，大家都觉得好，但她也面临难嫁、孤傲、不太世俗的弱点；再比如妻子唐小凤，的确是个好妻子、好女人，但也因为自己的小心思而被杨俊虎忽悠，险些上当受骗，她还是个小醋坛子。若以事说，塘坝村地处秦岭半山和脚下，耕地面积的亩数还没有全村人数多，这样的地方靠传统农耕，你就是把秦岭坡地全部开荒，也只能勉强维持温饱，想脱贫致富，那是难于上秦岭；但如果靠山吃山，因地制宜地发展地热、避暑和旅游观光业，那比较优势就大大显示，现已见初效；再拿自己当村官以来的许多事情的进展来讲，群众起初不同意建设度假村，那是大家观念认识、经济水平和整个政策环境以及社会氛围等种种因素所影响的，你不能单方面怪村民、怪当时的支书，反过来想，即便当时大家都同意了，你能推得动吗？钱在哪儿？路在哪儿？即便建成，游客在哪里，生意会怎么样？一旦半途而废闲置起来，再想发展几无可能，群众再给不给你机会就是问题；还有目前被搁置的终南山国际康复医院，打眼一看是好事儿，但是院方明显包藏私心，如果顺利推动，会不会出现"院中园"——隔一块儿号称家属区或生活区的地方，给领导建小别墅？即便那样，表面来说，对于村上也是好的，等于是村子变成真正的度假村，但削山盖楼，政策允许吗？还有，医院最终能不能盈利，即便盈利，村上的最终分红点是不是太低，群众有没有意见……事情都有两面性，不可操之过急，也不要因为一时的得失而觉得到了生死关头。正所谓，塞翁失马，焉知非福。

面对这个状况，作为掌舵人的邝军，快刀斩乱麻，迅速消除负面影响，恢复正常的双节接待秩序。目前村上和私人的客房统共已超过一千间，数据显示，各家客房每天爆满，说明每日游客维持在三千人之上。这出乎邝军意料，看来，负面的事故、几个重要事情的搁浅，并没有连带影响账面上的收入。目前情况下，首要的不是颓丧于刚刚过去的工作失误，而是确保安全，维持现有的经营接待秩序。他联系镇上和派出所，成立了塘坝村警务点，建立了民警民兵村民联值联防机制。村上由老胡牵头负责安全，民兵也恢复训练，党员党小组村支部发挥战斗堡垒作用。正在这时，小凤提醒他，应该培养和吸纳更多村民特别是年轻人、酒店经营者、经济能人入党，让村党组织更加有生机，蓬勃壮大起来；同时，加强民族团结，建立清真一条街，发展特色经营。邝军就专门开组织生活会，安排下去，并顺势成立了大兴温泉酒店党小组、塘坝村民营经济党小组、塘坝村民族议事联席会议，文明、胡德刚分任党小组组长，马煜明任议事会议主席；两个党小组合为塘坝村企业联合党支部，邝军任书记。春节前，各个新设机构都动起来了，该运转运转，该学习务虚的学习务虚，邝军都亲自参加，连安全值班的夜班，他也让把他排上。的确，他正值当打之年、孔武之辈，理应冲在前面。在讨论发展对象问题上，杨钊的入党申请书引起了争议，邝军让先放放。之后，他专门找她谈话，建议她走"无知少女"的路子；他特别举了康静雅的例子，杨钊竟开心地接受了。邝军觉得这个嫂子给足了他面子。

当然，事情有轻重缓急。目前急做的公事还有：一、年终集体分红，由陶会克牵头负责，生产和运营部门配合。二、挂牌成立"终南山艺术家创作室"，由杨钊负责。这个事情的起因是，景甜甜景总的公司，最终没钱拍公映的正式电影，拍了个微电影。杨钊生气，想索要住宿费，邝军想了想说算了，企业也要为社会作贡献嘛。他当时灵机一动，觉得可以在这方面做做文章，于是提议联合省文联，成立个艺术家创作室。公司专门腾出个一百六十平方米的大办公室，精心布置后接待作家、艺术家，凡是来入住体验的省级以上作家艺术家，三日内本人和陪客（限一人）免食宿，但需发表或创作一篇（首）有关塘坝村的文学作品或留下一幅与塘坝村有关的书画作品，也可以是音乐、视频作品。这个事最紧迫，需要举行挂牌仪式，最好年前能举行。

私事是父亲回来了，邝军夫妻得尽孝。除了平日里吃好住好，让其舒心而外，邝军和唐小凤商量，带父亲、岳父岳母去省医院做个体检。可岳父岳母说已经体检过了，体检结果还没出，邝军等到他们拿到体检报告后，带着大伙儿去医院，正好一车载。岳父岳母在县医院的体检报告显示，唐逝水左腿发现腿部血管动脉硬化，比较罕见，严重性不亚于脑血管硬化；余如兰有甲状腺结节，尺寸是$0.35cm \times 0.4cm$，体检医生让做穿刺，大家听了，都很着急。父亲最年长，而且这么多年在外，问他体检过没，他直摇头，所以得来个系统体检。唐小凤也一样，想做全面检查，但与葛主任沟通后，觉得没必要。邝军本来一心司驾，没想着要体检，可大伙儿都要他做，他就做个他这年龄段男性的普通套餐吧。

本来不想麻烦水院长，可俩人还就前面的事儿经常沟通着，邝军无意间透露了行踪。水院长就专门给唐逝水和余如兰找了大夫，并给邝军和父亲推荐了适合的体检套餐。那天，天麻麻亮起床，去镇上接到岳父岳母，匆匆忙忙，赶七点一刻到医院。五人分四路行动：唐逝水去骨科找唐主任，余如兰去颌面外科找李主任，唐小凤继续去妇产科找葛主任，邝军领着父亲去旁边裙楼的五楼体检。检查到半截，邝军和父亲留完尿等待其他项目时，他给唐小凤打电话。得知他们仨已结束，一切都好，无需进一步检查，也没开任何药，他们在车跟前的花园里等着。十一点零七分，父亲也交了体检表，俩人吃完体检餐，下楼会合。大家皆大欢喜，父亲开始抱怨花冤枉钱，说他几十年在山里林场看大门，空气那么好，咋会有病呢。大家这才知道他这几十年的大体经历，难怪邝军派出的人怎么也找不到他，藏得也太巧妙了吧。

一大家子叫了丰盛的午饭，吃过后去逛书店，买了《陪宝宝走过40周》《育儿宝典》等书籍、杂志，买了三盘胎教音乐磁带。又去电脑城买了小录音机。最后，去母婴店买了冬春夏三套防辐射服。刚要回家时，余如兰突然道：去鞋城买几双舒适安全的鞋子吧。到了鞋城，邝军打算每个人都脚上换新鞋，但是岳父岳母不让买，说自己的鞋子多得穿不完。岳母让给亲家买双老年旅游鞋，几人挑着让邝勇勇试穿，他穿上第一双就不想脱下，说这就很好，就这个了。

从西安回来，大兴温泉酒店连续开了三天年底分红会。直到通过内部测评、外部代表问询，大伙儿觉得没问题时，才发榜公告全村，让大家来领钱。村里人人都来领到手的红利，只有边大治没有前来领，这又勾起了邝军的心事。尽管村里人说边大治不在，但邝军还是亲自去了他家，他提着邝记肉夹馍年节期间推出的真空包装礼盒上门。边大治七十几岁的父母见他后，一直在骂儿子不学好，这让邝军心里负担加重。边大治是家里唯一的男孩，比邝军大一岁，但俩人从小学二年级到初三的八年里，一同升级、一同留级，俩人的感情是历经岁月培养起来的。邝军老实、命若浮萍，边大治顽劣、娇生惯养但机灵聪明，俩人直到七年前的村主任选举时，关系都非常好。之前都是家庭经济条件好的边大治给邝军花钱，直到前一阵子边大治从国企出来后，邝军才有意无意去帮他，但他自尊心强，老不愿意邝军给他出钱。邝军一直知恩图报而无机会，两个人又生了嫌隙，邝军想找警察通融，警方不容许，所以边大治被关，出狱后又骂了唐小凤。撇过邝军和边大治的关系，唐小凤和边大治本身也是关系不错的同学呀，所以感觉，之前很重视友谊的边大治现在是反过来了——他是成心要把一切毁掉呀，比如他并不领情邝军和唐小凤为他办的庆生宴席，酒后表现激烈。这一切不正常的行为，邝军今天想揭开谜底，于是他问：边大爷，我大治叔身体恢复了吗？

结肠炎强了些，但没好利索。边大爷说，关键那狗日的思想坏咧，不知道饭香屁臭咧，忘了本丧了德咧！

边大爷，您和我边奶奶也别太往心里去，我大治叔我是最了解的。他就是最近失业后心情不好，做生意又赔进去了，找工作也不好找，所以情绪更坏了，我非常理解。也怪我这个当朋友的不够格，对他关心不够，我中间给他打电话，他停机了，我不知道他已回家养病……都怪我！

哪能怪你！你一天为村上忙得不顾白天晚上，哪能一直念顾着他，他又不是三岁小孩儿。大治妈说，你看和你们一起的娃，干得越来越好咧；而大治，做哈的这事情，让我们抬不起头。我都没脸见你，本来要给你回话来哩！

奶奶，我不是那个意思！出了事后，我没有拦下警察，最终大治叔被关了几天，我很不好受，这我要给您和我边大爷赔礼道歉哩。邛军说得哽咽了，将礼盒奉上，想我小时候，没少吃您的花卷夹菜、油膏麻花，也没少吃你们家的苹果、柿子、西瓜，大治叔在学校的时候，买吃喝经常是他吃一半我吃一半……这些恩情我都记着呢。我身为支书，没有照顾好大治叔，没有将他安置好，我有责任。他出了问题，增加家庭、社会负担，更是我这支书不称职的表现。我向二老请罪了！邛军说着深深一躬身、一弯腰。

边大爷、边奶奶本以为村上今天来问罪，压根儿没想到对方是请罪，都感觉太阳从西边升起了，慌忙拉住邛军手说：哇，大治也是软耳朵，被人利用了……老支书给他介绍了个对象，他就为人家两肋插刀，也不看看，是个崖你也跳下去？

大治叔说了，是个深圳打工的、白鹿原的姑娘。邛军说。

是呀，白鹿原的姑娘你能引住？边奶奶丧气道，从小到大，一点和他说不在一起。

都是你给惯的！边大爷气道，吃着长烟锅，剧烈咳嗽起来。

邛军忙扶他坐下，再一次意识到村上没有卫生所的短板，更加愧疚起来。他就说：您觉得村上建个卫生所，有需要吗？

那需要当然是大了去咧！边大爷说。

边奶奶呼应着：像你们年轻人，抬脚去市上咧、县上咧、省上了，甚至去北京首都看病，边看病边游咧。但到了我们这老境里，那就指望着出门有个看病买药的地方，头疼脑热也能当面给大夫说，当面对症看病抓药。

邛军当即内心作了决定，说：大爷奶奶，你们还有啥困难，我看看我怎么解决好。

过来过去就是大治呀。两位老人说，不年不节的时候，他窝在家里看小说；现在马上过年团聚，他倒出门咧……你说剩下我俩老"姑姑等"，过年过啥味气哩！说着，双双流下泪来。

邝军就掏出分红的一万四千多元钱，递给他们说：这是村上酒店今年给你们全年的分红，本来应该分三万多，但是一万多提留了，还村上的银行贷款。

俩老人忙将手朝外推着说：这钱我们不能沾手，这你得给大治。我们接了，他回来发脾气哩！

邝军了解边大治在家里的作风，就收起钱说：那我就专门去西安一趟，把钱交到他手里，同时尽量将他劝回来，让他回家团团圆圆过个热闹年。

两老人千恩万谢，邝军也心怀歉意，告别他们往回走。

已是春节前倒数几个工作日，杨钊约好了省文联社联处领导，俩人一大早拿着礼包，驱车奔向西安。会谈完，社联处处长还将邝军领到文联主席办公室，做了礼节性见面。主席对邝军创立艺术家工作室的想法很感兴趣，声称对邝军本人也很有好感。邝军连连道谢，杨钊及时将小礼包奉上。主席见是不值钱的小东西，客气一番收下了，道：你们俩年轻人能拼着干事儿，我老冯得支持呀！成立这个工作室，你们觉得年前好还是年后好？

好事早办早生效益，这意思已经给文联表达过多次，但主席一直没点头，今天他亲自问，邝军由于不明各种关节，也不好表态。社联处处长说：我和邝支书觉得，春节前好，正好我们也有个节前活动的亮点，也给塘坝村带点实实在在的好处。省级机关和一个村的点对点结对子帮扶，这个据我所知，在全国也是创举。

冯主席立马表态：那这样，腊月二十八就是良辰吉日，挂牌成立"省文联终南山艺术家工作室"。今儿个，我就不留二位吃饭咧，你们抓紧准备吧，咱腊月二十八在你们塘坝村喝酒！

邝军紧紧握着冯主席的手，几人热情道别。

上车后，邝军让杨钊联系边大治，她竟有他的联系方式。原来边大治换了小灵通号，只有在西安能通，她说：边叔，公司让我把你今年的分红给你送过来，你在哪里呢，我过去见你。

见面才知，他现在在省四院当保安，春节期间值班，不能回家。他见邝军也来了，多少有些不好意思，但还是笑呵呵打了招呼，邝军就把他的分红送到他手中。边大治要请他俩吃面，说他现在只能请得起吃面；杨钊开玩笑说：边叔，你把你说得恓惶的，光你手里的钱就一万多哩。

边大治苦笑着说：这连个媳妇儿帽盖稍也不够，你知道干大多想女人吗？

杨钊脸红了，就光顾着吃饭，吃完后先出去了。

邛军和边大治边吃边聊，回忆起少年时光，邛军提到在纺城大治请他吃的平生第一碗炒面，两个三十多岁的男人眼眶都湿润了。邛军劝他回村里当治安队长，说老胡毕竟上了年纪，脚来手不来的。边大治说他要增考A照，还在城里谈了对象，不愿回去。邛军高兴地离去，殊不知，他所说的对象，还是那个追求了近二十年的康静雅。

终南山艺术家工作室如期挂牌营业，首批入驻的作家、艺术家打算在这个秦岭旮旯里过年，体验这里别样的年俗。塘坝村四处张灯结彩，鲜红的灯笼串儿红，各家店铺特意收拾一新、开门迎客；蜡梅、玉兰、迎春花等凌寒怒放，花香清幽；大年三十儿，新制作出来的塘坝村未来五年规划大图，被公示在村头，吸引着人们一阵阵地放鞭炮。

除边大治和康静雅外，村外打工的青壮年劳力全部回来了。看到村上的变化和发展势头后，他们纷纷表示要留在村里干事儿，主动找邛军探讨发展大计。没有找邛军的，邛军打算年后找他们拜年、聊天、交心。这个年，是邛军过得最舒心的年。越是这个时候，他和妻子就越发挂念康静雅和边大治，有时他们会胡思乱想：是不是他俩一起搭伙儿过年了？但细一想，不可能。

唐小凤更是以延续版的康静雅相亲记，击破了邛军的愿望——

不觉间，两个彼此心仪的男女交往已经一百多天，完全进入了热恋。在外人看来，他们的爱情像熟透变软散发香味儿的蜜桃，到了享受正果时。是呀，三四十岁的大龄男女，肉体上的接触不可避免，也是被爱情燃烧起来的康静雅的自然渴望。然而，陆文成没兴趣。陆院认可赞赏一个女性可以，志同道合地交往可以，要肢体接触，则是他不热衷的，拉拉搂搂抱抱他已比较反感了，更遑论灵肉结合。所以高开低走，越往后她越觉得无聊、压抑、窒息，想逃。苦恼得没办法，她去咨询花为媒老板，老板极其肯定地说：康老师，你遇到gay啦！

gay这词，她大一考四级时就掌握了，是男同性恋的意思。也就是说，陆文成是为完成社会角色、满足父母心愿，强迫自己与我交往，准备搭伙儿过日子的。康静雅悲哀地想。

女老板还给她分享了gay的样貌、性格特征、恋爱表现，并举了几则案例，都与陆文成如出一辙。康静雅主意已定，出了花为媒公司门，就发短信：陆院长，感谢您这些日子的陪伴和鼓励，使我受益良多，将成为我人生的重要回忆。但由于我个人的原因，深感配不上您，暂时不想考虑婚姻。衷心祝愿您早得佳配。对方很快回过来俩字：谢谢！

又浪费了一年，康静雅深深懊丧。

讲到这里，唐小凤突然问：哎，你觉得康美和"哈喇子流的"怎么样？

我也经常想呢。邛军道，咋说呢，其实，找那些不靠谱的，还不如大治呢。

老公，我给你说，如果他俩结婚，肯定比咱俩过得好。你信不信？

我信。康美这么出色，大治也不笨，大治若能娶到自己心爱的康美，那他的心劲儿肯定大得很，勇气也会成倍增加，无论是做生意、上班或干别的，都会越来越好。邛军说，而咱们，我干这个支书，纯粹是为大家服务哩。如果我当初不干村官，估计咱手里现在至少有七八百万上千万；可干了村官，现在我欠银行五百多万。

是呀！幸亏这经济形势和社会形势比较好，一旦咱们店里的生意出现波动，那银行会把你打入黑名单，弄成老赖的。唐小凤说。

是呀，你说得对。邛军说，我希望国泰民安，希望村里稳步发展，村民日子芝麻开花节节高；希望康美尽快嫁个好人，更希望大治安定下来，安定下来才可能发展。他和康静雅也不是完全没可能。

唐小凤点点头，欲言又止，终于说：老公，你不能再当私有企业的法人了。

邛军也在盘算此事，作为度假村领头人，自己的私企经营与法相悖，于是他说：该咋办呢？我们都想想。

唐小凤点头：再想想。

这边，事与愿违。边大治为了挣钱，白天在四院当保安，晚上十点后，就偷着开拉土车挣大钱。四院发现这个情况后，将他辞退。他就去开出租车，但他C照上的身份证号还和独立的身份证年龄不合，被视为假照，这个差事儿也干到头了。如此，他不但没追到康静雅，反在城里闹出许多麻烦。为生存，他一边晚上继续偷着开拉土车，一边想办法正式拿到合法的C照……

一场招商会后，高档次人士纷纷来到度假村。形势发展促使景区提升整体功能，村委会决定开发两百亩商贸区。可是，土地在哪、资金何来？邛军将眼睛盯向了秦岭坡地，打算整出土地建商贸街。此后，康丹丹介绍了南方的林老板，他的到来解决了资金问题。

可一波未平一波又起，新的危机显现，正在建设的度假村竟然发生了刺针恐怖袭击。周末，杨钊士带着女友李易芳等同学回村玩，并进行研学活动。傍晚，大伙儿凑在大兴广场听演唱、喂鸽子、观天览云、放飞心情，不料有女生突然尖叫起来。杨钊士等围着自己的女同学问究竟，发现她屁股上被扎了一针；他们当即报了警……

水落石出，嫌疑人仍然是大家不愿意看到的边大治。

原来，边大治开拉土车赚了点钱，便将深圳的姑娘姜晶晶叫到自己身边。俩人挥霍无度，耽搁拉土车出勤，公司就开了他。那姜晶晶见大治的钱花完，也及时消失了。大治无出路只得回到村里，见村里变化很大也急需用工，他不好意思向邛军开口，就去嬉皮笑脸找已经是集团公司副总的唐小凤，让给他安排那个治安队长。唐小凤说没有这个职位需求，倒是已经成立了保安公司，需要副总。不知怎么搞的，边大治并没有接下语，而是自认为碰了个软钉子，郁郁而归喝醉。他酒后出来闲逛，刺伤了来度假村游玩的医专女大学生。邛军了解事情原委后极力挽回，但警察已经介入，法不容情。边大治再次锒铛入狱……

邛军去探监，告诉边大治：别灰心，我从来没把你当朋友，咱眼光放长远。出来后，你经营我的那几家公司，当法人。

我？边大治翻着无神的眼，吃惊道，算了吧，我怕影响到你。

回家后，邛军和唐小凤商量，将十一家公司的法人，全部换成父亲邛勇勇。走完法律程序后，俩人才如释重负。

二十五、为农民加油

终南山度假村的破土开工和全面建设，让邛军很兴奋，也无比忙。

他踌躇满志，认定这是三十四岁的他毕生的事业，但更觉得难以掌控形势，时时有本领恐慌之感。首先，外部资金进入后，他们改变了村子格局。资本家是要赚钱的，林老板林富成只投了一点六个亿，但他狮子大张口，想开发商贸街，开发汤玉湖，建设上游的山林观光区，还想参与中游的休闲娱乐项目。这让邛军很犯难，他不想一下子将祖宗的地盘全部"拱手让人"，这和终南山国际康复医院一样令他纠结。自己手里无刀，要借别人的刀，你就很难控制和约束他们的行为，因为他们最终的想法在起初一般不说出来。在这些诸多利益博弈中，他常常觉得自己知识能力水平跟不上。当然，不是所有的人在全部领域都在行，大家都是各用其长；所以他充分调动马煜明的组织特长、陶会克的财务专长、杨钊的外联招商才能、文明的内宣能力，又"拉用"起妻子唐小凤来，毕竟，她目前是所有人里学历和能力水平最高的。

与几年前不同，现在的情况正好反过来，全村所有精壮劳力不用外出打工都可以轻松找到工作、挣到满意的工资。就这，工地上还时时出现"用工荒"，需要外请工人来村里务工。而妇女老人，光给工地做饭、看摊子、看大门、打杂，都忙不过来，连邛五叔、邛勇勇也去工地务工了。也是，抬脚出家门赚钱，谁不乐意？用工和施工人员的增加，使得外地人增多，工地上撒出去的人日均上千；施工安全和村里的治安压力很大。村里日常购物、消费需求也大增，老胡家的超市扩大了一倍还不能满足需要，镇上唐明科的超市，在塘坝村设立了分店，天天进货，才勉强满足需要。西安大明宫建材，也直接在村上设立了塘坝村分店，准备扎下来赚钱。小文也将设在岳父村里的肥料店搬了回来，开张第一天生意就超出原来日均的一倍多。村里还出现了机件维修店、电器维修店、电话超市、蒸馍店、理发店、早市、夜市、网吧、录像厅、书店等；邛军都让统一规划，分类设立大市场，并建立了十六座公用电话亭、三个喷泉鸽子广场，方便群众，吸引游客玩乐。邛军要求对工地垃圾和废料进行无害化处理，但似乎厕所和生活垃圾处理的压力更大，邛军让修建了八个公厕，边建设边完善。他专门请教专家，想对污水和垃圾处理做整体谋划，这又迎来大问题：污水管道的建设不是小工程，他根据专家意见，在整体规划基础上分步实施，留出未来建设的空间。镇卫生院塘坝村分院的人气远远超过了镇上卫生院，规模和床位一扩再扩……总之，塘坝村俨然具备了大镇的气象，许多人戏称塘坝村为终南山镇，喊邛军为邛书记。邛军很高兴，说：你可以喊终南山镇，但不敢叫我邛书记，哈哈，我怕越喊越穷！

邛军还时时处处提醒自己，不要下沉到某个特定的区域、群体或事情上，你是掌舵者，要有全盘意识。局部赢者，全局不一定赢，全局赢者，即便局部输了，整体也还是赢的。这样想着，他慢慢变成了杂家，而他也有意识培养手下其他人独当一面。在这个过程中，问题和矛盾很多，最大的问题和矛盾是人手不够和人的能力不足。他想到了招人，但你一个村子，要招有能力的，难上加难啊；再者，目前村上没有大的收入，又处于投资期，也开不起高工资。所以，种种纠结在邛军心里盘旋，让他心力交瘁，身体状况大不如前。所幸，每天侧耳妻子腹旁，嬉戏着胎教，是他最有效的娱乐和放松，他会在不经意的时候，死睡在老婆屁股后。

除了应付正在急剧扩张的村子运转外，他还得思谋许多大事儿。

终南山国际康复医院的事，趋于明朗，原来的搁浅，不单纯因为边大治的硫酸事件，而主要是因为医院一把手要退休，故而釜底抽薪暂缓了。现在，新院长上任，责成水上天跟邛军勾兑此事。但此一时彼一时，邛军现已认识到土地的价值，态度有了微妙变化，决定将医院面积控制在八百亩之内。水上天说兄弟，你这缩水也太厉害了吧，让我没法跟领导说。邛军说我就是个农民，靠地吃饭，这是全村人的意见，他们现在被工地上的施工声吵明白了。水上天就道出了这个项目的个中玄机，与邛军他们的猜测符合：领导想在院内划一片区域，盖秦岭别墅。邛军就说：欢迎领导与民同乐，面积最大一千亩，其中山地一半。水上天勉强答应，准备继续与领导沟通。邛军把磋商的情况向镇上县上汇报，县镇两级同意他的意见。

生活在前进，上级还给塘坝村以新的机遇。本村鸡窝洼九组、十组的少数民族老乡住在山旮旯里，耕地几乎全是陡坡，主要靠出产山货过活。前几年退耕还林、设立封山育林区后，坡地被封，几乎断绝了他们的口粮来源和全部生活来源。邛军几次提出让两组整体搬迁到峪口的村委会驻地来，但这里也僧多粥少、难以为继。最近，上级允许对生活条件、上学条件极度困难的村民进行搬迁，并由中央财政统一拨款，还派来了省民委的驻村干部詹洋洋，上下协调，推进此事；邛军喜出望外，浑身是劲。

詹洋洋是个刚四十岁的副调研员，他理论水平很高，也参加过多项"智力支边"工作。他津津乐道的是自己刚工作那年的事情，说1983年中央统战部、国家民委邀请民主党派中央的负责人和边疆、沿海地区的统战、民族部门、中央有关部门的同志，举行了民主党派为边疆和少数民族地区四化建设服务的挂钩会议，就民主党派"智力支边"问题，达成了一些政策协议。此后，他就去了云南彝族聚居区帮扶，目前，那里已成为全国驰名的旅游胜地。他对邛军的位置很羡慕，说：你这个位置容易出成绩，你要广泛组织和团结各民族、各党派、各阶层人，形成磅礴之气势、之力量，建设好你的度假村，我对此充满信心！

邛军觉得这老哥很有意思，注意听取他的意见，支持他工作。他想，人家本就是国家派来帮忙，送温暖、解决问题的，可不能让人家失望、寒心。按照上面"搬得出、稳得住、有就业、逐步能致富"的要求，后期还要配套社区工厂，邛军就追着詹洋洋快速推进。他时常想，这真是天大的喜讯呀，兴奋得有时睡不着。唐小凤也很兴奋，为丈夫高兴，更为即将搬迁的少数民族村民高兴。邛军就带着两个组长主动对接，更加积极推动此事。

难度又集中到土地上。康静雅制定的终南山旅游度假村规划图里，并没有考虑搬迁和安置问题，显然，要生生塞进安置小区和工厂，那是不现实的。邛军将目光盯向两个地方：一是本村与两个邻村的废弃土梁，那个他曾经打过工的旧砖瓦厂，砖瓦厂早已废弃，有五六十亩地可利用；另一个，是与白鹿原接邻的鱼嘴梁，这片荒地，如果修整出来，面积会更大些。其实，塘坝村、辋川村和白鹿原村三个村以前是一个村，叫汤玉村；后来人口越来越多，就一分为三，分村时旧砖瓦厂还在生产，为三村共有；而鱼嘴梁谁也没注意，因为它显得那么多余而无用。最终，在詹洋洋和镇上的协调下，邛军答应未来建社区工厂时，分别给别的两个村四分之一的招工名额，这才将两块宝地征过来。

这一战果，令邛军异常振奋，若能如期将少数民族老乡们整体搬迁并安置，塘坝村整体发展水平将大幅提高，多民族协同发展、周边村共同富裕的道路就会越走越宽。

目前，村里各种经营形式的客房增加到两千多间，其中民宿占一半。民宿都是个体经营，房价之前大家都估摸着要，价格在每天十五到四十元之间，实际经营中随着客流量变化会打折。现在邛军开始强调定价政策，根据实际调查了解以及唐小凤、陶会克等的建议，提出高价策略和低价策略两种定位，让村民根据实际情况选择和浮动。但他提出个观点：清风明月不用一钱买，但青山绿水胜金银；民宿房价秒杀闹市的五星级，不是不可以。前半句，他让作为标语，刷在村道两侧的墙壁上，塘坝村似乎更神奇了。每每看到"清风明月不用一钱买，但青山绿水胜金银""民族团结 共同富裕"的标语，邛军疲惫的身子就又恢复元气。康静雅最近回来，也夸邛军"事情干响咧"，邛军觉得心里很甜，就更加严格要求自己和工作团队。

一边忙碌着工作，邛军这心里，一边不住惦记着儿时的同学和朋友。儿时的伙伴们，大多数没考上学，前几年都去外地务工，这几年见村上发展有了起色，就都回来创业。他们最不济家里也有民宿，自己还在家门口继续务工，这就相当于一个人顶两三个人的收入。邛军乐见其成，他们也很尊重邛军，经常为村上出谋划策，邛军也在他们当中物色好帮手，同时利用他们曾经走南闯北认识的资源，为村上所用。果然，有一个十几年来一直干建筑的伙伴姬英军，想成立建筑队，这与邛军想法不谋而合。但俩人在实际细节考虑上差别很大，姬英军想让邛军和他成立合伙的私人建筑公司，以后开展业务时让村上给做担保；而邛军想组建村办建筑公司，可由姬英军牵头来组建经营，但姬英军并不动心。邛军就做他工作，说村上还很穷，集体资产依旧为负数，需要发展，我们的思路是共同富裕，而不是一枝独秀。最终说服了姬英军。

塘坝村建筑装饰公司成立后，首先投入汤玉湖的建设，为村上捞得难得的第一桶金，一举改变了村账面为负数的尴尬历史。其他同学见姬英军背靠村集体当老总拿高薪，也跃跃欲试，争抢着跟邛军谈想法。邛军让他们多留心多用心、思考周全，一旦项目成熟，村上一定支持；他还派他们出去考察，开阔眼界。一时间，他又找回了当大班长的感觉，他觉得自己更有力量为更多的人服务了；但，还要防止骄傲。

在所有人里面，康静雅和边大治是邝军最挂心的。

如前所述，康静雅过年没回家。村上活动请她，活动一结束她就开车回城了。就这样几过家门而不入，和父母彻底断了关系，这让唐小凤夫妇很着急。为留住她，村上以度假村顾问身份给她在大兴温泉酒店留了套房，她这才在开学前住了三天。这三天里她仍没回家，父母也没找她，干大邝五叔来看她，给她送来了板栗和土蜂蜜，小心地劝她早点结婚。要知父母心，怀里抱儿孙，她虽未婚育，但大龄未婚让她对两性人伦婚姻有了深切感知，她没有像以前那么反感邝五叔，相反，看到他苍老不讲究的样子，产生了怜悯，于是给他五百元钱。邝五叔顿时老泪纵横，硬不收，康静雅转过脸去，也流下泪了，邝五叔拿起钱哽咽着离去。人都说，她亲生父亲是老支书，她抵触了三十多年，现在不得不悲哀地接受这个说法。

去年末，最新一批教授名单下来，继续没有她，已是第三次够条件而被内卷。院长安抚她，让她申报今年的博导资格，这个倒是很容易过了。前几天，学校申报校级A类人才计划，含金量高，她申报后静等消息。

这天晚上十点从图书馆回来，过彩虹桥时她隐约看到一个高高的清爽男子，着白球鞋，额前长发一甩一甩好帅；俩人快步擦过时认出了对方，是焦疏桐。他说：姐，你好漂亮哎！他把"漂亮"俩字说得好玄妙很动听，她被美到了。

你也很帅呢！康静雅实话实说，全然忘记当年那个高三小子的胡闹，而把他当成年人了。三十不到而未婚的焦疏桐有魅力，也很有实力，爷爷是科学家，爸爸在美国有企业，离异的妈妈也很不错，是手握实权的处长。

谢谢姐第一次将我当男人看，哈哈。我跑步去呀！焦疏桐一笑而过，忽然又问，哎，什么时间喝你和我们院长的喜酒？

分了。康静雅说得轻巧，加快脚步，下桥回家。

卸妆洗漱，准备看会儿资料就睡。她现在十点四十五睡，鱼尾纹已霸道地占领眼角，用了好几种水都不管用。刚洗完澡准备上床，听到敲门声，她犹豫一下，披上羽绒衣走到门后，摁好反锁，这才机警地问是谁。

我……竟是焦疏桐的声音。康静雅放松警惕，开了门，一股玫瑰的幽香沁人心脾，她笑道：你不是锻炼去了吗，这么快，谁送你花？

姐，是送你的……姐，我爱你！姐，你现在不担心影响我学习了吧，哈哈！焦疏桐说着关好门，将康静雅猛地抱紧，噙住她狂吻起来……

她想反抗，但全身无力，一种从未有过的热望和快感让她迷失了自我。他们移步床上，融化在一起……

事毕，焦疏桐发现洁白床单上玫瑰花瓣似的血迹，激动地亲着她说：宝贝儿，你是好女人……我之前十九岁的女友都不是处……亲爱的，我会爱你的！

康静雅明澈的眼睛里挤出几滴泪来，问：就只是这会儿吗？

不、不……我会爱你一辈子。他说着，又抱住她。

你娶我。康静雅说，一任他爱抚。

嗯嗯……他亲她，她很快迷醉，他说，但是亲爱的，我们得谈一段时间。

多久，咱俩已经这样了，为啥还要谈？康静雅推开焦疏桐。

为了多了解呀，姐。

咱俩认识十三年，还不了解？她坐起，用枕巾捂住胸部，说，都这样啦，你还不了解我？

不是姐，你误会了。他说着也坐起，面对她笑道，就是姐，您别着急，我慢慢给你说，就是咱俩刚才爱爱的过程，也要多多磨合嘞。

要磨合多久？

三个月？半年……一年？焦疏桐估摸着说。

你走吧，我要洗床单了。她开始穿衣服。

别、别价！焦疏桐拉住她，留着我做个纪念！

康静雅甩开他，说：有了孩子，我自己养着，你走吧！

姐，我真的爱你！焦疏桐说，你知道我现在找对象特容易，许多女人都生扑我呢，但我就喜欢你。

你喜欢我，我也给了你，证明我也爱你。那你就赶紧给家里人说，你也不小了，咱们结婚吧。康静雅努力说完心里话，本不想说，想一步步慢慢看这个大男孩的表现，可她现在急了，像刚才义无反顾失身一样。

姐，那好吧，既然你说了心里话，我也说说心里话。我从来没想过三十五岁前结婚，但我真心爱你，所以，想争取一下，我现在就给我妈——主要是她有要求——打电话。焦疏桐说着，拿起手机拨去电话。

康静雅抢过手机挂断，说：你先起来吧，回家打去。

亲爱的，我不想走。焦疏桐抱住她，俩人又叫唤在一起。之后，他洗个澡，穿衣走了。康静雅啜泣起来……

邝军虽然不知道康静雅的这些事儿，但他右眼皮一直跳一直跳，他就跟唐小凤唠叨，说康美不会有事儿吧。唐小凤拿起电话就打去，康静雅说好着呢，就将交小男友的事儿说给她；唐小凤羡慕地骂她老牛吃嫩草，康静雅说是嫩草吃老牛好吧，嘻嘻地笑着。唐小凤问她下一步咋办，康静雅说：他妈不同意，嫌我太老。大班长在吗？这事儿，可别让别人知道啊！

邝军就快步走出客厅，发现座机给他拨过电话。他拨回去，是秦岭县看守所打来的。狱警告诉他，边大治要些文艺书，让送到监狱，他立即答应。

和唐小凤商量后，邝军带她到省院孕检。而后，去西安火车站南边的图书批发市场，俩人花了三四个小时，挑了三百元的旧小说、散文、诗歌等书籍。唐小凤给自己留了《红字》等十多本，其余的都送到三里镇温泉路上的监狱。没有见上本人，但通了个话，边大治说不用那么多，我才在里面待十八个月，剩十六个月了；邝军说留着以后还能读。边大治让带走，说他出狱时不好带，邝军就将所剩的，又拉回来。夫妻俩路上一商量，决定给村上弄个图书室。邝军问：你看村上还缺啥？

除了钱，还缺人——高端管理人才。唐小凤说，再就是，缺个养老院、幼儿园。这管一老一少的地方，不可或缺，因为大家都要上班，照顾不了老小。

回去我马上办。邝军说，怎么康静雅连这个也没规划进去呀？

智者千虑，必有一失嘛。这没啥大惊小怪的，你也别以为康静雅啥都好。

邝军没再说什么。

当晚，他就召开了两委会。会上确定了"公司化运作，不求一步到位，但求从无到有"的工作方针，拨出专款，分配马煜明和文明分别将养老院和幼儿园的事情抓起来。每天的进度要向支书汇报，每周的财务要核算公布，每半月开一次专题会议，研究工作进展。

一心为民的努力，扎实的工作，让邝军各种头衔接踵而来。去年进行的选举中，他成为省人大代表，最近去省城开会。无独有偶，康静雅是省政协委员，俩人的多场会议都在一起，于会议中相遇，并见到了余建国舅舅。仁人就村上的事情、大会小会上聆听的精神和政策，私下里又聊天商量探讨，邛军的思路更清晰了，心中的劲儿无比强大。

一天晚饭后，三个人在"陕西省的钓鱼台"丈八宾馆散步。玉兰吐幽，湖水也冒着白玉兰花样的喷泉，余建国边走边侃侃而谈，提醒邛军无论是村上还是家里，都要先照顾好老人小孩儿，说这叫"老吾老以及人之老，幼吾幼以及人之幼"。邛军连忙点头。余建国和康静雅是邛军每一步决策的不二咨询官，对村上很了解，邛军觉得机会难得，就仔细请教村上度假村建设的重大问题，问：二位觉得，村上度假村发展，还要注意什么？

静雅你说，余建国弯头亲切道，你是著名大学博导，又是搞这个专业的专家，你说说看？

康静雅说：平时也会上心村上的事，因为我是那里长大的，但工作忙，有时突然冒出个好点子，自己都激动，但由于村上当家人不在眼前，也仔细沟通不了，过段时间反而忘了……所以，觉得这次开会，既是全省大会，也是咱们村的小会，很难得。我觉得吧，还是要稳步推进，特别是要注意安全。

对呀，静雅说到点子上了。余建国说，你虽然只是个村子、度假村，但是你的体量、度假村的整体功能，如果发展到位，那和一个县差不多，目前的规模就已经是一个镇了呀。一个县它有公安局，有交警，有城管，一个镇有派出所、司法所、综治办等等，你有啥？所以，安全、生产安全、食品安全、日常安全，都要你去操心，防微杜渐。你肩上担子重呀。

邛军频频点头，内心压力更大了。康静雅说：舅舅，有没有可能将我们塘坝村升格为镇呀？既然它已经长大为小伙儿，你再继续给它穿小孩衣裳，肯定是不合适的。

哈哈，将村子升格为镇，这事儿之前也遇到过。至于说有没有这个政策，那我要说，我们党的任何政策都是实事求是，具体事情具体分析的。余建国说，照你这个村子的实际情况来说，我刚才讲了，接近于县的规模，升镇那是绰绰有余，是工作需要嘛。

邛军大喜过望，道：舅舅，那可真是太好了！具体怎么办，与谁对接？

那肯定是一级一级上报。余建国说，不过呀，这不，这几天省市区县的领导都在这陕西宾馆吗？我抽空给吹吹风。

邛军喜不自胜，康静雅说：那可真是太好了！

仨人早早散去，余建国开始找人聊，运作这个事。

回到宾馆，康静雅又打电话给邛军。俩人都很激动，邛军知道她在热恋，但还能不忘旧日朋友，所以很意外；康静雅因为这特别的场合相聚，而分外喜悦。说了一会儿，康静雅突然问：我回村上发展，你欢迎不欢迎？

我……邛军从未考虑过这个问题，但仔细一想，肯定是康静雅开玩笑，于是放松地说，我肯定欢迎，热烈欢迎！但我，说老实话，我不敢欢迎你……你是啥呀？博导啊，都什么级别了呀！是不是？

邛军，我没有跟你开玩笑！康静雅急道，你也听会了，智力援村、干部下沉，也是时下的政策嘛。

康美，政策归政策。但我也是认真的，邛军极力解释道，就像咱俩一开始一样，我内心肯定一直都喜欢、欢迎你，但我不敢喜欢你，不敢爱你，没有那底气呀！事情道理是相同的，你一个副省级单位的博导，回村上发展，村上就火柴盒那么大，你咋发展？咱村上目前的情况，可能比我当年在西安打工时稍微好点，已经自主发展了，但距离聘任一个博导的水准，那还差得远嘞！

你说得对，这事儿你先替我考虑着吧！晚安！康静雅很快挂了电话。

放下电话，邛军内心云翻雾腾，难以入睡。老实说，村里正是急需像康静雅这种专业人才的时候，但是他不能因为塘坝村的发展而牺牲康美的前途哇。他在内心设计了多种拒绝其回村的理由，觉得理由分外充足后，这才沉沉睡去。

省上两会结束时，余建国已经将塘坝村升格为镇的事情周知县市两级领导，并给相关局办也详细说明，还引荐邛军分别见过李副市长、辛书记、刘局长、马处长。领导们都知道塘坝村，甚至还去过塘坝村，所以多少了解些情况，都答应在政策许可的范围内给予支持。邛军满心欢喜，但又觉得没那么容易，于是心一直悬着。

回到家，唐小凤泼冷水，笑他是官迷。他自我解嘲说自己是为了村子发展。妻子说，这事儿我熟悉，交给我吧。邛军道：唐镇长，你办事我放心！

养老院、幼儿园如期进展，其他村集体的业务也成倍增加。为做大做强企业，村两委决定成立终南山大兴企业集团，邛军任集团党支部书记、董事长，马煜明任集团总经理，唐小凤为集团党支部副书记、集团常务副总经理，杨钊、姬英军、陶会克、胡德刚等为副总。集团高层的学历成为极大短板，邝军自觉不够格，会上要求高薪招揽人才加盟，先紧急发布职位需求，招聘几位总监。

唐小凤仔细看过招聘信息，让及时发布。几日后，应聘开发总监的简历里，有一个叫秦大山的外国人的履历各方面都让人很满意。唐小凤让他和其他人一起面试，她见到这位白人美髯公小伙后，也很满意。终面到了邝军这一关，因一时忙没安排出时间。恰在此时，康静雅正式毛遂自荐，直接开车回到顾问室，梳妆打扮后找到唐小凤办公室，说明了来意。

咱姐妹之间，打开窗子说亮话呢。唐小凤压抑着吃惊和恐惧说，天地这么大，咱们没有必要将鸡蛋放在一个小篮子里吧！

姐，如果那个篮子里需要这只鸡蛋呢？康静雅接住工作人员递来的热茶，道，谢谢！我为中国农民加油，好吧？

康美，你知道，咱中国可从来不缺少农民啊！塘坝村也不缺少农民，农业人口目前占百分之九十以上。唐小凤说，还有康美，咱从小奋斗，为了啥，就为跳农门。再说了，中国在建设工业强国，十四亿中国人都变成农民，国家还有啥希望？

康静雅一愣，手里的茶杯晃了一下，她被唐小凤的话拿住，一时无法反驳。唐小凤又说：这样吧，出于好姐妹情分，当然啦，主要因为你对咱们度假村的卓越贡献，我建议集团任命你为集团智囊团主席，但不坐班，薪水你可以提，我们尽量满足……这样可以吗？

姐，我不是来要饭的，这个社会还饿不着博导。康静雅空洞地说。

这样静雅，咱俩设想一下，假如说集团班子同意你加盟，任命你为新的班子成员，你来工作。唐小凤说，那么，可能的情况估计是这样，你曲高和寡，你的思想和正确主张经常性地得不到贯彻，这些土八路会把你气走。最终大家互生嫌隙，不欢而散。你信不信？

嗯嗯……康静雅含混地说。

还有，你来这里，你的小男友咋办？你们会两地分居，你不像我，家在这里，肉烂了在锅里，好赖就这样了。

分了，我们分了。康静雅仰面流下泪来干巴巴地说，你要心放大，我不会影响你的家庭，我和邛军干干净净。

为啥分？唐小凤说，他妈能挡住你俩结婚？

不现实，你想，我已经人老珠黄，而他风华正茂，即使他妈同意，我也得好好掂量掂量。他真正死心塌地对我好，并能说服家里人，我才可以决定。而事实上，这些，他一点都做不到。我们就是美丽地错误了一场，我当了一次女人，是不是很无厘头？嗯嗯……康静雅说得哭起来。

唐小凤接过康静雅手里的纸杯，放桌上，俩人搂一起。唐小凤突然道：啊，动咧！

康静雅木讷地抬头，以目光询问。唐小凤说：娃动了，肚子里的胎儿动弹啦！

康静雅惊喜万分，激动地头贴着唐小凤腹部，悉心谛听，叫道：动啦，宝宝真动啦啊！是第一次吗？

嗯，第一次呀。唐小凤激动地说，康美好妹妹，你真是我的福星。

叫邛军，我要当干妈！康静雅兴奋地狂叫道。

唐小凤打电话将邛军叫来，邛军看到康静雅一愣，说：康博导今天下乡啦！

我来让我干儿动弹一下，预备预备做人的基本动作。康静雅不动声色道。

邛军听得哈哈大笑，忙蹲下来，耳朵贴着唐小凤腹部，边听边憋笑着说：听话，给爸爸来个"扫堂腿"！

几人都笑了。

可是半天，胎儿再没动弹，见邛军有些失望，唐小凤说：刚才都动了，康美听得真真的，是不是？

嗯嗯，他给我来了个"鹞子翻身"。康静雅说得自己都笑了。

邛军眼眶湿润了，说：康美来了，咱们去鑫隆苑吃，好久没去了。

几人出门，又叫了正在体验生活的画家金西门，开车去女娲镇吃饭。吃完饭，几人回到邛军办公室，康静雅开门见山：邛总，我辞职了。

金画家见要说事儿，赶紧说要午休，告辞出去。邛军吃惊不小，却说：是要去北京还是上海高就？

来你这村办企业，要不要？康静雅说，不想绕弯儿。

邛军看看唐小凤，唐小凤将头转向窗外的玉兰花。邛军说：不行。你要是来这里，康伯伯会砸了我的办公室，打断我的腿，我也会被村里人骂死的。

好吧！是我投错门、自取其辱，没想到终南山大兴企业集团一个村办企业，门槛这么高！康静雅说着，将房间门的钥匙搁桌上，想出门去。

哎，静雅，你这是干啥？唐小凤说，我给你答应的，你是咱智囊团主席，我们还要给你配大办公室呢，但是你不用坐班，满世界该干啥干啥，不影响的。待遇的话，邝总你看……

邝军心领神会，说：每月一万五，税后，半年预付一次，现在就可以支付本年的第一笔工资九万元，我给陶总打电话。

不用，无功不受禄。我要用辛勤劳动换薪水。康静雅犹豫一下，接住唐小凤塞来的钥匙，风一样出门去。

面对同学兼老友的邝军和唐小凤一齐反对，康静雅那一腔子热血并未歇凉，第二日她搬出老支书说项。邝军不敢再兜在自个身上，而是专门召集集团公司高层会议，郑重其事地让大家充分发表意见。面对知根知底、高素质重量级人才投上门来，大伙儿都很惊喜。但，意见分歧，主要分为两类：求之不得，但怕耽误了康静雅；热烈欢迎，但怕最终不欢而散。唐小凤只得安排康静雅采风，与金画家寄情山水，康静雅戏称：你是要害妹子呀，你没看到他那烈火样的眼神？

康静雅又驱车到兰州，专门找正在黄河畔开会的余建国舅舅，请求他帮忙。她最终说服了余建国。余建国当着她的面，给邝军打电话，并让唐小凤也听电话，确认好后，他说：邝军、小凤啊，静雅在我这里，我们这会儿在看黄河水车园，风大，黄河畔有点冷。我跟你们说哇，城市反哺农村，产学研结合，这是未来趋势，也是静雅的心愿。你们就给她个机会，满足一下她的拳拳报国心吧！至于说后面实际干的过程中，出现了分歧和不愉快，那她自个就会想办法的。我只声明一点，不存在浪费。你们也想想，即便离开你们，一个曾经的名校博导，还是能找到饭碗的，你们不要太本位主义好吗。呃呃，你们忙，我俩再转转，呀！这兰州蓝真好，这黄河的风……

一个礼拜后，康静雅正式入职终南山大兴集团，被任命为集团高级顾问、副总经理，排名在杨钊之后姬英军之前，分管战略规划、宣传推广和整村搬迁。

她的辞职、她的加盟，都成为记者追踪的热点事件，"女博导'下嫁'村办企业"霸占网络热搜长达四天，评论上万条，该新闻被评为年度最具影响力热点新闻。因康静雅加盟而飙起的这波宣传风暴，让终南山大兴集团的影响力产生了"核裂变"。一礼拜后，集团品牌价值被专业机构评估为三十七亿元人民币，热钱追着终南山度假村而来。康静雅又增加了新头衔：招商和投资审核委员会主席。

不用讲，"无知少女"康静雅，已然成为集团的一张金字名片，而她给人散发的名片上除了印有高级顾问、副总经理、招投资委主席、博士、博导、旅游规划专家、省政协委员、市政协常委头衔外，还有一行振奋人心的文字：为中国农民加油！

年轻漂亮又单身的康静雅，熟女风范尽显，业务能力又明显高一筹，是高管中的风景、资本的宠儿、公司极大的政治资源和商业资源。从此，可怜的唐小凤，她的心就一直吊在半空中……

二十六、山高人为峰

四月的第二个周例会，内容非常满。

第二届秦岭探花笔会艺术节圆满结束，会上需要总结。活动本身很棒，是名人康静雅的杰作，也有杨钊的全情配合。俩人惺惺相惜——其实不能这么说，这里所有的人，就知识结构来说，当康静雅的学生都不够格——缔造了终南山大兴集团的又一盛事。在严格限制采风团成员的情况下，参加活动的人员级别火箭式提高，都是中作协、中美协、中书协、中影协及其以上会员，其中，"中字头"协会副会长来了两位；就成果而言，有借着塘坝村势头而上了《人民日报》的散文，有即将上《中国艺术家》的画作，有拍塘坝村电视剧的设想，至于省市级别的文章、画作、书法发表，则更多；还带动了一批文艺爱好者的创作热情，网络端出现的笔会消息、文字、图片、视频作品影响巨大……最终，以又一个热搜宣告了活动的精彩。

在亲密合作过程中，杨钊小心翼翼地提出两个请求：一是请求静雅姐介绍她入九三学社，二是想考姐姐的研究生——康静雅还继续在交大带硕士、博士，甚至因为离职，上周硕士招生，学院还给她增加了一个名额，美其名曰：旅游与景观设计专业是实践性很强的学科，正需要康老师这样理论和实践兼备的导师。呀呀，一般说来，有求便觉人情薄，求人一件事都要为难数个月才可能张嘴，但杨钊这女子，一下子求人俩事，而且都是大事儿，这怎么可能成功呢？但是，康静雅几乎是不假思索地就欣然答应了杨钊的俩请求。怎么说呢，杨钊不仅招男人喜欢，还讨女人喜爱，也就是说，她讨所有人喜爱。造化偏心，世间就有这样被所有人待见的人。杨钊小康静雅三岁，比她稍低一寸多，也瘦她一丁点，若不带娃，人看不出她是个三岁智障孩子的妈妈，不了解情况的小伙儿还急着追她呢；而了解情况的人，往往反复赞叹：还是辣妈有味儿。那么，公司出现了康静雅和杨钊两大美女后，到底谁更美呢？这个呀，还真不好说，资深男人说：都美！是双美。

但双美还是在第一次合作中出现了分歧。是个小插曲，不影响俩人关系。在所有被邀请的艺术家里面，本来有两位重量级的人员，也是公司的重要客户、公司的未来金主，在邀请之列；但康静雅硬是不让发邀请函，理由是那边有疫情。她说得异常危险，但大家听成了笑话，全不当回事儿。鉴于活动主要由她负责以及杨钊有求于她，最终还是杨钊妥协，没请那俩专家。可是，已经几个礼拜过去了，康静雅说的那病，似乎还没影儿呢，于是有人开始质疑。

会上第二项，说到招商和外来资金的甄别优选，以及安排与金主的接洽事宜。康静雅又将一位投资意向为五亿元人民币的粤商，推后安排。邝军一眼就发现了，问：康总，粤珍宝健康投资集团的巴总，怎么这周没安排？

还是因为疫情呀。康静雅说得风轻云淡，我看咱们对这个事情的严重性，还没有充分认识……

康总啊，有无疫情巴总自会把握。他如果不受限制乘机坐车来到咱们陕西西安，来到咱们秦岭塘坝村，那就证明国家防疫对他没限制，那我们就坐下来在商言商。这事儿这样，OK不？

不OK。康静雅几乎是冷冷地说："雪崩之前，没有一片雪花是无辜的。"伏尔泰这句名言，我想其所以成为名言，那一定是有道理的。上周省上专门开过会议，咱们这有点庄子深。庄子深是句方言，意为消息闭塞。

邝军还要说什么，唐小凤看得着了急，忙说：我插一句，康总说的有道理，我们宁可派人过去先期接洽，也不能让他们把隐患带过来。

那，我们过去的人，难道永远不回来了吗？邝军显得很激动，汤玉湖施工现场几千人，大老板就是广州越秀区人。我看，我们这些雪花，都幸免不了咯。

会场一片寂静。康静雅说：我下来沟通一下吧，如果他觉得无虞，来也可以。

会议第三项，幼儿园和养老院的开园（院）筹备。邝军说：宣布一声开张，那很容易，但要持续有声有色办好，难。马总和文总监，你俩分别说一下吧。

俩人分别详细汇报了施工扫尾工作、装修、桌凳床、绿化美化、吃饭问题、招生、接入院老人、收费、人员聘用等问题，会上大家一一做了讨论、决定和工作布置。根据工作进展情况，会议决定4月19日幼儿园和养老院同时开园（院），马煜明和文明分别暂任园长和院长，待工作平稳、物色到合适人选后，卸任。俩人从现在开始就倒排工期，尤其是物色好得力工作人员。马煜明说：我已经物色好院长，就是邛勇勇邛叔。让他别在工地上绕达咧，尘土飞扬的，有时还不安全，老板来自疫区……

大家都瞅邛军，邛军笑着说：我肯定支持马总工作，但是你要把他本人说动，事实上，他已经是十一家公司的法人了。这个大家肯定知道。

大伙儿都笑起来，严肃沉闷氛围才缓和了点。

文明说：邛总，我连骨干工作人员都没物色到，我费了好大劲儿、打听了好多人，都没有合适来上班的。请各位领导有合适人选多多推荐，拜托啦！坐在后排的他，起身给大家鞠了一躬。

大家互相瞅瞅，邛军说：文总说得对，大家都帮着找找幼儿园阿姨，总不能让他去当园长哄娃娃去吧。说着，朝大家扫视一圈。

与会者纷纷推荐人选，但这个提那个就否决了。突然，坐在后面的治安副队长安军城道：胡总，您女儿不知可以不？她不是在安村幼儿园当阿姨好几年了吗？

啊呀！好几个人一起喊道，咋把这么熟悉的人给忽略了？

没等胡德刚开口，文明说：不是忽略了，她嫁给安村，距离咱们村十几里路，还有娃娃，所以我没好意思问胡总和小燕。

胡德刚才说：我尽量做小燕的工作，让她克服困难过来给咱支应一阵子，正好，她产假快结束了。

如果能来咱村主持幼儿园工作，我建议让胡小燕当园长，她是幼师毕业，又工作这么多年，有经验。文明说。

那就这么定了。总算解决一个事。邛军说，今天最大的事情是关于咱们村筹备升镇的工作，大家看谁来负责这事儿？

大家都说唐总、唐镇长，唐小凤也没推辞，说：村上发展到了关键机遇期，我全力以赴，努力做好咱们村升格为镇的各项工作，也恳请各位鼎力支持。目前，我身体是这么个情况，我请求集团，将我的办公室工作调整给学历高威望重的同志，我也可以让贤常务副总这个位子，因为再过几个月我就得休产假。

她一席话很真诚，却把大家说得愣住了，大家或低着头，或故作思考状地瞅着某个方向，邛军说：唐总说得很实际，大家考虑一下吧。

　　马煜明说：构架刚搭起来，就不要动了，具体工作，可以重新分配。邛总觉得怎么样？

　　我也这么想。唐总，你觉得办公室工作调整给谁合适，你可以推荐。邛军说。

　　康总，让康总分管办公室、战略规划、宣传推广这三块。唐小凤说，静雅，你说呢？

　　恭敬不如从命，为了我干儿子的茁壮成长，我一满没问题。康静雅道，她其实已经自觉地将公司人员的培训教育抓在了手上。其所以爽快答应杨钊的考研请求，用意很明显：鼓励员工尤其是高管提升学历。

　　大家都鼓掌。邛军说：鼓掌通过！谢谢静雅！最后要议的一个事，关于特色旅游，如帐篷、蒙古包的建设。马上天热了，紧安排的，等落实到位，都迟了。特色旅游，谁来抓？

　　杨钊和姬英军先后表态，想负责。邛军说：那就一人一样，杨总负责帐篷业务，姬总抓好蒙古包项目，这些都是巧事儿，要突出个特色来，你们要不要出去考察？

　　我们下来了解一下，根据情况再与您沟通吧。杨钊说。

　　你哩？邛军问姬英军。

　　邛总，我和杨总想法一样。姬英军说，关于企业统一标识问题，我私下里和邛总、康总都沟通过，现在给各位领导再说一下。就是，咱们作为一个度假村，肯定要有那么一整套的企业标记，包括logo、宣传语、网站、礼品袋、印刷品、工服，甚至垃圾桶、厕所里的标识都尽量统一，让人一看标识，就知道是我们塘坝村、我们终南山大兴旅游度假村。它就是我们企业的身份代码。一些标识，我们提前要做保护，商标是很值钱的。

　　大家纷纷说，这个事情很重要。邛军就让康静雅和姬英军配合起来，先拿出初步方案，供大家讨论。需要招聘什么人，抓紧招，要少而精。

　　散会前，康静雅提醒大家和家人最近要戴口罩，多买点板蓝根，平时觉得不舒服早看医生。

已过了饭时，办公室主任在会议室门口提醒：还留着饭呢。大家就去吃饭。

春风吹绿了山野，各种花给绿色秦岭穿上了花衣裳，山色空蒙风景好。吃完饭，康静雅劝唐小凤赶紧休息一下，唐小凤却拉着她去散步。俩人沿着汤玉河畔走，河道干涸，堆满大小形状颜色不一的石头，是水被上游湖坝截流造成的；突然一群老年人在唱歌。唐小凤默默看了会儿，渐渐眼眶红了，说：我不应该这么累的，是不是康美？应该像这些叔叔阿姨，多休息休息，专心养胎。

是啊是啊！康静雅说，我们为什么要把自己搞得这么累呢？

为什么？唐小凤坐在一把木椅上说，康美，你怎么流泪了？想男朋友啦？

没有，我和他没有多少感情。康静雅说，为啥这么累？是因为，人都是为理想而活着。否则，一日三餐，平平淡淡活着，也是一辈子，但显得没意思。

我就是觉得，度假村的事情，到了紧要关头，不进则退，碌碡拉到半山了，怎么都要上，否则后果不堪设想……

凤美，你说得对，所以我回来了。说实话，我也不知道我回来能干什么，只知道，多少能打把劲儿……你不嫌弃我吧？康静雅真诚地说。

我是不是把工作再放一放？唐小凤并没有回应闺密的问题，而是说出了自己心事，静雅，我真的很担心！你知道吗，杨钊的儿子苗苗，好像脑子不灵光。

真的？康静雅吃惊到极点，结巴着说，这、这……切！这可咋办呀？

真可怜！他们带孩子看过许多医生，听说是先天的，所以不好治。

这可咋办？康静雅很折磨自己，心急道，呀……咱们快一起想想办法吧。

我第一次听，也接受不了，就像我自己的儿子出了问题一样。——事实上，他是我侄子，杨钊也是我好姐妹……但你就是再难过，也改变不了什么，一辈子的折磨啊！

是的。姐，你赶紧就只负责好村升镇的事儿吧，这个事儿别人摸不着门道，只能是你。其他的，就别管了，能多休息就多休息。好不好？康静雅拉着唐小凤的手，期待地看着她。

唐小凤抱住康静雅说：好，姐答应你。但说好了，不许勾引我老公啊！

朋友夫，不可夫，我知道规矩。康静雅笃定地说，我明人不做暗事，你看到的，就是事实，不会有捕风捉影的事体。

俩人手拉手回办公室，唐小凤休息，康静雅就忙开了。

她先去找邛军，后者正在办公室给父亲打电话，信号不好，他打算亲自去一趟工地。半月未见父亲了，再说养老院院长的事，等不了。见康静雅进来，他喊了声"静雅"，康静雅说：你要出去吗？耽误一分钟时间，我想和你说说你提升文凭的事儿。

一提到学习，邛军就头疼。这是他此生最大短板和无奈，正因为学习不好，他才在做实际事情上很拼，好让人不把他看扁；但既然她张口，她就是认真的，于是他涎着脸呵呵道：学习委员，你也知道大班长我学习能力差，进修学历的事儿，凤美也说过，但工作太忙啦，现在。

唐总说不下你，我要说下你，否则你这辈子也甭想取得高等教育文凭了。康静雅直视着他说，你现在身份不一般，是度假村火车头。火车跑得快，要靠车头带呀！

呵呵，我懂！我一定重视。你们也都是为我好，也是为了集团好、村上好、度假村好。邛军说，具体怎么弄，我回来咱详聊。

这时，马煜明已经站在门口等，康静雅说：其实函授也不难，报名后咱一起想办法，让你一定拿到文凭。马总，你有没有提升文凭的计划？咱们民族干部，更要努力。

我向董事长看齐，一定按照你要求来。马煜明滑顺道，不过，我马上退休了。

马煜明的话说得康静雅怪不好意思的，她说声"那你们忙"，告退出来。回到办公室，就给广州的巴总打电话，对方一接通电话，就用软糯的粤味儿普通话说：哎哟，美丽高雅的康总哟，我要不好意西（思）咯，我要样（让）你希（失）望啦！我们这边防疫——非典型肺炎，很紧哟，我出不去。本来，我这边还有项目评审，要请你过来呢，也不敢哟，你是金鸡（枝）玉叶，不敢样（让）你受损希（失）演（染）病噢！

康静雅忙说：巴总好好注意，山川异域，风月同天，我祝您和家人平平安安，等治好这小虫子，咱们再谈合作。OK？

OK！OK！也祝美丽的静雅总更加健康美丽！你要多喝板蓝根，多熏醋哦！

一定一定！谢谢巴总！再见！

咱们过段习（时）间再通一次话。巴总说。

好的，再见。康静雅挂断电话，又拨电话给杨钊，她竟不在办公室。她就去找姬英军，办公室也不见人。康静雅在办公区巡视一圈，唐小凤也不在，陶会克也不在；只有胡总忙着要和文明出去，去找胡小燕谈幼儿园的事情。她就先找来办公室古主任，交代日常管理和培训、接待、招聘的事情，尤其是强调戴口罩。而后，让古主任叫来有设计专长的人员，他们一起讨论集团logo和整个形象标识系统的设计。正在忙活时，邛军戴着口罩走进来，康静雅让其他人先去会议室继续讨论，她和邛军说话。

邛军说：我爸嗓子不舒服。

赶紧去医院，最近大意不得。康静雅紧张地说，随手戴上口罩。

咱俩离远点，呵呵，邛军说，正好陶总儿子陶成回来了，我让他给我爸看了看，他是呼吸科医生。

他咋说？康静雅急问。

陶成让我爸居家隔离，观察，让喝板蓝根，并服用抗生素，让把家里好好用醋熏熏……邛军道，呀，你说唐小凤咋办呀，是不是不应该一起待家里？

康静雅本来想说对，赶紧让她别待家里，但不好说出口，就问：陶成咋说？

陶大夫说，最好让待在别处。邛军说，那只能是县城班主任唐老师的房子了。

那就很好呀，既安静，又安全。康静雅说，给她配一辆车，她就忙升镇的事情，每天忙完，回县城。注意，特别注意要戴口罩、保持与人的距离，防护好，大家都要这样。要不要开个公司防疫会呀？

立马开会，通知下去。我看看，邛军拿出新手机看时间，说，通知下班前半小时，五点半开防疫会。

防疫会前，公司就配发了口罩，开会时大家都佩戴口罩，新奇而严肃。会上强调"疫情距离我们并不遥远"，大家和家人一定要做好防护；各分公司的防疫要规范，要做到防疫和生产两不误。

会后，大家又碰了工作的最新进展。胡小燕已经和丈夫婆婆商量好，愿意当终南山幼儿园第一任园长。特色旅游，杨钊和姬英军不打算出差，直接和专业人士对接推进工作。唐小凤正式宣布，近期专门推进升镇工作，不来集团办公。康静雅也说了下巴总那边的情况，并就学历提升作了统一要求，又说了集团形象标识系统设计的最新进展。邛军最后说：我爸不太愿意当院长，而且他可能要隔离一段时间，所以，院长人选马总要重新考虑别人。

大家散去，邛军连夜送妻子去县城。

忙碌一下午，康静雅感到了饿，但为保持身材，还是忍着没去餐厅，而是吃了个苹果和香蕉。她躺着小憩后，洗把脸，戴好口罩，下楼散步。刚走出楼门口，就瞥见歌声嘹亮的大兴广场开来两辆豪华摩托车，"嘟嘟"的马达震得耳鼓产生了共振、山岳响起回声；细看时，两个戴金色头盔黑色手套、绑着护膝的高个儿跑山党已经将车熄火并走下车，走向楼门。在夕阳光辉的照耀下，他们的形象有点虚幻，康静雅觉得活像日本动漫里奥特曼的造型，却明明白白感觉到其中的一个"奥特曼"向她问话：您好，请问康总在吗？

竟是焦疏桐。康静雅犹豫一下，摘掉口罩，瞅向戴着头盔的焦疏桐。

焦疏桐认出康静雅，摘下头盔惊喜道：静雅！说着就欲上前亲近。

疫情防控期间，注意保持社交距离。康静雅道。

静雅，这是我同学党博悦，毕业于美国加州理工，现在微软上班，年薪四十四万dollar。焦疏桐自豪地介绍着，这是康静雅博导，我女友。

康静雅很尴尬很生气，但她极力掩饰，道：幸会！欢迎来到我们度假村！

三人回到大厅的茶歇区，服务员上了茶。聊了一会儿，康静雅问他们要不要吃饭，焦疏桐没作声，党博悦说：随便吃点就成，越家常地道越中国，就越好。

康静雅问服务员哪家农家乐好点，人家说"军飞家常菜"比较地道；她又问是谁家的，服务员笑着说是杨钊总家开的。康静雅恍然大悟，笑着说：这样啊，二位，我给你喊老板娘，让她亲自接待你们，今晚好好上几个招牌菜。哎呀，我本来要减肥，咯咯咯！

见康静雅开心的样子，焦疏桐和党博悦都看直了眼，党博悦直抒胸臆：康总真漂亮，还是咱们中国女孩子更有魅力。

谢谢！康静雅道，拨打手机给杨钊。

半分钟，杨钊穿着牛仔短棉裙"嘟嘟"着下楼来，焦疏桐和党博悦看呆了。康静雅笑道：二位帅哥，这是我们终南山大兴集团副总经理杨钊，也是那家最好吃的农家乐的老板娘。

杨总好！焦疏桐和党博悦八哥一样齐声叫道。

杨钊热情道：二位好！

康静雅接着介绍：两位帅哥，这位是世界著名大学美国加州理工学院毕业的高才生党博悦先生，目前在全球市值第一的公司美国微软上班。当然啦，他是咱正宗的老陕。这位是西电老师焦疏桐先生。他俩是同学。焦疏桐，是我朋友，我之前还给他带过一阵子家教。

杨钊热情礼貌地和俩人握手，随后打电话点菜。焦疏桐和党博悦登记了房间，此后四人骑两辆摩托风驰而去。

到时，邝军飞早从酒店回来恭候，五人喝到微醺，散去。军飞和妻子又送他们走回大兴温泉酒店，直送得两个帅哥进到各自房间；夫妻俩又送康静雅到套间门口。杨钊附到她耳边说：姐，你今晚有福了嘻嘻！

不，不！你提醒了我，康静雅说，瓜田李下，为了避嫌，杨钊、邝总，麻烦二位，能不能送我回我妈跟前去？

夫妻双双愣住。都知道，自打去年夏天，康静雅与家里就断绝了来往，她八过家门而不入，连过年都没回家。这次回集团上班，快一月了，也没回家，中间关系好的都劝过，她都没有好脸色，大家就不敢再提这事儿了。她父母这边，也是死鸭子嘴硬，村里人也不敢在他们跟前提女儿的事。就这样，亲亲的亲骨肉，反而不相往来，真乃人间悲剧。可没承想，今天都十一点零三了，她倒想起回家来了。但无论如何，这是好事儿，俩人惊喜地跳起来道：我们送你！咱这就去见康叔走！

康静雅关了手机，打开房门，拿了两大包烟酒、零食、保健品、坚果等，三人冒着夜色朝康家走去……

第二天，吃了可心的早餐，康静雅才步行去上班。全家觉得这种家门口体体面面上班的生活，也非常棒，都高兴地戴上口罩，送她到距离大兴广场的最后一个岔路口，叮嘱她中午还回来吃饭。康静雅边走远边回头说：好，我争取带个女婿回家！

她打开手机，有焦疏桐的七个未接来电和一条短信：为什么？你在房间吗？她回：不好意思，我想我妈了，回家住了一晚。如果昨天你带你妈来、她同意咱俩的事，今天我就可以随你去领证。

直到中午，她才收到一大早就离开的焦疏桐的短信：好，你等着我，我还没有放弃你。

她中午回家吃饭，父母问女婿呢。她说走了，将焦疏桐的情况大体说了说，父母觉得不合适。也是，女婿小女儿一岁零三个月，让他们觉得很不着调。母亲说：满不说他妈不同意，你妈我也不悦意，你也别上心啦。

我就没上心，否则我能从西安跑回家里来，我咋晚能回家住？

那……父亲说，话夯口得说不出嘴，憋了半天，终于说，我话丑但理端着哩，你也别上心支书，不敢做害事。

爸，我还不是二百五，不会丢你人的。康静雅委屈得流下泪来，你们再这么说，我不回来吃饭了。

父亲气得抱着个烟锅儿抽起闷烟来，母亲说：不说，不说！你先人也是为你好呢。

康静雅没作声，吃一个椒叶蒸烙馍、一碗香椿凉粉，喝一碗苜蓿拌汤，撑得躺床上起不来，自笑着说：饱得动不了啦，不能上班咧。

那你就请半天假。母亲说。

那不成！康静雅说，拿着工资呢。

拿多少？

比之前稍微高点。康静雅说，又能回家，又工资高，还不好呀？

好，好。关键是这女婿咋办呀？母亲说，学校那房子退了吗？

没有，我还给他们带研究生呢，社保还在那边缴。

那就好。这里干不成，你就又回去吧。

我睡会儿，妈！康静雅定了闹钟，睡着了。

下午，快下班时邝军才匆匆回到办公室，喊康静雅来。他欣然接受继续教育，准备报省委党校的大专函授，但他眼光闪烁，似有隐衷。康静雅问：邝伯伯咋样？

预后不好，人很不美气，我打算送他去医院。邝军说，唉，这一去，不知要耽误多少事儿！

嘻，尽孝须及早。康静雅说，呀，我也只是对别人这么说，我自己也很不孝，所以我们都要注意。你赶紧去吧，只有赶快去，才能早去早回。公司呢，还有这么多人，有事儿电话上就能说，至少，我还在现场嘛！

好，我给水院长打电话咨询一下。邛军说着，拿起手机打去。康静雅回办公室喝了一口水，又戴好口罩走回来，邛军说：水院长说，省上专门有救护车来接。

俩人来不及吃晚饭，就回家收拾。大约八点半，救护车的警报声响彻夜空，将邛勇勇拉走了。邛军要随车护送，人家不许，说是规定；邛军又想开车随行去西安，一个穿防护服的人不客气地说：你去，也是见不着人，白跑。你们也不要乱跑，加强防护。陕西的政策还没有细化，说不定你们也要隔离。

邛军就难过得低下头去，康静雅劝他放心，说咱们是社会主义国家，国家替咱老百姓操心着呢。

此后几日，邛军一直提心吊胆地忙碌着，忙着推进各项事宜，忙着照顾唐小凤，忙着准备幼儿园、养老院的开业。一边关注疫情信息，中午在餐厅电视上看到省长说："虽然我省尚未发生一起'非典'病例，但切不可掉以轻心，一定要……"这让邛军放心了些，父亲应该没事儿，虽然他问医院时，对方没排除父亲患SARS的可能，但不用讲，省长的话更准确权威。于是他通知开会，最后一次确认明天的两场开业，邀请的人要再确认，务必做好衔接接待工作。

可接下来的形势，风疾雨骤。

集团的会刚散不久，文明就打电话说，镇上让四点开防治非典专项会呢，估计紧张了。邛军就下楼开车去开会。

镇上的会议是电视电话会，县上传达市委、市政府召开的紧急会议，部署防治"非典"工作，要求全市范围内的公共场所，如机场、车站、公共交通工具、宾馆酒店、高等院校、大中小学及幼儿园等普遍进行集中、强制性卫生消毒。同时，加强疫情监测，确定定点诊治医院，对可疑对象就地隔离、观察。会议强调，下月要召开第七届东西部经贸洽谈会，为有效预防和控制"非典"发生，省上要求大搞环境卫生，对交通车辆、公共场所和宾馆饭店进行消毒，并向承担接待任务的宾馆、饭店派驻卫生监督员和医疗人员，有效防止"非典"的传播与蔓延，保证洽谈会的顺利进行。

会上，邛军请示刘书记，明天开园（院）活动能否举行，书记决定不了，请示县委，县委也决定不了。刘书记就说：邛总，你也是快当书记的人了，你觉得能不能进行？

算了，多一事不如少一事，不是重大项目，也没有啥损失。邛军说。

邛军记水平高。刘书记说。

大家都笑了。刘书记又说：就参照邛军的办法，非必要不聚集不开业不营业，总之，蛰伏个把月，懂不懂？略懂还是不懂？

大家都说懂。

刘书记说：我可看落实和结果呢。镇上成立三个检查组，看你们消毒、卫生清洁、防控措施的执行情况。

邛军回村后连夜召开扩大的防疫会议，参会的除了村两委、集团班子、各私企法人外，还有外面施工单位的负责人。会议决定由马煜明负责村组防疫工作，胡德刚负责企业防疫工作，康静雅负责检查落实。开完会，营业性场所当晚开始消毒、清洁；其他场所，明早七点统一行动，各负其责，开展爱国卫生活动和防疫活动并举的大会战。

散会后，邛军在办公室消完毒，就去民宿和酒店饭馆转。饭馆快要打烊，但防疫标识提示已经张贴到位，工作人员都戴着口罩，也已经消毒，民宿也如此。他真是太感动了。正在这时，康静雅打来电话，说的是同样的感受，她刚刚全部检查结束。邛军故意问：你觉得咱的事业有干头吗？

绝对有干头。康静雅在电话里说，声音有些激动。

邛军听得更感动了，说：你不后悔回来，我就满足了。

第二日晨，邛军早早起床，先去公厕帮着消毒清洁，又回到公司，帮着清洁广场；之后去村委会帮忙，他看到康静雅和陶会克也换了衣服，忙得满头大汗，就上前劝阻他们；俩人都不肯，说集体活动他们得带头。三人又去工地帮忙消毒。

当日下午，刘书记亲自带队检查度假村防疫工作，在表扬的同时，也提出了更高要求。邛军忙开会布置下去，让不漏一人一户，抓紧查漏补缺。

4月20日，坏消息接踵而至。当日，中央要求及时发现、报告和公布非典疫情，决不允许缓报、漏报和瞒报。同日，各地派遣传染科、呼吸科精干大夫、专家赴京、赴粤驰援防疫。最令邛军担心的是，陕西发现首例输入性SARS病例：一位三十九岁的西安女性。霎时，世界进入"战疫时刻"……

这些消息，让邛军如坐针毡，他打电话给医院，人家将他美美训斥了一顿。

他得不到任何关于父亲的消息，就去找陶会克，想通过陶成打听消息，毕竟他们是同行，也许正好认识或者是师生关系呢。陶会克告诉他，儿子已经驰援北京了。看着陶会克忧虑又闪烁快活和骄傲的眼睛，邛军道：不错呀，陶成这娃，国家人才呀！

父母的心在儿女身上，我就担心……

不敢胡说，你心放肚子里。邛军劝道，俩人互相安慰一阵子，就忙工作了。

几日后，邛勇勇被确诊为SARS病人。邛军和集团所有人包括全村人及外来施工者，都非常紧张。然而，应对紧张的办法似乎只能是接踵而来的加码防疫措施：2003年4月22日，省人民医院等十九家省管医院院长在《向"非典"宣战倡议书》上签字。同时，省交通厅、公安厅等联合发布紧急公告，在全省主要公路出入境口设SARS检查站，物价局对涉及产品实行限价。28日，省政府召开动员会，安排全省非典防治督查工作，并派出五个督查组，赴各市（区）开展工作。省委办公厅发出紧急通知，要求各市取消近期各种主要活动。市教育局要求，中小学住校生"五一"期间一律不准回家，实行封闭式管理。尤其，对度假村造成重大影响的是，市防治非典型肺炎指挥部要求：西安地区所有公共娱乐场所全部暂停营业、集中消毒。这个暂停键压得邛军心有余悸，他做完安全排查后，回县城唐小凤那里休息去了。正好，函授的教材邮到，他硬着头皮看书。

邛军回县城的第二天，他十几天来打过无数次的那个座机，突然打给他，说是疫情领导小组的。确认关系后女子说：您是邛军哈，您父亲邛勇勇被确诊为SARS病例，您也要按照要求，进行必要的隔离。您有发烧咳嗽流鼻涕咽喉疼肌肉痛等症状吗，您吃过药吗，您和谁一起住，他们都怎么样……邛军忙如实说自己没有任何症状、没吃过药，和妻子住，妻子也暂时没有任何症状，自己和父亲最后一次接触是4月10日，当时都戴着口罩。接下来，县防疫指挥部、县医院、镇卫生所、镇防疫领导小组等，都一一对他进行了诸如此类的问询，他一一作了回答。刚放下电话，第一遍打过的部门，另外一个人又打，又询问同样的问题，直到手机没电，他边打电话边充电，但一直充不满电……最终，他作为密接者被拉到县医院隔离观察。

五月初的西安，已经非常燠热，草木茂盛、花如海洋，一派"城春草木深"景象。邛军隔着电波给马煜明、康静雅等村上和公司的领导安排，让仔细梳理摸爬,配合搞好防疫,一有蛛丝马迹立即报告相关部门,进行规定的防疫动作。他经常借着那些与他联系的座机,打听父亲的病情,但他们都很官方,表现得一无所知,经常用"正在治疗,没有消息就是最好的消息"搪塞他。

除了手机,隔离病房只有一台电视能与外界保持信息交换,他就分外关注外面的防疫信息。疫情是一面照妖镜,照出许多人间怪象:5月1日一位SARS患者靠服药减轻症状通过安检,乘CA1201航班自京返回西安,与二十五人同乘机场大巴至钟楼,然后才乘出租车前往医院。这引起社会舆论普遍谴责。还有一位外省患者,不愿接受治疗,凌晨从市八院隔离病房逃跑。但非常虚弱,逃到省体育场东门附近支撑不住,不得不报警求救。最终,八院用救护车将其接回,此事也导致多人被隔离和追责。

当然,我们的社会一向不乏爱心,面对突如其来的SARS,明星、企业、知名人士纷纷捐款、献爱心。康静雅个人捐款两万,她建议邛军也有所表现,奈何公司关张、业务受挫、资金吃紧,他一时犹豫。他犹豫是因为,父亲这病,也不知最终要花多少钱,他想,这个数目一定不会小。他还想,即便是国家出了这笔钱,自己也要将这笔钱捐出去。

5月7日,陕西首批非典患者痊愈出院,邛勇勇是其中之一。上午十一点钟,防疫人员通知他接父亲,他们竟忽略了他仍然被隔离的事实。他忙打电话让唐小凤回家等父亲,既然父亲都健康如初了,妻子也没必要躲着啦。直到晚上九点,唐小凤才打电话说,已接到父亲,正吃饭呢。同事们纷纷发短信打电话祝贺他,盼他早日出来,他连连道谢。康静雅打电话聊了一会儿,又发来短信:山高人为峰,只要人在,一切都好。他回:谢谢才女!你若安好,便是晴天。陶会克给他发来短信:历尽劫波父子在,相视一笑续辉煌。他回:谢谢陶总!多保重,共续辉煌!

可,天有不测风云,人有旦夕祸福,何况疫情防控期间。令人做梦也没想到的是,身为大夫的陶成感染了SARS,使尽各种治疗抢救手段,均告无效,最终不幸牺牲。邛军大恸,5月22日他隔离出院后,自己以前的公司鑫隆集团负债捐款四百万元人民币。他充满失败和幻灭感,觉得深深对不起陶会克,因为陶成工作安排是他弄的。为弥补,他建议让陶会克父亲陶养贤当养老院院长,陶养贤觉得不妥,就拉邛勇勇当头,自己任副院长。

一个月后，西安其余六十四个疑似病例全部排除，省旅游局宣布陕西有限制地恢复旅游经营活动，随后市上也有了相应政策。邛军赶紧召集集团复工复产，接待旅客，同时加强村上各项事业的恢复和运转。很快，世界卫生组织宣布将中国陕西省从非典疫区名单中排除，陕西全面恢复正常。不久，终南山度假村迎来前所未有的客流高峰。第三届秦岭县"厕所革命"暨新农村发展高端研讨会如期举行，推动着度假村的宣传。

尽管进入暑假，但牵涉到招生准备等工作，幼儿园还是在7月16日，同养老院一起成功开业。双喜临门，度假村两家社会事业单位的开办，邀请了各个相关部门的县镇领导，为唐小凤推动村升镇，预热不少；邛勇勇当院长后，精神头也异常足。开园（院）当晚，唐小凤顺利诞下一个六斤九两重的男婴，取名多喜。

可令人悲哀的是，孩子满月不久，六十六岁的邛勇勇就过世了。

邛军陷入了大喜大悲之中，一时精神很差，乃至卧病在床。唐小凤和父母都很着急，给他请医生看病，效果都不大。唐小凤请康静雅来，给大班长宽解宽解。康静雅坐着聊会儿天，突然提出要挥毫留墨宝，邛军和妻子都很诧异，他们从未听过老同学有这手艺。但，康静雅的书法已从大一开始，练了十五年，她飘逸俊雅的手迹具有非凡美感，写出五个大字：山高人为峰。

字到病除，邛军立马下床了。

二十七、书记不姓穷

见邛军下床，午饭后，前来照顾女儿女婿小孙子的余如兰夫妇让女儿和康静雅陪着女婿去集团转转。毕竟，户外空气和工作的环境能让他转换一下心境，有利于他恢复精神和健康。三人准备一番，戴上遮阳帽，打起伞，缓缓沿村道散步而去。

持续响晴的夏日，酷暑难当，太阳像个大火球戳在中天，阳光如解剖刀般犀利，似能闪瞎人眼，也似要划拉燃爆度假村里的所有物什；村子街区空旷寂寥，花草、树木、行人一律蔫儿着，道旁两侧石板上的小溪发出淙淙的流水声，与繁花茂叶中的虫鸣鸟鸣应和着；松柏树被烤得松香柏香味儿散发出来，沁人心脾……邛军看着标语横幅和初具规模的景区，难掩欣喜，沿村道向玉山根走去。霎时，中华父亲山以满满的绿接纳了他，左青山右翠岭、前碧峰后绿梁，这些绿意丰沛的人间草木，分分钟令他焕发生机。那绿翡翠般的重峦叠嶂，都绣在不时流下瀑布来的巨石上；路就镶嵌在这石头和翡翠上，与汤玉河如影随形，忽左忽右；游客像七星瓢虫，攀爬在秦岭褶皱中，河道里睡满各形各异白石，向游人做着鬼脸。康静雅故意将他带到新建的口袋公园边上，让他坐在一棵缀满拳头大石榴的石榴树下的石凳上。对面是一座正在喷洒的喷泉，喷泉后，假山正面石壁上镌刻着五个红色的行书大字：山高人为峰。

邛军端详着，心里一跳，问：康美，这谁的手迹，不会也是你的吧——哈哈，没你名字，也没有你写得好。

凤美，你给咱们大班长认一下这落款。康静雅说，这是广东的巴总带的他们那边的省书协主席的手迹。据说，老贵的啦，但不用讲，到我这里肯定免费。当然，咱也不白拿人家的，说好他每年来住一个礼拜。这样子，你看好否。——我这是先斩后奏，马后炮吧！

很好哇！你说呢，凤美？邛军说，我这一阵子耽误好多工作。巴总那边投资意向如何？

正要给你汇报呢。他与咱们马总谈的，听说他们实地看过后，很满意，对未来投资很有想法，可能在某些项目上想当大股东吧。康静雅说，我得到的消息是这样的。

最近公司还有什么大事儿？邛军问。

唐小凤说：到集团后再说吧。你先歇会儿，静会儿咱去公司转转。

好，你俩也坐着，立客难打发。邛军说，指着旁边的石圆凳。

几个人坐在阴凉处聊天，康静雅很喜欢邛多喜，话题离不开小宝宝，两姊妹话很稠。有了娃，唐小凤不自觉地对邛军有些淡了，要不是他得病，她估计还要淡忘得更多。邛军虽然觉得在康静雅跟前谈孩子有些难为情，但看到她俩说得那么热火，也就无所谓了。他最满意多喜方脸大眼，一眼能看出是他邛军的孩子；另外，觉得这娃好养，吃饱就是睡，不哭不闹，但他又有点担心不哭闹是不是有啥问题，就说：喜喜这娃的确乖，不哭闹，好养。只是，不知苗苗小时候也是不是……

乌鸦嘴！唐小凤打断道，你是咒我娃是傻子是吧？

康静雅也是一愣，邛军嘿嘿一笑，道：就只是担心嘛！

有你这样担心的吗！有你这样担心的吗？唐小凤抢起拳头在邛军肩头打着。

邛军没有躲闪，木讷着任妻子捶打，唐小凤哭出声来，康静雅忙安慰道：唐美，你知道咱出来干啥来咧？

唐小凤就不哭了，担心地瞅着丈夫，邛军背过脸去。这时，不远处传来一阵女声演唱的秦腔：

怨气腾腾三千丈，屈死的冤魂怒满腔。

可怜我青春把命丧，咬牙切齿恨平章。

阴魂不散心惆怅……

康静雅懂秦腔，她小时候因为会唱几个折子戏，被县剧团马团长看中，差点去学唱戏。她知道这是《游西湖》里《鬼怨》一折戏，是以浪漫主义手法表现生死恋情的秦腔经典选段，听得入神，被深深感染了。邛军喜欢秦腔的旋律调调，每每听着听着，都觉得入耳入心，但他听不大懂唱词，只从高亢、悲戚、穿透力极强的唱腔和曲调当中体会到了无限悲伤。他一下子唏嘘难忍，哭泣起来，似乎感觉到了生死、荣辱、苦乐、激昂与颓废、光明与黑暗等人生要义；也为父亲的去世、陶成的早逝而伤感，为自己的出身卑微、辛苦恣睢、辗转奔忙、决绝奋斗而悲怆，为朋友们的不同缺憾而牵肠挂肚，甚至为陌生人的痛苦遭遇而一掬同情之泪……他真正陷入了"鬼怨"的怨愤世界中不能自拔。而对秦腔一窍不通，甚至反感的唐小凤，是看傻了眼，抱怨道：走走走，什么呀，鬼哭狼嚎的……这谁在唱戏？她说着，就起身要劝阻人家，被邝军一把拉住。康静雅从戏中走出，给唐小凤讲这戏，她听罢，才安静下来。

一会儿，邝军情绪恢复，木木地笑着说：你知道吗？刚刚我第一次感受到秦腔把我的情绪直接控制了，感觉这戏就是在说人生的种种喜怒哀乐，是对人生不幸的直接诉说，让你听了不由得被触动。

唐小凤没好气地瞪了他一眼，康静雅道：那你听过戏后，是身体感觉好点了，还是……

肯定能好点。也不知啥原因？邝军边答边自问道，你说怪不怪？

那不正好吗？任何艺术都有宣泄作用，咱出来弄啥来咧？不就为散心，自在点吗？康静雅道，用手臂碰碰唐小凤，是不是？

是呀是呀！缓一缓咱去办公室转一转，娃出月了我是不是也该上班啦？领着工资呢。唐小凤说，不过晚育假时间长，似乎还有几天呢。

好，你俩先走，我后面就到。邝军说。

那咋成，你这身子骨儿，还不得我们姐妹花护着呀！康静雅笑着说。

仁人朝集团办公地大兴温泉酒店而去，邝军就这样又投入了火热的度假村建设中。疫情后，盛夏的度假村迎来报复性消费人流，接待压力大。幸亏，刚刚建成运营的帐篷、蒙古包分流了人群，减少了接待压力。加之建筑公司、养老院的运营，村集体的现金流很充裕，利润也随之而来。邝军才感觉到自己这个支书慢慢有钱了。

现在，几桩大事儿得认真推进好。

终南山国际康复医院，邝军已不是很感兴趣，但受其启发，他开始物色、引进其他医院。然而很明显，省院的级别是比较高的，牌子也较亮；其他医院如交大一附院二附院、西京医院等，虽然比省院好，但他们的限制更多，人家根本不搭理你；而比省院次的，邝军又看不上。这事情就这样鸡肋着。

在詹洋洋的努力下，九组、十组的搬迁楼房建设已经开工。配套引进的工厂，也有了眉目，是一家规模不大但很有核心竞争力的高科技企业。老板和邝军同岁，是个理工男，迫于西安办厂成本的压力，想尽快搬迁过来，所以推进也比较快，第一期厂房主体工程已建立起来。姬英军带领建筑公司深度参与这两个工程，为村集体赚了好多钱。

度假村的贷款有贷有还，总体的贷款额在减少，银行很满意，嘱托邝军再有好项目继续支持。邝军口里答应着，心里决定早日堵上银行的这长腿钱的口子，不能光给银行打工呀。他私人的企业又换了新的法人，效益不错，但也是背着贷款，好在态势与村集体相似，力争一两年内把银行贷款滚平。

国庆假后，终南山国际康复医院的事儿有了转机。县委书记在中央党校学习时，遇见了省院新任的院长章怀学。俩人同是中青年干部学习班学员，同学两个月，又是全省唯二的人，关系一时亲密无间，就探讨着怎么合作，研讨了几个项目，其中最成熟的就是终南山国际康复医院项目。毕竟省上点过头，领导还在任，有基础好推进。俩人在北京时就指示双方团队继续接触，待到结业回陕后就在陕西大会堂郑重地举行了签约仪式，紧跟着项目便破土开工。最终谈的条件是：度假村出地六百六十六亩，自签约之日起，每年按照每亩四百四十四元钱付给村上，医院建成后，吸纳不少于八十个村民就业。由于已无剩余的地，度假村给他们划了一面坡，任其修整，现在姬英军指挥着挖掘机、推土机整日黑白倒着班，不停地嘶鸣着。这个项目的结局，大伙儿很满意，村上拿到真金白银，进一步加快了银行贷款偿还。

目前度假村整体建设基本到位，但资金的涌入却持续不断，因此，后面的项目进入，基本参照终南山国际康复医院模式，以"给钱"、承建为合作前提。广东的巴总正好接受这种模式，他在东面的汤山规划了一个五星级酒店，已经签约，给度假村的第一笔款一百万已到账。这让邝军又是心头一亮，干劲儿更足了。他让姬英军和康静雅认真规划度假村形象识别系统，短期内让景区卫生、景观、服务、面貌再上了个档次。如此一来，冬日的游客更多了。

忙工作的同时，邝军尽心尽力照顾妻儿。小多喜的诞生，让家庭急剧扩大，岳父岳母也来了，一家人其乐融融，充满前所未有的幸福氛围。邝军也父因子贵，对自己的身体、言行和要求越来越注意了。这段时间，唐小凤在忙村升镇的工作，忙得不可开交，但她心里是甜蜜的，感觉到甜蜜的事业蓬勃发展，甜蜜的爱情生根发芽；于是她给邛军发了个短信：

> 吾爱有三：
> 日月与卿，
> 日为朝，
> 月为暮，
> 卿为朝朝暮暮！

邛军一下子被感动到了，他为莫可名状的中文之美所倾倒，暗下决心，准备好好提高自己的文化水平，更上心学习了。他经常去西安的省委党校上课学习，同学大多是党政干部和国企事业单位人员，他这样的村级干部，就他一人。他们几乎全是体制内的，而且至少是中专学历，有一定基础的文化知识，这让他多少有点自卑。但是，他的身份，也是高标秀出，令同学们刮目相看。

康静雅对集团班子的学习抓得很紧，要求很高，她甚至对唐小凤也提出了攻读硕士的要求，其他人员都按照她的要求，做了学习规划，按规划推进学习。她借和邛军经常开会、出差、参加发布会的机会，悉心辅导他功课，让人近中年的邛军经常怦然心动，她自己也时不时少女心泛滥；但两人还是把内心的骚动克制在正常范围内……

由于一连几个机会都没有老支书的事儿，消停不久的邛五叔又开始酝酿着生事儿。这次，他以家族长者和邛军抚养者的身份出现，叫来几个老者和族中人，明确数说邛军对父亲照顾不周，说：你小时候没人管，我人到事平、把你抓大，供你上学考大学，现在你成了人物咧，活得这么好，是省上和全国的人大代表、模范村支书、大老板，干得起火带炮的。但你大、我老哥，只活了六十六岁零一个月，远远低于咱们国家人的平均寿命七十一点八岁。你，我问你，你愧心呀不？

邛军忙回话：谢谢五叔的教养之恩！我一辈子忘不了。我爸身体不好，唉，也怪我没照顾好他，是我不孝。五叔你没说到二家旁人跟前，你教训得对！

本家的一个岁爷，一只眼睛受伤，一老半闭着，邛军小时候就见人叫他闪眼子爷；他此时直着眼毫不含糊地说：塘娃子，我七十三咧，寿数上没拖咱中国人后腿。我比你五叔大十多岁，但我从到农业社参加劳动至今，一直服你五大，他是咱邛家的人前里人，也是咱们村上包括咱们镇里的头面人物。你作为村里现任当家的，当然也搞得好着哩，比你五大能行；但是，你得尊重你五大，没有你五大给你打基础，哪有你娃今日？因此，你要重视他，让他发挥发挥余热，中央都还注意发挥老同志的作用哩。你把你五大凑哄凑哄，于公于私，都不越外，都说得过去，我觉得一点不为难你娃。

邛军忙说不为难不为难，又问：五叔，你觉得哪个事情合适你？现在村上度假村头绪比较多，你能出来帮我一把，我求之不得啊。

邛五叔好久没说话，闪眼子爷就继续说：哈哈，娃你这给了个碗大汤宽，把你五大还为难住咧！

看你这话说的，我为难啥？五叔放下烟锅子，不得不说道，碗大汤宽——捞不住一根面么！我一个退休托老的，还敢托大，给娃提过分要求？让娃慢慢相端相端，不急。

这时，四娘端来热腾腾的蒸红薯放下，挑了个看起来最好的递给邛军，说：注意，军军，别烫着！我听着你五叔在这儿讲讲了。他就是闲得慌，一辈子当干部当上瘾咧，军军，你平时村上和公司有啥事情，和你五叔商量商量再做决定，自己人你五叔还能给你揣坏心？

这个可以。但我有时忙得顾不上，咱们家就有公司的高管杨钊呢，到时间有啥事情，让她给我五叔说声。邛军说。

那不敢！四娘讳莫如深地说，当我没说啥，当我没说啥。说着，就溜出屋去。

邛五叔就说：那我打开窗子说亮话，也不是我自己想的，我是代表咱们家族和村上村民说话。喳，我问你，村上能修祠堂呀不？《吕氏乡约》那么有名，离咱们村这么近，咱们不学学啊？要学，你不修祠堂，咋刻乡约呢？没有乡规民约，咋体现你村上文化水平呢？

哎……这个……邛军一下子被问住，他从来没考虑过这个问题，只想着致富致富。

还有，你五叔我再无能，支书都当了二十多年呢，养老院院长，能当呀不？我二哥走咧，这院长位置还空着呢，我接着我二哥的角色干。

这个当然没问题，我就怕累着您。邝军实话实说，我总觉得还有啥好机会呢，既体面又省力的，我争取说服班子，让您干。

那敢情好。五叔说，喳，红苕不烧咧，娃你吃点。村上现在事情多，你也要注意身体呢。静雅现在回村来干咧，婚姻是个大问题，你都要考虑进去，多好的娃呀，耽误这么大……

邝军也一阵心酸，忙连连点头，说声"我知道咧，我先忙去咧"，走出门去。

他刚回到二楼办公区，唐小凤就领着一位美髯白面的外国男子，对邝军说：邝总，这位是美国的秦大山先生，上次应聘咱们开发总监的那个，当时你忙，给错过了。他今天又找上门来，我又详细和他聊了聊，又让康总用英文面试了一下，我俩都很感兴趣，所以，你和秦先生聊一下。

Nice to meet you，boss.秦大山热情问候，伸出手来。

邝军忙和他握手，并勉强来了句英语：Nice to meet you，too!Let's speak Chinese.

好的邝总。我上次就来过，对咱们公司和咱们这地方很感兴趣，这里有秦岭，咱们依托秦岭做旅游，我觉得这正是中国人的天人合一思想，前景很好。秦大山边走边说，招惹得办公区员工不住侧目。

可是，我们很偏僻，距离市区三十多公里。邝军实话实说，秦先生如果在这里工作，生活会很不方便。如果我没记错的话，秦先生三十二岁了，不知先生结婚没有？

我还没结婚，暂时也没女友。但是，一切没问题，这里很好。我的薪资要求很高，但您放心，我给贵公司带来的将是数以百倍的收益……

几人聊了一会儿，邝军说：这样吧秦先生，希望我们能合作，我们下午三点前电话通知您。OK？

秦大山连说谢谢，退出去了。唐小凤一直把他送到电梯口，看着他进电梯后，才返回丈夫办公室，邝军说：我们调查一下他的背景，前一阵子不是在宝鸡的秦岭山里抓住了日本间谍吗？

想得真多。唐小凤责怪道，你怎么能打听得到呢？

别急，我函授的一个同学，是搞国安的，我们聊过秦大山的事儿，我现在打电话问问他。你赶紧中午回去看娃吧，妈估计都着急了。为了照顾外孙子，余如兰已经病退了。

唐小凤"嗯"一声，骑自行车回家。

院子里静悄悄的，风吹着枯叶乱荡，饭香飘出屋子来。唐小凤心情大好，哼唱着《女人花》撑好车子，进门去；母亲歪着头没理她，她喊一声"妈"，母亲把头埋得更深了。唐小凤就问：妈，小臭臭今上午乖不乖呀？

还好。余如兰含混道，伴着哭腔，邘军没回来吗？

他中午不回来了，有事儿。唐小凤说，妈，你咋哭了？小臭臭欺负你了？哈哈。

小凤，妈闯了个祸。你千万要包容妈！余如兰转身，一把拉住女儿手说。

唐小凤一愣，立即问：我爸好着呢吧？

嗯嗯……余如兰哭起来。

唐小凤也被吓哭了，哭道：爸怎么啦？我给他打电话……

别打了，他马上回来。余如兰强忍着泪水说。

妈，您别吓我啦！唐小凤收住泪笑道，你和我爸都好好的，能有啥大祸？你若安好，便是天晴，哈哈哈。

傻孩子，你还能笑出来，余如兰瘪着嘴说，我和你爸在西安买了套房子24万，可房烂尾了啊啊……

噢……不对！唐小凤一听是钱的事儿，并不着急，你们哪来那么多钱呀，二十几万哩。

县城的房子处理了。余如兰像犯错的孩子，嗫嚅道。

嗨嗨，没事儿妈，你和爸就住我们这里吧。唐小凤风轻云淡道，至于钱，他开发商也不可能卷钱跑掉吧，具体咋回事儿，咱们慢慢来，别着急妈！您都是领导出身，这点事儿算什么呀？

不是，那是我和你爸一个月一个月攒下来的工资呀！余如兰心疼道。

这时门响，唐逝水走进门来，哭丧着脸。唐小凤上前抱住爸爸说：没事儿老爸，你和老妈买烂尾房的事情我已经知道了，咱一起想办法，别着急上火。

唔……唐逝水取下围巾和鸭舌帽说，不是你妈口中的烂尾楼，但没按时交房，开发商想多赚点，说公摊面积要扩大。

为什么呀？购房没合同吗？合同里咋说？唐小凤急道。

房的位置很好，抬脚就到大雁塔，户型也不错，院子里建得也好，整个一花园。唐逝水喝口老婆递上来的热水说，关键是咱们去年买的时候每平一千五百八十元，十多个月过去，现在涨到两千四百元左右，开发商看红了眼。

什么楼盘呀？唐小凤急问，真牛！老爸老妈你们真棒！

慈恩大境，你网上了解一下吧。

那咋办呀？交不了房……唐小凤叹道。

唐逝水没作声，去看熟睡的外孙子，问吃奶没。

没有。正在将午饭收拾上桌的余如兰道，咱们就指望业主里面有厉害人物，把这事儿给顶回去，早早交房赶紧装修了，我带我多喜去看大雁塔咯。

是啊是啊。听说这个小区买楼的有高官、大老板、明星，所以咱们只能托达官贵人的福咯。唐逝水说，总之，这一折腾，让人心里很不美气。

几人一边吃饭，一边给孩子喂奶，一边说话，吃完饭唐小凤躺半小时，去上班。村升镇的事情基本有了眉目，材料已报上去，她陪同镇、县书记专门拜访过相关部门，现在只能等审批结果。但这让她更焦虑，总是担心结果一出，事情黄了，所以她下午见到邝军，还要说这事。

俩人见面时，公司已通知秦大山，将其录用为营销总监，负责开拓粤港澳业务。随之，集团召开中层以上人员会议，宣布这一任命。散会后，又召开集团和村两委联席会议，研究和安排最近阶段的各项工作，重点研究当前村升镇应该做的弥补工作。唐小凤汇报情况后，邝军让大家畅所欲言、献计献策，康静雅认为如果相关人员没有大的变动，事情的希望还是很大的。马煜明觉得还是走动走动好，防患于未然；大家都附和他的观点，因为他们要的是万无一失，村子已经远远超出一个西部乡镇的规模和产值，甚至接近有些县的水准，不能连个镇的名号也不给呀。鉴于唐小凤单独行动已经被拜访者厌倦，会上决定由邝军、马煜明协同唐小凤一起出马。但是马煜明推辞，说让康静雅去吧，她熟悉市上，说不定哪个处长局长就是她学生呢。大家都笑起来，说笑中，这事儿就这么定下了。决定明天一早出发，先去县上，再去市上。

出会议室后，他们仨又来到康静雅办公室，把第二天的事情仔细合计一番，要带的东西，安排人员分头准备。早过了下班点，仨人步行回家。路上唐小凤说起爸妈买房的事，康静雅和邛军问哪个楼盘，唐小凤说是慈恩大境。康静雅说他们院长买了这楼盘，她下来问问情况。邛军说：我怎么也觉得这个名字这么熟呢，我也问问。说着打电话，是他一个同学，也买了这个小区。对方说，就连房管局的领导和亲戚，也买了那房子。康静雅说：是开发商送的吧，哈哈。

几人笑起来，把心放肚子里。正说时，邛军手机响起，是狱警打来的，边大治的书已经读完，让再送十本书过去。大家才记起，距离他出狱剩半年时间。三人都一阵难受，康静雅说：担心和上次的书重复，明天带二十本新出的原创文学书吧。

第二天，他们到县委，辛书记正在开会。秘书低声说书记可能要调到市上去了，他们听得着急，秘书又说：不过你们放心，你们村升格为镇的事情呼之欲出，已经写进了我们县的政府工作报告。是辛书记让加进去的，估计他和上面已经沟通好了。具体的，要不要再朝上跑，建议你跟书记说。他说着，右手往右耳伸一下，做个打电话的动作。

邛军就打手机给辛书记，书记在电话里道：不要跑了，过犹不及，邛总。说完就挂了电话。邛军就将带的小东西放下，叮嘱说：这是我们度假村的消费卡，给你的，这些小特产给李琼芝阿姨留着。不知阿姨身体咋样，习惯在县城住不？秘书告诉他们，李阿姨已经去书记城里的房子住了。邛军等就告别出来，去监狱见边大治。

作为彼此儿时的玩伴、少年的同学、社会上的朋友，终于，他们三个被允许依次进去探望里面的那个人，每人限十分钟。

走进逼仄的探视隔档，隔着厚玻璃，邛军对穿着蓝色改造服的发小边大治说：你好好读书，书我们交给狱警啦。等你出来时，咱们村估计就升成镇了。边大治连说好得很，你干得不错。邛军说，村上的集体企业已经很多了，但安保这块还是个大漏洞，需要你帮扶。边大治说你让狼看羊，放心吗；邛军说放心，问他出去有啥打算。边大治说：没啥打算，挣点钱糊口，像我这样二进宫的人，没前途咧。邛军，我真后悔呀，我下半辈子咋过呀，人一生咋这么长？邛军说：不，朝闻道，夕死可矣，这是咱初一时学的，我现在才理解，你觉得这句话咋样？边大治兴奋道：呀，我也是你一提才恍然大悟，照这么说的话，我其实也可以打算打算后半生，但估计成家没可能咧。康静雅结婚没？邝军摇头，边大治叹息着，随后说了读书的事儿，邝军就提到自己读函授，俩人话头提起，很快十分钟到了。邝军忍不住眼眶湿润，朝他招招手，边大治背过脸擦泪。

当边大治再次回过头时，看到厚玻璃外坐着一个涕泗横流、眉宇变了形的女人，边大治一眼认出是康静雅，明显感觉她成熟了许多。他反而平静了，拿起话筒说：康美，别伤心，我不值得你这样，真的真的，不值得！康静雅拿起话筒，但泣不成声，边大治又说：静雅，你再伤心，我会心疼的。静雅，你也快三十二咧，不敢再等咧，抓紧找个好人家吧。女人就像花儿一样，花谢花落那是有时间的，白头宫女在，闲坐说玄宗，咱没必要。真的没必要，你说嘞？你在等谁？康静雅才破涕为笑：我等你呀！乌鸦嘴，哪壶不开提哪壶。告诉你，我辞职啦。边大治惊到极点，不觉站起身来，墙壁上的喇叭威严提醒：86号，坐下。边大治就颓然坐下，问：康美呀康美，当初你读书上学为啥？你目前打算去哪上班？康静雅说她在村上，边大治急得又想跳脚，突然就抑制住了，说：我想打你！你咋像小鸟一样胡飞呢？康静雅乐了，问：我还像鸟不？边大治点头：像。村上目前到底咋样？康静雅郑重思考一下说：今年年底，每个村民的平均收入，和咱们镇上干部的收入，不相上下。你说咋样？边大治泪目道：我为你们骄傲。你说我还有希望吗？康静雅说有哇，你都在坚持读书，咋能没希望呢。边大治说：读书就有希望吗？我三十五咧，出路在哪里？康静雅说：你出来，村上就等着给你安排工作，安居乐业慢慢发展嘛。边大治含混地点点头，问：你父母也同意你回村上工作？唐美、大班长也同意？康静雅说：他们肯定不同意呀，但都被我说服了。边大治眼中燃起火花，道：你就是被惯的！康静雅说：我是女生呀。你是不是不惯我？你最惯我了，你不清楚吗？边大治沉默一下说：你这样，啥时结婚呀？村里可没有你一个博导的对象啊！康静雅嘻嘻笑道：那可不一定，咱们村连美国佬都招来了，咱们的村办企业。边大治感叹道：呀，真厉害！就是我不成器。康静雅就鼓励他。喇叭很快提示说时间到了，俩人都流下泪来，康静雅说声"好好活"，转身出去。

边大治擦干泪，定睛再看时，唐小凤含笑朝他招手：Hello，"哈喇子流滴"，我有儿子啦！你高兴吗，"够淫荡"？边大治嗨嗨笑着，连说高兴。唐小凤说：我儿子叫多喜，咱们村里的喜事可多了，除了我爸去世。边大治眼里闪出泪花，惊问：什么，唐老师得的啥病？唐小凤赶忙纠正，说是邝军父亲过世了。边大治大哭起来，墙壁上的喇叭警告道：86号，注意控制情绪。边大治不管不顾，哇哇大哭着，边哭边说：我对不住老人家，对不住你和邝军，也对不住康美！康美为啥不结婚，这是有原因的，是不是我毁了她……唐小凤将欲解释时，狱警让终止探视，她忙对着话筒说"我只说一句，你爸妈都好着呢，你放心"，仓皇转身出去了。

边大治就瘫在电话隔档里了……

时间过得很快，一转眼一年结束。

元旦集团年会期间，康静雅和秦大山共同出了个小品，叫《老外相亲》，很成功。此后，秦大山就假戏真做，拼命追求起温婉静美的康静雅来。心理压力大的康静雅也觉得大山不错，俩人也谈得来，于是就接触交往着。唐小凤乐见其成，暗地里撺掇大家竭力促成此事，集团在工作分配、出差安排上，经常是他俩一起。纸包不住火，秦大山这个中国通明白，要搞定姑娘，得让丈母娘同意，于是有意无意认识了康静雅的父母。父母虽然为女儿的婚事心焦难耐，也觉得这个洋男人接地气、人各方面都不错；但说实话，要让自己的女儿嫁给他，还真是过不了心里这道坎。

不觉间，度假村迎来又一个美好的春天。秦岭百花齐放，人流游客也如同这花团一样锦簇，村集体和各家私营店铺赚得盆满钵满。汤玉湖游乐项目已经开张营业，百里以外的游客都慕名前来游玩；汤山上巴总新建的酒店主体已经露出地表，少数民族乡亲的安置房也即将封顶，配套工厂一期已建成投产，三个村的村民进厂上班……人们从来没有想到，一个传统的农业小山村，能有这样的全面发展，邝军自己都看蒙了。为增加景观，他部署下去，让在河滩种植千亩荷花，在东面汤山种植千亩向日葵，西边玉山种植千亩薰衣草，和玉山公园连为一体。想着即将被花海拥抱的度假村，邝军心里那个美呀，无法诉说，真的激动得梦里都在笑，几次笑醒来。唐小凤问他激动啥，他如实相告，并问：唐镇长，你说美不美？

唐小凤连说美，她比丈夫还滋润。是呀，有什么能比得上这美山美水和无限生机的甜蜜事业呢！

据可靠消息，度假村升镇的正式文件已下发。邛军忍不住喊妻子唐镇长，人们都跟着喊她唐镇长。唐小凤的威望见涨，趁机撮合秦大山和康静雅这"两位总监的珠联璧合"。康静雅正在忙邛军毕业论文选题和大纲的事，带理不理的，不久，不堪情感折磨的洋总监就人间蒸发了。公司决定让康静雅兼任营销总监，唐小凤提议康静雅去组建公司在上海的推介中心，邛军出于公司发展考虑而首肯，康静雅却不舒服。

望着一天一个样儿的度假村，康静雅似乎生活在童话中，不敢相信这是自己创造的生活，她觉得自己回村是回对了。来过度假村的朋友也啧啧称赞，改变了当初对她返乡发展的成见。作为公司营销负责人，她在酝酿一个大胆的设想：走高端路线，涨价。虽说清风明月不用一钱买，但青山绿水胜过金银，度假村房价秒杀闹市的五星级，应属正常。康静雅适时向班子提出这一经营策略，大家从实际感受和国家政策要求两个方面判断，觉得此议可行；因为能定下心来住的，都是有钱有闲者，他们不在乎钱，在乎品质。邛军此前曾在高价策略和低价策略间徘徊，见康静雅理由充足，就立即拍板，并强调：高价可以，但一定要把一流设施、一流服务、一流品质奉献给消费者。于是，全度假村开始抓品质，提高已经到来的旅游旺季的服务质量，为升格镇迎检做准备。

在充实的忙碌中，六月初，塘坝村终于蛇吞象，将原来的女娲镇吞并、取而代之，升格为终南山镇，与度假村两张牌子，一套人马。邛军成为代理镇长和终南山温泉度假村管委会党委副书记、副主任，原镇长杨贵军升为书记兼任终南山温泉度假村管委会党委专职副书记和主任，原镇书记刘宏升任副县长，主管文卫教育旅游，兼任终南山温泉度假村管委会党委书记，唐小凤任终南山温泉度假村管委会党委委员、副主任。管委会下辖终南山大兴文化旅游开发集团，村办企业一下子成为镇办国有集团企业，官气日重声望日隆，没有文凭者靠边站。邛军任集团书记、总经理，唐小凤任副书记、集团董事；大学教师出身、博士文凭的康静雅成为香饽饽，众望所归地出任集团常务副总经理，常驻上海；杨钊出任副总，她已经考上了交大在职研究生，人现在既稳重又热情，能力很强；姬英军是集团副总、董事，并兼任建设集团董事长；马煜明任纪委书记、副总经理，筹办终南山旅行社。人员既多，事务又杂，涉外接待、用工升职、工资分配等事宜比比皆是。邛军找马煜明，首先从各项纪律抓起，严防贪腐，各族人民共创的这个事业不容易，不能毁在贪欲者手里。

事业大发展当中，大家谁也没有忘记边大治。刑满释放那天，邛军让杨钊带人开车去接，并让人力总监安排他上班，没承想并没有接回他，只带回了几十本书。此后，大伙儿不知他的踪迹。第二年过年才知，他去上海找康静雅，没有找到，郁郁寡欢回到西安。经狱友办假证的"黑胡楂"介绍，干起了赚大钱的活计——开油罐车、偷油。

为偷油赚钱，他还在咸阳加油站交了个十九岁的女朋友张乃霞。他开着拉油车卸油，张乃霞做手脚——多记卸油的数量，他将省出来的油卖给私人加油站。这样，据说一天要赚几千元呢。干了一年多，这年元旦他就去慈恩大境看房子。一期已经交房，据说公摊让业主多出了血，但他们都很高兴，因为房价已经翻了近两倍，而且小区区位好，设施一流、环境幽僻、古风犹存、闹中取静。他买了二期的房子，因买房子，与女友闹不愉快，俩人分了。所幸，他见好就收，及时停手，回村来了。

回来时正赶上风雪交加的除夕。边大治父母这两年身体不好，平时住村里，逢年过节，被四个女儿接去住，今年去富平三姐家过年了。邛军得知边大治回村，赶紧把他接回自己家。看着满桌热腾腾的年夜饭，看着跑过来叫伯伯的四岁的邛多喜，看着已经有白发的余校长、唐老师；看着好奇地瞅着他的灰灰，看着为他忙乱的唐小凤，边大治孩子般号啕起来。邛军和唐小凤也陪着不住抹眼泪……第二天，邛军就安排大治值班，入职起了薪。

两年后，度假村已发展为成熟景区，邛军被任命为镇书记，连任全国人大代表。此时，度假村迎来个意外惊喜，余建国退休前露峥嵘，他赶时髦般来了个裸辞。邛军从单位同事为他举办的非官方送行宴上，亲自驱车接回了他，让他做集团公司总经理，此前邛军已经升为代理董事长。余老的加入，使得集团势头更加如日中天。余建国一上任，就将景区评级工作抓在手上，度假村准备冲击4A级景区。

2008年5月12日汶川发生大地震，终南山大兴集团和邛军以前的公司鑫隆集团同时捐款三千万。不久，北京奥运会火炬传递到西安，邛军手持祥云火炬高喊"中国农民加油！"，已然化身为全国温泉旅游的形象代言人。从火炬传递现场回来，邛军听说老支书病了，就带着礼品亲自前往，并带着亲笔签的两份委任状。老支书被任命为村"红白喜事委员会主席"和"终南山邛氏家族家谱编委会主任"，度假村还让他负责十四个停车场的管理工作。这一系列任命，使官本位的他病立马好了。

集团年会上，老支书宣布：本主席、本总本年度的三大攻坚战：一是解决康静雅婚事，二是解决边大治婚事，三是修撰完成终南山邛氏家族家谱。作为集团公司常务副总，康静雅常年驻上海，三十六岁的她戏称自己在上海还够不上大龄女子。浪子回头金不换，勤勉工作、忠于公司的边大治，也被任命为保安公司代理副总。年会后聚餐，微醺时刻，年龄有点大的老支书乱点鸳鸯谱，硬是要将这俩人撮合，闹出了笑话……

老支书出力却两边不讨好，他灰心地去找余总汇报此事，余总好气又好笑，说他是老脑筋、好心办坏事。老支书心里憋闷，去姬美芹跟前提这事。康母生气地骂道：老不死，你都知道找我这样的老村花，我女儿市花一朵，难道不应该找邛军这样的好后生吗？老支书听过此话，溘然长逝……

山花覆盖着大秦岭北麓，周围一派肃穆，众孝子哑然无声，全不像哭丧的样子。突然，听到身后一腔悲怆天地的号啕，原来是出席全国两会归来的邛军在哭老支书……

2011年，世园会举行，公司又一个奋进的年头翻了过去。当邛军在年会上宣布"镇办企业固定资产达四亿，村民人均收入由八百元上升到一万元……"时，村民们给邛军送上了一面锦旗，上书：书记不姓穷！

二十八、美丽的泡泡

　　胡德刚在度假村升格为镇后，没能进入集团班子。他已经六十五岁，这年龄即便是省部级官员也该退休了，但由于度假村安全工作特别重要，故而他还负责安保公司的工作，享受集团副职待遇。安副总离职后，副总李易刚，是其得力助手。李易刚是杨钊士妻子李易芳的哥哥，李易芳没毕业前，就推荐哥哥来度假村了。度假村体量日益扩大，现已是常住人口两万，日平均接待游客一点二万人，年均各类大型活动三十五场的繁华之地，所以，老胡的工作压力很大。工作搞得他精疲力尽，老慢病缠身，一个礼拜要去终南山国际康复医院三次。辞职的念头时常闪现在他脑际，可邝军的知遇之恩让他很难开口——工作真的离不开。另一方面，作为少有的精明之人，他家里的企业也发展不错，一年挣一百多万；他女儿也把幼儿园办得风生水起，目前是镇幼儿园园长；他儿子在建筑集团上班，很辛苦，但收入不菲。眼前的好日子，都是年轻人邝军带着大家闯出来的呀，这使他更加不敢懈怠。

　　边大治的到来，让老胡眼前一亮。老胡和邝军是忘年交，和边大治的私人关系也不赖（尽管曾抓过他），加上俩人同为退伍军人，具有天然的亲近感。边大治当年参军，胡德刚虽然和老支书关系不协、明里帮不上忙，但背地里给参谋了许多。边大治在西安度假区上班那几年，也经常请教胡德刚一些事情；胡德刚在部队干到连级，值得老兵尊敬。后来，边大治闹乱子，老胡深感惋惜，也试图找他谈心，可那家伙神龙见首不见尾，一直没机会。现在可好，俩人搭班子，既可以好好为村上做贡献，又能交流思想。如果能顺理成章地将度假村安全工作的重任转移到边大治手里，那老胡是很欣慰的。对了，何以李易刚就不能担当此任呢？李易刚是外村人，没根基，村里的许多事情摆不平，加上他性格绵软，老胡不敢让他担这行程；而边大治则正好相反，是本村人，是镇书记的发小、集团高管的同学，资源很丰富，为人滑顺而豪横，让他上位，安保公司才可能发展壮大成为二级集团公司。当然，这只是老胡的一厢情愿，边大治一直不想当村夫，这全村人都清楚，不知这次能不能安定下来，老胡心里没底。

边大治这边呢，压力很大。他已人到中年，四十四岁却尚未婚娶，更无子嗣；父母已年迈，随时有倒下的可能，他应该尽孝，所以他回村发展。他回村的另一原因则是，康静雅也已经回村了；还有，他身背案底，目前很难找工作。房子在闹市，而工作在山下的度假村，这就是他的尴尬。既然决定在村里干了，就要把工作干好，看着工资单，他知道自己的起点不低，责任亦重大。他十年前在西安度假区干时，负责过安保工作，但那时的西安度假区刚起步，规模和工作头绪还不及终南山度假村的十分之一。目前他是安保公司三把手，手下有一百一十一人，工作量可想而知。另外，度假村目前将旅游观光车的运营捆绑在安保公司，这也和西安度假区当时不一样。老胡和度假村领导对他是信任的，关键是自己能不能拿动工作，增加了文人气质、上了年岁的他没自信。

鉴于西安度假区是当时全国少有的5A级文化产业景区，他建议公司做一次近距离的学习交流。老胡完全支持他的意见，他就去找邝军说。

邝军现在在镇上新盖的办公大楼二楼办公，到时康静雅和唐小凤也在。工作人员给他倒杯茶，邝军笑着说：边总有啥大事儿，快快讲来，正好，咱们决策智囊都在。

边大治似乎又回到青春年少读书时，就说明了来意，主要强调要邝军出马。

邝军说：你不要用西安度假区来说事，他们虽然是5A级景区，可他们是亏损的，是拿国家的钱和泥、给自己建后花园呢。之前，康总，咱们不是都接触过吗？我们虽然才正参评4A，但我们已经盈利四年了，银行无欠款，日日有进项，达到了富民富村、共同富裕的目的。

边大治觉得自己很苍白，很灰心，说：好吧，我现在才是安保公司副总，还没有过一年的试用期，我先干好保安吧。我提个议，以汤玉河为界，让老胡给我五分之二的人，随便给我一边，另一边不是有另一个副总和他吗？我们竞争一哈，看看谁的事故率低、出警率低，工作做得好。

我明白大治，但你要给老胡去说。他的确过了退休年龄，该下来了，可你刚来，得做出成绩，这样才好发展呀。邝军说，你不能说康美和我还有小凤都是集团领导，你是我们的同学，我们就任人唯亲，这不是咱终南山度假村的干事风格呀。你理解不？

边大治不说话，康静雅和唐小凤就给他做工作，说咱们村之前怎么样你是清楚的，我们三个人的为人你也是清楚的，我们肯定帮扶你；但咱们要倡导"幸福是奋斗来的"的口号，这样大家才可以在公平和谐的环境下，实现人人创业人人致富的目的，让咱们的乡村振兴工作走在全国前列。

边大治说声"没嘛达，再不敢丢你们的人咧"，起身往出走，唐小凤却说：邛军，至于大治说的考察一事，其实也可以接触一下，他山之石可以攻玉嘛，毕竟人家扎那么大的势，是不是也有我们可借鉴的地方？

康静雅也附和，说那边确非昔日的吴下阿蒙。邛军就答应了，吩咐边大治联络，视情况再议。

回到安保公司，边大治就联系那边的王维新，他的老部下。令他十分惊讶的是，王维新已经成为西安新区管委会副主任，某景区主任，他吃惊得差点将需要沟通的事情讲不出口，但还是硬着头皮说出了目的。王维新说：你们家那边也好着呢，有山有水有地热资源，还有不错的客源。但是，我问一下你们那边是什么级别，你知道咱们国企就是个小政府，讲究官场对应关系。

边大治一听心凉了，想这小子小人得志可憎得很，就苦笑着说：维新，你现在干大了，兄弟这里的一把手是副县长，是副县级吧，但度假村好像是镇的级别，不过我们的法人、我的发小是连任两届的全国人大代表、奥运火炬手。

没事儿，没事儿。我给你介绍一个人，让他和你联系，是我们景区的副总。王维新说着就挂断了电话。

边大治仿佛遭受天大的侮辱，很后悔联系这个心机男。但他的好奇心被激发，就上到西安新区官网，在领导之窗里发现了排名第五的王维新，点看细看，又吓了一跳。照片年轻粉嫩得如同新媳妇儿。职务：西安新区党工委委员、管委会副主任。分工：负责党政事务、督查督办、机要、保密、外事侨务、档案、政务公开、后勤、接待、城市管理、教育、综合执法等，分管党政办公室、城市管理和综合执法局、教育局。简历：男，汉族，1969年10月生，研究生，中共党员。现任西安新区党工委委员、管委会副主任。他脑际闪现出十几年前曲江池东的一幕来，当时王维新自称是六七的，边大治喊他老哥，怎么现在，人家比自己小啊。现在，当官的为了获得提拔和延长在位时间，个别人会把年龄改小，这王维新就是明证啊。边大治决定不推动这件事了，他会如实向胡总和邛总交代，相信他们都理解。两个度假村的风格格格不入，相信交流也是浪费时间。他就忙工作，去幼儿园、小学、中学排查安全隐患。

上午去小学，中饭在幼儿园吃的。胡小燕和边大治很熟，是小学初中同学，只是初中不同班；初中时，她还暗恋过边大治。人的感情很难捉摸，她自己都不明白，自己现在是有夫之妇，还有孩子，而边大治名声不好，但她却还对他抱有热情。他检查安全工作，她组织合影拍照，打算上传到幼儿园网站。边大治要走，她硬留他吃饭，说检查食品安全也是安全工作嘛，他就留下来。他没读过幼儿园，觉得幼儿园的饭很可口。与幼儿园的待遇相反，去中学人家很冷淡，对这种不打招呼的检查很不认同，边大治差点发作；但想到这是自己母校，又念及自己在人们心目中的地位，忍住了。他例行公事地检查完，撂下一句"安全无小事儿，要重视"，打道回府。

回到大兴广场，他看到一个美女，高高的个子、细细的腿、凹凸有致的身材、傲娇的面孔，他被彻底吸引住了。却见美女朝他打招呼：边总回来啦！

哎，姑娘你是……边大治盯着她问。

啊，忘记说啦，我是咱一楼卫生所的，叫李易芳。她边说边陪着他往回走。

边大治想起来了，杨钊说过，这是她弟妹，不过自己没认下人。经过卫生所时，李易芳说：请领导视察一下我们卫生所的安全。

边大治忍不住笑道：你们卫生所最大安全隐患是，保护好李大夫，哈哈。

领导真幽默。李易芳笑了，非常动人。

边大治就说：正好，我手上一直起这种疹疹，一抹药下去了，不抹药起来了，你看有没有合适的办法。

李易芳拿起他手看了看，在细疹上轻擦了擦，问：痒不痒？

边大治被逗笑，连说痒。李易芳给他取了皮炎平，他就要离去，怕陷入对这个有夫之妇的关注当中。李易芳送他到门口，礼貌道别。

下午，边大治就把联系西安新区的情况给胡总、邛军电话汇报了，俩人权当没事儿。边大治开始联系自己之前的人脉，邀请人家来度假村"指导工作"，也让人家知道自己已经成为体制内的一个公司高管。陕西老兵协会的负责人很肯定地说，要近期访问学习，并打算把多场活动包括年会放在终南山度假村举办。边大治很高兴，想还是要和有肝胆的人来往，别让烂人烂事儿消耗你。

下班后，他回家吃饭。父母在等，其实他晚饭吃得很少，年龄不饶人，他已中年病灶显现：将军肚、眼花、腿抽筋。可晚上要夜读，就不得不垫垫肚子。

他刚走出楼门，就感觉一个影子从下班的员工人群中走出，接近他。他没回头，继续朝西边走，人越来越少，那人似乎越来越近。第六感告诉他，是李易芳，回头，果然是穿着裙子的她，似乎更明媚了。俩人的家离得很近，一路说话一路走回。

晚饭后，边大治回公司读书，路上又碰见她，他不由笑道：这么巧！

嗯嗯，咱俩两点一线，路线相似。李易芳道，边总忙不忙？

还挺忙的。

您是加班吗，晚上？

不，我看会儿书。边大治道，有点不好意思。

边总真高雅，是骚人文士呀，心里有诗和远方。李易芳说，我们都是柴米油盐和满满的无奈。

哪里哪里，易芳你太谦虚啦。边大治道，你都是正牌大学生，听说还在不断学习进修。

谢谢边总，咱们共同提高。

共同提高。边大治觉得李易芳那青春逼人的样子在散发一种奇妙的光，照得他浑身透亮、打战，太受折磨了。除了康静雅，还没有谁给过他这种感觉。

到集团后，李易芳开门坐诊，他上楼读书。可眼睛盯着《日瓦戈医生》上的文字，一段一页过去了，竟不知读了啥。李易芳搅扰了他的内心，但他告诫自己，他和人家父亲年龄差不多，人家有丈夫，不管人家咋想，自己不能犯傻。看书看不进去，他就在集团分给安保公司的客房里早早睡去。

刚睡下，有陌生号打来。是王维新手下的副总，沟通单位之间交流学习的事；他忙说最近忙，不打算交流了。对方挂了电话。不久，王维新打来电话说今天忙，白天话没说对路。边大治禁不住说：你现在地位不一样了，原来你是我老哥、我手下，你现在是我弟弟，你是六九年人。所以，话根本对不了路。

王维新忙说：哪里哪里，你永远都是我的边部长，我的领导啊。我们最近有两场活动，想放在你那边，你看方便呀不？另外，我还想去你那边考察学习取经呢，不知道边总能给个机会不？

边大治脑子急速旋转，说：欢迎欢迎！咱也好久没见面了。

一礼拜后，王维新带领六个国企高管访问终南山度假村，邛军等做了接待。王维新在交流会上极力赞赏边大治的才能和人品，宣布将暑假的国际少年围棋大赛、古城墙保护和研究高端研讨会安排在终南山度假村。邛军表示了感谢，但说：具体时间要协商，因为我们的接待能力有限，我们的会议房间已经安排到八月底，客房也是要提前半月订。王维新大吃一惊，连道：哎呀，这正是我们要学习的，此行的价值体现出来了。那么邛总，咱们这里应该是高端酒店比较缺，另外，你们的演艺、影视都暂时是空缺。

王主任说得对。邛军说，这些方面，我们可以探讨。前几年一些实力弱的公司，曾经想把我们的秦岭故事拍成电视剧，但由于能力有限，没做成。我们可能打算自己做，到时间去向您讨教。

这次交流后，王维新给边大治拉来许多客户，边大治大赚了一笔提成。王维新继续担心边大治出卖他，建议他成立安保公司，他那边的安保活儿都交给他做。边大治很动心；但其时老胡已退，他已被任命为度假村安保公司总经理兼法人，就一心为公，找邛军说想成立一个能给度假村赚钱的新的安保公司。邛军了解情况后，立马同意，让他按程序报集团上会。

三个月后，新的安保公司终南山飞龙安保成立。到年底就实现了盈利，边大治自然没有忘记王维新的好处，也给了他很大回扣。如此，终南山大兴集团的安保集团公司也成立了，边大治充任总经理兼法人。

如前所述，实力的增强和康总的善于宣传，使得去塘坝泡温泉成为周边城市人的一种潮流休闲方式，人流、资金纷纷汇聚于此。终南山镇景点、街道、酒店、餐馆纷纷爆满，全是人挤人，泡温泉要排队，交钱买大礼包也要排队、找关系。邛军成为新农村建设者和农民企业家的典型，一时风光无两……

年末，终南山温泉度假村4A级景区获批。

元旦这天，度假村进行隆重的年终总结暨颁奖晚会，特意请来省演艺集团演出。上午总结时，刘宏宣布集团年营业额破两亿元，上缴利税六千三百二十九万元，经营净利润七百二十八万，大家热烈鼓掌。下午颁奖，特别贡献奖分别授予姬英军、康静雅、杨钊、边大治，分别奖励五十万元、四十万元、三十万元和二十万元，他们所主管的二级集团或企业，分别被授予本年度的优秀单位；优秀员工奖励五十名，奖金两万，以表彰他们在经营上的突出表现。

颁奖后，还有个特别议程，宣布余建国荣退，打出大大的特别安置费标牌二十六万元，余建国当场将这钱作为特殊党费上缴。《为了谁》歌曲适时响起，全场沸腾，许多人抹眼泪。

末尾，邝军激动致辞，回忆峥嵘过往，总结辉煌成绩，感谢大家支持。会议主持杨钊提议邝军当场吻公司党委书记唐小凤，唐小凤立即凑上了性感的红唇。邝军开玩笑道：唐书记，好像咱俩不是老夫老妻似的。

唐小凤似早有准备，说：革命人永远年轻嘛。咱俩那几十年，谁看到过？

随后是晚宴和演出，大家边吃边聊边看节目，享受劳动者的荣耀。省演艺集团献上了精彩纷呈的节目，省电视台男主持人和杨钊联袂主持整台晚会。杨钊还代表集团领导层出了个节目，献上了优美的独舞《美丽姑娘卓玛拉》。下属公司节目中，李易芳的陕南民歌《摘黄瓜》赢得满堂彩，边大治朗诵了自己的新诗《终南山这一年》，汤玉湖旅游股份公司的小品《美丽的泡泡》，也让人耳目一新。

元旦收假后，集团召开战略发展会议，原计划是：第一天讨论重大发展问题，第二天宣布重大人员任命，新班子亮相团拜。

会议第一天务虚。着重讨论所谓借助互联网+和万众创业的东风及"大礼包"的旺盛势头，进一步在全网发售"大礼包"的战略问题。对于邝军一贯的大刀阔斧，大家很有信心，觉得大钱就要砸下头来，纷纷表示赞同；只有康静雅极力反对，斥之为"非法传销"。听到这个刺耳的字眼，邝军忍耐着，唐小凤却嘲讽道：想不到咱们创新前卫的销售老总也与钱有仇，我看是心里有问题了吧？

康静雅道：我有病我自己治，希望大家也都保持头脑清醒吧！她还没忍住，低声叽咕说：连毕业论文都是我弄的，还这战略那战略的！由于话筒没关，她的声音经过话筒清晰抵达每位高管和会议组织者的耳朵。

大家一片哗然。唐小凤脸"唰"一下通红，忽地站起，意欲说什么，邝军尴尬地挥挥手制止，并释然道：就这，少数服从多数。嗯啊，康总长期在一线城市待，是北上广深的思维，可能超前得有点离谱了。

啊哈！这个话题咱下来说吧。康静雅优雅地止住了话题。

五点会议结束，许多人回到集团，找领导办事。边大治分别找康静雅和邝军谈心。

他本人是倾向于发售"大礼包"、撬动资本市场的，因为度假村和集团虽然如火喷油、发展迅猛，但是整个集团的体量还是非常小的，和世界五百强那样的大企业集团没法比。再者，邝军从无到有、从小到大他是见证过的，每一步都很稳，邝军本人本来就很低调，他做的事情，只能是保守的，很少冒进。还有，"大礼包"其实并非新项目，已经在实际经营中推行四五年，取得了良好效果，现在要做的只是将其扩大。这样仔细分析后，边大治觉得这次安排虽有点用力过猛，但绝非不靠谱，也似乎不是啥"传销"。——客户是要交钱，但我们也给他们提供优质和超值服务了呀，我们的票、我们的会议室、我们的客房，现在可都是要找关系才能预订到的。所以，他对康静雅主要是安抚她的情绪，他们都已经是中年单身怪叔叔怪阿姨了，互相交流，不要激动让人见笑，总是好的。康静雅听到边大治的话，转了话头说：边总，你这一年开局打得不错，为公司发展作出了很大贡献。

谢谢！边大治说，我就是别让自己心里太慌了就成。每天忙工作，晚上有时间再读读书，这样一天过得快些。

好着呢大治。康静雅说，挺欣赏和佩服你现在的状态。对了，我从上海给你带了一本书，叫《圆圈》。

谢谢亲爱的康美！边大治绅士道，书先放你这里，我找邝总说说话去，让他在大礼包问题上谨慎些。

我就是担心集团这美丽的泡泡被吹破，毕竟咱都清楚，他闯出这片天地不容易。康静雅说，好了，不说了。我晚上十点就睡了。

我九点五十九找你，谢谢！边大治说着，跑向邝军的办公室。

邝军现在很少回集团，今晚进到办公室加班办公，一下子楼道等了一长队人。大家手里都拿着文件、报销单、笔记本等，默默等在门外。边大治走到门口，问集团法务部副部长张涛：里面什么人？

张涛摇头说：不认识，边总！我们都在等。是一个先来的小老板。

边大治不好意思闯进去，更不愿意插队，就踅回来，竟发现李易芳也拿着个笔记本和一根蓝莹莹的签字笔，等在队伍的中间腰。人多，他们没有打招呼，他直着眼就过去了；刚转过弯，就听到她的声音：边总很厉害哟！我一直在关注你！

关注叔叔干啥？边大治半开玩笑道。

你这样说话，我不理你了！李易芳也睁大眼"恐吓"他道。

哈哈，好吧好吧。边大治说着，走向康静雅办公室，突然发现她跟着他走，就折回自己办公室。

李易芳问：叔叔，我可以进来吗？

你不是说不能叫叔叔吗？边大治做个请的动作说。

我可以叫你叔叔，你不可以自称叔叔。

哈哈，好吧好吧。边大治说，要不要喝水，或者吃橘子。

柑橘吗？可以的。李易芳拿起一只大柑橘剥开，将一大半递给边大治，说，你能不能帮我一个忙。正说时，办公室主任站在门口，说邝总叫他呢。边大治就起身，说声"sorry"，快步走向董事长办公室。

穿过更长的人群，边大治刚进门，邝军就问：于冬冬你认识吗？

不认识。边大治说，干吗呢？

西安一个小影视公司，想做咱们秦岭故事的电视剧，但又没钱。

还不如咱们自己成立影视公司，自己弄呢。边大治说。

我找你就是这个意思。邝军说，不过，这个编剧我认识，就是那年我在白鹿原种菜，我们一起干过十几天活儿……巴老师，原先在甘肃的庆阳市那边教书呢，现在好像也来西安了。我网上看了一下，他研究生毕业，现在也写小说呢，和你一样。你看一下他写的东西，综合考虑一下咱们影视这一块的事。集团里面，现在离文学近的，我看就是你。你给咱仔细考虑一下，下来咱们再碰碰，看具体咋推进。

保证完成任务。边大治接过一个彩打的可行性方案，一时激动，像美国大兵一样给邝军敬个礼道，转身就走。

邝军看得大笑起来，说：你像邝多喜，美国大片看多了，哈哈哈。

边大治回头说：呀，你提醒了我，咱们度假村应该弄个电影院。

这都是你们影视公司考虑的事儿。邝军豁达道。

呀，有钱了就是不一样，我的爷，一言九鼎的。边大治说着，出门去。

邛军端起水杯喝口水，等待下一位，可一抬头，还是那个边大治站在面前，他有些晕。边大治却说：哎呀，我刚才专门找你，要说个事儿。就是集团会上说的那个发售"大礼包"的事情，我是支持你观点的。但是老大，康静雅是弄啥的？她是我们集团的首席专家，人家也是省上的著名专家，还是咱同学，还爱慕你，我小声点；所以，大班长，她不是说闲话呢，也不是扫你兴呢，更不是给咱添乱使绊子的。这话你不会不接受吧？因此，我建议你，你有空细细想一下。哇，我面圣一次容易吗，面圣的目的就是如此单纯。额……额走咧！

边大治说完就闪身出门去，邛军一时陷入沉思。

回到办公室，李易芳还在等，边大治压抑着内心狂喜，尽量随便地说：喝点水，李大夫。

我担心水里有迷药，嘻嘻。李易芳说着，开心笑起来。

哈哈，好吧好吧！边大治说，喳，你有啥事，你说。

边总，听说集团要成立影视公司呀，能不能把我规划进去？李易芳怯生生地说，忽闪着美眸。

你咋知道？边大治警惕地问，瞅一下房门。

李易芳起身将房门关上，边大治一阵心跳，俩人并排坐在三人沙发上。李易芳V字形羊毛衫的领子，开得很低，露出深深的乳沟来，她体香迷人；边大治不由惊慌，往远挪了挪。

李易芳说：哥，我吃你呢吗？

不是，边大治竭力控制自己，你说的事，邛总刚交代了，我马上启动影视公司——你别给别人说啊。

那肯定，咱俩的事，还敢给别人说？妹子还没瓜实。李易芳说，你可能不了解妹子，我对男子都很高冷，但唯独见了你魂不守舍……嗯嗯，我也不知道我这是咋咧……哥，是不是我不正经？她说着哭泣起来。

没有，易芳，你在我心里很纯洁。边大治感动地说，你的事，我知道了。但是，你恕我愚钝，就是，我不是很理解，你医学已经有了相当基础，而且卫生所开得好好的，为啥要改行？

我从小就喜欢影视这一行，《雪山飞狐》《情满珠江》《新白娘子传奇》

《渴望》《金婚风雨情》《战长沙》《咱们结婚吧》……这些剧，让我热血沸腾，我要放飞自我。你懂吗？哥！李易芳说，我医学院毕业后，跟杨钊士回到度假村，在集团一楼开了卫生所；但随之而来的终南山国际康复医院、终南山镇卫生院等，挤压得卫生所没生意，我俩与村里其他人的收入水平差得越来越多。杨钊士每天靠给康复医院打工增加收入哩。你能理解吗，哥？

这样啊李大夫，我知道了，我会考虑的。边大治说，但是，你要把家里人的工作做通。据我所知，如果你走了，卫生所就得关张。

不会的，我如果做其他事情，我老公就会专门守着卫生所，他就不敢再乱跑咧，毕竟卫生所是村上的一个机构。若人不够，他还可以招么。

我知道了。这样，我还得去见康总，她给我买了一本书，叫《圆圈》，你读过吗？

读过。是戴夫·埃格斯（Dave Eggers）的新小说，像一则寓言。李易芳说，哥，你喜欢老的吗？

呀，你……你这话让我不知咋接呢。边大治开门，出门去。

九点半，他见到康静雅。康静雅本来要休息，但见到他还是很高兴，说：大治，咱们这些老家伙，太不像话，不结婚，是不是带坏青年人啊，哈哈！

哈哈哈，可能吧！不过，我们一看都是貌似忠厚实则闷骚的一挂，我们热爱异性，热爱孩子，是坚定的婚姻家庭主义者。

是啊是啊。康静雅笑道，边总越来越风骚了，我看咱们影视集团应该由你牵头组建。

谢谢康美的高看。边大治说，呀，屋子很热呢！

要不要出去走走？康静雅说，你知道吗？我这几年在外地，每天工作到深夜，早上六点多又起床。要是拜访客户的话，中午就得不到休息……弄得阴阳失调，身体扛不住感冒了，怕冷，没火气了。

谁把你火泻了？边大治坏笑道。

我老了好吧！美女变老了，不是坏人变老了。康静雅穿上大衣说，但是每逢放假，我又闲得慌……非常难受，你知道吗大治？

好像我不是大龄单身似的。边大治说着开心笑道。

哎，听说你去上海找过我？

边大治点头。康静雅问为啥不打电话，边大治沉默良久说：我当时突然失去了勇气。

轮到康静雅沉默了。

俩人出门，绕着环景区的终南环路慢走，惊讶地发现，这里毫不逊色于见过的繁华都市。康静雅笑问：你觉得咱们这里还缺什么？

缺……缺两个算卦的摊子和露天理发的人。

哈哈哈……康静雅开心笑着说，对，那样子，就完美了。

哎，你还记得咱们村以前长什么样儿吗？

嗯，有点模糊，不记得了——记不清了。康静雅说，你记得吗？

边大治：我也是记不清了，有点模糊了。

你已经忘了来时路。康静雅深有感触道，也是一大遗憾呢。

边大治学舌道：你已经忘了来时路，也是一大遗憾呢，以前的村子也挺美……

俩人一时都不再说话，默默玩手机，发了朋友圈，特意显示了地址，并配上相同的文字：这是2014年元月二日的终南之夜。马上招来很多点赞，唐小凤问：你俩这么有闲情逸致，我给多喜辅导作业呢。康静雅回：贤妻良母，羡慕！边大治回：要家教不？唐小凤回：四年级的奥数，估计只有康美能搞定。

突然，康静雅的手机响起，是焦疏桐打来的，说要开车过来看夜景，康静雅说我和男朋友逛呢，你不怕打架你就来；对方说好，就挂了。

他们又沿着汤玉河河西路往回走，边大治边走边回忆夏天景区的花海盛景，康静雅说：好像我不知道似的，我开会也回来过几次好吧，整村搬迁那段时间住了半月。的确很美！美得不要不要的。

回到大兴广场时，她手机又响，边大治扫视一下，见是秦大山打来的。康静雅接：咋还没睡？

你不是也没睡吗？秦大山说着美式普通话，我看到了，度假村更美啦！我想秦岭啦！

那是，美丽的秦岭我的家呀，能不美！康静雅自豪道，不自觉地撒娇。

你和谁？

我啊，和我同事，也是同学，还是哥儿们。康静雅说。

边大治心里憋屈，不自觉地落在后面，康静雅招一下手，先进楼门去。边大治犹豫一下，拿着《圆圈》回自己房间。

这晚，边大治怎么也睡不着。明天八点半开集团新班子宣布会，得睡好攒点精神，但越着急越无法入睡，四肢尤其是脚尖如同蚂蚁在乱窜，很难受，越发木焦。没办法，他就去读邝军给的策划书，封面是：

三十六集电视连续剧《书记不姓穷》策划方案

（含故事大纲）

张嘉译、闫妮等陕籍演员演绎陕西故事

当代关中农村巨变的生活写照

一段催人奋进的励志故事，一部值得期待的农村悲喜剧

乡村振兴、共同富裕与创业励志、浪漫爱情的完美结合

"秦岭故事"与您相约

翻开共74页图文并茂的可行性方案，内容很齐全。有背景分析、项目意义、项目概况、主创人员、人物设定、故事大纲、投资构成、支持单位、制作周期、资金来源、收益测算、风险把控等共十几项。边大治一一看过，投资方里第一个是西安文投即王维新那边的公司，第二个是终南山大兴集团，第三个是北京海润影视，第四个是一家民营公司，边大治想，就是呈送这个方案的公司吧。支持单位，有省委、市委、西安新区、秦岭县委宣传部等。项目周期十八个月，2014年年底播出；播出平台首轮CCTV-1，次轮是陕西卫视等；2015年5月前回款，收益率是百分之二十六；云云。

初看一遍，边大治更没瞌睡了，又去细看故事人设和大纲，发现里面把邝军、康静雅、唐小凤和他的事情，全写到了。一阵复杂的情感袭来，激动、幸福、嫉恨、无奈、遗憾，抑或兼而有之，他真想给康静雅打个电话聊聊，但一想到秦大山，就像头上浇了一盆凉水，从头凉到脚心。

放下方案，他强迫自己睡觉。忽然梦到自己抱了个漂亮女人，像李易芳，又感觉是康静雅，他想搞清楚到底是谁，却怎么也看不清脸。就这样，又迷糊过去……一阵敲门声惊醒他，起身开门，是李易刚，他担心老大嗜睡误了会。

俩人在餐厅吃完饭，匆匆赶往会场。大家已基本坐齐，领导偏头瞅着边大治，他忙低头寻找桌牌、落座，看看表，正是八点半。这时，邛军清清嗓子开口：啊，现在咱们开会……人都到齐了吗？

边大治微微抬头，看到对面只仨人，桌牌上依次写着：邛军、栗吉凯、刘宏。他想，中间的栗吉凯应该是今天最大的领导。边大治今天的桌牌位置稍微靠中间，啊，不，是今天坐的人不一样了，像康静雅、唐小凤等，平时都应该坐对面去；至于他，要是坐前排，那也是坐在最边边，前排集团领导都坐不下呀。可现在，他这前排咋人这么少呢？既然对面领导席人少了，他这一排应该坐集团领导，不应该更拥挤更坐不下吗？对，自己应该和李易刚一样坐后排才合适。他有些蒙了，突然听到唐小凤小声说：康总怎么没来？

边大治一惊，唐小凤隔着桌子问：边总，你知道康总咋啦？你俩昨晚不是在一起吗？

人群笑起来，连对面绷紧着脸的领导也咧了咧嘴，唯独邛军黑着脸。

什么叫我俩在一起呀？别惹领导见笑哇！边大治小声顶嘴道，好了，我打电话问问吧。

这时，一个总监跑进会议室，将一页纸递给唐小凤，唐小凤将纸反扣在桌上，啜泣起来。邛军抬一下下巴，坐在唐小凤旁边的姬英军将纸递给邛军，邛军脸色更难看了，一把将纸叠起装在裤兜里，镇静一下，说：康静雅同志请假了，我们现在开会。首先，我介绍一下到会的两位领导，坐在中间的是秦岭县委常委、组织部部长栗吉凯同志，李部长旁边的这位大家比较熟悉，是咱们秦岭县副县长、度假村党工委书记刘宏同志，咱们的老领导。我们欢迎两位领导！

大家鼓掌。

邛军继续说：今天这个会是领导干部任命会。现在，我们请县委常委、组织部部长栗吉凯同志宣布新的任命。

会场分外肃穆。

栗吉凯镇定地抬首、直视着大家道：本来呀，这个任命文件的宣读，应该由我们组织部下面的一个科长宣布，今天做个改变，由我亲自宣布，足见我对咱们终南山度假村的重视和支持……啊，我言归正传，来宣布任命，中共秦岭县委组织部关于刘宏等同志职务任免的通知，秦组干字〔2014〕3号。终南山温泉度假村管委会党组：县委组织部部务会2013年11月25日研究决定，并报上级批准，决定免去：刘宏同志终南山温泉度假村管委会党工委书记职务，退休；邛军同志终南山温泉度假村管委会党工委副书记职务。县委组织部部务会2013年11月25日研究决定，并报上级批准，决定任命：邛军同志任终南山温泉度假村管委会党工委书记，副县级；唐小凤同志任终南山温泉度假村管委会党工委副书记。宣布完毕。

大家长时间鼓掌。邛军背过头去擦眼睛，唐小凤用纸巾拭泪。邛军清清嗓子道：谢谢栗部长！谢谢大家长久以来的支持！下面，请刘宏书记宣布去年的一项任命，由于工作忙，这个文件延迟到今天宣布，也是任命文件。

刘宏很颓然似的，慢条斯理道：我是特种兵出身，善于搞突袭，嘿嘿！刚才部长已经宣布，我马上要办退休手续，但是，我手上的事还没完，我要宣布几位同志的任命，因为我是上一任党工委书记。咳，是这样，终南山温泉度假村管委会人事局关于唐小凤等同志职务任免的通知，终人干字〔2013〕123号。终南山温泉度假村旅游产业集团党组：度假村管委会同意，免去：余建国同志终南山温泉度假村旅游产业集团总经理职位，退休；马煜明同志终南山温泉度假村旅游产业集团纪委书记，另有任用；杨钊同志终南山温泉度假村旅游产业集团副总经理，另有任用。终人干字〔2013〕123号，终南山温泉度假村旅游产业集团党组：度假村管委会同意，任命：邛军同志为终南山温泉度假村旅游产业集团董事长，这是正式任命，之前是代理；杨钊同志为终南山温泉度假村旅游产业集团总经理；文明同志任终南山温泉度假村旅游产业集团纪委书记；姬英军同志任终南山温泉度假村旅游产业集团党委委员；边大治同志任终南山温泉度假村旅游产业集团副总。宣布完毕。咳，这里面有几位同志我还不认识，下来都认识一下。

大家鼓掌，很涣散的样子。

邛军说：感谢组织信任，那我带头做个自我介绍，今天新任命的，都按着顺序做个介绍。我叫邛军，是咱们塘坝村支书、镇上和度假村的书记、集团书记兼董事长，我决心不负组织重托，带头遵守中央八项规定，当好班长做表率，把度假村工作推向更高层次，为全镇全度假村人民共同富裕而奋斗。谢谢！

大家鼓掌。接下来，唐小凤、杨钊、姬英军、马煜明、文明、边大治都做了自我介绍，表了态。邛军特别说明，康静雅请病假了，并要求行政总监去找康静雅，看看她身体怎么样，回头回复短信。

一个胖乎乎的男子出去了。邛军说：下面，请领导讲话，大家欢迎！

散会前，邛军收到行政总监短信：康总去咸阳国际机场了，我去追她。邛军回：快！

散会后，栗部长和刘副县长回县城，邛军让杨钊、姬英军开车相送。他和唐小凤、边大治等一行人，驱车奔向机场。到时，巨大的电子屏显示，飞机已经起飞。边大治仰天大哭：康静雅，你这日把欸，我们需要你，需要你祝福我们，指教我们……啊哈……

唐小凤也当场号哭，邛军上前与她相拥而泣，觉得眼前有漂亮的肥皂泡在不断破裂。没有了康静雅，没有她的祝福和帮扶，他不会成功，即便成功，似乎也失去了重量。

二十九、焦虑中转圜

这个年，大家心里都不好受。

唐小凤一直在自责，后悔自己不该在会上直接怼康美。几十年的好姐妹，从没撕破过面皮，那么多人参会，自己一句，接着邛军又是一句，这让康美咋能忍受。打人不打脸，揭人不揭短，要知道，她本身就因大龄未婚而压力大，自己还说她"心里有问题"，邛军还说人家思维"超前得有点离谱"，这不是夫唱妇随骂人家吗？再加上当时说话的语气、会场的氛围，堪称"语言杀人"。反反复复回想着那天的细节，唐小凤觉得自己人品很差，邛军人品更差。

经过这么多事儿，她觉得这个世界上，爱现在的邛军的姑娘大有人在，但爱穷困潦倒的邛军的也许只有俩人，除了她就是康美；而在康美和她之间，她觉得康美对邛军的爱，似乎要超过她唐小凤。其实，这个区分早就有了，高中邛军落榜后，她压根儿没想到让他复读，但康美想到了。她不仅想到而且付诸行动——不惜上当受骗、耽误课程做家教，给邛军挣了一大笔钱，完全做好了供他复读的一切准备。这，真是太感人啦！现在，作为中年人，作为上有老下有小、经历了这么多人生风风雨雨的女人，她更加觉得十七岁的少女康静雅多么勇敢、善良、纯洁、可爱！如果她是男的，在自己和康美之间，那肯定选康美。此后，也许因为邛军，康美一老不结婚，后来她辞职回村上，要说不是因为邛军，鬼都不相信。这次因为口角而愤然辞职，不也因为邛军吗？如果当时邛军说"唐总注意你的言行，我想康总也是为集团考虑嘛，小心驶得万年船"，那康美还能走吗？绝对不会。而真要那样，自己充其量打个哈哈，自我解嘲一番，整个事情当时就能回转。说实在的，有了儿子，她对丈夫的关注度已大不如前，除了一周一次的夫妻生活，对他要求不高。她甚至瞎想，小姑娘勾引丈夫，只要自己不知道、丈夫不变心，她都可以容忍。呃呃，所以她后悔呀，难过呀，难过后悔到怀疑人生。

她低落的情绪，父母早知道了原委。一向好脾气的父亲当着女婿的面责备道：都副县级的官员了，说话做事还那么锋芒毕露，你俩可真是的！母亲也为康静雅难过，说她一个女孩子在那么远的地方漂泊，举目无亲，这可怎么得了呀。为让他们换个环境，也为了躲避双节期间可能的腐败，今年春节他们在西安曲江的慈恩大境过。父母让她和老公住在最大的房间观唐轩，让小外孙住他专有的房间。多喜很喜欢自己西安的高层楼房，喜欢周边的环境：来自唐朝的静穆沉雄的大雁塔、现代感的秦汉唐广场、富有艺术感的西安电影制片厂，还有世界网红打卡地大唐不夜城。邛军也对房子很满意，夫妻俩站在二十六层的观唐轩，游目骋怀，仿佛跟着那古色古香的建筑回到了唐朝，又似跟着游人到了国外，真是金街地段、楼王位置，有一种说不出的锦衣玉食、鲜衣怒马的感觉。仨人不住夸唐老师有眼光，老两口高兴得合不拢嘴。

越是过年温馨时刻，邛军越觉得对不住康美，他太难过了！四十五岁的大老爷们，经常为此黯然伤神。他打电话问边大治康美过年回家了吗，对方说没有，又说你不会自己问她呀，你俩要绝交了吗。他就一个电话打过去，她竟没接，过了好一会儿，才回来微信：你好，老大，祝贺你荣升副县，你是咱们同学里干得最好的，加油！邛军感动得流泪，康美即便与我分离，也还牵挂着我，这么想着，他去阳台拍下大唐不夜城和大雁塔的图片，发给她。她回：在唐老师新房子吧？邛军回：是啊。西安年最中国，欢迎你随时回来，我们开创事业新局面。康静雅：我是老姑娘，怕回家过年，啊啊，我爸妈又该难过了！邛军回了一个眼泪长流的表情。康静雅：麻烦你拍一下大治的房子，谢谢。邛军回个"好"，给边大治打电话，喊唐小凤一起去大治的房子。

路上，邛军又拍了草坪、花园、跑道和唐小凤的照片给康美，康美语音：老大，你要对我姐姐好，她很爱你，为你生了那么棒那么漂亮的儿子。

唐小凤就将电话打过去，俩女人都哭了，她们感觉到了空间的遥远和命运的沉重，唐小凤说：我把大班长派过去，你俩住几天吧。

康静雅：我不要，你用剩下的。

邛军赶紧躲远去，听到俩女人又笑了，一会儿又哭了。邛军就又走近，凑近手机说：哼哭哩哼笑哩，老鸹过来倒尿哩。

康静雅：你赶紧给我拍大治的房子。

邛军就站在楼下，从不同角度拍十六栋楼，又仰视拍楼的半空。

边打电话，俩人边从三单元进去，坐电梯时，电话断了。

边大治的房子在二期十六栋的二十二楼，位置更好，面临慈恩湖，面积是一百二十平方米。房子租给一个广东的小老板，小老板本人不在，唐小凤敲半天门，里面女人答道：等一下，我把军军放好。

俩人等着，唐小凤对丈夫说：军军不是你吗？

和我同名而已，我弟弟。邛军道。这时，康静雅回邛军微信：真是不错，大治这活儿干得好！

邛军道：我会转告他，你的赞美。

康静雅：你问问我给他买的书，他读了吗？

这时，门打开，一个二十多岁中等个儿的南方女子，用广普道：你们是边总的领导哇？领导还关心这个吗？

唐小凤没作声也没动，邛军说：打扰你呀美女！是这样，大治是我们同学和同事，我们一个村儿的，我们另一个在广东的同学，想看房子，我帮她拍拍。

嗷嗷……女子含混道，站在门内没动，我没问题，我老公也没问题，但是哈，我们家军军脾气不好，我怕军军生气。

啊，这么巧！邛军说，我就叫军军，我们同名，有缘分。

啊，那……你进来吧。女子惊喜地挥一下手，热情邀请。

邛军走进，女子很快关上门。唐小凤急得在门外跳脚，但没办法，她叫道：抢人哪这是，切！

几分钟后，邛军走出，女子讪笑着道：对不起呀！

邛军客气一番，和妻子下楼，一边给她展示照片，一边给康美发照片。唐小凤和康静雅都夸边大治三室两卫两厅的房子好，邛军说：大治比我强啊！说着，就给边大治打电话，问值班和客人入住率怎样。挂了电话，唐小凤说：你杨钊妹妹明天来，你当面问啊。

邛军听出妻子嘲讽的口吻，"切"了一声。

唐小凤不依不饶：我问你，杨钊的任命，咋回事儿？这是康美出走的原因之一。杨钊比康美小，学历和地位都不如康美，要提拔，应该先紧着康美呀！

杨钊在村集体刚成立时就在干，是第一批元老级人物，她的业绩一直是第一，在建设集团成立前一直是第一，之后也一直是第二，她现在也博士呀。

她是谁的博士呀？唐小凤嘲讽道。

导师康美呀。邛军随口道，切，你这是……

这就足以说明，她不如康美。

但是，但是，邛军犹豫着低声说，咱说私底下话，你别说出去啊，杨钊是刘宏坚持提拔的，我也不便公开反对；当时我提了康美，建议他权衡，人家连理也没理。明白了吧？

哦，这样啊。丧气！这话就说到这里，今后别再提了。唐小凤说，集团要发展，还得靠你这个小嫂子呢。——但大礼包的事情，我细想了下，要慎重。

但你知道，县上对我下达了指标，明年、今年营业额要达到二点六亿，目标责任书已经签订了。邛军道，压力大啊。我明天就给杨钊说，压实担子，如果不发售大礼包而能完成任务，就暂时不冒这险，争取让康美回来，任务就更好完成了。

欲戴王冠，必承其重，我也不知道这样扬鞭催马、唯GDP是论，好不好？

鞭打快牛，各级都需要政绩呀。邛军说，咱在其位谋其事，要以积极的勇敢心态面对。其实，说到杨钊，她的进取心我是佩服的。

还提？唐小凤道，不说啦，回家吧，娃还有作业。哎，娃的上学问题，你有啥想法？还有，我们要不要买房，房价节节涨。你光耍车呢，豪车好几辆，房子就咱那旧四合院到老呀？

我……邛军刚要说话，唐小凤制止道：你不要现在告诉我，你先想想，咱再说。咱一个同学，人家娃去年考上清华了。

这倒是很出人意料，吕建刚当时智力和成绩还不如我，不过复读后自费了个学校。我很纳闷，人家娃咋就学得那么好，他就在西安吧，我得去取经。

这个可以有。唐小凤说，还有，建设集团营业额一个亿，而利润才不到三百万，低于百分之三，你觉得可信吗？

我也觉得奇怪。这今年，利润就跟姬英军要。邛军严肃道，眼露杀机。

第二天上午十点，邛军飞、杨钊带着比他们还高的十四岁的儿子邛青苗，进门来。后面，还跟着边大治、陶会克、姬英军三人，每人都提着大包小包。邛军一见，严肃道：管委会、集团纪委不是发文了吗，纪委书记文明过年也发廉政短信了，不让拜年，咱们微信上都互相拜了，明天我就回去了，你们咋还都来了呢？嫂子你这是带头给我不自在呢啊！

大家都是一愣，连岳父岳母也都不知说什么，房间里只有电视剧《咱们结婚吧》里的高圆圆在说话。片刻，杨钊捅一下前面的儿子，邛青苗赶紧问候：唐爷爷好！奶奶好！八叔八妈过年好！

余如兰忙招呼道：苗苗过年好！快和你爸妈叔叔伯伯坐！

邛青苗木讷地往沙发里走了走，又拉着邛多喜去阳台看风景了。大人们也挪动了一下脚步，但都还站着。边大治哈哈一笑说：大班长，你是我永远的班长，目前带班子真的不容易，你的心情我们理解。爱惜羽毛，刚上来，怕人抓你小辫子。但，我们是给班主任和余老师拜年来的，所以……我临时负起监督职责：今天礼包超过三百的不要留了，带回去，给多喜的压岁钱莫超过一百元。违反的，东西直接交到纪委，按照相关规定办理。好不好？那啥，这也是我的小区，大家都别拘谨了，都坐吧！

唐逝水伸手指引大家一一落座，一边说：啊呀，大家能过年相聚，我和你余老师都很高兴，我俩一个小学一个初中，把你们义务教育阶段全包了。来，我来认一下，这位边大治就不用说了，相声大王嘛，脑子好使得很；姬英军，二班班长么，邛军、姬英军二军齐名，邛军是小凤班里班长，你是二班班长；这位，不认识，你年龄大点，估计我和余老师工作时，你中学早毕业了。

邛军忙介绍说：这是集团陶总，陶会克，是我们财务官、大管家。

陶会克半站起身子，道：我叫陶会克，快退休了。我儿子你带过。

唐小凤怕再引起陶会克伤心和大家不自在，赶紧转移话题：爸，这位美女，你应该有印象吧？

杨钊赧然道：啥美女，残花败柳了。

唐逝水说：这是杨钊啊，王玉成班的大班长，女班长很少，加上你又很漂亮，所以人都记得你，你歌还唱得很好。邛军跟你叫嫂子哩，但你应该比小凤小，你比她低三四级呢。

我75年的，姨夫，马上三十九岁，奔四咧。杨钊笑道，眼里流出迷人光彩。

对了，你这双眼睛一闪，又让我想起来了。唐逝水说，你得是唱过《恋曲1990》啊？

呀，我都忘咧，姨夫。

不要叫姨夫。你唱《恋曲1990》时，嗨，把学校那些年轻男教师迷得，特别是张俊老师，我记得他刚渭南师专毕业，刚分配到单位……那时，我就是邝军这年龄，估计比邝军还要年轻点……哎呀，这一转眼，就……唐逝水突然老泪长流，抑制不住情绪，带泪呜咽道，一转眼二十几年过去咧，人生能有多少个二十几年啊！

啊呀，你是分享大师呀，还是时光老人？余如兰嗔道，小凤快上茶。

邝军飞道：唐老师，您还认识我吧？

你我咋不认识？军飞么。不过，我不是从学校认的你，我是在你家吃饭，你给我敬酒，我才知道教过你物理。

哎呀，可见我的存在感太低了。邝军飞自嘲道。

你知道就好，一天还在家里吱哇。你应该多来唐老师这里加深加深印象。杨钊嗔道。

是的，我看今天是来对了。邝军飞说。

邝军这才将果盘端着让大家一一拿着吃，陶会克抓几个腰果边吃边问：唐老师和余主任最近这段时间，咋没见你俩再回来，度假村变化可大咧。虽然比不上这大雁塔周边，但绝不输于任何一个其他类似的景区。

我从朋友圈看到咧，晚上火树银花，白天车水马龙，冬天青山白雪两相伴，春天里来百花香，夏天万亩花海醉游人，秋日更是胜春朝……你们建设得好哇！我今天要敬各位建设者，敬三位大班长！唐逝水今天兴致盎然、口吐莲花。

唐小凤看呆了，从小到大，从没见过父亲这么高兴，她被深深感染。看到父母两鬓斑斑，她禁不住泪崩，偷偷抹着眼泪；但不争气的眼泪还是止不住地流，她就去洗手间擦把脸，给大伙儿添茶水。续到父亲跟前，父亲说：小凤呀，今天大家能来，是好事，现在十点半了，中午饭，你和你妈是不是该行动啦？

呀，凭什么初中老师陪学生嗑瓜子聊天，小学老师下厨房呀？余如兰笑道，嗨嗨，说归说笑归笑，来，我给咱备饭。平时剩我和你们唐老师俩，我做饭，他家教，分工明确。

呀，唐老师六十七八了吧？退休好几年啦。姬英军说，邝总，中午我们定的粤珍轩，咱们外面吃吧？我们建设集团副总蒋欣泉在饭馆等着呢，这是他给二位老师的薄礼，二百六十七元，我看着他买的。还有，这我红包，我抽得剩一百元，喜多，不，多喜，来，叔叔阿姨发"毛爷爷（一百元）"啦！

大家合起来给一百元好吧。邛军说，让蒋总订好上来，吃饭还早哩。爸、妈，那咱就在外头吃。

在外头吃！唐小凤附和道。唐逝水和余如兰只得说"行"。邛军说：是含光门外的粤珍轩吗？咱十二点半前到，让蒋总来认个门。

姬英军就给蒋欣泉打电话，几分钟后，传来敲门声，邛军去开门。大伙趁此机会，每人给邛多喜一张崭新的"毛爷爷"，邛多喜乖顺地说"叔叔好""六妈好""六爸好""爷爷好"。大家在路上已经给了邛青苗红包，此时，唐逝水给了邛青苗个红包，唐小凤也给了个红包，问：苗苗，你跟我叫啥？

跟你叫"八妈好"。邛青苗说。

大家笑起来，杨钊和邛军飞早习惯儿子的反应，陪着大家乐，杨钊比大家笑的声音更大，儿子的确太逗了。唐老师、余如兰、唐小凤却很尴尬，唐小凤更急得要抹眼泪。只见邛青苗又说：八妈好！我爸妈为六，你和我邛军叔叔为八，所以八妈好、八爸好。

邛军也看得心疼，摸着苗苗头说：苗苗说得对，苗苗真乖，长大咧！

他又给岳父岳母介绍道：爸妈，这是我们建设集团的常务副总蒋欣泉，欣泉，这是我爸妈，小凤父母。

伯父伯母过年好！给大家拜年啦！蒋欣泉抱拳道，我是浙江奉化人，加盟终南山大兴集团四年半了，姬总是我的直接领导。

唐小凤端来茶水，热情招呼：蒋总坐，喝口水！

谢谢唐书记！蒋欣泉接住水杯放在茶几上，巡视着道，那是多喜吧？来，蒋叔叔给你发红包！说着，掏出个鼓囊囊的红包来。

边大治忙拉住他道：蒋总，刚才邛总发脾气啦，不要违反中央八项规定，压岁钱不超过一百，礼包不超过三百元价钱。

蒋欣泉有些为难，更有些疑惑，瞅瞅姬英军，姬英军说：对着呢，大家一视同仁。

蒋欣泉就抽出一张散着馨香的崭新百元钞票，递给邛多喜说：多喜新年好！我儿子和你同岁，也十一岁了。

邛多喜喊声"谢谢叔叔"，并没接钱，而是低头说：爸爸不让我收别人钱。

多喜，这是大人们对你的期望，你要更加好好学习，不要产生骄奢思想。邛军满含希望道。

多喜就接住钱，递给唐小凤，歪头问：爸爸，骄奢是啥意思？

骄奢……哎，这个。邛军一时语塞。

多喜，骄奢就是骄傲自满、大手大脚的意思。唐小凤说，又问蒋欣泉，蒋总儿子在哪读小学？

在高新一小呢，书记。蒋欣泉说。

唐小凤眼神黯然，没再作声。

边大治说：唐老师，学生有个建议，建议您别再做家教了，快七十咧，该颐养天年，休息休息啦！

家教费高得很嘛，我家教挣的钱比我和你余老师退休金合起来还高。唐逝水说，再说，教师有个职业病，说不好听点是好为人师，说好听点是得天下英才乐而教之，不亦乐乎。

哎，我觉得您有这精力，把多喜开发开发。边大治瞅瞅唐小凤和邛军，继续说，得是呀不？咱班里那个吕建刚，唐老师还记得呀不？就是当时元旦文艺晚会，您让他和我说双人相声呢，他笨得一直记不住词儿，最后没办法，我就说了个单口相声，一炮而红哈哈……边大治说得开心笑起来，那是他曾经的高光时刻，唐小凤和邛军眼里也燃起幸福的火花，想起了年少纯情时代。

邛多喜靠在妈妈膝头，顽皮地瞅着大家，用指头点着说：你、你、你，你们仨得意忘形啦！

大家忍俊不禁。

唐逝水道：咋不记得，我带过去的学生，就你们这一届我印象深。

那是因为有你女子女婿哩么。边大治道。

唐逝水咧嘴道：这话说得……没毛病。吕建刚去年夏天给我打电话，说他儿子考上了清华，把我吓了一跳。他得知我在这儿住着，专门带着儿子来看我，让儿子叫我师爷；我说不对，叫爷爷就成。我给了他儿子五百元红包。哎，这都是吕家的造化，祖坟里冒青烟啦！

所以我说，唐老师，你要贡献余热哩，得天下英才乐而教之，不亦乐乎！边大治道，我要是邝军，我肯定把多喜放高新一小，好好培养娃。

余热，余热那不得余老师发挥哈哈。大家听出了唐老师的幽默，却没笑，唐老师继续说，当然，我自会竭尽全力。多喜聪明着哩！

蒋总，咱俩加个微信，我得向你请教孩子教育。唐小凤说，你爱人在哪高就。

就在高新一小，书记。蒋欣泉说，掏出手机，俩人加微信。

邝军说：时间不早了，大治，给康总打个视频，查查岗，看她被哪个广东大老板拐走了。

遵命！我正好要问呢，话说，秦大山是谁？

边总，你out啦，连美髯飘飘的"中国通"秦总你都不知！唐小凤故意开着边大治的玩笑，他呀，是美国大款，你的情敌呀。

唐逝水不明就里，却忍不住插话道：毛主席说，谁是我们的朋友，谁是我们的敌人，这是革命的首要问题。大治呀，难怪你打败仗呢。

呀……边大治激动地拉住唐逝水的手说，唐老师、班主任，您是我二十年前的物理老师、班主任，您现在仍然是我的老师，您将来必定还是我的老师。就凭您这句话，我就该给康静雅打这个视频。说着，拨出了视频电话。唐逝水忘情地将手搭在边大治肩头，边大治亦复如是。

大家都被边大治和唐老师的亲昵举动感染了，余如兰叹息道：不要说她爸妈想静雅，我都想她啦，娃长得好的，人看着舒服的呀！达么①长得好来吗?

大家更被燃爆了，嘿嘿哈哈笑着，杨钊和唐小凤笑得坐不住，就站起来，互相拉着手瞅着大家笑。好一会儿，视频才接通，海风猎猎、浪涛翻滚，长腿的康静雅穿着比基尼，站在一个海边岩石上，长发飘举着说：Hello，"够淫荡"，过年好！我在厦门鼓浪屿天涯海角向你拜年！问候你们！

边大治说：康美过年好！大家都很想你，最想你的是我和余妈妈余老师。你看，我和谁在搂肩搭背?

啊——唐老师！康静雅激动地惊叫，我是不是有些暴露了?

哈哈，康美，你注意安全，别掉海里去。边大治说。

---

① 达么：怎么那么。

唐老师好！康静雅叫道，向您拜年，向敬爱的余妈妈拜年！

边大治将手机往远摆，以便镜头里人更多，大家自觉地朝镜头里凑，又很自觉地给余如兰、邛军、唐小凤让出位子。唐小凤、邛军静静地看着手机屏幕里被海风吹得随时都要飞掉的康静雅，听她动情的问候。康静雅继续说：还有聪明可爱的多喜，干妈是多么想你呀！还有我的姐姐唐美……嗯嗯……康静雅哭泣着，不住抹眼泪，旁边似乎有男子的声音。

邛军看得背过脸去，唐小凤哭道：康美，我也想你，我们大家都想你！

谢谢！康静雅极力控制自己的感情，还有我徒弟杨钊和萌呆漂亮的苗苗小朋友，以及所有班子成员，以及蒋总、军飞，还有……还有那个臭邛军，静雅给你们拜年啦！在静雅此时的意识里，你们代表着家、温暖和过年，代表着青春、童年和纯真，代表着故乡和妈妈！嗯嗯，我特别特别……想……你们！

康静雅又呜咽起来，大家都很难受，邛青苗拿着抽纸一一递给大家。邛多喜不高兴了，噘着嘴道：你们在干什么，大过年的！

半天，康静雅又说：也请你们祝福我，祝福我快乐幸福满天涯！

边大治：祝康美快乐幸福满天涯！你结婚要给我打招呼哩！

大伙都说：祝你快乐幸福满天涯！

唐逝水老泪纵横道：静雅，你怎么样？你要开开心心、平平安安哟！照顾好自己，吃好睡好高兴点，早点回家！

康静雅：谢谢班主任！您是我二十年前的先生，您现在仍然是我的先生，您将来必定还是我的先生。我祝福你！

我也祝福你！唐逝水道。

边大治说：我们在唐老师家，我带你看看家里面。起身拿着手机四处照，照着照着就出门去了。

邛军说：大家上洗手间、穿衣服，准备去吃饭。吃完，咱找个茶馆开个会，目标任务紧得很。

唐小凤瞪一眼说：我和杨钊都约好了，去看房呢。

邛军脸色严肃，突然笑道：那就抓紧啊。

貌似老实，实则奸诈。唐小凤津津有味地骂道，喊多喜穿衣服。

两点半吃完，送老人小孩回到小区，邛军飞带孩子在小区里玩，老人回家午休。其他人去曲江茶馆开会，主要议题是：在不爆炸式发售"大礼包"的情况下，如何完成今年二点六亿的营业额、一千万的利润；康静雅出走后，她的工作由谁顶上去，也就是粤港澳地区业务，谁接替。

目前，粤港澳地区显性业务额，占集团的百分之十，也就是两千万左右。大家认为要尽量动员康静雅回来，如果她不回来，公司要争取和她合作，将这部分业务外包给她；甚至可以和她成立分公司，让她负责。这样的话，按照这部分业务以往的上升轨迹，年终两千五百万的营收、两百万的利润，应该不成问题。如果这个都不成的话，不管由谁接替她，损失都不会小。会议决定，唐小凤和边大治负责与康静雅对接，千方百计争取最佳结果。

不急剧发售"大礼包"而要完成全年任务，大家觉得，可以从如下几方面挖潜力搞增量：搬迁后的九组十组旧村落，可改造为"永远的人民公社"民族山寨怀旧游；依托电子厂，进行工业游；鉴于不少资方想落户五星级酒店，度假村可合作建设酒店兼"秦岭四季滑雪场"项目；继续大打两山一滩万亩花海生态游牌；加强新媒体、网红的引流作用，新开影视传媒公司、勺勺客人力资源管理公司；举办首届关中细狗大赛；引进落户快递公司；开设终南山研学基地；开办有名校参与的终南山二小三小和二中；等等。其中，蒋欣泉提到的开建酒店兼"秦岭四季滑雪场"让邝军眼前一亮，他问：这个体量很大，一个项目都可以完成好几年的营业额，但问题是，能不能算我们的营收？

这个，以往我们的营收市上都是让这么做的，要成立项目公司，一个项目一个公司。不好的一点是，进账要背税、出账也要背税，弄不好我们的利润全被它吃掉了。姬英军说，这几年建设集团的利润率上不去，就因为这个。

这问题要专题研究，杨钊和姬总负责这个事情，陶总也参与。这是咱们的重点工作，重头戏。邝军道。

杨钊急着看房，答应得很干脆。邝军问：大治你这边，有啥亮点？

飞龙安保，今年估计要冒一下，我和王主任的合作很稳定，他在他们新区管委会班子的排名，我看还上升了一个位次。

好，除了老客户，还要开拓新疆域，打开局面。邝军说，影院、影视和传媒广告，这一块的公司你任法人，争取给集团省钱的同时，有所表现。学校的事情，小凤你负责，欣泉配合，看能不能和高新区的学校展开合作或者依托哪个大学，但关键是，还得找金主，指望县财政，我看靠不住。如果这个上马，管委会的业务增量有保证，但利润从哪来，是个问题。

唐小凤笑着说：你把我和杨钊放了，说不定我们看楼盘的时候，还能突然冒出个好办法呢。

大家都笑了。邝军说：我再不放大家，就不人道了，今天才初三呀。对呀，初三售楼部有人吗？

过年度假村营业否？杨钊笑着反问。

姬英军和边大治说晚上还值班呢，大家就散了。

就这样，原定于2014年2月14日情人节发售的终南山度假村"情亲朋友圈'大礼包'"被无限期推迟。因此而带来的，是为"挖潜增量上效益"的要命般繁忙。

边大治比以往任何时候都忙。之前答应的老兵协会年会，因年前没有会议室和客房而推迟到大年初六进行。他作为曾经的老兵，深度参与，结交了好多人，其中有的明确表示要合作。与此同时，他一边推进安保正常工作、开拓新的业务领域、培育新客户，一边与陕西于冬冬传媒老板于冬冬接触，摸底和洽谈《书记不姓穷》电视剧的事情，一边咨询和筹备注册终南山影院公司、终南山影视传媒公司……他深深感到，在战斗中人是胜负的决定因素。老胡已经完全退休，如果边大治精力分散到其他方面，李易刚很难担起全部担子，所以他想再提个副总，可瞅遍所有员工，没发现自己满意的。他一下子头大，这还是成熟的老公司的状况，打算新建的公司，连暂时帮忙的都难找。

是，李易芳很想来干影视，但边大治考虑来考虑去，觉得很难处理这个事。她已经盯着这个事情好久了，还有事儿没事儿找他聊天，给他带小东小西，送剃须刀皮带；他不敢要，因为不能确定最终是否能帮到她，即便能帮，也不能违反八项规定；即便没有这个规定，他现在也不可能占小便宜，他的钱够这辈子用。为避免再生事端，他给李易芳说让你老公杨钊士来跟我说。

很快，杨钊士在一个晚上的十点敲响了门。边大治快要睡了，穿着大裤衩开门，见一个很帅的青年男子双手捧着两本散发纸香、暗白封面、配着花石插图的书，说：表叔，没睡吧？

呃呃，还早呢，瞎看会儿书。边大治说，老侄儿拿的啥？

表叔好学的习惯，全集团，整个管委会、度假村，人人皆知呀。杨钊士白色镜片后闪烁着文雅的光辉，老侄儿给你送上一套书，叫《容斋随笔》。

呀，那要感谢老侄儿哩！边大治心生敬畏接过书，把玩着，自己少年顽劣不知读书，年华老大奔波生计时才爱上了读书，虽说亡羊补牢为时不晚，但总嫌吃力，悔恨不已呀。

老侄儿整天忙的，你也知道咱卫生所这情况不好，我还得去隔壁的康复医院坐诊赚外快……杨钊士坐在床沿说，这些情况易芳都给你说了吧？

嗯……说了。边大治还是盯着书，却没有打开塑封，你喝水不？

不喝，我刚从一楼卫生所上来的。我老婆不想干卫生这一行了，她说咱们要成立影视公司，她想来影视公司，还想干直播、当网红、上戏……

你同意吗？边大治转过脸，盯着杨钊士问。

我同意。

这么乖的老婆，你舍得让在外面跑？她缠着我说想跟我干……边大治说，你知不知道外面是个花花世界啊？咱两家以前住得远，现在是邻居，我比你大十几岁，我上初中快毕业时，你姐才读小学、你才出生，你是黑娃……所以我算长辈，我给你娃把害怕话说前头。

谢谢表叔关心，谢谢表叔为我考虑周全。杨钊士说着，低下头去，踟蹰半晌，才嗫嚅道，表叔，你看我俩一起十年了，为啥没要娃娃，我俩都是正常人啊，身体也都健康。表叔你想过没有？

为啥？

我本来之前和我们班另一个女娃好，但是李易芳追我，我没经受住诱惑——毕竟李易芳漂亮，她现在还很性感迷人——就和她好了，带她回家结婚。但是，但是没想到，那另一个女娃专升本毕业后，来到了咱终南山国际康复医院上班，她对我还是一片真心，所以我们就……现在，我其实和易芳分居已经四年了，我们的婚姻名存实亡……表叔，是这样，易芳比你小十八岁，我不知道她咋想，不管她咋想，她如果在你手底下干的话，你总是有机会的，如果你能娶了她，起码，你下半辈子就不打光棍了呀，表叔。

畜生！你给我滚！边大治举起书，狠狠朝杨钊士头上砸去。

杨钊士一下子被砸倒在床上，又如同一袋粮食样掉下地毯……边大治慌了，想着如果打死人，自己后半辈子就得把牢底坐穿，忙俯身察看，见他头上好好的，并无血迹，就使劲儿喊：杨钊士，钊士……表侄儿！

杨钊士哼了一下，翻身说：表叔，你也太狠了吧。

你好着没？边大治拉他起来，担心地问，打到哪里啦？

我用胳膊挡了下，表叔。杨钊士说，麻烦表叔给我来杯水，谢谢！

俩人又谈了会儿，杨钊士走了。

第二天一早，李易芳就来二楼的一间空办公室上班，算是影院、影视传媒广告公司筹备人员，开始了热情似火、卓有成效的工作。

与此同时，集团的其他工作也有了进展。

唐小凤、边大治反复做康静雅的工作，专门出差广州，劝说她回集团，但她心意已决，最终愿意只保留在公司里的身份，以图业务方便，不会参与集团其他任何事情，甚至不会回度假村来。她近期把父母接到了广州的豪宅，足见她的决心。唐小凤觉得这种合作非常脆弱，随时可能中断，便按照公司商量的统一口径说出第二套方案：成立终南山集团华南分公司。康静雅说可以，她会考虑集团的担忧，并将她在那边的副手柳传娣介绍给他们，说你们可以和她讨论分公司的事情。柳传娣很给力，唐小凤就指派集团行政总监、销售副总监与她对接，积极推进，从速落地新公司。唐小凤和边大治回来的时候，康静雅都没时间来送，但她很抱歉。很明显，她还在别的机构任职。这让唐小凤更不放心了，边大治则悲悯地想：这只小鸟还是飞了。

"永远的人民公社"少数民族山寨怀旧游项目进展最快，是姬英军抓的。那是他们少数民族所在的组，工作好进展，作为姬氏后人，他也有积极性。六十多年前的解放初，那里曾因无耕地而一穷二白，当时的村支书带领乡亲们把艰苦生境变成了充盈宝地，让全国掀起"农业学大寨赶塘坝"的热潮。老支书无儿无女，只活了五十六岁，但他短暂的一生诠释了生命的要义。

依托电子厂的工业游，无须做什么烦琐准备，协调好关系、树立好导引标牌后，直接开展业务线，由行政部总监主抓。

杨钊主抓的五星级酒店兼滑雪场项目，也有了进展。在接触的多个曾追着度假村要建大酒店的金主中，最熟悉的康丹丹是最合适的那一个。她本就有建滑雪场的想法，只因担心说出后度假村抬价而未讲出口，现在好了，双方一拍即合。

她建设滑雪场的目的也很明确，除了日常运营外，还为中国冬季奥运健儿提供训练基地。她老公是大学教授，学地质的，但他与体育总局领导能搭上关系，所以这个项目是有备而来。更重要的是，康丹丹和她老公商量后，最终还同意配合度假村管委会将所有建设费用都通过项目公司，变成度假村的有效GDP，前提是，度假村将土地费打入投资、合股经营五星级酒店和滑雪场。

杨钊拿不准，赶紧给邛军汇报，邛军正在京开全国两会，一时联系不上，等回电话拒绝时，康丹丹已经回西安去了。杨钊心头一暗，硬着头皮给对方打电话，康丹丹说：我们要出土地费的话，资金上压力很大。你等我们商量结果吧。

邛军又让边大治联系王主任，他们也曾有意在终南山度假村建设高端大酒店。王主任仍旧有这个愿望，边大治说出建设滑雪场和配合完成GDP的事，王维新说：配合完成GDP没问题，我们也这么要求合作方，这是new normal（新常态），但滑雪场，我们压根儿没想过，我让团队论证一下，反正老大在北京开会，暂时还回不来，回来后咱再碰。你尿，抽空来西安，我请你坐坐哈。

边大治问他哪天有空，俩人约后天上午在王维新办公室见。

边大治第二天带着李易芳去于总公司，路上，坐在副驾驶座上的李易芳说：边总，谢谢你要我！我最近可能要离婚，因为鲍媛怀孕了。

边大治虽有准备，但还是一惊，问鲍媛是谁，她说：就我那个女同学、杨钊士的新欢。

钊士这娃，从小被惯坏了，把结婚当过家家。边大治道，那你咋办？

我呀……李易芳哭起来，我嫁你，你要吗？说着飞吻一下边大治左颊。

"咯吱吱吱"，车子在雁引路上打了几个弯，最终勉强稳下来，边大治骂道：二球！幸亏是低速、这会儿车又少，否则咱俩估计早见阎王爷了。

抱歉抱歉！真的很抱歉。李易芳说着，埋头啜泣。

十点到曲江，于冬冬召集了十几个人的会议，给他俩演讲《书记不姓穷》项目，而后说：边总、李总，情况就这样，项目很靠谱，邛总很感兴趣。故事讲的是边总你们的事，我们和你们代表情怀，西安新区影视代表国企背书，北京海润代表专业度。二位看还有什么要交流的，我们团队给你们答复，总之，咱们把邛总、边总的心愿完成。李总的话，我觉得到时间可以串个女三号，也是你触电的第一部作品，您这爆棚的颜值，到时候肯定要抢女一号戏的。

李易芳心花怒放，道：谢谢于总！这个剧年底能播出吗？

和李老师的合同，是这么签的。于冬冬说着，拿出个合同，递给边大治和李易芳。俩人看了半天，也不知编剧的来头，只见编剧费是每集十万共三百六十万元。于冬冬笑着说，编剧李冯老师，是张艺谋的御用编剧，中国电影史上票房最高的编剧，当年的电影《英雄》在北美票房雄踞第一长达一周，我们把他聘下来，项目能不成吗？

那和央一的合同签了吗？边大治问，你们公司投多少钱？海润和其他资方的钱，打给你们了吗？

这个……是商业机密，我们已经投了四百五十万，题材在这儿搁着呢，编剧在这儿搁着呢，项目正在有序推进，周期又不长，占不了几个钱。于冬冬说得风轻云淡。

想让我们投多少？边大治问。

最多百分之二十、六百万吧，再多我们也没份额了。于冬冬边说，边把玩着手里的健身核桃，我几个哥儿们还想投，我拒了。题材是你们的，咱们肥水不流外人田。

很好，我尽快和邝总推进吧。边大治说着起身。

别急，边兄，我安排你和咱们美丽的李总中午吃肉喝酒。于冬冬说，我们还有一个很小的项目网剧《淘女郎》，一共一百二十万，我可以留三十万给您，这是项目书。说着，将两个彩打的项目书递给边大治和李易芳。

俩人一翻，都被吸引，李易芳连说"这个好，这个好"。于冬冬吩咐在投影仪上演示讲解，俩人更满意了。于冬冬说：这个，咱美丽的李总，完全可以演其中的一个淘女郎。这个项目是扬子报业集团投的，我从他们那里撬来。欲投从速。

边大治热情地和于冬冬握手，几人去北京烤鸭店吃午饭。

下午，边大治带着李易芳去高新区中信产业园见巴老师。邝军不同意参与《淘女郎》这样玩闹的小项目，他已经和巴老师取得了联系，打算聘任他为影视公司顾问。巴老师目前在出品电影《白鹿原》的那家国企负责投资和题材工作。一聊才知，李冯老师的编剧合同，还是巴老师带着于冬冬去北京签的，但是于冬冬一直没付编剧费，合同估计已失效。巴老师说：《书记不姓穷》肯定是个好项目，但没有推动起来。《淘女郎》也不错，我们愿意投，但需要我们集团批准，我们公司只有五万元资金使用权限。

这时，边大治电话响了，一个做旅游宣传的朋友约他喝酒，他就带着李易芳愉快地赶往唐城宾馆。到时，汪总领着俩美女，正在恭候，他说：伟大的边总，今晚陪咱们三位美女好好喝，房间小唐都给你登记好了。

边大治和李易芳脸都红起来了，边大治说：我们出差呢，自己订。

你的人民币和我的人民币有啥区别？汪总说，伟大的边总，你俩不要脸红，我特意叮咛小唐订了两间房，毕竟男女有别嘛。我来介绍一下，这位美女唐菊兰，二十二岁，音乐学院胡琴表演专业研究生；这位不说话的冷美人儿叫胡姬，是真名儿，长腿大美女，年龄保密。伟大的边总，今晚是你放飞自我的时刻。

三十、奔跑吧GDP

生活在前进，以我们不可预料的姿态。

邛军从北京参加两会回来后，许多事情很快定下来，包括孩子上学。唐小凤不愿让孩子重蹈覆辙，她当年因迷恋邛军而丧失去名校读书的机会，这样的事不能在下一代身上重演，她决定让孩子来西安接受优质教育。正好，她正代表管委会在对接市高新区与终南山度假村的合作，虽然短期内合作难以达成，但孩子转学的事总算搞定。在校长指点下，他们买了靠近学校的学位房，邛多喜就顺利入学了。唐老师夫妇将慈恩大境租出去，俩人搬到高新区，专门看着娃读书。尽管人人都觉得邛多喜聪明，他在终南山小学也经常全年级第一名，但令人意外的是，在新学校的第一次测试中，他以语文九十四点五分、数学九十二分的成绩，进入全班差生之列。这让包括负责外孙学业的唐逝水在内的所有人大吃一惊，他们想不到城乡教育差别如此巨大。面对孩子处境，唐小凤多少有点不服气，转弯抹角问蒋欣泉儿子考了多少，人家灰心丧气地说考砸了。唐小凤仔细打听，他才红着脸说：这小子一个年过得忘乎所以了，给我语文考了九十七点五分，数学差一分是满分，全班名次我们都没敢问班主任。晚上邛军回家，了解到这个情况后哈哈大笑，唐小凤捶打着他肩头、腰窝、屁股问他坏笑啥，他说：可见你的钱摆响咧，给娃转学这步棋走对了，就应该上这学校。

唐小凤恍然大悟，高兴道：老婆好不好？

邛军说好，俩人搂在一起，孩子不在跟前，俩人又像年轻时一样激情澎湃。

无独有偶，邛青苗也来市第二益智学校就读。学校是公办的、针对智障孩子的全日制寄宿学校。为照顾孩子，邛军飞和杨钊在曲江未来城买了房，小区环境超级好，有楼台、亭榭、草地和水，湖光山色，宛如进入山林世界，而其实身在闹市。偌大的房子平时就军飞母亲一个人守着，周末或休假时，杨钊夫妇才会来住，有时把儿子接回家换换环境。这让他们感到很奇妙，自己一跃而变成大城市闹市区的富人。其实，这的确是确定不变的生活真相，通过辛勤奋斗、以诚实手段致富的他们，的确比百分之九十五以上的城里人还要富，杨钊不算奖金年薪四十万，邝军飞一年赚个百十万。唯一遗憾的是，由于二人当时没有备孕意识而怀了苗苗，这苦果，只有自己吞。他们所能做的，是尽量给孩子提供良好的康复和教育条件，弥补内心的亏欠。本来，他们是可以要二胎的，但目前已是博士、国企集团正职领导的杨钊在心里有点看不起农民小老板邝军飞，所以不愿意再要孩子。加上她这几年工作压力大、学业繁重、人际交往应酬繁杂，一时也分身乏术。以两人现在的心境，娃将来能独立生活自然好；若不能，他们养着就是了。城里那么多人养猫养狗养虫的，难道苗苗还不如猫狗虫吗；他长得帅气，还孝顺，比猫狗虫强千万倍了。如此一想，两人反而释然，箍在头上的紧箍圈一下子崩断。而他俩的夫妻相处之道，也很特异，属于"两不管"，不干涉对方与其他异性的来往，夫妻生活也没断。如此，反而波澜不惊，彼此都轻松。

俩孩子都进城读书，四个大人解放了，干事业倍儿起劲。

高级酒店和滑雪场项目，有了进展。西安新区已彻底放弃，边大治那天上午见王维新，人家当场给话：主要领导对滑雪场没想法。所以，只能指着康丹丹和她老公了，而且时间这么紧，已是四月，要赶着完成今年的任务特别是上半年的任务，就得自己让步。邝军赶紧放低姿态，以优惠价笼络人家。康丹丹就拉着老公林教授，查看地块，整个终南山度假区已经相当成熟，康静雅当初所有的规划都圆满落实后，邝军还给两山一滩种上了花草，还在鱼嘴梁和旧砖厂上安置了搬迁洋楼和高科技企业，深山里面今年又增加了"永远的人民公社"民族山寨怀旧游，更有这几年因为生态文明巨擘而造就的秦岭绿色屏障的护佑，外人第一次来这里没有谁不惊叹这是世外桃源、人间仙境的。但又距离现代生活这么近，就业、交通、医疗、养老、教育又都如此方便，所以人口在剧增，现户籍人口已达二点九万，楼价赶上了西安长安区。林教授是第一次来，非常满意，行动便加快了。

杨钊陪着他们，转遍了山里山外几十公里的地方，林教授看上的却是汤玉湖玉山脚下的一块平坦地段。杨钊暗叫不好，马上说：林哥哥，汤玉湖是终南山度假村的"园中园"，已经被南方老板、同样姓林的人买去了，合同期三十年。

林教授和康丹丹连叫可惜，杨钊说：二位再看看，其他区域你们再看看，只要是轻资产的，比如帐篷、蒙古包、破房子、大树，我们都可以舍弃，一切为你让路。终南山镇原塘坝村之外的地方，也可以跑跑。

林教授摁一下鼻梁上的黑边眼镜，儒雅地说：年轻有为的杨博士杨总呀，你有所不知，冬奥场馆、训练基地，就要在"园中园"呀，如此有山有水、幽静之地，负氧离子高，训练效果才能保证，我们的运动员才有可能与世界高手一较高下啊。

可是，这里旺季人喧马叫、冬季风雪载途，你酒店的生意咋保证？杨钊好意相劝道，而且不是我给您说害怕话，当初建汤玉湖景区的时候，秦岭生态保护办就嫌景区对玉山损伤太大，在这里专门装了水文和环境测评监控仪器，您看看。她边说边玉指一指，指向发着红光的监控仪。

这样吧，老林，康丹丹道，钊妹子是自己人，能弄她肯定给你弄……

一句话说得在场的人哈哈大笑起来，康丹丹说：话丑理端，就是说，在这里投钱她替你我心疼银子。我看，这个作为备选吧，钊妹子和南方林老板沟通一下，看他松口不，开多少价。另外，我们再选一个地方，尽量稍微和山体有点距离，说实话，秦岭山都是石头，你动工就要凿山，那得钱宽敞。

这大家都知道，别处是建房后广植花木，到此则相反，要盖房舍，非砍树整地不可。但国家又不让破坏生态，所以接下来找得更艰难，杨钊给他们推荐解放战争的一处战斗遗址，康丹丹很感兴趣，但她老公摇头，说：我可不敢和革命先烈争地盘。一行人又花了几天时间，几乎踏遍终南山镇八十多万平方公里的地域，经过比较，林教授才又将眼光挪回到度假村小范围内，勉强对着山口老庙下面的一块平地点了点头。这是片峪口喇叭形的东侧灌木林，三面环绿，朝北俯瞰整个度假区人口密集地，已有商业喧嚣的味道。林教授说：为提高负氧离子，北侧将来要造个绿植环岛，还要建造小湖，里面埋设喷泉。不过这里有个好处，就是将来的楼顶滑雪场产生的废气，不会影响山体植被，中间有段距离。这……贼不打三年自招哩，我三天就招了哈哈，关键杨钊太美了。

哈哈，叫兽（教授）终于原形毕露了。康丹丹嗔道。

那，林教授，汤玉湖里面那块地还要再问吗？杨钊道，林老板还在国外呢，咱等不及呀！

呀，我投资十几个亿的项目，等他几天又何妨。你说嘞钊总？林教授说，咱们国家要申办2022北京冬奥会，材料已经交上去了，国际奥委会及专家正审核着呢。我其实是为体育总局考察场馆呢，所以要慎重。你先问个大概，无非是钱多钱少的事儿，我这里得一百五十亩，多少钱，你和邝军商量好；那里我要一百一十亩就成，多少钱，你和南方老板也问好。明早给我消息。OK？

杨钊和几方面沟通，邝军又和新来的县委书记沟通。新书记姓苟，苟书记很高兴，也很重视，要求见投资方。杨钊和邝军又领着康丹丹夫妇去见苟书记，以免弄上半天，县委书记还不同意。事后，据康丹丹口风，苟书记可能还想得到点什么，邝军忙给书记说明情况，说这里牵涉到秦岭县近二十个亿的GDP，书记才与康丹丹勉强达成意向。然而，南方老板一时还回不来，可报价是出来了，不高不低，让林教授难下决心。

一磨蹭，又一个月过去。事情耗费了很大力气，却进展不了，邝军和杨钊都很灰心。

直到2014年，中央关注秦岭北麓西安段圈地建别墅问题，林教授才放弃了"园中园"想法，专心和苟书记沟通，最终在5月19日双方签订合同。由于苟书记的掺和，实际成交价便宜了五十万元，邝军在心里骂娘，但没办法。好的一点是，苟书记比邝军还急。如此，上下齐努力，6月6日第一笔投资款零点九亿元打到了项目公司账户。邝军大松一口气。

大家弦紧绷拼业绩，加上终南山二小和一中的投建、电子厂二期投产带来的营业额的拉升，这年下来，这种经过调整的、集团粗口径营业收入竟高达三点九六亿元，利润突破两千万，增长双双超过百分之五十。飘红的数字让苟书记对邝军的保留态度得以改变，县上努力协调市上，将终南山度假村升格为终南山度假区，明确定为副县级单位，设两名副县级领导。邝军被任命为副县长，杨钊被评为省级劳模，增加了终南山度假区管委会副主任的新头衔。但诡异的是，管委会主任的位子已经空了一年，还无人补缺，按去年的动向应该是唐小凤要上，但任命一直未下。这有一个尴尬之处，村集体企业初创时期无可避免地有同族同一家庭人的鼎力推动，可当它一朝长大而成为副县级单位时，原来的核心人员的发展空间就要受限。这是因为，按照组织原则，同一班子中不能出现来自同一家庭的人员。这个雷，一定要避。但无论如何，终南山镇的各项事业在持续发展，各级各类干部职工收入都大幅增长，度假区继续保持着高歌猛进态势。

随之而来，更高的经营任务被下达，2015年，县上给度假区下达的任务是营业额九个亿，利润三千五百万。管委会给集团分解的任务是：营业额七点八个亿，利润三千万。杨钗说：哥，你要我命吗？

邛军苦笑着说：嫂子，管委会下面就一个终南山大兴集团，其他都是空架子。

咱得找书记去。

邛军说：嫂子，压力你我都感同身受。要去你去，我这还为唐小凤调工作的事发愁哩。

杨钗还真去了，结果，没有结果，各种经营指标无丝毫变动。

但杨钗岂肯空手而归，她争取到了个特别的项目：终南山革命陵园。项目地址大家肯定猜到了，就是杨钗曾经给林教授推荐过的战斗遗址。陵园投资七千万，资金主要是上面给，苟书记答应可以计入营业收入。项目建成后，无疑可以大大提高度假区的品次。从各种角度考虑，这都是个亮点。

其他的，得大家咬牙顶着干。引进外资、扩大投资，成为主要措施。好在，随着度假区头衔的到来，人口在剧增，户籍人口已达三点三万人，住房问题异常突出，于是商品房的建设势在必行。苟书记很支持这项工作，四月份引进碧桂园，在三千亩向日葵的"花芯"规划了花海田园名邸楼盘，一期资金已进入二点二个亿。这块地的出让，让邛军的心如同打孔般难受，花蕊儿上造钢骨水泥建筑，彻底破坏了度假村的规划，犹如姑娘脸上长疮癫；所以他要价很狠，态度坚决，几乎没有商量余地。孰料，开发商以为有别家在屁股后面撬，反而更上杆子了。

半年经营指标下来，邛军很欣慰，时间过半、目标过半啊。紧跟着，人事有了变动：邛军被增补为县委常委，杨钗被任命为终南山度假区管委会主任，副县级；唐小凤调任秦岭县住建局局长兼党组书记，试用期一年；原县文体广电旅游局副局长安广虎，被任命为终南山度假区管委会第一副主任，终南山大兴集团专职副书记。上级还派来了专职纪委书记，叫郭凯。

上半年工作既有很多亮点，也有表现拉垮的地方。康丹丹的终南山云顶大酒店和冠军四季滑雪场项目，由于广东大老板对项目吃不准，致使今年的施工推进和资金进入异常迟缓。

再一个，边大治负责的终南山影视集团，包括万达秦岭影院、万千百花影视传媒公司，其自成立以来只投资过一部综艺《两天一夜》，累计营业额尚未超过三千万，利润至今为负一千二百八十六万元。这个项目成为集团少有的负资产、包袱，边大治的压力很大。但值得一提的是，李易芳负责的影院公司，已在微弱盈利，她还鼓动着边大治成立独立的传媒公司，说那将主要是做赛事、搞直播、培育网红。二十九岁的李易芳已经是粉丝八万的网红达人，她还是影视集团副总、影院公司总经理、影视公司副总；而边大治是她顶头上司，三个机构的法人。由于一直没做起来，影视公司只有四个员工，影视集团的员工主要在影院公司，影院公司十八个人；加上边大治主要精力在安保集团工作那边，所以影视集团主要是李易芳的天下，员工只知李而不识边。

边大治和李易芳的关系也很微妙。李易芳已离婚，因为杨钊士和鲍媛的儿子已经能走路了。很奇妙，李易芳对边大治竟是真心的，尽管俩人年龄相差近二十岁。二十八九的李易芳无孩、单身，浓浓的轻熟女味道令人倾倒，在某种程度上，她比未婚女子更有市场，何况她现在是国企高管、网红。觊觎她的人很多，正经想和她处对象、结婚的也不少。现在度假区是个县城规模，常住人口中有公务员、警察、事业单位人员、国企外企私企员工，甚至还有国家部委的公务员——国土资源部在这里有个水土监测点，有两个驻站小青年；更多的是私营老板。所以，李易芳的市场是很广阔的。水土监测点一个二十九岁的男子是中国地质大学毕业的硕士，参加工作不到三年，他疯狂追求李易芳，还找边大治说媒。边大治问：你在这里结婚，打算在这里干一辈子吗？

也可以。小伙儿说。

边大治为李易芳考虑长远，就找她正经说这事。李易芳道：边总，你不要我，别没事儿把我往别人怀里塞。你是没自信还是没能力呀？她说着气笑了，背过脸去扯泪。

李易芳离婚后，边大治曾认真考虑过俩人的关系。唐小凤邝军也知道了，李易芳的哥哥李易刚也知道了，前者乐见其成，催边大治早下决心，唐小凤甚至说这娃比康静雅好，你艳福不浅；后者也没反对，没反对就算默许吧。边大治也的确有一种迫切的需要，自从汪总那晚"祸害"他后，他这种生理需求就更加迫不及待。他现在每天坚持环度假区跑一圈，感觉身体就像二十几岁一样，随时都可以启动，对女人的欲望更强了。这个世界，除了康静雅，他终于有了第二个可以考虑结婚的人。要结婚先恋爱，目标就在眼前，是活色生香、善解人意、情意满满的大美人儿。

离婚后，李易芳经过短暂沉默，终于再次向边大治发起进攻，她经常在晚饭后和边大治一起环度假区跑步，由此带起终南山环岛跑热潮，此事件上了热搜。跑完洗澡后，她喷上淡淡的香水儿、穿上薄如蝉翼的短衣，便来到他房间，看他读书，给他添茶倒水送牛奶，美其名曰"红袖添香"。边大治喜欢狗狗，她就给他买了两只白色的俄罗斯玩具犬，边大治很爱这两只狗，叫它们多吉、多利。

暮春的一天晚上，夜跑回来，边大治照例夜读，房间流淌着汪峰的《勇敢的心》，多吉、多利在桌上抚弄书页。李易芳轻轻地叫声"叔叔"，递上一瓣猫山王榴莲，边大治猛回身，一下子抱住李易芳问：哪里的香，这么香！

里面。李易芳颤抖着说，躺床上。边大治一下脱光了她，也脱光了自己，俩人抱一起，狂亲、扭动、叫喊，就要进入。这时，李易芳呻吟着问：那晚，你和小唐有没有？

呃……这个……边大治翻过身去，用被子盖上自己。

李易芳一惊，呢喃道"嘛呢"，见他没反应，只好穿衣走人。

边大治眼前一黑，一团黑漆涌进了他脑袋，让他不仅漆黑而且脑死，昏睡过去。多吉、多利见主人不省人事，忙跳上床，一左一右在他脑门上乱拍，一边发出"呜呜"的哭泣。边大治终于被拍醒也被吵醒，他同时听到手机铃响，忙起身抓起手机接电话，对方很警惕地说：边总，有人卖淫，在玉山旮旯招待所。

哎，这归派出所管啊。边大治说。

不是原村上核心区的这片，划归集团安保了吗？

来者不善，是知根知底的。的确，由于警力的欠缺，今年以来一部分原归治安警察管理的区域，暂定让安保集团协助警方负责一部分工作，至于协助什么协助到什么程度，得在具体工作中摸索。边大治就说：知道了。挂了电话，他给李易刚打去，命令他立即行动，务必捉奸捉双、人证俱获，但不要走漏风声。

他穿衣走出房门，走在度假区滨西大花园旁，等待着消息。夜来香发出清幽的香气，夜莺唱出山歌，他全没注意到，而是陷入沉思：这样的事肯定早就有了，某些时候国营酒店营业额下降，而私营客房逆势爆满，就是明证。之前没接触过这部分工作，所以不了解。但为何之前就没有曝光呢？很明显，是为了维护和营造良好的营商环境而被压着了。想到这里，他赶紧给李易刚打去，对方说：已经笔录结束，男女都承认了。下一步咋办？

诫勉谈话，让不要再犯，再犯就要重罚、扭送看守所。留下身份证复印件和联系方式，让走人。注意保密！谁说出去开掉谁。边大治说，你过来一下，我在西边大花园。

两人见面，边大治才知，是玉山旮旯招待所女老板池桂花和外地一个四十二岁男子做苟且之事。打头说，池桂花也是外地人，三十三岁，是边大治在西安韩森寨认识的鞋匠的女儿，人很端庄，经边大治介绍而嫁给了胡小宁，即胡小燕的小弟弟、老胡的小儿子。胡小宁在建设集团渭南分公司当副总，今年以来公司在合阳施工，五一放假都没回来，而池桂花因为经营招待所和一家农家乐，还要带五岁的女儿，也无暇探亲。这样两地分居，池桂花耐不住寂寞就与客人做起交易。李易刚查她时，她还揭露说哪家哪家招的大学生卖呢，李易刚问边大治：这咋办呀？如果就此打住，给报警的人咋回复。

只能加强突击检查，不要让其成为公害，村里还住着未成年学生呢，不要让它太显眼，更不能祸害幼女。边大治说，按程序，得给报警人迅速回复处理结果。

李易刚还在值班，就走了。边大治回房间，刚要熄灯，多吉、多利双双仰面对着门发出轻短的锐鸣，接着听到敲门声。他问谁，对方说她是池桂花。边大治隔门说：情况我知道了，你不要重犯了，否则，我给你爸都没法交代。

叔，你开门，我给你说句话。对方坚持着。

边大治就穿好衣服，将门大开，让其进来。狗狗吓得钻进床底，池桂花头发凌乱，但颜容、体态依然诱人，她哭泣着说：谢谢你开门。我给你抹黑了！

边大治站在桌边，道：喝水不？

池桂花摇头，沉默片刻说：我就是给边总说一声，我也是正常的女人，也有欲望哩。

我知道，但是桂花，咱要正常对待哩，何况你还有老公娃娃呢。边大治说，我47啦光着哩，那我也没干啥没名堂事情呀，我手下也有美女哩，你听着有啥不好的风声了吗?

边总你是超人……你纯粹不是人。池桂花嘟囔着。

桂花你想说什么?边大治厉声问,干下这号事,你还有理了你?你干的事情,能摆上桌面不?

我错了边总。迟桂花说,谁举报我,我知道,这里面有事哩。

边大治气得坐在椅子上,指指另一把椅子说:坐吧。

原来,池桂花有个邻居,叫姜德贵,是个老光棍,今年六十四岁。此人年轻时因不检点而成不了家,但他在村里制造的绯闻却从未间断,如今坏人变老,仍花心未改。他利用池桂花外地人不摸情况的机会,不断帮她做事,俩人就有些接近。去年夏天,老姜将池桂花叫到他里屋,让给他补衣服;结束时他突然拉住池桂花不放。池桂花竭力挣脱出来,给丈夫打电话,胡小宁让报警,姜德贵被派出所关了七天。从此,姜德贵乖了许多,而池桂花更加小心,没想到还是被举报了。

边大治听完叹息一声说:既然有恶邻,你更要走得端行得正。

我记住咧。迟桂花说,但是,我担心这老汉用这个要挟我,逼我满足他。

这个,咱共同防范。边大治说,这家伙身体还不差,让小宁带着去工地,哪怕看摊子也成。

人家家里现在也开了宾馆,离不开,也不差钱。

那你就想办法,把关系搞好。边大治说,时间不早了,咱有空再交流。

池桂花愣怔一会儿,转身离开。

已是晚上十二点钟。边大治怎么也睡不着,他为池桂花想着办法,想得脑袋疼,也没个好办法。他又想到康静雅,她再没有回来,连她爸妈也没回过家;她已经辞掉在这边的许多社会兼职,据说连交大的房也交了。好在,终南山大兴集团广东分公司的业务很突出。年会时柳传娣回来,他问候康静雅,并问其结婚没,她说没结。边大治就很难过,也很期待,觉得他和康静雅的恩恩怨怨还没完。他就去看康静雅的微信朋友圈,动态定格于2014年元月二日,他给她点了个赞,流下泪来。他觉得他还要做得更好,才可能对得起康静雅,虽然他俩什么也没有,什么承诺也没有,但他是这么要求自己的。那么,他要怎么做才能更好呢,长久以来他隐隐有一种奢望,就是能踏入作家行列,今晚这种欲念更强。

对，他决定了，要写书，写长篇小说，当作家。

他也想到李易芳。几小时前，他决心要了她娶了她。他从没想到他有这么幸运，能娶小自己近二十岁、心意相通的美女大学生，但娶她好像已水到渠成，没任何阻力。几十年前他追康静雅，都让人觉得这娃脑袋叫门夹了，十几年前他若向康静雅求婚，人们会觉得他疯了；几年前，他要能结婚娶个女人，哪怕是二婚女人，人们都会为他庆幸；现在，他如果打算和康静雅结婚，她爸妈的态度也还是个问题……但李易芳的事，所有的关口全过了，包括他哥她本人双方父母，都同意。他自个如果同意，他就会成为人们眼中的奇迹。他是明星大款吗？他是高官富贾吗？他是社会杰出人物吗？都不是。可他能办到上述这些人能做到的娶年轻女人的事。他多牛！所以，李易芳，就是上天可怜他而给他的一个宝贝。然而，这宝贝他还是错过了。

当然，他不可能忽略李易芳的疑问。那么，他和小唐到底有没有？

那晚，似乎人人都喝大了。散场后，汪总让魔鬼身材、明眸皓齿、热情似火的唐菊兰送他，让胡姬送李易芳去宾馆。一到房间，唐菊兰就把门一关说：边总，听汪总说你也不小了，你比我爸还大，妹子陪你你不吃亏吧。

你说笑了。边大治似乎清醒了点，去洗手间吐。唐菊兰不由分说地替他脱了衣服，放水，俩人洗澡，而后睡去……

凌晨，唐菊兰起床要走，边大治给她五千元，并说：拿着吧！汪总不会知道的。

不用，您再休息一会儿。唐菊兰闪身出门去。

那天上午他和李易芳去见王维新，王维新直夸李易芳好，并问愿意来西安上班吗，李易芳摇头。回去的路上，汪总打电话：伟大的边总，昨晚休息得咋样，让小唐给你发个合同，咱们争取合作一把，把你们景区宣传宣传。

边大治问多大合同额，对方说二十五万，边大治说OK。

就这样，连续两年共花五十万，汪总的DM杂志上每期都在变着花样宣传终南山度假区。他的杂志叫《全域旅游》，据一个朋友在澳洲旅行时拍的照片，宾馆里真的有终南山度假区的宣传图文，其他国内各地，就更不用说了。其宣传效果，边大治还要感谢汪总呢，但汪总后来还约他去喝酒时，他都借故推托了。

2015年进入下半年，度假村迎来了新机会。

7月31日，北京脱颖而出，成为2022冬奥会和冬残奥会举办城市。即将成为"双奥之城"的北京，令中国和世界兴奋，也令林教授和康丹丹兴奋，更让终南山度假区热度狂飙。很快，八月上旬，康丹丹就向云顶项目公司打来四亿元，加快项目进度。南方的林老板，还带领十几个人的团队，专门考察了度假区和陕西的投资环境，并向苟书记提出了依托秦岭做事情的设想。苟书记连忙摇头，说现在上面有要求，谁也别想眼盯着秦岭北麓了。但无论如何，在时间刚过半时，度假区和终南山大兴集团年度任务已经胜利在望了。

另一利好来自人事变动。唐小凤去住建局后，按照苟书记"抓住楼房这个GDP"的要求，先后在县城西关、县城东关、白鹿镇、终南山度假区开发了四个楼盘，书记很满意她只干工作而不谋私利、不乱讲话的优良作风。终南山度假区的楼盘项目地址在玉山万亩薰衣草中心，叫薰衣草庄园，是一家央企操盘，计划两期完成，首期投资三十一个亿，打造类似唐顿庄园的高端别墅。国庆前，第一批资金打入五个亿，宣告终南山度假区全年任务提前一季度超额百分之二十二点一完成营业额，利润超额百分之四十完成任务。

邛军瞅准时机，打算适时进行度假区内涵发展，打造现代化度假区。他们再次翻新道路、路标、标牌、房屋外装饰、高标准公厕，压实河长、湖长责任，压实安全责任，清扫黄赌毒，扫黑除恶；投入五千万给影视集团，让小额度参投优质项目，推动《书记不姓穷》"五个一"项目，即五年内完成关于"书记不姓穷"的一首歌曲、一本书、一部电影、一部电视剧、一部纪录片；作为奥运火炬手，他将度假区发展和"绿色低碳冬奥"捆绑，专门在北京人民大会堂做了发布会；向甘肃贫困山区捐款一千万；给村上六十五岁以上老人发养老金，给全区各级各类教师发放五百元慰问金，带着他们去北上广旅游；各级公司组织各类团建，将员工福利搞到位……

到了年末，度假区只把十月底以前的业绩上报，作为全年经济指标。结果是，全年营业额十一点七九亿元，纯利润四千八百六十五万元，分别超额完成计划指标的百分之三十一和百分之三十九。其他盈余的，准备迎接县上的新一轮任务挑战。

放眼2016年，邛军从宽估计，即便是县上指标翻番，他也会应对自如，因为有云顶、花海田园、薰衣草庄园、电子厂三期、新学校等的强力支撑。可令他万万没料到的是，县上还真下达了一个翻倍的任务，而且是不止一倍，要求度假区年营业额二十五亿元，纯利润七千四百万元。事后才知，苟书记正在和西安新区书记竞争副市长，据说因为秦岭违建事件，市上许多领导都将位置不保，处于郊县的他机会反而来了。

面对这个天文数字的GDP，全体度假区人，哪怕是普通员工都没有慌。这些年来，他们什么大风大浪没有经历过，然而，任何困难和重荷都没有让他们退缩，相反，他们都克服困难创造奇迹，以胜利者的姿态傲然面对世人。大家都看着邝军，他们的领路人，他们的旗手，等着他发令。

元旦前，管委会连开了三天经营分析和明年目标任务会议，挖潜增量的结果是，无论如何，都达不到县上下达的目标。邝军和杨钊就去找苟书记，苟书记把水杯往桌上一蹾，说：邝总，我那指标的确得得有点狠，但也是有依据的，你要虚实结合、走内涵发展路子，更加起模范带头作用。蹦一蹦吃果子嘛，机不可失时不再来，咱们都要努力努力，再努力。你和杨钊，今后的路儿还宽着呢，你们替我苟某抬轿，有什么机会，我都会想着你们的。你们呢，要本着对自己负责对单位负责对历史负责的态度做工作啊！

俩人灰溜溜返回，路上，杨钊问：哥，你觉得咋个相？

压力大，但是苟的话说得对着呢。不能打仗，你占着位子干啥呢。

哥，你可真是帅呆了！杨钊说。

仿佛时光倒流，邝军似乎又看到那个二十年前给他当小助理、筹备鑫隆苑大饭店的女孩儿，于是说：你还很年轻嘞！你还记得咱们筹备我那鑫隆苑大饭店的事情吗？

咋不记得！都是因为你，我才干到现在呀。谢谢哥！

谢我啥！我也是靠你支持哩，是你自己能干！邝军真诚地说。

真的谢谢哥！杨钊说，只是，现在单位里，有真心干的有不真心干的，贵党里面还有许多掌权的贪官，把人心累的。

邝军没再说什么，心里很难受。一会儿，他才又问：除了任务指标，你看看咱度假区，还有哪些漏洞风险？

新纪委书记上任，就看能不能揪出漏网之鱼来。有些话咱不好说，说不定人家打着你和我的旗号干坏事呢。

还有呢？

再就是，带色经营，汤山上的酒店，里面有小姐呢，私人招待所，也有。杨钊说，这个你也清楚吧。

呀，怪我，去年本应该有机会把这个一网打尽，现在看来是除恶不尽呀。去年我们有存量，可以回转，今年逼得咱只能多拉快跑了。邛军说。

俩人都沉默了。一会儿，邛军又问：你觉得大礼包项目能上吗？

现在可以了。现在我保证，没有任何一个人反对。杨钊极其肯定地说。

你师傅呢？

康姐呀，我估计她也不会反对。杨钊说，你看看啊，大礼包，充其量发个两亿，而我们目前的项目，五十亿的都有，小巫见大巫了。要发的话，下半年开始吧，上半年我们先试着蹦一蹦，看能不能吃到果子，嘻嘻。

俩人都笑起来。

由于有去年十月份后的提前存量，上半年还是实现了时间过半，目标任务过半。苟书记在半年经济工作会议上，点名表扬邛军和杨钊，并宣布杨钊下半年到市文化旅游局挂职锻炼的消息。这让邛军措手不及，度假区现职干部里面能打的不多，康静雅、唐小凤、杨钊一走，几乎将终南山大兴集团给掏空；马煜明也调到了县民族宗教局当局长，换来了省发展和改革委的一个挂职女处长，经常不见人。姬英军按理说应该要担起担子了，但是纪委正在查建设集团，估计不会有好果子，他的工作已经受到影响。好在有蒋欣泉顶上来，建设集团的利润反而上来了，这更证明了大家的猜测。边大治由于不是党员，加上影视集团效益一时难以显现，所以职位一直原地踏步。目前，影院收益稳定，影视公司也盈利了，但是规模太小，《书记不姓穷》歌曲已完成，书交给巴老师在做，纪录片在有序筹备，电影、电视剧已经开机，就看看年末能不能上映，中影和央视也参与了，希望还是很大的。安广虎倒是有职有位有权，但机关单位下来的文人，总是不接地气。

面对困境，邛军还是和二把手杨钊沟通。杨钊说：哥，我觉得你还是要下沉下去，冲在第一线，然后发现和培养干部上来。

即便我下去，也感觉撑不起来。邛军实话实说。

这局面也不是一天两天形成的，平时要多设副职，培养他们，关心他们成长。杨钊说，还有一个办法，我说了你不要骂我。

没事儿，你说吧。

就是……跑。杨钊说，低下头去。

什么，跑？邛军惊问，跑哪儿？跑得了和尚跑不了庙啊！

铁打的营盘流水的兵，你不可能一直立于不败之地，也不可能一辈子守这里干啊哥！你都副县级了，按理说要全市范围内调配才对啊。

你说得对，但我感觉我就是个村长，不想去别的地方。邛军真心说道。

那，你觉得咱们度假区能一直高歌猛进吗？杨钊说，我们的发展模式、发展质量、发展路径、发展速度甚至人员都不由我们控制了，我们怎么对速度负责，怎么对质量和效益负责，怎么对结果负责。一旦结果出问题、达不到上面的预期，上面会换人，你想到了吗？我跟你说，你的村子已经不是你说了算了，哥。

邛军被深深震撼，一时无语。

你不坚强，没人替你勇敢。杨钊继续低沉地说，哥你考虑一下，完不成任务其实也不要紧，千万别出大差错！

杨钊说着就出去了。

为冲击全年目标，在杨钊离开前，管委会召开"2016半年度表彰会暨全年目标再动员再确认再部署再出发工作会议"，决定自8月8日起终南山大兴集团的"大礼包"项目正式在全网发售。消息"不胫而走"，群众和消费者挤破头购买，出现了抢购狂潮。王维新找边大治，想给自己和他大舅子弄几十个大礼包，结果边大治也没办法，只给弄了十多个，王维新又找杨钊，杨钊满足他。

消息被澎湃新闻爆出后，有海外的朋友甚至求着广州的康静雅抢购大礼包。两年多来，康静雅第一次主动打电话给邛军，苦苦劝他收手。邛军并没有意识到有啥不妥，相反，他觉得自己打了手漂亮牌，因为有那么多官员都求着他买大礼包，那么多媒体包括大报都想采访他而被低调的他拒绝。他不能理解康静雅还活在两三年前的世界，她为啥不换个眼光看问题，俩人理念差距很大，邛军没听几句就挂了，气得喘不过气来。平复下来，他又打电话过去，邀请康静雅参加"大礼包"项目正式发售和国庆假期举行的电视剧封镜发布会并致辞，被拒绝。

"大礼包"项目正式发售发布会如期举行，由于邛军的光环，由于有县委宣传部、县发展和改革委、旅游局等多部门出具的红头文件，更由于有省发展和改革委、省文化旅游厅、市文化和旅游局等领导站台支持，此后，不仅本省，而且甘肃、河南、山西、四川、黑龙江等多个省份的消费者也陆续赶来购买"大礼包"。礼包项目滚雪球般越滚越大。

10月6日，电视剧《书记不姓穷》如期杀青，省市县区四级宣传部门都来了主要领导出席发布会并讲话，影视界朋友也都来助兴。接下来，项目进入紧张的后期剪辑中。为消除秦岭违建负面影响、宣传"绿水青山就是金山银山""共同富裕""民族团结"思想，相关方面做了工作，央视一套将该剧列为2017年度开年戏，将于元月一日播出。

但一连串的"黑天鹅"事件，让人提心吊胆。

就在杀青发布会举办的当天下午，纪委带走了姬英军。传言说邛军也被请去喝茶，但无人证实和证伪。度假区尽量封锁消息，放大正面宣传：电影也已封镜，进入后期制作中，开始各种宣传；剧的宣发进入关键阶段，边大治带着李易芳参加秋推会，持续发布消息，并将电影和电视剧的片花不断在网上发布。电影里的女三号和剧里的女四号扮演者李易芳，粉丝已经疯涨到一百二十二万。她现在是影视集团总经理，而边大治是董事长，她出演的女四号，其实就是剧中的影院董事长。由电视剧电影拍摄而留下的现场，已被开发成新的旅游景点，成为新的经济增长点。度假区更加内涵饱满了，终南山的秋天依然火爆，而第三季度数据显示，度假区和集团均跑赢年度任务指标。

到了十一月，陆续有消息传出，说市上更多更高的官员被请去喝茶。十二月初，最后一只靴子落地，市委书记易人，南方来的新书记上任，度假区似乎又有了新机遇。而事实上，由于重大项目的惯性，度假区年度各项任务均完成，但邛军深感：火箭式飞速发展已难以为继，任何越外要求，都将成为压断骆驼的最后一根稻草。

此时的度假区多么需要好消息呀，比如《书记不姓穷》的播出或上映，哪怕是巴老师的书出版上市也好；然而，事情已经起了很大变化。像一个寓言，央视一套的开年戏是年代反腐大剧《于成龙》，让贪官们看得瑟瑟发抖，也让度假区人心里一凉。

根据北京制作方意见，电视剧改了名字叫《踏遍青山人未老》，最终于二月中旬上了两个卫视和一家网络平台。这让边大治扬眉吐气，因为不仅宣传没打多少折扣，而且利润高出央视一倍。邛军拍着他肩膀说：哥，你终于放光咧！

我还想再放一光。边大治笑着说，讲出了春节细狗大赛的筹备情况，邛军听了很高兴，专门开会支持。

这一年，给度假区的指标没有疯涨，但全市的经营指标据说都是"南方式"的直线上升。何以如此，据说苟书记竞职升迁失败，所以革命豪情已经不是那么高涨，加之他自己也明白事情难以为继。就这个保守指标，邛军还不接受，他想找上面理论，但据说主要领导被叫去喝茶，他就作罢了。

先过完年再说吧，今年的年是在西安高新区过的，孩子已如愿以偿升入高新一中，一切以孩子为转移。

初二时，小家三口去曲江未来城给四娘拜年，见到杨钊一家。杨钊才说自己打算留在西安了，是某处副处长，不过该处没有正职。唐小凤说：祝贺妹子！邛军说：祝贺嫂子！杨钊说：祝贺啥？收入少得很，以后化妆品都得跟军飞要了。几人都笑了。四娘身体很好，胖了一圈，也白了许多。邛青苗个头赶上了邛军，见面问候后就钻进自己房间，他目前在互助路一家技校上学。俩孩子出去放炮，大人看着电视说话。四娘说：娃，你怕都当上县长了吧，不当官不当官，当了官都一般。当了官要受人管，还要把国家的事情弄转哩么你！

邛军颓然地说：四娘，我跟着往前混呗！快牛也有累趴的一天。说实话，有时我还挺想念在我五大手下当村主任那会儿的时光，当时村子虽穷，但充满无限机遇，现在我们是很富，可总感觉压力大、危机四伏。

把自己身体注意些。四娘说，人活心情，凡事想开些。两个副县级，论起，你们都干得好着呢！

突然，邛军的电话响起，边大治打来的，他急乎乎说：池桂花杀人咧，你快回来！

几个人慌忙开车杀回度假区。

尾声 秦岭可煮茶

池桂花杀的不是别人，正是为老不尊的姜德贵老汉。

邛军一行到达时，池桂花已被公安带走。玉山旮旯招待所被封控，白白的石灰线拒绝着一切的进入。边大治不在，胡小宁也不在，老胡、胡小燕等都不在。李易刚向邛军汇报说是姜德贵强奸池桂花未遂，池桂花防卫过程中杀的人。邛军问姜老汉尸体呢，李易刚说在池桂花房间里。邛军知道姜德贵没有子女，问姜老汉弟弟和侄子人呢，李易刚说在家里窝着呢。邛军一行就带着礼物去安抚他们，近亲出于羞愧，也没提过分要求。

度假区领导的春节假戛然而止。

晚上十点边大治回来，他沉痛地说：这件事我有很大责任，一来池桂花是我说媒嫁到咱村的，二来我有知情包庇之罪，三来我安保这块工作失了职。

邛军给他递去一罐热露露，劝说他别揽罪，说你罪那么大，公安咋还让你回来了。边大治就要引咎辞职，邛军说你先把担子给我担好。一会儿，杨钊回家去了，邛军才把杨钊和姬英军的情况给他说了，姬英军因贪污受贿过亿，要被判刑。边大治说：我只干完今年，明年我就写作呀。另外，我替你老大考虑，你肯定要把我的帽子抹一顶，否则你也不好交代。

邛军同意了。不久集团就下文，免去边大治安保集团董事长职务。

第二天，成功组织细狗大赛的李易芳辞职，去北京发展，几年后她成为一家元宇宙公司的发起人之一。边大治用两只暖黄色塑料笼子分别提着多吉和多利，送她到机场，俩人热泪盈眶，边大治说：易芳，叔对不起你，是叔叔懦弱！

李易芳接过多利，狠命摇头，说：多吉留你吧！说着转身离去。

笼子里的多吉、多利死命呜咽着，边大治软在机场大厅。

三月初的一天，新闻曝出一则消息："驰名全国的终南山度假区'旅游泡泡大礼包'美丽的泡泡炸裂"。边大治才知，项目难以为继，不得不网络中断、系统关闭。他很不理解这一事件。接下来，各地数以万计的会员纷纷告状、检举、上门上访。相关部门介入调查，项目果然被定性为"非法传销"，邛军想起康静雅的话，追悔莫及。

相关部门找他喝茶谈话，邛军坦言，由于没有经过严格的财务测算，没想到许愿太多，该项目产生的利润支撑不了这么多。随后，经财务核算，亏损近六千万，公司盈余资金抵付后，缺口近三千万。所幸者，度假区、集团和他之前的多数企业和项目均处于盈利状态，4A级景区的牌子没摘。为使国有集团保值增值、保住景区，邛军主动请辞度假区书记、终南山大兴集团董事长，并售卖自己全部股份。度假区由常务副县长主持大计，全部高管拿出自己积蓄并划任务、想办法、堵缺口，但即便如此，尚有缺口两千万。邛军又变卖了自己的一部分资产和两辆豪车，但还剩一千三百万资金缺口难以弥补。正在这时，一个广东公司大湾区创新科技集团前来接盘，解决了这一难题。邛军惊魂未定，但事情已经转危为安。他羞愧至极，卸去一切职务，安心当村支书，重新经营自己的企业。

一年后，为响应脱贫攻坚的号召，已经小有资产的康静雅携夫——那位曾经的洋销售总监秦大山，也是大湾区创新科技实控人——回到秦岭山下。秦大山离开度假村后，经过积累创立了自己的小公司，几年前又继承父亲财产，创立粤港澳创新科技集团独角兽企业。度假区发生危机时，出于资本获利本性，他果断出手救场。这次回陕，他们夫妇组建"秦岭利群股份"，帮助周边贫困户和乡亲们投入新的建设当中。

又一年后，四十六岁的康静雅与秦大山因理念迥异、感情不和而离婚，俩人没生孩子，几无痛苦。五十岁的老光棍汉边大治还在不断向康静雅求爱，并为她唱着不老情歌——写了一部长篇小说，叫《永失我爱》。书里有这么一段话：

> 有一朵花在形式之外绽放，
> 我迷失于自己的世界。忽略
> 你的世界，是甜蜜的，融化于意义当中，
> 就像蜂蜜融化于酸奶当中。

这一刻，那份爱来到我心中休息，

许多生命，在一个生命当中。

一千座麦垛，在一颗麦粒当中，

在针孔里，旋转着终南山巅的宇宙寰宇。

康静雅看了十分感动，她终于认命，俩人搬到一起，并创建终南山孤儿院，大量收养各地孤儿。

几年后，中国开启现代化征程，五十二岁的邝军留足孩子教育费用后，捐出自己全部资产三千四百余万元，并挂冠而去。从此，他栉风沐雨、煮茶山林，听自己的故事在世间传说。

2022年8月11日初稿完成于西安兴庆轩

2022年10月25日四稿改于西安兴庆轩